Secrète attirance

Le château des brumes

La marque du passé

CARLA CASSIDY

Secrète attirance

Traduction française de
FLORENCE BERTRAND

BLACK ROSE

HARLEQUIN

Collection : BLACK ROSE

Titre original :
COWBOY UNDER FIRE

Ce roman a déjà été publié en 2016

HARPERCOLLINS FRANCE
83-85, boulevard Vincent-Auriol, 75646 PARIS CEDEX 13
Service Lectrices — Tél. : 01 45 82 47 47 - www.harlequin.fr
ISBN 978-2-2804-7721-5 — ISSN 1950-2753

Composé et édité par HarperCollins France.
Imprimé en juin 2022 par CPI Black Print (Barcelone)
en utilisant 100% d'électricité renouvelable.
Dépôt légal : juillet 2022.

FSC
www.fsc.org
MIXTE
Papier issu de sources responsables
FSC® C159065

Pour limiter l'empreinte environnementale de ses livres, HarperCollins France s'engage à n'utiliser que papier fabriqué à partir de bois provenant de forêts gérées durablement et de manière responsable.

1

Forest n'était pas du genre à s'émouvoir. Pourtant, dès le moment où le Dr Patience Forbes avait débarqué au ranch Holiday, elle avait éveillé en lui des sensations jusqu'alors inconnues.

Non qu'il lui ait adressé la parole… du moins pas encore. Elle occupait la chambre voisine de la sienne mais, lorsqu'il la croisait, il se contentait d'incliner le bord de son Stetson en guise de salut.

Le travail qu'elle exécutait était d'importance, il en avait conscience. Anthropologue judiciaire, elle avait été appelée au ranch à la suite d'une macabre découverte : on avait mis au jour une fosse commune sous le vieux hangar qui avait été endommagé par la terrible tornade du printemps précédent.

En trois semaines de présence au ranch, Patience Forbes n'avait eu de contact avec personne hormis son assistant, Devon Lewison, et Dillon Bowie, le chef de la police. Debout à l'aube, elle travaillait jusqu'à la tombée de la nuit et prenait ses repas dans sa chambre.

Forest espérait changer cette situation. Voilà pourquoi il était venu la voir. Et en cet instant, il se sentait particulièrement tendu, car il était sur le point d'entrer sous la toile où les deux scientifiques s'efforçaient de reconstituer les squelettes et de rassembler des informations susceptibles d'aider à identifier les victimes. Pour un homme qui mesurait près de deux mètres et qui était fort comme un bœuf, cette nervosité était parfaitement ridicule.

Enfin, il prit une profonde inspiration et s'avança.

Patience pivota aussitôt, ses boucles rousses dansant sur ses épaules tandis qu'un éclair d'irritation traversait son regard vert.

— Vous cachez la lumière.

Forest ne bougea pas. Faire un pas de côté sur la droite ou sur la gauche ne changerait rien. Large d'épaules, il bouchait complètement l'entrée.

— Je m'appelle Forest… Forest Stevens.

Il se hâta de retirer son chapeau, comme si ce signe de politesse allait inciter son interlocutrice à remplacer son froncement de sourcils par un sourire. Peine perdue.

— Oui ? Eh bien, Forest Stevens, quel est le problème ?

Elle se tenait devant une table en acier inoxydable sur laquelle des ossements étaient disposés de manière à constituer un quasi-squelette. Forest détourna les yeux et se focalisa sur elle.

— Il n'y a pas de problème, dit-il tranquillement. Je suis votre voisin. J'ai pensé qu'il était grand temps que je me présente.

— Bien. C'est chose faite. Au revoir.

Sur quoi, elle lui tourna le dos.

Forest sortit de la tente et poussa un soupir de frustration. Il n'aurait pas dû être troublé par la brusquerie de Patience. Ce n'était pas une attaque personnelle, il le savait. Patience n'avait été amicale avec personne au ranch. Dillon ne l'avait-il pas surnommée « le dragon » ?

Dusty Crawford, le benjamin des cow-boys, sourit en le voyant.

— Ah ! Tu t'es fait remballer, hein ?

— Très drôle, répliqua Forest en remettant son chapeau. Mais pas du tout. Je voulais me présenter à elle et je l'ai fait.

Les deux hommes se dirigèrent ensemble vers les écuries.

— D'après Dillon, elle crache le feu à chaque fois qu'elle ouvre la bouche.

Et quelle délicieuse bouche ! songea Forest à part lui.

Parfaitement dessinée, juste assez pulpeuse pour inviter aux baisers.

Il fit une grimace et repoussa cette pensée.

— Même Cassie dit qu'elle a de la glace dans les veines à la place du sang, ajouta Dusty.

Cassie. Forest ne pouvait pas encore songer à leur nouvelle patronne sans une bouffée de tristesse. Trois mois plus tôt, la tante de celle-ci, qui portait le même prénom, Cassie Holiday, avait trouvé la mort dans la tornade qui avait ravagé la propriété. Elle avait laissé derrière elle douze cow-boys qui l'aimaient comme une mère, et un ranch où la loyauté et l'amour du travail bien fait n'étaient pas de vains mots.

Cassie, dite Cass, avait légué ses biens à sa nièce, Cassie Peterson, artiste peintre et propriétaire d'un magasin à New York. Au cours de ces deux derniers mois, Cassie les avait tous pris par surprise. Avec l'aide du contremaître, Adam Benson, elle s'était jetée tête baissée dans son nouveau rôle.

Elle n'était pas la maîtresse femme que sa tante avait été, mais elle semblait faire de son mieux pour apprendre tout ce qu'il y avait à savoir sur la vie du ranch. Malgré tout, les cow-boys du Holiday se considéraient encore comme les hommes de Cass, et non ceux de Cassie.

— Tu viens en ville ce soir ? reprit Dusty, arrachant Forest à ses réflexions. On est samedi. Je vais dîner au café et puis boire quelques bières au Watering Hole, ajouta-t-il innocemment. Je suis d'humeur à goûter le pâté à la viande de Daisy.

— Ne me raconte pas d'histoires, riposta Forest. Ce n'est pas le pâté à la viande de Daisy qui t'intéresse. Tu veux conter fleurette à Trisha.

Dusty lâcha un soupir découragé.

— Ça fait des mois que j'essaie de l'amadouer, et elle m'ignore complètement.

— Pourquoi tu n'abandonnes pas ? Il y a quantité d'autres femmes à Bitterroot qui ne demanderaient pas mieux que de séduire un jeune gars comme toi.

Ils atteignaient la sellerie.

— Elle m'intrigue, avoua Dusty. Elle n'est pas mariée, mais elle ne sort avec personne. Parfois, je la vois qui m'observe quand elle pense que je ne la regarde pas. Je ne suis pas si mal, hein ?

— Tu as un certain charme avec tes cheveux blonds et tes fossettes, mais tu n'es pas mon genre, plaisanta Forest.

Dusty attrapa sa selle.

— Un de ces jours, elle va me dire d'aller me faire cuire un œuf, ou elle va accepter de sortir avec moi.

Forest le suivit des yeux. Etait-il réellement amoureux de la jeune serveuse ou seulement attiré par le défi qu'elle représentait ?

Le temps le dirait, songea Forest. Et ce n'était pas son problème, conclut-il en se dirigeant vers son propre cheval, Thunder.

Dusty avait enfourché sa monture, revenant vers lui.

— Et le quadrille vendredi prochain ? Tu comptes y aller ?

— Je ne sais pas encore, répondit Forest.

— Abe organise toujours des fêtes fantastiques.

— Je sais.

Au fil des ans, Forest avait assisté à nombre de soirées dans la grange d'Abe. On y passait toujours un bon moment.

— Il faut qu'un de nous soit assez costaud pour porter Sawyer jusqu'au pick-up à la fin de la soirée, ajouta Dusty.

Forest eut un sourire à cette pensée. Sawyer Quincy buvait rarement, mais quand il le faisait, quelques verres suffisaient à le faire rouler sous la table.

— Je suis sûr que vous vous débrouillerez pour le ramener sain et sauf, même si je ne viens pas.

Dusty hocha la tête et sortit.

Quelques minutes plus tard, Forest se dirigea vers la prairie la plus éloignée du ranch. Il devait vérifier que le bétail était en bonne santé et qu'aucun prédateur n'avait sévi au cours de la nuit.

Seuls onze cow-boys vivaient désormais sur la propriété.

Un mois plus tôt, Lucas Taylor les avait quittés pour s'installer dans son propre ranch avec sa fiancée, Nicolette, et Sammy, le fils de celle-ci. Le couple devait se marier deux semaines plus tard.

Après Lucas, cela avait été le tour de Nick Coleman. Ce dernier avait emménagé dans une jolie petite maison de Bitterroot avec sa femme Adrienne. En revanche, il continuait à travailler au ranch.

Forest les enviait d'avoir trouvé l'amour et de construire un avenir avec la femme qui avait capturé leur cœur.

Il ne lui fallut pas très longtemps pour rejoindre le troupeau. Il fit signe à Flint McCay qui chevauchait le long de la clôture, à l'affût de brèches éventuelles.

Le soleil de la mi-juillet lui chauffait agréablement le dos alors qu'il cheminait, cherchant à repérer des animaux malades ou blessés. Le bétail constituait la richesse du ranch — avec les bons contacts que Cass avait su nouer dans la filière de l'élevage. Elle s'était bâti un petit empire et son nom était respecté dans tout l'Etat et au-delà.

Les pensées de Forest quittèrent celle qui l'avait recueilli adolescent pour se concentrer sur une autre femme. Pourquoi diable était-il aussi intrigué par le Dr Patience Forbes ?

Elle s'était montrée plus que distante dès son arrivée au ranch. Non seulement elle n'avait fait aucun effort d'amabilité, mais elle disparaissait dans sa chambre dès son travail terminé pour ne réapparaître qu'au lever du soleil le lendemain matin. La seule personne avec qui elle semblait avoir une relation humaine était son assistant.

Durant toutes les années qu'il avait passées au ranch Holiday, Forest avait fréquenté quelques femmes, sans jamais toutefois être vraiment amoureux. Evidemment, il ne songeait pas à Patience comme à son âme sœur. Il était curieux, voilà tout. « La curiosité est un vilain défaut », lui souffla une petite voix dans sa tête. Il sourit intérieurement. Patience ne semblait pas dangereuse. Et il n'était pas prêt à s'avouer vaincu.

Patience poussa un soupir. Ce cow-boy athlétique aux cheveux bruns et aux yeux bleus perçants avait brisé sa concentration. Et la concentration était un élément essentiel de son travail.

— Faisons une pause, suggéra-t-elle à Devon. Nous reprendrons dans une demi-heure.

— Alors, je retourne dans le camping-car. Il y fait moins chaud.

Patience le congédia d'un geste et ouvrit une petite glacière, écartant un sachet de biscuits salés pour attraper une canette de soda bien fraîche.

Elle porta celle-ci à son front dans l'espoir de soulager son début de mal à la tête. Cette mission était la plus délicate qu'elle ait entreprise depuis qu'elle avait rejoint les rangs de la police d'Oklahoma City en plus d'exercer son poste d'enseignante à l'université.

On avait déjà fait appel à elle dans un certain nombre d'affaires. Comme à chaque fois, elle s'efforçait de déterminer depuis combien de temps les ossements se trouvaient là et de découvrir des indices susceptibles de mener à une identification.

Au fur et à mesure de la décomposition, les squelettes s'étaient affaissés et mélangés les uns aux autres.

Il y avait en tout six crânes. Donc, vraisemblablement, six corps, soit six puzzles à reconstituer.

Côté positif, on avait identifié le cadavre de la jeune femme qui avait été découvert sur les lieux, et ce meurtre-là avait été élucidé. La tâche de Patience consistait à éclaircir le mystère des ossements, à l'évidence nettement plus ancien.

Elle but une longue gorgée de soda. Il faisait chaud sous la tente et cela ne ferait qu'empirer à mesure que l'été avançait. Cependant, il était exclu de se servir d'un ventilateur car cela risquait de déplacer la poussière et de contaminer ce qui était probablement une scène de crime.

Une fois de plus, le visage du cow-boy qui l'avait dérangée

s'imposa à son esprit. Forest. Forest Stevens. Elle n'avait pu s'empêcher de le remarquer.

Il se tenait droit sur sa selle, avec plus d'élégance que les autres cow-boys. Il avait les épaules larges, la taille mince, des jambes qu'elle devinait musclées sous son jean serré.

Elle fronça les sourcils. Pourquoi s'était-il arrêté pour lui parler ? Elle avait pourtant clairement indiqué par son attitude qu'elle n'avait aucune envie de lier connaissance avec quiconque au ranch.

Elle avait un travail à accomplir et, dès qu'il serait terminé, elle partirait. D'ailleurs, elle n'avait pas d'amis. Pas d'amants. Elle se concentrait sur les os.

Les os lui parlaient dans un langage qui ne lui faisait pas mal. Ils lui donnaient des faits, pas des mensonges. Elle préférait de loin les os aux êtres humains.

Cela dit, elle devait reconnaître à Forest le courage de l'avoir affrontée. Elle savait pertinemment de quel surnom les employés du ranch la gratifiaient dans son dos. Peu lui importait. Elle n'était pas là pour se faire aimer, mais pour aider le chef de la police à élucider un crime.

Comme elle terminait sa boisson, Devon revint du camping-car. Outre une kitchenette, une salle de bains et une couchette, le véhicule abritait tout un mini-laboratoire, alimenté par un générateur et une prise d'eau courante reliée au réseau de la maison.

La plupart du temps, lorsqu'ils se rendaient sur des chantiers comme celui-ci, Devon occupait le camping-car et Patience descendait à l'hôtel. Cependant, lorsqu'elle était arrivée au ranch, on l'avait informée qu'une chambre était disponible dans le bâtiment baptisé « le motel », lequel hébergeait la plupart des employés.

A l'arrière de ce motel se trouvait un vaste réfectoire où le cuisinier Cookie s'affairait durant la journée. Patience ne dînait pas là — non parce qu'elle aurait été la seule femme, ce qui ne l'aurait pas gênée, mais parce qu'elle était là pour travailler. Elle ne voulait pas perdre de temps à parler de la pluie et du beau temps, ni à être gentille avec les gens de l'endroit. A quoi bon ?

Chaque os sorti de la fosse devait être examiné, pesé, photographié et numéroté, puis déposé sur une table jusqu'au moment où il pouvait être associé à d'autres pour former un squelette entier. C'était une tâche fastidieuse, qui, heureusement, était en passe de s'achever.

Vers 18 heures, Patience se redressa. Elle avait mal au dos à force de se pencher au-dessus de la fosse et les yeux fatigués après des heures passées à scruter l'écran de son ordinateur.

— On arrête pour aujourd'hui, lança-t-elle à Devon.

Il hocha la tête, retira sa blouse blanche et la déposa sur le dossier de sa chaise.

— A demain, dit-il en partant.

Elle n'avait pas la moindre idée de ce que son assistant faisait le soir. En plus du camping-car, ils disposaient d'une voiture. Sans doute Devon allait-il dîner en ville. Elle le voyait mal tenter de faire la cuisine dans la kitchenette.

Ils faisaient équipe depuis plus d'un an, mais n'avaient presque pas échangé de confidences. Comme elle, il vivait seul et était dévoué à son travail. C'était tout ce qu'elle avait besoin de savoir.

A son tour, elle retira sa blouse. Son chemisier blanc sans manches lui collait à la peau. Elle avait hâte de prendre une douche et de passer une soirée à ne penser à rien, en satisfaisant ses deux plaisirs secrets : lire des magazines à scandale et grignoter des biscuits au fromage. Elle avait tout un stock de barres protéinées et autres provisions non périssables dans sa chambre, mais les biscuits au fromage étaient ses préférés.

Elle quitta la tente et s'engagea sur le chemin qui menait au motel. A cette heure, le calme régnait au ranch. La plupart des hommes avaient terminé pour la journée et étaient en train de dîner au réfectoire.

L'herbe craquait légèrement sous ses pas : la verdure luxuriante du printemps cédait peu à peu la place à la sécheresse impitoyable de l'été.

La chaleur allait encore s'accentuer, se dit Patience. Avec un peu de chance, elle aurait achevé sa mission dans les deux semaines à venir. Cependant, elle ne pouvait brusquer les choses. La hâte était source d'erreurs et le Dr Patience Forbes ne commettait pas d'erreurs.

A quelques mètres du motel, elle ralentit l'allure. Forest se tenait devant la porte de sa chambre. Il ne portait pas son chapeau, et le soleil soulignait l'éclat de ses cheveux bruns et ses traits bien dessinés.

Que faisait-il là ? Elle avait été abrupte… non, elle avait été de la dernière grossièreté lorsqu'il s'était présenté à elle. Pourquoi aurait-il voulu lui adresser la parole de nouveau ?

Peut-être attendait-il simplement un autre cow-boy pour se joindre à lui au dîner ? Oui, sûrement. Son visage séduisant s'adoucit alors qu'elle s'approchait et il lui sourit.

La chaleur de ce sourire fit un drôle d'effet à Patience. Il réchauffa un coin d'elle-même dont elle ignorait jusqu'à l'existence. Elle n'apprécia pas. Pas du tout.

— Bonsoir, dit-il.

Elle répondit d'un signe de tête et tira sa clé de sa poche. Avant qu'elle ait pu l'introduire dans la serrure, il lui effleura le bras et laissa immédiatement retomber sa main.

— Docteur Forbes ?

Elle se tourna vers lui, frappée pour la seconde fois de la journée par l'éclat de ses yeux bleus.

— Oui ?

— Il y a un bal vendredi prochain et je me demandais si vous voudriez y aller avec moi.

— Un bal ? répéta-t-elle, interdite.

Il l'invitait à sortir avec lui ? Un instant, cette suggestion la laissa sans voix. Elle ne lui avait certainement pas laissé entendre qu'elle était ouverte à ce genre de proposition.

— Pourquoi voudrais-je aller à un bal ?

Il haussa les épaules.

— Pour voir un peu de couleur locale, oublier votre travail le temps d'un soir et vous amuser… vous détendre un peu.

— Je suis détendue et je suis ici pour travailler. Merci pour votre invitation, mais c'est non.

Elle ouvrit la porte, entra et la referma aussitôt, puis se laissa tomber sur le lit, encore sidérée par ce qui venait de se passer. Elle avait trente ans. La dernière fois qu'un homme l'avait invitée à sortir avec lui, c'était à l'université, et accepter avait été une énorme erreur.

Pourquoi diable Forest Stevens avait-il envie de sortir avec elle ? On ne pouvait pas dire qu'elle s'était montrée aimable jusque-là !

Elle jeta sa clé sur la commode et se dirigea vers la salle de bains. Debout sous l'eau tiède et rafraîchissante de la douche, elle se débarrassa de la poussière accumulée durant la journée, et s'efforça de ne pas penser au séduisant cow-boy qui l'avait invitée à aller danser.

Au contraire, elle essaya de se focaliser sur les raisons pour lesquelles elle avait choisi de se montrer désagréable au fil des années. Elle avait découvert tôt dans sa carrière que son physique de petite rousse aux grands yeux verts incitait les gens à douter de ses compétences.

Elle avait dû travailler deux fois plus dur et plus longtemps que ses collègues masculins pour être reconnue et respectée dans son domaine.

Elle n'aimait pas être dérangée, et un cow-boy sexy serait forcément une distraction majeure. Elle ne désirait pas de relation, de sorte qu'il n'y avait aucune raison de se montrer gentille ou de sortir. Son attitude hostile maintenait les autres à l'écart et cela lui allait parfaitement.

Elle sortit de la douche, se sécha et enfila une chemise de nuit violette en coton léger. Puis, munie d'une petite bouteille d'eau fraîche et d'un paquet de biscuits au fromage, elle s'installa sur le lit, attrapa un sac plastique rempli de magazines et se mit à en lire un.

C'était ainsi qu'elle vivait, à travers des images et des potins qui concernaient des gens qu'elle ne connaissait pas et qu'elle ne connaîtrait jamais. C'était une existence sans danger. Sans complications.

2

Le lendemain, en fin de matinée, Devon fit signe à Patience de le suivre dehors. Une légère brise soufflait, agréable après la chaleur suffocante qui régnait sous la tente.

Devon indiqua un petit corral tout proche. Un pick-up s'était garé devant, tirant une remorque.

— Adam Benson m'a dit qu'on leur amenait un nouveau cheval aujourd'hui. Un cheval sauvage. Il n'a pratiquement eu aucun contact avec les hommes.

— J'ignorais que vous étiez devenu l'ami du contremaître, commenta Patience.

— Il est sympathique. Nous avons dîné ensemble deux ou trois fois.

Patience reporta son attention sur le corral. Contrairement à elle, Devon se liait souvent d'amitié avec les gens du coin lorsqu'ils étaient en déplacement.

Ce fut Forest qui descendit du pick-up. Avec des gestes fluides, il gagna l'arrière de la remorque et ouvrit le battant.

Un énorme cheval noir sortit en trombe et se rua vers l'autre bout du corral.

Forest referma la barrière de l'enclos et, un pied sur la barre inférieure de la clôture, observa l'animal.

— Les hommes racontent qu'il parle à l'oreille des chevaux, murmura Devon.

— Qu'est-ce que ça veut dire ? demanda Patience malgré elle.

— Qu'il a un talent particulier qui lui permet de communiquer avec les chevaux sauvages et de leur apprendre à faire confiance aux êtres humains. D'après ce que j'ai cru comprendre, c'est un vrai don.

— Intéressant, marmonna-t-elle.

Elle se hâta de tourner les talons, pressée de regagner le sanctuaire qu'était la tente.

Ce qui était intéressant, et irritant, c'était que Forest avait envahi ses songes la nuit précédente.

Elle ne rêvait presque jamais, mais quand cela lui arrivait, c'était d'une affaire sur laquelle elle travaillait ou d'un article qu'elle avait lu dans une de ses revues avant d'aller se coucher. Jamais d'un séduisant cow-boy aux yeux bleus et au sourire chaleureux…

Elle avait rêvé qu'ils étaient allés à un quadrille dans une grange voisine, ce qui était curieux étant donné qu'elle n'avait jamais assisté à pareil événement. Bref, il y avait de la musique et des rires, et il l'avait tenue entre ses bras puissants alors qu'ils dansaient sur le sol recouvert de paille.

Elle avait savouré la chaleur de son corps contre le sien. Il sentait bon le soleil, le vent et l'eau de toilette. Elle aurait voulu que la danse ne finisse jamais et, quand elle s'était réveillée, elle avait été atterrée par le fantasme que son inconscient avait élaboré.

Sans pouvoir s'en empêcher, elle retourna à l'entrée de la tente et observa la scène. Forest venait de pénétrer dans le corral. Il semblait sûr de lui, à l'aise, en dépit du cheval qui trépignait et le considérait avec méfiance.

— Eh bien, je ne demanderais pas mieux que de rester regarder Forest murmurer, mais nous avons du travail. D'ailleurs, j'attends le chef Bowie d'un instant à l'autre. Je lui ai dit ce matin que la reconstitution du premier squelette suggère que la victime a été assassinée.

Devon acquiesça. Ils rentrèrent ensemble et se remirent à la tâche.

Ils venaient d'entamer une pause pour le déjeuner quand Dillon Bowie apparut.

C'était un homme aux traits séduisants, mais son visage las et ses lèvres serrées révélaient combien ce crime le préoccupait.

Il s'arrêta à l'entrée de la tente, comme s'il attendait d'être invité à l'intérieur.

— Vous avez des informations pour moi ?

Patience lui fit signe de s'approcher de la table en aluminium où reposait le premier squelette reconstitué.

— Du point de vue chronologique, cette victime serait la dernière en date, puisqu'elle a été la première retirée de la fosse.

Le shérif hocha la tête.

— Que pouvez-vous me dire ?

— Il s'agit du squelette d'un jeune homme.

— De quel âge ?

— Entre seize et dix-huit ans. Ou à peu près. Par chance, les dents sont intactes. J'ai fait des radios et des moulages que vous pourrez faire examiner par des dentistes.

Patience se pencha et prit le crâne, ignorant la légère expression de dégoût sur le visage de Bowie.

— Ce jeune homme a été tué, c'est une certitude.

Elle fit pivoter le crâne pour révéler une longue cassure en son centre.

— Je dirais que le meurtrier a utilisé une hache ou un couperet à viande, plus probablement le second vu l'étroitesse de la cassure. La blessure a été nette et profonde et l'a sans doute tué sur le coup.

Elle désigna une autre table.

— Comme vous le voyez, nous avons reconstitué environ la moitié du deuxième squelette. Là aussi, il s'agit d'un homme et il a une blessure similaire à l'arrière du crâne — c'est tout ce que je peux vous apprendre pour le moment.

Dillon lui fit signe de le suivre dehors.

— Avez-vous pu déterminer depuis combien de temps ces corps sont là ?

— Comme vous le savez, lorsque nous sommes arrivés ici, nous avons analysé le sol, les insectes et, bien sûr, la condition des ossements. Je dirais que la fosse date d'entre douze et seize ans. Je suis désolée de ne pas pouvoir être plus précise.

Dillon fronça les sourcils.

— Cela signifie que tous les occupants de ce ranch et des ranchs voisins sont des suspects potentiels.

— Je pensais que vous étiez déjà parvenu à cette conclusion.

Il lâcha un soupir.

— Oui, mais je ne voulais pas y croire.

— Je vais vous compliquer la tâche, mais à mon avis les victimes n'ont pas été tuées en même temps. Les prélèvements effectués dans le sol indiquent que le premier a été enterré voilà douze à seize ans, mais à en juger par la manière dont les corps ont été entassés, ils ont sans doute été tués sur une période d'un an environ. Bref, il s'agirait plutôt d'une série de meurtres. J'en saurai davantage quand nous arriverons au bas de la pile.

Dillon retira son chapeau, prit un mouchoir dans sa poche et s'essuya le front.

— C'est la première fois que vous me parlez sans crier, observa-t-il.

Patience se mit à rougir.

— Ma priorité absolue est de veiller à l'intégrité de la scène de crime. J'ai permis à votre photographe de prendre les photos dont vous avez besoin pour le dossier, mais je suis très protectrice envers ce genre d'endroit, surtout au début, quand il suffirait d'un rien pour le contaminer.

— J'avais remarqué, murmura-t-il.

Elle n'allait pas s'excuser de bien faire son travail.

— Si vous revenez demain, je vous remettrai un rapport complet. Je garde également tous les fragments de tissu ou de cheveux que nous retrouvons, mais jusqu'à présent il y en a très peu et je ne pourrai pas vous dire à quelle victime ils appartiennent.

— Avec un peu de chance, il ne va pas vous falloir très longtemps pour terminer ?

— Cela prendra le temps que cela prendra.

Elle le savait : Dillon Bowie était frustré par la longueur du processus. Cependant, il était impossible de lui donner un délai précis pour l'achèvement de sa mission. Ce n'était pas elle qui dictait la vitesse de leurs progrès, mais les ossements eux-mêmes.

— Ce travail ne peut pas se faire à la va-vite.

Il hocha la tête.

— Cassie m'a dit qu'elle vous a invitée plusieurs fois à dîner et que vous avez refusé.

— C'est exact. De manière générale, je ne mêle pas le plaisir au travail. Je préfère ne pas me lier avec les gens. Quand j'ai terminé une mission, je m'en vais et je ne reviens pas.

— Je voulais seulement vous dire que Cassie est une femme fantastique. Juste au cas où vous auriez envie d'une conversation entre filles.

— Je m'en souviendrai, répondit Patience.

Mais elle voyait mal en quoi pouvait consister une telle conversation et n'avait pas la moindre intention de le découvrir.

Elle ignorait tout de la mode, des hommes… et de tous les sujets qu'elle imaginait susceptibles d'entrer dans cette catégorie.

— Bien. Je reviendrai demain matin.

— Entendu.

Elle suivit le policier du regard alors qu'il repartait en direction de la maison, puis elle se tourna automatiquement vers l'enclos où le grand cheval noir était resté seul.

Elle fronça les sourcils, irritée. Elle avait cherché Forest des yeux. Que lui arrivait-il ? Pourquoi cet intérêt soudain pour cet homme ? Il faisait partie du paysage, voilà tout.

Elle retourna sous la tente et reprit sa tâche.

Pendant la semaine qui suivit, Patience se concentra sur son travail. Malgré tout, de temps à autre, elle se surprit à sortir de la tente et à jeter un regard vers l'enclos.

Parfois, le cheval était seul. A d'autres moments, Forest se trouvait avec lui. Il se tenait souvent au même endroit, durant une ou deux heures, puis changeait de place, obligeant le cheval à reculer pour garder ses distances avec lui.

Forest semblait être patient, tout comme elle. Il ne tentait pas de s'imposer à l'animal. Au contraire, il donnait l'impression d'attendre que ce dernier vienne à lui de son plein gré.

Quand le vendredi arriva, Patience et Devon avaient réussi à terminer le deuxième squelette. Là encore, il s'agissait d'un jeune homme qui avait subi un coup à la base du crâne.

Patience avait rédigé son rapport, mais comme pour la première victime, elle n'avait rien découvert de concret. Rien qui puisse aider Dillon Bowie à l'identifier ou à identifier son meurtrier.

Le policier éplucherait probablement les registres de personnes disparues. Cependant, à l'époque où ces jeunes hommes avaient été assassinés, la technologie actuelle n'existait pas encore. La tâche serait difficile, et il était fort possible que le coupable ait quitté la région depuis belle lurette. Naturellement, il était aussi possible qu'il travaille encore au ranch. D'après ce qu'elle avait entendu dire, tous les cow-boys du coin étaient déjà là lorsque les meurtres s'étaient produits.

A 19 heures, Devon et elle cessèrent de travailler. L'agent qui venait chaque soir monter la garde autour de la scène de crime venait d'arriver, son siège pliant sous le bras. Au bout d'un mois, Patience ne connaissait toujours pas son nom.

Elle prit le long chemin qui menait au motel.

Tout serait calme durant la soirée : Devon lui avait dit que la plupart des cow-boys iraient au quadrille organisé au ranch d'Abe Breckinridge.

Elle ne put s'empêcher de penser à l'invitation de Forest, mais refoula cette idée. Elle projetait de faire exactement comme chaque soir : grignoter une barre protéinée et une salade toute préparée que Devon lui avait achetée en ville dans la journée. Ensuite, elle passerait une soirée tranquille à se détendre en lisant les potins de Hollywood.

Son estomac criait famine. Cependant, elle décida de prendre une douche avant tout.

Une fois en chemise de nuit, elle attrapa sa salade et un

soda dans le mini-réfrigérateur et s'installa confortablement sur le lit, prête à dîner.

Le silence qui régnait alentour ne la troublait pas le moins du monde. Son enfance avait été un contraste épuisant de crises d'hystérie et de froids sermons.

Depuis le moment où elle avait quitté le domicile de ses parents, elle avait savouré le silence et la paix. Elle n'avait nul besoin des drames d'autrui. Les siens lui suffisaient et, en général, ils se produisaient lorsqu'elle donnait libre cours à sa colère.

Vers 21 heures, sa tranquillité fut désagréablement brisée. Un air de country lui parvint à travers la cloison de sa chambre, accompagné de l'odeur reconnaissable entre mille du charbon de bois en train de brûler.

Que diable…

Elle se leva, ouvrit la porte et jeta un coup d'œil dehors.

A sa totale stupéfaction, Forest était assis dans un fauteuil pliant, une chaise vide à côté de lui. Des boulets de charbon rougeoyaient dans un petit barbecue, et en la voyant il réduisit le volume du lecteur de CD placé sur une petite table tout près.

Il avait pris une douche, enfilé un jean et un polo bleu clair à manches courtes. Ses cheveux noirs étaient peignés avec soin, il était rasé de près, beaucoup trop séduisant. Beaucoup trop sexy.

— Qu'est-ce que vous faites ? demanda-t-elle, curieuse.

— J'ai pensé que, puisque vous ne vouliez pas m'accompagner au quadrille, j'en organiserai un ici, répondit-il avec un sourire.

Ce sourire qui répandait en elle une chaleur inattendue… Elle le dévisagea, sidérée.

— Qu'en dites-vous ? reprit-il. J'ai des saucisses prêtes à cuire, des bières bien fraîches et toute la musique qu'il faut. Il ne me manque qu'un peu de compagnie.

Elle aurait dû refuser. Accepter cette invitation allait à l'encontre de toutes les règles qu'elle s'était fixées en dehors de son travail.

— Donnez-moi le temps d'enfiler quelque chose de plus approprié et j'arrive, répondit-elle sans réfléchir.

Elle referma sa porte et se hâta de retirer sa chemise de nuit. Sans doute faisait-elle une grosse erreur.

Forest était sous le choc. Il s'était attendu à ce que Patience refuse et lui claque la porte au nez. Une bouffée de soupçon l'envahit alors qu'elle disparaissait à l'intérieur. Allait-elle vraiment s'habiller et venir le rejoindre ? Ou s'était-elle réfugiée dans sa chambre avec l'intention d'y rester jusqu'à ce qu'il se lasse de l'attendre ?

La fine chemise de nuit mauve qu'il avait aperçue ne correspondait pas à ce qu'il avait imaginé. A vrai dire, il avait passé beaucoup trop de temps au cours de la semaine écoulée à s'interroger sur ce qu'elle portait au lit.

Il s'était dit qu'elle était du genre à opter pour un style pratique, un pyjama ou une longue chemise de nuit de couleur sage, grise ou bleu marine. Il n'avait certainement pas imaginé une petite chemise de nuit courte qui soulignait ses jolies jambes, et encore moins un mauve éclatant qui offrait un contraste charmant avec ses cheveux roux.

Les minutes s'écoulèrent. Cela avait été une idée saugrenue dès le départ, pesta-t-il intérieurement.

Toutefois, il l'avait surprise à l'observer lorsqu'il travaillait dans l'enclos avec le nouveau cheval. Pourquoi serait-elle sortie de sa tente à plusieurs reprises durant la journée si elle n'était pas un tant soit peu intriguée par lui ?

Lorsque la porte se rouvrit enfin et qu'elle sortit, vêtue d'un corsaire noir et d'un chemisier sans manches bleu et noir, il ne put réprimer un soupir de soulagement.

Elle se laissa tomber dans le fauteuil voisin du sien et changea de position plusieurs fois, visiblement mal à l'aise.

— Une bière fraîche ?

— D'accord, répondit-elle aussitôt.

Il plongea la main dans la glacière et en sortit deux bouteilles. Il ouvrit la sienne et la lui tendit.

— Maintenant, la vraie question : le barbecue est chaud, que diriez-vous d'un hot dog ?

Elle se cala sur sa chaise.

— C'est ça que vous faites dans les quadrilles ? Vous buvez de la bière et vous mangez des hot dogs ?

— On boit pas mal de bière et de whisky, c'est vrai, mais le menu inclut en général des côtes de bœuf, des plats de haricots, de salade de pommes de terre et des tourtes à gogo. Je ne pouvais pas vraiment faire tout ça, alors vous n'avez que des bières et des hot dogs.

— Dans ce cas, je prendrai un hot dog. Puisque vous vous êtes donné tout ce mal.

Elle inclina la tête et le dévisagea.

— D'ailleurs, pourquoi vous êtes-vous donné tout ce mal ?

— J'ai pensé que ça vous ferait du bien de sortir de cette pièce et de manger autre chose que des biscuits salés et des barres de céréales.

Il prit des saucisses dans la glacière et les déposa sur la grille à l'aide d'une fourchette.

— Comment savez-vous ce que je mange ?

— J'ai vu votre poubelle. Ce n'est pas une alimentation saine.

— Si vous voulez le savoir, j'ai mangé une salade tout à l'heure. Devon me l'a achetée en ville à midi.

Elle but une gorgée de bière.

Les saucisses crépitaient sur le gril, dégageant une odeur appétissante.

— C'est bien, lâcha Forest.

Il ouvrit deux petits pains et sortit du ketchup et de la moutarde, ainsi que deux assiettes en carton.

Patience sentait bon le savon à la menthe, et un soupçon de parfum floral.

L'estomac de Forest se noua. Parce qu'il aimait son odeur ou parce qu'il avait sauté son dîner pour pouvoir être là avec elle ?

— Que se passe-t-il d'autre lors de ces quadrilles ? demanda-t-elle avec curiosité.

Il retourna les hot dogs avant de répondre.

— Les gens dansent. En général, il y a au moins une bagarre, mais c'est toujours sans rancune.

Ce n'était pas tout à fait vrai. Il fronça les sourcils en songeant aux employés du ranch Humes, voisin du leur. Les cow-boys des deux établissements ne s'appréciaient guère et des confrontations éclataient parfois sans même qu'il y ait besoin d'alcool pour échauffer les esprits. Cependant, il n'était pas nécessaire d'aborder ce sujet avec Patience.

— Je ne vois toujours pas pourquoi vous vous êtes donné autant de mal pour moi. Je sais comment les gens me surnomment dans mon dos. Je ne me suis pas montrée très sociable, c'est le moins que l'on puisse dire.

Forest désigna d'un geste le petit enclos.

— Ce cheval non plus n'est guère sociable. Mais avec un peu de patience et de tendresse, il finira par être un agréable compagnon.

Il fit la grimace.

— Non que je vous compare à un cheval, évidemment.

Il s'activa autour du barbecue, mit les saucisses dans les petits pains sur les assiettes. Elle voulait de la moutarde, pas de ketchup, et lui prenait des deux.

Il tendit le hot dog à Patience et, avant de manger le sien, remit deux saucisses sur le gril.

— Pourquoi n'êtes-vous pas allé à cette soirée avec vos amis ? insista-t-elle.

— J'espérais être ici avec vous, répondit-il tranquillement.

Elle le regarda d'un air abasourdi.

— Pourquoi donc ?

Il la dévisagea, à la lueur du clair de lune. Pourquoi, en effet ?

— Je ne sais pas, avoua-t-il honnêtement. Pourquoi avez-vous accepté de venir vous asseoir avec moi ?

— Je ne sais pas, répondit-elle, faisant écho à ses paroles.

— A vrai dire, vous m'intriguez depuis que vous êtes arrivée.

— Vous êtes maso ou quoi ? Vous êtes souvent attiré par des femmes qui ont une langue de vipère ?

Forest eut un léger rire.

— Ni l'un ni l'autre. J'aimerais juste apprendre à vous connaître un peu mieux, découvrir ce qui se cache sous cette apparence de méchanceté.

— Et si vous découvrez qu'il y a une vraie méchanceté dessous ?

Il sourit.

— Dans ce cas, je vous dirai que j'ai été content de faire votre connaissance et je ne vous inviterai plus au quadrille.

Il retira les deux saucisses et, à sa surprise, Patience en accepta une.

Ils mangèrent en silence, mais ce n'était pas un silence gênant. Elle pensait probablement avoir affaire à un fou. Elle avait raison. Il avait un peu perdu la tête depuis qu'elle était là.

Même avant qu'il lui parle, elle avait été présente dans ses pensées. Il l'avait observée dans ses relations, ou plutôt son absence de relations avec les autres. Il avait regardé ses cheveux scintiller au soleil et s'était demandé s'ils étaient aussi soyeux qu'ils semblaient l'être. Il s'était demandé à quoi ressemblait son rire, quel genre de personne elle était quand elle ne travaillait pas. Il avait passé un temps fou à s'interroger à son sujet.

Le repas terminé, il éloigna le barbecue de quelques mètres. En revenant à sa place, il augmenta un peu le volume de la radio, pas trop, mais assez pour qu'ils puissent suivre le rythme de la musique.

— Je ne vais pas vous demander ce que vous avez découvert jusqu'ici, mais parlez-moi un peu de votre métier. Anthropologue judiciaire, ce n'est pas très courant.

— Ça vous intéresse vraiment ?

— Oui. J'ai arrêté mes études à seize ans. J'ai toujours soif d'apprendre.

Forest évoquait rarement cet épisode de sa vie. Il était lié à des circonstances tragiques auxquelles il préférait ne plus penser.

Le métier de Patience l'intéressait, mais surtout il aimait le son de sa voix, son timbre harmonieux, presque musical.

Il sortit deux autres bières et se cala dans son fauteuil tandis qu'elle commençait à lui parler analyses, mesures et densité des os.

Dès qu'elle évoquait son travail, son visage s'illuminait. Ses yeux brillaient, ses traits s'animaient. Elle était plus séduisante encore.

Il mourait d'envie de la prendre dans ses bras et de danser avec elle.

Elle parla un long moment, puis conclut :

— Les faits, voilà ce dont je m'occupe. Des données scientifiques qui ne mentent pas.

— Les faits sont importants mais un peu d'imagination ne fait pas de mal non plus.

Elle garda le silence, certainement peu encline à se laisser porter par son imagination.

Au lieu d'insister, il se mit à lui montrer les différentes constellations visibles dans le ciel, et à lui expliquer comment les cow-boys se servaient des étoiles pour se diriger dans le noir.

— Bref, si jamais vous vous égarez dans une prairie en pleine nuit, je suis votre homme, plaisanta-t-il.

La radio diffusait un slow. Se lançant un défi silencieux, Forest se leva et tendit la main vers elle.

— Un quadrille n'est pas complet si on ne danse pas.

— Oh ! Je ne sais pas danser, répondit-elle en se tassant sur sa chaise.

— C'est facile, vous n'avez qu'à me suivre.

— Je n'ai pas pour habitude de suivre quiconque, ripostat-elle, une légère tension dans la voix.

— Allons, Patience, ce n'est qu'une danse, pas une demande en mariage.

Elle hésita un instant, puis posa sa bière par terre et se leva avec raideur, comme si elle allait au supplice.

Il la prit par la taille, en veillant à laisser quelques centimètres entre leurs deux corps. Les mains de Patience se posèrent automatiquement sur ses bras. Elle était toute petite. Atteindre ses épaules serait difficile pour elle.

— Détendez-vous, murmura-t-il.

Elle leva les yeux vers lui.

— Facile à dire.

Il lâcha un petit rire et fit quelques pas de danse.

Heureusement, Patience le suivit sans difficulté. Au bout de quelques minutes, elle commença même à se détendre.

Il respira son parfum, luttant contre l'envie de l'attirer plus près. S'il cédait à la tentation, elle battrait précipitamment en retraite, et il ne voulait pas que la soirée se termine si vite.

Cependant, elle ne lui laissa pas le choix. Dès que la chanson fut terminée, elle fit un pas en arrière, sur la défensive.

— Il faut que j'aille me coucher, annonça-t-elle en reculant. J'ai passé une bonne soirée, merci. Mais je suis ici pour travailler, et c'est tout ce qui m'importe.

Avant que Forest ait eu le temps de dire quoi que ce soit, elle avait disparu dans sa chambre et refermé la porte.

Déçu, il se laissa tomber sur son fauteuil, repassant dans sa tête chaque instant partagé avec elle.

Il avait à moitié espéré qu'il la trouverait aussi désagréable que tout le monde semblait le dire. Il avait presque voulu croire qu'elle était un dragon, et étouffer l'inexplicable attirance qu'il éprouvait pour elle.

Cela ne s'était pas produit. Au contraire, il était encore plus intéressé qu'avant. Peut-être était-ce tout simplement une question d'hormones. Peut-être avait-il besoin d'aller déplacer une souche ou de porter une vache sur ses épaules, songea-t-il avec ironie.

Il ouvrit une nouvelle canette et contempla le ciel sans nuages. Aucune débauche d'activité physique ne soulagerait son désir, ni son envie de percer la façade que Patience présentait au monde pour le maintenir à distance.

Il était bien placé pour le savoir : la plupart des cow-boys employés au ranch avaient du mal à faire confiance à autrui. Le Dr Patience Forbes était-elle dans le même cas ?

L'avenir le dirait… si elle restait assez longtemps. S'il parvenait à s'approcher d'elle suffisamment pour découvrir ce qui avait fait d'elle la femme qu'elle était devenue.

Tout ce qu'il savait, c'était que, lorsqu'ils avaient dansé et qu'elle s'était détendue un peu, elle avait touché son cœur comme seule Cass Holiday l'avait fait le jour où elle l'avait recueilli, à seize ans, alors qu'il n'était qu'un jeune fugueur en cavale. Quelque chose en Patience l'avait ému.

Cass était morte, mais Patience était là, et cette soirée n'avait fait que renforcer sa détermination à mieux la connaître.

Comment la persuader de lui faire confiance ?

3

Patience se réveilla de fort méchante humeur, et la raison en était Forest Stevens. Il l'avait attirée dans un guet-apens la veille, en l'incitant à passer la soirée avec lui.

Avec son sourire enjôleur et ce quadrille impromptu à sa porte, il avait envahi ses rêves. Elle s'était vue danser avec lui de nouveau, de manière plus intime. Les bras puissants de Forest enroulés autour d'elle, son corps d'athlète lui donnant l'impression d'être une minuscule danseuse dans une boîte à musique, choyée et protégée.

— Quelle idiotie ! marmonna-t-elle à voix haute en s'habillant.

L'espace d'un moment, elle s'était laissée entraîner dans son univers, un univers où elle n'avait pas sa place, où elle ne voulait pas avoir sa place.

Au moins, les hot dogs avaient été délicieux et, à dire vrai, elle avait apprécié la compagnie de Forest. Il était non seulement séduisant, mais très intéressant.

Cependant, cela ne changeait rien, ne devait rien changer à son humeur ni à sa décision de garder dorénavant ses distances… avec tout et tout le monde, hormis les ossements qui exigeaient son attention d'experte.

Elle quitta sa chambre, soulagée à l'idée qu'elle ne risquait pas de rencontrer Forest ou aucun des autres cow-boys. Ils étaient debout depuis déjà longtemps et vaquaient à leurs tâches.

Toutefois, à l'approche du corral où Forest se trouvait avec le cheval, elle se raidit légèrement. Il lui adressa un signe de la main, mais elle baissa la tête et se hâta vers la tente.

Au passage, elle frappa à la porte de Devon pour lui indiquer qu'elle était arrivée. Il ne pénétrait jamais sous la toile à moins de savoir qu'elle était sur les lieux. Elle ne permettait à personne d'y travailler hors de sa présence.

Elle s'engouffra à l'intérieur, mais à peine avait-elle fait quelques pas qu'elle se figea, sous le choc. Le squelette qu'ils avaient achevé de reconstituer avait disparu, ainsi que le deuxième, qui était presque terminé.

L'espace d'un instant, son cerveau resta paralysé, incapable d'assimiler la scène. Quelqu'un était entré sous la tente durant la nuit, quelqu'un qui avait dérobé les ossements que Devon et elle avaient rassemblés au prix de tant d'efforts.

Le choc céda la place à l'indignation. Devon, qui venait d'entrer, en fit les frais.

— Qu'est-il arrivé aux squelettes ?

Il la regarda sans comprendre.

— De quoi parlez-vous ?

— Des ossements. Les squelettes ont disparu, vous ne voyez pas ?

Elle avait élevé la voix, mais c'était plus fort qu'elle.

— Ils ne sont tout de même pas partis tout seuls. Quelqu'un est venu les voler.

Devon recula de quelques pas et tira son téléphone portable de sa poche.

— Je vais appeler Dillon.

Pendant qu'il téléphonait au chef Bowie, Patience fit les cent pas devant la tente, encore abasourdie mais trop avertie pour pénétrer dans un endroit qui était désormais une scène de crime.

— Dillon arrive, annonça Devon en rangeant son appareil, l'air tout aussi consterné qu'elle.

— Qui a pu faire une chose pareille ?

— Et où était l'agent qui est censé monter la garde ? renchérit Devon.

Sans doute attiré par leur agitation et ses cris à elle, Forest s'approcha d'eux.

Elle n'avait pas besoin de ça, vraiment. Déjà qu'elle se sentait à deux doigts de devenir folle…

— Que se passe-t-il ?

Il apportait une odeur de cuir et de soleil mêlée à celle du savon et de l'eau de Cologne.

— Mes squelettes ont disparu et c'est votre faute ! lança-t-elle avec colère.

Il arqua les sourcils, visiblement perplexe.

— Ma faute ?

— Vous avez troublé ma concentration hier soir avec votre histoire d'invitation. Vous… vous m'avez fait oublier mes ossements et mon travail ici.

Son accusation était complètement irrationnelle, elle le voyait bien. Mais elle était furieuse, déstabilisée, et il constituait une cible toute trouvée.

Elle ne pouvait pas s'en prendre à Devon. Elle devait travailler avec lui. D'ailleurs, il la supportait déjà toute la journée.

— Et s'il n'y avait pas eu cette distraction hier soir, qu'y aurait-il de différent ce matin ? demanda calmement Forest.

Elle le dévisagea pendant une longue minute.

— Rien, admit-elle enfin avec gêne.

Si elle n'avait pas été avec lui, elle aurait passé la soirée dans sa chambre. Elle ne serait pas restée près de ses ossements.

— Au moins, j'ai déjà transmis à Dillon les rapports concernant le premier squelette, marmonna-t-elle, s'adressant surtout à elle-même.

— Pourquoi quelqu'un aurait fait ça ? reprit Devon. Quelle peut être sa motivation ?

— Retarder l'enquête ou la faire cesser ? suggéra Forest. Vous empêcher de découvrir quelque chose qui pourrait identifier soit les victimes, soit le tueur ? A propos, je croyais qu'un agent gardait les lieux la nuit.

— Quelqu'un est censé être là, confirma Patience. Il arrive entre 18 et 19 heures et il reste jusqu'à 7 heures. Je suis sûre qu'il était à son poste hier soir quand je suis retournée dans ma chambre.

Elle jeta un coup d'œil à sa montre. Il était 8 heures passées de quelques minutes. L'agent devait être rentré chez lui.

Elle se laissa tomber sur le sol, négligeant la poussière rougeâtre qui allait maculer sa blouse. A sa grande surprise, Forest l'imita.

— Je suis désolée de m'être fâchée contre vous, murmura-t-elle tandis que Devon regagnait le camping-car pour y attendre l'arrivée du chef Bowie.

— Vous étiez bouleversée, la rassura Forest.

— Oui, mais ce n'est pas de votre faute. Tout le travail que nous avons accompli depuis notre arrivée est parti en fumée. Presque un mois entier passé à creuser, à faire des analyses, à comparer des ossements, à reconstituer des squelettes, et tout ça pour rien ! C'est la première fois qu'il m'arrive quelque chose de ce genre.

Elle en avait la gorge nouée, et des larmes lui picotaient les yeux. Elle n'allait tout de même pas se mettre à pleurer ? Elle ne pleurait jamais. C'était un signe de faiblesse. Chez elle, pleurer n'avait jamais été toléré.

Elle se fit violence pour refouler son émotion. Heureusement, au même instant, la voiture de Dillon Bowie apparut, en train de se garer à côté du ranch.

Forest et elle se levèrent pour aller à la rencontre du policier.

— Peut-être qu'il va résoudre le mystère, avança Forest avec une pointe d'optimisme.

Patience aurait aimé partager son attitude positive au lieu de s'accrocher automatiquement à la colère qui lui était familière depuis si longtemps.

— Je pensais qu'un agent était de garde la nuit ? lança-t-elle à Dillon. Que lui est-il arrivé hier soir ? Il est allé acheter une pizza ou parti dormir ?

Dillon accusa nettement le coup.

Forest effleura l'épaule de Patience.

— Il n'est pas votre ennemi non plus, lui fit-il remarquer avec douceur.

Patience rougit jusqu'aux oreilles et prit une profonde inspiration.

— Je suis désolée, murmura-t-elle.

Bon sang, combien de fois allait-elle encore devoir s'excuser pour sa mauvaise humeur avant la fin de la journée ?

Ces hommes ne se rendaient-ils pas compte du temps qu'ils allaient perdre à cause de cet incident ?

Elle n'avait même pas pu examiner la fosse pour voir si des ossements avaient été volés là aussi. Si oui, ils n'avaient pratiquement plus aucune chance d'élucider ce crime.

— L'agent Kelly était de garde, répondit finalement Dillon. Je lui ai parlé juste après que le Dr Devon Lewison m'a averti. Il a avoué s'être assoupi pendant une heure environ.

— Assoupi ! répéta Patience au comble de la frustration. Il ne sait pas à quel point ce travail est important ? Il ne sait pas que c'est une scène de crime ? On ne peut pas s'assoupir quand on est de garde, enfin !

— Il en a conscience, et il va recevoir un blâme, annonça Dillon avec calme. Vous êtes entrée ? ajouta-t-il en désignant la tente.

— Je n'ai fait que quelques pas à l'intérieur. Je me suis arrêtée dès que j'ai vu que les squelettes avaient disparu.

— Où est le Dr Lewison ?

— Dans le camping-car.

Patience alla frapper à la porte. L'instant d'après, Devon les rejoignit.

— Je suppose que vous n'avez rien entendu de bizarre ou de troublant hier soir ?

Devon secoua la tête. Il passa une main dans ses cheveux châtains et fit remonter ses lunettes cerclées de métal sur l'arête de son nez.

— J'ai le sommeil lourd.

— Allons jeter un coup d'œil, décida Dillon. Personne ne touche à rien, d'accord ?

Le chef de la police passa le premier, suivi de Patience, puis de Devon et enfin, de Forest.

Elle était vaguement surprise que Forest ne soit pas retourné au corral alors que Dillon était là. Sa présence était superflue, à la fois source d'une légère irritation et d'un étrange réconfort.

Sans doute qu'après leur conversation de la veille Forest savait combien ce travail était important pour elle. Il comprenait son désarroi.

— Les squelettes ont disparu, constata Dillon, les sourcils froncés.

Patience réprima l'envie de lever les yeux au ciel.

— C'est ce que je vous disais, énonça-t-elle d'un ton aussi neutre que possible.

Comme elle s'avançait vers la fosse, elle lâcha un cri de surprise. Contrairement à ce qu'elle avait craint, les ossements qui se trouvaient sur la table n'avaient pas été volés mais simplement rejetés en vrac dans la tombe. Elle les avait tous numérotés et il était aisé de les reconnaître.

— Ils sont ici ! s'écria-t-elle tandis que les trois hommes s'approchaient à leur tour. Dieu merci, nous les avons répertoriés. Voilà ceux qui étaient sur les tables.

— Ils sont tous là ? s'enquit Dillon.

Forest se tenait debout à côté de lui, solidement planté sur ses deux jambes, aussi fort qu'un chêne.

— C'est difficile à dire avant de les ressortir de là et de reconstruire les squelettes.

— A priori, il ne s'agit donc pas d'un vol, mais d'une espèce de sabotage, commenta Dillon, une pointe de colère dans la voix.

— On le dirait, marmonna Devon.

— Ce qui me trouble, intervint Forest, c'est que quelqu'un devait surveiller l'agent Kelly dans l'espoir qu'il allait s'endormir pour s'introduire sous la tente. Par conséquent, le coupable n'a pas agi sur un coup de tête. Il a préparé son coup.

— Et pourquoi se donner toute cette peine ? interrogea Devon. Si les ossements avaient été volés, nous aurions eu un vrai problème. Tandis que ce geste ne fait que nous retarder.

— En tout cas, il est peu probable qu'il y ait eu des témoins, avança Forest. Tous les gars étaient au quadrille hier soir et ils sont rentrés tard dans la nuit. D'ailleurs, ils n'étaient sûrement pas en état de remarquer que quelqu'un rôdait sous la tente.

— Je vais les rassembler et les questionner quand même, à tout hasard, déclara Dillon avant de se tourner vers Patience. Combien de temps va-t-il vous falloir pour reprendre tout cela ?

— Sans doute deux jours. A supposer que tous les ossements soient bien là.

— J'imagine qu'il ne servira à rien de chercher des empreintes, grommela Dillon en fourrant les mains dans ses poches. Ce type a sûrement été assez malin pour mettre des gants.

— De toute façon, il n'est pas indiqué de pratiquer des tests sur des ossements, souligna Patience. Ils sont déjà fragiles et risqueraient de se dégrader davantage.

Dillon leur fit signe de le suivre et sortit de la tente. Une fois dehors, il s'adressa à Devon et Patience.

— Vous avez du pain sur la planche. Quant à moi, je vais interroger tous ceux qui sont au ranch. Je passerai probablement le plus clair de la journée ici.

Sans attendre de réponse, il pivota et se dirigea vers la maison principale. Sans doute allait-il informer Cassie, la propriétaire, de l'incident.

Forest se tourna vers Patience.

— Ça va ?

Elle se redressa.

— Bien sûr. Il faut seulement que je me remette au travail.

Ce n'était pas vrai. Au fond d'elle-même, elle éprouvait un sentiment de violation. Comme si quelqu'un avait fouillé dans ses sous-vêtements. Cependant, elle ne voulait pas montrer à Forest combien elle était ébranlée.

Il porta la main à son chapeau noir et repartit vers l'enclos. Elle le suivit des yeux, se remémorant son rêve. L'espace d'un instant, elle fut tentée de le rappeler et de se blottir au creux de ses bras. Cette pensée la choqua si violemment qu'elle se retourna vers Devon.

— Au travail, dit-elle d'un ton sec, chassant Forest de ses pensées.

Si Forest avait espéré que son invitation ou le soutien silencieux qu'il avait apporté à Patience après l'incident des ossements allait donner une impulsion à leur amitié naissante, il s'était lourdement trompé.

Toute la semaine suivante, elle avait été aussi rétive que le cheval qu'il essayait de dresser. Elle avait travaillé sous la tente toute la journée et était allée dîner en ville avec Devon chaque soir.

Il était évident qu'elle l'évitait. Pourtant, elle continuait à l'observer à la dérobée la journée, lorsqu'il s'occupait du cheval dans l'enclos. Cela pouvait sembler fou, mais il n'était pas encore prêt à jeter l'éponge.

Peut-être avait-elle seulement besoin d'un ami…

Eh bien, si elle n'avait que son amitié à lui proposer, il s'en contenterait, malgré le désir qu'elle lui inspirait.

De la même manière qu'un cheval sauvage avait besoin de faire confiance, Patience aspirait à un véritable contact humain, il le sentait. A moins que ce ne soient des élucubrations de cow-boy solitaire.

Il avait appris par le bouche-à-oreille que l'enquête de Dillon sur le déplacement des squelettes n'avait abouti à rien. Quant à lui, il se refusait à croire qu'un de ses collègues puisse en être responsable. Il les connaissait tous depuis quinze ans et les jugeait au-delà de tout soupçon.

Le jour baissait. Assis dans un fauteuil devant sa porte, il jeta un coup d'œil en direction du ranch des Humes. Nul ne savait ce qui avait provoqué la querelle entre Cass et Raymond Humes, mais il était indéniable qu'il subsistait une animosité tangible entre les deux établissements.

Au fil du temps, le ranch Holiday avait subi divers dégâts : clôtures abattues, incendies sans gravité, déprédations dans des dépendances. Forest et ses camarades soupçonnaient que les coupables venaient du ranch voisin.

Raymond Humes employait des brutes et des voyous dont la plupart travaillaient déjà pour lui lorsque Forest était arrivé, seize ans plus tôt.

L'un d'eux était-il un assassin ?

Ou le tueur n'avait-il été qu'un individu de passage à Bitterroot, qui se trouvait désormais bien loin de l'Oklahoma ?

— Que fais-tu ici tout seul ?

Sawyer Quincy prit place sur le second fauteuil, celui que Forest avait tiré de sa chambre dans l'espoir de persuader Patience de bavarder un peu avec lui à son retour.

— Rien.

— Sans blague.

Les cheveux roux de Sawyer avaient pris un éclat presque doré à la lumière du soleil couchant.

— Tu as deux chaises. Donc, il est évident que tu attends quelqu'un. Une jolie rouquine, par exemple.

Forest ne répondit pas.

— Je te connais, Forest. De nous tous, c'est toi qui souhaites le plus te marier et fonder une famille, mais tu te fourres le doigt dans l'œil si tu espères y arriver avec le Dr Forbes.

Forest lâcha un petit rire.

— Je ne veux rien de Patience. Il me semble seulement qu'elle a besoin d'un ami.

Ses propres mots le firent réagir : à quel moment était-elle devenue pour lui Patience plutôt que Dr Forbes ?

— Elle n'a pas l'air d'en chercher un, persifla Sawyer.

— Tout le monde a besoin de quelqu'un ! insista Forest. Où serions-nous, nous tous, si nous n'avions pas rencontré Cass ?

Le regard de Sawyer s'assombrit.

— Je ne veux même pas y penser. Comment sais-tu que le Dr Forbes n'a pas déjà quelqu'un dans sa vie ? Un séduisant scientifique à Oklahoma City, par exemple ?

Le cœur de Forest manqua un battement. Il se laissa aller contre le dossier de sa chaise et prit une profonde inspiration.

Cette idée ne lui était même pas venue à l'esprit. Peut-être était-ce pour cette raison que Patience était si décidée à garder ses distances avec lui et tous les autres.

Il aurait dû se rendre compte qu'une femme aussi intelligente, aussi éduquée et aussi jolie que Patience avait forcément un homme dans sa vie.

— Je ne voudrais pas qu'un gars au grand cœur comme toi tombe de haut, reprit Sawyer en se levant. Bon, à demain.

Il longea le bâtiment et s'engouffra dans sa chambre.

Forest se redressa, s'efforçant d'assimiler les paroles de Sawyer.

Si Patience était déjà prise, Forest n'insisterait pas. Jamais il ne tenterait de s'immiscer dans un couple. C'était une question d'honneur… un honneur que lui avaient instillé ses parents, et Cass après eux.

Il faisait presque nuit quand les phares de la voiture apparurent. Le cœur de Forest se mit à battre plus vite. Les questions de son ami résonnaient encore à ses oreilles et il brûlait de parler à Patience. S'il restait là, elle ne pourrait pas l'éviter.

Bien sûr, elle pourrait se borner à lui adresser un rapide signe de tête et filer dans sa chambre sans dire un mot, comme elle l'avait fait toute la semaine.

Mais il allait essayer quand même.

Il releva la tête. La silhouette menue de Patience se détachait au clair de lune, un sac à la main. Elle marchait avec raideur. Elle l'avait vu, comprit-il. Elle était sur la défensive.

Pourtant, lorsqu'il put distinguer ses traits, il se détendit légèrement. Elle n'avait pas les lèvres pincées et ne le foudroyait pas du regard non plus.

— Vous voulez vous asseoir quelques minutes ? suggéra-t-il.

Elle hésita un instant.

— D'accord, dit-elle enfin. Je vais juste mettre ce sac dans ma chambre.

Elle ouvrit la porte et le jeta à l'intérieur.

— Encore des magazines et des biscuits au fromage ? demanda-t-il.

— Il faut que vous arrêtiez d'examiner mes poubelles, rétorqua-t-elle en revenant s'asseoir.

— Je ne peux pas m'en empêcher. Une fois par semaine, c'est mon tour de ramasser les poubelles que tout le monde laisse devant sa porte. J'ai du mal à croire que vous lisez ces revues à scandale.

— Je les aime bien. Elles parlent de gens qui mènent une vie totalement différente de la mienne.

— Vous ne croyez pas que ce serait mieux de trouver quelqu'un qui mène ce genre de vie et de lui parler ? D'établir un rapport personnel ?

— Pas vraiment. Je ne suis pas du genre à avoir des rapports personnels avec quiconque.

— Vous voulez dire que vous n'avez pas de petit ami qui vous attend à Oklahoma City ? insista-t-il, sur un ton qu'il espérait dégagé.

— Certainement pas. J'ai eu quelques petits amis à la fac, mais je suis parvenue à la conclusion que je ne croyais pas en l'amour. C'est juste un tas d'émotions qui ne reposent pas sur des faits. Une raison de procréer et d'échapper à la solitude en vieillissant. Quant à moi, la solitude ne me gêne pas.

Forest la dévisagea avec stupeur.

— Il n'y a pas que les faits dans la vie, surtout dans les affaires de cœur. Comment expliquez-vous que les gens restent mariés pendant des années ?

— C'est à cause d'une attraction chimique qui dépend des phéromones, de l'évolution et des hormones. Dans la phase de désir, la dopamine et l'adrénaline jouent un grand rôle. Dans la phase d'attachement, l'ocytocine et la vasopressine entrent en jeu. Cette émotion nébuleuse que les gens appellent l'amour, Forest, c'est de la science, voilà tout.

Il n'avait jamais entendu la moitié des mots qu'elle avait prononcés, mais il n'avait pas besoin de détails pour saisir son point de vue.

— Je ne sais rien des hormones ni de l'évolution, avoua-t-il, mais j'ai été élevé par des parents qui s'aimaient et qui m'aimaient. Je ne crois pas que la science ait joué un rôle là-dedans. C'était un lien émotionnel, un lien d'affection, qui n'a été brisé que par la mort.

— Vos parents sont morts ?

— Dans un accident de voiture quand j'avais quinze ans.

Même après toutes ces années, un nœud se forma dans sa gorge.

— Et vous ? Vos parents sont toujours en vie ?

— Ma mère aussi est morte dans un accident de voiture, cinq ans après nous avoir abandonnés, mon père et moi. Elle est partie quand j'avais six ans et nous n'avons jamais eu de ses nouvelles. Mon père a été averti de son décès par un parent éloigné.

— Je suis désolé, murmura-t-il.

— Il n'y a pas de quoi. C'était une reine du mélodrame, toujours en train de crier ou de pleurer. Si elle n'était pas partie, mon père aurait peut-être demandé le divorce. Il ne pouvait pas supporter tous ces épanchements d'émotion.

Patience parlait d'un ton détaché, comme si elle évoquait un des articles qu'elle lisait dans ses revues et non l'histoire de ses proches.

— Vous vous entendez bien avec votre père ? demanda Forest, fasciné par cet aperçu de l'enfance de Patience.

— Nous avons une relation qui fonctionne.

Forest fronça les sourcils.

— Qu'est-ce que ça veut dire ?

— Mon père est scientifique. Nous n'avons jamais eu de rapports particulièrement affectueux. Il a été mon mentor et il a fixé la barre très haut. Nous parlons au téléphone de temps à autre, mais il donne des conférences dans tout le pays, si bien que nous ne nous voyons pas très souvent.

Elle changea de position sur sa chaise, et Forest saisit un soupçon de son parfum fleuri.

— Que vous est-il arrivé à la mort de vos parents ? reprit-elle. Avez-vous été placé dans une famille d'accueil ?

— Nous vivions à Oklahoma City. Après l'enterrement de

mes parents, un assistant social m'a ramené à la maison pour que je prenne quelques affaires. J'ai fait un baluchon et je me suis enfui par la fenêtre. Je préférais vivre dans la rue plutôt que d'aller en famille d'accueil. Je pensais que j'étais assez grand pour me débrouiller. C'est dans la rue que j'ai rencontré Dusty.

— Dusty ?

— Il a les cheveux blonds, des fossettes sur les joues… c'est le benjamin, ici. Il avait treize ans, il était tout maigre et se faisait passer à tabac régulièrement par les autres gamins des rues. Moi, j'étais déjà assez grand pour que personne ne m'ennuie. Je me suis mis à veiller sur Dusty. J'ai fait en sorte que plus personne ne l'embête.

— Comment vous êtes-vous retrouvés dans un ranch à une heure et demie de la ville ?

— C'est grâce à une femme qui s'appelait Francine Rogers. Une assistante sociale qui faisait des maraudes la nuit pour s'occuper des enfants perdus… c'est comme ça qu'on se décrivait. Quand je l'ai rencontrée, le mari de Cass venait de mourir et le ranch allait à vau-l'eau. Hank avait été malade pendant un certain temps et la plupart des employés étaient partis. Francine m'a demandé si je voulais venir ici apprendre le métier de cow-boy. J'ai accepté à condition que Dusty puisse m'accompagner. Quinze ans plus tard, nous sommes toujours là. Tous autant que nous sommes, nous étions à la rue quand Cass nous a recueillis. C'est elle qui a fait de nous des hommes.

— Autrement dit, observa Patience d'un ton songeur, il est possible que l'un de vous ait commis les meurtres sur lesquels nous enquêtons.

— Je refuse de le croire, répliqua-t-il avec fermeté. Il vous faudrait des preuves irréfutables pour m'en convaincre.

— Vous voyez, je suppose que nous avons plus de points communs que vous ne voulez l'admettre, conclut-elle en se levant. Sur ce, je vais me coucher. Bonne nuit, Forest.

— Bonne nuit, Patience.

Lorsqu'elle eut disparu à l'intérieur, il se laissa aller contre le dossier du fauteuil, réfléchissant à leur conversation. Il n'avait pas la moindre idée de l'identité du meurtrier, mais s'il avait dû deviner, il aurait fouillé du côté de l'inimitié entre Raymond Humes et Cass.

Cependant, il n'était pas policier et ce n'était pas à lui d'échafauder des hypothèses à ce sujet. Ce qui l'avait surtout intrigué dans cet échange avec Patience, c'étaient ses propos sur son enfance… une enfance qui avait fait d'elle la femme qu'elle était désormais.

Elevée jusqu'à l'âge de six ans par une mère hystérique qui l'avait abandonnée, puis par un père apparemment froid et distant, était-il surprenant qu'elle doute de l'existence de l'amour ?

Etait-il étonnant que la seule émotion à laquelle elle cède soit la colère, la meilleure arme possible pour maintenir les autres à distance ?

Contrairement à la plupart des autres hommes qui travaillaient au ranch, Forest n'avait pas été maltraité.

Il connaissait le son, l'odeur et la sensation de l'amour. Le son de l'amour, c'était les rires complices de son père et de sa mère lorsqu'ils échangeaient une plaisanterie. L'amour sentait bon le déjeuner du dimanche midi, et c'était une tape affectueuse dans le dos, un baiser sur la joue juste avant qu'il aille se coucher.

Il rêvait d'amour et de mariage. Il rêvait d'avoir des enfants et de connaître un bonheur qui durerait jusqu'à la fin de ses jours, comme cela aurait été le cas pour ses parents s'ils n'étaient pas morts prématurément.

Il se leva, replia les fauteuils et les rangea, en s'efforçant de ne pas penser à la jeune femme allongée dans son lit, de l'autre côté de la cloison.

C'était bien sa chance ! La première femme qui éveillait son attention ne croyait pas à l'amour.

Parviendrait-il à la faire changer d'avis ?

4

A la porte de la grande maison, Dillon, le chef de la police, fut accueillie par Cassie. Elle le conduisit dans la cuisine où le contremaître, Adam Benson, était attablé, une tasse de café devant lui.

— Bonjour, Adam.

— Bonjour, Dillon.

— Du café ? proposa Cassie.

— Avec plaisir.

Cassie Peterson, ravissante jeune femme blonde, avait attiré Dillon dès le moment où elle était arrivée au ranch après la mort de sa tante.

Cependant, il avait vite compris que Cassie et Adam étaient proches, et même de plus en plus au fil des jours, de sorte qu'il s'était efforcé de maîtriser son intérêt pour elle.

Ce qui ne l'empêchait pas d'admirer la manière dont son jean épousait son charmant derrière et ses jambes minces. Ni de remarquer son corsage bleu clair parfaitement assorti à la couleur de ses yeux.

Il s'assit en face d'Adam. Cassie déposa une tasse de café devant lui et prit place au bout de la table, entre eux deux.

— Je suis venu vous tenir au courant et vous poser quelques questions en même temps, annonça Dillon.

Cassie arqua un sourcil blond parfaitement dessiné.

— Des questions ? Si c'est à propos de ces squelettes, je ne pourrai rien vous dire d'utile. Vous savez que je ne suis ici que depuis deux mois.

— Oui, mais laissez-moi vous expliquer ce que nous avons appris et la théorie qui m'est venue à l'esprit. Les squelettes que le Dr Forbes a réussi à reconstituer sont ceux de deux jeunes gens.

Il se tourna vers Adam.

— S'ils avaient vécu, ils seraient à peu près du même âge que les cow-boys qui sont ici.

Adam fronça les sourcils.

— J'ai été le premier à être recueilli par Cass. J'étais là au tout début et, à ma connaissance, personne n'a été amené ici à part les douze hommes qui sont toujours là.

Dillon reporta son attention sur Cassie.

— Existe-t-il des archives datant de cette époque-là ?

Cassie regarda les deux hommes tour à tour.

— Je ne saurais même pas où chercher, avoua-t-elle.

— Peut-être…, avança Adam. Je sais qu'il y a des livres de comptes dans un des hangars. Evidemment, nous avons des dossiers informatisés à présent, mais pas depuis très longtemps. Cass se méfiait des nouvelles technologies. Il a pratiquement fallu que je la supplie de me laisser me servir d'un ordinateur.

— Peux-tu vérifier s'il y a des documents qui correspondent aux deux ou trois premières années de votre arrivée à tous ?

— Oui, bien sûr, mais je ne sais pas si ça te sera très utile. Je ne suis pas sûr que tous les cow-boys aient utilisé leur vrai nom au départ. Ce qui est certain, c'est qu'aucun d'entre nous n'avait d'adresse. Cass faisait confiance à Francine pour choisir des jeunes qu'elle pensait capables de bien travailler au ranch. Tu l'as contactée ?

— J'ai essayé. Elle a pris sa retraite il y a plusieurs années et elle a déménagé à Tulsa. Une de ses vieilles amies m'a appris qu'elle était partie en croisière sur la Méditerranée. Elle ne sera pas de retour avant deux semaines.

Dillon s'interrompit un instant pour boire une longue gorgée de café.

— Quant à vous tous, j'ai déjà procédé à des vérifications.

Tout le monde ici a donné son vrai nom et j'ai fait examiner les casiers judiciaires.

Adam arqua un sourcil.

— Je suppose que tu n'as rien trouvé. Tu as fait la même chose avec les employés de Humes ?

Dillon hocha la tête.

— C'est en cours.

— Peut-être que, d'ici là, le Dr Forbes aura réussi à reconstituer tous les squelettes et que la scène de crime pourra être remise en état, murmura Cassie avec espoir. La vue de cette tente me retourne l'estomac.

— C'est vrai pour nous tous, renchérit Adam. Tu as des suspects potentiels ? De véritables indices qui pourraient te mener à l'auteur de ces crimes ?

— Je ne peux pas donner de détails sur une enquête en cours, indiqua Dillon.

Sur ce, il termina son café et se leva.

— Si vous trouvez des archives, faites-le-moi savoir. Cassie, ne vous dérangez pas. Je connais le chemin.

— Adam et moi, nous allons chercher ces dossiers.

Dillon acquiesça et sortit.

Une fois au volant de sa voiture, il resta longtemps immobile avant de démarrer. Il aurait aimé pouvoir discuter de l'enquête, mais à la vérité il n'avait pratiquement aucune piste.

D'après le Dr Forbes, l'arme du crime était un couperet à viande. Dillon avait déjà eu une conversation avec Cord Cully, dit Cookie, le cuisinier du ranch. Grincheux au possible, ce dernier n'était pas un interlocuteur des plus plaisants, mais il avait déclaré avoir jeté une demi-douzaine de couperets au fil des années, afin de les remplacer par des neufs.

Il avait montré à Dillon ceux qu'il utilisait, tous impeccablement propres et aiguisés, à l'évidence trop neufs pour avoir servi à tuer six personnes quinze ans auparavant.

D'ailleurs, Dillon s'était renseigné sur Cord Cully. Cass l'avait engagé vingt ans plus tôt, alors qu'il avait trente-cinq ans. Il avait eu quelques démêlés avec les autorités étant jeune, pour des échauffourées dans des bars ou autres délits mineurs, mais rien qui soit vraiment de nature à éveiller les soupçons.

Dillon démarra enfin, fit demi-tour et emprunta le long chemin qui menait à la route de Bitterroot.

Il s'était entretenu avec l'ancien chef de la police, Ralph Mc Crillis, qui était en poste à l'époque des meurtres. Malheureusement, celui-ci n'avait rien pu lui apprendre de nouveau.

Il était logique de penser que les victimes étaient arrivées à Bitterroot de la même manière que leurs successeurs. Mais qui les avait tués ? Qui les avait attaqués par surprise pour leur fracasser le crâne ?

Qui les avait enterrés dans la fosse derrière le vieil abri ? Et pourquoi ?

Dillon jura intérieurement.

Son seul espoir était que Francine Rogers puisse le renseigner à son retour de croisière. Avec un peu de chance, elle aurait conservé une liste des jeunes gens qu'elle avait amenés au ranch Holiday. Cependant, ces événements remontaient à si loin que Dillon ne pouvait s'empêcher d'être pessimiste. Tant d'années après, les souvenirs s'étaient estompés. Il était fort possible que les morts ne soient jamais identifiés et le tueur jamais retrouvé.

Si tel était le cas, cette affaire le hanterait jusqu'à la fin de ses jours.

La reconstitution du troisième squelette avançait plus rapidement que celle des deux premiers, se félicita Patience. En outre, le crâne contenait une dent en or, ce qui signifiait qu'un dossier dentaire au nom de la victime existait quelque part.

Cela dit, les meurtres remontant à quinze ans au moins, retrouver ces informations sans disposer d'un nom équivaudrait à chercher une aiguille dans une botte de foin. Enfin, ce serait à Dillon de voir s'il pouvait apprendre quoi que ce soit.

Malgré ces progrès accomplis, Patience était irritée. Mais pour tout autre chose. Elle se reprochait d'avoir accepté l'invitation de Forest à passer un moment en sa compagnie la veille au soir.

Elle lui en avait trop dit. Elle avait révélé des bribes de son passé dont elle n'avait jamais parlé à personne. Il avait fait en sorte qu'elle soit à l'aise avec lui, qu'elle ait confiance en sa discrétion.

A maintes reprises, depuis le matin, elle avait ressenti l'envie de sortir de la tente et de l'observer dans l'enclos avec le cheval, mais elle avait résisté à la tentation.

Pourtant, il était indéniable qu'il l'attirait plus qu'aucun autre homme avant lui.

Sa seule et unique expérience sentimentale avait eu lieu à l'université, avec un étudiant qui s'appelait Jason. Ils étaient sortis ensemble trois fois. Lors de ce troisième rendez-vous, Patience avait perdu sa virginité, pour découvrir quelques jours plus tard qu'elle avait fait l'objet d'un pari entre le jeune homme et ses camarades.

Ceux-ci avaient mis Jason au défi de séduire la studieuse rouquine. En même temps que sa virginité, Patience avait perdu toute confiance en les hommes. Jason, lui, avait empoché une coquette récompense pour son succès.

D'un point de vue rationnel, elle savait évidemment que tous les hommes n'étaient pas comme Jason, mais elle n'avait fréquenté personne après cet incident. Elle s'était concentrée sur ses études, avait obtenu son diplôme avec deux ans d'avance et son doctorat à l'âge de vingt-huit ans.

Le travail était son refuge. Un refuge sûr. Et bien que Forest l'attire, elle ne pouvait perdre de vue le fait que, dès ses investigations achevées, elle retournerait à Oklahoma City.

Les ossements non identifiés allaient peut-être continuer à la hanter, et le cow-boy aux larges épaules aussi, mais elle aurait une autre enquête, d'autres ossements à analyser, et la vie reprendrait son cours.

Vers 18 heures, elle releva la tête de son travail et se tourna vers son assistant.

— Vous pouvez partir, Devon. Nous avons bien avancé aujourd'hui.

— Voulez-vous m'accompagner en ville ? proposa-t-il poliment.

— Non, merci. Je vais rester ici encore un moment et puis je retournerai à ma chambre.

Devon n'avait probablement pas envie de dîner avec elle. Il préférait certainement la compagnie des gens du coin. De son côté, elle était résolue à compléter le troisième squelette dans la soirée, et cette tâche allait nécessiter plusieurs heures. Il avait fallu des jours entiers pour préparer la scène et tout documenter avant de commencer les excavations. Elle avait hâte de rattraper le temps perdu.

Avec un peu de chance, elle rentrerait assez tard pour pouvoir prétexter la fatigue au cas où Forest l'attendrait.

Curieusement, pour une femme qui n'avait jamais hésité à dire leurs quatre vérités aux gens et à les remettre à leur place, elle répugnait à le faire avec Forest. Elle redoutait de le blesser.

Chassant le cow-boy de ses pensées, elle se remit à la tâche. Sur les deux cent six os que compte le squelette humain, le squelette numéro trois en avait cent quatre-vingt-dix jusque-là. Trouver les seize manquants exigerait une concentration totale de sa part.

Deux heures plus tard, alors que le jour baissait, elle fit une pause, but un soda et grignota quelques biscuits salés. Il lui restait six os à mettre en place.

Devon passa une tête par l'ouverture.

— Je rentre à l'instant. Vous avez besoin d'aide ?

— Non merci, Devon. Allez-vous détendre. Ça ira.

— L'agent de garde est arrivé, indiqua-t-il avant de repartir.

Patience acquiesça, puis se remit à grignoter. Elle ne pouvait s'empêcher de penser à Forest et à la conversation qu'ils avaient eue la veille au soir. Avec sa stature, il n'était guère étonnant qu'il n'ait pas eu d'ennuis dans la rue. Le fait qu'il avait pris Dusty, plus jeune et plus vulnérable, sous son aile, en disait long sur son caractère.

Il croyait à des choses nébuleuses comme l'amour et les contes de fées. Peut-être même aux lutins et au Père Noël.

Fronçant les sourcils, Patience termina son soda, remit son sachet de biscuits dans la glacière et retourna à sa tâche. Il n'était pas facile de déterminer quels ossements appartenaient à chaque squelette : il fallait examiner soigneusement leur taille, leur couleur, leur poids et les comparer à ceux qui étaient déjà en place.

Enfin, à 22 heures passées, elle posa le dernier élément du puzzle, un os de la main, et contempla son œuvre avant de prendre des notes sur son ordinateur.

Comme les deux victimes précédentes, celle-ci avait subi un coup à la tête. En outre, un des bras avait été cassé à deux endroits, et l'épaule, fracturée. Le malheureux inconnu avait été maltraité bien avant d'être tué. Les blessures semblaient remonter à l'enfance. En tout cas, elles étaient parfaitement ressoudées au moment de la mort.

S'agissait-il d'un autre jeune fugueur qu'on avait amené au ranch ? Avait-il fui la maltraitance pour venir mourir là ?

Patience quitta la tente et entama le long chemin de retour au motel. Elle n'enviait pas la tâche de Dillon. Parfois, il fallait des années pour identifier les morts, plus longtemps encore pour trouver l'assassin.

De lourds nuages passaient devant la lune et rendaient le chemin plus obscur que d'habitude. Un bruissement s'éleva dans l'herbe derrière Patience. Aussitôt, un frisson d'angoisse la saisit.

Elle fit volte-face, mais il n'y avait que le noir. Avec un soupir de soulagement, elle accéléra l'allure, pressée de regagner sa chambre bien qu'elle n'ait aucune raison d'avoir peur.

Elle n'était plus qu'à quelques mètres du but quand un craquement d'herbe sèche la fit trembler de nouveau. Avant qu'elle ait pu se retourner, la douleur explosa dans sa nuque.

Des étoiles dansèrent devant ses yeux. Elle parvint à crier une seule fois avant de tomber à genoux. Puis ce fut le néant.

Bien qu'à peine audible, le cri précipita Forest à bas du lit. Il enfila un jean et un T-shirt, attrapa son pistolet et se rua dehors, l'adrénaline courant dans ses veines.

Au même instant, plusieurs cow-boys sortirent eux aussi de leurs chambres, l'arme au poing, prêts à passer à l'action si nécessaire.

Forest se figea devant la porte, laissant à ses yeux le temps de s'accoutumer à la pénombre. Il tendit l'oreille. Aucun bruit ne lui parvint hormis les stridulations des grillons.

Personne n'était visible dans les ténèbres. Pourtant, il aurait juré avoir entendu un cri. Et à l'évidence, les autres aussi.

— Dispersez-vous et faites le tour des environs, ordonna-t-il tout en frappant à la porte de Patience.

Pas de réponse. Il toqua de nouveau, puis tambourina franchement. Rien. Elle n'était pas là. Le cœur battant à tout rompre, il se hâta vers la tente.

L'agent Ben Taylor accourait, suivi de Devon.

— Que s'est-il passé ? J'ai entendu un cri, mais j'étais de l'autre côté de la tente. Je n'ai rien vu.

— C'était Patience, affirma Forest, au moment même où il manquait de trébucher sur une silhouette recroquevillée sur le sol. Par ici !

Il s'agenouilla à côté de la jeune femme. Elle était face contre terre, le visage tourné d'un côté.

— Patience ? Patience ? répéta-t-il.

A l'évidence, elle était sans connaissance.

Dusty et Sawyer l'avaient déjà rejoint.

— Allez me chercher une voiture, je l'emmène à l'hôpital, cria-t-il, bouleversé.

Il était hors de question qu'il attende une ambulance. Elle avait besoin de soins aussi vite que possible.

— Tu es sûr ? Il vaudrait peut-être mieux ne pas la bouger, objecta Dusty d'un ton anxieux, sa torche braquée sur la jeune femme.

— Je ne peux pas attendre que Doc Washington arrive. Elle a besoin d'aide tout de suite.

Elle paraissait si pâle, si menue. Pourquoi avait-elle crié ? Pourquoi avait-elle perdu connaissance ? Que lui était-il arrivé entre la tente et sa chambre ?

Sawyer arriva dans la voiture qui avait appartenu à Cass autrefois, un véhicule qui était toujours disponible non seulement pour Cassie, mais pour n'importe quel cow-boy qui pouvait en avoir besoin.

Sawyer resta au volant. Forest n'hésita qu'un moment, les paroles de Dusty résonnant encore à ses oreilles. Serait-il dangereux de déplacer Patience ? Il ne décelait pas de fracture évidente, mais il n'était pas médecin.

Il prit sa décision. Glissant son arme dans sa ceinture, il souleva précautionneusement la jeune femme dans ses bras.

Elle était légère comme une plume et demeura inerte tandis qu'il la déposait sur la banquette arrière, puis s'asseyait à côté d'elle, et lui mettait la tête sur ses genoux.

Sawyer démarra en trombe. Forest caressa la joue de Patience, tenaillé par l'angoisse. S'était-elle évanouie ?

Elle ne mangeait pas correctement. Il aurait dû insister pour qu'elle se joigne à l'équipe de cow-boys au réfectoire où elle pouvait prendre des repas sains et nourrissants.

— Patience, vous m'entendez ?

Sa peau était douce, soyeuse. Cependant, l'inquiétude de Forest ne faisait que grandir.

Heureusement, Patience semblait respirer normalement. Aucune marque n'était visible sur son visage, on aurait simplement dit qu'elle dormait.

Ils venaient d'entrer dans le parking de l'hôpital de Bitterroot quand elle rouvrit les yeux.

Elle regarda Forest et fronça les sourcils.

— Que s'est-il passé ? balbutia-t-elle en faisant mine de se redresser.

Forest l'en empêcha doucement.

— Ne bougez pas.

— Où suis-je ? s'écria-t-elle d'une voix empreinte de panique.

— Patience, tout va bien. Nous sommes à l'hôpital. Vous

avez perdu connaissance, expliqua-t-il alors que Sawyer se garait devant l'entrée des urgences.

— Que s'est-il passé ? répéta-t-elle.

— Nous ne le savons pas encore.

Sawyer descendit de voiture et se rua vers l'entrée. Deux secondes plus tard, il réapparut, suivi de deux hommes qui poussaient une civière.

— Que s'est-il passé ? insista Patience, ajoutant à l'inquiétude de Forest. Je crois que je vais vomir.

Il la fit sortir du véhicule juste à temps pour qu'elle se penche et vomisse tandis qu'il la soutenait. Quand elle eut terminé, les brancardiers l'installèrent sur la civière.

— Nous l'avons trouvée sans connaissance, précisa Forest.

Un des hommes acquiesça.

— La salle d'attente est par là, indiqua-t-il par-dessus son épaule.

A l'intérieur, Sawyer s'assit sur une chaise.

Incapable de tenir en place, Forest fit les cent pas dans la pièce, s'efforçant de comprendre ce qui avait pu arriver.

Avait-elle tout simplement trébuché sur le sentier inégal ? Il ne semblait guère probable qu'elle ait pu tomber en avant et se cogner la tête assez violemment pour perdre connaissance, d'autant moins qu'elle n'avait aucune bosse sur le front, aucune plaie sur son ravissant visage.

— J'espère que les gars ont passé au crible l'endroit où on l'a retrouvée, dit Sawyer. Si elle a été attaquée, ils auront peut-être retrouvé un indice qui nous permettra d'identifier son agresseur.

Forest se laissa tomber sur une chaise à côté de son camarade. Son inquiétude se muait en rage.

— Si quelqu'un l'a attaquée, Dillon a intérêt à découvrir qui c'était et à me dire son nom.

Sawyer l'arrêta d'un geste.

— Hé ! Je ne tiens pas à te rendre visite en prison.

— Je ne le tuerais pas, mais je lui ferais passer un mauvais quart d'heure, répliqua Forest. Enfin, avant d'avoir parlé au médecin ou à Patience, je suppose que nous ne devrions pas tirer de conclusions trop hâtives.

Pourtant, il était difficile de ne pas le faire. Avait-elle été mordue par un serpent ? L'épuisement avait-il eu raison d'elle ? Dans ce cas, pourquoi aurait-elle crié ?

A l'évidence, quelque chose l'avait effrayée, songea Forest. En lui, la colère céda de nouveau la place à l'angoisse alors que l'attente se prolongeait. En fin de compte, il se remit à arpenter la pièce, trop fébrile pour rester assis.

Au bout d'un long moment, le Dr Clayton Rivers vint leur parler. Clayton avait trente ans, deux de moins que Forest. Les deux hommes se connaissaient bien.

— Avant tout, je veux vous rassurer, commença le médecin. Elle va se rétablir.

Une bouffée de soulagement déferla en Forest.

— Que lui est-il arrivé ?

— Elle présente tous les symptômes d'un traumatisme crânien mineur. Par conséquent, je lui ai fait passer des radios. Elle a une bosse à l'arrière de la tête, du côté gauche, et je dirais qu'elle a été frappée avec un objet contondant. Elle ne se souvient de rien, mais c'est habituel dans ce genre de cas.

— Vous êtes sûr qu'elle n'a rien de grave ? insista Forest, tout en s'efforçant de maîtriser la fureur qu'il éprouvait à l'idée qu'elle avait été agressée.

— Je le pense. J'aimerais la garder en observation cette nuit, mais elle refuse absolument d'en entendre parler.

— Ce qui prouve qu'elle va déjà mieux, fit remarquer Sawyer.

— Je ne peux pas la contraindre à rester. Elle m'a déjà déclaré plusieurs fois qu'elle partirait de toute façon.

Forest lâcha un soupir. Si Patience s'était mis en tête de rentrer au ranch, rien ni personne ne la ferait changer d'avis.

— A supposer que nous la ramenions, de quoi a-t-elle besoin ?

Clayton fronça les sourcils.

— D'abord et avant tout, elle doit se reposer, se détendre, ne pas se fatiguer le cerveau pendant deux jours au moins. Je ne veux pas qu'elle passe la nuit seule. Quelqu'un doit rester à son chevet pour vérifier que ses symptômes ne s'aggravent pas. Je sais que c'est un peu démodé, mais je voudrais qu'on la réveille toutes les heures pour regarder ses pupilles et s'assurer que leur taille et leur forme restent stables. En cas de changement, si elle vomit ou semble désorientée, il faudra la faire hospitaliser immédiatement.

— Je veillerai sur elle, déclara Forest avec fermeté.

— Laissez-moi sortir d'ici ! résonna une voix impatiente. Je vais bien et je ne veux pas rester une minute de plus.

Sawyer décocha un coup d'œil à Forest.

— J'espère que le dragon ne va pas te dévorer tout cru.

5

Ils arrivaient au motel. Enfin… Patience ne put retenir un soupir de soulagement. Une affreuse migraine lui laminait le crâne et elle n'avait qu'un souhait : se mettre au lit et dormir. Elle était encore sous le choc.

Forest se gara à quelques mètres de sa chambre.

Malheureusement, Dillon les attendait juste devant. Patience n'avait aucune envie de répondre à ses questions.

— Ben m'a averti, expliqua le chef de la police tandis qu'ils descendaient de voiture.

Patience lui rendit son regard, ne sachant que dire. Pendant ce temps, Forest s'empressait d'ouvrir la porte.

Elle entra sans un mot, laissant les deux hommes discuter. Certaine que son crâne allait exploser d'une minute à l'autre, elle fila dans la salle de bains, se déshabilla rapidement, prit sa chemise de nuit et se glissa entre les draps.

Puis elle ferma les yeux. Des bribes de conversation lui parvenaient par la porte entrebâillée.

— … attaquée et frappée à la tête.

— … rien vu ?

— … se souvient de rien.

Taisez-vous ! avait-elle envie de hurler. Elle voulait que la porte soit fermée, que tout bruit cesse, mais elle avait trop mal à la tête pour se lever et satisfaire son désir.

Des pensées confuses se télescopaient dans son cerveau. Que lui était-il arrivé ? Elle se souvenait d'avoir posé le dernier os sur le squelette numéro trois. Puis tout n'était que brouillard, jusqu'au moment où elle avait repris connaissance devant l'hôpital.

Des larmes lui montèrent aux yeux tant la douleur était intense. Elle les refoula, se félicitant que la pièce soit plongée dans la pénombre.

Dehors, les voix se turent enfin.

Quelques instants plus tard, sa porte se referma, mais il y avait quelqu'un dans la pièce, elle le sentait.

— Forest ? devina-t-elle sans ouvrir les yeux.

Ce ne pouvait être que lui. Elle aurait reconnu entre mille son odeur masculine, ce mélange de grand air et d'eau de Cologne.

— Oui, c'est moi.

Elle entrouvrit une paupière et scruta la petite pièce. Il était assis sur une chaise à dossier droit contre le mur, son pistolet rangé dans le holster à sa ceinture, une petite torche électrique à la main.

— Que faites-vous ici ?

— Je vais rester à votre chevet cette nuit. Ce sont les ordres du docteur.

Elle voulut protester. Docteur ou pas, elle n'avait pas besoin que Forest passe la nuit là. Elle ne voulait pas qu'il reste. Elle avait envie de se fâcher, mais son mal de tête l'en empêchait.

— Ça ne me plaît pas, grommela-t-elle. Ça ne me plaît pas du tout.

— Peu importe que ça vous plaise ou non. Pour les deux jours à venir, je suis responsable de vous.

— Si je n'étais pas clouée au lit, je vous forcerais à sortir de cette chambre.

Il eut un petit rire.

— Avec quelle arme ?

Elle entrouvrit les yeux de nouveau et tenta de le foudroyer du regard. Au lieu de quoi, un gémissement lui échappa.

— Vous voulez un linge humide sur le front ?

Elle ne voulait rien de lui. Elle ne voulait pas qu'il soit dans sa chambre, mais sa proposition était irrésistible.

— S'il vous plaît, murmura-t-elle, maudissant sa faiblesse.

La chaise grinça légèrement. Il avait dû se lever. Puis l'eau coula dans le lavabo. Enfin, un linge frais se posa sur sa peau.

Pour un cow-boy, il avait des gestes très doux. Il déplaça la compresse afin qu'elle soit parfaitement au centre de son front, puis retourna s'asseoir. Elle ne se souvenait pas d'avoir jamais été touchée avec autant de tendresse.

— C'est mieux ? s'enquit-il au bout de quelques minutes.

— Un peu. Pourquoi êtes-vous ici avec moi ?

— Vous avez un traumatisme. Vous ne devez pas être laissée seule.

— Pourquoi est-ce que je ne me souviens de rien ?

— Parce que vous avez un traumatisme. Patience, essayez de ne pas vous inquiéter. Ne réfléchissez pas trop. Détendez-vous, reposez-vous. D'après le médecin, c'est de cela que vous avez le plus besoin. Ne vous fatiguez pas le cerveau.

— Je serai sur pied demain, dit-elle, s'adressant à elle-même plutôt qu'à lui.

Il le fallait. Elle avait un travail à accomplir et on comptait sur elle. Cette investigation n'avait déjà que trop duré.

— Demain, vous allez garder le lit, rétorqua-t-il. Ce sont les ordres du docteur et nous n'allons pas le contredire.

Elle resta silencieuse. Elle n'avait pas la force de se disputer avec lui, mais il était hors de question qu'elle se prélasse au lit toute une journée. Ce n'était pas dans ses habitudes. Cependant, elle réglerait cette question le moment venu.

Elle dut s'assoupir, car soudain la voix de Forest la réveilla.

— Patience… Patience, il faut que je regarde vos pupilles.

Elle entrouvrit péniblement les paupières.

— D'accord.

Il braqua sa torche sur un œil, puis sur l'autre.

— Tout paraît normal, annonça-t-il avant d'éteindre la lampe et de reprendre sa place.

— Vous allez rester éveillé toute la nuit pour faire ça ? s'étonna-t-elle.

— Oui, j'en ai l'intention. Ne vous inquiétez pas pour moi, ce n'est pas la première fois. J'ai passé des nuits à cheval parmi des troupeaux de bétail quand des prédateurs rôdaient ou quand une vache était sur le point de vêler. Cela me fait plaisir de veiller sur vous.

Patience referma les yeux, luttant contre les larmes. Le traumatisme la rendait étrangement sensible.

Jamais personne n'avait veillé sur elle, même durant sa plus tendre enfance. Lorsque sa mère était encore là, c'étaient des drames sans arrêt. Elle prêtait à peine attention à Patience.

Après le départ de sa mère, son père n'avait pas été plus affectueux pour autant. Elle ne se souvenait pas d'un seul baiser, d'une seule caresse sur le front, d'un seul geste de tendresse.

— Parlez-moi de votre enfance, murmura-t-elle, même si le sommeil n'allait certainement pas tarder à l'emporter de nouveau. Parlez-moi de l'époque où vos parents étaient encore vivants.

— Mes parents étaient fantastiques, commença-t-il. L'amour qu'ils se portaient était palpable. Mon père était un charmeur et ma mère riait de toutes ses plaisanteries, même quand elles n'étaient pas drôles.

— Que faisaient-ils dans la vie ?

— Mon père était démarcheur en assurances et ma mère, institutrice. Le vendredi soir, on mangeait du pop-corn ensemble en regardant un film.

La nostalgie perçait dans la voix de Forest.

— Quand ils sont morts, j'ai cru que ma vie était terminée. Je me fichais pas mal de ce qui pouvait m'arriver.

— Et puis, vous êtes venu ici et tout a changé, enchaîna-t-elle.

La voix de Forest était si grave, si harmonieuse, qu'elle était déjà sur le point de se rendormir.

— Cass Holiday a changé ma vie, oui. Elle m'a traité comme un fils, m'a appris le plaisir de travailler dur et d'avoir des amis. Elle m'a rendu une famille, différente de celle que j'avais, mais une famille quand même.

Patience se réveilla de nouveau lorsque Forest voulut vérifier ses pupilles.

Ainsi se passa la nuit, jusqu'à ce que la lumière de l'aube filtre à travers la petite fenêtre de la chambre.

En ouvrant les yeux, Patience se tourna légèrement vers Forest : il somnolait sur sa chaise. Il était assis droit, la tête légèrement en arrière, appuyée contre le mur, une barbe naissante sur son menton.

Il était séduisant, aucun doute là-dessus. L'attirance qu'il lui inspirait la terrorisait. Elle ne voulait pas être attirée par un homme. Elle avait toujours été seule et cela lui convenait.

Elle referma les yeux. Une chose était certaine : en dépit de sa certitude de la veille, elle ne pourrait pas travailler dans les heures à venir. Elle se sentait à bout de forces, en partie peut-être parce qu'elle avait été réveillée à intervalles réguliers durant la nuit, mais sans doute surtout à cause du traumatisme qu'elle avait subi. Elle avait le cerveau en capilotade.

Que lui était-il arrivé ? La mémoire lui reviendrait-elle jamais ? Puisque tout le monde supposait qu'elle avait été agressée, la question était de savoir par qui et pourquoi. Quelques jours plus tôt, lorsqu'elle s'était rendue en ville avec Devon, elle s'était montrée assez froide avec certains hommes. Mais de là à imaginer qu'ils aient cherché à se venger…

Elle dut se rendormir, car l'odeur du bacon la ramena au présent. Quand elle ouvrit les yeux de nouveau, Forest lui apportait une assiette et un verre de jus d'orange sur un plateau.

Une fois de plus, il prenait des libertés, mais il était difficile de s'en offusquer alors que l'arôme du bacon la berçait délicieusement.

— Si je n'étais pas si mal en point, je serais vraiment agacée, avoua-t-elle en se calant contre les oreillers pour qu'il puisse déposer le plateau devant elle.

Tout cela semblait si bizarre : elle était dans son lit, en chemise de nuit, et pourtant elle n'était pas mal à l'aise avec Forest.

— Comment va la tête ce matin ? demanda-t-il, ignorant sa remarque.

— Je n'ai plus mal. Par contre, je me sens lessivée. Et je ne me souviens toujours de rien.

— Ne réfléchissez pas, mangez plutôt.

Il s'assit sur la chaise où il avait dormi. Apparemment, il s'était esquivé un moment pour aller prendre une douche et se raser. Il sentait bon le savon et portait un jean propre et un T-shirt blanc qui soulignait la largeur de ses épaules.

— Je suis habituée à me débrouiller toute seule, murmura-t-elle en prenant sa fourchette.

— Tout le monde a besoin d'aide à un moment ou à un autre. Pour vous, c'est maintenant. Il faut vous y faire.

— C'est la première fois de ma vie que ça m'arrive et j'espère bien que ce sera la dernière.

Elle prit une bouchée d'œufs brouillés. Ils étaient exquis, mais elle n'avait guère d'appétit.

— Il n'y a pas de mal à avoir besoin des autres, insista Forest.

— Et vous, de qui avez-vous besoin ? rétorqua-t-elle avant de goûter le bacon.

— Ça dépend. Si j'ai envie d'écouter un peu de musique, je vais voir Mac McBride, qui joue de la guitare et chante comme un pro. Si j'ai envie de rire, je vais voir Dusty. Quand j'ai besoin qu'on me remette les idées en place, je parle à Brody Booth, qui dit toujours ce qu'il pense.

Il se laissa aller en arrière et son regard s'adoucit, fixé sur un point lointain derrière elle.

— Un jour, j'espère avoir une femme pour partager ma vie, quelqu'un qui sera à mes côtés, qui me donnera des enfants et qui m'aimera jusqu'à la fin de mes jours.

Patience réprima l'envie de lui rire au nez. Elle ne croyait pas à ce genre de relation, mais de quel droit aurait-elle essayé de le faire changer d'avis ?

Elle termina deux tranches de bacon et but le jus d'orange.

— Je n'ai plus faim, annonça-t-elle.

Forest fronça les sourcils, mais prit le plateau.

— Je vais le rapporter au réfectoire. Promettez-moi de ne pas bouger d'ici en mon absence.

— Promis.

La promesse ne lui coûtait guère, car elle n'avait aucune

envie de se lever. Elle voulait seulement être laissée tranquille et ne penser à rien jusqu'à ce qu'elle soit assez rétablie pour reprendre le travail.

Avec un peu de chance, une bonne journée de repos suffirait. Dillon comptait sur elle pour terminer ses investigations et Cassie avait hâte que tout redevienne normal.

Elle se pelotonna sous le drap et ferma les yeux.

Au bout d'un moment, Forest revint dans la pièce. Avait-il réellement l'intention de s'asseoir sur cette chaise et de passer la journée à la veiller ? Il avait sûrement mieux à faire.

— Dillon est ici, annonça-t-il avec un accent de regret dans la voix. Il voudrait vous parler, Patience.

Aussitôt, elle eut de nouveau mal à la tête. Le policier allait l'obliger à réfléchir. Lui poser des questions auxquelles elle n'avait pas de réponses.

Pourtant, elle voulait des réponses, elle aussi. Elle avait besoin de savoir qui l'avait agressée en pleine nuit.

Avec un soupir las, elle acquiesça, réprimant un frisson.

Pour rien au monde Forest ne voulait que Patience soit stressée. Pourtant, c'était à n'en pas douter du stress qui se lisait sur ses traits tandis que Dillon pénétrait dans la chambre.

Assise dans son lit, pâle comme un linge, elle tremblait légèrement en remettant une mèche vagabonde derrière son oreille.

Forest se tourna vers le policier.

— Je ne suis pas sûr que ce soit une bonne idée. Peut-être que tu pourrais attendre demain. Clayton a insisté sur le fait que son cerveau devait se reposer.

Il se tourna vers Patience, quêtant sa confirmation du regard.

— Je ne me souviens de rien, hormis d'avoir travaillé sous la tente. Après, c'est le vide.

— Mes questions ne concernent pas les événements d'hier soir. Et je vous promets d'être aussi bref que possible.

— Entendu, fit-elle d'une voix fatiguée.

Elle lui désigna la chaise où Forest avait dormi. Celui-ci resta debout à côté de la porte, résolu à intervenir si nécessaire.

Dillon tira un calepin et un stylo de sa poche.

— Il faut que je sache si vous vous êtes fait des ennemis depuis que vous êtes ici. A votre connaissance, y a-t-il quelqu'un qui pourrait vous vouloir du mal ?

Patience éclata de rire, prenant Forest par surprise.

— Si je devais deviner, vous seriez tout en haut de la liste.

Dillon rougit légèrement.

— Je reconnais que nous avons eu quelques divergences d'opinion.

— Je tenais à protéger la scène de crime, lui fit-elle remarquer.

— Bien. Eliminez-moi de votre liste et dites-moi qui d'autre vous avez fâché.

— Sans doute tout le monde au ranch. Je n'ai pas vraiment été l'amabilité incarnée.

— Aucun des hommes ne s'en serait pris à Patience, même si elle a pu se montrer désagréable, s'écria Forest. Enfin, je veux dire, ce n'est pas qu'elle ait été particulièrement désagréable avec quelqu'un en particulier…

— J'ai été odieuse avec tous ceux qui ont croisé mon chemin, coupa-t-elle avant de froncer les sourcils. En fait, j'ai eu des mots avec deux hommes au café l'autre soir, quand je suis sortie dîner avec Devon.

— Comment s'appelaient-ils ? demanda Forest aussitôt.

— Aucune idée. Ils étaient grossiers et je le leur ai dit. Devon doit connaître leur nom. Je crois qu'il dîne avec eux régulièrement.

Elle se laissa aller contre l'oreiller, la fatigue peinte sur ses traits. L'instinct protecteur de Forest prit le dessus.

— Je crois que ça suffit pour aujourd'hui, dit-il à Dillon. Peut-être que nous pourrions aller parler à Devon.

Forest n'avait aucun rôle à jouer dans l'enquête de Dillon, mais il tenait à savoir qui étaient ces hommes. Etaient-ce eux qui avaient attaqué Patience ?

Dillon se leva.

— Appelez-moi si quelque chose d'autre vous revient en mémoire, d'accord ?

Elle hocha la tête, ferma les yeux et, d'un geste de la main, les congédia.

Forest referma la porte derrière eux. Après quoi, ils se dirigèrent vers le camping-car installé à côté de la tente bleue.

En passant devant l'endroit où il avait retrouvé Patience la veille au soir, Forest eut très peur rétrospectivement. Si le coup avait été un peu plus violent, ou s'il avait été porté légèrement sur la droite, elle aurait peut-être succombé à ses blessures.

Ses poings se crispèrent. De manière générale, il était rare qu'il se mette en colère, mais cette agression avait éveillé sa rage.

La voix de Dillon le sortit de ses pensées.

— Hier soir, pendant que vous étiez à l'hôpital, les gars et moi, nous avons passé les lieux au crible à la recherche d'indices.

— Sans succès, je suppose ? Sinon, tu m'en aurais parlé à l'heure qu'il est.

— Tu as raison, avoua Dillon, visiblement frustré. Nous n'avons pas découvert l'objet dont on s'est servi pour la frapper, ni rien qui suggère qu'un intrus se soit introduit dans la propriété.

Il jeta à Forest un regard en biais.

— Je sais que tous les hommes du ranch sont très proches, mais ça ne veut pas dire qu'il n'y ait pas de fruit véreux dans le lot.

Forest secoua la tête.

— Il faudra que tu m'apportes des preuves solides avant que je croie ça, répliqua-t-il fermement.

Les employés du ranch n'étaient pas seulement une dizaine de cow-boys qui se trouvaient à travailler pour un même propriétaire. Ils étaient des frères. Endurcis dès le plus jeune âge par le deuil et les épreuves, ils avaient été pris en main par Cass Holiday et unis tels les membres d'une famille par son affection.

Depuis près de seize ans, Forest partageait avec eux son quotidien, des rires et des confidences. C'était ensemble qu'ils avaient pleuré Cass trois mois auparavant.

Oui, il faudrait des preuves en béton pour le persuader qu'un de ces hommes-là n'était pas celui qu'il croyait.

Dillon toqua à la porte du camping-car. Quelques secondes plus tard, la porte s'ouvrit.

— Ah ! Bonjour, chef Bowie… Forest.

Devon descendit les marches, fermant la porte derrière lui.

— Comment va le Dr Forbes ? demanda-t-il à Forest. Sawyer m'a dit qu'elle avait refusé de rester à l'hôpital et que vous vous occupiez d'elle.

— Elle se rétablira, mais elle ne va pas travailler pendant un jour ou deux.

— Cela ne veut pas dire que vous ne pouvez pas continuer, ajouta Dillon.

Une expression horrifiée traversa le visage de Devon. Ses yeux marron s'écarquillèrent.

— Vous rigolez ? Elle me tuerait si je touchais à quoi que ce soit en son absence.

Il secoua la tête.

— Si elle ne travaille pas pendant deux jours, moi non plus. C'est comme ça que ça marche.

— J'ai quelques questions à vous poser, reprit le policier.

Devon fronça les sourcils.

— S'il s'agit de ce qui est arrivé hier soir, je ne peux rien vous dire. Je suis sorti du camping-car quand j'ai entendu du remue-ménage, mais c'était après l'incident.

— Non, je voulais vous parler des soirs où vous êtes allé dîner en ville avec le Dr Forbes.

Devon parut perplexe.

— Oui ?

— Patience nous a dit qu'elle avait eu une petite altercation avec deux hommes au café. Elle pensait que vous connaîtriez leurs noms.

— Ce n'était pas très grave, marmonna-t-il. Deux hommes ont été un peu insolents et elle a riposté. Je suis sûr que vous savez que le Dr Forbes peut être cassante.

— J'aimerais avoir plus de détails, déclara Forest d'un ton sec. Et le nom de ces hommes.

Devon haussa les épaules.

— Ils ont entendu dire que le Dr Forbes était surnommé le Dragon au ranch et ils ont laissé entendre qu'elle avait besoin d'un homme pour calmer ses ardeurs.

— Des noms, répéta Forest, serrant les dents.

Après une seconde d'hésitation, Devon répondit :

— Zeke Osmond et Shep Harmon. Je crois que Greg Albertson était là aussi.

— J'aurais dû m'en douter, grommela Forest avec dégoût.

Des cow-boys de Humes. Evidemment ! Aucun des employés du ranch Holiday n'aurait parlé ainsi à une femme. Il étrécit les yeux, fixant la direction du ranch voisin.

— Ils ont été plutôt gentils avec moi, reprit Devon. Je les vois mal s'en prendre au Dr Forbes sous prétexte qu'elle les a remis à leur place.

— Il est évident que vous ne savez pas à qui vous avez affaire, rétorqua Forest en le toisant.

Devon redressa le menton.

— Comme je l'ai dit, ils ont tous été charmants avec moi.

Il regarda Dillon.

— Y avait-il autre chose que vous vouliez savoir ?

— Non, pas pour l'instant, merci.

Le scientifique prit congé d'un signe de tête et regagna son logement.

Forest le suivit des yeux, avec un soupir de frustration.

— Tu ferais mieux de vérifier l'emploi du temps de ces gars-là hier soir. Sinon, je serais ravi d'aller le leur demander moi-même.

— Forest, nous savons l'un et l'autre que ce ne serait pas une bonne idée. Je vais chez Humes tout de suite. Mais ne t'emballe pas, s'il te plaît. Pour le moment, rien ne suggère que ces types soient impliqués. Ne va pas te lancer dans une expédition punitive, tu m'entends ?

— OK. Je te laisse faire ton travail, assura Forest d'un ton calme. Mais il y a une chose à laquelle tu as dû penser aussi.

— C'est-à-dire ?

— Celui qui a tué les gens qu'on a retrouvés dans cette fosse est peut-être encore dans les parages. Déplacer les squelettes et attaquer Patience est une manière de retarder l'enquête. Ce type se croyait à l'abri depuis quinze ans et voilà que tout a changé.

— Grâce à la tornade qui a abattu le hangar, commenta Dillon en fronçant les sourcils. Si cela ne s'était pas produit, il serait toujours à l'abri.

— Mais maintenant, le crime a été découvert et Patience est la clé qui permettra d'éclaircir le mystère.

— Même si l'assassin tuait Patience, d'autres prendraient sa place, fit remarquer Dillon.

— Sauf qu'à chaque fois, on perd du temps.

— Tu penses que le tueur va essayer de s'en prendre à Patience de nouveau ?

Forest porta la main à la crosse de son pistolet.

— Je crois qu'un homme acculé est capable de tout et que Patience est en danger. Elle ne le sait pas encore, mais elle vient de gagner un garde du corps à plein temps.

— Elle va être ravie !

— Je ne cherche pas à lui faire plaisir, riposta Forest d'un ton résolu. Plutôt à la garder en vie.

6

Patience dormit presque toute la journée.

A son grand soulagement, Forest la laissa seule, se contentant de venir à intervalles réguliers s'assurer qu'elle n'avait besoin de rien.

L'après-midi se terminait quand elle se leva enfin. Elle se sentait mieux. Levant la main, elle effleura la bosse qu'elle avait à la nuque, déjà nettement moins douloureuse.

Elle avait envie de prendre une douche et de s'habiller. Certes, elle n'allait pas travailler ni faire grand-chose, mais cela lui ferait du bien.

Elle retira sa chemise de nuit et la mit dans la panière à linge sale de la petite salle de bains. Plus tard, elle irait faire une lessive dans la buanderie utilisée par les cow-boys où elle s'était déjà rendue à plusieurs reprises. Au moins, cette tâche ne serait pas trop fatigante pour son cerveau.

Debout sous le jet d'eau chaude, elle se savonna des pieds à la tête. Elle n'avait plus mal nulle part !

C'était étrange. Quelqu'un l'avait attaquée. Logiquement, elle aurait dû être effrayée. Or, il n'en était rien. Peut-être parce qu'elle n'avait aucun souvenir de l'agression. D'ailleurs, si on avait voulu la tuer, on aurait utilisé un couperet pour lui fendre le crâne ou on l'aurait poignardée dans le dos.

Elle se lava les cheveux avec précaution, s'efforçant de ne penser à rien. Il lui en coûtait de l'admettre, mais Forest avait raison : trop réfléchir menaçait de faire revenir le mal de tête.

Sa douche terminée, elle enfila un corsaire bleu marine et

un chemisier rouge et blanc, puis attrapa son sac de linge sale ainsi qu'un paquet de lessive et ouvrit la porte.

— Où allez-vous comme ça ? s'enquit Forest, assis devant sa propre chambre.

— A la buanderie. A moins que je ne sois prisonnière ?

Il se leva, la main tendue.

— Laissez-moi porter vos affaires. Je ne veux pas que vous fassiez trop d'efforts. Vous n'êtes pas encore complètement rétablie.

Elle raffermit sa prise sur le sac.

— Je crois que je suis capable de mettre du linge dans une machine à laver et d'appuyer sur un bouton. Je vais beaucoup mieux. Croyez-moi.

— Bon. Dans ce cas, je vous accompagne.

Elle aurait voulu se fâcher, le repousser. Cependant, elle le revit assis sur la chaise toute la nuit, elle sentit de nouveau la fraîcheur du linge qu'il avait appliqué sur son front, et elle n'eut pas le cœur de le rabrouer.

— Comme vous voudrez.

Ils se dirigèrent ensemble vers la buanderie située à l'extrémité du motel.

— Je pense que ce serait une bonne idée si vous veniez dîner au réfectoire avec tout le monde ce soir, lança-t-il alors qu'elle remplissait le lave-linge.

Elle se figea, puis se tourna lentement vers lui.

— Pourquoi ?

— Vous avez à peine touché à votre petit déjeuner et vous avez refusé de manger à midi. Vous avez besoin d'un bon repas chaud et le réfectoire est le meilleur endroit pour ça.

Ses yeux bleus exprimaient une telle détermination qu'elle n'eut pas l'énergie de le contredire. Après tout, ce n'était qu'un repas.

— D'accord, répondit-elle en reprenant sa tâche.

Quand elle se releva, un grand sourire éclairait le visage de Forest. La chaleur qui se lisait dans son regard éveilla un écho absurde en elle.

— Je suis content que vous ayez accepté. J'avais peur de devoir vous y porter de force et vous attacher à un banc.

Elle croisa les bras, comme si ce geste allait suffire à chasser l'émoi que son sourire avait déclenché en elle.

— Pendant combien de temps avez-vous l'intention de tout gérer dans ma vie ?

— Jusqu'à demain soir, au moins. Après, nous verrons jusqu'à quel point vous êtes têtue.

— Je compte reprendre le travail demain.

— Pas question, répliqua-t-il avec une pointe d'obstination qui la surprit. Le médecin a dit que vous aviez besoin d'au moins deux jours de repos cérébral. J'ai prévu une journée de relaxation pour vous.

Elle le bouscula sans ménagement pour sortir de la buanderie. Il lui emboîta le pas. Une journée de relaxation… elle ne savait même pas ce que cela voulait dire. Elle n'avait pas pour habitude de se relaxer.

Arrivée à sa chambre, elle pivota pour lui faire face.

— Je ne peux pas m'absenter indéfiniment de mon travail, Forest. Il y a des gens qui comptent sur moi.

— Je comprends, mais vous venez de subir un traumatisme crânien. Une journée de plus ou de moins ne va pas faire grande différence pour l'enquête.

Il jeta un coup d'œil à sa montre.

— Le temps que la lessive soit finie, il sera l'heure d'aller au réfectoire.

— Tout ça ne me plaît pas du tout !

Elle avait toujours maintenu un contrôle strict sur chacun des aspects de sa vie, et à cet instant tout lui échappait. C'était une sensation terrifiante, qui lui donnait envie de hurler.

— Je m'en doute, mais je ne songe qu'à votre bien-être, répliqua Forest.

La douceur imprégnait son regard, une douceur à la fois sincère et affectueuse.

Elle devait s'éloigner de lui. Une boule s'était formée dans sa gorge et des larmes brûlantes lui picotaient les yeux.

Qu'avait-elle donc ? Pourquoi cet homme lui donnait-il envie de pleurer ?

— A tout à l'heure, murmura-t-elle en s'engouffrant dans sa chambre.

Assise au bord du lit, elle songea aux paroles qu'il avait prononcées, à leur évidente sincérité. Personne ne s'était jamais beaucoup soucié de son bien-être. Certainement pas sa mère, même avant qu'elle abandonne mari et enfant, et encore moins son père, qui, lorsqu'il était là, avait toujours été froid, peu enclin à l'émotion.

Pourquoi ce gentil géant se souciait-il d'elle ? Devon lui-même n'était pas venu prendre de ses nouvelles depuis l'incident. En quoi avait-elle mérité une telle sollicitude ?

Une demi-heure plus tard, elle sortit mettre ses affaires dans le sèche-linge. Forest, lui, était occupé à désherber les abords du bâtiment.

Quand elle revint avec ses vêtements secs, il avait repris son poste devant sa porte.

— Prête pour dîner ?

Il resta sur le seuil, la regardant déposer le linge plié sur le lit.

— Vous savez que ça ne me plaît pas.

Il sourit.

— Il y a beaucoup de choses qui ne vous plaisent pas, mais ça vous fera du bien de bousculer un peu vos habitudes.

Avec un soupir, elle referma la porte et le suivit.

Elle avait l'impression d'être un animal qu'on emmène à l'abattoir.

— N'ayez pas peur, murmura Forest comme s'il avait lu dans ses pensées.

A la surprise de Patience, il captura sa main dans la sienne, grande et forte, agréablement chaude.

— Je suis sûr qu'il n'y a pas de zombie mangeur d'hommes parmi nous.

Elle ne put retenir un rire.

— Je peux dire honnêtement que l'idée ne m'avait pas effleurée.

— Croyez-moi, tous les hommes vont vous traiter avec respect, et Cookie est un excellent cuisinier.

— Je n'ai mérité le respect ni la gentillesse de personne depuis que je suis ici, avoua-t-elle avec une pointe de regret.

Il pressa doucement sa main.

— Ne vous inquiétez pas. Appréciez l'expérience et ne pensez à rien.

Ils entrèrent dans le réfectoire. Cela ressemblait à un chaos organisé, songea Patience. Neuf cow-boys étaient assis autour d'une grande table dressée au centre de la salle et leurs rires résonnaient par-dessus le bruit des couverts. Un peu plus loin se trouvait un coin détente, équipé de canapés, de fauteuils et d'une télévision.

Cependant, ce fut le buffet qui attira le plus l'attention de Patience. Son estomac grondait, elle mourait de faim. D'épaisses tranches de jambon étaient disposées sur un plateau à côté d'un énorme plat de pommes de terre et d'oignons frits. Des tomates rouge vif formaient un contraste saisissant avec une purée de butternut jaune-orangé. Plus loin, une panière en osier contenait d'appétissants petits pains.

Forest lui tendit une assiette qu'elle commença à remplir, et il la suivit.

— Forest… Dr Forbes, par ici.

Un jeune homme blond — Dusty, si elle ne se trompait pas — leur indiquait des places disponibles. Forest la précéda, et ils s'installèrent en face de lui.

— Je vais nous chercher des verres et des couverts, annonça Forest. Un thé glacé, ça vous va ?

— Parfait, dit-elle, gagnée par la nervosité alors qu'il s'éloignait.

— Comment vous sentez-vous, Dr Forbes ? s'enquit Dusty.

— Beaucoup mieux, merci. Appelez-moi Patience, je vous en prie.

— Entendu, acquiesça-t-il, l'air content. Patience, il faut que je vous dise, vous nous avez fichu une sacrée frousse.

Ses yeux bleus s'étrécirent.

— Cela nous déplaît qu'on s'en prenne à l'un des nôtres, et surtout à une femme.

— Je ne peux pas vraiment être considérée comme l'une des vôtres, protesta-t-elle. Je ne suis ici que temporairement.

— Aussi longtemps que vous êtes au ranch, vous êtes des nôtres, affirma Dusty.

Une des nôtres... ces mots exercèrent sur Patience un effet aussi surprenant que bienvenu. Jamais elle n'avait fait partie d'un groupe. Elle avait toujours été seule.

Forest revint. Pendant le repas, Dusty et lui s'employèrent à décrire leurs compagnons à Patience.

— Le blond là-bas s'appelle Clay Madison, c'est notre don Juan. A côté de lui, c'est Tony Nakni. Il est d'origine indienne, de la tribu des Choctaw.

Dusty esquissa un sourire qui révéla ses fossettes.

— Je lui demande tout le temps de m'apprendre des danses indiennes, mais il prétend que je n'ai pas le rythme dans le sang.

Patience sourit à son tour. Que Forest soit resté si proche de Dusty n'avait rien d'étonnant. Le jeune homme était sympathique, ouvert et franc.

Au cours du repas, elle apprit le nom des autres cow-boys : Brody Booth, Mac McBride, Sawyer Quincy, Flint McCay, Jerod Steen, et Adam Benson, le contremaître.

A l'évidence, un lien étroit les unissait. Ils se taquinaient sans merci, et riaient d'eux-mêmes autant que des autres. Une chaleur était palpable dans la pièce, la chaleur de l'affection entre des hommes qui s'appréciaient et se soutenaient.

C'était une atmosphère étrangère pour Patience, mais au fil des conversations et des éclats de rire, elle se détendit et apprécia son repas.

Le seul homme qui restait à l'écart était Cookie. Avec sa carrure imposante, ses cheveux bruns coupés ras et ses yeux noirs, il ressemblait à un garde posté à côté du buffet.

Le repas terminé, Forest la persuada de rester un moment pour écouter Mac McBride jouer de la guitare. Plusieurs cow-boys allèrent s'asseoir sur les canapés, Mac compris. Manifestement, tout cela faisait partie de leurs rituels.

Le silence se fit et Mac commença à plaquer quelques accords. Il n'était pas un simple amateur, mais un musicien talentueux, songea Patience. Ainsi que Forest l'avait dit, il possédait une voix remarquable, grave et apaisante.

Cependant, au bout de la quatrième chanson, Patience se sentit fatiguée. Elle effleura le coude de Forest pour lui indiquer qu'elle était prête à partir. Il la regarda et se leva aussitôt.

Mais dehors, elle s'en voulut de l'avoir ainsi privé de la fin du spectacle.

— Vous auriez pu rester… J'ai pris beaucoup de plaisir à l'écouter, mais je suis épuisée.

— J'étais prêt à rentrer aussi, affirma-t-il.

Ils regagnèrent le motel en silence. Patience s'arrêta devant sa porte.

— Vous n'allez tout de même pas vérifier mes pupilles toutes les heures cette nuit, j'imagine ? demanda-t-elle en tirant une clé de sa poche.

— Je ne crois pas que ce soit nécessaire. Mais je préférerais que vous ne sortiez pas seule ce soir ni demain.

Elle leva les yeux vers lui. Le ciel avait pris une teinte mauve au crépuscule.

— Vous pensez que je suis en danger.

C'était une remarque, non une question. Il hésita une seconde, puis hocha la tête d'un air grave.

— Vous avez beau ne vous souvenir de rien, vous avez été agressée. Jusqu'à ce que nous sachions par qui et pourquoi, je ne veux pas que vous restiez seule, que ce soit ici ou ailleurs.

— Vous voulez dire que vous allez me servir de garde du corps ?

Il sourit.

— Oui. Je sais que ça ne vous plaît pas, mais c'est ainsi.

— Vous avez votre propre travail à faire ! protesta-t-elle.

— Pendant la journée, quand vous serez sous la tente, je serai dans le corral avec le cheval. Le soir, quand vous serez dans votre chambre, je serai dans la mienne, à côté. Si vous décidez d'aller quelque part, vous devez me le dire et je vous accompagnerai.

Son regard redevint sombre.

— Je ne plaisante pas, Patience.

Elle tiqua un peu, mais finalement capitula.

— D'accord. Bonne nuit, Forest.

Elle se tourna pour ouvrir sa porte.

— Demain matin, restez dans votre chambre jusqu'à ce que je vienne vous chercher, lui intima-t-il. J'ai prévu notre journée. Et le lendemain, si vous vous sentez prête, vous pourrez retourner à vos ossements.

Une fois de plus, elle hocha la tête. Puis, sur un signe de main, elle referma sa porte et la verrouilla.

S'efforçant de ne penser à rien, elle se déshabilla, enfila sa chemise de nuit, éteignit la lumière et se glissa sous les draps.

Il était trop tôt pour dormir, mais elle était fatiguée et elle n'avait pas envie de lire une revue. Au lieu de quoi, dans la pénombre de la pièce, elle ne put s'empêcher de réfléchir.

Elle avait détesté l'idée de manger au réfectoire, et pourtant l'expérience s'était révélée très plaisante. Tous les hommes avaient été gentils avec elle, chacun à son tour lui avait parlé, que ce soit pour lui demander comment elle allait, ou si elle voulait encore du thé, ou un dessert.

Ensuite, ses pensées se tournèrent sur la conversation qu'elle venait d'avoir avec Forest, et la peur qu'elle n'avait pas éprouvée jusque-là lui noua subitement l'estomac.

Forest la croyait en danger, et il avait certainement raison. Ce coup à la tête était-il le résultat de sa confrontation avec les hommes au café ? Ou l'auteur des crimes sur lesquels elle enquêtait voyait-il en elle une menace ?

L'agression avait-elle été une tentative de meurtre qui avait échoué ? Un frisson lui parcourut l'échine alors qu'elle envisageait cette possibilité, la bouche sèche.

Etait-il possible qu'elle ait dîné avec un homme qui voulait sa mort ? Forest s'était assigné la responsabilité de sa protection, mais comme les autres cow-boys, il était déjà au ranch lorsque les meurtres avaient eu lieu.

Elle voulait lui faire confiance. Elle avait besoin de lui faire confiance, mais elle ne pouvait empêcher un petit germe de doute d'assombrir son cœur.

Le lendemain matin, à 10 heures, Forest frappa à la porte de Patience. Il avait tout préparé pour une belle journée de détente. Le soleil matinal était resplendissant, et une légère brise promettait une météo moins étouffante que celles qu'ils connaissaient depuis le début de juillet.

A vrai dire, on annonçait même un risque d'orage en fin de soirée. Si cela se produisait, les ranchers du coin seraient ravis. Il y avait trop longtemps qu'il n'avait pas plu.

Quand Patience lui ouvrit, une bouffée de plaisir le gagna. Elle ne portait rien de spécial, un pantacourt en jean et un corsage couleur lavande qui soulignait l'éclat de ses cheveux roux et le vert de ses yeux.

— Je me sens assez bien pour aller travailler, vous savez, annonça-t-elle en guise de salut.

— Nous nous sommes mis d'accord pour que vous preniez une journée de congé, rappela-t-il sans s'émouvoir. Nous verrons comment vous vous sentez demain. D'ailleurs, j'ai tout prévu, et vous n'aurez besoin de faire aucun effort mental.

Mais dans le regard de Patience luisait un soupçon de méfiance.

— A quoi pensez-vous, Dr Forbes ?

— A rien. Je ne suis pas censée penser aujourd'hui.

Elle sortit et referma la porte derrière elle.

— Où allons-nous ?

— Pour commencer, au réfectoire : prendre un panier garni que Cookie a préparé. J'ai passé toute la journée d'hier à me demander comment vous distraire, ajouta-t-il alors qu'ils cheminaient côte à côte. J'ai d'abord envisagé de vous emmener déjeuner au salon de thé de Tammy.

— Un salon de thé ? Ce n'est pas le genre d'endroit où un cow-boy doit être très à l'aise, si ?

— Je m'y sens un peu comme un éléphant dans un magasin de porcelaine, avoua-t-il en souriant. J'ai du mal à tenir ma tasse avec mes gros doigts. Et les sandwichs sont minuscules. D'ailleurs, vous ne me paraissez pas être le genre de femme qui serait impressionnée par des nappes roses et des froufrous.

— Ah bon ? Quel genre de femme suis-je, à votre avis ?

Elle semblait sincèrement curieuse.

Forest s'immobilisa et la dévisagea, pensif.

— Je n'en suis pas tout à fait sûr. J'essaie encore de vous cerner.

Ils étaient arrivés à l'entrée du réfectoire. La salle était vide à cette heure-ci, mais Cookie apparut, un sac en toile à la main.

— Vous devriez avoir tout ce qu'il vous faut, dit-il en le tendant à Forest.

— Merci, Cookie, c'est sympa.

Le cuisinier fit un bref signe de tête puis retourna à ses fourneaux.

— Qu'y a-t-il dans le sac ?

— C'est un secret, répondit Forest avec un sourire de conspirateur alors qu'ils se retrouvaient au soleil.

— J'espère seulement que ce n'est pas un couperet à viande et une pelle à manche escamotable.

Forest s'arrêta net, atterré. Patience avait les yeux rivés au sol, et il mit le pouce et l'index sous son menton pour l'obliger à relever la tête.

— Patience, vous croyez que j'ai tué ces gens ?

Il désigna d'un geste la tente bleue, sans pour autant quitter Patience des yeux.

— Vous croyez vraiment que c'est moi qui vous ai attaquée et que j'attends le moment idéal pour vous tuer ?

Il avait du mal à imaginer cela.

Patience rougit.

— Tout ce que je sais, c'est qu'à un moment donné dans

le passé, six jeunes hommes ont été brutalement assassinés et qu'à l'époque vous étiez tous employés au ranch.

Il laissa retomber sa main, mais leurs regards demeurèrent soudés. Dans les yeux de Patience demeurait un soupçon de doute qui lui déchira le cœur.

— Patience, si j'avais voulu vous tuer, j'aurais pu le faire le soir du quadrille, quand il n'y avait personne dans les parages. Ou quand je vous ai découverte inconsciente dans l'herbe.

Il lui indiqua la direction des écuries, un nœud dans l'estomac. Elle se méfiait de lui !

En un sens, songea-t-il, cela pouvait se comprendre : pourquoi aurait-elle fait confiance à quiconque ? Dillon lui-même avait déclaré que le tueur était peut-être encore sur les lieux.

D'ailleurs, elle devait avoir plus confiance en lui qu'elle ne le pensait, se consola-t-il alors qu'ils pénétraient dans la pénombre du bâtiment. Après tout, elle avait accepté de l'accompagner tout en ignorant ses projets pour la journée. Il portait son pistolet à sa ceinture. Elle partait en excursion avec un homme armé. Cela n'exigeait-il pas un minimum de foi de sa part ?

— A mon avis, curer des boxes d'écurie n'est pas une activité relaxante, commenta-t-elle.

— Au contraire, ça peut être très relaxant. Surtout avec une pelle escamotable, ajouta-t-il, pince-sans-rire.

Il se tourna vers elle.

— En fait, le sac contient un pique-nique. J'ai pensé que nous pourrions faire une randonnée à cheval sur les terres du ranch. Vous verrez que le paysage est plus joli que sous cette tente bleue.

— Je ne sais pas monter, protesta-t-elle, d'une voix empreinte de nervosité.

— Vous serez avec moi sur mon cheval. Clayton a dit qu'il n'y avait pas de problème à condition que ce soit une promenade au pas.

Ils avaient atteint le box de Thunder. Patience regarda le splendide animal.

— Laissez-moi deviner. Il s'appelle Diable ou Démon.

Forest éclata de rire.

— En fait, c'est une jument et elle s'appelle Thunder. Vous ne risquez rien. Asseyez-vous sur cette botte de foin pendant que je la selle.

— Vous êtes sûr que c'est une bonne idée ?

— Je crois que c'est une idée fantastique.

Il sortit la jument du box et, avec des gestes rapides et précis, se mit en devoir de la préparer.

— C'était un cheval sauvage aussi ?

— Non. Cass me l'a achetée parce qu'elle était grande et forte. Je l'ai dressée et je la monte depuis qu'elle a l'âge de l'être. Elle est très douce et ne demande qu'à faire plaisir.

— Si elle est gentille à ce point, elle me fera sans doute tomber pour me punir d'être un dragon.

— Thunder ne ferait jamais une chose pareille. D'ailleurs, il y a plusieurs jours que vous ne vous êtes pas transformée en dragon.

Quelques minutes plus tard, la jument était préparée, le sac et une couverture roulée fixés à l'arrière de la selle.

— Prête ?

— Sans doute pas, répondit-elle en se levant néanmoins. Que dois-je faire ?

— Rien à part vous asseoir.

Avant qu'elle ait le temps de s'interroger davantage, il la prit par la taille et la souleva pour la déposer sur la selle.

L'espace d'un instant, il fut tenté de la serrer contre lui, mais repoussa l'idée. Durant cette journée, il ne s'agissait pas de ses désirs ni de ses besoins. Il s'agissait d'offrir à Patience un moment de détente totale.

Elle lâcha une exclamation de surprise et s'agrippa au pommeau.

— Et maintenant ?

— Je vais monter derrière vous. N'ayez pas peur et ne bougez pas.

La selle était grande et Patience menue. Ils ne risquaient pas d'être tassés l'un contre l'autre.

Il mit le pied à l'étrier et enfourcha l'animal. Comme il s'asseyait derrière Patience, il huma le parfum de ses cheveux. Elle sentait la pêche. La pêche mûre. C'était la première fois qu'il le remarquait. Il eut envie de se pencher et d'enfouir son visage dans ces boucles soyeuses, mais se retint et tendit la main vers les rênes. L'instant d'après, Thunder sortait de l'écurie.

Patience se tenait droite et rigide sur la selle.

— Détendez-vous, conseilla-t-il. Laissez votre corps se balancer au rythme du cheval. Ce sera plus confortable et nettement plus agréable pour vous.

Elle acquiesça et, peu à peu, sa tension parut se dissiper.

Comme elle se laissait aller légèrement contre lui, Forest inspira une nouvelle bouffée de son parfum. Son propre corps s'embrasa.

Il n'avait pas pensé à l'effet que l'intimité de la situation produirait sur lui. Or, en cet instant, il ne pouvait songer qu'à cela. La brise soulevait les cheveux de Patience, découvrant sa nuque satinée, attirante. Il mourait d'envie d'oublier la promenade, d'étendre la couverture sur l'herbe et de l'embrasser. De l'embrasser jusqu'à ce qu'elle ne puisse plus penser à rien, de retirer lentement ses vêtements et de caresser chaque centimètre de son corps. De lui faire l'amour jusqu'à ce qu'elle croie aux contes de fées, jusqu'à ce qu'elle comprenne que la science et les faits n'étaient pas une réponse à tout.

Malheureusement, il ne ferait aucune de ces choses-là. Rien ne suggérait qu'elle soit le moins du monde attirée par lui.

Cette journée était une étape dans son rétablissement.

Quant à lui, il devrait trouver le moyen de dominer le désir qu'elle lui inspirait.

Car, à l'évidence, Patience n'était pas une femme pour lui.

7

Elle était à cheval. C'était stupéfiant. Jamais de sa vie Patience n'avait songé à faire une promenade à cheval, mais à chaque pas qui l'éloignait de la tente bleue et de la tâche fastidieuse qui l'attendait, elle se détendait davantage.

A tel point qu'elle se laissa aller contre le torse puissant de Forest.

Une petite voix au fond d'elle la mettait en garde : elle devrait se redresser, supprimer ce contact physique un peu trop intime. Elle n'en fit rien. Elle se sentait en sécurité avec lui, pas seulement à cause du pistolet qu'il portait dans son holster, mais de la force même de son corps contre le sien.

Sans doute était-elle idiote de lui faire confiance. Tous les cow-boys du ranch figuraient sur la liste des suspects éventuels. Mais contre toute logique, et sans la moindre preuve, elle était convaincue de l'innocence de Forest.

D'ailleurs, il avait raison. S'il avait réellement voulu lui faire du mal, il en avait eu maintes fois l'occasion.

La veille au soir, elle aurait compris que Dusty adorait Forest. Sans doute n'avait-il jamais oublié qu'autrefois, dans la rue, ce dernier l'avait protégé des agressions des garçons plus âgés et plus forts que lui. A l'évidence, les autres cow-boys éprouvaient également respect et affection envers Forest.

Quant à elle, il l'avait veillée toute une nuit avec la tendresse d'une maman ourse envers son bébé blessé. Il l'avait emmenée à l'hôpital dans ses bras alors qu'elle était sans connaissance, vulnérable. Oui, à sa grande surprise, elle avait une confiance instinctive en Forest.

La chaleur de son corps, la sensation de ses cuisses pressées contre les siennes lui donnaient le sentiment d'être à l'abri, protégée… et l'emplissaient d'un trouble brûlant.

Elle s'efforça de se concentrer sur la scène pastorale qui les entourait, repoussant les pensées inopportunes qui envahissaient son esprit.

Le ranch Holiday s'étendait sur une vaste superficie. Des prairies se succédaient devant elle, à perte de vue.

L'air sentait bon l'herbe, le bétail et le soleil, une odeur qui n'avait rien à voir avec celle des vieux ossements.

Elle prit une profonde inspiration, s'autorisant à savourer l'expérience nouvelle qui s'offrait à elle et qu'elle ne s'attendait pas à répéter.

Forest maintenait Thunder au pas.

Soudain, alors qu'ils parvenaient au sommet d'une colline, un troupeau énorme apparut et Patience retint son souffle. Il y avait là des centaines de bêtes et, parmi elles, deux cow-boys à cheval qui leur firent signe alors qu'ils descendaient la pente.

— Allons-nous pique-niquer avec les vaches ?

Forest lâcha un rire et son souffle chaud caressa la nuque de Patience. Aussitôt, un frisson inattendu de plaisir la parcourut.

— Je n'ai invité aucune vache, promis. Nous allons à un endroit où elles n'ont pas accès. Il y a un joli étang et des arbres. C'est près du chalet où habite Cookie.

Ils partirent vers la gauche, s'éloignant du troupeau.

Tout en cheminant, Patience posa des questions sur les divers bâtiments alentour et le travail des cow-boys.

Elle découvrait un univers qui lui était totalement inconnu, bien loin du monde académique et des scènes de crime. Paisible et idyllique, le paysage invitait à la détente.

Il lui était pénible d'en convenir, mais Forest avait eu raison. Cette journée supplémentaire de repos cérébral était une très bonne idée. Elle savourait la douceur de la brise sur ses joues, l'air pur de la campagne et la présence de l'homme derrière elle.

Il serait bien temps le lendemain de se remettre au travail, de se pencher de nouveau sur l'énigme des squelettes et d'essayer d'apporter quelques réponses à Dillon.

Il leur fallut près d'une heure pour atteindre l'étang, dont les eaux étincelaient au soleil.

Ils descendirent de cheval. Forest attacha Thunder à un arbre tout proche, en veillant à lui donner assez de corde pour se promener et paître l'herbe verte.

Ensuite, il étendit la couverture à l'ombre.

— Vous avez faim ? demanda-t-il en ouvrant le sac.

Patience secoua la tête et s'assit.

— Pas encore.

Forest vint la rejoindre sur la couverture.

— Je crois que cet endroit est l'un des plus jolis du ranch.

Il désigna un petit chalet au loin.

— C'est là que Cookie habite.

— Quelle est son histoire ? Il semble se tenir un peu à l'écart de vous tous.

Forest haussa les épaules.

— Personne n'est vraiment au courant. Il ne dit pas grand-chose. Il travaillait déjà au ranch quand je suis arrivé. Je ne sais pas qui de Cass ou de Cookie m'effrayait le plus à l'époque.

— Parlez-moi de Cass.

Patience s'étendit sur le côté et prit appui sur un coude. Elle aimait le son de la voix de Forest. Et d'ailleurs, il avait eu une vie infiniment plus intéressante qu'elle.

— Cass était un personnage hors du commun, répondit-il en souriant, l'air absorbé dans ses souvenirs. Elle maniait le fouet comme une championne, elle était dure et têtue comme une mule. C'était courageux de sa part de faire venir des gamins des rues ici. Mais elle était déterminée à transformer ce ranch, nos vies et nous avec. Et elle a réussi. Elle n'était pas que notre patronne. Elle est devenue une mère pour nous, elle nous a donné une famille.

— Elle vous manque, observa Patience.

— Elle nous manque à tous, oui. Grâce à elle, nous avons

recouvré l'estime de nous-même et découvert ce qu'est l'amour sans conditions.

— Que pensez-vous de Cassie ?

— C'est quelqu'un de bien. Elle a fait de gros progrès depuis le jour où elle est arrivée, perchée sur ses talons hauts, habillée comme une fille de la ville. Elle a beaucoup travaillé avec Adam pour apprendre à gérer le ranch de manière efficace. Mais certains d'entre nous se demandent si elle compte vraiment rester.

— Pourquoi ?

— Nous savons qu'elle a toujours une boutique à New York. Certains pensent qu'elle allait mettre le ranch en vente, mais que la découverte des squelettes a retardé ses projets.

Il s'étendit à son tour, faisant face à Patience.

— Je suppose que l'avenir nous le dira. Si elle vend, espérons que le nouveau propriétaire nous gardera tous…

— Cela doit vous inquiéter de ne pas savoir de quoi votre avenir sera fait.

Le soleil filtrait à travers les feuilles, dessinant des ombres sur le visage de Forest. Il était extraordinairement séduisant, songea une fois de plus Patience.

— Il y a eu un moment où je ne croyais pas avoir d'avenir du tout. Quoi qu'il arrive dorénavant, nous sommes tous assez solides pour y faire face. Vous avez toujours su ce que vous vouliez faire dans la vie ?

Elle fronça les sourcils, songeuse.

— Je ne suis pas sûre que ç'ait été une décision consciente de ma part. C'était ce que mon père voulait que je fasse et je l'ai fait. Par chance, ça a marché parce que j'adore mon métier.

— Moi aussi.

Elle leva les yeux et scruta les silos qui se dressaient du côté opposé de l'étang.

— Qu'y a-t-il là-dedans ?

— Le maïs de l'année dernière. Le moment venu, il sera vendu à d'autres éleveurs pour faire de la place à la nouvelle récolte.

Elle reporta son regard sur lui.

— Les silos m'ont toujours fait peur. J'ai dit un jour à Devon qu'ils me faisaient penser à quelque chose d'outre-tombe, de légèrement menaçant. Je ne les aime pas.

Les yeux de Forest pétillèrent.

— Et sur quels faits vous basez-vous, Dr Forbes ?

Elle se mit à rougir. Devait-elle ou non lui dire la vérité ? Finalement, elle se décida.

— C'est à l'ombre d'un silo que j'ai perdu ma virginité. Avec un étudiant sans cœur qui avait fait un pari avec ses copains.

Elle baissa les yeux sur la couverture, submergée par la honte au souvenir de sa naïveté. De sa stupidité.

— Après, j'ai été la risée de tout le campus.

Sans qu'elle s'y attende, la main de Forest lui effleura la joue. Elle releva la tête et rencontra son regard d'un bleu intense.

— Vous lui avez offert quelque chose de précieux et il ne l'a pas apprécié à sa juste valeur.

Ses doigts se promenèrent tendrement sur la peau de Patience, descendant jusqu'à ses lèvres tremblantes.

— Si je pouvais, je chasserais ce souvenir de votre mémoire. Je mettrais une raclée à cet étudiant.

Elle eut un petit rire et il laissa retomber sa main.

— Je crois que je suis prête à déjeuner maintenant ! lança-t-elle.

Elle ne voulait pas s'attarder sur le plaisir que lui avait offert la main de Forest, ni sur la sensation de manque qui l'avait envahie lorsqu'il l'avait retirée.

Il se redressa, attrapa le sac et le mit entre eux deux.

— Voyons ce que Cookie nous a préparé.

Il sortit deux bouteilles d'eau bien fraîche, puis une série de boîtes.

Patience en détailla le contenu.

— Du poulet frit, de la salade de pommes de terre, des sandwichs… Comme si nous partions pour plusieurs jours !

De son côté, Forest révélait des fruits, un assortiment de fromage et des brownies à l'air délicieusement moelleux.

— Ce ne serait pas un mauvais endroit où passer deux ou trois jours, dit-il doucement. A écouter les poissons sauter dans l'eau et les oiseaux chanter dans les arbres.

Elle se redressa à son tour. Il lui tendit une assiette en carton, une serviette et une fourchette. Le silence n'était troublé que par le chant des oiseaux, le murmure de l'eau et, au loin, les meuglements sourds du bétail.

— Vous aviez raison, admit-elle. J'avais besoin d'une journée comme celle-ci.

— Au moins, vous n'avez pas dit que ça ne vous plaisait pas.

— Je dis ça trop souvent, reconnut-elle. C'est signe que la situation me met mal à l'aise, je suppose.

— Je m'en souviendrai.

Elle grignota un peu puis le dévisagea avec curiosité.

— Comment pouvez-vous prendre des journées de congé pour veiller sur moi ? Cassie ne sera pas fâchée ?

— Ce n'est pas comme si je ne faisais rien du tout. Je vais continuer à dresser le cheval.

— Mais votre travail ne se limite pas à ça…

— Cassie sait comment les choses se passent ici. Quand l'un d'entre nous a un problème, les autres compensent. Nous sommes solidaires. Les gars vont couvrir pour moi jusqu'à ce que je puisse reprendre toutes mes activités.

— Cela ne se passe pas comme ça dans mon domaine, fit remarquer Patience. Devon a les mêmes qualifications que moi, mais pas suffisamment d'expérience pour me remplacer, bien qu'il soit plus âgé.

Elle s'essuya les doigts sur sa serviette et reposa son assiette.

— Parlez-moi de votre vie avec vos parents, dit-elle en s'allongeant de nouveau.

Une torpeur agréable la gagnait. Elle était rassasiée, il faisait bon à l'ombre, les sons de la nature tout autour d'eux.

— Que voulez-vous savoir ?

— N'importe quoi… tout.

Elle roula sur le dos, contemplant le feuillage au-dessus de leurs têtes.

— Votre vie de famille a été si différente de la mienne. C'est un peu comme si je lisais une de mes revues. Ça m'intéresse.

— Très bien, alors je vais commencer par le début. Je pesais douze livres quand je suis né. Ma mère m'a dit qu'elle avait eu l'impression de donner naissance à un géant.

Patience sourit.

— Votre père était grand et fort aussi ?

— Non, mais mon grand-père mesurait un bon mètre quatre-vingt-dix. Quand je suis entré à l'école, ma mère m'a recommandé de veiller à ne pas faire mal à mes camarades parce que je les dépassais tous d'une bonne tête.

— Un gentil géant, murmura-t-elle.

— Quelque chose comme ça. Très tôt, mon père m'a encouragé à jouer au football, et je faisais partie de l'équipe de l'école. Mes parents assistaient à tous mes matchs. Le dimanche, maman mijotait un bon repas et toute la maison embaumait. Ensuite, on regardait la télévision tous les trois…

Patience n'entendit rien de plus. Emportée par le sommeil, elle se mit à rêver d'une vie de famille où les repas du dimanche étaient une fête, où les parents s'enthousiasmaient des succès de leurs enfants.

Patience s'était endormie, comprit Forest. Sa poitrine se soulevait et s'abaissait à un rythme lent et régulier, et ses yeux restaient clos bien qu'il ait cessé de parler.

Il la contempla, admirant l'éventail de ses cheveux flamboyants sur la couverture, le dessin de ses lèvres entrouvertes, son corps menu mais sexy au repos.

Elle avait de longs cils, un menton décidé. Il pourrait la regarder pour toujours et constamment découvrir quelque chose de nouveau… comme les taches de rousseur presque invisibles qui dansaient sur l'arête de son nez.

Il aurait aimé embrasser chacune d'elles. Lui donner un baiser qui la réveillerait telle une princesse endormie.

Mais il n'était pas un prince. Il n'était qu'un cow-boy sans éducation qui n'avait pas le droit de la désirer.

Il n'allait pas la tirer de son sommeil. Il ne demandait pas mieux que de rester assis là et d'attendre qu'elle se réveille toute seule. Manifestement, le Dr Forbes vivait d'adrénaline et de biscuits salés, elle ne prenait jamais vraiment le temps de se reposer.

En songeant à l'aveu qu'elle lui avait fait, il fronça les sourcils. Cela avait dû être un affreux traumatisme de se rendre compte qu'elle s'était donnée à un jeune homme aussi insensible, aussi cruel.

Il n'était guère étonnant qu'elle semble avoir du mal à faire confiance aux gens. Elle n'avait pas de famille pour l'entourer, et la seule fois où elle avait baissé sa garde, elle avait été odieusement abusée.

Elle avait besoin d'être aimée, qu'elle le sache ou non. Cependant, un pique-nique et une journée au grand air n'allaient pas la faire changer d'avis. Et elle était persuadée de n'avoir besoin de rien ni de personne.

Comment pouvait-il désirer une femme qui ne croyait pas en l'amour ? Il était idiot d'être à ce point attiré par elle, et pourtant il ne pouvait s'en empêcher.

Au bout de deux heures, elle ouvrit les yeux et se redressa brusquement.

— Oh ! Mon Dieu, je suis désolée, s'écria-t-elle en replaçant une mèche vagabonde derrière son oreille. J'ai dormi longtemps ?

— Près de deux heures. Ne vous excusez pas, vous en aviez besoin.

— Vous avez dû vous ennuyer à mourir.

— Pas du tout. J'ai inventé des chansons pour accompagner vos ronflements.

Elle le regarda, visiblement consternée, puis remarqua son sourire taquin.

— Vous dites n'importe quoi. D'ailleurs même si je ronflais, j'ai des doutes quant à vos talents d'auteur.

Il éclata de rire.

— Vous n'avez pas tort. Je sais à peu près danser le fox-trot, mais je ne suis pas très doué pour la musique. On m'a même accusé de chanter comme une grenouille.

— Je n'ai jamais chanté devant personne, confia-t-elle en souriant. Mais, à mon avis, je ne m'en tirerais guère mieux. Il est l'heure de rentrer ?

— Sans doute. Le temps d'arriver au ranch, le dîner sera prêt.

Il se leva et elle l'imita. Ensemble, ils remirent les restes du déjeuner dans le sac et replièrent la couverture.

— Je doute d'avoir faim si vite.

— Il va nous falloir un bon moment pour faire le chemin. Je suis sûr que votre appétit reviendra.

Ils parlèrent peu sur le chemin du retour. Comme à l'aller, Forest luttait contre le désir croissant que lui inspirait Patience, dont le corps tiède reposait si près du sien.

Elle incarnait le contraire de ce dont il rêvait, et pourtant elle était la femme qu'il voulait. Chaque instant passé en sa compagnie le lui confirmait. Elle allait lui briser le cœur. Il le sentait dans son âme, jusqu'au tréfonds de lui-même.

Dès son travail terminé, elle rentrerait à Oklahoma City, à une vie où le travail ne laissait de place à rien d'autre.

Une bouffée de solitude l'envahit. C'était une sensation familière. En dépit de l'amitié qui le liait à ses camarades au ranch, la solitude était sa compagne depuis des années déjà.

A trente-deux ans, il se sentait prêt à vivre avec une femme, à construire une existence autour d'elle. Il voulait des enfants et partager un repas de famille le dimanche, ne plus se contenter d'être un cow-boy célibataire sifflotant du blues.

Seulement, Patience n'était pas la femme qui réaliserait son rêve.

Il était près de 17 heures lorsqu'ils regagnèrent enfin le ranch.

— Si nous allions prendre une douche et nous changer ? suggéra Forest quand ils eurent remis Thunder dans son box. Je viendrai vous chercher tout à l'heure pour le dîner.

— D'accord, mais je n'ai vraiment pas faim.

Ils se dirigèrent vers le motel.

— Quand vous verrez ce que Cookie nous a mijoté, je suis sûr que vous serez tentée de grignoter un peu.

Elle hocha la tête, puis s'immobilisa brusquement.

— Je n'ai pas vu mon agresseur.

Forest se tourna vers elle. Le regard vague, elle semblait plongée dans ses souvenirs.

— Je rentrais à ma chambre, commença-t-elle tout bas. J'ai cru entendre du bruit derrière moi. Je me suis retournée mais je n'ai rien vu. Dès que j'ai recommencé à marcher, j'ai entendu le bruit de nouveau. Mais avant d'avoir pu réagir, j'ai reçu un coup sur la tête. Et je me suis réveillée à l'hôpital.

Elle soupira.

— Je ne l'ai même pas entrevu. C'est vraiment décevant. J'avais espéré que, lorsque ma mémoire reviendrait, je pourrais me rappeler un détail qui permettrait de l'identifier.

Elle se remit à marcher, d'un pas rapide et irrité.

— Patience !

Forest pressa le pas pour la rattraper. Elle fit volte-face et le toisa avec impatience.

— Quoi ?

— Vous paraissez en colère, mais ce n'est pas de la colère que vous éprouvez. Si je devais deviner, je dirais que c'est de la frustration. Vous avez peur parce que vous ne savez pas qui vous a frappée ou pourquoi. Et vous vous réfugiez dans la colère parce que c'est une réaction sûre, familière.

Elle le dévisagea, interdite. Il se raidit, s'attendant à une explosion de rage. Au lieu de quoi, elle prit une profonde inspiration et lâcha un nouveau soupir.

— Vous êtes trop perspicace. C'est vrai, je suis frustrée et j'ai peur, mais la colère est plus satisfaisante.

— Si vous le dites..., lâcha Forest en recommençant à marcher.

— Vous ne vous mettez jamais en colère ?

— Pas souvent. J'essaie de garder ça pour les choses vraiment importantes. Si je vois un homme maltraiter une femme ou un enfant, par exemple, ou un animal. Ce genre de conduite me fait sortir de mes gonds. Mais évidemment, il m'arrive d'être impatient ou agacé.

— Moi, je pars au quart de tour, avoua-t-elle.

Il sourit.

— J'avais remarqué.

Ils étaient arrivés devant leurs chambres.

— Je passe vous chercher dans une demi-heure ?

— Parfait. A tout de suite.

Forest attendit qu'elle ait refermé sa porte derrière elle pour gagner sa propre chambre. En ce qui le concernait, la journée avait été idéale. Il avait réussi à empêcher Patience de travailler et elle s'était reposée.

En revanche, rien ne pourrait la dissuader de reprendre son travail le lendemain. Ce faisant, s'exposait-elle de nouveau au danger ?

Une idée en amenant une autre, Forest décida de téléphoner au chef de la police.

Dillon décrocha à la deuxième sonnerie.

— Dillon, ici Forest. Rien de nouveau concernant les hommes de Humes ?

— Rien, répondit Dillon d'une voix où perçait la frustration. Les trois individus concernés ont un alibi. Leurs collègues affirment qu'ils ont joué au poker toute la nuit.

— Quelle surprise ! ironisa Forest. Chaque fois qu'il y a un incendie ou un acte de vandalisme, ces gars-là se fournissent des alibis les uns les autres. C'est à croire qu'ils passent toutes leurs nuits à jouer au poker.

— J'ai toujours essayé de démonter ces alibis, tu le sais bien. Mais ils se serrent les coudes. Je n'arrive pas à en persuader un de dénoncer qui que ce soit.

— Bref, nous ne savons toujours pas qui a agressé Patience ni pourquoi. Elle vient de se souvenir qu'elle n'a rien vu, à propos. Elle a été frappée par-derrière.

— Ce qui veut dire que tout le monde reste sur ma liste de suspects, grogna Dillon.

— Tu crois que je suis le loup qui garde le poulailler ?

— J'espère bien que non. Je me dis que si tu avais voulu la tuer, tu l'aurais fait le soir où on l'a retrouvée sans connaissance.

Forest lâcha un soupir de soulagement. Pour rien au monde il n'aurait voulu que le chef de la police le soupçonne d'avoir endossé le rôle de garde du corps dans le seul but de nuire à Patience.

— Merci de ta confiance. Tu me tiens au courant ?

— Si je découvre quelque chose que tu dois savoir, oui.

Une demi-heure plus tard, Forest frappa à la porte de Patience. Elle sortit aussitôt et, comme chaque fois, une étincelle d'excitation s'alluma en Forest.

— Bon, j'avoue. Je sens une odeur de barbecue et j'en ai l'eau à la bouche.

— Je vous l'avais bien dit, répondit-il avec un sourire tranquille.

En arrivant au réfectoire, ils furent salués par les autres employés, déjà rassemblés pour le repas du soir. Au menu, il y avait du bœuf rôti, des haricots en sauce, une salade et du pain de maïs. Patience prit un peu de chaque plat, constata Forest avec amusement.

— Je ne sais pas pourquoi, mais j'ai une faim de loup, avoua-t-elle alors qu'ils s'asseyaient.

— C'est grâce au grand air et au soleil, affirma Forest. Il n'y a pas de mal à manger un bon repas.

— Vous m'avez fait manger davantage en deux jours que je ne l'ai fait en un mois.

— J'en suis fier.

Comme la veille, la salle s'emplit du son des rires et des conversations. Patience mangea avec appétit, et après dîner, Mac prit sa guitare. Patience et Forest se joignirent au reste du groupe pour l'écouter.

Ils restèrent plus longtemps que la veille.

Quand ils reprirent le chemin de leurs chambres, un coucher de soleil rose illuminait le ciel.

— Merci, Forest. J'apprécie tous les efforts que vous avez faits pour moi. J'ai passé une excellente journée.

— Moi aussi. Et comme cerise sur le gâteau, nous avons droit à un coucher de soleil d'amoureux.

— Comment cela ?

Il désigna l'ouest et le ciel baigné de lumière rose.

— C'est comme ça qu'on décrit un coucher de soleil rose par ici.

— C'est seulement une question de science, commença-t-elle. La manière dont les particules se…

Il n'avait pas envie d'entendre son explication scientifique du phénomène. Se laissant guider par son instinct, il céda au désir qui bouillonnait en lui.

Il tendit la main vers Patience, la prit dans ses bras et captura ses lèvres. Il s'attendait à demi à ce qu'elle le gifle ou se mette en colère, mais le risque en valait la peine. Loin de le repousser, elle lui rendit son baiser.

Elle fondit contre lui, entrouvrant les lèvres, sa bouche brûlante contre la sienne. Puis, soudain, elle mit fin au baiser et recula d'un pas, une expression stupéfaite sur ses traits.

— Il… il faut que je rentre.

Elle sortit précipitamment sa clé de sa poche et l'introduisit dans la serrure. Avant qu'elle batte en retraite, Forest la retint par le bras.

— Je n'ai pas besoin de faits scientifiques pour décrire ce que je vois dans le ciel, Patience. C'est un coucher de soleil d'amoureux, voilà tout ce que j'ai besoin de savoir.

Sur quoi, il la libéra.

Elle s'enfuit dans sa chambre, refermant la porte derrière elle.

8

— Je suis ravi que vous alliez mieux, déclara Devon en saluant Patience à l'entrée de la tente, le lendemain matin. Je me faisais du souci pour vous, mais tout le monde m'a donné des nouvelles et il est évident que vous étiez entre de bonnes mains.

— Merci, Devon. Je vais beaucoup mieux, en effet, et il est temps de nous remettre au travail. Il faut que nous terminions le plus vite possible.

Ils s'engouffrèrent sous la toile, puis enfilèrent leurs blouses blanches.

Patience s'assit à l'ordinateur, Devon attendant comme toujours qu'elle lui donne des instructions. Il pensait probablement qu'elle étudiait le cliché de la fosse sur l'écran, mais, en réalité, elle s'efforçait de retrouver sa concentration.

Elle se sentait bien, certes. Elle n'avait plus mal à la tête et s'était reposée. Toutefois, elle ne parvenait pas à chasser de ses pensées le baiser qu'elle avait échangé avec Forest. Un baiser inattendu, mais bienvenu, et absolument merveilleux.

Elle avait adoré cela et en était déconcertée. Voilà pourquoi elle avait les idées un peu embrouillées en ce début de journée.

Elle avait redouté qu'une gêne ne se soit instaurée entre Forest et elle, mais heureusement il n'en était rien. En l'accompagnant jusqu'à la tente quelques minutes plus tôt, il avait parlé du bref orage qui avait éclaté durant la nuit : il n'avait pas assez plu pour remédier à la sécheresse ambiante.

— Nous avons fait la moitié du travail, observa Devon, arrachant Patience à ses réflexions. Il ne nous reste que trois squelettes à reconstituer. Peut-être que vous devriez retourner à Oklahoma City et me laisser terminer seul.

Elle se retourna et le dévisagea avec stupeur. Pourquoi diable disait-il cela ? Elle était officiellement responsable du site.

— Patience, je ne songeais qu'à votre sécurité, se hâta-t-il d'expliquer. J'ai parlé aux hommes qui avaient été mêlés à cet incident au café. Tous ont juré n'être pour rien dans votre agression. Je les crois. Ce qui signifie que quelqu'un d'autre cherche à s'en prendre à vous. Peut-être même le tueur.

Le cœur de Patience se mit à cogner dans sa poitrine, et elle lutta pour se ressaisir. Elle n'allait pas se laisser intimider au point de partir sans achever sa tâche.

— Je compte terminer ce que j'ai commencé. D'ailleurs, si la personne qui a assassiné ces gens veut me tuer, c'est vous qui deviendrez une cible dès que vous me remplacerez.

— Je suis un homme et j'ai un pistolet, rétorqua-t-il en soutenant son regard.

— Où avez-vous trouvé un pistolet ? se récria-t-elle, sidérée.

Le rouge monta aux joues de Devon et il repoussa du doigt la monture de ses lunettes sur l'arête de son nez.

— C'est un des cow-boys de Humes qui me l'a donné. Je préférerais que vous n'en parliez pas. Je suis sûr que je n'ai pas le droit de l'avoir, mais j'ai promis de le rendre dès que nous aurons terminé ici. Je voulais seulement avoir de quoi me défendre au cas où. Contrairement à vous, je n'ai pas d'ange gardien.

— Où est cette arme ? insista-t-elle, vaguement choquée.

— Dans le camping-car.

— Je suppose que vous savez vous en servir ?

Il hocha la tête.

— Ne vous en faites pas, je garderai le secret, promit Patience.

Après tout, elle ne pouvait le blâmer. Il était normal qu'il veuille se protéger en cas de danger.

— Nous ne savons toujours pas qui m'a agressée. Il est possible que celui qui a tué ces gens ait quitté la région depuis longtemps. Faites attention à qui vous fréquentez, Devon. Les employés du ranch Humes n'ont pas très bonne réputation et mon expérience avec certains d'entre eux m'incite à la méfiance.

— Ne vous inquiétez pas, je suis capable de me défendre. Comme vous, j'ai hâte d'avoir terminé ce travail et de passer à la suite.

— Bien. Allons-y.

Ils se dirigèrent ensemble vers la fosse. Ainsi que Devon l'avait dit, il ne restait plus que trois squelettes. Trois séries d'ossements ayant déjà été retirées de la tombe, le processus serait sensiblement accéléré, songea Patience. Sans doute ne faudrait-il guère plus d'un jour ou deux par victime, et un dernier pour la rédaction du rapport.

Par conséquent, dans une semaine, il serait temps de mettre le ranch Holiday et Forest derrière elle.

De toute façon, si elle passait trop de temps avec lui, il finirait par lui faire croire à des tas de choses qui n'avaient aucune base dans les faits.

Il lui ferait croire aux couchers de soleil d'amoureux, aux repas en famille, à l'amour qui dure toujours. Cela la mettait mal à l'aise. Les convictions de Forest étaient diamétralement opposées à tout ce qu'elle avait appris, à ce que la vie lui avait enseigné jusque-là.

Il était temps qu'elle retourne à Oklahoma City, qu'elle redevienne la mégère qui maintenait à distance les gens et les émotions dérangeantes.

La seule fois où elle s'était autorisée à être vulnérable, cela s'était soldé par un désastre.

Elle secoua la tête pour chasser ces pensées qui n'avaient rien à voir avec les ossements, et reporta son attention sur Devon qui se redressait, un crâne à la main.

— Il ressemble aux autres, déclara-t-il en le lui tendant.

Patience acquiesça, notant la blessure désormais familière à la base du crâne. Le tueur avait employé la même méthode à chaque fois.

— J'ai entendu dire que Dillon est en train d'interroger tous les cow-boys du coin, reprit Devon. Il s'intéresse particulièrement à ceux d'ici puisque, à l'époque où Cass les a engagés, c'étaient des gamins des rues qui n'ont pas forcément donné leur vrai nom. Dans ces conditions, il est difficile de savoir s'ils ont un casier judiciaire.

— Ils étaient tous mineurs quand ils ont commencé à travailler au ranch, rappela Patience. Il est donc difficile de se renseigner sur leur passé. Mais d'après ce que j'ai compris, aucun n'avait dissimulé son identité et aucun n'avait d'antécédents.

Elle s'adossa à la table.

— J'ai dîné au réfectoire ces deux derniers jours et j'ai fait plus ample connaissance avec les hommes. J'ai du mal à croire que l'un d'entre eux puisse être un tueur.

— Les tueurs sont souvent des gens parfaitement ordinaires en apparence, fit remarquer Devon. Tout le monde est toujours surpris d'apprendre que son voisin, son frère ou son collègue est un assassin de sang-froid.

Patience ne répondit pas. Il avait raison et elle n'avait aucun argument à lui opposer.

Elle pesa le crâne, prit des photos et rédigea quelques notes. Après quoi, ils se penchèrent sur le spécimen suivant. La matinée passa vite et, peu après midi, Patience proposa à Devon de faire une pause pour le déjeuner.

Son assistant regagna le camping-car tandis qu'elle sortait une boisson fraîche de la glacière. En dépit de la chaleur étouffante qui régnait sous la toile, elle se refusait à sortir regarder Forest au travail.

Malgré tout, ses pas l'entraînèrent vers l'entrée de la tente. Son corps refusait d'obéir à son cerveau.

Il était là, dans le corral, vêtu comme d'habitude d'un jean et d'un T-shirt blanc, viril et séduisant, son chapeau incliné sur sa tête. Le cheval mangeait dans sa main, et, de l'autre, Forest lui caressait le nez.

Apparemment, il avait réussi à gagner la confiance de l'animal. Si elle le lui permettait, pourrait-il construire une relation de confiance avec elle ?

Physiquement, il l'attirait, bien sûr. Mais c'était une question d'hormones, tout simplement. Elle le désirait, le baiser de la veille en était la confirmation.

Pour autant, son univers était celui de la science. Il en allait différemment pour Forest. Il souffrait de la solitude et cherchait à retrouver la famille qu'il avait perdue. S'il s'imaginait éprouver quelque chose de spécial à son égard, c'était uniquement parce qu'ils s'étaient beaucoup côtoyés ces jours-ci et qu'ils s'étaient liés d'amitié.

Avant qu'il ait pu la voir en train de l'observer, elle recula et se réfugia sous la tente.

Elle était là depuis une trentaine de minutes quand il apparut sur le seuil, un petit sac à la main.

— C'est ton déjeuner ? demanda-t-il en désignant le soda posé à côté d'elle.

— Ça, et mon stock secret de biscuits salés.

— Je me doutais bien que, dès que j'aurais le dos tourné, tu reprendrais tes mauvaises habitudes.

Il lui tendit le sac.

— Un sandwich au jambon et au fromage. J'ai demandé à Cookie de nous en préparer un chacun.

— Merci, mais tu n'es pas obligé de t'occuper de moi constamment.

— Je n'ai jamais rencontré personne qui en ait autant besoin, répliqua-t-il.

— Tu sais que je suis féministe ? riposta-t-elle du tac au tac en redressant le menton.

Il esquissa son sourire dévastateur, et le cœur de Patience battit un peu plus fort.

— Démocrate, républicaine, végétarienne ou féministe, peu m'importe. Ça ne va pas m'empêcher de veiller sur toi. D'ailleurs, ce n'est qu'un sandwich.

Sur le point de céder à la colère qui lui avait si souvent servi de bouclier par le passé, elle ne put franchir le dernier pas. Forest était trop séduisant, trop irrésistible avec son jean moulant et ce T-shirt blanc qui mettait en valeur ses larges épaules.

Comment aurait-elle pu s'emporter contre un homme dont les yeux pétillaient d'amusement et dont les lèvres lui souriaient avec tant de charme ?

— Merci, marmonna-t-elle enfin.

Il effleura son chapeau du bout des doigts et recula d'un pas.

— Je viendrai te chercher vers 17 heures pour aller dîner.

— Je compte travailler tard.

— Il est plus prudent de terminer assez tôt et d'être de retour dans ta chambre avant la nuit. Il ne s'agit pas seulement de ton travail, Patience. Il s'agit de te protéger le plus efficacement possible.

Elle ravala ses protestations, consciente des sacrifices qu'il faisait pour elle. Il avait renoncé à sa propre routine, et passait moins de temps avec ses amis afin de la couver. Jamais personne ne s'était dévoué ainsi pour elle.

— Très bien. A tout à l'heure.

— Maintenant, je peux partir tranquille.

Sur un nouveau sourire taquin, il retourna vers le corral.

De son côté, Patience se rassit et sortit le sandwich du sac. Forest la gâtait avec toutes ses attentions, ses sourires et sa sollicitude.

Ne va pas t'y habituer, lui souffla une petite voix. Cette période passée au ranch n'était qu'une parenthèse qui n'avait rien à voir avec la réalité de son existence.

Elle terminait son déjeuner quand Devon revint à son poste.

L'après-midi se déroula dans un silence relatif. Ni son assistant ni elle n'étaient du genre à parler de la pluie et du beau temps. Pour l'essentiel, ils discutaient ossements.

Cependant, la reconstitution des trois derniers squelettes se révélait plus ardue que prévu. Il leur restait trois crânes, mais huit os du fémur, ce qui signifiait que la fosse contenait, partiellement au moins, les restes d'une septième victime.

— Peut-être que ce septième corps est enterré plus profondément ? suggéra Devon.

— C'est possible.

En réalité, elle n'y croyait guère. Devon et elle avaient procédé à des excavations méticuleuses lors de leurs premières semaines sur les lieux. Bien que les six crânes aient été immédiatement visibles, ils avaient quadrillé le terrain avec soin pour révéler d'autres ossements éventuels.

— Je vais téléphoner à Dillon, annonça-t-elle.

Puis elle baissa les yeux sur sa montre. Presque 16 heures. Elle allait sans doute être en retard pour dîner.

Une heure plus tard, Dillon apparut sur le seuil.

— Ne me dites pas que d'autres os ont disparu ?

— Non. Asseyez-vous.

Elle avait renvoyé Devon à la fraîcheur du camping-car quelques minutes plus tôt.

— Si vous m'invitez à m'asseoir, c'est que vous devez avoir de mauvaises nouvelles, soupira-t-il en se laissant tomber sur la chaise à côté d'elle.

— Vous avez l'air épuisé.

Les yeux de Dillon étaient légèrement rougis, comme s'il n'avait pas bien dormi depuis des semaines. Son front était creusé de rides.

— J'ai passé le plus clair de la journée au ranch Humes, à questionner tous ceux qui travaillaient là à l'époque des crimes.

— Vous avez découvert quelque chose d'intéressant ?

Il fronça les sourcils.

— Rien qui vaille la peine d'en parler. Je crois que la seule personne capable de m'aiguiller sur l'identité des victimes est Francine Rogers, mais elle ne rentrera pas avant la fin de la semaine prochaine. Eh bien, quelles mauvaises nouvelles vouliez-vous m'annoncer ?

— Nous pensions qu'il ne restait que trois squelettes dans la fosse, mais il y en a quatre. Ou du moins, il y a une partie du quatrième. Il nous manque le crâne et je ne sais pas quoi d'autre pour le moment.

Dillon passa une main lasse sur son front.

— Vous êtes absolument sûre de ce que vous dites ?

Légèrement agacée, Patience maîtrisa son irritation.

— Certaine. Nous avons trop d'os pour trois corps.

Dillon secoua la tête.

— Cette affaire devient de plus en plus bizarre. Pourquoi un crâne serait-il manquant ? La fosse était sous un hangar. Par conséquent, aucun animal n'a pu le déterrer.

— Et je doute qu'il soit encore enfoui. Nous avons préparé la fouille avec beaucoup de soin.

— Il a pu être emporté par le tueur, murmura Dillon en se massant le front, comme pour se libérer d'un mal de tête.

Patience acquiesça.

— Ç'aurait été un des premiers assassinats, sinon le tout premier.

Une ombre s'encadra dans l'entrée de la tente.

— Quelque chose ne va pas ? demanda Forest.

— Tu n'aurais pas un crâne caché dans ton placard, par hasard ? lança Dillon.

— Ni crâne ni squelette, je te l'assure.

— Il nous manque un crâne, expliqua Patience.

Forest fronça les sourcils.

— Il a été volé ?

— Impossible, affirma Dillon d'un ton catégorique. Depuis l'incident du déplacement des os, je n'ai posté que mes meilleurs hommes ici durant la nuit. Personne ne s'est introduit sous la tente pour dérober quoi que ce soit.

Il se tourna vers Patience.

— Qu'est-ce que cela signifie pour votre reconstitution des autres squelettes ?

— Je ne le saurai que lorsque nous aurons fait quelques progrès. Pour l'instant, je ne suis pas sûre de ce qui reste dans la fosse.

Dillon se leva.

— Vous me tiendrez informé de vos progrès ?

— Bien sûr.

Elle se leva à son tour, en jetant un coup d'œil vers la table vide. Les premiers squelettes avaient été transportés à la morgue de Bitterroot pour y être conservés au froid. De là, ils seraient transférés au laboratoire de l'Identité judiciaire à Oklahoma City. Des analyses plus complexes y seraient effectuées. Les techniciens tenteraient aussi d'obtenir un échantillon d'ADN en prévision d'un éventuel procès.

— Assez travaillé pour aujourd'hui, déclara Forest d'un ton ferme.

A l'évidence, il la connaissait assez bien désormais pour deviner qu'elle était réticente à laisser sa tâche en suspens.

— Totalement d'accord avec toi, répondit Dillon d'une voix éteinte. Je rentre à la maison. J'ai l'impression de ne pas avoir dormi correctement depuis un mois.

Patience avait besoin d'un peu de repos, elle aussi, elle devait le reconnaître.

Tous trois sortirent donc de la tente.

Tandis que Dillon se dirigeait vers sa voiture, Forest et elle prirent le chemin du motel.

— Cette découverte te complique la vie, j'imagine.

— En effet, reconnut-elle avec frustration.

— Je suis sûr qu'avec un peu de temps tu comprendras ce qui s'est passé.

Elle hocha la tête. Ces ossements supplémentaires la préoccupaient, naturellement. Mais avec ce rebondissement inattendu, elle allait rester plus longtemps que prévu au ranch. Plus longtemps avec Forest.

Elle tenait à terminer son travail, certes. Cependant, elle avait peur des conséquences émotionnelles qu'aurait la prolongation de son séjour. Elle était trop vulnérable. Trop troublée par cet homme qui s'était désigné comme son garde du corps.

Cassie dînait seule dans la cuisine quand Dillon apparut sous la galerie. Elle alla lui ouvrir.

— J'ai vu votre voiture garée à côté de la tente. Quelque chose ne va pas ? demanda-t-elle en lui faisant signe de s'asseoir en face d'elle.

— Toute cette affaire est compliquée, admit-il.

— Un café ?

— Vous êtes en train de dîner. Je ne veux pas vous déranger.

— Ne vous inquiétez pas pour ça, j'avais terminé.

Elle alla déposer son assiette sur le plan de travail et leur prépara un café à chacun, puis revint s'asseoir.

Dillon lui livra les dernières nouvelles. Cassie l'écouta avec attention, s'efforçant de ne pas laisser son regard s'attarder sur ses yeux gris, sur ses cheveux ébouriffés, sexy.

Quand il n'était pas là, elle pensait rarement à lui. En revanche, chaque fois qu'il venait, il éveillait en elle une attraction viscérale, laquelle n'était à l'évidence pas réciproque.

Ils se connaissaient depuis quelques semaines, et son attitude envers elle avait toujours été strictement professionnelle. C'était une bonne chose, estimait-elle cependant : elle ne tenait pas à avoir une liaison avec le chef de la police de Bitterroot. Elle n'avait pas l'intention de faire de ce ranch sa résidence permanente.

Dans l'immédiat, elle était retenue à Bitterrot par le crime qui avait eu lieu sur la propriété. Cependant, dès l'enquête terminée, elle mettrait le ranch en vente et retournerait à New York.

Elle n'allait pas faire comme Nicolette. Elle fronça les sourcils en songeant à sa meilleure amie, qui l'avait accompagnée jusque-là avec son jeune fils à la mort de Cassie.

Nicolette était tombée amoureuse de Lucas Taylor, un des cow-boys, et avant que Cassie ait compris ce qui se passait, elle et son fils avaient emménagé avec Lucas dans leur propre ranch, non loin de là.

De fait, leur mariage aurait lieu dans une dizaine de jours. Le moment venu, Cassie rentrerait seule à New York, sans son amie et associée.

Par amour, Nicolette avait renoncé à son rêve d'être créatrice de mode. Il était hors de question que Cassie renonce à devenir une artiste célèbre pour quoi ou qui que ce soit. Plus jamais, songea-t-elle intérieurement.

Dillon la regardait, s'aperçut-elle soudain, sortant de ses pensées, et elle n'avait pas entendu sa question. La rougeur lui monta aux joues.

— Pardon ?

— Je vous demandais si Adam et vous, vous aviez réussi à retrouver des archives datant de l'époque des meurtres ?

Elle soupira légèrement.

— Nous avons inspecté la pièce où Cassie conservait la plupart de ses vieux dossiers, mais c'étaient surtout des livres de comptes et quelques vieux journaux intimes. Rien qui ressemble à une liste d'employés.

Cassie avait récupéré ces journaux intimes, mais n'avait pas encore pris le temps d'y jeter un coup d'œil. Sans doute se concentraient-ils sur la vie quotidienne au ranch.

Dillon fit la moue et but une gorgée de café.

— Je savais que cette enquête n'allait pas être facile.

— Vous avez l'air exténué, murmura-t-elle, refoulant l'envie de tendre la main et de lisser les plis de son front, de caresser ses mèches brunes.

— Je le suis, admit-il.

Il finit sa tasse et se leva.

— Je vous laisse terminer votre dîner en paix.

— Merci d'être venu me dire ce qui se passe.

— Je vous en prie. Je vous tiens au courant.

Elle le suivit des yeux, admirant ses épaules puissantes, ses hanches minces sous l'uniforme bleu marine. Oui, elle était indéniablement attirée par Dillon Bowie, mais les choses en resteraient là. Elle n'était pas destinée à passer sa vie à Bitterroot, dans l'Oklahoma.

Elle songea à Adam Benson, son contremaître, qui s'était montré d'une infinie patience avec elle et lui avait appris une foule de choses à propos du ranch. Il était évident qu'elle lui plaisait. De son côté, Cassie l'appréciait et le trouvait gentil, mais il n'éveillait pas en elle le trouble brûlant qui la submergeait en présence de Dillon. Par chance, Adam ne lui avait pas demandé de sortir avec lui. Du moins, pas encore.

Elle ne voulait ni l'un ni l'autre de ces hommes. Elle voulait seulement retourner à sa vie d'artiste, à New York.

9

Le dimanche, après avoir déjeuné au réfectoire, Forest proposa à Patience de faire une randonnée à cheval.

— Une petite sortie, dit-il. Histoire de prendre l'air. Peut-être qu'un peu de soleil te détendra.

— Qu'est-ce qui te fait penser que je suis tendue ?

— Tu l'es depuis que tu as trouvé ces ossements imprévus.

Avec un soupir, elle enfonça les mains dans les poches de son corsaire.

— Je croyais que j'en aurais terminé à l'heure qu'il est, mais ces os refusent de coopérer.

— Peut-être que demain sera une journée plus fructueuse. Eh bien… cette promenade ?

Elle sortit les mains de ses poches et hocha brièvement la tête.

— D'accord, puisque tu refuses de me laisser retourner travailler ce soir.

— Tu en as assez fait pour aujourd'hui, déclara-t-il alors qu'ils se dirigeaient vers les écuries. Tu pourras recommencer demain avec un regard neuf et des idées plus claires.

— Je n'ai pas les idées claires depuis que j'ai compris que cette fosse comportait quatre corps.

Dans l'écurie, elle s'assit sur une botte de foin pendant qu'il sellait Thunder. Son anxiété était palpable depuis deux jours. Elle avait été souvent silencieuse, visiblement préoccupée, comme si elle essayait constamment de résoudre une énigme.

Elle s'était même montrée distante avec lui, et était allée

droit du réfectoire à sa chambre ces deux derniers soirs, évitant toute conversation.

Etaient-ce les ossements qui la troublaient à ce point ou le baiser qu'ils avaient échangé ? Un baiser qu'il n'avait pu chasser de ses pensées et qu'il mourait d'envie de répéter, encore et encore.

Au moins avait-elle accepté de faire cette promenade, qui leur permettrait de passer quelques instants seuls, et, avec un peu de chance, d'apprécier la compagnie l'un de l'autre. L'espace d'un moment, il voulait la distraire, l'emmener dans un lieu paisible et serein.

Dix minutes plus tard, ils quittaient l'écurie, Patience devant lui. Comme la fois précédente, son parfum et sa présence le bercèrent. Il ne se lasserait jamais de l'avoir près de lui, songea-t-il avec un pincement d'angoisse.

Alors qu'elle ne pensait qu'à terminer son travail et à s'en aller, il la désirait de jour en jour davantage. Il était au bord du précipice, sur le point de tomber irrémédiablement amoureux… et d'en avoir le cœur brisé, il le savait pertinemment. Mais il ne pouvait rien faire pour empêcher sa chute.

Elle se laissa aller contre lui tandis qu'il dirigeait Thunder vers l'étang. Celui-ci serait joli au crépuscule, les dernières lumières du jour se reflétant sur la surface.

— Je suppose que tu avais raison, c'est exactement ce dont j'avais besoin, admit-elle, rompant enfin le silence.

— Tant mieux. Je sais que tu es contrariée par ce contretemps, mais il faut que tu t'accordes un peu de détente pour échapper à la pression.

Elle ne répondit pas, mais se détendit encore davantage. Elle semblait à sa place sur la selle, comme si elle était née pour monter avec lui.

— J'ai vu le cheval manger dans ta main l'autre jour, murmura-t-elle.

— Des tranches de pomme. Elle fait des progrès.

— Tu lui as donné un nom ?

— Je l'ai baptisée Twilight. Le crépuscule est le moment de

la journée que je préfère et c'est un nom qui m'a paru assorti à la couleur de sa robe.

— Elle est si sombre que tu aurais dû l'appeler Minuit.

— Le cheval de Brody s'appelle Minuit. Je ne pouvais pas lui donner le même nom.

— Brody… il n'a pas l'air très amical.

— Il aime se considérer comme un dur, mais il est loyal et il a bon cœur. Il faut juste creuser un peu sous la façade pour voir le vrai Brody.

Evidemment, elle n'allait pas rester assez longtemps pour apprendre à connaître vraiment Brody ou aucun autre des cow-boys.

Arrivés à l'étang, ils descendirent de cheval. Forest attacha Thunder à un arbre et ils allèrent ensemble sur le ponton en bois.

Forest lui fit signe de s'asseoir à côté de lui.

— C'est un de mes lieux préférés.

— Tu viens souvent ?

— Non, mais de temps en temps, quand j'ai besoin d'être seul et de réfléchir. Il arrive aux autres de venir aussi, que ce soit en quête de solitude ou pour conter fleurette à une fille.

— Ah bon ?

Elle le regarda étrangement, le vert de ses yeux éclatant à la lumière du couchant.

— Oui. Ne t'inquiète pas, ce n'est pas pour cette raison que je t'ai amenée. J'ai pensé que tu apprécierais un peu de tranquillité dans un bel endroit.

— Merci.

Elle replia ses genoux et les entoura de ses bras.

— Comment se fait-il que tu sembles savoir ce dont j'ai besoin avant que j'en aie conscience moi-même ?

Il sourit.

— Peut-être que je suis plus attentif que d'autres avant moi.

— Il n'y a eu personne avant toi, avoua-t-elle, les yeux fixés sur l'eau. Tu es la première personne à qui je permets de m'approcher.

— J'en suis honoré.

— Il n'y a pas de quoi. Je n'ai pas grand-chose à offrir à qui que ce soit. Je travaille la plupart du temps, et je suis une mégère avec quiconque essaie de m'aborder. Je suis comme ça, voilà tout.

— Je ne crois pas. Je pense que, comme Brody, tu es douce et gentille à l'intérieur.

— N'en sois pas si sûr, riposta-t-elle sans un regard pour lui. Il y a des poissons dans cet étang ?

— Des tas. Si tu pouvais rester plus longtemps, je t'aurais amenée ici pour voir si tu es capable d'en prendre un gros.

Elle secoua la tête en souriant.

— Il n'y a pas de place pour la pêche dans mon emploi du temps.

Ils demeurèrent silencieux quelques minutes. Ce fut Forest qui rompit le silence.

— Tu as eu des nouvelles de ta mère après son départ ?

Elle se tourna vers lui.

— Non. Je n'ai jamais reçu de coup de téléphone ni de lettre. Pas de carte d'anniversaire ni de cadeaux de Noël… rien. Nous n'avons jamais eu de ses nouvelles. Puis on a nous annoncé qu'elle était morte.

— Tu n'as jamais fait ton deuil d'elle, je suppose. Moi non plus, je n'ai jamais vraiment fait le deuil de mes parents. Ils sont morts si subitement… je n'ai pas eu le temps de leur dire une dernière fois que je les aimais.

Une fois de plus, Patience détourna les yeux.

— Ma mère et moi, nous n'avions pas ce genre de relation. Je n'étais pas importante dans sa vie et, par conséquent, elle n'était pas importante dans la mienne.

En dépit de ces paroles de défi, une légère pointe de vulnérabilité perçait dans sa voix, nota Forest.

Cette conversation était devenue trop sérieuse, trop intense, et pour rien au monde il ne voulait réveiller de vieilles douleurs.

— Je saute du coq à l'âne, mais mon ami Lucas se marie dimanche prochain. Je me demandais si tu accepterais de venir avec moi à la cérémonie et à la réception.

Elle pivota vers lui, l'air stupéfait.

— Pourquoi aurais-je envie de faire une chose pareille ? Je ne crois ni à l'amour ni au mariage.

— Il n'est pas nécessaire d'y croire pour passer une bonne journée.

— Je ne sais même pas où je serai dimanche prochain. Si j'ai terminé mon travail, je serai partie.

— Bon. Mais si tu es encore là, tu viendras avec moi ? Lucas est un ami de longue date et je n'aimerais pas manquer sa noce.

Il avait parfaitement conscience d'exercer un soupçon de chantage sur elle, en lui laissant entendre que, si elle ne venait pas, il ne pourrait assister au mariage non plus.

C'était de la manipulation, mais également la vérité. A supposer qu'elle soit toujours au ranch, il refuserait de la laisser seule et sans protection.

— Si je suis encore ici, je viendrai, dit-elle enfin. Mais j'espère tout terminer dans les deux jours à venir.

— Je ne vais pas mentir. Je serai peiné de te voir partir.

— Ne le sois pas, ordonna-t-elle, levant la main pour l'empêcher d'ajouter autre chose. Je sais où est ma place et qui je suis. Quand viendra le moment de m'en aller, je le ferai sans un regard en arrière.

Cela sonnait comme un avertissement.

— Je sais.

Il espéra avoir dissimulé sa déception. Dans un mois ou deux, elle aurait probablement oublié jusqu'à son nom. Elle serait absorbée par une nouvelle scène de crime et mènerait l'existence qu'elle avait toujours menée… complètement seule.

Le soleil déclinait à l'horizon, projetant des reflets flamboyants sur l'étang.

— C'est si beau, murmura-t-elle. Merci de m'avoir amenée ici.

— De rien.

Au bout de quelques minutes, il reprit la parole.

— Nous devrions rentrer à présent.

Ils se levèrent et quittèrent le petit ponton.

— Il y a une dernière chose que j'aimerais faire avant de partir.

C'était sans doute insensé de sa part, mais il prit Patience par la main et la guida vers le silo le plus proche.

— Qu'est-ce que tu fais, Forest ?

Elle avait écarquillé les yeux et ses lèvres tremblaient légèrement.

— J'espère remplacer un mauvais souvenir par un bon, murmura-t-il en l'attirant dans ses bras.

Son baiser fut tendre et intime. Une fois de plus, il s'étonna qu'elle ne cherche pas à le repousser. Au contraire, elle s'abandonna contre lui et lui rendit son baiser.

Il caressa son dos mince alors qu'elle se nichait contre lui. Un désir brûlant le gagna, qu'il réprima au prix d'un sérieux effort. En dépit de ce qu'il éprouvait, il n'avait jamais voulu aller plus loin. A regret, il mit fin au baiser et la lâcha, puis promena doucement l'index sur sa joue.

— J'espère qu'à l'avenir, quand tu verras un silo, tu penseras au baiser d'un cow-boy et non à autre chose, chuchota-t-il tendrement.

Il laissa retomber sa main. Aussitôt, elle porta la sienne à l'endroit qu'il avait caressé.

— Merci, susurra-t-elle.

Ils ne parlèrent pas en remontant sur Thunder pour prendre le chemin du retour. Elle avait été touchée ; cela se remarquait à ses yeux brillants, au frémissement de sa voix quand elle l'avait remercié.

Il espérait qu'elle se souviendrait de cet instant où il l'avait embrassée avec toute l'émotion qu'il possédait dans son corps et dans son âme. Il espérait que ce baiser pourrait effacer les terribles souvenirs qu'elle portait encore.

Mais il ne pouvait l'obliger à être différente de la femme que la vie avait faite d'elle, ni exiger qu'elle l'aime autant qu'il l'aimait.

Malheureusement, il devait se résigner à la laisser partir. Il devait se préparer au chagrin qui l'attendait.

Les ombres mauves de la fin du crépuscule annonçaient l'obscurité. Patience se laissa aller contre lui, comme épuisée par la journée et les émotions qu'il avait éveillées en elle.

Elle croyait savoir qui elle était, mais il avait entrevu d'elle une image bien différente de celle qu'elle présentait au reste du monde. Seulement, il ne possédait pas les outils nécessaires pour la contraindre à se voir telle qu'elle était réellement.

Ils se trouvaient au milieu du pré quand le premier coup de feu résonna. Avec un sifflement immédiatement reconnaissable, une balle fendit l'air aux oreilles de Forest.

Instinctivement, il sauta à terre, entraînant Patience avec lui, et roula sur elle pour lui faire un bouclier de son corps. En même temps, il tâtonna pour sortir son arme de son holster. Un autre coup de feu s'éleva. Cette fois, la balle passa juste au-dessus de leurs têtes.

— Thunder… A l'écurie ! ordonna-t-il.

Le cheval détala aussitôt et s'éloigna au galop.

— Qu'est-ce qui se passe ? demanda Patience, terrifiée, en lui saisissant le bras.

— Quelqu'un essaie de nous tuer.

Une troisième détonation se fit entendre. Patience était secouée de tremblements incontrôlables, tandis qu'un nuage de poussière s'élevait à quelques pas d'eux, lui rappelant l'imminence du danger.

Forest tira en direction de la clôture qui séparait le ranch Humes de celui des Holiday. De grands arbres bordaient la limite de la propriété et, dans la pénombre croissante, il ne voyait sans doute pas le tireur.

C'était elle la cible, bien sûr. Mais comme Forest était étendu sur elle, il courait plus de risques d'être touché.

Lorsqu'il avait endossé son rôle de garde du corps, elle lui en avait été reconnaissante, mais elle n'avait jamais vraiment pensé qu'il irait jusqu'à mettre sa vie en péril pour elle. Jusqu'à cet instant, cela n'avait été qu'une idée purement théorique.

Son cœur cognait si fort qu'elle était hors d'haleine. Une terreur inconnue lui glaçait le sang et les os.

Une balle percuta le sol tout près, lui arrachant un cri. Forest marmonna un juron en ripostant.

— Il y a trop d'arbres et il fait trop sombre, maugréa-t-il. Je ne peux pas voir où il est.

A l'évidence, le tireur, lui, les voyait.

Il y eut le bruit sourd d'une balle qui se loge dans la chair. En même temps, un gémissement de douleur échappa à Forest.

Patience hurla :

— Forest !

Seigneur, il avait été touché. Elle gigota en vain pour se dégager. C'était elle qu'on visait. Il était injuste qu'il souffre à sa place. Elle ne pouvait lui permettre de se sacrifier ainsi. Jamais elle n'aurait dû accepter qu'il s'expose au danger.

Forest s'aplatit contre elle.

— Ne bouge pas.

— Tu es touché !

Des larmes de peur et d'angoisse lui montèrent aux yeux. La blessure était-elle grave ? Où était-il atteint ?

— Ce n'est rien, assura-t-il d'un ton bref, avant de relever la tête pour jeter un coup d'œil alentour. Mais il faut qu'on file d'ici. Je crois que le tireur est dans un de ces arbres. Là où nous sommes, nous lui offrons une cible idéale.

Avant qu'il ait terminé sa phrase, l'air nocturne s'emplit du son des chevaux au galop. Telle la cavalerie volant à leur secours, les camarades de Forest surgirent au clair de lune.

— La rangée d'arbres ! cria Forest. Si quelque chose bouge, tirez !

Cinq des hommes se dirigèrent vers la clôture pendant que les quatre autres formaient un cercle protecteur autour de Forest et de Patience. Adam et Dusty sautèrent à bas de leur monture, leurs deux compagnons restèrent en selle, leurs armes braquées dans la direction d'où étaient venus les coups de feu.

— Forest a été touché, s'écria Patience, en larmes. Il est blessé. Il a besoin d'aide.

— Ce n'est rien, protesta-t-il en lui tendant la main pour l'aider à se lever. J'ai renvoyé Thunder à l'écurie au cas où vous n'auriez pas entendu les détonations. Et je me suis dit qu'on était moins exposés au sol qu'en selle. Sur ce point, j'avais tort. Pour nous voir aussi clairement, le tireur devait être dans un de ces arbres.

— On va vous ramener. Forest, prends mon cheval, suggéra Adam. Je vais monter avec Dusty.

— Et je peux prendre le Dr Forbes avec moi, proposa Brody Booth.

Quelques minutes plus tard, ils repartaient vers le ranch, laissant cinq hommes inspecter les lieux.

— Quelqu'un doit examiner Forest, insista Patience à l'adresse de Brody. Il a été touché par une balle, mais je ne sais pas où.

Et s'il avait été atteint dans un organe vital ? S'il était déjà en train de se vider de son sang ?

— Il est costaud. S'il avait pensé qu'il avait besoin d'un médecin, il l'aurait dit quand nous sommes arrivés.

Ce furent les seules paroles qu'ils échangèrent avant que Brody la dépose devant sa chambre. Forest descendit de sa monture. Du sang coulait sur son bras gauche. Patience retint son souffle.

— Tu veux que j'appelle Doc Washington ? demanda Brody, qui tenait les rênes des deux chevaux.

— Non, ce n'est qu'une égratignure. Je vais nettoyer la plaie et ça ira.

— Tu es sûr ? insista Patience, affolée. Forest, ne sois pas un héros. Si tu as besoin du médecin, il faut que tu le dises.

— Crois-moi, ça ira, affirma-t-il doucement.

Il avait été blessé à cause d'elle. Les jambes flageolantes, Patience ouvrit la porte de sa chambre et le prit par la main. Elle tenait à s'assurer par elle-même qu'il disait vrai.

— Viens, je vais nettoyer ta plaie, déclara-t-elle, luttant encore contre les larmes.

Il la suivit sans résister. Une fois à l'intérieur, elle lui fit signe de s'asseoir sur le lit.

— Retire ta chemise.

— Il y a une éternité que j'espérais entendre ces mots, la taquina-t-il.

— Arrête. Ne plaisante pas. Ça ne me plaît pas. Tu aurais pu être tué.

Une nouvelle larme coula sur sa joue. Elle se détourna avant qu'il ait eu le temps de la remarquer et alla chercher sa trousse de premiers secours dans la salle de bains.

D'une main tremblante, elle attrapa la mallette. La protection que Forest lui avait offerte lui avait donné un sentiment de sécurité. Jamais elle n'avait envisagé qu'il puisse être blessé par sa faute… ou pire.

Elle s'essuya les yeux, mouilla un linge et ressortit de la salle de bains. Forest, toujours assis sur le lit, avait retiré sa chemise, présentant son torse large et musclé ainsi que… son bras ensanglanté.

Patience lâcha un soupir de soulagement silencieux. Aucun organe vital n'était atteint. Il allait se rétablir.

Ni l'un ni l'autre ne parlèrent pendant qu'elle nettoyait la plaie. Cela fait, elle versa un peu de désinfectant sur du coton hydrophile.

— Ça va peut-être te faire mal, avertit-elle.

— Ne t'inquiète pas, je ne vais pas pleurer.

— Je ne suis pas sûre de pouvoir m'en empêcher. Je suis tellement désolée, Forest. Je ne voulais pas que tu sois blessé, murmura-t-elle, la gorge nouée.

— Ne t'excuse pas, ce n'est pas ta faute. Je faisais mon travail, c'est tout. Et c'était stupide de ma part de t'emmener faire une promenade à cheval à la tombée de la nuit.

Comme il l'avait affirmé, la balle n'avait fait qu'effleurer la chair ; il aurait mal pendant quelques jours, mais il n'y avait aucun dégât permanent.

Aussi, Patience se calma un peu.

Elle étala de la crème antiseptique sur la blessure, puis se mit à enrouler un pansement autour de son bras. Ce fut seulement alors qu'elle prit conscience de l'intimité de la situation.

Le baiser qu'ils avaient échangé à côté du silo s'imposa de nouveau à sa mémoire et elle eut soudain envie de promener les mains sur son torse puissant.

— Tu as des gestes très doux.

Elle leva les yeux. L'émotion qui se lisait dans le regard de Forest la fit reculer.

— Dieu merci, ce n'est pas trop grave. Tu aurais pu être tué par ma faute.

— Non. Ç'aurait été la faute du tireur.

A cet instant, Dillon et deux agents apparurent sur le seuil.

— Adam m'a appelé, expliqua le chef de la police en baissant les yeux sur le pansement. Ça va ?

— Ce n'est rien, affirma Forest. Patience a nettoyé la plaie.

— Quelqu'un a essayé de nous tuer, intervint-elle, la voix moins assurée qu'elle n'aurait voulu. Je suppose que j'étais la cible, mais Forest a été touché à ma place. C'était une tentative de meurtre !

Comme s'il avait senti qu'elle était au bord de l'hystérie, Forest mit une main apaisante sur son bras.

— Tous les hommes du ranch sont venus à notre secours, ajouta-t-il. Par conséquent, je suis certain qu'aucun d'eux ne pouvait être le tireur.

— Et les coups de feu venaient du ranch voisin, renchérit Patience.

Mon Dieu, si la balle était passée un peu plus à droite, elle aurait atteint Forest dans le dos. Il aurait pu être paralysé, voire tué sur le coup !

Il laissa retomber sa main.

— Les gars sont restés là-bas pour voir s'ils trouvent quelqu'un.

Dillon se tourna vers ses agents.

— Allez les rejoindre. Je vais prendre la déposition de Forest.

Ce dernier se rassit sur le lit. Patience l'imita, laissant l'unique chaise au policier. Tandis que Forest racontait l'incident, elle se força à penser aux ossements qui l'attendaient. Elle avait besoin de se distancer de l'affreux moment qu'ils avaient passé, étendus par terre, les balles sifflant autour de leurs têtes.

Seule la chance les avait sauvés.

Quelques heures plus tôt, Patience voulait terminer sa tâche au plus vite pour empêcher Forest de trop se rapprocher d'elle. Désormais, elle voulait en finir pour ne plus l'exposer au danger.

Elle ne pourrait le convaincre de renoncer à son rôle de garde du corps. Il refuserait. Il serait même encore plus vigilant après cet incident.

Chaque minute supplémentaire qu'elle passait au ranch le mettait en danger. Et pour la première fois de sa vie, elle éprouvait le désir irrépressible de protéger quelqu'un.

Dillon termina ses questions et partit rejoindre ses hommes sur le terrain.

Forest resta où il était.

— Nous l'avons échappé belle, soupira-t-il enfin. Ça va ?

— Oui, ça va.

Patience se félicita de la fermeté de sa réponse. Elle ne voulait pas qu'il sache combien cet incident l'avait effrayée.

— Je ne comprends pas, reprit-elle. Je ne vois pas comment on peut s'imaginer que l'enquête sur les meurtres s'arrêterait si j'étais tuée.

Forest fronça les sourcils.

— Je ne sais pas. Il est évident que nous n'avons pas affaire à quelqu'un de rationnel. Je continue à croire que c'est sûrement l'assassin et qu'il essaie de dissimuler un secret que tu pourrais découvrir.

— Quel secret ? Jusqu'à maintenant, les ossements ne nous ont pas appris grand-chose. Tu ne te souviens pas de jeunes qui ont disparu à l'époque où tu es arrivé ici ?

Forest secoua la tête.

— Dusty et moi, nous avons été les derniers à arriver au ranch. Je ne me rappelle pas qu'il y ait eu d'autres hommes que ceux qui sont toujours là. D'ailleurs, Dillon a interrogé tout le monde sans résultat.

— J'imagine que les employés du ranch Humes n'étaient pas tous ici à cette époque ?

— Non, mais certains l'étaient, et d'autres vivaient dans les environs.

Elle regarda le pansement, envahie par une légère nausée.

— Tu aurais pu être tué.

— Non. Je ne vais pas mourir face contre terre dans un pré. Je compte m'éteindre paisiblement, dans mon sommeil, à l'âge de cent ans, plaisanta-t-il. En laissant des enfants et une ribambelle de petits-enfants.

— Tu vois ton avenir clairement, n'est-ce pas ?

Elle s'efforçait de ne pas laisser son regard s'attarder sur le torse de Forest, mais le bleu intense de ses yeux la troublait tout autant.

Il acquiesça.

— Je le vois dans mon esprit. J'en rêve. Et toi ? A quoi ressemble ton avenir ?

Avant qu'elle ait eu le temps de répondre, Dusty apparut sur le seuil.

— Je voulais juste m'assurer que tu allais bien, dit-il à Forest d'un ton anxieux.

— Comme tu le vois, Patience a joué à l'infirmière. Ce n'était qu'une blessure sans gravité.

— Heureusement ! s'écria Patience.

Dusty hocha la tête.

— Les gars reviennent. Ils n'ont vu personne, ni sur les terres du ranch, ni chez Humes.

— Je suppose que le tireur s'est enfui dès qu'il vous a entendus, avança Forest.

— Vous êtes arrivés à point nommé, murmura Patience.

Elle n'osait imaginer ce qui se serait passé si les cow-boys n'étaient pas venus à la rescousse. Forest et elle étaient complètement sans défense. Une tragédie aurait pu se produire d'un instant à l'autre.

Dillon revint à son tour.

— Nous avons jeté un coup d'œil partout, mais il fait trop

noir : on ne voit pas grand-chose. Nous reviendrons demain matin pour essayer de localiser la position exacte du tireur. Peut-être qu'on aura de la chance et qu'il aura laissé tomber ses papiers, ajouta-t-il, pince-sans-rire. Je vous tiendrai au courant.

Lorsque Dusty et le policier furent partis, Forest se leva à son tour.

— Il est tard et je suis sûr que tu es épuisée.

Elle hocha la tête, même si, en réalité, elle était trop à cran pour avoir envie de dormir.

— Demain, je changerai ton pansement. S'il y a le moindre signe d'infection, tu devras aller voir le médecin.

— Je suis sûr que ça ira.

Il prit son T-shirt, puis s'attarda à la porte, comme s'il était réticent à la quitter.

— Ça va aller cette nuit ?

— Bien sûr. Ce n'est pas moi qui ai reçu une balle.

Il l'enveloppa d'un sourire empreint de tendresse.

— Mais tu étais terrifiée.

— C'est vrai, et je ne crois pas t'avoir remercié de m'avoir sauvé la vie.

Il porta la main à un chapeau imaginaire.

— A votre service, madame. A demain !

Il sortit, refermant la porte derrière lui.

Patience se leva, tira le verrou, puis resta adossée au battant, en proie à une myriade d'émotions. La terreur ne l'avait pas complètement quittée. Le son des coups de feu résonnait encore à ses oreilles, elle respirait encore l'odeur de la terre.

Elle posa une main sur son cœur. Il battait trop vite.

Aussi, elle se laissa tomber au bord du lit et prit plusieurs profondes inspirations, luttant pour dominer la peur qui continuait à l'étreindre.

Lorsqu'elle avait entendu la balle toucher Forest, elle avait voulu s'emparer du pistolet et tuer celui qui l'avait blessé.

Quelqu'un voulait sa mort et était prêt à éliminer Forest si nécessaire pour arriver à ses fins. Au fond d'elle-même, elle en était convaincue : c'était l'assassin des jeunes gens qui gisaient dans la fosse. Forest avait raison : les tueurs n'étaient pas forcément des êtres rationnels. Celui-ci la considérait comme une menace immédiate et, par conséquent, l'avait prise pour cible. Il ferait face à la menace suivante le moment venu.

Y avait-il vraiment un indice parmi les ossements qu'ils étaient en train de déterrer ? Ou dans la fosse elle-même ?

Elle se leva et se dirigea vers la salle de bains.

Debout sous le jet tiède de la douche, elle se remémora le baiser qu'elle avait échangé avec Forest à côté du silo, revit le torse nu de Forest assis sur son lit.

Il l'attirait depuis l'instant où il avait eu l'audace de s'introduire sous la tente et de se présenter à elle.

Simple question d'hormones, se dit-elle en enfilant sa chemise de nuit. Elle éteignit la lumière et se glissa entre les draps.

Malgré tout, des images continuèrent à s'imposer à son esprit. Forest qui l'embrassait, les cuisses de Forest frôlant les siennes alors qu'ils étaient à cheval, Forest et son sourire charmeur, Forest et ses beaux yeux. Il l'avait protégée de son corps. Il avait été prêt à se sacrifier pour elle.

Elle le désirait.

Bien sûr, ses hormones lui jouaient des tours. Mais elle ne parvint pas à apaiser le désir qui l'embrasait.

Avait-elle besoin de croire en l'amour pour se blottir entre les bras puissants de Forest ? Pour caresser son corps pressé contre le sien ?

Elle se leva, attrapa sa clé et sortit.

10

Forest était couché quand on frappa à sa porte. Probablement un de ses camarades venait-il prendre de ses nouvelles. Aussi, il ne s'habilla même pas pour aller ouvrir.

Patience se tenait sur le seuil, en chemise de nuit, auréolée de la lumière argentée du clair de lune.

Forest fut aussitôt inquiet.

— Quelque chose ne va pas ?

— Non. Je peux entrer ?

— Bien sûr.

Il alluma le plafonnier, mais elle l'éteignit aussitôt.

— Nous n'avons pas besoin de lumière.

Sur quoi, elle traversa la petite chambre et se dirigea vers le lit.

— Patience, qu'est-ce que tu fais ?

Une tension nouvelle gagnait Forest et sa gorge se noua. Son bras était douloureux, mais le spectacle de Patience sur son lit éveillait en lui une douleur bien différente.

— Je veux être ici avec toi.

Sa voix semblait plus douce que jamais.

— Tu as peur de rester toute seule ? demanda-t-il, ne voulant pas se méprendre sur la situation.

— Non, ce n'est pas ça. Je veux juste être proche de toi… intimement.

Il n'y avait pas de malentendu possible, cette fois. Pourtant, Forest continua à hésiter. Patience venait de traverser une épreuve traumatisante. Lui aussi. Sa présence même prouvait qu'elle ne se conduisait pas lucidement. Et pour rien au monde il ne voulait profiter de la situation.

— Patience, je sais que tu as eu très peur ce soir.

— Ça n'a rien à voir, le coupa-t-elle. J'ai envie de toi.

Elle avait parlé d'un ton plein d'assurance, qui fit battre plus vite le cœur de Forest.

Il avait rêvé de cet instant. Il la désirait de toutes ses forces.

Ils s'apprêtaient certainement à commettre une erreur.

Mais cette pensée ne suffit pas à le décourager. Il rejoignit Patience sur le lit. Aussitôt, elle plaça une main sur son torse nu, faisant voler en éclats les derniers doutes qui l'habitaient.

Elle se pencha vers lui et l'embrassa avec une passion aussi brûlante que celle qui l'embrasait. Puis elle noua les bras autour de son cou et se pressa tout contre lui.

Cette scène, Forest l'avait vécue dans ses rêves. Il osait à peine y croire : Patience était réellement dans ses bras, son corps chaud épousant le sien.

Hors d'haleine, il s'arracha enfin à ses lèvres pour déposer une traînée de baisers sur sa joue et le long de son cou tandis qu'elle lui caressait les épaules et le dos, en veillant à ne pas toucher sa blessure.

Rien n'aurait pu le préparer à cette expérience intense, enivrante.

Soudain, elle se redressa.

Forest se figea, redoutant qu'elle ne se soit ravisée. Au contraire, elle leva les bras et retira sa chemise de nuit. Le cœur battant à tout rompre, il contempla ses jolis seins ronds et tendit la main pour effleurer la pointe dressée de ses mamelons.

— Tu es si belle, murmura-t-il.

— Tu me donnes l'impression que je suis belle, répondit-elle.

Il captura alors un téton dans sa bouche et se mit à le tourmenter avec sa langue.

Elle lâcha un cri de plaisir, puis pressa ses hanches contre lui, clairement impatiente de l'accueillir en elle. Cependant, il était résolu à prendre son temps. Malgré le désir qui bouillonnait en lui, il tenait à offrir à Patience une expérience dont elle se souviendrait toute sa vie.

Il promena une main sur son ventre plat, toucha l'élastique de sa petite culotte. En coton, toute simple, elle paraissait extraordinairement sexy.

De son côté, Patience tira sur son caleçon, désireuse de le dévêtir.

— Pas encore, souffla-t-il. Nous ne sommes pas pressés. Nous avons toute la nuit devant nous.

— Je n'ai pas l'habitude, avoua-t-elle.

Cette confession émut Forest. Avait-elle couché avec quiconque depuis cette affreuse expérience à la faculté ? Ou était-il le premier homme de sa vie à lui faire l'amour sincèrement ?

Si tel était le cas, il se promit d'honorer le don qu'elle lui faisait, pour qu'elle découvre l'émerveillement de l'acte d'amour.

Il l'embrassa de nouveau, encadrant son beau visage de ses mains. Puis il lui caressa les seins et les baisa jusqu'à la faire crier de plaisir. Il posa ses lèvres sur chaque parcelle de son corps hormis celle qui était dissimulée par son slip.

Il dut faire appel à tout son contrôle pour ne pas retirer son propre caleçon, arracher la petite culotte de Patience et la posséder. Mais pas une seconde il ne perdit de vue son objectif : laisser sa marque sur elle, l'enivrer de sensations.

Lorsqu'elle se tordit sous lui, il s'autorisa enfin à placer sa main sur son sexe et à la caresser intimement. En retour, elle laissa échapper un gémissement et s'arqua vers lui. Il augmenta la pression et le rythme de son geste. Elle gémit plus fort, se raidit et fut secouée de tremblements alors que l'extase s'emparait d'elle. Puis toute tension la quitta et elle se laissa retomber près de lui.

— Ce n'est que le début, chuchota-t-il en se redressant pour la dénuder.

Après l'avoir amenée de nouveau au plaisir, il retira son caleçon. Elle mit les mains autour de son érection et un cri de surprise lui échappa. Forest roula sur le dos, puis la fit asseoir sur lui, désireux de lui laisser les rênes.

Elle le fit glisser en elle et, lorsqu'il fut entouré de sa chaleur humide, se pencha en avant et se drapa contre lui.

Ils restèrent immobiles un long moment, soudés l'un à l'autre. Il caressa ses longs cheveux soyeux et elle tourna la tête pour qu'ils puissent partager un baiser. Enfin, elle se mit à aller et venir sur lui.

Un plaisir intense le submergea et il gémit à son tour. Elle se redressa, rejeta la tête en arrière et le fit entrer plus profondément en elle. Il lutta pour tenir bon, attendre qu'elle soit prête.

Soudain, ses muscles se contractèrent et elle frémit de tout son être. Alors il s'abandonna à son tour, lâchant un cri. Patience s'effondra sur lui, puis roula sur le côté. Il passa un bras autour d'elle pour l'empêcher de tomber du petit lit.

— C'est toujours comme ça ? demanda-t-elle doucement.

— Seulement avec moi.

Quelques minutes plus tard, elle sombra dans le sommeil.

Il resserra son étreinte autour d'elle, inspirant le parfum de ses cheveux. Il la désirait de nouveau. Il voulait qu'elle reste auprès de lui… pas seulement une nuit ou deux.

Elle était la femme de sa vie.

Patience s'éveilla juste avant l'aube.

Collé à elle, Forest avait une respiration profonde et régulière : il dormait toujours. Elle demeura parfaitement immobile, ne bougea pas même un muscle, s'autorisant à savourer cette expérience nouvelle pour elle : être au lit avec un homme. Pas n'importe quel homme, mais Forest.

Son corps était chaud contre le sien, il avait un bras autour de sa taille, comme si elle était un précieux trésor qu'il redoutait de laisser échapper.

Jamais elle ne s'était sentie aussi en sécurité, aussi protégée.

Au souvenir de leurs ébats de la veille, une vive chaleur la gagna. Elle s'était attendue à un bref moment de sexe, mais il lui avait donné tellement plus. Elle n'avait jamais imaginé que faire l'amour puisse être aussi… aussi merveilleux.

Brusquement, elle eut envie de s'enfuir, de ne plus songer à lui, d'oublier ses caresses tendres, passionnées, l'émotion qui avait brillé dans ses yeux lorsque leurs corps s'étaient unis.

Pourtant, elle resta immobile de peur de le réveiller. Avec elle dans ses bras, il avait sans doute connu sa meilleure nuit de repos depuis qu'il avait endossé le rôle de garde du corps.

Elle poussa un soupir. Ce n'était que du sexe. Du sexe fantastique, mais seulement du sexe. Il n'y avait aucune raison pour que cela complique leurs relations. Elle n'était pas la femme qui lui donnerait des enfants. Elle n'était pas la femme de ses rêves.

Elle referma les yeux, s'efforçant d'oublier ce qu'elle avait cru lire dans le cœur de Forest la nuit précédente.

Quelques minutes plus tard, il changea de position, et elle en profita pour se glisser à bas du lit.

— Bonjour.

— Bonjour.

Sa chemise de nuit gisait sur le sol. Elle l'enfila, cherchant du regard sa petite culotte.

— Tu es pressée ?

La voix de Forest, encore rauque de sommeil, l'invitait à retourner au lit.

Elle le contempla. Il était superbe, incroyablement sexy avec ses cheveux en désordre, le drap baissé jusqu'à sa taille révélant son torse puissant.

Elle se détourna.

— Il faut que je rentre dans ma chambre avant qu'on me voie sortir de la tienne.

— Ah ! Tu as honte.

Elle trouva enfin son sous-vêtement et se hâta de le mettre.

— Pas du tout. C'étaient des rapports sexuels entre deux adultes consentants, voilà tout.

La remarque parut déplaire à Forest.

— Une simple réaction chimique, donc…

— Exactement.

Elle ouvrit la porte et attrapa sa clé posée sur la commode.

— Je serai prête d'ici deux heures environ, dès que le soleil sera levé et qu'il y aura suffisamment de lumière.

— Je serai là.

Elle regagna sa chambre et s'empressa d'aller prendre une douche. Leurs ébats avaient été merveilleux, mais elle ne voulait plus l'odeur de Forest sur elle. Au fond, elle souhaitait oublier cette nuit-là, car y penser lui donnerait plus d'importance qu'elle n'en avait eue.

Il était impératif désormais qu'elle termine son travail au ranch dans les plus brefs délais. Elle avait besoin de mettre cette expérience… et Forest derrière elle. Forest avec ses couchers de soleil d'amoureux et ses rêves de famille. Elle l'avait laissé devenir bien trop proche d'elle.

Elle ne voulait pas lui briser le cœur, mais il semblait avoir déjà des sentiments à son égard. Des sentiments qui ne déboucheraient jamais sur rien parce qu'elle ne croyait pas à ce genre de choses.

Quatre jours plus tard, Patience n'avait toujours pas achevé son travail.

Devon et elle avaient mis les bouchées doubles. Mais tout avançait bien plus lentement qu'ils ne l'auraient voulu.

Le samedi après-midi, ils étaient encore à pied d'œuvre lorsque Forest entra sous la tente.

— Cassie demande à te voir, annonça-t-il.

Patience ne put masquer sa surprise.

— Ah bon ? Et pourquoi ? Je lui ai à peine parlé depuis que je suis ici. J'ai refusé ses invitations à dîner. Je n'ai rien à lui apprendre.

— Je suis sûr qu'elle ne te ferait pas venir sans une bonne raison.

Ils cheminèrent en silence.

Depuis qu'elle avait passé la nuit dans sa chambre, elle s'était efforcée de garder ses distances avec lui. Elle continuait à dîner au réfectoire, mais se retirait dans sa chambre dès le repas terminé. Là, elle lisait ses revues, regardant la vie d'autrui de loin, sans prendre de risques.

Elle ne voyait vraiment pas pourquoi, après toutes ces semaines au ranch, Cassie souhaitait brusquement faire sa connaissance. Peut-être désirait-elle tout simplement savoir dans combien de temps cette investigation prendrait fin. Personne n'avait envie d'abriter une scène de crime sur sa propriété.

La maison comportait un étage et une galerie qui courait tout le long de l'arrière. Forest toqua à la porte de la cuisine. Aussitôt, Cassie apparut, son joli visage éclairé par un sourire.

— Docteur Forbes, entrez, je vous en prie.

Elle regarda Forest.

— Si vous reveniez dans une heure environ ?

Il acquiesça et tourna les talons.

Patience entra dans la vaste cuisine, subitement gagnée par la nervosité. De quoi diable Cassie voulait-elle l'entretenir pendant une heure ?

— Voudriez-vous un thé ou peut-être une boisson fraîche ?

— Non, merci.

— Dans ce cas, suivez-moi. Il y a quelque chose dont j'aimerais vous parler.

Cassie l'entraîna dans un vaste salon dont les fenêtres donnaient sur les prés. Puis elle lui fit signe de s'asseoir.

Patience se percha au bord d'un confortable fauteuil en cuir tandis que Cassie s'installait en face d'elle, sur un canapé.

— J'ai cru comprendre que vous alliez accompagner Forest au mariage de Lucas et de Nicolette demain, commença-t-elle.

Bon sang, le mariage ! Patience l'avait complètement oublié. Lorsqu'elle avait accepté l'invitation de Forest, elle avait supposé qu'elle ne serait plus au ranch. Mais elle y était encore… Si elle se décommandait, il resterait là avec elle et manquerait le grand jour de son ami. Ce serait ingrat de sa part, après tout ce qu'il avait fait pour elle.

— Oui, en effet, répondit-elle à regret.

Cassie replaça une longue mèche de cheveux blonds derrière son oreille.

— Je ne voudrais pas manquer de tact, mais je me demandais si vous aviez quelque chose à mettre.

Patience la dévisagea, atterrée. Cette idée ne lui était même pas venue à l'esprit.

— Je ne suis pas sûre que ma blouse blanche fasse l'affaire, marmonna-t-elle enfin. Y a-t-il une boutique en ville où je pourrais me procurer une robe appropriée ?

Cassie sourit.

— Bitterroot est un endroit idéal si vous cherchez une paire de bottes de cow-boy ou une chemise à carreaux, mais il n'y a pas grand choix en matière de tenues habillées. La plupart de ces vêtements s'achètent sur commande ou bien à Oklahoma City.

— Je n'ai pas le temps d'aller à Oklahoma City, soupira Patience.

— Ne vous inquiétez pas, j'ai tout prévu. J'ai ici plusieurs robes que je n'ai jamais portées. Je les ai achetées, même si elles sont un peu trop petites pour moi, parce qu'elles étaient en solde, à un prix absurdement bas, et que je n'ai pas pu résister. Vous savez ce que c'est, on se dit qu'on va perdre deux ou trois kilos et on n'y parvient jamais. Enfin, une au moins devrait vous aller.

— Oh ! Je ne pourrai pas accepter !

— Bien sûr que si, répliqua Cassie en se levant. Venez avec moi.

Non sans réticence, Patience lui emboîta le pas. Pourquoi cette femme qui était une quasi-inconnue pour elle se montrait-elle si gentille ? Pourquoi tout le monde au ranch était-il si gentil alors qu'elle s'était comportée de façon si désagréable ?

Cassie la conduisit dans une grande chambre dotée d'une salle de bains attenante.

— Quand, Nicolette et moi, nous avons fait nos bagages pour venir ici, nous ne savions pas à quoi nous attendre. Alors j'ai apporté des tenues formelles, des pantalons et chemisiers en soie, ce genre de choses.

Elle secoua la tête en souriant.

— Nous n'avions pas la moindre idée de ce qu'est la vie d'une propriétaire de ranch dans l'Oklahoma.

Tout en parlant, elle ouvrit son dressing.

— Depuis, j'ai ajouté à ma collection un assortiment de vêtements plus appropriés.

Elle repoussa plusieurs cintres, tendit la main vers le fond du placard et en sortit quelques robes courtes qui portaient encore leur étiquette.

— Vous êtes plus menue que moi, et elles devraient être à votre taille. Si vous essayiez la noire et argent d'abord, et puis celle couleur lavande et que vous laissiez la verte pour la fin ?

Elle se dirigea vers la porte.

— Appelez-moi pour que je puisse voir chacune sur vous. Nous pourrons décider ensemble laquelle vous va le mieux.

Patience promena la main sur le tissu soyeux. Jamais de sa vie elle n'avait porté de tenue aussi élégante.

Puisqu'elle n'avait pas le choix, elle se dévêtit rapidement et enfila la première.

— Je suis prête, cria-t-elle.

Cassie entra et l'observa d'un œil critique.

— La longueur est bonne, mais la couleur ne convient pas vraiment à votre teint et elle est un peu ample à hauteur de la poitrine. Elle fera l'affaire si nous ne trouvons pas mieux, mais voyons les deux autres d'abord.

Elle ressortit. Patience se changea à nouveau et mit la robe lavande. Cassie la jugea trop longue et peu seyante.

En revanche, Patience se sentit immédiatement à l'aise dans la verte. Le tissu vaporeux semblait flotter autour d'elle tout en soulignant la minceur de sa silhouette.

Cassie battit des mains en la voyant.

— Je savais que ce serait la bonne ! s'écria-t-elle. Maintenant, passons aux chaussures.

Elle se pencha et attrapa une paire d'escarpins argentés.

— Celles-ci devraient aller. Essayez-les.

En effet, constata Patience, elles lui allaient parfaitement.

— A présent, une jolie paire de boucles d'oreilles en argent, un peu de maquillage, et vous serez fin prête.

Cassie ouvrit un tiroir, prit un sac plastique et le lui remit.

Patience jeta un œil à l'intérieur : il y avait là un tube de rouge à lèvres rose pâle, du mascara et une jolie paire de boucles d'oreilles neuves.

Elle dévisagea Cassie avec stupeur.

— Vous aviez prévu tout cela ?

La jeune femme s'assit au bord du lit, l'air contente d'elle-même.

— J'étais en ville hier et j'ai pensé à vous. Je me suis dit qu'une femme qui passe ses journées à creuser dans la terre n'avait sûrement pas mis de tenue de soirée dans sa valise pour venir ici.

— Je vous promets de faire attention à ne pas tacher la robe. Et je tiens à vous rembourser pour le reste.

— Pas question. C'est un cadeau, et la robe et les chaussures aussi. De toute façon, même en suivant un régime draconien, je ne pourrai jamais la mettre, tandis qu'elle vous va à merveille.

Patience se surprit soudain à lutter contre les larmes.

— Pourquoi êtes-vous si gentille avec moi ? murmura-t-elle. C'est tout juste si j'ai été polie avec vous depuis que je suis ici.

— Vous travaillez. Je comprends que vous n'êtes pas venue pour passer du bon temps.

Elle ajouta dans la foulée :

— Je ne vis à Bitterroot que depuis quelques mois, mais j'ai appris qu'ici les gens s'entraident en cas de besoin. D'ailleurs, je sais quelle estime Forest a pour vous, et cela me dit que vous êtes quelqu'un de bien.

Sur ce, Cassie se leva.

— A propos de Forest, il devrait être de retour dans quelques instants. Je vais vous laisser vous changer.

Cinq minutes plus tard, les deux femmes redescendirent dans la cuisine, la splendide robe verte accrochée à un cintre et protégée par une housse, les chaussures et accessoires dans un sac.

— Je ne sais pas comment vous remercier, confia Patience.

Cassie lui sourit.

— En passant une merveilleuse soirée demain avec Forest. Oubliez votre travail et ces horribles meurtres, et profitez de l'ambiance d'amour et d'amitié.

Cassie se tourna vers la fenêtre.

— Le voici qui arrive.

Patience prit congé d'elle et sortit à la rencontre de Forest.

— As-tu quelque chose à voir dans ce qui vient de se passer avec Cassie ? demanda-t-elle, soupçonneuse.

— J'ai peut-être dit en passant que je ne savais pas quel genre de vêtements tu avais apportés, avoua-t-il avec un sourire. J'étais un peu inquiet à l'idée que tu te présentes en short au mariage de mon ami.

Patience aurait voulu être fâchée contre lui, contre Cassie et contre tous ceux qui lui avaient témoigné tant de gentillesse. Elle n'était pas habituée à recevoir autant d'attentions. Et cela lui faisait peur, parce qu'elle ne le méritait pas, elle en était persuadée.

Forest desserra le nœud de cravate qui menaçait de l'étrangler. La dernière fois qu'il avait porté un costume et une cravate, cela avait été pour les obsèques de Cass.

Mais il ne voulait pas penser à cette triste occasion. D'ailleurs, Cass aurait été ravie de voir l'un de « ses garçons » se marier et aller de l'avant.

Cette journée devait être consacrée à la joie et à l'amour, et Forest attendait avec impatience ces quelques heures en compagnie de Patience. Malgré tout, il portait un pistolet sous sa veste. Il ne s'attendait pas à devoir s'en servir, mais mieux valait parer à toute éventualité.

Avec un peu de chance, ils passeraient un bon moment ensemble. Depuis qu'ils avaient fait l'amour, il était évident qu'elle cherchait à garder ses distances. Probablement parce que cet événement avait davantage compté à ses yeux qu'elle ne l'avait affirmé et qu'elle ne voulait l'admettre.

D'ailleurs, ces deux derniers jours, il avait surpris son regard sur lui et elle l'avait touché plus souvent aussi. De manière dégagée, certes, mais c'était significatif de la part d'une femme qui se disait réticente à tout contact physique.

Elle avait beau affirmer ne pas être amoureuse, son langage corporel indiquait le contraire. De toute évidence, elle luttait contre ses sentiments. Aussi, songea Forest, après cette journée, elle serait plus ouverte envers eux et envers lui.

Il pensa à Lucas avec une pointe d'envie. Son ami avait de la chance. Il épousait la femme qu'il aimait, adoptait le jeune fils de celle-ci, et venait de s'installer dans son propre ranch.

C'était ce dont Cass avait rêvé pour chacun d'eux. Elle avait voulu faire de ces adolescents troublés des hommes capables d'aimer et de fonder une famille.

A 16 h 15, Forest frappa à la porte de Patience. Lorsqu'elle lui ouvrit, il resta sans voix, la gorge nouée. Sa robe verte était assortie à ses yeux et rehaussait l'éclat de ses splendides cheveux roux. Elle portait des boucles d'oreilles en argent, du rouge à lèvres rose et du mascara qui allongeait encore ses cils noirs et fins.

— Tu es absolument superbe !

— Toi aussi, répondit-elle en rougissant. Je veux dire, très élégant pour un cow-boy.

Il lâcha un petit rire, prit sa clé et la mit dans la poche arrière de son pantalon.

— Ton carrosse t'attend, reprit-il, indiquant d'un geste son pick-up. Désolé que ce ne soit pas une limousine, mais rares sont les cow-boys qui possèdent une voiture de luxe.

— Peu importe la voiture, c'est la compagnie qui importe.

Elle se dirigea vers le côté passager, tandis que ses propos résonnaient encore aux oreilles de Forest : comment les interpréter ? Fallait y voir la confirmation qu'elle n'était pas insensible à ses charmes ? Il secoua légèrement la tête et monta à son tour.

Elle ne se doutait pas de la perplexité dans laquelle elle le plongeait.

Elle l'embrassait comme si elle était sincère. Elle lui avait fait l'amour avec passion et il croyait déceler plus que de l'affection dans les profondeurs de ses beaux yeux. Voyait-il seulement ce qu'il désirait voir ?

Refoulant ces pensées dérangeantes, il se concentra sur la soirée à venir.

— Le soleil brille pour la mariée.

— C'est une journée magnifique, renchérit Patience.

— J'espère que tu vas réussir à mettre de côté ton scepticisme quant à l'amour et au mariage ce soir, lança-t-il en lui jetant un regard à la dérobée.

— Je ne sais pas, mais je promets de n'en parler à personne. Que va-t-il se passer au juste ?

Forest se tourna vers elle, stupéfait.

— C'est la première fois que tu assistes à un mariage ?

— Je n'ai pas une vie sociale assez active pour avoir été invitée par le passé.

— Eh bien, mon chou, il faut que tu changes tes habitudes.

Elle le dévisagea.

— Je peux les changer de temps à autre par la force des circonstances, mais les gens ne changent pas fondamentalement.

— Tu serais surprise par ce que l'amour peut accomplir, rétorqua-t-il. C'est l'amour de Cass qui a fait de nous tous des amis et des hommes et, crois-moi, la tâche n'était pas facile.

Patience se rencogna dans son siège sans mot dire. Au lieu de quoi, elle contempla le paysage qui défilait derrière la vitre, laissant le silence s'installer entre eux.

A quoi pensait-elle ? Il aurait tant aimé s'immiscer dans son esprit et lire en elle, mais aussi effacer son enfance et la terrible expérience qui avait fait d'elle une femme qui avait peur d'autrui, peur de croire en l'amour.

Il était parvenu à apprivoiser son cheval. Parviendrait-il à apprivoiser Patience ? Etait-ce possible ? Même à supposer que oui, il n'avait plus beaucoup de temps devant lui.

Le parking de l'église était presque plein, pour l'essentiel de pick-up. Tous les employés du ranch avaient été conviés. Adam Benson était le garçon d'honneur de Lucas et Cassie, la demoiselle d'honneur de Nicolette. Sans doute étaient-ils déjà arrivés.

Forest trouva une place et se gara, puis se hâta de contourner le véhicule pour aider Patience à descendre.

— On dirait qu'il y a beaucoup de monde, commenta-t-elle alors qu'ils s'avançaient vers la pittoresque petite chapelle blanche.

— Ils ont tous les deux beaucoup d'amis.

Patience glissa sa main dans la sienne alors qu'ils gravissaient les marches, un geste qui surprit Forest et le ravit en même temps. Apparemment, elle était un peu mal à l'aise à l'idée d'être entourée de toute cette foule et voyait en lui une source de réconfort.

Ils s'avancèrent dans l'allée à la recherche de sièges. Forest fut salué par nombre d'habitants de la ville. Au bout d'un moment, Patience retira sa main.

Une bouffée de déception envahit Forest, qu'il s'efforça de ne pas montrer.

— Voici Daisy Martin, murmura-t-il en faisant signe à une jeune femme à la silhouette ronde et aux cheveux flamboyants. C'est la propriétaire du café. A côté d'elle, c'est Trisha Cahill, la serveuse dont Dusty est amoureux.

Ils s'assirent enfin, et Forest continua ses présentations à distance.

— Là, c'est Fred Ferguson, le propriétaire du motel, expliqua-t-il en se penchant vers elle, respirant son parfum. Et à côté de lui, Janis Little, une serveuse qui travaille au Watering Hole.

— Qu'est-ce que c'est ? demanda-t-elle, curieuse.

Il sourit.

— Un bar où tout cow-boy digne de ce nom va boire un verre et faire quelques parties de billard.

— Tu t'y rends souvent, toi ?

— De temps en temps, mais je ne bois pas beaucoup. En général, c'est moi qui conduis et qui ramène les troupes.

Elle mit une main sur son bras.

— Tu es quelqu'un de bien, Forest. Tu mérites de réaliser tous tes rêves.

Mon rêve, c'est toi, faillit-il répondre. A cet instant, la musique d'orgue résonna dans l'église, le révérend prit sa place et Lucas vint se tenir à côté de lui.

Très séduisant dans son smoking noir, Lucas semblait un peu nerveux. Il changea de position, les yeux rivés sur la porte de l'église, sans regarder personne en particulier.

Forest sourit intérieurement. Lucas s'était confronté à un tueur pour sauver la vie de Nicolette lorsqu'elle était arrivée en ville avec Cassie. Il avait maîtrisé des taureaux et fait face à des loups affamés sans ciller. Et en cet instant, il triturait le nœud de sa cravate, comme s'il redoutait que sa fiancée lui fasse faux bond. Pour sa part, Forest ne partageait pas son inquiétude. Il avait vu s'épanouir leur amour au fil des mois. En outre, le fils de Nicolette, Sammy, âgé de six ans, était très attaché à Lucas.

Justement, Sammy s'approcha, tenant avec précaution devant lui un coussinet blanc sur lequel reposaient deux anneaux. Il marcha d'abord à pas lents, puis, à la vue de Lucas, se mit à courir vers lui et se jeta dans ses bras.

Des rires amusés fusèrent dans la foule et une émotion sourde gonfla le cœur de Forest. Que ressentait-on lorsqu'on avait un enfant qui vous aimait ainsi ? Il aspirait à connaître cet amour-là, à avoir des enfants, et une épouse affectueuse qui les lui donnerait.

Il jeta un regard à Patience. Les yeux brillants, elle paraissait au bord des larmes. Le dragon avait un cœur tendre, se dit Forest. Nul ne le savait mieux que lui. Si seulement il pouvait la convaincre que l'amour ne se résumait pas à un baiser ou un acte sexuel ! Que c'était le cœur de la vie.

Les accents de la marche nuptiale s'élevèrent dans l'église.

Les invités se mirent debout. Et les traits de Lucas s'illuminèrent d'un bonheur palpable. Nicolette arrivait.

Lucas serra Sammy dans ses bras et le déposa à côté de lui, le regard soudé à celui de Nicolette. Vêtue d'une robe de mariée rose pâle, la jeune femme s'avançait vers lui, irradiant une joie sereine. Elle apparaissait sûre d'elle, sûre de l'homme qu'elle allait épouser.

Quand elle l'eut rejoint, la musique se tut et chacun se rassit. Les vœux furent échangés tandis que, dans l'assistance, les femmes essuyaient discrètement quelques larmes.

De nouveau, Forest jeta un coup d'œil à Patience. Cette fois, elle avait croisé les bras et redressait le menton, comme si elle refusait de se laisser émouvoir.

Loin d'être découragé par son attitude, Forest y puisa un soupçon d'espoir. Sa posture défensive signifiait qu'elle se sentait menacée. Peut-être parce que la cérémonie et l'émotion ambiante la touchaient malgré elle.

Enfin, le révérend déclara Nicolette et Lucas mari et femme.

— Maintenant, j'ai un vrai papa ! s'écria Sammy.

Sous les hourras de la foule, Lucas le souleva dans ses bras, et la petite famille se dirigea vers la sortie de l'église.

Si les convictions de Patience avaient été ébranlées, Forest n'espérait qu'une chose : que la réception achève de les réduire à néant.

Car avant son départ du ranch, il avait bien l'intention de lui avouer son amour.

11

Patience n'aurait jamais avoué à personne combien la cérémonie l'avait émue. Elle ne croyait pas à l'amour, mais elle avait eu toutes les peines du monde à se cramponner à ses certitudes en regardant Lucas et Nicolette, visiblement unis par une profonde et sincère émotion.

— C'était une belle cérémonie, commenta Forest alors qu'ils remontaient en voiture.

— Oui, si on croit à ce genre de choses, répondit-elle.

Un léger soupir échappa à Forest.

— J'espère que tu prendras plaisir à la réception. C'est Cookie qui s'est occupé du buffet et je suis sûr qu'on va se régaler. Et puis, il y aura un groupe de country assez connu dans la région. Le chanteur habite ici à Bitterroot. Bref, on va danser, bien manger et beaucoup s'amuser.

— Tu ne fais pas partie du groupe ? le taquina-t-elle.

Il se mit à rire, de ce rire grave qui était devenu si familier à ses oreilles.

— Pas encore. Mes talents de chanteur laissent à désirer, comme je te l'ai dit.

Il était si séduisant avec son costume, sa chemise blanche et sa cravate. Il s'était peigné avec soin, et il portait non pas des chaussures de ville, mais des bottes de cow-boy impeccablement cirées.

Amusée par ce détail, Patience détourna la tête et contempla le paysage. Elle n'était pas dans son élément, cela ne faisait aucun doute. De fait, elle était sortie de sa zone de confort dès l'instant où Forest s'était présenté à elle.

Tout semblait simple avec lui : les conversations, les moments qu'ils passaient seuls ou avec les autres. Leur relation s'était développée d'elle-même, sans exiger aucun effort de leur part.

Pour la première fois, elle en prenait conscience : son existence avait été terriblement solitaire avant de rencontrer Forest. Elle s'était isolée, tenue à l'écart des rires, des distractions et des amitiés qui auraient ajouté à la richesse de sa vie sans rien en retirer.

Elle n'eut pas le temps d'y réfléchir plus avant, car ils arrivaient à la salle des fêtes de Bitterroot, un vaste bâtiment peint en blanc entouré d'un parking.

A l'intérieur, la scène était déjà occupée par le matériel du groupe de country. D'un côté de la grande salle, on avait dressé la table des mariés, magnifiquement décorée par une coupe de fleurs blanches et roses. Cinq chaises étaient disposées derrière, pour le couple, Sammy et leurs deux témoins. Les autres invités étaient répartis autour de tables rondes, recouvertes de nappes roses et agrémentées de bougies blanches dans des chandeliers en argent. Enfin, un immense buffet attendait les convives.

Forest prit Patience par le coude.

— Installons-nous près de la piste.

Quelques instants plus tard, ils furent rejoints par Dusty, Sawyer, Clay et Flint, ces deux derniers étant accompagnés de leurs petites amies, Ramona et Julie.

Patience se sentait légèrement intimidée, mais les deux jeunes femmes se montrèrent bavardes et amicales.

Lorsque la musique commença, et que Lucas et Nicolette ouvrirent le bal, Patience était parfaitement détendue. Elle attendait même avec impatience de danser avec Forest.

Ce dernier taquina Dusty, le mettant au défi d'inviter Trisha, assise à l'autre bout de la salle. Dusty secoua la tête et prit Patience par la main.

— Venez, doc. Laissez-moi faire une danse avec vous avant que Forest vous monopolise.

Patience éclata de rire et le suivit. Peut-être à cause des deux coupes de champagne qu'elle avait bues un peu vite ou simplement à cause de l'ambiance conviviale qui régnait, elle se sentait libérée de certaines de ses inhibitions.

Une fois sur la piste, elle fut invitée sans relâche, passant des bras d'un cow-boy à ceux d'un autre. Elle dansa avec tous les employés du ranch ainsi qu'avec Dillon et Fred Ferguson, le propriétaire du motel.

Enfin, elle regagna la table, épuisée, l'adrénaline courant dans ses veines.

Forest but une gorgée d'eau et la contempla d'un air amusé.

— Cendrillon est la reine du bal.

— Mais pas pour toi, répondit-elle. Tu n'as pas encore dansé avec moi.

Or, c'était avec lui qu'elle avait le plus envie de danser. Elle voulait qu'il l'attire contre lui et la serre dans ses bras puissants.

— Je me suis dit que tu devais garder le meilleur pour la fin, répliqua-t-il.

La lueur espiègle qui brillait dans son regard déclencha une soudaine vague de chaleur en elle.

— Parce que tu es le meilleur ? le taquina-t-elle.

— Tu ne connaîtras jamais mieux, affirma-t-il avec une assurance follement sexy.

Ses paroles réveillèrent en elle le souvenir de la nuit où ils avaient fait l'amour. Non, corrigea-t-elle intérieurement. Ils n'avaient pas *fait l'amour*, ils avaient eu des *rapports sexuels*. Cela avait été un acte résultant d'une simple attirance hormonale entre deux adultes.

Ses réflexions furent interrompues par l'arrivée d'un couple venu saluer Forest. Patience l'avait compris dès qu'ils étaient arrivés à l'église : Forest était non seulement aimé et respecté au ranch, mais dans toute la bourgade de Bitterroot.

Lorsqu'il avait atterri au ranch Holiday, c'était un adolescent brisé, endeuillé par la mort de ses parents. Il avait vécu dans la rue, connu toutes sortes d'épreuves… Pourtant, il était devenu quelqu'un de généreux et d'honorable.

Elle lui avait affirmé que les gens ne pouvaient changer. Lui, si. Il était devenu un homme dont n'importe quelle mère aurait été fière, un homme que n'importe quelle femme aurait été ravie d'épouser.

Pouvait-elle changer, elle aussi ? Pouvait-elle retourner à Oklahoma et accueillir l'amitié et le rire dans sa vie ? Il n'était pas nécessaire de croire en l'amour pour cela.

Mais elle refoula cette idée. C'était impossible. Un mois passé sur un ranch en compagnie d'hommes extraordinaires, liés par la tragédie et par une affection palpable, ne suffirait pas à faire d'elle ce qu'elle n'était pas. Partager un repas, un baiser et un acte sexuel avec Forest ne changeait pas fondamentalement la personne qu'elle était.

A son retour à Oklahoma City, elle redeviendrait le dragon qu'elle avait été jusqu'alors. Elle se focaliserait uniquement sur son travail. Sans savoir au juste pourquoi, elle se sentit vaguement abattue à cette pensée.

Le couple s'éloigna. Forest se leva et captura sa main dans la sienne.

— Viens. Je veux être le dernier homme à te tenir dans ses bras ce soir.

A ces mots, une douce chaleur envahit Patience. La musique était lente et romantique, et elle se laissa envelopper par les bras de Forest. Elle s'y sentait parfaitement à sa place, même si elle s'efforçait de ne pas y songer.

Ce n'était qu'une danse, comme ce n'avait été qu'un baiser, qu'une étreinte sexuelle. Pourtant, tous s'ajoutaient les uns aux autres pour éveiller en elle une sensation folle, enivrante, qu'elle n'avait jamais connue auparavant.

Elle avait à la fois envie de faire cesser la musique sur-le-champ et envie que cette danse dure pour toujours. Elle était déchirée comme jamais.

En fin de compte, elle se blottit davantage contre le seul homme qui avait réussi à lui donner l'impression d'être belle, aimée, en sécurité.

Il la tenait étroitement, une main serrant la sienne contre

son cœur, et l'autre bras enroulé autour de son dos, sa main ouverte comme pour la posséder tout entière.

Elle n'oublierait jamais cette danse. Elle n'oublierait jamais cet homme. Il s'était gravé au fer rouge dans son esprit, avec son charme, sa gentillesse, sa capacité à éveiller en elle la sensation qu'elle était un être précieux.

A 23 h 30, ils remontèrent dans le pick-up de Forest pour regagner le ranch.

— C'est une bonne chose que nous partions maintenant, observa-t-elle. Tu sais qu'à minuit Cendrillon s'évanouit et redevient l'anthropologue judiciaire qui a besoin de finir sa mission ici.

— Dans ce cas, nous ferions mieux de nous dépêcher parce que j'ai l'intention d'obtenir un baiser de Cendrillon avant que cette anthropologue réapparaisse.

— Et qu'est-ce qui te fait penser que j'ai envie d'un baiser ?

Il sourit.

— Oh ! Tu en as envie. Tu ne veux peut-être pas l'admettre, mais c'est une tout autre question.

Elle se détourna, regardant à travers la vitre côté passager, où l'obscurité n'était interrompue que par la lueur occasionnelle d'une lampe allumée dans un des ranchs éparpillés au loin.

Elle avait bel et bien envie d'un baiser… de lui. Qu'il aille au diable ! Non seulement elle avait envie de son baiser, mais elle en *mourait* d'envie… elle y avait pensé pendant presque toute la soirée.

La seule explication à ce désir si inhabituel chez elle, c'était qu'elle avait été immergée dans un bain d'amour ces dernières heures. Elle avait vu Lucas et Nicolette ensemble, leurs yeux pleins de cette émotion à laquelle elle ne croyait pas et dont l'existence n'était confirmée par aucun fait scientifique, comme son père le lui avait dit et répété.

Elle était dans un univers de conte de fées, et elle ne parviendrait à s'en sortir qu'une fois de retour dans sa chambre, seule.

Là, elle trouverait le moyen de retourner au monde réel, son monde.

Quand ils atteignirent le ranch et que Forest eut garé le pick-up devant le motel, elle avait cessé de réfléchir. L'adrénaline avait cédé la place à l'épuisement.

— Tu es fatiguée, remarqua Forest en la raccompagnant à sa porte.

Elle acquiesça.

— Je n'ai pas l'habitude d'aller danser.

— Tu as été fantastique et totalement éblouissante. Je te remercie d'avoir accepté de venir avec moi.

Il fit un pas vers elle. Ils étaient si proches qu'en dépit de sa fatigue Patience frémit de désir. Son cœur se mit à battre plus vite.

— J'y ai pris plaisir, en fait. Tout le monde a été adorable.

— Je savais que tu passerais une bonne soirée si tu t'y autorisais.

Il baissa les yeux sur sa montre.

— J'ai cinq minutes pour mon baiser.

Il se rapprocha encore.

— Tu as l'intention de prendre cinq minutes ? demanda Patience d'une voix sensuelle qui la surprit elle-même.

— J'y compte bien.

Il se pencha vers elle et captura ses lèvres. Aussitôt, instinctivement, Patience mit les mains à plat sur son torse et se pressa contre lui.

Elle ne pouvait s'en empêcher. Le moindre contact avec Forest embrasait ses sens. Elle répondit à son baiser avec ferveur, l'accueillant dans sa bouche.

Ce qui avait commencé doucement et tendrement devint passionné. Forest noua les bras autour d'elle et l'attira tout contre lui. Elle découvrit son excitation. De toute évidence, un seul mot d'elle suffirait pour qu'ils se retrouvent nus dans son lit, membres entremêlés.

Elle ne pouvait laisser cela arriver. Ce ne serait pas juste, ni pour lui, ni pour elle. En dépit du désir qu'elle éprouvait, ce ne serait pas bien.

Mettant fin à leur étreinte, elle recula d'un pas.

— La soirée est finie pour Cendrillon, murmura-t-elle d'une voix qui tremblait légèrement. Il est temps que l'anthropologue judiciaire aille se coucher.

Elle tendit la main pour reprendre la clé de sa chambre.

La déception se lut dans le regard de Forest. Il plongea néanmoins la main dans sa poche et lui remit la clé. Elle se tourna vers sa porte et s'apprêtait à entrer lorsqu'il prononça son nom.

Elle pivota vers lui.

— Oui ?

— Je voulais… je voulais seulement te dire…

Il esquissa une petite moue.

— Laisse tomber. A demain.

— A demain, Forest.

Elle s'engouffra à l'intérieur et ferma la porte à clé derrière elle, terrifiée à la pensée de ce qu'il avait failli lui dire. Il y avait eu tant de douceur dans ses yeux, tant de passion dans son baiser. Avait-il vraiment été sur le point de lui dire qu'il l'aimait ?

Elle le redoutait. Elle ne voulait pas entendre cela.

Elle était tout sauf la femme qu'il lui fallait. Avec un peu de chance, elle s'en irait dans quelques jours et il pourrait se mettre en quête de celle qui réaliserait ses rêves.

Toutefois, elle ne parvenait pas à comprendre une chose : pourquoi la pensée que Forest trouve la femme de ses rêves la rendait triste à ce point ?

Forest passa la bride à Twilight, soulagé que le cheval ne tente pas de lui résister. Puis il jeta un coup d'œil en direction de la tente et grimaça. La veille au soir, il avait failli avouer à Patience qu'il l'aimait. Il s'était ravisé au dernier moment, par manque de courage.

Là, l'après-midi avançait, et Patience ne s'était pas montrée de la journée. Devon et elle devaient avoir accompli de gros progrès.

Il aurait dû s'en réjouir pour eux, mais la fin de leurs travaux signifiait qu'il ne verrait plus la femme qu'il aimait.

Elle ne croyait pas à l'amour. Sans doute n'aurait-elle guère apprécié sa déclaration. Cela n'aurait fait que créer un malaise entre eux durant le reste de son séjour, et pour rien au monde Forest ne désirait cela.

Dans moins d'une semaine, elle serait partie. Il retournerait à sa solitude, à ses espoirs déçus. Il ne pouvait s'imaginer avoir une relation avec une autre femme un jour.

Le temps ferait son œuvre, sans doute. Il avait guéri les plaies laissées par la mort tragique de ses parents. Petit à petit, il l'aidait à surmonter la disparition de Cass.

Les semaines passeraient, puis les mois, et peut-être qu'un jour viendrait où il oublierait qu'il avait aimé Patience si profondément. Peut-être que son cœur s'ouvrirait de nouveau à l'amour.

Dusty s'approcha de la clôture et posa un pied sur le barreau inférieur.

— Sacrée fête hier soir, lâcha-t-il.

Forest lâcha Twilight pour le rejoindre.

— Oui. Mais je n'ai pas pu m'empêcher de remarquer que tu n'avais pas invité Trisha à danser. Elle aurait peut-être accepté avec plaisir. Je ne l'ai vue danser avec personne d'autre.

Dusty soupira.

— Je sais. Même après deux coupes de champagne, je n'ai pas eu assez de cran pour l'inviter. Je lui ai proposé par deux fois de sortir avec moi, mais elle a prétexté quelque chose pour refuser. Pourtant, de temps en temps, elle vient bavarder avec moi pendant sa pause. Je ne sais pas quoi penser.

Il retira son chapeau et passa une main dans ses cheveux blonds.

— Je te jure que, par moments, j'ai l'impression d'être redevenu un gamin effrayé par le vaste monde.

Forest eut un petit rire.

— Tu n'es plus un gamin, rappela-t-il avec chaleur. Tu es

un homme, et peut-être que tu devrais lui dire exactement ce que tu éprouves pour elle.

— Je ne suis pas amoureux, ni rien d'aussi sérieux. J'ai seulement envie de la connaître un peu mieux. Tout ce que je sais d'elle, au fond, c'est qu'elle est serveuse, qu'elle a un petit garçon de trois ans et qu'elle vit au motel.

— Respire un bon coup et lance-toi, mon vieux, conseilla Forest. Elle ne sait sans doute pas à quel point elle t'intéresse. Peut-être qu'elle se dit que tu cherches seulement un peu de distraction.

Dusty redressa le menton, une détermination nouvelle dans le regard.

— Tu as raison. Je vais faire ça. Merci.

Il jeta un coup d'œil en direction de la tente bleue puis se retourna vers Forest.

— Et toi, tu as dit au doc ce que tu éprouves pour elle ?

Forest fronça les sourcils.

— Que veux-tu dire ? Je m'efforce de la protéger, voilà tout.

Dusty le considéra d'un air narquois.

— Va dire ça à d'autres. Je te connais bien. Je t'ai vu la regarder et je vous ai observés hier soir, quand vous dansiez ensemble. Tu es fou amoureux d'elle.

Forest retira son chapeau, passa une main dans ses cheveux et le remit avec un soupir.

— C'est vrai. Je suis amoureux d'elle, mais le lui dire ne ferait aucune différence. Elle ne croit pas à l'amour ni aux relations. D'ailleurs, d'ici deux ou trois jours, elle aura terminé son travail et elle repartira à Oklahoma City.

— Il n'y a pas de ranchs dans la région d'Oklahoma City ? demanda Dusty d'un air innocent.

Forest le dévisagea, stupéfait.

— Tu veux te débarrasser de moi ?

Dusty repoussa son Stetson en arrière, ses yeux bleu clair brillant au soleil.

— J'aimerais travailler à tes côtés jusqu'à la fin de mes jours, Forest. Je te dois la vie. Mais nous savons tous les deux que tu n'es pas fait pour rester seul. Il faut que tu ailles chercher ton bonheur où qu'il t'emmène.

Submergé par l'émotion, Forest contempla la tente.

— Elle pourrait faire mon bonheur, mais elle n'est pas prête à remettre ses convictions en question et à prendre un risque avec moi.

— C'est bien dommage. Parce qu'en ce qui me concerne, personne ne mérite plus que toi d'être heureux et de fonder une famille.

— Tu as été le petit frère que je n'ai jamais eu, confia Forest avec affection. Et maintenant cette conversation devient bien trop sérieuse.

Il se racla la gorge, ravalant ses larmes.

Bien après le départ de Dusty, cette conversation demeura dans son esprit. Tout en travaillant avec Twilight, il ne cessa de s'interroger. Aurait-il raison de laisser Patience s'en aller sans lui avouer les sentiments qu'il avait pour elle ?

Chaque fois qu'ils étaient ensemble, son aveu lui brûlait les lèvres. Pourtant, s'il lui parlait, ce ne serait pas dans l'espoir qu'elle lui dise qu'elle l'aimait aussi. Alors, à quoi bon ? Qu'avait-il à gagner en lui ouvrant son cœur ?

Rien.

Il se focalisa de nouveau sur la jument. Elle s'était habituée au mors désormais. Il était temps de passer à l'étape suivante.

Il avait peut-être la réputation de savoir parler à l'oreille des chevaux, mais son savoir-faire ne s'appliquait pas aux femmes. Il ne savait pas comment faire changer une femme d'avis, ni comment la persuader de l'aimer.

Vers 16 heures, la voiture de Dillon apparut. Le chef de la police se gara à côté de la maison, puis se dirigea vers la tente. Il marchait à grandes enjambées résolues et paraissait mécontent. Forest lui fit signe, mais il n'y répondit même pas.

D'autres ennuis ? se demanda Forest, intrigué.

Dillon s'engouffra sous la toile, avant d'en ressortir un moment plus tard, suivi de Patience et de Devon.

— Comment pourrais-je vous le dire ? se récria Patience, d'un ton exaspéré. Je ne sais pas ce qui s'est passé !

— D'abord un crâne manquant, et maintenant ça ! Vous êtes sûre de ne pas avoir fait d'erreur ?

— Ne mettez pas mes compétences en cause, s'il vous plaît ! riposta-t-elle en élevant la voix.

Elle semblait sur le point de sortir de ses gonds.

Forest quitta le corral et s'approcha.

— Que se passe-t-il ?

— Il se passe que le chef Bowie m'accuse de mal faire mon travail, s'exclama Patience avec colère.

— Calme-toi, lui conseilla-t-il. Sinon, je te jette par-dessus mon épaule et je te laisse tomber dans un silo à grains.

Elle le dévisagea avec stupeur. Puis elle éclata de rire. Tout le monde se figea.

— OK, je l'ai cherché, reconnut-elle. J'étais sur le point d'exploser.

— Réexpliquez-moi tout depuis le début, suggéra le policier.

— Nous avons trouvé des os qui pourraient constituer une main, mais il manque les phalanges distales, les métacarpiens…

— Qu'est-ce que ça veut dire, en langage normal ? coupa Forest.

— Il manque les doigts. Ce squelette avait des doigts très longs, et aucun des os qui restent dans la fosse ne correspond.

— D'autres souvenirs emportés par l'assassin ?

La question de Dillon ne s'adressait à personne en particulier.

— Si je devais deviner, c'est ce que je dirais, acquiesça Patience, plus calmement.

— Dans ce cas, celui qui a commis ces meurtres est vraiment un tordu, dit Forest, choqué.

Dillon passa une main dans ses cheveux, le dégoût et la frustration gravés sur ses traits.

— Où en êtes-vous dans la reconstitution des squelettes ? s'enquit-il enfin.

— Nous avons presque terminé le cinquième. Le sixième

devrait être fait assez vite, et le dernier encore davantage, surtout s'il n'est pas complet.

— Pourquoi quelqu'un voudrait-il conserver un crâne et des doigts ? demanda Forest, encore perturbé par cette dernière découverte.

— Pour revivre encore et encore le moment de son crime, expliqua Devon avec un soupir las. C'est un geste classique des tueurs en série.

— Ce genre de choses ne s'est jamais produit à Bitterroot ou dans les environs, murmura Dillon. J'ai du mal à comprendre ce qui s'est passé ici voilà toutes ces années. Qui que soit le tueur, rien ne suggère qu'il se soit manifesté depuis.

— A moins qu'il n'existe une autre fosse pleine d'ossements quelque part, intervint Patience.

Forest fronça les sourcils, l'estomac retourné à cette pensée.

— Francine Rogers, l'ancienne assistante sociale, doit rentrer de vacances demain, indiqua Dillon. Je compte aller lui demander si elle se souvient de tous les jeunes qui ont été amenés au ranch. Je ne peux pas m'empêcher de penser que ces victimes en faisaient partie.

— Si elle n'a pas conservé d'archives, espérons qu'elle ait bonne mémoire, commenta Forest.

Patience consulta sa montre.

— Il faut que nous nous remettions au travail. J'ai encore une heure devant moi avant que mon garde du corps arrive et m'oblige à cesser le travail pour aujourd'hui.

Elle adressa un sourire affectueux à Forest.

— Alors à tout à l'heure ! lança-t-il.

— Venez, Devon.

Elle tourna les talons et, suivie de son assistant, disparut sous la tente.

Dillon se pencha vers Forest.

— Merci d'être intervenu. Franchement, je ne vois pas pourquoi elle s'est fâchée à ce point contre moi.

— Elle n'était pas fâchée contre toi. Cette nouvelle découverte l'a choquée, et elle a pour habitude de canaliser ses émotions par la colère. C'est sa manière de réagir. Tu étais là. Par conséquent, c'est tombé sur toi.

Dillon secoua la tête.

— Je ne sais pas, mon vieux. J'ai l'impression que c'est une femme qui est perpétuellement fâchée.

— Non, affirma Forest. Elle a bon cœur, mais elle ne s'autorise pas souvent à le montrer. Je crois qu'elle a dû être coriace pendant la majeure partie de sa vie.

— Au moins, elle se calme dès que tu es là. Tout ce que je sais, c'est que cette enquête est un vrai cauchemar. J'espère seulement ne plus jamais avoir à gérer un truc dans ce genre.

Les yeux de Dillon brillaient d'un éclat dur.

— Je te jure que, si le tueur est encore dans les parages, je finirai par l'arrêter. J'ai contacté toutes les autorités judiciaires de l'Etat pour savoir si quelqu'un a déjà eu affaire à des faits similaires.

— C'est le cas ?

— Non. Aucune mention d'une fosse contenant des squelettes de victimes tuées sur une période de plusieurs années. Il y a eu des affaires de meurtres en série, mais toutes ont été résolues et les coupables sont en prison. D'ailleurs, aucun n'avait été commis avec une arme de ce type.

— Tu n'as toujours aucune idée de l'identité de celui qui nous a pris pour cible, Patience et moi ?

— Raymond Humes prétend qu'il était avec ses hommes à ce moment-là, et que tous étaient présents. Jusqu'ici, je n'ai pas la moindre piste.

— Je me demandais seulement si tu me cachais quelque chose pour m'empêcher de faire justice moi-même.

Dillon eut un sourire las.

— J'aurais encore plus peur de donner un nom à Patience. Elle serait capable de fracasser le crâne du coupable.

Forest sourit à cette image. Elle était sans doute de taille à tenir tête à n'importe qui, en effet. Mais il ne comptait pas lui donner l'occasion de se défendre seule.

Dillon et Forest marchèrent jusqu'à l'enclos, puis le policier remonta dans son véhicule.

Il était trop tard pour que Forest continue à dresser la jument. Aussi resta-t-il adossé à la clôture, songeur. Dans moins d'une heure, il irait chercher Patience et la raccompagnerait jusqu'à sa chambre, puis au réfectoire.

Ce soir encore, ils passeraient la soirée avec les autres cow-boys. Après quoi, assis devant leurs chambres, ils parleraient de tout et de rien. Enfin, elle irait se coucher, et lui aussi, le cœur déjà en morceaux parce que, dans quelques jours à peine, elle s'en irait pour toujours.

12

Assise près de Forest dans le réfectoire, Patience était songeuse. Quand avait-elle commencé à se sentir tellement à l'aise avec les cow-boys du ranch, et avec Forest en particulier ?

Rien ni personne dans sa vie n'avait jamais réussi à la détourner de son travail, mais Forest et ses camarades parvenaient toujours à lui changer les idées.

En ce début de soirée, elle en avait plus que jamais besoin. L'énigme des doigts manquants l'avait bouleversée. Elle avait examiné nombre de scènes de crime au fil des années, mais aucune qui ressemble à celle-ci.

Que l'individu responsable de ce carnage puisse aussi chercher à lui nuire l'aurait glacée jusqu'aux os si Forest n'avait pas été à ses côtés. Elle jeta un coup d'œil vers lui et sourit. Cela suffisait pour qu'elle se sente heureuse et en sécurité.

Heureuse. C'était une émotion qui lui était étrangère. Quand elle terminait son travail sur une scène de crime, elle en tirait toujours une profonde satisfaction. Elle prenait un certain plaisir à grignoter ses biscuits salés en lisant des revues dans le silence de sa chambre. Mais jamais elle n'avait éprouvé le genre de bonheur qu'elle avait trouvé dans ce ranch.

— Tu ne m'aurais pas vraiment jetée dans un silo à grains, si ? demanda-t-elle tout bas à Forest, afin de ne pas être entendue de leurs voisins.

— Jamais je n'aurais fait ça, répondit-il en se retournant pour lui faire face. C'est très dangereux. Le grain t'aspire et tu finis par suffoquer. En revanche, si tu avais continué à te mettre en colère contre Dillon sans raison, je t'aurais peut-être enfermée dans un hangar jusqu'à ce que tu retrouves ton sang-froid.

Une lueur taquine pétillait dans son regard, et une vague de chaleur monta en Patience. Elle aimait le son de son rire, sa voix tranquille, posée, lorsqu'ils partageaient une dernière conversation avant d'aller se coucher.

Il allait terriblement lui manquer. Elle regretterait cette lueur dans ses yeux, son odeur de grand air. Elle regretterait son sens de l'humour, sa manière de l'apaiser quand elle avait besoin de l'être.

Surtout, elle regretterait la douceur de ses caresses, la passion de ses baisers, l'envie qu'il lui avait donnée de mieux communiquer ses sentiments.

Elle ne lui avait pas encore avoué que Devon et elle comptaient finir leur travail dès le lendemain soir. La perspective de s'en aller, de quitter Forest, lui était presque insupportable. Mais elle avait du mal à l'admettre.

Le repas terminé, la plupart des cow-boys s'attardèrent pour écouter Mac McBride chanter et jouer de la guitare, comme chaque soir. Patience se surprit à s'appuyer contre Forest, réchauffée par son contact, son odeur et les contours familiers de son corps.

Après plusieurs chansons, ils quittèrent le réfectoire.

— Tu veux t'asseoir dehors un moment ? proposa-t-il comme ils arrivaient au motel.

— Avec plaisir.

Il ouvrit sa porte et sortit les deux fauteuils pliants. Ils s'installèrent côte à côte, sous le pâle clair de lune.

Ils restèrent silencieux pendant plusieurs minutes. Patience contemplait le ciel étoilé, écoutait le chant des insectes, et savourait l'odeur du ranch et celle de l'homme assis près d'elle.

— Tu vas t'en aller bientôt, dit Forest, rompant le silence.

Elle se tourna vers son visage baigné du clair de lune.

— Je compte terminer le dernier squelette demain soir. Après-demain, il ne me restera qu'à rédiger mon rapport pour Dillon. Cela fait, nous rentrerons chez nous.

— Dans ce cas, je devrais profiter au maximum du temps qu'il me reste à passer avec toi.

Patience se raidit.

— Que veux-tu dire ?

— Qu'il y a encore une foule de choses que je ne sais pas à ton sujet. Par exemple, quelle est ta couleur préférée ?

Il avait parlé d'un ton léger, détendu.

La question ne semblait pas vraiment importante, et Patience fut tentée de le lui dire. Au lieu de quoi, elle répondit :

— Le mauve. Et toi ?

— Le bleu du ciel de l'Oklahoma. Ton plat préféré ?

— Il y a deux mois, je t'aurais sans doute dit les biscuits salés, mais maintenant c'est sûrement le bœuf barbecue de Cookie. Ou ses pommes de terre frites aux oignons.

— D'accord avec toi. Je te demanderais bien quel est ton film préféré, mais voilà des années que je ne suis pas allé au cinéma et j'imagine que toi non plus.

— Je crois que je ne suis allée au cinéma qu'une seule fois dans ma vie. Je devais avoir cinq ans. Ma mère m'y a emmenée et elle a pleuré durant tout le film.

— Elle devait être très malheureuse.

Patience fronça les sourcils, se forçant à songer à cette femme qui l'avait abandonnée.

— Je suppose que oui, admit-elle enfin.

Cette idée ne lui était jamais vraiment venue à l'esprit.

— Dis-moi. Quels sont les derniers potins de Hollywood, d'après ces revues que tu lis ? demanda Forest, faisant un effort évident pour changer de sujet.

— Pour être franche, je n'en ai pas lu ces jours-ci.

Elle le scruta de nouveau, puis se détourna. Cette conversation était la plus étrange qu'ils aient jamais eue. Sous le ton apparemment détendu de Forest pointait une tension inhabituelle.

Elle refoula l'envie de lui demander pourquoi. Elle ne voulait pas que la conversation prenne un tour plus grave. Au fond, elle avait peur de ce qu'il risquait de dire.

— Je devrais sans doute aller me coucher, marmonna-t-elle en se levant.

— Il n'est pas tard.

— Je sais, mais j'aimerais commencer à travailler plus tôt que d'habitude demain.

Forest se leva à son tour.

— Eh bien, je serai prêt.

Il hésita un instant.

— Bonne nuit, Patience.

— Bonne nuit, Forest.

Une fois dans sa chambre, elle enfila sa chemise de nuit et se mit au lit, dans l'intention de feuilleter un magazine avant de s'endormir.

Cependant, rien de tout cela ne l'intéressait. Ses pensées retournaient constamment au ranch, aux gens qu'elle y avait rencontrés, aux liens qui les unissaient.

Venir là avait été comme de poser le pied sur une autre planète, loin de son isolement, de l'environnement froid de la science. Elle referma la revue, la repoussa sous son lit, puis éteignit la lumière.

Le visage de Forest s'imposa à son esprit. Oui, il allait lui manquer. Mais ils n'étaient pas faits pour vivre ensemble.

Assise sur son lit, Cassie regardait fixement le mur d'en face, en proie à un vague sentiment de culpabilité. Lorsqu'elle était arrivée au ranch, douze photos étaient exposées là, représentant Cass avec chacun de ceux qu'elle appelait *ses* cow-boys.

Le visage de sa tante irradiait la fierté et l'affection dans chacun de ces clichés, et le fait qu'ils soient la première chose qu'elle voyait chaque matin à son réveil en disait long sur leur importance à ses yeux.

Désormais, ces photos étaient rangées dans un carton que Cassie avait placé sur l'étagère supérieure de son dressing, derrière des dizaines de boîtes contenant des escarpins qu'elle avait stupidement apportés au ranch. A leur place sur le mur, elle avait mis un assortiment d'aquarelles et de tableaux à l'huile qu'elle avait peints depuis son arrivée.

Les images représentaient la ville dont elle avait la nostalgie : des enseignes en néon dégageant une lumière tremblotante sous l'orage, une rue pleine de badauds, un gratte-ciel dont les vitres reflétaient l'éclat du soleil matinal.

En fermant les yeux, elle pouvait se rappeler la chaleur qui montait du trottoir, l'odeur des gaz d'échappement des autobus, les avertisseurs des chauffeurs de taxi impatients.

Sa boutique vendait des vêtements que Nicolette dénichait à bon prix chez des stylistes encore méconnus, et des œuvres d'art originales de sa propre main. Cependant, comment allait-elle la garder si elle ne vendait pas le ranch très vite ? Certes, elle possédait là une mine d'or. Raymond Humes l'avait déjà contactée pour lui faire savoir que, si elle désirait vendre, il voulait être le premier informé et qu'il était disposé à lui faire une offre.

Mais, Cassie le savait pertinemment, sa tante se retournerait dans sa tombe si elle vendait la propriété au vautour d'à côté.

Toutefois, elle devait songer à son avenir et à celui de son magasin. Les loyers n'étaient pas bon marché à New York, et elle devait aussi continuer à payer celui de l'appartement qu'elle avait conservé là-bas.

Si elle avait retiré ces photos, c'était parce qu'elles représentaient le passé. Les tableaux qui la saluaient chaque matin incarnaient l'espoir, au contraire. L'espoir de retourner à l'avenir dont elle avait toujours rêvé.

A New York, elle transformerait sa boutique en galerie d'art où elle exposerait non seulement ses propres œuvres mais aussi celles de jeunes artistes inconnus dont elle appréciait le talent.

Elle était capable de réussir, et elle était déterminée à travailler dur. Son expérience au ranch lui avait au moins enseigné l'importance de la discipline.

Dès que la scène de crime aurait disparu, elle serait libre de mettre le ranch en vente et de retourner au monde d'où elle venait.

Elle s'efforça de ne pas songer aux hommes qui étaient employés là, ou à ce qu'il adviendrait d'eux lorsque le ranch serait vendu. Tous étaient des adultes parfaitement capables de veiller sur eux-mêmes. Ils n'étaient pas sous sa responsabilité.

Elle alluma sa lampe de chevet, puis alla se changer dans la salle de bains attenante. Il était encore relativement tôt, mais elle s'était habituée au rythme de la vie au ranch, ce qui signifiait se lever avec le soleil et se coucher avant 22 heures.

De plus, la veille au soir, elle avait commencé à lire les carnets qu'elle avait découverts dans les dépendances. A sa grande surprise, ils contenaient les réflexions de la jeune citadine qu'avait été sa tante Cassie à l'époque où elle avait fait la connaissance de son futur mari, le séduisant Hank Holiday, rancher de son état.

Cassie prenait plaisir à découvrir une facette inconnue de sa tante, jeune femme amoureuse et résolue à obtenir l'homme qu'elle convoitait. Certes, Hank était mort prématurément d'un cancer, mais Cassie se sentait plus proche de sa tante à travers ses écrits et curieuse d'en savoir davantage à son sujet.

A défaut de pouvoir garder le ranch, au moins pourrait-elle conserver tous les carnets de Cass et transmettre son histoire à ses propres enfants un jour.

Le sommeil dut l'emporter.

Dans son rêve, elle se retrouva debout à côté de chacun des cow-boys du ranch pendant qu'on prenait leur photo. Sa tante Cass observait la scène, un sourire approbateur sur les lèvres, ses grands yeux bleus emplis d'affection.

La scène changea, et Cassie plantait un panneau *A Vendre* dans l'herbe au bord de la route qui longeait le ranch. Cass, à un mètre de là, ses yeux lançant des éclairs, abattait le fameux panneau d'un seul coup de fouet.

Cassie s'éveilla alors en sursaut et se redressa dans son lit, le cœur battant. Elle prit une profonde inspiration, attendant que le dernier vestige du rêve la quitte.

Qu'est-ce qui l'inquiétait le plus ? L'idée qu'un des employés du ranch puisse être un tueur, ou la crainte, si elle vendait la propriété, d'être harcelée chaque nuit de sa vie par le fantôme furieux de sa tante ?

13

Peu après midi, Devon quitta la tente et disparut dans le camping-car. Certainement pour déjeuner, supposa Forest. Aussi se dirigea-t-il vers la toile, où Patience devait être seule.

— Tu as faim ? lança-t-il depuis l'entrée.

Il glissa la tête à l'intérieur et la chercha des yeux. Elle n'occupait pas sa chaise habituelle.

— Entre.

Sa voix venait de la gauche, de la direction de la fosse. Forest s'avança, tout en s'efforçant de ne pas laisser son regard s'attarder sur le joli postérieur moulé par un short en jean.

Elle se redressa et souffla pour chasser une mèche vagabonde sur son front.

— C'est presque fini. Il ne reste plus que quelques os. J'ai dit à Devon de commencer à ranger le matériel.

— Tu dois être contente de toi, observa-t-il, la gorge nouée.

— En tout cas, je mourais de faim. Merci.

Elle prit le sac qu'il lui tendait, s'installa sur sa chaise et, à la surprise de Forest, lui fit signe de s'asseoir à côté d'elle. Puis elle se nettoya les mains à l'aide d'une lingette et sortit son sandwich.

— La cuisine de Cookie va me manquer.

Et moi ? Je vais te manquer ? Forest ne formula pas la question qui le taraudait.

— Ça va nous paraître bizarre de ne plus voir cette tente, dit-il. Vous êtes allés très vite pour reconstituer les deux derniers squelettes.

Patience hocha la tête.

— L'un des deux était beaucoup plus grand que l'autre, ce qui nous a facilité la tâche. C'est celui dont le crâne manque.

Elle baissa les yeux sur les civières en métal où reposaient les deux derniers corps.

— J'ai encore quelques os à placer pour terminer le numéro sept.

— Il n'en manque pas ?

— Non, pas pour celui-ci.

L'air songeur, elle prit une bouchée de sandwich, puis une gorgée de soda. Enfin, elle leva la tête vers Forest.

— J'ai analysé pas mal de scènes de crime, mais celle-ci me hantera longtemps.

Comme le souvenir d'elle le hanterait longtemps après son départ. Cependant, il avait décidé de garder ses sentiments pour lui. A quoi bon lui parler d'amour et des rêves qu'il avait caressés pour eux deux ?

Il l'aimait assez pour lui permettre de partir sans avoir à porter le fardeau de son amour pour elle. En aucun cas, il n'aurait voulu qu'elle se sente coupable.

— J'espère que Francine Rogers pourra fournir des informations à Dillon, reprit-il. J'ai entendu dire qu'elle doit venir au poste de police de Bitterroot demain.

— Je ne suis pas sûre que l'identification des victimes nous apprenne grand-chose sur le tueur après toutes ces années, soupira Patience. Mais si Dillon parvient à les identifier, il pourra au moins informer leurs familles.

Forest fronça les sourcils.

— Oui. J'imagine que la plupart ne se souciaient guère d'eux, mais certaines doivent se demander depuis des années ce qu'ils sont devenus.

— Je sais que tu n'as plus de famille, murmura-t-elle. Qu'en est-il pour les autres hommes qui travaillent ici ? Ont-ils des parents qui pensent à eux quelque part ? Des gens qui les cherchent depuis des années, peut-être ?

— C'est difficile à dire. Dans la plupart des cas, les hommes ont fui leur foyer ou ont été jetés dehors par leurs parents. Et d'ailleurs, nous ne sommes pas si loin d'Oklahoma City. Si quelqu'un avait vraiment cherché son fils, il ou elle l'aurait retrouvé.

— Et Dusty ? Il était si jeune quand il s'est retrouvé dans la rue.

Elle avait terminé son sandwich. Elle froissa le papier et le lança dans la corbeille.

— La première fois que je l'ai vu, il avait le visage et les bras couverts de bleus. Il s'est plaint d'avoir mal à l'oreille, et je soupçonne qu'il avait le tympan percé. J'ai cru d'abord que c'étaient d'autres gamins des rues qui l'avaient passé à tabac, mais je me trompais. C'était son père. Apparemment, il le battait depuis que Dusty était tout petit. C'est pour ça qu'il a fini par fuguer. A mon avis, son père ne s'est jamais inquiété de lui ensuite.

— Et sa mère ?

— Je ne sais rien d'elle. Dusty ne parle jamais d'elle à personne.

— Il est si souriant, si agréable, observa Patience. On ne croirait jamais qu'il a eu une enfance aussi triste.

— Cass a toujours beaucoup insisté sur l'importance du pardon. Dusty a pardonné son père, même s'il n'a aucune envie de reprendre contact avec lui. Il regarde vers l'avenir, pas vers le passé. Comme nous tous ici, je suppose. Le passé est ce qu'il est et ne peut pas être changé. L'avenir dépend de ce que nous en faisons.

— A propos d'avenir…

Elle se leva et s'approcha de la fosse.

— J'ai apprécié le déjeuner, mais il faut que je me remette au travail.

— Dans ce cas, je te quitte.

Forest se dirigea vers la sortie mais la voix de Patience l'arrêta.

— Oh… Viens voir !

Elle était de nouveau penchée au-dessus de la fosse et observait quelque chose à l'intérieur. Il la rejoignit et suivit son regard.

— Qu'y a-t-il ?

— Là, regarde ! A côté de la fibule.

Forest n'avait pas la moindre idée de ce qu'était une fibule, mais le doigt pointé de Patience suffit à le renseigner.

— On dirait quelque chose de doré.

Patience sauta dans la fosse, écarta l'os et creusa doucement avec ses doigts pour ramasser l'objet. Forest lui tendit la main pour l'aider à sortir.

— C'est une bague.

— Une bague d'homme, précisa-t-elle. Il faut que j'appelle Dillon.

— Je m'en charge, si tu veux, proposa Forest avec un sourire. Il a l'habitude que tu lui annonces de mauvaises nouvelles et celle-ci pourrait bien être bonne, non ?

Elle regagna sa chaise sans répondre et resta immobile, le regard rivé au bijou, totalement concentrée sur cette découverte inattendue.

Forest composa le numéro de Dillon. Une fois l'appel terminé, il se rapprocha de Patience, attendant qu'elle ait terminé d'étudier l'objet.

Quand Dillon arriva, ils n'avaient pas échangé un mot.

— Eh bien, que se passe-t-il maintenant ? grogna ce dernier en s'engouffrant sous la toile.

Patience tendit la main, révélant la bague au creux de sa paume.

— Elle était au fond de la fosse. Elle pourrait appartenir à l'une des premières victimes ou…

— Au tueur, compléta Forest.

— Et c'est peut-être pour cette raison qu'on voulait vous empêcher d'arriver au fond de la fosse, murmura le policier.

Il prit le bijou et l'examina longuement.

— On dirait que c'est de l'or, et la pierre ressemble à de l'onyx.

Forest fronça les sourcils.

— Il est peu probable qu'un jeune de la rue ait porté une bague aussi chère que celle-ci.

— Oui, mais c'est quand même une possibilité, intervint Patience. Tout comme il est possible que le tueur l'ait perdue en enterrant sa première victime.

— Je vais l'emporter, annonça Dillon.

Il les considéra d'un air sévère.

— Ne dites rien de tout cela à personne. Et je dis bien : personne. Je tiens peut-être mon premier véritable indice et je veux que cette découverte reste un secret. J'ai rendez-vous avec Francine demain. Elle se souviendra peut-être de cette bague.

Forest et Patience acquiescèrent, s'engageant l'un et l'autre à garder le silence.

— Entendu. A moins qu'il n'arrive autre chose, nous devrions avoir tout terminé demain midi, annonça Patience.

Une bouffée de chagrin envahit Forest, qu'il réprima avec difficulté. Il avait eu beau essayer de se préparer à lui dire au revoir, cette séparation serait l'un des moments les plus douloureux de sa vie.

Dillon sortit de la tente et Patience désigna la fosse.

— J'ai du travail à finir. Je te retrouverai à 17 heures.

Il retourna dans l'enclos et se consacra à Twilight. Dans un mois ou deux, la jument serait prête à être montée, et Forest la destinait à Cassie. La jeune femme était la seule au ranch à ne pas posséder son propre cheval et Twilight serait parfaite pour elle.

Mener à bien ce projet lui changerait les idées et l'empêcherait peut-être de penser trop souvent à Patience. Du moins l'espérait-il.

Après dîner, Patience accepta de lui tenir compagnie quelques instants avant de rentrer se coucher. C'était leur dernière soirée ensemble, songea-t-il alors qu'ils s'asseyaient face au soleil couchant.

Ils restèrent silencieux. Comme toujours, il se demanda à quoi elle pensait. Qu'elle s'en rende compte ou non, elle avait changé durant son séjour au ranch.

Elle s'était adoucie, elle se mettait moins souvent en colère. Elle s'autorisait des moments de détente et de relaxation. Elle avait posé des questions sur les autres employés du ranch, avait témoigné à leur égard une curiosité nouvelle.

Oui, elle avait changé de bien des manières, mais pas assez pour vouloir partager ses rêves et son avenir. Elle refusait toujours de discuter ou même de croire en l'amour et aux relations durables.

— Belle soirée, dit-il pour rompre le silence.

— Un coucher de soleil d'amoureux, répondit-elle en pointant le doigt vers l'ouest, où le soleil déclinant projetait des traînées roses et dorées à travers le ciel.

— Oui.

Forest se rappela avec un pincement au cœur le baiser qu'ils avaient partagé sur fond de soleil couchant quelques jours plus tôt. Là, il ne tenterait pas de l'embrasser. Ce serait trop déchirant.

— Tu as une autre mission qui t'attend à Oklahoma City ?

— Pas dans l'immédiat, mais je suis sûre que ça ne va pas tarder. Et en septembre, je recommence à donner des cours à la faculté.

— Cela te plaît d'avoir des contacts avec les étudiants ?

Elle se tourna vers lui.

— En réalité, je n'ai pas vraiment de contact avec eux. Je donne des conférences, mais je ne travaille pas étroitement avec des groupes.

— Que se passe-t-il quand on te confie une mission ?

— J'ai une bonne assistante qui me remplace.

Il arqua les sourcils.

— Tu fais confiance à quelqu'un pour te remplacer ?

— Je veille à ce que mes conférences soient prêtes. Cela ne m'ennuie pas de déléguer cette tâche à une assistante. C'est mon travail d'anthropologue judiciaire que je ne voudrais confier à personne.

Il la contempla, admirant les contours délicats de ses traits à la lueur du crépuscule.

— Tu sais à quel point je suis amoureux de toi ?

Les mots lui avaient échappé.

Et il était trop tard pour les reprendre.

Patience dévisagea Forest, stupéfaite et sans voix. Certes, elle avait craint qu'ils ne deviennent trop proches l'un de l'autre. Mais de là à parler d'amour ? Il n'y avait pas de place pour l'amour dans son cœur.

— Forest, je pars demain. Tu as ta vie ici et j'ai la mienne à Oklahoma City. Je sais que tu éprouves du désir pour moi, et je sais aussi que tu rêves d'un amour éternel et d'une famille, et que, pour une raison ou pour une autre, tu m'as attribué un rôle dans ce tableau.

Il étrécit les yeux.

— Que tu le croies ou non, il y a eu d'autres femmes avant toi, dont certaines auraient été ravies de partager mes rêves. Mais je ne les ai pas aimées comme je t'aime. Je ne voulais pas qu'elles fassent partie de mon avenir. Toi, tu es la femme que j'aime vraiment.

Ses paroles et l'intensité de son regard résonnèrent au plus profond d'elle. Comment lui faire comprendre qu'elle ne croyait pas à tout cela ? Comment lui faire comprendre qu'elle n'était pas faite pour la vie à laquelle il aspirait ?

— J'ai une carrière à Oklahoma City, répondit-elle, envahie par un désespoir inexplicable.

— Je peux aller m'installer là-bas. J'ai des économies qui me permettraient d'acheter une propriété et je le ferais sans hésiter si c'était pour qu'on soit ensemble.

— Tu ferais vraiment ça ? Tu quitterais tous tes amis ici, après toutes ces années ?

— En un clin d'œil, si je peux être avec toi, répéta-t-il.

Elle secoua la tête.

— La question n'est pas là. Tu sais que je ne crois pas en l'amour ni au mariage. Je n'oublierai jamais combien tu as été gentil avec moi, Forest. Je ne pourrai jamais te remercier assez de m'avoir protégée. Mais quelque part tu as confondu notre amitié avec l'amour.

Il se pencha vers elle, les yeux étincelants.

— Je n'ai rien confondu du tout. Je sais que je suis amoureux de toi, et je crois que, si tu examines ton cœur et que tu repousses la peur qui y est enfouie, tu te rendras compte que tu m'aimes aussi.

— Je n'ai pas peur, protesta-t-elle. Je sais ce que je sais. L'amour est une illusion qui n'a aucune base dans les faits.

— Au diable tes faits ! rugit-il. Tu as une carapace autour du cœur qui t'empêche de rien ressentir.

Elle se tassa sur sa chaise, comme repoussée par la force de ses paroles et l'irritation qui les accompagnait.

— Je n'ai pas de carapace autour du cœur.

Ses joues étaient en feu. Elle allait se fâcher.

— D'ailleurs, le cœur n'est qu'un muscle, ce n'est pas un endroit où vit l'amour.

— Tu as raison.

Son assentiment surprit Patience, mais elle n'eut pas le temps de s'en réjouir car il continua :

— Nous associons tous l'amour à notre cœur, alors qu'en réalité il vit dans notre cerveau. Il est fondé sur des souvenirs communs, des liens uniques. Bien sûr qu'il y a aussi une question d'hormones, comme tu dis, mais l'amour ne se résume pas à ça.

— C'est ridicule ! répliqua-t-elle. Et cette conversation ne me plaît pas.

— Je m'en doute. Il s'agit d'émotions et de sentiments bien éloignés de la colère qui te sert de bouclier.

Elle secoua la tête avec véhémence.

— L'amour n'existe pas, un point, c'est tout.

— C'est ton père qui t'a appris ça ?

Une bouffée de rage envahit Patience.

— Mon père est un homme brillant.

— Peut-être pour ce qui est de la science, mais à l'évidence il ignore tout de la vraie vie. Il ne sait pas ce que c'est que d'avoir des rêves et d'aimer quelqu'un au point de ne pas pouvoir imaginer la vie sans cette personne.

Une angoisse soudaine monta en Patience, celle de voir de vieilles convictions réduites à néant. D'être plus vulnérable qu'elle ne l'avait jamais été.

— Mon père ne voulait pas que je tombe dans le piège qui consiste à croire aux contes de fées.

Elle éloigna sa chaise de celle de Forest, autorisant sa fureur à prendre le pas sur les émotions qui avaient momentanément menacé son équilibre.

— Tu ne peux pas m'aimer. Je ne te le permettrai pas !

Il eut un rire moqueur.

— Tu peux contrôler beaucoup de choses dans ta vie, Patience, mais tu ne peux pas me contrôler, moi, pas plus que ce que j'éprouve pour toi. Je t'aime de tout mon cœur et de toute mon âme. Tu es la femme à côté de qui je veux me réveiller le matin, celle que je veux tenir dans mes bras la nuit. La femme que je veux voir porter mes enfants, et avec qui je veux partager mon avenir. Que cela te plaise ou non, tu ne peux pas me faire changer d'avis.

— Je m'en vais demain. Et je t'ai déjà dit que je le ferai sans un regard en arrière.

— Je ne veux pas que tu regardes en arrière, rétorqua-t-il. Je veux que tu te tournes vers le futur. Que tu fouilles ton âme. Je sais que tu m'aimes, Patience, et je sais que ça t'effraie. Mais il n'y a pas de quoi avoir peur. Au contraire, ouvre-toi à l'amour.

Elle bondit hors de sa chaise. Elle ne voulait pas en entendre davantage, elle ne voulait plus le voir.

S'enfuir. Plus que tout, elle avait besoin de s'enfuir aussi vite que possible.

— J'en ai fini ici.

— Bien sûr, dit-il avec une pointe d'amertume. Tu vas prendre la fuite… C'est ce que tu fais quand tu ressens autre chose que de la colère.

D'un geste brusque, elle sortit sa clé de sa poche.

— Je ne prends pas la fuite. Il est évident que nous ne sommes pas d'accord à ce sujet et je ne veux pas continuer à en discuter.

— Je voudrais seulement que tu réfléchisses à une chose, insista-t-il alors qu'elle se dirigeait vers sa porte.

Elle s'immobilisa et le scruta avec méfiance.

— Laquelle ?

— Si ton père ne croyait pas en l'amour, pourquoi a-t-il épousé ta mère ?

Elle le regarda sans mot dire, puis tourna les talons et s'engouffra dans sa chambre, claquant la porte derrière elle. Déterminée à ne pas penser à la conversation qu'ils venaient d'avoir, elle fit couler une douche. Cependant, elle eut beau rester une vingtaine de minutes sous le jet d'eau chaude, elle ne parvint pas à chasser de son esprit les paroles de Forest.

Pourquoi lui avait-il avoué ses sentiments ? Pourquoi était-il venu lui embrouiller les idées en parlant d'amour, d'enfants et d'un avenir ensemble ? Elle lui avait pourtant dit clairement dès le début qu'elle ne croyait pas à ces choses-là, qu'elle n'avait nullement l'intention de lier sa vie à quelqu'un d'autre. Pourquoi n'avait-il pas gardé tout cela pour lui ?

Enfin, elle sortit de la douche et enfila un slip et sa chemise de nuit mauve. Puis elle se coucha, attrapa une revue et un sachet de biscuits au fromage, en s'efforçant de ne plus penser à Forest.

Les magazines regorgeaient d'articles sur des couples en train de se séparer, des histoires d'amour toutes neuves et des divorces en cours.

Pourquoi son père avait-il épousé sa mère ?

La question s'imposa à son esprit, dérangeante. Elle la refoula, se refusant à y songer. Le lendemain, elle serait de retour dans son appartement, dans son lit, et la vie reprendrait comme avant.

Une brusque sensation de vide s'empara d'elle. Elle se força à se concentrer sur les pages en papier glacé qui évoquaient l'existence de gens qu'elle ne connaissait pas et n'avait aucune envie de rencontrer.

Là était la sécurité. Là était sa vie, et l'idée de s'ouvrir à Forest la terrifiait. Comment pouvait-il l'aimer ? Sa propre mère l'avait abandonnée. Son père la tolérait. Elle était une mégère, un dragon, une femme difficile à contenter que tout le monde trouvait antipathique.

Etait-il possible qu'il ait trouvé quelque chose à aimer en elle ? Etait-il possible que le destin les ait rapprochés ?

Elle tourna la page, agacée contre elle-même. Elle ne croyait pas au karma ni au destin. On vivait sa vie, voilà tout.

Pourquoi son père avait-il épousé sa mère ?

Patience referma le magazine et ferma les yeux. Oui, pourquoi ? Elle fouilla sa mémoire à la recherche de souvenirs qu'elle s'était appliquée à oublier.

Elle revit la maison à un étage où elle avait grandi, et le visage de sa mère, Paula. Elle avait les cheveux roux, elle aussi, et de longues boucles qui encadraient son visage, soulignant ses yeux verts et ses traits délicats.

Excellente cuisinière, c'était une ménagère accomplie et une artiste de talent. Patience se souvint d'avoir dessiné et colorié des images, assise à côté d'elle à la table de la cuisine. Son père était entré et les avait réprimandées toutes les deux de consacrer leur temps à des loisirs aussi futiles. Le rire de sa mère s'était mué en larmes. Elle s'était levée et était montée dans leur chambre.

Curieux qu'elle ait oublié ce souvenir jusqu'à cet instant…

Le mur longeant l'escalier qui menait au premier était couvert de photos encadrées. Patience fronça les sourcils, cherchant à se remémorer ces clichés.

Sur l'un d'eux, ses parents se tenaient debout au bastingage d'un navire de croisière, souriants, terriblement jeunes. Sur une autre, ils posaient devant la maison, et son père contemplait sa mère avec une douceur que Patience n'avait jamais vue sur son visage.

Enfin, il y avait leur photo de mariage. Ils se regardaient avec un amour qui sautait aux yeux.

L'amour. Son père avait épousé sa mère parce qu'il l'aimait. Le cœur de Patience manqua un battement. L'homme qui lui avait appris à ne pas croire en l'amour avait aimé.

Pour quelle autre raison se serait-il marié ? Il était parfaitement capable de vivre seul. Avoir un enfant ne semblait pas l'avoir rendu particulièrement heureux. Patience ignorait pourquoi sa mère avait fini par s'en aller, mais l'amertume aurait-elle pu motiver les propos de son père par la suite ?

Avait-il été si blessé par le départ de Paula qu'il avait résolu de tout faire pour éviter à sa fille de connaître pareil sort ? Ou pour l'empêcher de connaître les joies de l'amour ?

Son cœur se mit à battre plus vite, et les traits de Forest s'épanouirent dans son esprit. Forest, avec son sourire dévastateur, son rire taquin. Il l'avait attirée dès le moment où il s'était présenté à elle.

Il l'avait protégée du danger, avait même risqué sa vie pour elle. Il l'avait obligée à sortir de son cocon pour la guider vers un lieu infiniment plus agréable.

La peur qui l'avait toujours habitée lorsqu'elle avait pensé à l'amour se dissipa au souvenir du tendre baiser qu'ils avaient échangé près du silo.

Il lui avait appris à être sociable avec ses compagnons du ranch. Son sourire la faisait sourire quoi qu'il arrive. Faire l'amour avec lui avait été magique, merveilleux.

Surtout, il lui avait donné l'envie d'être une meilleure personne. Elle avait eu si peur de ce qu'il lui offrait, et soudain elle s'en rendait compte : sa peur n'était pas justifiée.

L'amour bourgeonna dans son cœur, emplit son âme et y laissa entrer les rêves de Forest. Elle brûlait d'aller le lui dire, là, tout de suite : elle était amoureuse de lui.

Elle jeta un coup d'œil à l'horloge : il était 1 heure du matin. Il devait dormir et, en dépit des émotions qui bouillonnaient en elle, Patience ne voulait pas le réveiller.

Elle éteignit la lumière et se recoucha, encore émerveillée par la révélation qui venait de se produire en elle. Après s'être cramponnée tant d'années durant aux convictions de son père, elle avait fini par lui ressembler, elle était devenue froide et insensible.

Elle ne voulait plus être cette personne-là. D'ailleurs, elle n'était pas réellement cette personne. Il était temps que le dragon cède la place à un être meilleur, et elle était plus que prête. Elle voulait être la femme que Forest méritait, accepter son amour et le lui rendre.

Le sommeil l'avait presque emportée quand un coup léger fut frappé à sa porte. Forest ! Ce ne pouvait être que lui. Peut-être avait-il décidé de tenter une dernière fois de la persuader ?

Quelle ne serait pas sa surprise en apprenant qu'elle avait précisément suivi son conseil !

Elle se leva en hâte et, sans prendre la peine d'allumer la lumière, alla déverrouiller sa porte.

La stupeur la cloua sur place, mais avant qu'elle ait eu le temps de dire quoi que ce soit, une seringue s'enfonça dans son cou. Elle leva la main pour la retirer, en vain. Un vertige la saisit, puis ce fut le noir.

14

Assis sur une chaise devant sa chambre, Forest attendait Patience. Il était presque 8 heures et elle ne s'était pas encore montrée.

Il avait pourtant supposé qu'elle voudrait commencer sa journée de bonne heure afin de pouvoir partir le plus vite possible, surtout après la conversation qu'ils avaient eue la veille au soir.

En dépit de ses bonnes intentions, il n'avait pu maîtriser ses émotions et lui avait avoué qu'il l'aimait. Elle avait réagi exactement comme il l'avait escompté, avec une pointe d'horreur, et s'était mise aussitôt sur la défensive.

Peut-être s'était-il trompé du tout au tout la concernant. Peut-être n'était-elle pas amoureuse de lui. Pourtant, il aurait juré avoir vu l'amour briller dans ses yeux, l'avait senti à chaque fois qu'ils se touchaient.

Il était possible qu'elle le considère seulement comme un cow-boy sympathique qui s'était improvisé garde du corps pour elle alors qu'elle traversait une période difficile. Peu importait. Il lui avait ouvert son cœur et elle l'avait rejeté.

C'était fini. Dans quelques heures, elle serait partie, laissant ses rêves en lambeaux derrière elle.

Peut-être était-elle en retard ce matin parce qu'elle était réticente à se retrouver face à face avec lui. Eh bien, elle pouvait repousser l'échéance un peu, mais le devoir l'appellerait en fin de compte.

La voix d'Adam Benson sortit Forest de ses pensées.

— Ta mission de protection se termine, hein ?

— On dirait. Je reprendrai mon emploi du temps habituel demain.

— Les gars seront contents que tu sois de retour parmi eux.

— Il est grand temps, acquiesça Forest.

— Il paraît que Dillon va rencontrer Francine Rogers cet après-midi. Avec un peu de chance, elle aura des renseignements pour lui.

— Espérons-le.

Forest songea à la bague que Patience avait découverte dans la fosse. Appartenait-elle à l'une des victimes, ou au tueur ?

— Le Dr Forbes fait la grasse matinée, observa Adam en regardant sa montre.

— Oui, j'étais justement sur le point de frapper à sa porte pour voir si elle était réveillée. Je me suis dit que j'allais attendre encore cinq minutes.

Si elle avait peur de l'affronter, ses inquiétudes étaient infondées. Il n'avait nullement l'intention d'évoquer de nouveau ses sentiments envers elle. Il voulait seulement veiller à ce qu'elle achève sa mission sans encombre. Après quoi, elle partirait et serait à l'abri du danger.

Adam et lui bavardèrent quelques instants, puis Adam repartit vers la maison principale tandis que Forest consultait sa montre de nouveau. Près de 8 h 30. Il n'était pas dans les habitudes de Patience d'entamer sa journée aussi tard. Le soleil était levé depuis une éternité.

Après une seconde d'hésitation, il toqua à sa porte. Pas de réponse.

— Patience !

Il frappa de nouveau, plus fort cette fois.

Le silence lui répondit. Forest essaya la poignée. A son grand étonnement, la porte n'était pas fermée à clé. Il jeta un coup d'œil à l'intérieur. Le lit n'avait pas été fait, mais la salle de bains était ouverte et, de toute évidence, Patience sortie.

Pas d'affolement, raisonna-t-il. Sans doute s'était-elle levée plus tôt que d'ordinaire pour l'éviter. Néanmoins, les battements de son cœur s'étaient accélérés et il se dirigea au pas de course vers la tente bleue.

Elle était vide. Refusant toujours de céder à la panique, il s'avança vers l'énorme camping-car qui servait d'habitation à Devon et frappa à la porte.

— Bonjour, lança ce dernier en lui ouvrant.

— Vous avez vu Patience ce matin ?

Devon secoua la tête.

— Je ne l'ai pas vue depuis qu'elle m'a renvoyé hier pour que je commence à ranger le matériel en vue de notre départ. Je pensais qu'elle était en train d'écrire son rapport ?

Cette fois, l'angoisse s'empara de Forest.

— Elle n'est pas dans sa chambre et elle n'est pas sous la tente.

Devon fronça les sourcils.

— Vous avez essayé le réfectoire ? Peut-être qu'elle a demandé à Cookie de lui préparer un petit déjeuner.

— Peut-être.

Forest partit en courant. Il ne croyait guère à cette possibilité, mais il priait pour se tromper.

Hors d'haleine, il s'engouffra dans le réfectoire, désespérément vide.

— Cookie !

Le cuisinier sortit de la cuisine en s'essuyant les mains sur une serviette.

— Trop tard pour le petit déjeuner, trop tôt pour le déjeuner.

— Tu as vu le Dr Forbes ce matin ?

— Non. Elle ne vient jamais prendre le petit déjeuner, répondit Cookie, les sourcils froncés. Pourquoi ? Il y a un problème ?

— Oui. Je ne la trouve pas. Je ne la trouve nulle part.

Forest tourna les talons et repartit. Son cœur cognait si fort qu'il menaçait d'exploser dans sa poitrine.

Où pouvait-elle être ? Elle avait des ennuis… c'était certain. Il n'avait pas besoin de faits ni de preuves pour le savoir. Son instinct le lui disait. Elle était en danger et il devait la retrouver avant qu'il ne soit trop tard.

Il courut vers la maison principale. Il n'y avait qu'une seule manière d'obtenir l'attention de tous en cas d'urgence. Contournant le bâtiment, il gagna la façade et se mit à sonner la cloche d'alerte à toute volée.

Cassie accourut à la porte d'entrée.

— Que se passe-t-il ? s'écria-t-elle, affolée.

— Je n'arrive pas à trouver Patience. Vous l'avez vue ce matin ?

— Non. Comment ça, vous ne pouvez pas la trouver ?

— Elle n'est ni dans sa chambre ni sous la tente ni au réfectoire.

Déjà les cow-boys commençaient à arriver, certains à pied, d'autres à cheval.

— Qu'y a-t-il ? s'écria Dusty, l'air inquiet.

— Patience a disparu. Il faut qu'on se mette à sa recherche. Qu'on passe tout le ranch au crible.

Forest reconnut à peine sa propre voix tant elle était altérée par l'émotion. De leur côté, ses camarades ne perdirent pas de temps. En quelques instants, ils s'organisèrent et partirent chacun de son côté.

— Je vais téléphoner à Dillon, déclara Cassie d'un ton résolu. Elle doit bien être ici quelque part. Nous allons la retrouver, Forest.

Il luttait contre un sentiment d'horreur de plus en plus puissant. Le lit de Patience était défait, mais combien de temps y avait-elle passé ? Les autres fois qu'il était entré dans sa chambre, le lit était toujours fait avec soin.

Patience ne serait pas partie travailler en le laissant ainsi. D'ailleurs, pourquoi aurait-elle quitté sa chambre seule ?

Il était encore tôt la veille au soir lorsqu'elle lui avait dit au revoir, en colère. Comment savoir ce qui s'était passé, et à quelle heure ?

Il se secoua mentalement. Il avait besoin d'action pour chasser les possibilités terrifiantes qui s'imposaient à son esprit.

Patience n'était pas sotte. Elle ne pouvait avoir décidé de se promener dans le ranch sans sa protection. Elle avait beau arriver au terme de sa mission, elle savait que le danger était toujours présent. De plus, elle n'était pas du genre à modifier sa routine sans raison.

Il se décida à se joindre aux recherches, fila à l'écurie et sella Thunder en hâte. A cheval, il couvrirait plus de terrain qu'à pied.

Il se dirigea vers la grange, les sabots de sa monture accompagnant les battements effrénés de son cœur. De tous côtés, les hommes se tenaient au courant.

— Personne à la buanderie, cria Brody.

— Personne dans les garages.

— Dr Forbes !

— Patience !

Chacun criait son nom, et chaque bâtiment fut inspecté tour à tour en vain. A chaque minute qui s'écoulait, l'angoisse de Forest croissait.

Où était-elle ? Qu'avait-il pu lui arriver ? Qui pouvait lui vouloir du mal à ce stade de son enquête ? Il ne lui restait plus qu'à terminer son rapport. Elle ne pouvait plus constituer une menace pour quiconque.

Et la bague qu'elle avait découverte ? Personne n'était au courant, se rappela-t-il. Le bijou ne pouvait pas avoir de rapport avec sa disparition.

Dillon arriva alors en trombe, trois voitures de patrouille derrière la sienne. Un soupçon de soulagement traversa Forest. Plus on était nombreux pour participer aux recherches, plus on aurait de chances de retrouver rapidement Patience.

Dillon donna de brèves instructions à ses hommes, tandis que Forest tentait de dominer la nausée qui montait en lui.

Pourvu qu'il ne soit pas déjà trop tard.

Du soleil sur son visage. Il réchauffait sa peau comme les baisers de Forest réchauffaient son cœur. Un léger mal à la tête dansait en travers de son front.

Patience ouvrit les yeux et fut éblouie par les rayons du soleil qui lui faisait face. Son cerveau, momentanément désorienté, s'efforça d'analyser ce qu'elle avait au-dessus d'elle : une grande ouverture cerclée de métal. Le plafond de sa chambre ne contenait pas de métal. Et elle ne voyait pas le soleil quand elle était étendue sur son lit.

Elle n'était pas dans son lit.

Elle referma les yeux avec force. Un rêve. C'était sûrement un rêve. Pourtant, le soleil semblait si ardent… Elle en devinait l'éclat à travers ses paupières closes. Elle ne dormait pas, et il ne s'agissait pas d'un cauchemar.

Des grains de maïs. Elle était étendue sur une montagne de grains de maïs. Son cœur se mit à battre frénétiquement et elle rouvrit les yeux. Elle se trouvait dans un silo. Elle resta immobile, trop effrayée pour respirer.

Elle n'était pas complètement allongée sur le dos. Ses jambes étaient enfouies jusqu'aux genoux sous le maïs. De la poussière emplissait l'air, lui chatouillait la gorge, mais elle n'osait ni tousser ni éternuer.

Comment était-ce arrivé ? Le cœur cognant dans sa poitrine, elle tenta de se concentrer et de fouiller dans sa mémoire.

La dernière chose dont elle se souvenait, c'était d'avoir songé à Forest, d'avoir été follement excitée à la perspective de lui dire qu'elle était amoureuse de lui. Elle ignorait ce que l'avenir leur réservait, mais elle avait eu la certitude qu'ils trouveraient le moyen d'être ensemble quels que soient les obstacles.

Ils allaient se marier, avoir des enfants, et des déjeuners en famille le dimanche. Il travaillerait sur leur ranch, elle serait sa compagne et ils seraient heureux jusqu'à la fin de leurs jours.

Des larmes jaillirent dans ses yeux, brouillant la lumière du soleil. Que s'était-il passé entre cet instant et le présent ? Elle était sur le point de s'endormir, impatiente que le matin arrive pour parler à Forest.

On avait frappé à la porte.

Elle fronça les sourcils. Qui était venu ? Une piqûre au cou… une bouffée de vertige et puis le néant. Qui lui avait fait cela et pourquoi ? Qui l'avait attaquée en pleine nuit et amenée là pour l'y laisser mourir ?

Elle aurait dû quitter le ranch cet après-midi même. Son enquête était achevée. A quoi bon s'en prendre à elle ?

Un tremblement la secoua, et ses jambes s'enfoncèrent de quelques centimètres dans le maïs. Elle en fut horrifiée, son sang se glaça. Allait-elle être entraînée dans les profondeurs du silo ? Allait-elle mourir étouffée ?

Peut-être ne la retrouverait-on que lorsque le silo serait vidé de son contenu. Elle n'osait même pas hurler. En aspirant l'air nécessaire pour crier, ne risquait-elle pas de déplacer du maïs et de s'enfoncer davantage ?

Une échelle en acier descendait le long de la paroi, mais elle était hors d'atteinte. Patience ne parviendrait pas jusqu'à elle. Si elle voulait avoir une chance de survivre, elle devait rester parfaitement immobile.

Elle leva de nouveau les yeux vers le soleil qui montait dans le ciel. On devait bien s'être aperçu de sa disparition, non ?

Les cow-boys étaient sans doute tous à sa recherche. Mais qui penserait à regarder à l'intérieur d'un silo à grains ? Celui qui l'avait amenée là avait signé son arrêt de mort.

Qui ? Qui lui avait fait cela ?

Elle s'efforça de garder espoir. Ce n'était pas juste. Les choses n'étaient pas censées se terminer ainsi. Elle avait enfin compris la profondeur de son amour pour Forest. Elle avait fait de ses rêves les siens.

Mais elle n'aurait jamais l'occasion de le lui dire, ni de construire cet avenir qui promettait tant de bonheur. Elle allait mourir lentement, affreusement, en sombrant dans le maïs.

L'angoisse de Forest grandissait à mesure que le temps passait. Une heure s'était écoulée depuis qu'il avait constaté la disparition de Patience, et il n'y avait toujours aucun signe d'elle.

Même Devon avait quitté la fraîcheur de son camping-car pour participer aux recherches, sa blouse blanche se détachant tel un phare sur le vert des prés alors qu'il cheminait d'un bâtiment à l'autre.

Les hommes de Dillon étaient également à pied, tandis que les cow-boys avaient pris leur monture.

Debout dans la chambre de Patience, Forest et le policier cherchaient à comprendre ce qui avait pu se passer.

— Il est évident qu'elle s'est couchée, murmura Forest, le cœur serré à la vue du magazine qui dépassait sous le lit.

Etait-elle en train de le lire lorsqu'on l'avait enlevée ? S'était-elle réfugiée dans son monde imaginaire pour oublier qu'il lui avait parlé d'amour ?

Dillon inspecta la porte avec soin.

— Aucun signe d'effraction.

— Elle n'était pas fermée à clé ce matin.

Forest parcourut la pièce des yeux, entra dans la salle de bains et jeta un coup d'œil à la panière de linge. Puis il revint et ouvrit les tiroirs de la commode.

— Où qu'elle soit, je crois qu'elle porte sa chemise de nuit. Je ne la vois nulle part, déclara-t-il, la gorge nouée. Ce qui signifie qu'on a dû l'enlever en pleine nuit.

Autrement dit, elle avait disparu depuis des heures.

— Il est possible qu'elle soit loin d'ici maintenant, acquiesça Dillon.

Forest serra les poings.

— Bon sang ! Pourquoi je n'ai rien entendu ? J'ai le sommeil léger. S'il y avait eu une lutte ici, j'aurais dû entendre quelque chose.

— Si ça peut te consoler, j'ai l'impression qu'il n'y a pas eu de lutte, répondit le policier en embrassant les lieux du regard. Cela signifie qu'elle a ouvert à quelqu'un ou qu'elle est partie seule, de son propre gré. Rien dans cette chambre ne suggère qu'un crime a eu lieu.

— Un crime a eu lieu ! rétorqua Forest avec véhémence. Elle ne serait jamais partie se promener seule en chemise de nuit ! Elle avait des rapports à terminer, et son travail compte plus que tout à ses yeux. Il faut qu'il lui soit arrivé quelque chose de grave pour qu'elle ne soit pas ici en train de les rédiger.

— Je vais emmener deux de mes hommes et aller voir Raymond Humes et ses gars, décida Dillon. Peut-être que l'un d'eux saura quelque chose.

Sur ce, il s'en alla.

Forest se dirigea vers son cheval, encore plus anxieux. Le policier ne trouverait certainement pas de réponse au ranch voisin.

A court d'idées, l'estomac noué, il prit instinctivement le chemin de l'étang.

Toutes les dépendances avaient été inspectées, en vain. Ses camarades continuaient à sillonner les terres du ranch, mais le désespoir gagnait Forest. Il ne savait plus où chercher. Les paroles de Dillon résonnaient à ses oreilles. Peut-être avait-elle été emmenée loin, très loin.

Les larmes aux yeux, il guida Thunder vers l'endroit où ils avaient pique-niqué quelques jours plus tôt. Tout au fond de lui, il espérait la découvrir assise dans l'herbe au bord de l'eau, à l'ombre du grand arbre. Elle serait assoupie, ne soupçonnerait pas que tout le monde s'inquiétait pour elle.

Et puis, elle se réveillerait, lui expliquerait qu'elle était venue dire un dernier adieu au ranch et s'était endormie. Savoir qu'elle était saine et sauve lui suffirait.

Evidemment, lorsqu'il atteignit l'arbre, elle n'était pas là. Il sauta à bas de sa monture et gagna le ponton en bois. Lui qui n'avait pas pleuré depuis la mort de ses parents ne put réprimer les sanglots qui montaient en lui.

Il était trop tard. Elle avait disparu depuis trop longtemps. Ils avaient cherché partout, sans succès. Ils ne la retrouveraient pas.

Il était censé la protéger, empêcher qu'il lui arrive malheur. Il avait échoué. Lamentablement échoué.

On l'avait enlevée, c'était une évidence. Mais qui ? Elle avait achevé sa tâche. Les squelettes avaient été reconstitués et emportés. Pourquoi donc la kidnapper ? Ces questions tournaient en boucle dans sa tête sans qu'il obtienne de réponse. Il essuya ses larmes avec colère. Rester là à se laisser dominer par ses émotions ne servirait à rien.

Il tourna les talons.

15

Ses jambes s'enfoncèrent un peu plus et Patience ferma les yeux. Tel du sable mouvant, le maïs l'aspirait inexorablement vers le fond.

Elle lutta contre la tentation de se servir de ses bras ou de son torse pour résister. Elle était presque debout dans le maïs, seule la partie supérieure de son corps encore libre.

Il ne faudrait pas longtemps pour qu'elle soit engloutie tout entière. Un léger mouvement suffirait à précipiter sa fin.

Alors pourquoi se débattait-elle mentalement contre l'inévitable ? Pourquoi ne pas laisser le maïs la prendre d'un seul mouvement plutôt que centimètre par centimètre ? Elle ne faisait que prolonger la torture.

Apparemment, l'instinct de survie était plus fort que la résignation. C'était idiot, mais elle attendait une sorte de miracle. Peut-être que si elle se concentrait suffisamment, elle pourrait s'allonger sur le côté et attraper un des barreaux de l'échelle. Ou qu'un homme fort et viril viendrait par magie la sauver.

Un homme comme Forest.

Elle aurait ri d'elle-même si elle n'avait pas su que le moindre geste la ferait s'enfoncer davantage. Elle espérait un miracle. Elle, la femme qui croyait à la science et aux faits ! Face à la mort, elle rêvait d'un miracle.

A l'intérieur du silo, la température était devenue étouffante. Sa chemise de nuit lui collait à la peau, et elle peinait à respirer dans l'air poussiéreux, suffocant. Elle mourait de soif. Si seulement elle pouvait boire une gorgée d'eau…

De toutes les manières de mourir, la suffocation dans un silo à grains ne lui était jamais venue à l'esprit.

En revanche, Devon avait certainement eu plus d'une fois envie de l'étrangler. Forest lui-même, au cours des six semaines écoulées, avait dû être tenté, sans parler de Dillon et de tous les cow-boys qu'elle avait agacés.

Elle était choquée de penser au nombre de gens qu'elle avait offensés par sa brusquerie et ses accès de colère au fil des années. Si seulement elle pouvait revenir en arrière ! Forest lui avait fait découvrir l'amour qu'elle portait dans son cœur… Elle avait appris tant de leçons sur la vie et jamais elle ne pourrait devenir la personne qu'elle voulait être.

Un sanglot lui échappa, et elle se fit violence pour en retenir un autre alors que ses jambes s'enfonçaient encore.

Qui l'avait amenée là ? Pourquoi ne s'en souvenait-elle pas ? Elle ne se rappelait que d'avoir eu le cœur gonflé d'amour pour Forest.

Les traits de ce dernier s'imposèrent à son esprit. Si elle devait mourir, ce serait en pensant à lui.

Il l'avait poussée à examiner toute sa vie, et le passé tel qu'on le lui avait raconté. Il lui avait fait comprendre qu'il était possible que sa mère ne soit pas partie dans l'intention de l'abandonner. Peut-être avait-elle tenté de la voir après son départ, peut-être avait-elle demandé sa garde. Patience ignorait ce que son père lui avait tu, par colère ou amertume. Elle était trop jeune pour savoir s'il lui disait la vérité.

Peu importait désormais.

Elle referma les yeux, le pardon déferlant en elle. Pour sa mère. Et même pour son père. Quoi qu'il soit arrivé, ses parents avaient été brisés tous les deux.

Elle aussi avait été brisée avant qu'un grand cow-boy aux yeux bleus entre dans sa vie.

Une fois de plus, le visage de Forest se dessina devant elle. Une paix étrange se répandit en elle alors qu'elle attendait la fin.

Forest fixait le silo le plus proche, songeant au baiser qu'il avait échangé avec Patience dans son ombre. C'était à cet instant qu'elle avait complètement capturé son cœur.

Sur le point de faire demi-tour, il se figea, le regard rivé sur un objet inhabituel.

Là… Accroché au quatrième barreau de l'échelle en acier qui grimpait sur le côté du silo, quelque chose de blanc flottait légèrement dans la brise. Intrigué, Forest s'avança.

C'était un morceau de tissu déchiré, accroché par une vis rouillée. Il ne se trouvait pas là lorsque Patience et lui étaient venus la dernière fois.

Forest le décrocha. C'était du coton blanc, épais. Il leva les yeux vers le sommet du silo.

— Impossible…, marmonna-t-il.

Pourtant, il ne pouvait s'empêcher de se remémorer la conversation qu'il avait eue avec Patience, le jour où elle lui avait avoué sa peur des grands silos.

Quelqu'un était-il dissimulé tout près de là et l'avait-il entendue ? Avait-il décidé de l'abandonner dans l'endroit qu'elle redoutait le plus ?

Il fourra le tissu dans sa poche, mit le pied sur le barreau et commença à monter. C'était ridicule, se dit-il, elle ne pouvait être à l'intérieur. Pourtant, son cœur cognait follement contre ses côtes.

Il grimpait de plus en plus vite. Si elle avait été jetée sur le maïs, il était probable qu'elle ait été engloutie aussitôt et qu'il ne sache jamais si elle avait été là ou non. Son premier instinct aurait probablement été de « nager » vers l'échelle, une décision qui avait été fatale à bien des ouvriers agricoles.

Il était à mi-hauteur de l'échelle quand Dusty apparut sur son cheval au-dessous de lui.

— Forest, qu'est-ce que tu fabriques là-haut, bon sang ?

— Juste une idée dingue ! lança-t-il en retour sans ralentir l'allure.

Aucun cri ne lui parvenait, aucun appel à l'aide. Mais si

Patience gisait à l'intérieur depuis des heures… Le cœur de Forest se déchira encore un peu.

Parvenu en haut, il se pencha et une exclamation de stupeur lui échappa.

— Elle est là ! cria-t-il à Dusty.

Patience était étendue sur le dos, les bras en croix et les jambes déjà prisonnières d'une gangue de maïs. Elle fermait les yeux.

— Patience !

Sa voix affolée se répercuta contre les parois métalliques. Elle ouvrit brusquement les yeux et, de soulagement, Forest faillit tomber de l'échelle. Il l'avait crue morte. La panique hantait son regard.

— N'essaie pas de parler et ne bouge pas ! ordonna-t-il en enjambant le sommet pour passer sur l'échelle qui descendait à l'intérieur. J'arrive. Je vais te sortir de là.

— J'ai peur, Forest, j'ai vraiment peur, avoua-t-elle dans un souffle.

— Je sais, mon ange. Je vais te sortir de là tout de suite.

Il atteignit le niveau du maïs. Gardant une main sur l'échelle, il se pencha vers elle et essaya de l'attraper.

Il était tout près, et pourtant trop loin. Elle n'était qu'à quelques centimètres de lui, mais ces centimètres auraient aussi bien pu être un kilomètre.

Il sortit son revolver de son holster et retira rapidement son ceinturon, qu'il noua au dernier barreau. Puis, les pieds calés contre l'échelle, il se tint d'une main à la boucle du ceinturon, de façon à pouvoir se pencher plus loin sans risquer d'être englouti à son tour.

Patiencc l'observait sans mot dire, la terreur visible dans ses yeux. Quand il parvint à capturer sa main, ses doigts moites glissèrent hors des siens.

Un sanglot lui échappa. Forest ne tenta pas de la réconforter. Il devait se concentrer sur une seule chose : lui sauver la vie. Il s'essuya la main sur son pantalon et fit une nouvelle tentative. Cette fois, il parvint à la saisir par le poignet.

Il la tint étroitement, car il allait avoir besoin de toutes ses forces pour l'arracher au maïs et la tirer vers l'échelle.

— Ne bouge pas. Laisse-moi faire.

Si elle tentait de l'aider, elle risquait de s'enfoncer davantage, au contraire.

Une ombre apparut au-dessus de lui. Forest leva les yeux.

— On apporte des planches de contreplaqué ! cria Dusty.

Forest ne répondit pas. Cette technique était parfois utilisée dans des cas similaires, mais il n'avait nullement l'intention d'attendre que les hommes arrivent. Il voulait la sortir de là tout de suite.

Fermant les yeux, il tira sur le poignet de Patience, espérant réussir à la déloger sans fracturer ses os délicats.

Il banda ses muscles, et elle se rapprocha de quelques centimètres.

Il lâcha un soupir de soulagement. *Tu peux réussir*, s'encouragea-t-il. *Tu dois réussir.*

Elle s'approcha encore, ses jambes s'extirpant centimètre par centimètre de leur prison. Un nouveau sanglot lui échappa, signe qu'elle revenait à la vie, songea Forest avec émotion.

Enfin, il parvint à libérer ses jambes et à la faire glisser jusqu'au pied de l'échelle. Elle saisit le barreau à deux mains tandis qu'il se perchait derrière elle.

— Tu peux monter toute seule ?

Elle acquiesça et entama une lente ascension. Forest se hâta de détacher sa ceinture et la suivit de près.

Dusty, resté en haut, aida Patience à enjamber la paroi et à passer sur l'échelle extérieure. Forest ne la quittait pas des yeux. Elle était en sécurité désormais. Cependant, elle souffrait sans doute de déshydratation et d'épuisement.

Tous les cow-boys du ranch étaient rassemblés au pied du silo, ainsi que Devon et Dillon, flanqué de ses hommes. Cassie était là aussi. Lorsque Patience arriva en bas de l'échelle, elle l'étreignit. Puis Patience se laissa tomber à terre, le visage blême, clairement à bout de forces. Forest la rejoignit. Il mourait d'envie de la prendre dans ses bras et de sentir son cœur battre contre le sien mais il n'en avait pas le droit, et d'ailleurs ce n'était pas de cela qu'elle avait besoin.

— Il faut l'emmener à l'hôpital.

Dillon s'accroupit à côté d'elle.

— Que s'est-il passé ? Comment vous êtes-vous retrouvée dans ce silo ?

— Je ne sais pas… je me suis réveillée là.

Sa voix était fluette, son visage couvert de sueur.

— Emmène-la à l'hôpital, répéta Forest. Tu pourras l'interroger en route.

Quelques minutes plus tard, la voiture de patrouille s'éloignait.

Forest poussa un lourd soupir. Patience allait s'en sortir. A l'hôpital, on lui ferait une perfusion pour remplacer les fluides qu'elle avait perdus. On veillerait à ce qu'elle ne sorte qu'une fois rétablie. Dans son état de faiblesse et après le traumatisme qu'elle avait subi, elle ne s'opposerait pas aux médecins.

Les hommes s'étaient dispersés, Devon était retourné à son camping-car et Cassie à la maison. Forest se retrouva seul devant sa chambre avec Dusty.

— Tu vas bien ? s'enquit celui-ci avec sollicitude.

— Ça ira, une fois que l'adrénaline sera retombée.

S'il n'était pas allé jusqu'à l'étang, s'il n'avait pas levé les yeux vers le silo, Patience n'aurait peut-être pas été retrouvée vivante. Il se souvint brusquement de l'objet qui avait attiré son attention.

Il fouilla dans sa poche et sortit le morceau de tissu blanc.

— Qu'est-ce que c'est ?

— Ce bout de tissu était accroché à un clou rouillé sur un des barreaux de l'échelle. C'est à cause de ça que je suis allé jeter un coup d'œil à l'intérieur du silo.

Forest fronça les sourcils.

— C'est trop épais pour venir d'un T-shirt.

— Tu crois que ça appartient à celui qui l'a jetée dans le silo ? demanda Dusty en examinant le carré blanc de plus près. Ça ne ressemble pas à une chemise de cow-boy.

— Non.

Forest se tourna vers la tente bleue, songeur.

— A quoi penses-tu ?

— On a d'abord cru que Patience avait été attaquée par les cow-boys de Humes, et puis on a soupçonné l'assassin des victimes. Mais peut-être que celui qui voulait sa mort était plus proche que nous ne l'imaginions.

Ce fut au tour de Dusty de jeter un regard vers la tente.

— Un bout de blouse blanche ?

— J'en ai l'impression.

Forest remit le tissu dans sa poche et posa la main sur la crosse de son revolver.

— Tu devrais peut-être appeler Dillon, suggéra Dusty avec une note d'inquiétude dans la voix. C'est son travail, Forest.

— Tu as sans doute raison, mais il est occupé pour le moment.

Forest se dirigea vers le camping-car, tandis que Dusty appelait Dillon sur son téléphone portable. La fureur de Forest était trop intense pour qu'il attende le retour du policier.

Il revit Patience étendue dans le maïs, ses beaux yeux assombris par l'épouvante. Si le maïs ne l'avait pas enterrée vivante, elle serait morte déshydratée.

Il effleura une fois de plus la crosse de son revolver et pressa le pas, prêt à passer le reste de ses jours en prison pour venger la femme qu'il aimait.

16

Forest entra sous la tente et observa les lieux. La blouse de Patience était jetée sur le dossier de la chaise devant l'ordinateur. Il la prit et l'examina à la recherche d'un accroc, s'efforçant de ne pas se laisser affecter par le doux parfum qui émanait du vêtement.

Celui-ci était en parfait état. Forest le remit à sa place et passa à l'examen de la seconde blouse, posée sur le dossier de la chaise de Devon.

Son pouls tambourinait à ses tempes, il avait du mal à maîtriser sa colère. Cependant, il ne décela pas de déchirure. S'était-il trompé ?

Il tira le tissu de sa poche et le palpa de nouveau. Sa texture et son poids étaient similaires à celui des blouses. Devon en possédait forcément d'autres. Forest se souvenait d'avoir vu Patience mettre plusieurs des siennes dans le lave-linge.

S'il fouillait le camping-car, il trouverait certainement une blouse à laquelle manquait un bout de tissu correspondant parfaitement à celui qu'il tenait dans sa main.

Le soir où Patience avait été agressée, Devon avait facilement pu la suivre et regagner son logement sans être vu. Il avait aussi aisément pu se cacher dans les arbres et tirer sur eux. Personne ne prêtait attention à ses allées et venues. C'était un scientifique respecté, qui ne sortait du ranch que pour aller prendre ses repas en ville et semblait passer tout son temps libre dans son camping-car.

Et bien que Patience ne puisse encore se souvenir des

événements de la veille au soir, Forest en était certain : elle aurait ouvert la porte à son assistant, même en pleine nuit.

Fort de tous ces arguments, il sortit de la tente et alla tambouriner à la porte du camping-car.

Devon l'ouvrit et le regarda avec stupéfaction, au moment même où Dusty accourait.

— Forest ? Que se passe-t-il ? Il est arrivé quelque chose ?

Il ne portait pas de blouse, mais un pantalon en toile bleu marine et une chemisette à manches courtes.

— Non. Je voudrais seulement que vous veniez sous la tente. J'ai quelques questions à vous poser, répondit Forest, d'une voix aussi neutre que possible.

Devon fronça les sourcils.

— Eh bien… si vous y tenez.

Il descendit les marches. Forest se tourna vers Dusty.

— Surveille-le. Qu'il ne bouge pas d'ici.

Aussitôt, Dusty dégaina et braqua son arme sur Devon.

— Hé ! Qu'est-ce que…

Forest l'ignora, entra dans le camping-car et claqua la porte derrière lui. Hormis les deux sièges et le volant, rien n'était normal dans l'énorme véhicule. Le long des parois s'alignaient des plans de travail en acier inoxydable, des réfrigérateurs et des placards contenant des flacons de produits chimiques. Forest traversa cette pièce et se dirigea vers l'arrière, où se trouvaient la chambre de Devon et une minuscule salle de bains attenante.

Sous la couchette placée en hauteur, une penderie abritait une série de tenues sur des cintres, parmi lesquelles plusieurs blouses.

Forest attrapa la première et l'inspecta avec soin sans rien trouver. Il la jeta de côté et prit la deuxième. Un instant, son cœur cessa de battre. Le vêtement était déchiré et un morceau de tissu manquait. D'une main fébrile, Forest sortit celui qu'il avait dans sa poche et les compara.

Pas de doute. C'était bien la blouse qui s'était accrochée sur le barreau de l'échelle du silo.

Il serra le poing, luttant une fois de plus contre l'envie de massacrer Devon. Cet homme en qui Patience avait toute confiance avait tenté de la tuer et bien failli réussir.

Le vêtement à la main, il prit son revolver et ressortit du camping-car. Dusty et Devon, côte à côte, écarquillèrent les yeux à sa vue.

— Forest, mon vieux, ne fais pas de sottises, lâcha Dusty, clairement inquiet. Dillon est en route.

Forest ne prêta aucune attention à lui. Son regard était rivé sur Devon.

— Pourquoi ?

La question avait claqué dans l'air tel un coup de feu. Il jeta la blouse sur le sol et braqua son arme sur le ventre de Devon.

Celui-ci feignit de ne pas comprendre.

— De quoi parlez-vous ?

Au prix d'un effort surhumain, Forest parvint à se contrôler. Il chassa la vision de Patience étendue les bras en croix dans le silo, s'efforça de ne pas songer au moment où il lui avait fait un bouclier de son corps pour la protéger des balles. Pourtant, il éprouvait une envie folle d'appuyer sur la gâchette.

— Votre blouse est déchirée, dit-il calmement.

Dusty prit une brève inspiration, tandis que Devon arborait une mine perplexe.

— Ah bon ? J'ai dû m'accrocher à un instrument ou un os un peu pointu. Ce sont des choses qui arrivent…

Il remonta ses lunettes sur l'arête de son nez.

— Ou bien, vous l'avez déchirée en portant Patience sur l'échelle qui monte dans le silo, éructa Forest.

Une sirène hurla au loin, annonçant l'arrivée imminente de Dillon.

— Je ne sais pas de quoi vous parlez, rétorqua Devon avec une pointe d'indignation. Pourquoi diable aurais-je voulu faire du mal au Dr Forbes ?

— Je sais que c'était vous et j'en ai la preuve. Maintenant, vous allez me dire pourquoi.

Forest arma son revolver. Au même instant, la sirène se tut et la voiture de Dillon déboucha en trombe au coin de la maison pour venir s'arrêter à côté du camping-car. Dillon descendit en hâte et courut vers eux.

— Forest, que se passe-t-il ?

— J'envisage de trouer la peau à ce type ! La seule chose qui me retient, c'est que je veux des réponses.

— Dillon, cet homme est à l'évidence perturbé, protesta Devon. Vous devez l'arrêter sur-le-champ.

— Je trouve que Forest a fait preuve d'un sang-froid remarquable jusqu'ici, intervint Dusty.

— C'est lui qui a essayé de tuer Patience, expliqua Forest au policier. Lui qui l'a jetée dans le silo.

Un filet de sueur coula sur son front, mais il garda son revolver braqué sur Devon.

— J'en ai la preuve dans ma poche.

— Forest, range ton arme.

— Je suis désarmé, s'écria Devon. Si vous me tuez, ce sera un meurtre !

Dusty posa une main apaisante sur l'épaule de Forest.

— Ne fais pas ça, mon vieux. Laisse Dillon prendre la relève.

Le policier tira une paire de menottes de sa ceinture.

— D'ailleurs, dit-il à l'adresse de Forest, tes déclarations ne font que s'ajouter aux preuves dont je dispose déjà contre lui.

Il s'avança vers le scientifique.

— Mettez les mains derrière le dos.

— Mais c'est absurde ! Je…

— Contrairement à l'autre fois, Patience a retrouvé la mémoire à l'hôpital. Elle se souvient que Devon a frappé à sa porte en pleine nuit. Elle est certaine de l'avoir reconnu avant qu'il lui plonge une seringue dans le cou.

Les traits de Devon se durcirent.

— Elle le méritait. Elle méritait de mourir. Si elle n'était pas là, c'est moi qui serais le chef. J'ai les mêmes qualifications qu'elle, mais c'est elle qui a été nommée parce que c'est une femme, voilà tout…

Il se tut brusquement, comme s'il avait compris qu'il aggravait son cas.

— Vous ne pourrez plus lui nuire, déclara Dillon en le poussant vers la voiture de patrouille. Vous allez passer le reste de votre vie en prison.

Il se tourna vers Forest et Dusty.

— Ne touchez à rien. Je reviens.

Le véhicule s'éloigna.

— Tu aurais vraiment tiré ? demanda Dusty.

Forest réfléchit un long moment.

— Pour être franc, je ne sais pas. C'est probablement une bonne chose que tu aies appelé Dillon, ajouta-t-il avec un sourire.

— Je ne voulais pas que tu gâches ta vie. Bon, qu'est-ce que tu vas faire à présent ? Voir Patience à l'hôpital ?

— Non.

Le cœur de Forest se serra douloureusement. Il était temps de prendre ses distances avec la femme qu'il aimait. Ne lui avait-elle pas dit clairement qu'elle ne voulait pas de lui dans sa vie ?

L'après-midi touchait à sa fin quand Patience quitta l'hôpital, vêtue d'un jean et d'un chemisier prêtés par Cassie.

Lorsque le médecin lui avait annoncé qu'elle pouvait rentrer, elle avait songé à appeler Forest, puis s'était ravisée. Avant qu'il l'arrache à la mort dans le silo, leur dernière conversation ne s'était pas précisément bien terminée. Tout bien réfléchi, elle avait décidé de téléphoner à Cassie.

Dillon était venu quelques heures plus tôt lui apprendre que Devon était derrière les barreaux et qu'il allait être inculpé de tentative de meurtre. Elle avait encore du mal à croire que son assistant ait pu lui en vouloir à ce point. Jamais il n'avait laissé paraître le ressentiment qu'elle lui inspirait.

— Vous êtes sûre que ça va ? s'inquiéta Cassie dans la voiture.

— Croyez-moi, on m'a fait assez de perfusions pour que je vive jusqu'à cent ans.

— Je suppose que vous allez terminer vos rapports demain et partir ensuite ?

— C'est bien cela, oui.

Patience contempla le coucher de soleil rougeoyant qui embrasait l'horizon. Un coucher de soleil d'amoureux. L'Oklahoma n'en manquait pas.

Tout danger désormais écarté, Forest s'était-il rendu compte que son amour pour elle n'était en réalité qu'un instinct protecteur ?

Si elle était allée lui dire la veille au soir qu'elle l'aimait, elle ne se serait pas trouvée dans sa chambre quand Devon était venu frapper. La journée se serait terminée de tout autre manière.

Etait-il trop tard pour Forest et elle ?

Elle poussa un long soupir. Elle l'ignorait. Mais elle avait eu besoin de son soutien à l'hôpital et il n'était pas venu.

— Je suis sûre que vous êtes épuisée, observa Cassie, se méprenant sur le sens de son soupir.

— Je songeais seulement à ce qui avait besoin d'être fait pour que je puisse enfin quitter votre ranch.

Cassie lui décocha un sourire.

— Ce n'est pas que je veuille vous voir partir, mais j'ai hâte que cette tente bleue ne soit plus là.

Patience lui rendit son sourire.

— Ce sera à Dillon de décider du moment de la démonter. En ce qui me concerne, à l'exception de mon dernier rapport, mon travail est terminé.

Elles arrivaient au ranch.

— Ce n'est pas la peine de m'emmener jusqu'au motel. Je peux y aller à pied d'ici, proposa Patience.

— Vous êtes sûre ?

— Tout à fait. Un peu de marche me fera du bien et au moins, maintenant, je n'ai plus rien à craindre.

Cassie se gara à côté de la maison principale et coupa le moteur.

— Ç'a été un choc d'apprendre que Devon était derrière tout ça. Enfin, vous êtes en sécurité désormais et vous pouvez recommencer à vivre normalement.

Normalement ? Patience ne savait plus ce qui était normal. Tout son univers avait été mis sens dessus dessous par les événements des dernières vingt-quatre heures.

— Merci d'être venue me chercher. C'est vraiment gentil, dit-elle à Cassie. Je laverai vos affaires et je vous les rapporterai demain.

Cassie fit le tour de la voiture et, à la surprise de Patience, l'étreignit avec chaleur.

— Je suis si heureuse que vous soyez hors de danger.

Patience recula d'un pas, luttant contre les larmes.

— Bonne nuit, Cassie, et merci pour tout.

Elle se détourna et s'engagea dans l'allée qui menait à sa chambre. Aussitôt, la vision de Forest s'imposa à elle. Il n'était pas venu la réconforter lorsqu'elle s'était effondrée, ne s'était pas montré à l'hôpital de toute la journée.

Mais pourquoi serait-il venu ? Elle lui avait dit la veille au soir qu'elle ne voulait pas de lui ni de son amour. Il lui avait offert son cœur et elle l'avait rejeté.

La lumière était allumée dans sa chambre. Elle éprouvait un besoin douloureux d'aller tout lui dire : elle croyait en l'amour, elle voulait passer le reste de ses jours avec lui.

Que ressentait-il à son égard désormais ? Si elle lui ouvrait son cœur, allait-il la rejeter à son tour ? Pourtant, le pire ne serait-il pas de se taire et de partir sans savoir ce qui aurait pu exister entre eux ?

Redoutant de manquer de courage si elle réfléchissait davantage, elle frappa à sa porte. Il vint lui ouvrir, ses yeux bleus ressemblant à des lacs d'eau calme et profonde.

— Patience, je suis content que tu ailles bien.

— On m'a laissée sortir tout à l'heure et Cassie est venue

me chercher. Je me demandais si tu voudrais t'asseoir dehors avec moi un petit moment ?

Elle attendit sa réponse, retenant son souffle. Le visage de Forest ne trahissait aucune émotion.

Après une brève hésitation, il acquiesça.

— D'accord.

Il rentra dans sa chambre et alla chercher les deux fauteuils pliants. Elle se laissa tomber sur l'un d'eux. Il plaça le sien juste assez près pour qu'elle puisse retrouver son odeur si familière, ce mélange enivrant de grand air et d'eau de Cologne.

Ils restèrent silencieux.

Patience avait la bouche sèche, la poitrine comprimée par un étau. Curieux, non ? Elle n'avait jamais eu le moindre mal à exprimer sa frustration ou sa colère, mais elle était absurdement effrayée à la perspective de parler de son amour.

— La journée a été dure pour toi, murmura-t-il enfin.

— Oui. Heureusement que tu m'as trouvée. Je m'étais résignée à mourir, mais j'ai eu le temps de penser à des tas de choses.

— Parfois, c'est bien, et parfois non, dit-il. D'avoir du temps, je veux dire.

Ses yeux étaient rivés sur un point lointain. Il évitait son regard.

— Forest ?

Elle attendit qu'il se tourne vers elle.

— Je voudrais te parler d'hier soir. De la manière dont nous nous sommes quittés.

Il fronça les sourcils.

— Je ne crois pas qu'il y ait grand-chose à dire. Nous avons chacun exprimé notre opinion, un point, c'est tout.

— Je pensais l'avoir fait, oui, mais je me rends compte à présent que non.

Elle le contempla. Il était si séduisant, avec ses cheveux bruns, ses yeux bleus, ses traits décidés. Il l'attirait physiquement, bien sûr, mais c'était l'homme qu'il était à l'intérieur qui l'avait changée à jamais.

— Je t'écoute.

Il croisa les bras, comme prêt à se blinder contre ce qu'elle avait à dire.

— Quand je suis rentrée dans ma chambre hier soir, j'ai pensé à mes parents, et à ma vie, à la manière dont j'utilisais la colère pour maintenir les autres à distance. Tu as changé tout cela, Forest.

Son regard se souda au sien, encore indéchiffrable.

— Tu m'as appris à accepter les autres dans ma vie, à admirer les couchers de soleil d'amoureux, à apprécier toutes sortes de choses qui ne reposent pas sur des faits, mais qui existent quand même. Tu m'as fait comprendre que la colère n'est pas un moyen de communiquer ses émotions.

— J'en suis heureux.

Ses traits s'adoucirent légèrement et il sourit.

— Ta vie en sera plus riche. Personne ne va te reconnaître à Oklahoma City quand tu y retourneras.

— Justement… je ne veux pas y retourner, du moins, je ne veux pas y retourner toute seule. Je n'y serai plus jamais chez moi à moins que tu sois là.

Elle prit une profonde inspiration, rassemblant son courage.

— Je t'aime, Forest. C'est ce que j'ai enfin compris hier soir. J'ai regardé dans mon cœur et, tout ce que je voyais, c'était mon amour pour toi.

Il demeura parfaitement immobile. L'avait-il entendue ? Etait-il trop tard ?

— Ce matin, quand j'étais certaine que j'allais mourir, je ne songeais qu'à garder ton visage dans mes pensées. Je suis amoureuse de toi. Je veux avoir des enfants de toi et vivre à tes côtés jusqu'à la fin de mes jours.

Enfin, il décroisa les bras et se pencha en avant, ses yeux brillant dans le clair de lune.

— Il faut que tu sois sûre, Patience. Complètement sûre.

— Jamais je n'ai été plus sûre de quoi que ce soit, répondit-elle en soutenant son regard.

Il la dévisagea longuement, puis se leva. Le cœur de

Patience se serra. Allait-il rentrer dans sa chambre ? Etait-ce vraiment la fin ?

— Il y a quelque chose que je ne comprends pas, murmura-t-il. Si tu m'aimes et que je t'aime, pourquoi nous ne sommes pas déjà en train de nous embrasser ?

Patience se jeta dans ses bras, folle de bonheur. Il captura ses lèvres avec une tendresse possessive qu'elle savoura, qu'elle voulait savourer jusqu'à la fin de ses jours.

Lorsque le baiser se termina enfin, elle leva les yeux vers lui et sourit.

— J'adore que tu m'embrasses.

— J'ai enfin trouvé quelque chose qui te plaît, dit-il en riant.

— Et moi, j'ai enfin trouvé quelqu'un que j'aime.

Il reprit ses lèvres, avec passion cette fois. Une passion qui durerait toute leur vie. Patience n'avait nul besoin de faits ou de données scientifiques pour le savoir avec certitude.

Forest habitait son cœur, cet organe qu'elle avait toujours considéré comme un muscle destiné à pomper du sang. Il habitait son âme, dont elle venait de découvrir l'existence.

Et l'avenir regorgeait de promesses.

Épilogue

Patience sortit du ranch Holiday, au volant de l'énorme camping-car blanc. Elle avait rédigé ses derniers rapports et tout remis à Dillon. Elle avait fait ses adieux aux hommes et à Cassie, non sans une pointe de tristesse, car le ranch s'était forgé une place spéciale dans son cœur.

Cependant, le bonheur la suivait, sous la forme d'un pick-up bleu marine. En moins de deux jours, Forest avait fait ses bagages et pris contact avec un agent immobilier d'Oklahoma City afin de se renseigner sur les ranchs en vente non loin de la ville.

Patience continuerait à travailler au sein de la police de l'Etat et à donner des conférences à l'université. La seule différence, c'était que, lorsque tout serait réglé, elle ferait la navette à partr du ranch et non plus de son appartement. Dès qu'ils auraient trouvé la propriété de leurs rêves, Forest retournerait chercher Thunder. Entre-temps, il allait vivre chez elle.

Elle jeta un coup d'œil dans son rétroviseur, et son cœur s'épanouit. Ces deux derniers jours, ils avaient fait l'amour et échafaudé toutes sortes de projets pour leur vie ensemble.

Elle allait offrir à son cow-boy solitaire tout ce qu'il avait perdu à la mort de sa famille. Elle serait sa partenaire dans la vie, elle lui donnerait des enfants qui rempliraient leur maison de rires et de joie et, dans la mesure du possible, elle lui cuisinerait des repas le dimanche.

Un sourire sur les lèvres, elle appuya sur la pédale d'accélérateur. Elle avait hâte d'être à Oklahoma City, hâte de commencer sa nouvelle vie avec son ami, son amant, son… Forest.

Dillon était assis dans son bureau, au petit poste de police de Bitterroot. Sa porte était close et, devant lui, sur son buvard, reposait le bijou que Patience avait découvert dans la fosse.

Le jour où Patience avait disparu, il avait dû annuler son rendez-vous avec Francine Rogers, et ensuite il avait été accaparé par les paperasses nécessaires au transfert de Devon à la prison d'Oklahoma City. Celui-ci avait été emmené le matin même sous bonne escorte.

Cette question résolue, Dillon était libre de se consacrer à l'affaire des sept victimes enterrées dans la fosse commune. Il allait voir Francine dans l'après-midi. Pourrait-elle jeter quelque lumière sur l'identité des cadavres ?

Son instinct lui soufflait que l'assassin était toujours là, à Bitterroot, peut-être au ranch Holiday ou au ranch Humes. En dépit des tendres sentiments que lui inspirait Cassie, et du respect qu'il avait eu pour Cass, cette dernière devait elle-même figurer parmi les suspects potentiels.

Il ramassa le petit sac plastique qui contenait la bague. Il était résolu à découvrir qui était son propriétaire, et qui était l'assassin. Quel que soit le prix à payer.

JENNA RYAN

Le château des brumes

Traduction française de
CHRISTINE MAZAUD

BLACK ROSE

HARLEQUIN

Titre original :
NIGHT OF THE RAVEN

Ce roman a déjà été publié en 2015.

1

Los Angeles, Californie

Un frisson d'effroi parcourut McVey. Il était enfermé dans un sombre grenier et l'air y était irrespirable : une odeur encore plus écœurante que du chou recuit, mélange de bois vermoulu, d'humidité et de poussière. Toutes les deux secondes, un coup de tonnerre claquait et des éclairs, comme des langues, léchaient un rideau de fumée grise.

McVey se tenait tapi dans un coin sombre du grenier et épiait deux personnes. Elles étaient à peine visibles dans la fumée. L'homme serrait et desserrait les poings. La femme tournait autour d'un feu en marmonnant des mots incompréhensibles.

Puis elle obligea l'homme à ingurgiter une chose noire dégoulinante.

Le tonnerre gronda, deux coups très violents, et il ne resta plus que la femme et la fumée. L'homme avait disparu, comme volatilisé.

Cela n'annonçait rien de bon, songea McVey.

Affolé, il chercha désespérément un moyen de se sauver avant que la femme l'aperçoive et l'oblige à avaler la même chose noire que l'homme.

Les yeux fermés, les cheveux et les vêtements en bataille, elle grommelait et titubait dans la fumée qui devait la prendre à la gorge. Soudain, elle se figea, dans la lumière d'un éclair. Lentement, elle tourna la tête, telle une chouette en pleine nuit.

McVey en eut la chair de poule.

Le regard de la femme se posa sur lui et elle lâcha l'objet qu'elle tenait, pointant vers lui un doigt dégoulinant.

— Toi ! accusa-t-elle d'une voix éraillée. Tu as vu ce qui s'est passé entre papa et moi !

La terreur envahit un peu plus McVey. C'était énorme, ce qu'elle venait de dire. Enorme et en même temps incompréhensible. A moins que... Non, ce n'était pas possible !

— Tu n'as rien à faire ici, mon enfant.

Elle avança vers lui.

— Tu ne sais donc pas que je suis folle ?

Folle ? Sans aucun doute. Mais pourquoi l'appelait-elle *mon enfant* ?

Il baissa les yeux vers ses jambes : de petites bottines lui enserraient les mollets. Cela n'avait aucun sens !

Le tonnerre ébranla de nouveau la maison. Un craquement lui fit relever la tête. La femme le regardait en souriant. Elle était incroyablement belle, et il la connaissait. Ou plutôt, il la reconnaissait.

Elle pointa de nouveau un doigt vers lui, ce qui rompit le charme.

Se tournant vers la table de nuit, il chercha son arme. Mais il n'y avait pas de table de nuit, et l'éclair qui suivit éclaira une main qui n'était pas la sienne. Qui ne pouvait être la sienne. Elle était trop petite, trop blanche, beaucoup trop délicate.

— N'aie pas peur, *mon enfant.*

La voix de la femme était douce et lisse comme un fil de soie. Ses affreux vêtements et ses cheveux se noyaient dans de l'eau stagnante.

— Je ne te veux pas de mal. Je vais seulement faire disparaître ce que tu crois avoir vu.

Mais de quoi parlait-elle ? s'alarma McVey. Il n'avait qu'une envie : sortir de cet endroit avant que le doigt répugnant le touche.

Il fit un mouvement de côté, espérant profiter de l'obscurité pour s'échapper.

Mais des éclairs illuminèrent soudain la pièce, et les yeux gris de la femme le détaillèrent d'un air mauvais.

— Il n'y a pas d'issue, le prévint-elle.

Visiblement agacée, elle lui agrippa les poignets.

— Je ne veux pas te faire de mal. Tu sais que je n'en ai jamais fait à personne.

Il n'en était pas certain du tout et commença à se débattre. La femme ricana atrocement.

— Jeune fou, tu oublies que je suis ton aînée. Que je suis aussi plus forte et infiniment plus méchante que ta mère.

Sa mère ?

— Viens avec moi ! ordonna-t-elle, l'obligeant à sortir de son recoin.

Comme elle le forçait à se lever, il tituba et lui marcha sur la robe.

— Pourquoi suis-je…

Sa propre voix le surprit : elle ne sonnait pas comme d'habitude.

La femme lui adressa un petit sourire triste.

— Crois-moi, Annalee, ce que je vais te faire, ce soir, c'est pour ton bien.

Un nouveau coup de tonnerre réveilla McVey en sursaut. Il avait les cheveux dans les yeux et un filet de sueur lui coulait dans le dos.

Dehors, une rafale de vent agita l'enseigne lumineuse de la façade.

Par réflexe, McVey chercha son revolver sur la table de nuit.

Encore ce fichu cauchemar ! Depuis deux semaines, il le faisait sans cesse. Chaque fois qu'il s'endormait, il devenait en rêve une petite fille portant des robes longues et des bottines, comme autrefois. Et chaque fois la même femme apparaissait, une femme qui voulait lui faire tout oublier.

Se redressant dans son lit, il rejeta les couvertures et prit une décision : celle de tenir la promesse qu'il avait faite à son vieux père sur son lit de mort.

Il avait alors dix-neuf ans.

Et si, pour cela, il devait tourner le dos aux personnes avec lesquelles il travaillait depuis… heu… peu de temps, ce ne serait pas un drame.

Oui, il allait partir tout de suite, dès ce soir, tenir sa promesse et changer le cours de sa vie.

Peut-être que, de cette façon, le cauchemar finirait par disparaître ?

2

Jackson, Mississippi,
quinze ans plus tard

Un coup frappé à la porte fit sursauter Amara. Depuis plusieurs semaines, elle avait perdu son calme. L'angoisse revenait sans cesse et, quand elle ouvrit au lieutenant Michaels, la peur grimpa encore un peu plus.

Le policier avait une mine de chien battu.

— Chad est mort, annonça-t-il.

Amara vacilla et dut s'appuyer au mur. Si on avait tué Chad, elle était la prochaine sur la liste.

Un frisson d'horreur la traversa.

Tout ça à cause de Jimmy Sparks !

Elle avait témoigné au procès de celui-ci, à charge. Jimmy Sparks avait été condamné et, en quittant le tribunal, il lui avait lancé :

— Ceux qui sont responsables de mon incarcération paieront ! Ma famille y veillera !

Sur le moment, Amara n'avait pas pris la menace au sérieux. Compte tenu de sa santé précaire, Jimmy Sparks ne sortirait probablement jamais de prison.

Mais quelque temps plus tard un des autres témoins à charge, Harry Benedict, avait été retrouvé mort. C'était le lieutenant Michaels, déjà, qui était venu la prévenir.

— Ne paniquez pas, avait-il aussitôt ajouté, brassant l'air

devant lui. Rappelez-vous que Harry avait près de vingt ans de plus que Jimmy.

Cette explication officielle n'avait pas franchement convaincu Amara.

— Allons, lieutenant ! Malgré ses soixante-dix-neuf ans, Harry était un athlète en superforme. L'année dernière encore, il a traversé tout le Maryland à pied.

— Justement ! C'est pour cela qu'il a été terrassé la nuit dernière par un infarctus.

L'officier de police avait de nouveau balayé l'air devant lui.

— Je vous le répète, vous n'avez aucune raison de paniquer.

— Je ne panique pas. Mais quand même… Jimmy Sparks est le boss d'une grande famille de criminels. Une dizaine de proches travaille pour lui. Et il nous avait menacés à la fin de son procès. Alors, êtes-vous vraiment sûr que Harry est mort de cause naturelle ?

Le policier avait souri :

— Le labo est formel, c'est une défaillance cardiaque. L'homme avait un terrain, Amara. Ces dernières années, il avait déjà eu deux alertes très sévères.

Les semaines suivantes, Amara n'avait cessé d'y penser. Elle s'était jetée à corps perdu dans le travail pour oublier. En vain. La disparition de Harry la renvoyait aux imprécations proférées par le truand.

Et voilà qu'on retrouvait Chad mort !

Avec Harry et elle, il était le troisième à avoir témoigné contre Jimmy Sparks. Ce ne pouvait être un hasard.

Le lieutenant Michaels dut lire dans ses pensées, car il ajouta :

— C'est un suicide, Amara ! Le médecin légiste est formel.

— Ah non ! lança-t-elle en tremblant.

Comme le lieutenant s'apprêtait à poursuivre, elle leva la main pour l'arrêter.

— Vous savez comme moi qu'il est facile de déguiser un meurtre en suicide… Et n'essayez pas de me convaincre du contraire.

— Bien sûr. Mais dans le cas de Chad Weaver onze amis l'entouraient quand il s'est écroulé. C'est arrivé chez lui. Au cours d'une soirée qu'il avait lui-même organisée. Personne d'étranger ne s'était invité, la drogue et l'alcool qu'il a absorbés étaient à lui.

Les yeux plissés, elle le fixa.

— Chad se droguait ?

— Oui, et il buvait. De l'alcool fort. En fait, il s'est mis à boire après le procès de Jimmy Sparks et les menaces contre vous trois. Comme témoins, vous étiez… heu… vous êtes… clean.

Il se reprit.

— On n'a rien à reprocher à aucun de vous trois.

— Effectivement. Rien.

Amara sortit sur le balcon pour respirer un peu mieux.

— Je tombe du ciel, lieutenant. Quel genre de drogue prenait Chad ?

Le policier se gratta le nez.

— De l'ectasie, surtout. Un peu de coke, aussi. Il avait dû fumer de l'herbe dans la journée.

Amara haussa les épaules.

— Qui sait si ces substances n'avaient pas été trafiquées avant qu'il les achète ? Comment…

— Ecoutez, Amara, l'interrompit le lieutenant, apparemment offusqué par son ton sarcastique.

Mais elle ne lui laissa pas le temps de parler :

— C'est normal de se poser cette question, lieutenant. Quand on achète sa came à des dealers au coin de la rue, on ne sait pas à qui on a affaire. Ce ne sont pas des fréquentations respectables, si vous voyez ce que je veux dire. Quelqu'un peut très bien avoir glissé un poison dans la drogue de Chad.

— Le médecin légiste affirme qu'il s'agit d'un…

— Je sais ce que vous allez dire. Je l'ai déjà entendu. D'un décès accidentel.

— D'un suicide.

Non sans mal, elle se força à sourire.

— On en aura bientôt le cœur net, non ?

Elle réussit à garder son sang-froid et continua.

— Je vous vois venir, Michaels. Vous allez essayer de me faire croire que la police n'a aucune raison de me protéger parce que le médecin légiste n'a pas pu se tromper.

L'inspecteur fit la moue.

— Infarctus massif pour Harry. Petit plaisir très privé pour Chad. Personne, à part vous, n'a entendu la menace de Jimmy. Les médias aimeraient sûrement mettre leur nez dans l'affaire, mais ils ne s'y risqueront pas parce qu'ils sont très bien informés et connaissent les liens de Jimmy Sparks avec diverses autorités... Evidemment, la question risque d'être soulevée, mais ceux qui la poseront mourront avant même d'être nés ! Après tout, rien ne prouve l'implication de Sparks dans l'affaire.

— Bien sûr. Cependant...

Amara poussa un soupir.

— Au risque de sembler parano, je vais vous demander que faire pour éviter de me retrouver un jour au... frigo.

Le policier déglutit visiblement.

— Vous devez disparaître. Quittez cette ville et filez en lieu sûr.

Amara eut besoin d'une minute pour encaisser la nouvelle.

— Et où voulez-vous que j'aille ?

Michaels jeta un coup d'œil dans la rue, puis éloigna Amara de la balustrade en fer forgé.

— Vos parents vivent en Amérique du Sud, non ?

— En Amérique centrale, plus exactement. Ils sont médecins et exercent là-bas depuis deux ans, auprès d'enfants. J'aimerais autant leur épargner ce souci...

— Vous avez de la famille dans le Maine, aussi ?

— Quoi ? Oui, enfin... non.

— On va dire oui, alors.

Il l'entraîna à l'intérieur, ferma la porte à double battant et tira les rideaux.

— Voilà ce que nous allons faire. Vous allez préparer vos

bagages, passer les coups de téléphone que vous voulez, je vous conduirai ensuite à l'aéroport de La Nouvelle-Orléans.

Il lui fit un sourire quelque peu emprunté.

— S'il y a une chose que je sais faire, c'est semer les criminels.

La tête d'Amara se mit à tourner.

— Je suis convaincue que les *amis* de Jimmy Sparks planquent déjà à l'aéroport.

— Non, Amara. On est à Jackson, ici. Et je connais le bonhomme. Il ne va pas mettre une meute à vos trousses mais une seule personne.

— C'est vrai qu'il suffit d'une personne pour que je m'étouffe en avalant une patte de crabe ou que je tombe raide morte sur le trottoir à cause d'un caillot dans la tête qui se sera dissous comme par miracle avant même que… Mince ! Je dis des bêtises !

Elle se tourna vers lui, un doigt pointé sur son torse.

— C'est non, lieutenant ! Je ne vais pas mettre toute ma famille en danger à cause d'un voyou. Et vous le savez bien.

— Il le faut pourtant et vous allez obéir ! Je connais votre dossier. Les membres de votre famille vivent pour la plupart dans le Maine. Une petite ville entourée de bois, loin de tout : Raven's Cove. Il n'y a pas plus sûr pour vous en ce moment. Personne n'ira vous chercher là-bas.

Elle le fixa quelques secondes et corrigea.

— C'est Raven's Hollow. Je vais appeler ma grand-mère et lui expliquer ce qu'il se passe. Mais si elle hésite, ne serait-ce qu'une seconde, j'irai ailleurs.

— D'accord. Prenez juste ce dont vous avez besoin.

Ce dont elle avait besoin, songea Amara, c'était d'une machine à voyager dans le temps. Hélas, elle n'avait que son téléphone portable, le numéro de sa grand-mère et un espoir qui s'amenuisait au fil des minutes : que personne ne vienne la chercher à Raven's Hollow.

3

McVey suivait avec passion le match à la télé entre les Chicago Cubs et les Dodgers, ses chouchous. Il n'écoutait que d'une oreille son adjoint au téléphone. Jake Blume, déjà hargneux d'habitude, s'emportait à l'autre bout de la ligne :

— Ça va être la mêlée générale si on ne sépare pas les supporters des deux villes. Encore trois jours et les hooligans des deux bords vont se mettre dessus.

Un ton plus bas, il gronda :

— J'ai déjà stoppé des bagarres dans deux établissements, ce soir, chef. Qu'est-ce que vous voulez que je fasse pour les dégâts ?

McVey se pencha un peu plus vers la télé.

— Cours, bon Dieu ! s'exclama-t-il à l'adresse du joueur de base-ball qui venait de lancer la balle.

— Vous voulez que je file du bar en courant, chef ? Je ne suis pas une mauviette, vous savez.

— Je parlais à la télévision…, expliqua McVey.

Dépité par le jeu de son équipe favorite, il avala une longue gorgée de bière et baissa le son.

— Bon, on parle de quoi, là ? Quel bar ? Quels dégâts ?

— C'est au Red Eye, à Raven's Hollow. Ah, cette bon Dieu de ville… Je me demande pourquoi on se crève la paillasse pour eux, tout ça pour que leur chef de la police aille se bronzer la tronche au soleil de Floride pendant quinze jours !

— C'est son voyage de noces, Jake.

McVey ne put s'empêcher de rire.

Son adjoint ne semblait pas du même avis.

— Tout beau, tout nouveau. Faut qu'il en profite. Ça ne durera pas ! Parole de célibataire endurci à un autre.

— Endurci ? Jamais… Ah, ça, c'est une balle, lança-t-il à l'arbitre en gros plan sur l'écran.

— Si je dérange…

— Pas du tout.

McVey coinça sa canette de bière entre ses genoux et se frotta les yeux.

— Je suppose que les dégâts ne vont pas chercher loin.

— C'est vous qui le dites, chef. Vous savez comme moi comment les bagarres dégénèrent vite dans les bars.

— Dans ce cas, tu donnes un avertissement à celui qui a donné un coup de poing en premier, tu dis aux autres de payer et de se tenir tranquilles et tu rappelles à tous que c'est toi qui es de service ce soir, pas moi.

— Ce qui veut dire ?

— Que tu te mets souvent en pétard, que c'est tolérance zéro et qu'entre les deux villes c'est six cellules qui ne demandent qu'à être occupées.

— Très juste, répondit Jake qui retrouvait manifestement le sourire. Je peux même les menacer de les mettre au trou ?

— Comme t'as envie… Quand ce sera fait, reviens à Raven's Cove. Je te relèverai à l'aube.

Sur ce, McVey raccrocha et se rapprocha du poste. Mais son équipe avait sorti deux balles, et il se rassit, pensif.

Depuis quatorze mois qu'il était à Raven's Cove, il n'avait fait son mauvais rêve que cinq fois. C'était pénible mais moins que ce qu'il avait connu pendant six ans dans la police de Chicago et pendant huit ans à New York. Dans ces deux villes, c'était au moins une fois par mois qu'il faisait ce rêve. Enfermé dans un grenier envahi par la fumée, il distinguait une femme, qu'il connaissait sans la reconnaître vraiment, qui lui disait qu'elle allait effacer tous ses souvenirs. Ce n'était pas pour ce rêve, somme toute nébuleux, qu'il avait décidé de quitter la ville.

Ses motifs étaient plus sérieux et … Tiens, était-ce le parquet qui venait de craquer en haut ?

Sa canette dans la main, à mi-course entre ses genoux et sa bouche, il tendit l'oreille un moment.

Mais il n'y eut pas de nouveau bruit.

Aussi, il but une longue et savoureuse goulée de bière, puis porta de nouveau son attention sur l'écran.

Une balle frappée par les Dodgers lui redonnait espoir quand le grincement des gonds d'une porte, quelque part à l'intérieur de la maison, lui fit lever les yeux au plafond.

Bon, se dit-il. *Je ne suis pas tout seul.*

Ce bruit sonnait d'autant plus comme une menace qu'il avait récemment reçu deux e-mails assez désagréables, deux e-mails qui insinuaient qu'un homme plein de secrets, comme lui, devrait se méfier de ce qui se tramait dans l'ombre.

Aussitôt debout, il coinça son arme dans sa ceinture et se dirigea vers l'escalier du fond.

Le vent qui n'avait cessé de souffler durant la journée, avec la violence d'un ouragan, se fracassait contre les vitres. Malgré ce vacarme, il y eut un nouveau grincement. Son *visiteur* avait des progrès à faire pour entrer sans se faire remarquer ! songea McVey.

Mais, à son tour, il posa le pied sur une marche branlante et, comme elle craquait, jura.

L'intrus l'entendit probablement car, en haut, la porte cessa de couiner.

McVey, arme au poing, monta quand même l'escalier. Le visiteur se trouvait certainement dans la cuisine, ce qui voulait dire qu'il pouvait soit filer par où il était entré — la porte du fond — soit attendre et voir ce qui allait se passer.

Dans tous les cas, McVey avait l'avantage car il vivait dans cette maison depuis deux semaines et en avait bien mémorisé le plan.

Une autre porte se mit à grincer. Le visiteur s'était déplacé, en conclut McVey.

A la fois excité et inquiet, il attendit. Les petites villes côtières, plutôt endormies, avaient été animées ces derniers temps. Malheureusement, une fois l'agitation passée, elles étaient redevenues… comment dire ?… totalement mortes. A part les rixes dans les bars — qui se multipliaient — et les rivalités entre deux clans — aussi jaloux l'un que l'autre des légendes qui les auréolaient — il ne se passait pas grand-chose.

Une nouvelle rafale de vent fouetta la fenêtre. De l'air humide balaya le visage de McVey, ce qui l'étonna. Autre surprise, il y avait de la lumière dans le vestibule. Décidément, son visiteur était particulièrement stupide et bien mal renseigné… Entrer par effraction dans la résidence, fût-elle provisoire, du chef de la police… Quel crétin !

Mais mieux valait quand même se méfier.

Sans faire de bruit, McVey continua donc d'avancer. Une ombre passa alors que le vent — était-ce vraiment le vent ? — refermait brutalement la porte de la cuisine. Un bang retentissant ébranla les murs. Malmenée par une bourrasque d'une puissance inouïe, la charpente gémit.

McVey planta son arme dans la ceinture de son jean et décida d'agir. Mais en douceur. Au lieu de sauter sur l'intrus, comme il l'aurait fait normalement, il l'attrapa par la taille.

Ils pivotèrent tous les deux, sauf que McVey perdit l'équilibre et tomba. Lourdement. Seul. Et sur le dos.

Dans sa chute, sa tête heurta la table de la cuisine, son épaule le coin d'une chaise de bois massif. A moitié groggy, il réussit tout de même à se relever. Sa proie lui administra alors un coup de coude dans les côtes et lui griffa la joue.

Il empoigna la main qui se levait pour lui asséner encore un coup et, fort de ses muscles, prit l'avantage.

— Bouge pas ou…

Il n'en dit pas plus. Son instinct de flic reprenant le dessus, il bloqua le genou qui s'apprêtait à le frapper à un endroit très sensible et jura :

— Bon Dieu !

Serrant les dents, des coups de gong dans le crâne, il

dévisagea le visage incrédule et furieux tendu vers lui. Une femme ! Et pas n'importe laquelle : celle de ses cauchemars !

Prise de peur, pas pour elle mais pour sa grand-mère qui vivait dans cette maison depuis plus de soixante-dix ans, Amara commença à se débattre. Mais il la cloua au sol, les mains au-dessus de la tête et les poignets serrés dans ses griffes. Elle tenta un nouveau coup de genou. Sans résultat. Alors, elle se cambra pour tenter de se libérer et le mordre ou n'importe quoi d'autre.

— Je vous tue si vous lui avez fait du mal, dit-elle haletante. Cette affaire me concerne moi, pas ma famille. Vous devriez le savoir, bon sang !

Il esquiva un nouveau coup.

— Je ne sais qu'une chose, jeune fille, c'est que vous êtes entrée par effraction dans une maison où vous n'avez rien à faire.

— Vous non plus. Vous n'avez aucun droit à être ici. Et d'abord, où est ma grand-mère ?

— Justement si, j'ai le droit d'être ici. Quant à votre grand-mère, qu'est-ce que j'en sais !

Amara crut défaillir.

— Quoi ? Elle est… morte ?

— Non. Pas que je sache. Maintenant, ça va comme ça, je suis chez moi, ici.

Incapable de bouger, Amara le fusillait du regard. Ils étaient toujours presque collés l'un à l'autre.

— Vous mentez. J'ai parlé à Nana hier soir. Elle n'a fait aucune allusion à la présence d'un homme chez elle.

Il abaissa la tête et sourit, l'air moqueur.

— Votre grand-mère ne vous dit peut-être pas tout, ma belle !

— Je déteste vos insinuations. Si elle avait eu un invité ou, je ne sais pas, moi, un locataire, elle me l'aurait dit. Maintenant, jurez-moi que vous ne lui avez rien fait.

— Que voulez-vous que je lui fasse ? Je ne dévore pas les

vieilles dames pour me coucher ensuite dans leur lit et sauter sur leurs jolies petites-filles.

— Très drôle ! Mais pas rassurant du tout !

— N'aie pas peur, Petit Chaperon rouge…

Elle se mit à trembler.

— Allez, calmez-vous. On va repartir à zéro et s'expliquer. Pour commencer, je m'appelle Ethan McVey et il n'y a …

— Aucune raison pour que vous occupiez la maison de ma grand-mère.

— Sauf qu'elle me l'a passée.

Il se releva un peu pour lui laisser de l'air.

— Si mes informations sont justes, elle se trouve quelque part dans les Caraïbes avec deux amies, et un très vieux monsieur qui va vers ses cent deux ans.

— Vous voulez parler de…

Elle pouffa de rire.

— Ne me dites pas que Nana a emmené le vieux Romney Blume dans les Caraïbes ?

— Il paraît que si. J'ignore si c'est vrai, sa vie privée ne me regarde pas. Vous, en revanche, ce que vous faites ici, dans ma cuisine, me regarde.

— Vous voulez dire dans la cuisine de ma grand-mère.

— J'ai payé mon loyer, mon amie. Ici, c'est chez moi. Et le badge sur la table est également à moi. Mais apparemment vous ne l'avez pas remarqué.

Elle fronça les sourcils.

— Le badge ? Vous êtes flic ?

— Flic ? Très exactement chef de la police. De Raven's Cove.

Amara tentait de rassembler les pièces du puzzle.

— Vous venez de dire que vous avez payé votre loyer. Si vous êtes flic, pourquoi vous louez la maison de ma grand-mère ?

— Parce que ce qu'elle m'avait loué en premier était en mauvais état. Problèmes de plomberie et d'électricité. Ils sont en train de réparer.

L'explication fit sourire Amara.

— Ce n'était pas le Black Rock Cottage, par hasard ? Au

départ, il y a cinquante ans, c'était une ruine que mon grand-père a retapée et que Wrecking Ball Buck Blume, alias Crésus, a rénovée l'année dernière.

— Ça doit être ça.

— Dans ce cas, pardon de vous avoir griffé.

Il poussa un soupir.

— Puis-je vous demander maintenant de ne plus vouloir faire de moi un eunuque ?

— Je vais voir.

— Vous m'inquiétez, Petit Chaperon rouge.

— Mettez-vous à ma place. J'ai ma grand-mère au téléphone hier et elle ne me parle de rien.

— Vous estimez normal d'arriver comme ça chez elle et d'entrer sans frapper !

— J'ai frappé, mais personne n'a répondu. Comme Nana cache une clé sous le pot de fleurs, au pied de l'autre escalier, je l'ai prise.

Enfin, il lâcha ses poignets mais resta à califourchon sur elle, un genou de chaque côté de ses hanches. Ouf ! Elle n'avait plus sa figure — une belle gueule d'ailleurs — à quelques centimètres de son visage.

— Si je comprends bien, reprit-elle, Nana ne vous a rien dit de la clé de secours et elle ne m'a rien dit de votre présence. Double omission.

Elle gigota un peu sous lui et regretta aussitôt son mouvement.

— Heu… Vous permettez ?

Il se releva enfin.

— Merci, fit-elle.

— Je vous en prie. Le problème, c'est que j'ai la tête qui tourne.

Encore méfiante, elle accepta la main qu'il lui tendait pour l'aider à se relever.

— Je peux ausculter votre tête si vous voulez.

— Pourquoi ?

— Parce que vous êtes peut-être blessé.

— Ça, c'est certain, Chaperon rouge ! Mais… vous êtes médecin ?

— Je suis chirurgien. Chirurgie réparatrice.

— Sérieusement ?

Il partit en riant vers la porte.

— Vous gagnez votre vie en ravalant des façades et en remontant des fesses ?

— Très élégant, rétorqua-t-elle, faussement blessée.

Malgré son insolence, ou peut-être à cause d'elle, cet homme commençait à lui plaire. Et son charme, à produire sur elle certains effets…

— Ce qui compte, c'est ce que ça rapporte ! ajouta-t-elle.

— Si vous le dites !

Amusée, elle pointa un doigt vers lui.

— Pour en revenir à ces oublis bizarres, pourquoi croyez-vous que Nana a omis de me dire que quelqu'un occupait sa maison ?

— La communication était peut-être mauvaise ?

C'était plutôt le temps qui lui avait manqué, la faute au lieutenant Michaels qui l'avait empêchée de s'éterniser au téléphone. Non content de lui arracher l'appareil de la main, il l'avait fait asseoir à toute vitesse à l'arrière de sa voiture et s'était dépêché de démarrer.

Amara observa les poutres, en l'air, dans lesquelles le vent réussissait à s'engouffrer.

— Ma mère aurait parlé de *mauvais présage* et m'aurait dit de ne pas venir.

— Ah ?

Le policier — McVey, si elle avait bien entendu — prit son téléphone et tapa un numéro tout en marchant.

— Elle donne dans la voyance ou ce genre de baliverne ?

— Si vous voulez savoir si elle croit dans certaines légendes du pays, c'est oui. Absolument.

— Parce que… il y en a plus de deux ?

Elle haussa les épaules.

— Il y en a plus de deux cents, mais, pour la plupart, elles dérivent des deux principales. La famille Blume est attachée à la légende de son ancêtre Ezéchias qui se serait mué en corbeau.

— Ça, je l'ai compris.

— Les Blume affirment que ce sont les sorcières Bellam qui sont à l'origine de cette métamorphose.

— Les Bellam sont vos ancêtres, c'est bien cela ?

— Ma grand-mère a renié ce nom de famille.

— Entre autres choses. Mais laissons cela de côté. Hier soir, votre grand-mère, à condition que vous soyez bien sa petite-fille, Amara, m'a adressé un message assez étrange.

— Et vous ne l'ouvrez que maintenant ?

— S'il vous plaît, Chaperon rouge ! C'est mon jour de congé aujourd'hui et ce portable est mon téléphone personnel. J'ai eu du travail. Le vent a arraché quatre volets que j'ai passé le plus clair de la journée à réparer et à remettre en place.

Il tourna son portable vers elle de sorte qu'elle puisse lire le message sur l'écran.

— Selon grand-mère Bellam, vous vous êtes mise dans de sales draps. Fallait pas vous mêler de faire condamner le baron du crime.

Le message lu, Amara scruta le policier. Il avait un regard magnétique, d'une profondeur insondable.

— Dans de sales draps. Brrrr… ça fait peur. Ecoutez, il est tard, finalement je ne suis pas chez moi ici. J'ai de la famille dans la région, je vais bien trouver un oncle, une tante ou un cousin pour m'héberger cette nuit.

Préférant mettre de la distance entre eux, elle se dirigea vers la porte.

— J'ai laissé ma voiture de location au bout de l'allée. Elle est garée dans le sens de Raven's Hollow. Ça tombe bien, c'est là qu'habitent les proches que j'aime le plus. Je ne vais donc pas vous importuner plus longtemps ; je vais aller frapper à leur porte.

Elle fourragea dans le sac qu'elle portait à l'épaule et sortit une clé.

— Je la remets sous le pot de fleurs. Nana a le chic pour s'enfermer dehors. Cela lui arrive au moins trois fois par an.

McVey posa son portable sur le comptoir et l'accompagna.

— Oubliez la clé pour l'instant, Amara. J'ai besoin de savoir ce que c'est que cette histoire de « sales draps ».

— Oh… Une affaire peu glorieuse.

— Je suis policier. Je suis habitué au sordide. Quant aux histoires farfelues et à ceux qui y croient, cela ne me dérange pas non plus, si cela peut vous rassurer.

Cela ne la rassurait pas du tout. Et que McVey soit en pleine lumière n'arrangeait pas non plus ses affaires. Dès le premier coup d'œil, elle l'avait bien jaugé. Ce type était superbe et plus encore… Tellement qu'elle ne trouvait même pas les mots.

De longs cheveux noirs, des yeux couleur noisette grillée qui vous crucifiaient et des pommettes très hautes. Il aurait fallu être de marbre pour rester insensible. Il y avait aussi sa silhouette, longiligne, élancée. Elle aurait dû en profiter davantage quand, sans le faire exprès, il l'avait chevauchée.

Oh ! Où allait-elle pêcher des idées pareilles ?

Il fallait qu'elle se calme. Il était hors de question que son imagination l'égare. Hors de question que l'espoir de faire l'amour avec un sex-symbol comme lui ne l'entraîne sur le sentier vertigineux du fantasme.

Jimmy Sparks, le parrain d'une famille de pervers qui ne comptaient plus le nombre d'assassinats à leur actif, voulait sa peau. Impossible, donc, de retourner à La Nouvelle-Orléans et de continuer à travailler. Quant au lieutenant Michaels, elle ne pouvait décemment pas lui demander d'en faire plus pour elle. Sa grand-mère ne se trouvait pas à Raven's Hollow. Restait le policier de Raven's Cove qui la trouvait sans doute encombrante et devait déjà songer à la livrer aux parents et amis de Jimmy pour se débarrasser d'elle.

— Je suis désolée de ce qui s'est passé, dit-elle en reculant vers le vestibule. Je ne m'attendais pas à trouver…

— Un loup dans la chaumière de grand-mère, enchaîna-t-il.

Il continua d'avancer.

— J'attends toujours votre histoire, Chaperon rouge. S'il y a une partie qui vous gêne, sautez-la. Commencez par ce qui vous dérange le moins.

— Pour commencer, soyez aimable de m'appeler Amara. Vous vous en rendez compte vous-même, je n'ai pas les cheveux rouges, je suis brune. C'est un détail qui a son importance dans l'histoire de ma famille.

— Il va falloir que vous m'expliquiez car je n'y comprends rien, sauf que vous descendez d'une sorcière Bellam.

— Oui, mais de quelle sorcière ? C'est toute la question. La plupart des Bellam connaissent leurs origines. Leur arbre généalogique remonte jusqu'à Nola. Seule une poignée d'entre nous a du sang de Sarah, une sœur moins connue.

Grâce au ciel, il s'arrêta de marcher, puis demanda :

— Si Nola et Sarah étaient sœurs, elles ont le même sang. Je ne vois pas où est la différence.

— Nola Bellam était mariée avec Ezéchias Blume. Enfin, elle l'était, jusqu'à ce qu'Ezéchias, pris d'un accès de folie meurtrière, tue tout le monde autour de lui. La légende des Blume dit qu'il s'est repenti, mais que toutes ces morts l'ont métamorphosé en corbeau extralucide. S'il était devenu un oiseau, comment Nola a-t-elle pu se retrouver enceinte ? La seule possibilité, c'est qu'Ezéchias avait un frère, Ezéchiel, et que ce frère l'a violée et accusée d'être une sorcière. Il l'a ensuite pourchassée et a tenté de la faire disparaître.

— C'est bien compliqué.

— C'est aussi ce que je pense. D'autant plus que Sarah, la sœur, avait un faible pour Ezéchiel.

— Et ce « faible » s'est concrétisé par un bébé ?

— Vous voyez que vous comprenez ! Sarah a eu une fille qui a eu une fille, et ainsi de suite… Nola aussi, bien sûr, mais pas avec Ezéchias. Même dans la légende, les humains ne fraient pas avec les corbeaux. En résumé, qu'il y ait eu viol ou pas, Nola a donné naissance à un enfant qui n'était pas un Blume. Alors que la fille de Sarah en était une.

Amara se pencha un peu vers le policier.

— Je pense que vous avez eu le temps d'apprendre que les Blume et les Bellam sont brouillés depuis… heu… depuis toujours, en fait. Raven's Cove contre Raven's Hollow, la légende contre la raison ! Bref, où une Bellam avec du sang Blume se situe-t-elle dans l'histoire ? Jette-t-elle des sorts ou est-elle une victime ? Et à laquelle des deux villes appartient-elle ? Vous imaginez le dilemme… génétique !

McVey la regardait avec curiosité.

— Vous n'allez pas commencer à me faire peur avec vos histoires bizarres, s'il vous plaît.

— Non, parce que je n'ai pas le temps. Mais dommage !

— Connaissant Jimmy Sparks, j'aurais tendance à vous donner raison.

Elle cessa de tourner la poignée de la porte.

— Vous le connaissez ?

— On s'est croisé une fois ou deux. Enfin… façon de parler. Disons que j'ai eu l'occasion de tirer sur lui une fois ou deux.

— Vous avez tiré sur Jimmy Sparks, le roi des règlements de comptes ? Et vous êtes encore là pour le dire ? Toujours en vie.

— Oui, toujours en vie parce que j'ai eu une veine insensée. J'étais un bleu à l'époque, mais je visais mieux que mon équipier qui a eu la mauvaise idée de tirer dans les pneus de la voiture de Sparks. C'était la nuit. Il était tard. On venait d'assister à un échange de coups de feu pour le moins illégal entre lui et un rival.

— Et alors ?

— Je lui ai crevé deux pneus, puis un de ses passagers nous a tiré dessus. Ce type a blessé mon partenaire et m'a touché à l'épaule. Mais, bizarrement, notre rapport a disparu et l'affaire a été classée sans suite. Avant la fin de la nuit, nous avons été priés d'oublier cet incident.

— Sacré Jimmy ! Quel veinard !

— C'est de l'ironie, Chaperon rouge ?

— De l'étonnement.

— Peu importe. Revenons à nos moutons. Racontez-moi

pourquoi l'un des enfants les moins aimés de ce pays vous veut du mal à vous, descendante d'une sorcière du Maine.

— C'est simple. Je suis en partie responsable de son incarcération. Mon témoignage l'a, semble-t-il, énervé !

— C'est pour cela que vous êtes ici ? Parce qu'il vous cherche des noises ? s'enquit McVey.

Il parut ensuite réfléchir un instant.

— Cela m'amène à une dernière question.

Sans qu'elle s'en rende bien compte, il avança vers elle, prit son menton dans sa main et lui repoussa la tête en arrière, comme pour bien la voir.

— Nom d'un chien, pourquoi votre bobine me trotte-t-elle dans la tête depuis quinze ans ?

4

McVey ne s'attendait pas à ce qu'elle lui réponde. Pourquoi même lui avoir posé la question ?

C'était si étrange : elle ressemblait à la femme qui hantait ses rêves et pourtant, plus il la détaillait, moins elle lui ressemblait.

De nombreux détails les différenciaient. Amara était plus brune que rousse. Ses traits étaient plus délicats. Elle avait des yeux gris tirant sur le noir, des hanches rondes, des fesses hautes et musclées et des jambes — oh, ces jambes ! — il n'en avait jamais croisé d'aussi longues.

Il s'attardait sur cette partie de son corps quand, lui tapotant le torse, elle le fit sortir de ses songes.

— Que voulez-vous dire par « votre bobine me trotte dans la tête depuis quinze ans » ? Qu'est-ce que c'est que cette question ?

Il esquiva.

— N'en tenez pas compte. C'est mon choc à la tête !

Elle parut soudain franchement méfiante.

— Etes-vous sûr que ma grand-mère est aux Caraïbes ? Et pas enfermée dans un placard, en haut ?

— Aux Caraïbes ? Vous me donnez des idées ! Mais ce n'est pas vraiment le moment.

Son portable sonna alors dans sa poche et il l'en sortit.

— Oui, Jake ?

— On a un problème, chef.

Son adjoint semblait agité, ce n'était pas bon signe. Mais

surtout le fond sonore — des bruits sourds, chutes ou coups, les cris, la casse — était alarmant.

— Encore une bagarre de bar qui a dégénéré ?

— C'est pas ma faute, expliqua Jake en hurlant pour couvrir le vacarme. J'ai juste dit à ces sorcières d'enfourcher leurs balais et de rentrer chez elles.

— Tu sais que tu es à Raven's Hollow ? En territoire Bellam.

— C'est pas ma faute à moi si les gens d'ici sont des malades avec leurs histoires d'ancêtres.

— Ça sent le roussi, marmonna McVey.

Très énervé, Jake reprit.

— Raven's Cove a existé en premier, c'est un fait acquis. Pourquoi est-ce qu'on se prend la tête pour une bande d'alcooliques qui se flattent d'avoir pour ancêtre une sorcière qui a réussi à transformer mon arrière-arrière-... je ne sais plus très bien... grand-père en oiseau ?

Qu'est-ce que c'était que cette conversation ?

McVey se tourna vers Amara. De toute évidence, elle écoutait attentivement.

— Donne-moi un quart d'heure, Jake, et je suis là.

Il remit son téléphone dans sa poche et se pencha pour ramasser son arme.

— Désolée, McVey, mais je vous avais prévenu, lança Amara.

— Pas vraiment. Vous m'aviez dit que ceux de votre famille qui vivent à Raven's Hollow étaient les moins agressifs. Ce n'est pas ce que dit Jake Blume.

— Je vous parie vingt dollars que c'est lui qui a commencé.

C'était possible, inutile de discuter. Il rengaina son arme.

— Qu'est-ce que vous voulez que je vous dise ? On me l'a imposé.

Amara leva les yeux au ciel.

— C'est un baril de poudre, ici. Celui qui vous a conseillé d'accepter le poste a oublié de vous le dire. Raven's Cove, c'est un enfer pour les chefs de la police.

Mais il avait plus important à faire que de discuter.

— Je vais avoir besoin de vos clés de voiture, Chaperon rouge.

Sans se gêner, elle piqua un doigt dans sa chemise.

— Seriez-vous en train de me dire, chef McVey, qu'on vous a donné un adjoint mais pas de véhicule de fonction ? Vous vous êtes fait avoir dans les grandes largeurs.

— C'est ce que je commence à penser.

Et ça commence à m'échauffer, pensa-t-il.

— Les clés, c'est pour déplacer votre voiture si elle bloque mon pick-up. Connaissant Jake comme je le connais, je crois qu'il est temps qu'on y aille.

— On ?

— Oui, vous venez avec moi.

— Pardon ?

— Vous êtes dans de sales draps, vous l'avez déjà oublié ?

La laissant pester, il la prit fermement par les épaules et la dirigea vers le vestibule.

— Faites-moi confiance. J'ai bien l'intention de régler cette affaire au plus vite. Néanmoins, je sens que vous êtes intelligente et que vous n'êtes pas particulièrement enthousiaste à l'idée de rester seule, ici, à attendre qu'un proche de Jimmy Sparks vienne vous cueillir.

— Ici ? Je ne sais pas encore où je vais rester attendre.

— Très bien. Vous voulez trouver un endroit à Raven's Hollow ? Je vous signale qu'il fait nuit, que dehors c'est la tempête et que vous ignorez si les gens de votre famille sont chez eux ou en train de saccager le bar appartenant à un Blume, à Raven's Hollow.

— Vous voulez parler du Red Eye ?

Il la lâcha pour prendre son badge sur la table.

Amara souffla lourdement.

— Oncle Lazarus va être fou… si le bar lui appartient toujours, du moins, ce qui est probable compte tenu qu'il achète tout ce qui se présente et ne vend jamais rien. Jamais rien sauf, peut-être, comme son ancêtre Ezéchias, son âme.

— Je crois comprendre que vous n'aimez pas beaucoup votre oncle.

— Il n'est pas question d'aimer ou de ne pas aimer. Oncle Lazarus est un grippe-sou et un rabat-joie. C'est un vieux grincheux qui vit reclus. Vous l'avez sans doute croisé depuis votre arrivée.

— Une fois. Et je ne l'ai pas oublié.

Comme ils sortaient, une rafale de vent fit voler ses cheveux qu'elle remit en place d'un revers de main.

— Pourquoi ? Vous l'avez verbalisé parce qu'il traversait en dehors des clous ?

McVey coinça le trousseau de clés entre ses dents, le temps d'attacher son badge à sa ceinture et de vérifier son arme.

— Je l'ai arrêté parce qu'il était en état d'ébriété et troublait l'ordre public.

— Vous voulez dire qu'il était ivre ?

— Complètement cuit.

— Il semait la pagaille ?

— Il a fait irruption dans un bar du port de Raven's Cove, a traversé la salle en titubant et frappé un coursier.

Il fit à Amara un signe vers la droite.

— Mon pick-up est par là.

— Je le vois… Mais racontez-moi la suite.

— Il n'y a pas de suite, juste deux coups de poing. Le second dans la mâchoire du livreur. Votre oncle a eu de la chance que le garçon ne porte pas plainte. J'imagine que votre oncle a pratiqué la boxe quand il était plus jeune.

— Il a fait beaucoup de choses. Mais s'attaquer à un client dans un bar, ivre, ça, jamais.

Elle se tut un instant et reprit :

— A-t-il dit pourquoi il avait fait ça ?

— Le coursier avait déposé une enveloppe chez lui plus tôt dans la journée. Quatre heures plus tard, le malheureux avait encore les yeux révulsés. Lazarus lui avait collé un marron. A la suite de quoi, votre oncle a fait un scandale dans le bar.

Il a menacé les clients du poing, a éclaté de rire comme un cinglé et s'est finalement écroulé face contre terre.

— Et au final, vous l'avez enfermé dans une cellule de dégrisement.

— Oui.

— Vous avez mis Lazarus Blume en prison et vous êtes toujours à Raven's Cove ? Vous êtes toujours chef de la police ?

Adossée à la portière du pick-up, elle lui piqua de nouveau un doigt dans le torse.

— Je suppose qu'il n'y est pas resté longtemps… Ce n'est pas juste… Parce que c'est un homme, il s'en tire à bon compte, alors qu'une femme aurait écopé de…

— Qu'est-ce que vous racontez ?

— Vous avez très bien entendu. Vous l'arrêtez et c'est tout. Aucune conséquence, il n'est pas inquiété. Personne ne dit rien.

Elle planta encore une fois le doigt dans sa chemise.

— Je vais vous dire pourquoi je trouve que c'est injuste. Un jour, je suis sortie en douce de chez ma grand-mère. Oh ! Juste une fois, avec mon amie. On voulait voir ce que faisait sa grande sœur avec son chéri. C'était la coqueluche de toutes les filles. Bien sûr, elle ne voulait pas qu'on les voie. Oncle Lazarus nous a surprises, il m'a ramenée manu militari chez ma grand-mère et m'a punie. J'ai dû nettoyer son écurie tout l'été sans mettre le nez dehors.

Elle soupira, ouvrit sa portière et monta dans le pick-up.

— J'aurais dû lui jeter *deux* mauvais sorts.

McVey s'installa au volant et se tourna vers elle. Les bras croisés, elle boudait.

— Vous lui avez jeté un… Qu'est-ce que vous lui avez fait ?

Elle décroisa les bras, se tortilla les doigts sur les genoux.

— J'ai fait ce que n'importe quelle Bellam dans ma situation aurait fait. J'ai jeté un sort au petit gâteau qu'il mange tous les soirs avant d'aller se coucher. Il a eu mal à l'estomac les trois jours suivants. Des parents m'ont raconté qu'ils l'avaient entendu rire comme un dératé pendant que le médecin l'examinait. Moi, je ne l'ai plus entendu, ni revu de tout l'été. C'est un solitaire, il l'a toujours été, mais Nana m'a dit qu'après cette histoire d'indigestion il avait tout d'un fantôme. J'ignore si c'est vrai. J'avais quatorze ans quand c'est arrivé et je ne l'ai revu qu'une fois, à un enterrement.

McVey démarra.

— Je note qu'on est rancunier dans votre famille.

— Moi, je note que la rancune d'oncle Lazarus ne s'exerce jamais contre les hommes mais toujours contre les femmes.

Une bourrasque fit tanguer le pick-up. Au même moment, un bruit sec claqua au-dessus de leurs têtes. Sans doute du bois qui se brisait, songea McVey. La lumière qui éclairait la terrasse de la maison s'éteignit puis se ralluma.

— Ça ne me dit rien de bon, murmura Amara.

Une rafale encore plus violente cassa une branche qui atterrit sur le plateau du pick-up.

— Pourvu qu'il n'en tombe pas sur le toit de votre grand-mère, déclara McVey.

Il tendit son portable à Amara.

— Pouvez-vous appeler mon adjoint et lui dire que je serai en retard ?

— Je peux aussi vous aider à dégager la route si vous…

Elle n'eut pas le temps d'en dire plus. Trois coups de feu éclataient, juste derrière eux.

Amara voulut se retourner, mais McVey lui appuya sur la tête.

— Restez cachée au fond.

Et il dégaina.

La main toujours sur la tête d'Amara, il risqua un coup d'œil dans la vitre arrière. En vain.

— Qui est-ce ? demanda Amara, repoussant sa main.

— Aucune idée. J'ai un autre revolver dans la boîte à gants. Il est chargé. Prenez les clés.

Il déverrouilla sa portière.

— Pour l'instant, ne vous relevez pas, à moins que vous n'ayez envie d'aller sucer les pissenlits par la racine comme vos aïeux Bellam, ou Blume, je ne sais plus, je m'y perds.

— Non, McVey !

Elle agrippa son bras pour le retenir.

— Je ne veux pas que vous preniez une balle à cause de moi.

— Pas de panique, Chaperon rouge. Il y a une chance sur deux pour que ces coups de feu n'aient pas été tirés par un sbire du parrain.

Il partit tellement vite qu'Amara n'eut pas le temps de lui en demander plus.

Elle le suivit quelques secondes du regard et il disparut. Probablement était-il tombé dans un terrier donnant sur un monde imaginaire où les chefs de la police ressemblaient à des rock stars.

— Au fait, marmonna-t-elle tout haut, s'adressant à sa grand-mère absente, pourquoi tu ne m'as pas dit, hier soir, quand je t'ai appelée, qu'il y avait quelqu'un chez toi ?

Mais ce n'était pas le moment de s'interroger, il fallait qu'elle réfléchisse. On venait de tirer sur eux. Trois coups de feu. Elle n'avait rien vu mis à part la lune et des millions d'étoiles. Pas de lumière d'une quelconque lampe torche.

D'ailleurs, McVey en avait-il emporté une ?

— Faites vite, chef !

L'appel de Jake Blume fit sursauter Amara. Elle faillit lâcher le portable avec lequel il l'avait appelée.

— Vous êtes là, McVey ? s'égosilla l'adjoint. Allez, répondez, qu'est-ce que vous fichez ?

— McVey est occupé, indiqua Amara tout en sortant la clé du démarreur. Moi, je suis Amara. Nous sommes encore chez Shirley Bellam.

— Ce que vous fricotez là-haut dans les bois, mon chef et toi, c'est pas mon idée du boulot. En tout cas, rends-lui son téléphone.

Amara essaya d'ouvrir la boîte à gants avec une des clés du trousseau.

— Si se faire tirer dessus, c'est fricoter dans les bois, comme tu dis, alors oui, je fricote. Ton chef, monsieur l'adjoint, joue les Rambo dans la nature. Il court après un tireur. Crois-moi, il a encore plus de travail que toi en ce moment.

— On parie ?

A l'autre bout de la ligne, l'adjoint fit un drôle de bruit avec sa bouche.

— T'es Amara, c'est bien ça ?

Il y eut un bruit sourd, comme un coup de poing.

— Tu ne serais pas la punaise qui venait ici tous les ans en été, par hasard ? Parce que, si c'est ça, je peux te dire que t'as effrayé mon petit frère avec tes histoires de corbeaux. C'est bien toi qui lui disais que tu leur parlais ?

— Et même si c'est moi, qu'est-ce que ça peut faire ?

— Ça fait qu'on est cousins.

Compte tenu de son ton pour prononcer le mot « cousins », il n'aimait pas du tout cette idée, comprit Amara.

Quelque part derrière elle, trois nouveaux coups de feu retentirent. Elle essaya une deuxième clé, qui fonctionna. Soulagée, elle prit le 9 mm automatique dans la boîte à gants.

— Si je me rappelle bien, poursuivit l'adjoint, t'es une Bellam.

Agacée, elle considéra le téléphone.

— Je t'ai dit qu'on est en train de me tirer dessus ? Ça fait la sixième balle.

— Des coups de fusil ? C'est peut-être le vieux Owen qui croit que des morceaux de ciel vont tomber sur sa cabane. Le pauvre vieux, il n'a plus toute sa tête. Cela fait des années que ça dure.

Drôle de monde, décidément, pensa Amara.

— Le vieux Owen est-il capable de faire la différence entre McVey et la chute d'un bout de ciel ?

— J'ai dit que ça *pouvait* être Owen, rectifia Jake. Ça peut aussi bien être un de tes cousins — un de ceux qui vivent reculés dans les bois — qui canarde un gibier à plume.

Elle serra le portable dans sa main et marmonna :

— Vraiment, vous êtes tous dérangés dans le pays.

De nouveau, il y eut un grognement et un bruit sourd, un coup sans doute.

— C'est toi qui dis ça ? s'emporta Jake Blume. Toi, la fille qui murmure à l'oreille des corbeaux ? Bon, je veux parler à…

Trois coups de feu explosèrent. Aussitôt, Amara se tourna sur son siège vers l'arrière du pick-up.

— C'est un monde de fous, ici ! pesta-t-elle. Plus tard, monsieur l'adjoint.

Elle reposa le portable et empoigna le 9 mm, puis se glissa hors de la voiture. Les branches agitées par les rafales de vent gênaient la visibilité. Comment repérer la planque du tireur dans ces conditions ?

Amara s'enfonça dans le bois.

Se sentant protégé par l'obscurité, Jimmy Sparks allait-il commettre une erreur ? Mais ce n'était peut-être pas lui ? Peut-être avait-il lancé un homme de main à ses trousses ?

Il faisait de plus en plus noir et elle avançait le cœur battant.

Soudain, un bruit de branche cassée la stoppa net. Tournant la tête de droite et gauche, elle se prit les cheveux dans les ronces.

Elle avait presque fini de les démêler quand une voix, derrière elle, la fit sursauter.

— Qu'est-ce que vous faites là ?

Reconnaissant la voix, elle baissa son arme.

— Oh ! McVey !

— Vous êtes folle ou quoi ?

— Ne me regardez pas comme ça ! J'ai compté, il y a eu neuf coups. Aucun ne venait ni d'un pistolet ni d'un revolver. Vous pourriez être mort à l'heure qu'il est ou en train de vous vider de votre sang quelque part dans un fourré.

— J'aurais aussi pu vous tirer dans le dos. Il n'y a qu'un abri sûr ici, c'est mon pick-up. Compris ?

— Je m'en souviendrai la prochaine fois que je me retrouverai seule au milieu de nulle part et qu'on me tirera dessus.

Il lui posa une main sur l'épaule, mais elle le repoussa.

— En votre absence, j'ai parlé à votre adjoint. Il pense que ça pourrait être un certain Owen qui tirait. Ce vieux monsieur aurait eu peur que le ciel ne lui tombe sur la tête.

McVey balaya l'endroit du regard. Au fond se dessinait la clairière.

— Non, ce n'est pas Owen, reprit McVey.

— Il a aussi évoqué un éventuel chasseur. Un Bellam, à la recherche d'un oiseau à faire au barbecue.

— Voyons, Chaperon rouge, ici, la nuit, dans les bois, on ne trouve que des chouettes et, même au gril, c'est de la carne.

Amara sourit et changea son arme de main.

— Si ce n'est ni Owen, ni un chasseur de chouettes, il ne reste que le parrain ou un membre de la redoutable famille Sparks. Vous êtes d'accord ?

Il scrutait toujours la clairière.

— Pas forcément. Réfléchissez, Amara. Sparks ne prendrait pas le risque de vous éliminer de façon aussi voyante. Il pique parfois des rages folles qui lui font faire n'importe quoi. Pourquoi croyez-vous qu'il loue les services de tueurs à gages, au sang-froid, pour faire le sale boulot ? C'est pour cette raison, justement.

— Dites, McVey, si un tueur nous guette, on ne devrait peut-être pas rester à discuter comme ça.

— Il est parti.

Il balaya une nouvelle fois la clairière des yeux puis regarda Amara.

— S'il était toujours là, nous serions déjà morts.

— Vous avez raison. Décidément, depuis le début de cette histoire, je suis complètement déboussolée. Dites-moi maintenant, qui est derrière ces coups de feu, à votre avis ?

— Je n'en sais rien pour l'instant. Ce que je sais, c'est que le tueur a un fusil, qu'il a tiré neuf balles et qu'il s'est enfui.

— Comment savez-vous qu'il est parti ?

— J'ai entendu sa voiture. Une grosse cylindrée.

— Vous en êtes sûr ?

Il la prit par le cou.

— La seule chose dont je suis sûr, Amara, c'est que nous allons devoir régler très vite cette situation. Sinon, cela risque d'empoisonner nos relations.

— Pardon ?

Le pick-up était loin, elle n'avait nulle part où aller, aucun moyen de s'échapper.

— Non, McVey ! Vous ne pensez pas que j'ai assez de problèmes comme cela sans que vous veniez me parler de… de faire l'amour. Car c'est bien de ça qu'il s'agit ?

Il lui fit un sourire qui la désarma.

— Non, je ne pensais pas vraiment à faire l'amour, Chaperon rouge, mais je peux me laisser circonvenir…

Elle le repoussa violemment.

— Vous m'ennuyez, McVey.

Et vous me faites des choses qui me… Qui me quoi ?

Elle n'en savait trop rien ou, plutôt, elle le savait trop bien et ne voulait pas l'admettre. Pas déjà. C'était trop tôt, tout allait trop vite. Elle n'était pas prête. Elle ne savait plus…

— Et vous, ma chère, cela fait quinze ans que vous m'encombrez l'esprit.

— Ah non, pas encore ça !

— Je n'en ai pas l'intention.

Les yeux fiévreux, il baissa la tête.

— Si vous voulez que j'arrête, Chaperon rouge, dites-le tout de suite.

— Non, McVey, il ne faut pas… Je ne…

Elle soupira, agacée.

— Je vous déteste.

Et elle lui prit le visage entre ses mains, happant la bouche la plus désirable qu'elle ait jamais vue.

Le lieutenant Arthur Michaels monta dans son appartement d'Algiers en se massant la nuque. Il revenait de l'Arkansas où il avait rendu visite à un vieil ami. Celui-ci lui avait offert une chambre pour la nuit et un nom. Willy Sparks.

Une rumeur circulait selon laquelle Willy était encore plus rusé qu'un renard, plus curieux qu'une fouine et si habile qu'il pouvait empoisonner un ennemi sans que les médecins légistes les plus doués du pays ne décèlent la cause du décès. Au point qu'ils en arrivaient à se demander — toujours selon la rumeur — pourquoi le cadavre étalé sous leurs yeux ne se relevait pas et ne sortait pas tout bonnement de la pièce.

A propos de pièces… Le petit papier qu'il avait discrètement coincé dans l'embrasure de sa porte n'avait pas bougé. Soulagé — bêtement, sans doute —, le lieutenant entra, enleva sa veste et ouvrit la fenêtre.

Un de ses voisins donnait une fête. Ils écoutaient du jazz. Ça swinguait. Un son énorme de trompette et de saxo. C'était joyeux mais bruyant. Une odeur de gombo le fit saliver. Pris d'une envie indicible de boire une bière bien fraîche, il se dirigea vers la cuisine mais, en homme prudent, il décida de se contenter d'un grand verre d'eau. Il prit donc la carafe dans le réfrigérateur.

Un souffle d'air lui frôla la nuque.

En moins d'une seconde, il dégaina, se retourna et visa… Personne ! Bizarre, il aurait juré que…

Il cligna plusieurs fois les yeux, baissa le bras.

Il battit encore des paupières. Les murs de la pièce devinrent tout flous. Il ne sentit plus ses doigts. Son arme tomba à terre.

— Fils de…

— Ah, ah, ah.

Un doigt menaçant s'agita devant ses yeux.

— Pas de gros mots, lieutenant, ou je vais devoir outrepasser les ordres et te faire vraiment bobo avant que tu meures. Tout le monde le sait, la mère de Willy Sparks n'est pas ce que tu t'apprêtais à dire d'elle.

Michaels ne pouvait plus bouger que les yeux.

Il s'écroula. Des mains plongèrent dans ses poches et le retournèrent sur le dos comme une poupée de chiffon. Il y eut des *bip, bip, bip* entrecoupés de bruits de trompette. Puis un ricanement au-dessus de lui.

— Tu as un portable dernier cri, c'est bien pratique ! Raven's Hollow, Maine. C'est tout au nord, ça. Tu sais quoi, lieutenant, paraît que l'eau du Maine est plus sûre à boire que celle d'ici, à Big Easy. Ah, ah !

Le téléphone tomba par terre. De l'eau gargouilla dans la tuyauterie. Chez le voisin, la musique continuait. Il y eut un *clic*. La porte de son appartement venait de se refermer. Et Michaels songea à des corbeaux…

5

Dix minutes après leur baiser, les effets en troublaient encore Amara. Ce n'était pourtant pas la première fois qu'elle embrassait un homme, mais cette ardeur, cette fougue… Jamais elle n'avait éprouvé pareille émotion.

Elle jeta un regard en coin à McVey. Agrippé à son volant, il ne disait rien. Etait-il dans le même état qu'elle ? Difficile de le savoir.

Et puis, c'était quoi, cette histoire de visage qui le hantait depuis quinze ans ?

Comme ils approchaient de Raven's Hollow, il se décida enfin à la regarder.

— Je vois que vous êtes ennuyée, Chaperon rouge. Je le vois et je le sens. Je vous ai beaucoup troublée…

Elle le toisa d'un air ironique.

— Arrêtez de vous vanter, McVey. J'ai vécu une soirée étrange. J'étais déchirée entre vous embrasser et vous frapper. Vous avez de la chance, je suis une pacifiste.

— C'est pour cela que j'ai reçu quatre coups dans ma joue gauche ?

— C'est vous qui m'avez agressée en étant chez ma grand-mère. Vous louez peut-être sa maison mais je ne le savais pas en entrant.

— En entrant *par effraction*…

Sa remarque la fit sourire.

— Lorsqu'on entre quelque part avec une clé, il n'y a pas

effraction. Néanmoins, pour répondre à votre question, oui, je suis ennuyée, et pas pour la raison que vous imaginez…

Elle abaissa le pare-soleil pour vérifier son apparence dans le miroir de courtoisie. Elle avait les cheveux en bataille et fourragea dans son sac à la recherche d'une brosse.

— … mais parce que ça m'a plu.

— Je sais.

Bien qu'agacée par son ton suffisant, elle s'arrangea pour ne pas le montrer.

— Je sais que vous savez et c'est ça qui m'ennuie. Maintenant, dites-moi…

Elle se brossa les cheveux et poussa un cri.

— Aïe, ils sont pleins de nœuds… Oui, reprit-elle en s'acharnant sur ses mèches, dites-moi, vous ne mangez pas le soir ?

— Non, rarement.

Il tourna dans Main Street, fit demi-tour et s'arrêta en stationnement interdit.

— Je vous suggère de rester derrière moi quand nous entrerons. Je vois deux vitres cassées.

— J'en vois même quatre. Celui ou celle qui les a brisées doit s'attendre à nettoyer des écuries ! Oncle Lazarus est intraitable quand on esquinte son bien.

— Votre famille fait peur, vous le savez ?

— Quelle branche ?

— A vous de décider.

Ils fermèrent la voiture à clé et approchèrent de la porte d'entrée.

— Je vous rappelle que vous devez rester derrière moi, précisa McVey. A moins que vous ne soyez une magicienne qui se sort de toutes les situations… Sinon, collez-vous à moi.

Le bar était éclairé par des lumières rouges plus ou moins tamisées. Du verre cassé grinçait sous les pas.

C'est oncle Lazarus qui va être content ! se dit Amara.

A gauche de l'entrée, derrière une longue file de billards,

étaient entassées une bonne dizaine de chaises et de tables brisées. Au milieu de cette désolation, des clients continuaient de s'insulter. Il y avait même des taches de sang par terre et sur certains clients.

— C'est pas trop tôt, chef !

Un grand gaillard, légèrement dégarni sur le front, mal rasé et les yeux très noirs, se fraya un chemin dans la foule. Il portait un holster sur son T-shirt marron et fit la grimace quand il aperçut sa cousine Amara.

— Si t'es pas content, je te suspends, l'avertit McVey sans même le regarder. Je suppose que vous vous connaissez tous les deux.

— Oui, je sais qui c'est. Elle n'a pas changé depuis la nuit où mon frère Jimbo a piqué une crise à cause d'elle, quand ils étaient là-haut, dans la montagne aux corbeaux.

— Je ne pense pas qu'elle l'ait fait exprès.

Comme des gens s'étaient approchés et prenaient le parti de l'adjoint, Amara s'expliqua :

— J'avais seulement voulu lui faire peur et ça a marché…

— Jimbo avait un an et demi de moins que toi, gronda Jake.

— Il faisait aussi vingt kilos de plus et il me dépassait de vingt-cinq centimètres. Il voulait même que je me jette du haut de la falaise.

— Tu n'avais qu'à dire non.

— C'est ce que je faisais, mais il n'arrêtait pas de dire qu'il n'aimait pas ce mot. Saute, ce mot-là, oui, il n'avait que lui à la bouche.

Jake haussa les épaules.

— C'était un gosse.

— Moi aussi, j'étais jeune.

— Il croit encore que ses cousins Bellam — ces gens-là me hérissent le poil — peuvent parler aux corbeaux et leur faire faire ce qu'ils veulent. Putain de sorcière !

Commençant à perdre son sang-froid, Amara le fusilla du regard.

— Ne me cherche pas, Jake. Je suis plus âgée aujourd'hui et moins patiente.

Jake montra les dents mais en resta là.

— Ça va comme ça, intervint McVey.

La foule commençant à se disperser, il changea de sujet.

— Tu en as arrêté combien ? demanda-t-il à Jake.

— Six. Comme vous n'arriviez pas, j'ai appelé les Harden en renfort.

— Ah ? Les policiers de Raven's Hollow. Les jumeaux.

— Exactement.

Un visage, à l'autre bout de la salle, attira soudain l'attention d'Amara.

— Tiens, voilà ma cousine Yolanda !

McVey écarquilla les yeux. Aussi précisa-t-elle les choses.

— Quand on commence à essayer de comprendre qui est parent de qui dans la région, ça devient vite compliqué. Pour que les choses soient simples, dites-vous que Nana et moi sommes le lien entre deux familles qui se haïssent.

— Je crois comprendre, en effet, que les Blume et les Bellam sont en délicatesse, persifla McVey.

— Je dirais plutôt qu'ils sont à couteaux tirés, rectifia Amara.

Un homme au visage vérolé cria par-dessus l'épaule d'Amara :

— C'est les Blume qui ont commencé ! Il y en a un qui a accusé Yolanda de couper la bière avec de l'eau !

Amara donna un coup de coude à McVey.

— C'est Yolanda Bellam qui tient le bar ?

— Plus ou moins… Oui, Frank, je t'ai entendu… A votre tête, Amara, je me doute que Yolanda et vous vous n'êtes pas amies.

— Pire que ça. Si j'avais su qu'elle était là, j'aurais laissé le tueur me tirer dessus tout à l'heure.

Tranchant sur les grosses voix masculines, une voix haut perchée se fit entendre.

— Amara ? Pas possible ! C'est toi ?

Sa cousine parlait comme une petite fille, elle avait des

boucles blondes attachées sur les côtés et, mis à part le brillant à lèvres rose, on aurait dit un chérubin.

Oui, un chérubin, pensa Amara en essayant de sourire à sa cousine dont les yeux étonnés, d'un bleu tendre, accentuaient encore le côté angélique.

— Yolanda ! Ça alors ! Ça fait… Combien de temps ? Un bail !

Sa cousine bouscula un homme qui se trouvait sur son passage, balança son torchon sur son épaule et, les bras grand ouverts, s'approcha.

— Ma cousine Ammie est de retour ! Et voyez comme elle est gentille. Elle m'amène le plus beau des cadeaux.

Sur ces mots, les bras toujours grand ouverts, Yolanda poussa Amara et se jeta au cou de McVey.

— Comment va le plus beau gosse de la côte Est, ce soir ?

Elle changea brusquement de tête, prit l'air tragique.

— Vous les ferez payer, n'est-ce pas, McVey ? J'ai déjà demandé à votre adjoint mais je n'ai rien pu obtenir de lui. Ah celui-là, il est borné !

Amara fronça les sourcils. Tout compte fait, ce McVey n'était peut-être pas l'homme fiable qu'elle imaginait.

Mais McVey réagit. Après avoir détaché les bras de Yolanda de son cou, il fit un clin d'œil à Amara et partit vers les billards où trois hommes aux bras tatoués tenaient leurs queues de billard comme des battes de base-ball.

Dépitée, Yolanda se tourna vers Amara :

— Tu rabotes toujours les mentons ? Tu remontes toujours les fesses ?

Amara garda son sang-froid et sourit.

— Pourquoi ? Tu veux te faire refaire ? Mais tu aimerais que ce soit gratos. Que je te fasse une faveur, en somme ?

— Si c'était le cas, ce n'est pas à toi que je la demanderais.

— Ça, je l'ai compris !

Yolanda serra les poings.

— Je peux te faire un œil au beurre noir, tu sais.

— Moi aussi, sauf que c'est inutile, tu as déjà du mascara qui bave.

— J'ai… Oh ! Zut !

Yolanda passa un doigt sous son œil droit et le regarda.

— C'est encore un de ces imbéciles de Blume qui m'a lancé sa bière à la figure !

Elle passa son index gauche sous son œil gauche et grogna.

— Dis donc, Amara. Qu'est-ce que tu viens faire ici… après quinze ans ?

— Je voulais voir Nana.

— Si c'est ça, tu peux prendre le prochain avion pour les Caraïbes !

Amara ne put retenir un soupir :

— Ça suffit, Yolanda, faisons la paix. Si McVey dit qu'il te veut, il est à toi. Et sois heureuse.

Sa cousine parut soudain se radoucir.

— Tu ne peux pas rester chez Nana.

— C'est ce que je me dis.

— Tu ne peux pas non plus rester avec Larry, ni avec moi.

— Larry, ton frère ? Celui qui se promène nu, la nuit ?

Les plafonniers s'éteignirent puis se rallumèrent. Un frisson parcourut Amara.

— Ce vent ! C'est agaçant ! maugréa Yolanda.

Puis elle revint à leur conversation :

— Un petit corbeau m'a dit qu'il y avait un méchant procès en cours là-bas, dans ton pays. Il paraîtrait que tu aurais vu quelqu'un mourir… et pas sur ta table d'opération.

Malgré son air gentil, sa cousine n'était qu'une peste. Amara, qui n'était pas dupe, ne se laissa pas impressionner.

— Oui, j'ai même témoigné.

Comme la lumière s'éteignait de nouveau, elle ajouta :

— Au fait, comment va oncle Lazarus ?

— Lui ? gronda Yolanda. Toujours aussi radin. Il me paie des nèfles pour tenir son foutu bar, mais c'est un Blume. Il n'y a rien à attendre d'eux.

Elle prit un air pincé.

— On raconte que tu as témoigné contre un type très puissant et très dangereux qui serait le chef d'une famille impliquée dans toutes sortes de sales trucs, c'est vrai, ça ? J'ai entendu parler de racket, d'armes, de drogue… d'assassinats…

— Oh ! Grand-mère, comme vous avez de grandes oreilles…

C'était la voix de McVey, de retour après avoir manifestement calmé les joueurs de billard.

Il désigna la foule des clients.

— Il y a plein de visages que je ne connais pas, Yolanda. Ils sont déjà là pour le festival de la Nuit du Corbeau ?

A ces mots, Amara fut prise de panique.

— On est le… Quel jour sommes-nous ? Le combien ?

— Le 10 mai, répondit McVey. Pourquoi ?

— Oh ! Pour rien. J'ai juste raté un… rendez-vous.

Zut, zut, zut, comment avait-elle fait pour oublier la foule d'étrangers qui allait converger, en voiture, à bicyclette, en car ou en stop vers Raven's Hollow pour le festival de la Nuit du Corbeau ?

Ce festival avait lieu une fois par an et s'étalait sur trois jours. C'était la réponse de Raven's Hollow au festival de Raven's Cove qui avait lieu, lui, tous les trois ans.

Mais, que ce soit le festival de Raven's Cove en automne ou celui de Raven's Hollow au printemps, les deux manifestations attiraient un nombre impressionnant de fanatiques, amateurs de magie et de paranormal, jeteurs de sorts de tous poils, tous dotés d'une bonne dose d'irrationnel pour ne pas dire de folie.

C'était le pire moment, réalisa Amara, pour se trouver dans l'une ou l'autre de ces deux villes.

Yolanda lui décocha un méchant sourire :

— Je suppose que tu préférerais être aux Caraïbes ? Tu n'as qu'à le dire et je vais te trouver un vol sur mon ordinateur.

Brusquement, un sifflement couvrit toutes les voix dans la salle. Yolanda tapa du poing sur le bar.

— Je ne suis pas un chien, on ne me siffle pas, Jake Blume. Qu'est-ce que tu veux ?

Il agita le téléphone qu'il venait de décrocher du mur.

— C'est le patron. Il est d'une humeur de dogue.

— Je déteste ce bonhomme, marmonna Yolanda. Et lui aussi. Tu te rappelles les araignées, Amara ?

Après un regard mortel à sa cousine, elle reprit le torchon qu'elle avait sur l'épaule et disparut dans le flot des clients.

— Elle avait mis un pot plein d'araignées dans mon lit, expliqua Amara à McVey. Je dis *elle* mais, en fait, si l'idée venait d'elle, c'est Jake et Larry qui l'avaient mise en œuvre.

— Dans votre lit ?

— Sous les couvertures, au fond du lit. Elle leur a dit d'enlever le couvercle pour que les araignées courent partout. Elles étaient énormes. C'était horrible. J'ai toujours refusé de dormir dans cette chambre, ensuite.

— Vous avez raconté l'incident à votre grand-mère ?

— Non.

— Puis-je savoir pourquoi ?

— Parce que tous les trois, mais surtout Jake, ont une peur panique des serpents.

Elle balaya la salle d'un geste circulaire du bras.

— Ils ont fini de se bagarrer ?

— Pour l'instant.

Il montra les robinets de cuivre d'où coulait une bière à la pression.

— Vous prenez quelque chose avant de partir ?

— Les poisons sont l'arme des sorcières, McVey, et Yolanda est une Bellam. Merci quand même pour la proposition.

— C'est la perspective du festival qui vous perturbe, c'est ça ? Vous l'aviez oublié ?

Elle croisa les bras sur sa poitrine et les frotta.

— Oui, je l'avais oublié. La menace de Sparks me fait doublement peur. Je n'ai assisté qu'une fois au festival de Raven's Hollow et je peux vous dire qu'il est aussi peu civilisé que celui de Raven's Cove.

— Je traduis : Tyler Blume a fait exprès de programmer son voyage de noces en ce moment pour être sûr d'échapper à ces festivités.

— Si vous avez eu l'occasion de le rencontrer, vous le connaissez ! De son côté, Jake est dans son élément.

Au-dessus d'eux, les plafonniers ne cessaient de vaciller.

— Oh ! Cette lumière ! Ça me porte sur les nerfs. Je n'avais pas besoin de ça.

Deux *bip* tintant dans son sac, elle plongea la main pour prendre son portable tandis que McVey enlevait sa chope à un homme.

— Ça va comme ça, Samson. Tu as déjà trop bu. Tu cherches quoi, là ? Que je te mette au trou avec tes copains ? Allez, fiche-moi le camp, rentre chez toi.

Furieux, l'homme devint tout rouge.

— Je vais demander à ma femme de te jeter le mauvais œil si tu me rends pas ma bière, McVey.

— Fais ça et je dis à Chaperon rouge de te jeter un sort en échange.

— Ma femme a une tante qui est une Bellam.

L'homme pointa un menton qu'il voulait menaçant.

— Et alors ? s'enquit McVey.

Amara, qui fixait son portable, se pétrifia. Un message s'était affiché à l'écran. Le message d'un homme qui avait juré de n'entrer en contact avec elle qu'en cas d'urgence.

— Dégage, Samson !

Donnant la chope au serveur, McVey prit la main d'Amara et lut ce qui était affiché sur son portable. Un nom qu'Amara, terrifiée, ne voulait plus jamais ni voir, ni entendre. Un nom qui lui donnait froid dans le dos. Willy Sparks.

McVey reposa sur son bureau la liste des inspecteurs de police de La Nouvelle-Orléans. Puis il releva la tête. Telle une bête en cage, Amara faisait les cent pas dans la pièce en s'acharnant sur son téléphone portable. De son côté, Jake marmonnait contre les frères Harden.

— Dites, chef, pourquoi on n'enfermerait pas ces alcoolos

dans les cellules de Raven's Cove ? Ils viennent quand même de là-bas ! Pourquoi on les garderait ici, à Raven's Hollow ?

— La paperasse, Jake. On en aura trois fois plus si on les trimbale là-bas, ou si on les dispatche. Et le boulot, ce sera pour toi.

L'adjoint regarda son fusil, regrettant manifestement de ne pouvoir l'utiliser.

— Je pourrais très bien trouver du boulot à Bangor, vous savez.

— Si ça te chante…

A bout de patience, McVey coupa court, empruntant sa technique à l'ami d'un ami policier de La Nouvelle-Orléans.

— Samson m'a adressé trois textos depuis qu'on a quitté le Red Eye, dit-il d'un ton détaché. Il veut que je lui rembourse la bière que je l'ai empêché de boire.

Amara marchait toujours.

— Samson doit fréquenter oncle Lazarus, ironisa-t-elle. Dites, McVey, ça ne répond toujours pas chez le lieutenant Michaels. J'ai appelé sur son portable et sur sa ligne fixe au moins dix fois. Personne.

McVey se contenta de pousser un soupir. Pourquoi parler ? Ils savaient l'un comme l'autre à quoi s'en tenir.

Et en effet, une heure plus tard, des collègues du Mississippi contactèrent McVey. Le lieutenant Michaels était mort.

— On l'a trouvé allongé sur le dos, par terre, les yeux au plafond, précisa l'interlocuteur de McVey. Il serrait son BlackBerry dans les mains.

— Cause du décès ?

— Compte tenu des circonstances, je serais tenté de penser qu'il s'agit d'une drogue, inconnue de nos services, qui fait croire à une attaque. La police scientifique travaille en ce moment dans l'appartement. Ils relèvent tout ce qu'ils peuvent relever. Je vous tiendrai au courant des résultats.

La communication terminée, Amara se frotta le front avec son portable.

— Michaels est mort parce qu'il m'a aidée à quitter La Nouvelle-Orléans. C'est ma faute.

— Non, répondit McVey. Si on raisonne comme cela, Willy continuera de descendre des policiers et des civils jusqu'à la fin des temps.

— Merci pour votre soutien, vous êtes trop aimable.

— Vous n'avez pas besoin de mon soutien, Amara. Vous avez envie de frapper, de cogner. Si je vous dis que ce n'est pas de votre faute, vous me direz que ça aurait dû être vous parce que c'est vous que Jimmy Sparks voulait éliminer.

— Il le voulait. Et il le veut toujours.

— C'est exact. Maintenant, si son neveu, ou son cousin, ou son filleul, vous avait tuée à la place de Michaels, cela changerait quoi ? Il serait payé, il irait peut-être se bronzer aux Caraïbes ou je ne sais où pendant quelque temps en attendant que tonton Jimmy ne lui désigne une nouvelle cible. En fait, je parie que Willy Sparks est soit en route, soit déjà arrivé à Raven's Cove ou à Raven's Hollow. Bref, dans celle des deux villes que Michaels avait entrée dans son portable.

Amara semblait dubitative.

— Il avait dit qu'il avait codé ma destination et mon numéro de téléphone.

— Il y a codé et codé, Chaperon rouge. On a retrouvé son téléphone, c'est donc qu'il n'a ou qu'ils n'ont pas eu besoin de le prendre.

— Comme si le tueur avait toutes les infos avant de partir.

Elle ferma les yeux.

— Mon ex est un geek. Il est capable d'entrer dans tous les systèmes.

— Les geeks peuvent être des tueurs, comme les autres, Amara.

— C'est ce que je constate.

Des yeux, elle fit le tour du bureau.

— Je n'ai pas envie de rester attendre ici que Sparks arrive. Je veux m'en aller.

McVey consulta son portable et hocha la tête.

— OK. Soyons concrets, si vous le voulez bien. Vous partez. Willy arrive. Pour commencer, il est furieux. Puis il s'arrête et réfléchit. Et en vrai pro, il trouve une idée en or pour vous faire revenir.

— Il fait du mal à des membres de ma famille.

— Mettez-vous à sa place. Vous ne feriez pas pareil ?

— Heu… Non.

— On parle d'un tueur, ici, Amara. Mettez-vous dans sa tête.

Comme elle ne répondait pas, il reprit.

— Ecoutez-moi. Je vais vous faire deux propositions. A vous de décider. Soit je vous emmène chez votre grand-mère, soit vous passez la nuit avec Jake, sur un bat-flanc, dans l'arrière salle.

— Vous parlez d'un choix ! Comme je crois Jake capable de me vendre pour une poignée de lentilles, entre deux maux, je choisis le moindre. Vous.

— Excellent choix, dit-il en riant.

6

A en croire la légende locale, le vent qui soufflait sur la route de Raven's Hollow était l'écho du râle qu'avait poussé Sarah Bellam en mourant. Une ultime protestation, supposait Amara, contre le sort injuste qui lui avait été réservé.

Enfant, Amara adorait qu'on lui raconte les histoires de Sarah. Là, le dernier endroit où elle avait envie de se trouver était cette bande de goudron étroite et tortueuse qui menait, après une série de virages en épingle à cheveux, à la limite nord des bois. Le vent y hululait dans les sapins avec des accents de sorcière en furie.

Arrivée à une fourche, elle s'arrêta. A gauche, la route qui grimpait vers Bellam Manor était raide à donner le vertige. La première fois qu'elle avait vu le manoir, elle avait quatre ans. Son style gothique, les hauts gables de la façade et les étroites fenêtres à arbalétrière l'avaient impressionnée.

— C'est un château ! s'était-elle exclamée.

Oui, mais un mauvais château. Sarah y était née, y avait grandi et, disait-on, c'était aussi là qu'elle avait passé, enfermée, la plus grande partie de sa vie. Dans le pays, on l'avait cataloguée. C'était *le diable*. Et le qualificatif était tenace. Des décennies plus tard, Sarah incarnait toujours le mal.

Ce qualificatif allait comme un gant à Jimmy Sparks, songea Amara. Hélas, même de sa prison, ce monstre avait un tel pouvoir qu'il réussissait à faire assassiner tous ceux qu'il jugeait importuns.

L'image du visage du lieutenant Michaels, qui passait

et repassait devant ses yeux, lui faisait mal. Etait-il mort à cause d'elle ou Jimmy Sparks avait-il décidé d'avoir sa peau, de toute façon ? Le saurait-elle un jour ? Et cela changerait-il quelque chose ?

— Dites-moi, Chaperon rouge, est-ce le vent, la mort de Michaels ou moi qui vous tourmente ?

La question de McVey réveilla l'affreux souvenir qui commençait à s'estomper.

— Le pire, c'est la mort de Michaels, répondit-elle. Mais pourquoi vous intéressez-vous autant à ce que je ressens ?

— C'est mon métier qui veut ça.

— Votre métier ne vous impose pas de jouer les chiens de garde. Vous pouviez me confier à des membres de ma famille, à Yolanda par exemple ou à son frère, l'extravagant Larry.

— Vous voulez parler du somnambule qui circule nu en ville ? Le garçon qui travaille en hiver dans une station de ski du Colorado ?

— Il fait partie de l'équipe de surveillance de la montagne. Son job consiste à déclencher les avalanches avant que des plaques de neige ne se décrochent. Nana raconte qu'il s'est retrouvé à l'hôpital avec des gelures aux pieds après une de ses virées nocturnes en tenue d'Adam. Je pense qu'il s'y connaît en explosifs. Vous l'avez rencontré ?

— A plusieurs reprises, dont quatre fois la nuit.

— Le malheureux ! Mais vous n'avez pas répondu à ma précédente question.

— Si, je l'ai fait. Je ne me débarrasse pas des gens. Je ne suis pas un sadique.

— Vous êtes quoi, alors ? Je suis sûre que vous n'êtes pas ce que les gens en général pensent de vous.

Il sourit. Un sourire délicieux — malicieux aussi — qui la ravit, l'excita même.

— Je vous vois venir ! Vous essayez de me faire parler, mais ça ne marchera pas, Chaperon rouge.

— Peu importe. De toute manière, vous vous êtes déjà trahi. Vous avez dit qu'il n'y a qu'une chance sur deux pour que ce soit un sbire de Sparks qui ait tiré les coups de feu qu'on a entendus chez Nana. Mais si ce n'est pas ça, c'est qui ?

— Peut-être une ex qui m'en veut.

— Peut-être Yolanda ! renchérit Amara. Non, je plaisante. Qu'est-ce que vous dites de ces coups de feu ? On en a entendu neuf, trois salves de trois. Vous pensez que le nombre signifie quelque chose ? Qu'il y a un lien entre ce chiffre et le fait que vous m'avez dans la tête depuis quinze ans ? Soit dit en passant, cela fera quinze ans en juin prochain que je ne suis pas revenue à Raven's Hollow.

— Ah ? dit-il en la regardant.

— Arrêtez de faire ces yeux-là... Je finis par me demander si je suis en voiture avec un homme ou avec un alien tombé d'une autre planète. Je suis peut-être vieux jeu, mais me dire que j'ai la tête d'une femme qui vous hante depuis des années, ce n'est pas très délicat. Surtout pour une première rencontre. Si du moins c'est la première...

— Je vais vous raconter une histoire. Un jour, j'ai fait la connaissance d'une superbe rousse. C'était à l'occasion d'un mariage. Ses traits sont un peu flous aujourd'hui, mais je me rappelle l'avoir trouvée sublime. La réception avait lieu à Albany. Je jouais de la guitare par-dessus Keith Richards dont le disque passait en sourdine.

Sans trop savoir pourquoi, elle eut envie de rire.

— Vous, en gratteur de guitare ? Je ne vous crois pas !

— Vous me croirez si je vous dis que vous êtes tout le temps présente dans un de mes rêves ? Un cauchemar, en réalité, que je fais très souvent depuis mes dix-neuf ans.

— Bizarre, puisque nous ne nous connaissions pas.

Elle se tut et reprit, méfiante.

— Vous n'êtes pas un Bellam, par hasard ? Cherchez bien dans votre passé sombre et mystérieux.

— Si j'en suis un, ce sera difficile à prouver. Je suis ce qu'on appelle un enfant trouvé. Ou tout comme.

Le cœur d'Amara se serra. Pauvre McVey, il avait dû souffrir dans son enfance.

— Vous avez été adopté ?

— En un sens, oui.

— Je vois que vous esquivez. Mes questions vous ennuient ?

— Non, mais je ne vous en dirai pas plus pour le moment. Quant au rêve que je fais, croyez-moi, c'est une expérience que je ne souhaite à personne.

— Ce n'est pas flatteur pour moi.

— Vous êtes une harpie, une espèce de vieille chouette. Ça, c'est au début…

— De mieux en mieux…

— Vous fredonnez une mélopée et avancez vers un feu dans une pièce pleine de fumée. Ensuite, vous faites disparaître un homme et vous me dites que vous allez effacer tous mes souvenirs. A ce moment-là, sans doute que vous le faites, car, chaque fois, mon rêve se termine là.

Une pomme de pin rebondit sur le pare-brise. Effrayée, Amara se tourna vers McVey.

— Je sais que je peux paraître bizarre, parfois, mais je ne suis pas responsable de vos rêves. Je ne psalmodie pas autour de feux de camp et je n'efface pas les souvenirs qu'ont les hommes.

— Je ne suis pas un homme dans mon rêve.

— Un garçon, alors ?

Chahuté par une violente rafale, le pick-up fit une embardée à gauche qui terrorisa Amara.

McVey regarda le ciel.

— Si vous avez un pouvoir sur les éléments, Chaperon rouge, c'est le moment ou jamais.

— Je ne vois pas ce que vous voulez dire… Oh là là, c'est un arbre que je vois là-bas ?

Les yeux écarquillés, elle fixait un chêne déraciné tombé entre la maison de sa grand-mère et ses dépendances.

— C'est impressionnant. Il était plus que centenaire.

— Il a raté de peu le toit de la maison, dit McVey. A un mètre près, elle était par terre.

Sans quitter les racines des yeux, il sortit son portable de sa poche.

— Oui, Jake ?

Le laissant parler avec son adjoint, Amara descendit de voiture. Des branches avaient éraflé le mur de la maison, mais rien de grave. Par chance, sa grand-mère n'était pas là.

Toujours au téléphone, McVey s'approcha pour constater l'étendue des dégâts tandis qu'Amara allait à sa voiture. Elle avait besoin de la trousse à pharmacie qui était dans sa valise. Après ce qui s'était passé entre eux, c'était peut-être dangereux de toucher McVey mais, puisqu'elle lui avait griffé la joue, lors de leur corps-à-corps, elle devait le soigner.

Du bout des doigts, elle repoussa les cheveux qui lui volaient dans les yeux.

— Il y a des dizaines de soi-disant sorcières à Raven's Hollow, mais pas une qui soit fichue d'arrêter ce maudit vent, pesta-t-elle.

Levant les yeux vers le ciel, elle continua de ronchonner.

— Une bonne rafale sur Bangor ferait du bien à tout le monde !

En guise de réponse, le vent hurla de plus belle et, telle une main géante, la projeta contre la portière de sa voiture. Lâchant ses cheveux pour ouvrir sa portière, ses doigts se figèrent sur la poignée. La gorge sèche, elle appela.

— McVey !

Evidemment, il ne pouvait pas l'entendre. C'était tout juste si elle s'entendait elle-même. Mais elle voyait. Et ce qu'elle avait devant les yeux, c'était un homme. Un homme effondré sur le volant de sa voiture de location. Des cheveux blonds, longs, dissimulaient en partie son visage, il portait une chemise sans manches mais, plus frappant que tout, il ne bougeait pas.

— McVey ?

Elle se pencha pour voir s'il respirait.

— McVey !

Comme l'homme ne réagissait toujours pas, elle ouvrit la portière. Alors, comme un serpent qu'on dérange, il se redressa brusquement. Ses yeux brillaient.

— Salut, beauté.

Sourire inquiétant aux lèvres, il ramena sa main droite devant lui et fit pivoter son poignet, dégainant une lame. Un couteau menaçant.

Rapide comme l'éclair, Amara claqua la portière et fila à toutes jambes. Les pires images se télescopaient dans sa tête. Y avait-il du sang sur la lame ? Sur lui ?

Elle passa à toute vitesse devant les buissons. Encore dix mètres et elle serait sur la terrasse de la maison qui était éclairée.

— McVey !

La lumière de la terrasse s'éteignit. Tout était noir brusquement. Elle marcha sur une branche tombée à terre et dut ralentir.

— Aïe ! McVey !

Derrière elle, des mains l'empoignèrent aux épaules. Elle ne réfléchit pas, n'hésita pas, se retourna. Elle décrocha les mains qui la tenaient et flanqua le coup de genou le plus violent qu'elle put en haut des cuisses de l'agresseur.

Un juron fusa.

— Vous êtes folle ou quoi ? Amara, c'est moi !

Il l'attrapa par le cou et la fit pivoter sur elle-même, la maintenant son dos contre son torse.

— Avez-vous perdu la tête ?

Elle pointa le doigt vers sa voiture.

— Un type. Là. Dans mon auto. Avec un couteau.

Elle enfonça les ongles dans son poignet.

— Je crois qu'il y a du sang.

Il la lâcha.

— Restez là.

— Pardon ? Non. C'est vous qui êtes fou. Il peut être n'importe où.

— Alors, restez bien derrière moi.

Elle obéit. Mais elle était si près de lui qu'elle le heurta lorsqu'il s'arrêta.

Il ne dit rien, lui passa une lampe de poche et, tapotant sa hanche, s'assura qu'elle se tenait bien derrière lui. Il avait dégainé mais, comme il visait le sol, elle comprit : l'individu s'était volatilisé.

McVey contourna le chêne qui s'était abattu et poussa Amara vers la maison.

— Je suis éreintée par cette soirée, reconnut celle-ci.

— Heureusement, le groupe électrogène semble avoir pris le relais, dit McVey.

Arrivés sur la terrasse, ils s'arrêtèrent.

— J'aimerais bien croire que le type que j'ai vu est le cinglé qui habite dans le coin, mais le couteau me fait penser que ce n'est pas lui.

L'air lasse, elle hocha la tête.

— Vous avez une idée, McVey ?

— Aucune qui soit digne d'intérêt.

— Balivernes !

Elle se pencha vers sa joue.

— Ça vous fait mal ? Ça doit piquer ? Ça devrait cicatriser vite. Ce n'est pas profond.

— Chez moi, ça cicatrise toujours vite.

Elle esquissa un sourire.

— Ce qui veut dire qu'on vous a déjà griffé ?

— J'étais policier à Chicago avant de venir ici. Je peux vous dire qu'on en voit de toutes les couleurs là-bas, coups de poing, coups de pied, coups de feu… coups de griffes. On voit de tout dans les cités.

— J'imagine qu'en comparaison Raven's Hollow, c'est du gâteau.

— Cela dépend de ce que l'on entend par *du gâteau*. Rien que ce soir, en l'espace de cinq heures, je me suis fait griffer, boxer, tirer dessus.

— C'est sûr, Samson rêvait de vous en mettre une bonne dans la figure, au Red Eye.

Ils entrèrent dans la cuisine.

— J'aurais peut-être dû accompagner Tyler et Molly en Floride.

— Ce n'est pas trop tard.

Furtivement, il fixa sa bouche.

— Si.

De toute manière, il ne l'aurait pas fait. Et c'était un sujet sur lequel il ne tenait pas à s'attarder.

Elle lui passa le doigt sur la joue, autour de la griffure.

Il frissonna. Etait-ce fou de vouloir céder à son plaisir et de faire l'amour avec elle, là, comme ça, sur le carrelage de la cuisine ? Son corps criait d'envie mais sa raison disait non.

— Vous devriez monter, dit-il, la suppliant en silence de s'éloigner avant qu'il ne devienne le grand méchant loup qu'il avait joué toute la soirée.

Il fit quelques pas en arrière et, brusquement, au mépris de ses résolutions, happa sa bouche.

A la seconde, le monde cessa d'exister. Jamais il n'avait éprouvé quelque chose d'aussi fort. Tout se dissolvait sauf la femme qu'il tenait dans ses bras et qu'il embrassait furieusement. Cette femme qui injectait en lui le venin de la drogue qu'elle était. Etait-ce bien ? Etait-ce mal ? Peu importait ! Il avait perdu le contrôle de ses sens.

Soudain, alors que sa volonté n'était plus que lambeaux, il réussit, dans un sursaut de raison, à se reprendre et, d'une main ferme, la repoussa.

— Hou ! s'exclama-t-elle. Quel baiser ! D'habitude, je ne fais pas ça. Je n'embrasse pas les hommes que je viens de rencontrer. Et, de toute manière, je n'ai jamais embrassé personne comme ça.

Elle se mordilla les lèvres.

— Et vous ?

— Moi ? En général, j'évite d'embrasser les hommes !

La remarque la fit rire.

— Vous voulez bien monter, Amara ? Tout de suite. Car je ne vais pas pouvoir me retenir.

Des étoiles brillaient dans les yeux d'Amara. Des étoiles qui scintillaient comme des diamants.

— Moi non plus, murmura-t-elle en le prenant par la chemise.

Il lui fit lâcher prise. C'était peut-être la maison de Mère-Grand, mais il n'avait pas encore régressé à l'état animal. Il n'était pas le grand méchant loup. Pas encore.

Des images passèrent alors devant ses yeux. Des coups de feu. Un grand couteau de cuisine. Un regard inquiétant. Il réfléchit. Petite décharge d'adrénaline.

Il laissait à Amara une heure pour se remettre et autant pour lui.

Après avoir vérifié ses armes, il enfila une veste sombre et s'enfonça dans la nuit.

L'endroit était facile d'accès. En un quart d'heure, il atteignit la clairière. Balayant le sommet des rochers avec sa lampe, il se surprit à sourire. Un sourire sardonique. Malgré le hurlement du vent, le *clac* d'un fusil qu'on arme le fit piler.

Caché dans l'ombre, il appela :

— Tu veux me tuer, Westor, vas-y. Je n'ai pas l'intention de finasser avec toi.

— Va te faire voir !

La voix, celle d'un homme, sortait de l'ombre, à quelque vingt mètres à gauche.

— Ça fait plus d'un an que tu joues au plus malin avec moi, McVey. Ici et là-bas. J'ai fait ma petite enquête ce soir, mon pote. Il y en a qui croient que t'es un homme d'honneur, que t'es prêt à les défendre. Mais toi et moi on sait que c'est pas comme ça. Tu vendrais ta grand-mère si t'en avais une, pour te remplir les fouilles. Même moi, tu me vendrais, contre une poignée de cerises. Pas vrai, mon gars ?

— On va faire simple, je vais t'arrêter pour avoir tiré au fusil sur la petite-fille de ma propriétaire.

— Fais ça et je la descends. T'auras qu'à ramasser les morceaux. Un petit oiseau m'a dit qu'elle a de gros soucis et qu'elle pourrait bien finir six pieds sous terre, et rapido !

— Un corbeau.

McVey scruta l'obscurité.

— Il n'est question que de corbeaux noirs dans ce pays.

— De corbeaux et de sorcières, précisa Westor.

Il y eut un deuxième *clac*. Westor devait manipuler son fusil.

— Je ne sais pas pourquoi je ne t'ai pas encore tué, McVey.

T'es venu à Los Angeles il y a quelques mois et t'as décidé de mettre ma sœur en taule pour la remettre d'aplomb.

McVey continua à avancer dans l'ombre en contournant les sapins.

— Pourquoi je ferais ça après quinze ans de silence ?

— J'sais pas.

Au son de sa voix, Westor était déstabilisé.

— J'sais pas et je m'en fous.

Il s'était ressaisi. Sa voix était plus ferme, agressive même.

— Des privés sont venus la chercher, il y a six semaines. Elle a eu peur et s'est sauvée comme un lapin au volant de sa bagnole. Pas loin. Elle s'est enroulée autour d'un poteau. Il a fallu trois heures et demie pour dégager l'épave et la désincarcérer. Les pompiers l'ont emmenée direct à la morgue.

Ça, McVey ne l'avait pas su. En revanche, il connaissait le penchant de la sœur de Westor pour l'alcool. Elle y réglait les problèmes de la vie, les grands et les petits.

— J'avais qu'elle, McVey.

La douleur dominait désormais la révolte.

— C'est pas une coïncidence. T'es arrivé à L.A. et deux jours plus tard les flics déboulaient chez ma sœur.

— J'ignorais qu'elle était morte, Westor. Je suis désolé. Mais je n'y suis pour rien, je te jure, je n'étais pas dans le coup.

— Moi, je te dis que si et je suis venu ici pour te le dire en face.

McVey s'accroupit et écarta les branches d'un buisson qui aurait pu cacher une demi-douzaine d'hommes. Il allait dégainer quand apparut, à travers la frondaison, le rayon laser du fusil de Westor.

McVey opta alors pour le corps-à-corps.

— T'as qu'à penser à ce que ça te ferait de perdre quelqu'un que t'aimes. La petite madame avec qui je t'ai vu ce soir, par exemple.

Malgré les nœuds qui lui tordaient l'estomac, McVey choisit cet instant pour agir. Westor le vit sans doute bouger, mais il ne réagit pas assez vite. McVey lui passa le bras autour du cou et serra. Privé d'air, les yeux révulsés, Westor éructa et finit par lâcher son fusil.

McVey desserra son étreinte. Westor se dégagea en toussant très fort.

— OK, t'as gagné, McVey. Mais on n'y voit plus rien. Un arbre peut tomber et nous tuer tous les deux, mais *bof*, si je sais que tu te tues avec moi, ça vaut le coup, non ?

— Si tu le dis ! Maintenant, pour ce qui est de recevoir un arbre sur la tête, tu repasseras.

Westor cessa de se débattre et leva les yeux.

— Où est passé le vent ?

— Tombé. Mort.

— Comme ça ?

Westor commença à s'esclaffer, mais l'effort le fit tousser de plus belle.

— C'est pas vivant, le vent. Ça ne meurt pas, c'est pas comme une personne. Une personne comme ta jolie madame. Ha ha !

McVey se pencha à l'oreille de Westor, menaçant.

— Je vais te dire un truc. Et t'as intérêt à écouter. S'il arrive quelque chose…

Il empoigna le bras de Westor et le serra de toute sa force.

— Tu m'entends ? S'il arrive quelque chose à Amara, je te trouve et je te tue.

Toujours à court d'air, Westor tendit le cou en l'air.

— Ce sera pas juste parce que, à ce que je sais, il y a des chances pour que ta dame passe sous un bulldozer.

— Qui t'a dit ça, Westor ? Quel oiseau ?

— La fille du bar où il y a eu la bagarre n'aime pas trop ta dame à ce que j'ai cru comprendre. L'a dit à quelqu'un au téléphone qu'un drôle de zigue, Sparks qu'il s'appelle, lui court après, et pas pour ce que tu crois.

— Dans ce cas, tu ferais peut-être bien de songer à filer.

— Je filerai quand je serai prêt et pas avant. Je me suis pas tapé toute cette route pour venir te faire la révérence, McVey. Je veux te voir mourir de honte, parce que tu sais que je suis là et que je sais qui t'étais, comment tu vivais et sur qui t'as marché pour t'en sortir.

Il eut un rictus à mi-chemin entre le rire et la grimace.

— C'est pas que ta petite dame soit désagréable à regarder.

McVey lui pinça le bras et le lâcha.

— La fille du bar m'a dit…

Il poussa brutalement Westor devant lui.

— … que ma petite dame, comme tu dis, a du sang de sorcière dans les veines. Une longue lignée de sorcières, si ça te dit quelque chose. Trois cents ans de sorcellerie !

Westor était tombé à genoux et se tenait la gorge. Il recommença à tousser.

— Tu vas pas me faire croire que t'avales ces sornettes !

McVey ramassa le fusil et le passa à l'épaule.

— Je crois ce que je vois. Amara voulait que le vent cesse de souffler et t'as pu voir qu'il s'est arrêté. Alors je te pose la question, qu'est-ce qui se passera si elle veut te voir disparaître ?

7

Quand Amara se réveilla, un corbeau la regardait, depuis le rebord de la fenêtre. L'animal se mit à croasser. Pour sa première journée dans le Maine, cela commençait bien, songea Amara.

Elle n'avait pas trouvé d'araignées dans son lit en se couchant la veille au soir et les corbeaux, malgré toutes les superstitions qui leur étaient attachées, ne lui avaient jamais fait peur.

McVey, c'était autre chose. Elle avait rêvé de lui, des rêves torrides qui s'étaient terminés en apothéose. Ils faisaient l'amour dans une clairière, à l'abri d'un bois sombre et de rochers pointus. Si l'endroit était d'un confort discutable, leurs ébats, eux, avaient été fabuleux.

La tête pleine de ces images érotiques, elle passa sous la douche puis s'habilla. Des boots noires, un jean un peu élimé et un pull anthracite, de la même couleur que ses yeux.

En ce qui concernait le décès du lieutenant Michaels, les intentions de Willy Sparks et l'inconnu au couteau, elle y repenserait plus tard. Pour l'heure, elle avait le cœur léger et allait préparer deux cafés.

Mais avant de sortir de la chambre son regard croisa celui du corbeau. Il semblait observer chacun de ses gestes et, quand elle posa une main sur la poignée de la porte, l'oiseau s'envola en poussant un drôle de cri.

Etrange, se dit-elle.

A l'étage, il n'y avait pas trace de McVey et aucun bruit ne parvenait de la cuisine. A 8 heures du matin, un jeudi quelque peu brouillardeux, il devait être en train de régler leur compte aux ivrognes qui avaient saccagé le bar de Lazarus, la veille au soir, supposa Amara.

Mieux valait pour eux que ce soit McVey, plutôt que son oncle, qui les punisse.

Toute à cette réflexion, elle poussa les portes battantes, monta les deux marches et là, pila sur place.

— Oncle Lazarus !

Elle se força à sourire.

— Quelle… bonne surprise !

Elle écarta les mains devant elle comme pour implorer son pardon.

— Je vous le dis tout de suite, je ne suis pas mêlée à la bagarre d'hier soir, au Red Eye.

— Ça ne m'a même pas effleuré, ma nièce. Je t'ai appris à donner des coups de pied… bien placés si possible… mais des coups de poing, jamais. Tu t'en tirerais avec les doigts cassés.

— C'est sûr.

Ne sachant plus que dire, elle se tut mais, le silence s'éternisant, elle reprit :

— Un café, oncle Lazarus ?

— Le café est la boisson du diable.

Bizarrement, sa mauvaise foi la détendit.

— Si je me rappelle bien, tu disais souvent à Nana que j'étais diabolique, c'est sans doute pour cela que je ne peux pas démarrer la journée sans ma dose de caféine.

— Peut-être.

Il tenait ses yeux noirs de rapace braqués sur elle. Il ne bougeait pas, son visage était impassible. Malgré la dureté de son regard, qui n'avait évidemment pour but que de l'intimider, elle ne cilla pas.

Cinq secondes plus tard, elle se leva, fit le tour de la table pour aller prendre le café que McVey avait passé un peu plus tôt.

Lazarus Blume l'avait toujours fascinée et, quinze années plus tard, rien n'avait changé. Physiquement, il avait peut-être les joues plus creuses, mais il lui faisait toujours penser à un pèlerin avec ses habits d'étoffe grossière, sa barbe grisonnante et ses cheveux qu'une rafale de vent ébouriffait sans cesse.

Bien décidée à prendre la situation à la légère, Amara revint s'asseoir près de lui avec sa tasse.

— Il y avait un corbeau au bord de ma fenêtre, ce matin, oncle Lazarus. Il me fixait comme toi en ce moment. Pour un peu, j'aurais juré que c'était toi incarné en oiseau.

— Et moi je te réponds que, comme les Bellam, tu me racontes n'importe quelle sottise pour éviter de parler d'autre chose.

— Normal puisque j'en suis une, de Bellam.

Cette fois, il s'agita.

— Mais tu es aussi une Blume, ne l'oublie pas.

— Maman…

— T'a donné le nom que lui avait donné sa mère. Je sais comment fonctionnent les Bellam. Je sais aussi que trois personnes qui ont témoigné en même temps que toi à La Nouvelle-Orléans sont mortes et que celui qui tire les ficelles a organisé ces meurtres du fond de sa prison.

— C'est probable. Mais difficile à prouver.

— C'est pour cette raison que tu es revenue à Raven's Hollow.

Alors qu'elle allait répondre, il agita devant elle un doigt accusateur.

— Et ne va pas dire que tu n'es pas chez toi, ici. Ta mère a grandi et s'est mariée ici, et toi tu y as passé dix étés de suite avec ta grand-mère. Tu descends comme nous tous des Pères Pélerins qui ont débarqué sur ces rivages pour s'inventer de meilleures conditions de vie.

Si elle ne l'arrêtait pas tout de suite, il allait lui rappeler toute la genèse de sa famille. Or, cette histoire, elle la connaissait par cœur, de A à Z.

D'autorité, elle changea de sujet.

— Il paraît que tu t'es fait arrêter récemment, oncle Lazarus…

Elle marqua un temps d'arrêt puis ajouta :

— Pour ivresse et trouble à l'ordre public.

Il inspira profondément.

— J'avais mes raisons.

Comme c'était une gentille, elle se radoucit.

— J'en suis sûre. Tu sais mieux que n'importe qui que j'ai fait des bêtises moi aussi.

Comme elle était malicieuse aussi, elle lui rappela l'épisode du couple d'amoureux qu'elles avaient espionné, son amie et elle.

— Tu t'en souviens, oncle Lazarus ?

Il opina.

— Mon écurie n'a jamais été aussi bien nettoyée depuis ! Dire que tu fais de la chirurgie esthétique, maintenant !

— De la chirurgie réparatrice.

Sa tasse de café serrée dans ses mains, elle se pencha vers son oncle.

— Pourquoi es-tu là, oncle Lazarus ? Je sais que tu ne m'aimes pas.

— Que je ne t'aime pas ? Où as-tu pêché ça, grande sotte ?

L'air agacé, il tambourina sur la table.

— Tu sais bien que tu es la seule personne qui me fasse rire.

— C'est vrai ? Je t'ai fait rire ? Quand donc ?

— Rappelle-toi l'été de tes quatorze ans, quand je t'ai punie pour t'être sauvée de la maison. Ta grand-mère a dit que tu m'avais jeté un sort.

Amara retint un soupir. Pourquoi cette journée qui commençait à peine semblait-elle tout d'un coup surréaliste ?

— Non, je ne t'ai pas jeté de sort… enfin, si… J'ai jeté un sort à ce que tu allais grignoter avant de te coucher. Pas à toi.

De nouveau, il opina.

— Ça prouve que tu as de l'initiative. C'est une qualité que j'apprécie.

— Ça a surtout démontré que j'avais de l'aplomb. Aujourd'hui que je suis médecin, je pense que les maux d'estomac que tu as eus ensuite n'avaient rien à voir avec moi.

— Peut-être. N'empêche, j'ai dégusté.

Amara but une gorgée de café.

— Tante Maureen croyait à la légende Bellam. Elle m'a encouragée à mémoriser quelques formules à prononcer quand je jetterais des sorts. Nana et elle les tenaient d'un livre qu'elles avaient déniché dans le grenier de Bellam Manor. Nous, nous tous, voulions que le frère de Yolanda, Larry, le somnambule, arrête de sortir tout nu, la nuit. Je n'ai pas réussi.

L'oncle Lazarus se frappa dans les mains.

— Ma sœur avait un petit côté ridicule. Elle était surtout bornée. Enfin… Elle a tellement fumé qu'elle s'est retrouvée vite fait dans la tombe. Elle n'a pas voulu de messe, pas de réunion de famille. Ce n'est pas normal.

— C'était son choix. Je sais que tu aurais préféré un vrai enterrement, oncle Lazarus, mais tu sais mieux que moi que tante Maureen détestait les gens tristes.

— Et les somnambules qui divaguent tout nus, apparemment.

Amara repoussa sa chaise.

— As-tu vu McVey, oncle Lazarus ?

Un *bip* de son portable l'interrompit presque : elle venait de recevoir un texto.

— Toi aussi tu es une malade des technologies modernes, à ce que je vois, dit Lazarus.

Pour ne pas blesser son oncle, elle préféra plaisanter. Il était excusable, c'était un homme âgé.

— Si je comprends bien, oncle Lazarus, tu places la technologie moderne juste après la caféine sur la liste des drogues addictives.

— Je ne vais pas dire ça, j'en ai un moi aussi. Mais je le fais vibrer quand je suis en compagnie…

Reçu cinq sur cinq ! pensa-t-elle.

— C'est sûrement un confrère de La Nouvelle-Orléans. J'ai été obligée de décaler des interventions et d'en diriger d'autres sur…

Il y eut un blanc, et elle poursuivit :

— Jackson.

Elle fixa son téléphone. Incrédule, elle considéra ensuite le comptoir. Son oncle parla sans doute, mais elle n'arrivait plus à écouter.

La porte claqua. Quelqu'un entra dans la cuisine.

McVey. C'était sûrement lui.

Il dit quelques mots et s'approcha du comptoir. Immédiatement, elle empoigna son bras pour l'empêcher de prendre une tasse dans le placard.

— Non, fit-elle en lui montrant le texto qu'elle venait de recevoir.

AS-TU BU LE CAFE, AMARA ?

Willy Sparks éteignit le téléphone qu'il avait volé et le jeta sous les arbres. Il était temps de s'en aller, de descendre de cet arbre où il s'était perché.

Tonton Jimmy était beaucoup plus intéressé par ce qui se passait dans les petites villes que dans les grandes cités. Il prétendait que l'on pouvait y passer une vie entière, connaître tout le monde par son nom sans pour autant savoir précisément qui faisait quoi à qui.

Peut-être avait-il raison ?

Tandis que la délicieuse Amara Bellam était dans la maison de sa grand-mère, à la lisière des bois et qu'elle devait penser qu'elle avait été empoisonnée — dommage, le chef de la police était arrivé, mais on ne pouvait pas tout prévoir — un scénario absolument fascinant se déroulait à cinquante mètres de là, jubila Willy.

Un individu, habillé dans des tons de vert et de brun, armé de jumelles et d'un grand fusil de chasse, épiait les occupants de la maison.

— Je crains que mon cœur ne batte plus jamais normalement, soupira Amara en examinant le bout de ses doigts.

Heureusement, ils n'avaient pas viré au bleu.

— Vous êtes sûr d'avoir fait le café vous-même, McVey ?

— Non seulement je l'ai fait, mais j'en ai bu deux tasses avant de partir.

Son oncle opina.

— Je n'ai pas bougé d'ici depuis qu'il est parti et je peux

te dire que personne n'est venu le trafiquer. Sauf si ce sont les grains de café qui ont été infectés. Mais, en ce cas, vous seriez empoisonnés tous les deux.

— Et probablement morts, conclut McVey.

— Nous sommes peut-être tous morts, déclara l'oncle Lazarus. Et nous avons cette conversation dans un lieu où nos corps se sont posés.

McVey versa du café dans un pot et le ferma.

— Moi, je serais en enfer.

— Moi aussi, opina Lazarus. Mais comme je ne bois pas de café, je suis mort autrement. C'est peut-être mon cœur qui a lâché.

Amara se prit la tête à deux mains.

— Excusez-moi, les amis, mais cette conversation est complètement tordue. Comme la personne qui m'a envoyé le texto.

Les yeux plissés, elle dévisagea son oncle.

— Tu étais déjà ici quand McVey est parti ?

— Oui, j'avais à faire, répondit-il d'un ton sec.

— A faire avec l'homme qui t'a arrêté et à qui tu aurais dû botter les fesses. Mais tu ne l'as pas fait !

Elle se tourna vers McVey avec un sourire entendu.

— Vous voyez ce que je vous disais. Les hommes n'ont pas le même traitement que les femmes. Ce sont des privilégiés.

— Nous parlions de poison, Chaperon rouge.

McVey ouvrit le paquet de café en grains et le sentit, ce qui ne rassura pas Amara.

— Ne nous égarons pas, reprit-elle. Quelqu'un, probablement Willy Sparks, veut me faire comprendre qu'il peut m'atteindre quand et comme il veut et donc me tuer aussi facilement que l'on écrase un cafard. Terroriser, c'est efficace.

Son oncle se leva.

— Qu'allez-vous faire pour que ça cesse, chef McVey ?

— Je vais faire de mon mieux mais ce n'est pas simple.

Il prit le portable d'Amara et tapa un numéro.

— Sparks est un pro. Ça ne sera pas facile de l'identifier.

Personne en dehors de sa famille n'a de portrait de lui et aucun membre de sa famille ne donnera des infos. Si tu parles, on te torture. Ou tu es mort. Je crois savoir que Jimmy applique à la lettre cette politique à l'égard des bavards.

— C'est bientôt la Nuit du Corbeau, rappela Amara. Les gens affluent déjà.

Lazarus hocha la tête :

— J'ai autorisé mon neveu, le fils de ma défunte sœur, à rouvrir Blume House et à y loger des invités pendant la durée du festival. Et vous, chef, que comptez-vous faire à cette occasion ?

McVey regarda le téléphone puis Lazarus et de nouveau le portable.

— Je vais éplucher l'identité des visiteurs, vérifier les plaques minéralogiques et je verrai bien.

— Mais ça ne…

— Il ne peut pas arrêter les gens sous prétexte qu'ils ne sont pas d'ici, l'interrompit Amara. Et il ne peut pas traiter les inconnus comme s'ils étaient d'emblée des criminels.

— Des tueurs à gages, corrigea Lazarus.

— Oui, merci, j'essayais d'éviter le mot. La meilleure chose à faire…

Elle se tourna vers McVey.

— … c'est que je parte.

— Vous avez vu la route, Chaperon rouge ? Même si vous parvenez à filer, ce dont je doute, Willy ne sera pas content et certaines personnes de votre famille non plus.

Comme il parlait tête baissée, Amara lui empoigna les cheveux pour l'obliger à la regarder.

— D'accord, mais qu'avez-vous d'autre à me proposer ?

— Joe Blume.

Il brandit le portable qu'il lui avait pris.

— Le texto que vous avez reçu venait du mobile de Two Toes Joe.

Amara le lâcha car… ses yeux, sa bouche, étaient encore plus attirants que la veille et ce n'était pas le moment de fantasmer.

— Ainsi donc, Willy Sparks est non seulement un assassin mais également un voleur, persifla l'oncle. J'ai bien compris ?

— Il a… de nombreuses cordes à son arc ! répondit Amara. Non content d'être là, il a activé son réseau. Si je m'en vais, je meurs. Et d'autres personnes de ma famille mourront avec moi.

Peu de temps après, Amara monta au grenier avec McVey. La vue sur les bois y était magnifique. Elle aurait aimé que son oncle ne les suive pas, mais il apparut subitement dans la trappe. Il devait avoir envie de « sentir » la pièce, mais sûrement pas comme elle la « sentait » quand elle était petite.

Dans les livres qui racontaient l'histoire de sa famille, elle avait lu que Sarah venait dans ce grenier pour pratiquer son art. Mais seule ou accompagnée ? Cela n'avait jamais été éclairci. Une grande partie de la vie de Sarah demeurait un mystère.

Elle avait fait de la magie, Amara en était persuadée. Des odeurs d'herbes régnaient dans la pièce, des traces de fumée aussi qui, trois siècles plus tard, ne s'étaient toujours pas estompées.

Elle passa un doigt sur une vieille malle.

— C'est la caverne d'Ali Baba ici. Toutes ces antiquités feraient le bonheur de brocanteurs.

McVey enleva une toile d'araignée qui se trouvait sur son passage.

— Pour l'instant ce grenier fait le bonheur des souris, des oiseaux et des araignées.

— Arrêtez de me parler d'araignées. Ça me donne la chair de poule… Regardez, McVey, il y a un escabeau, là. Je ne sais pas si on verra mieux de là-haut.

Elle s'approcha.

— A moins d'être idiot, Willy Sparks ne viendra jamais rôder ici. Je ne sais pas pourquoi on se donne cette peine.

— Parce que j'ai vu quelque chose briller en bas. Du verre ou du métal, je ne sais pas trop.

— Super ! C'est donc que Willy Sparks est un imbécile et qu'il a oublié comment planquer sans se faire voir.

— C'est peut-être un acolyte ?

— Encore mieux !

— A moins que ce ne soit un corbeau qui a piqué un morceau de verre ou de métal et l'a laissé tomber.

— Peu importe. Moi, je ne reste pas ici attendre le tueur.

— Il faut faire confiance à McVey, intervint Lazarus, resté sur le dernier barreau de l'échelle. En attendant, Amara, tu as des notions de médecine, je crois ?

Une grosse araignée sortie de derrière une poutre la fit reculer. Elle se lissa les bras.

— Quelques notions, en effet, oncle Lazarus. Pourquoi ? Tu veux que j'aille aider à la clinique ? Il n'y a pas de médecin ?

McVey sauta de l'escabeau.

— Il y a une sage-femme et un ancien médecin militaire qui n'a pas encore compris que les antalgiques ne sont pas faits pour les chiens ! Trêve de plaisanterie, si j'ose dire, le brouillard arrive. Si quelqu'un nous guette dehors, il ne nous verra pas.

Amara se pencha pour observer l'araignée.

— Qu'est-ce que vous voulez dire, McVey ?

— Vous ne voyez pas ce que j'ai dans la tête ?

— Il vaut mieux pas. Ça lui ferait peur ! dit son oncle en regardant l'écran de son téléphone. Je déteste le lait de chèvre, grommela-t-il.

— Ça doit être Seth, expliqua Amara tandis que son oncle répondait. C'est son neveu, Seth Blume. Il a une ferme en rase campagne, à trois cent cinquante kilomètres de Raven's Cove où il élève des poulets, des porcs et des chèvres. Non, McVey, je ne lis pas dans la tête des gens.

— Mais vous faites des tas d'autres choses.

— Oui, je fais des superlasagnes, m'a-t-on dit.

L'araignée s'étant cachée, Amara se redressa. McVey était à quelques centimètres d'elle. Elle voulut s'éloigner mais il la saisit par le cou.

— Regardez-moi, Amara.

— Je ne vois pas comment je pourrais faire autrement !

— Que voyez-vous ?

Une bouche qu'elle brûlait d'envie d'embrasser. Mais ce n'était pas ce qu'il voulait dire. Elle scruta donc la joue qu'elle avait griffée.

— Pas très profond, observa-t-elle. Il reste juste une marque.

— Ah oui ? fit-il en approchant son visage.

Il était trop près, c'était irrespirable, trop tentant. Elle retint son souffle, mais son oncle se gratta la gorge, rompant le charme.

— Seth n'arrive pas à joindre sa mère.

— Hannah ? dit Amara, reprenant ses esprits. C'est ta cousine, oncle Lazarus, c'est bien ça ? En tout cas, les gens l'appelaient ta cousine. Seth est inquiet ?

— Elle s'est fait mordre par un écureuil, il y a quinze jours. Elle lui a téléphoné dimanche pour lui dire que sa jambe était très enflée. Ça fait trois jours qu'il essaie de la joindre et personne ne répond. Il aimerait que j'aille voir si tout va bien et lui apporte de l'aspirine.

— Parce qu'une personne qui a une infection à la jambe a fatalement mal à la tête ? Où habite-t-elle ?

Il leva les yeux vers la montagne.

— Elle a emménagé dans Bellam Manor, il y a six mois. Elle voulait être loin de tout. Il n'y a que deux ailes de la propriété qui sont habitables depuis le départ de Molly et de Sadie. Quant à la route qui y va, elle est à peine carrossable. C'est un enfer !

McVey regarda le jardin puis Amara.

— J'y suis allé à l'automne dernier, Chaperon rouge. La route est défoncée.

Elle ne répondit pas et s'approcha de la fenêtre. Le brouillard couvrait déjà les cimes des arbres.

— On dirait qu'il vient du nord, de Bellam Manor.

— Vous devriez préparer quelques affaires et prendre de quoi la soigner, suggéra McVey. Pendant ce temps-là, je vais m'assurer que des policiers patrouillent dans les deux villes.

Amara posa les yeux sur lui.

— Je connais la route, je pourrais y aller seule.

— Vous pourriez, opina McVey. Mais je peux aussi vous dire que j'ai regardé dans les placards de la cuisine après que vous avez reçu le texto. J'y ai trouvé deux paquets de café. Or, c'est moi qui ai fait les courses hier et je n'en ai acheté qu'un.

8

— Prenez ce qu'il vous faut, docteur Bellam.

Le pharmacien remonta ses lunettes sur son nez.

— Remplissez juste ce document que je sache quoi recommander. Maintenant, excusez-moi, je m'absente une seconde.

Amara prit l'antibiotique et l'anti-inflammatoire, ajouta un flacon d'eau oxygénée, un autre d'alcool dénaturé, une bande de gaze et deux barres de chocolat. Elle mit le tout dans un sac et *hop !* sur l'épaule.

L'unique pharmacie de Raven's Hollow avait été déménagée dans un cubicule au fond d'un vieux supermarché où l'on trouvait un peu de tout. Les étagères y étaient hautes et très encombrées, les lames du plancher grinçaient à chaque pas et les placards réfrigérés, en principe plaqués contre les murs, penchaient dangereusement. Un quart des ampoules ne fonctionnaient plus ou donnaient des signes de faiblesse et la caisse enregistreuse avait rendu l'âme au milieu d'une transaction après trente ou quarante ans de bons et loyaux services.

Rien ne change jamais, songea Amara.

— Pardon.

Une femme aux grands yeux noirs et à la mâchoire proéminente agitait la main.

— Avez-vous ce rouge à lèvres dans d'autres couleurs ? Je cherche un rose bonbon, c'est ma couleur fétiche.

— Comme ma cousine Yolanda. Mais je ne suis pas du magasin.

Amara posa son sac à terre.

— La caissière déjeune et le pharmacien est derrière. Je suis venue chercher mes médicaments.

— Cool… et courageux. Je suis Mina Shell. Je suis venue pour le… Tiens, voilà la couleur que je cherche.

Elle passa le bras par-dessus la vitre et prit un tube.

— *Souffle Rose*, lut-elle. Parfait. Vous pensez que je peux laisser l'argent avec un petit mot ? Le problème, c'est que je n'ai pas de papier. Ni de stylo.

Amara sortit un carnet de son sac pour en déchirer une page, mais un bruit de pas derrière elle la fit suspendre son geste. Elle n'eut pas le temps de lever la tête, l'individu lui avait pris le poignet.

— Holà, beauté. Je te cherche partout dans cette ville d'oiseaux.

Il attrapa l'autre femme par le cou et serra.

— Pas si vite, poupée rose. J'ai quelques petites choses à dire à Amara pendant qu'il n'y a personne.

Le couteau qu'Amara avait entrevu la veille au soir dansa près de son épaule. L'homme caressa la lame et rit.

— C'est pas merveilleux ça, des commerçants qui font tellement confiance ? Pas de caméra de sécurité en vue… je te le dis, pour le cas où tu compterais dessus. Maintenant, passons aux choses sérieuses !

Mina se mit à geindre.

— La ferme ! aboya l'homme.

— Mais vous me pincez !

— Au cas où tu l'aurais pas deviné, je suis pas un gentil. A propos de gentil…

Il se tourna de nouveau vers Amara.

— Je pense que toi et moi on…

Il n'alla pas plus loin. Amara lui planta son talon dans le pied puis le coude dans les côtes. Sortant alors son flacon d'alcool de son sac, elle lui en asséna un bon coup sur la tête.

Pas pour le mettre KO, juste pour l'assommer un peu. Mais l'homme brandit le couteau.

— Je vais te faire la peau ! gronda-t-il.

Comme il y avait du mouvement au fond du magasin, Amara cria :

— Benny, appelez McVey !

Retranchée derrière son flacon d'alcool, bien dérisoire face au couteau, elle se mit à trembler. Par chance, l'homme regarda le fond de la boutique et aperçut le pharmacien. Alors, sans demander son reste, il bouscula Mina et déguerpit.

Amara, sous le choc, ne sentait plus ses jambes. Le pharmacien, qui s'était précipité, était livide lui aussi.

— Vous n'êtes pas blessées, au moins ? J'ai appelé le poste de police. Je suis désolé de ce qui vient de se passer.

— Je me suis cassé un talon, se lamenta Mina. Et un ongle.

Elle battit des paupières comme une poupée Barbie.

— Je suis entrée pour m'acheter un rouge à lèvres et voilà ce qu'il m'arrive. On me pince, on me bouscule et je me fais presque décapiter par une machette. Après tout ça, je ne sais pas si je vais rester traîner dans ce trou… avec ces drôles d'oiseaux. Vous avez vu le couteau ? Ce n'était pas rien.

C'était la deuxième fois qu'Amara le voyait.

Elle remettait le flacon d'alcool dans son sac quand Jake surgit, armé, l'air prêt à en découdre.

— Où est l'abruti ? demanda-t-il en agitant son P 38.

Du bout du doigt, Amara repoussa le canon du revolver.

— Il a pris à gauche en sortant.

Jake serra les dents.

— Vous l'avez laissé partir ? Pourquoi ne l'avez-vous pas…

— Et mes hémorroïdes ? lança-t-elle.

Et elle haussa les épaules.

— Cela t'apprendra à dire des absurdités.

— J'ai vu le poignard, intervint Mina, mais j'avais tellement peur que je n'ai même pas regardé la tête du gars. Désolée.

— Moi je l'ai vu, intervint le pharmacien en remontant ses lunettes sur son nez. Je l'ai vu ici il y a un instant et je l'ai vu aussi ce matin tôt, par la fenêtre de ma chambre. Il sortait de l'allée d'en face, de la maison avec le corbeau et la sorcière peints sur la porte. Vous savez la porte que les gosses bombent en rouge. Là où habite Yolanda, si vous préférez.

C'était la pagaille au poste. On criait de tous les côtés, à celui qui hurlerait le plus fort. Dans ce concert d'insultes, McVey avait abandonné l'idée de séparer les assaillants. Il préférait garder un œil sur Amara pendant qu'elle racontait son aventure à l'un des jumeaux Harden, assis à l'accueil.

— Arrêtez de me harceler, hurla Yolanda, sa voix couvrant le brouhaha. Est-ce ma faute si un imbécile avec un couteau est sorti de mon immeuble à je ne sais quelle heure du matin ? De toute manière, il y a trois autres appartements en plus du mien dans l'immeuble. Hein, McVey…

— J'ai dit de prendre sa déposition, Jake, pas de l'accuser d'héberger un fuyard.

— C'était pas un fuyard quand il était chez elle.

— Je ne l'ai pas hébergé, d'abord, et puis…

Menaçante, elle se dirigea vers McVey et plaqua ses deux mains sur sa chemise.

— Mon frère n'était pas là quand je me suis levée, alors je n'ai personne pour témoigner que j'étais seule. Jake pense que je mens mais vous, vous me croyez, chef ? Vous me croyez, n'est-ce pas ?

Ce qu'il croyait, se dit-il en la repoussant, c'était qu'il était temps de rendre son badge, de coincer Westor Hall et de le pendre à la branche d'un chêne.

— Je n'aime pas interrompre un homme en colère, lança Amara en lui tapotant le bras. Mais si l'on veut éviter l'averse qui pointe, il est plus que temps de partir. Parce qu'il n'y a pas pire que la route de Bellam Manor quand il tombe des cordes, sauf le glissement de terrain… Et encore…

Comme s'il n'avait pas entendu, McVey poursuivit.

— Combien y avait-il de personnes dans la pharmacie quand Wes… Quand le type au couteau est entré ?

Amara le regarda puis fit le tour de la salle des yeux.

— Le pharmacien et Mina. Mais elle a pris peur et s'est enfuie quand elle a vu Jake faire des moulinets avec son arme.

— Pas folle !

Amara soupira :

— Benny est votre meilleur témoin, McVey. Et peut-être une ou deux personnes de la ruelle d'en face. Tous les autres sont des curieux qui s'ennuient ou des clients qui attendaient l'ouverture du Red Eye.

McVey passa devant elle et prit la main de Yolanda.

— On ne griffe pas, la prévint-il.

Elle foudroya Amara des yeux.

— Tu as passé la nuit chez Nana !

Amara lui lança le même regard.

— Absolument. Tu ne m'avais pas invitée chez toi !

Elle regarda McVey, parut hésiter et déclara finalement à Yolanda :

— Je te déteste.

— Ce n'est pas nouveau !

McVey décida de s'interposer.

— Seth a appelé Lazarus, ce matin, Yolanda. Il pense que sa mère devrait voir un médecin.

— Depuis quand Seth se fait-il du souci pour sa mère ? ricana-t-elle. Si ça ne glousse pas et que ça n'a pas quatre pattes, normalement ça ne l'intéresse pas. Pas d'exception pour Hannah. Quant à Lazarus, c'est bien la première fois qu'il se préoccupe de sa cousine.

Poussant un homme qui lui barrait le passage, Jake les rejoignit.

— Seth a peur que sa mère passe l'arme à gauche avant Lazarus. Parce que, dans ce cas, l'argent qu'il espère récupérer en héritage, via sa mère, lui passera sous le nez. Lazarus ne supporte pas Seth. Ni moi. Ni mon frère. Ni la moitié des Blume et aucun Bellam, qu'ils soient de Raven's Cove ou de Raven's Hollow.

— Il aime bien Nana, indiqua Amara. C'est aussi à lui qu'appartient Bellam Manor.

Jake fit la moue.

— N'importe qui accepterait de s'appeler Bellam pour devenir propriétaire d'une maison et de terres qui valent une fortune. Quant à aimer les Bellam, c'est une autre affaire. On ne peut forcer personne à les aimer. Moi, la seule fille Bellam que j'ai fréquentée m'a menacé de me transformer en crapaud.

McVey se frotta les yeux. Ils piquaient.

— Seulement menacé ? se moqua-t-il. Allez, au boulot, Jake. Interroge Benny et ceux qui ont vu quelque chose dans la ruelle. Les autres, tu peux les renvoyer chez eux.

Jake prit l'air pincé mais il opina.

— Qu'est-ce qu'on fait pour l'homme au couteau ? On le laisse en liberté pour être bien sûr qu'il recommence ? Il va traîner...

— Il ne traînera pas, Jake.

— Moi, je dis que si, si on ne le coffre pas.

— Il ne traînera pas, Jake.

Amara regarda du côté du bois.

— Il ne traînera pas parce qu'il va nous suivre, McVey et moi, jusqu'à Bellam Manor.

Si Westor était rusé — et McVey le pensait — il allait les suivre dans la montagne, peut-être pas jusqu'en haut mais sur une bonne partie au moins.

En ce milieu d'après-midi, le ciel était noir et inquiétant. De gros nuages libéraient des éclairs chaque fois qu'ils se télescopaient.

— C'est fascinant, dit Amara en rangeant son paquet de médicaments derrière son siège. Les livres sur la famille racontent qu'Ezéchias Blume est devenu corbeau une nuit comme celle-ci.

McVey mit leurs sacs à dos dans la voiture.

— C'est vrai.

— Qu'est-ce qui est vrai ?

— Il est vraiment devenu un corbeau lors d'un gros orage… Mais comment est-ce que je sais ça ?

— Vous avez dû le rêver.

McVey monta dans la voiture.

— Mettez votre ceinture, intima-t-il à Amara.

— Vous avez raison, parce que les nids-de-poule de la route sont tellement profonds qu'ils pourraient engloutir un camion.

Elle passa la bretelle sur son épaule puis en travers de sa poitrine.

— Vous êtes optimiste aujourd'hui, c'est un vrai plaisir, ironisa-t-il.

— Il n'y a pas de quoi se réjouir avec le bonhomme au couteau qui a voulu me tuer. J'ai cru que vous le connaissiez, je me trompe ?

Les mains sur le volant, il regarda droit devant lui.

— Vous êtes observatrice, Chaperon rouge. Jake, lui, n'a rien remarqué.

— Jake n'était pas avec nous, hier soir, quand vous avez fait une virée dans les bois. A propos de ces coups de feu d'hier soir, ils provenaient d'un fusil et non d'une arme de poing, non ? Vous ne pensez pas que si le tireur avait vraiment voulu vous tuer il aurait réussi ?

Fallait-il qu'il réponde ? Qu'il esquive ? McVey opta pour une formule intermédiaire.

— Trois fois trois coups, c'est un code que je connais, Amara. C'est un signal que nous avions l'habitude d'utiliser. Il avait aussi l'avantage de faire beaucoup de bruit et donc de faire sortir du bois tous ceux qui n'avaient aucune raison d'y être.

— Qui n'avaient aucune raison d'y être ?

— Ceux qui n'étaient pas en situation régulière.

— Mais encore ?

— Vous allez devoir vous contenter de cette réponse car je ne peux pas vous en dire plus. Pour l'instant… J'ajoute un détail, je n'ai pas toujours été flic. Mais depuis que je le suis j'ai noté une chose, c'est que tous les policiers que j'ai rencontrés n'utilisent pas le même code.

Elle s'agita un peu sur son siège.

— Vous savez que vous m'agacez avec votre côté « je sais tout mais je ne dirai rien ». Si vous… Oh !

Elle se tourna vers lui.

— Vous avez vu ? Une lumière.

— J'en ai même vu trois devant nous, mais juste des flashs et une derrière plus puissante. Pour celle de derrière, ça pourrait être un habitant qui monte dans le bois. Je me suis laissé dire qu'il y a un certain nombre de personnes qui vivent en petits groupes dans les montagnes. J'ai également entendu dire, mais je n'ai pas encore eu l'occasion de les voir, qu'il existe un campement où vivent des marginaux, dans des tentes, des roulottes ou des camions.

— Vous voulez parler des dresseurs de corbeaux ?

Elle se tortilla de nouveau sur son siège, cette fois pour regarder derrière elle.

— Ce sont pour la plupart des Blume. Ils dressent des corbeaux et leur apprennent des tours. Ils en fabriquent aussi des faux pour leur faire faire ce que les vrais ne font pas. Les dresseurs viennent à Raven's Hollow pour le festival. Ils font des démonstrations, vendent toutes sortes d'objets d'artisanat liés aux corbeaux et ils disparaissent de nouveau dans les bois avec des tonnes de commandes de ce qu'ils font le mieux.

— C'est-à-dire ?

— Un brouet de sorcières ! Ils brassent et embouteillent du sang de corbeaux… Non, je plaisante ! C'est du vin, pas du vrai sang … et ils signent : « Un whisky qui vous mettra KO pendant deux jours si vous ne le buvez pas avec modération ».

Il n'aurait pas dû rire, mais il ne put s'en empêcher.

— Pourquoi je n'ai jamais entendu parler de ces gens-là ?

Elle lui adressa un adorable sourire.

— Vous plaisantez, McVey ! Vous êtes bien le chef de la police locale ?

— Ecoutez, Amara. Au cours des quatorze derniers mois, j'ai soulevé une demi-douzaine de lièvres… Alors, des bouilleurs de cru… Sauf à me rendre compte que l'un d'eux sème la pagaille, je ferme les yeux.

— Vous oui, mais pas Tyler.

— Je ne suis pas Tyler.

— Ça, je l'ai compris tout de suite. De là à gagner la confiance des dresseurs de corbeaux, cela risque de prendre du temps.

— Pourquoi ? Vous en avez rencontré ?

— Oui, Brigham. Et seulement parce que je lui suis rentrée dedans la seule fois où je suis allée à Bellam Manor. C'était à l'occasion d'une cérémonie familiale. Un enterrement. Un vieil oncle Bellam avait exigé d'être inhumé dans le vieux cimetière attenant à la maison. C'est une des expériences les plus effrayantes de ma… Oh !

Elle s'avança un peu, plissant les yeux.

— Je viens de voir une autre lumière. Je suis sûre que c'est un phare.

Il hocha la tête, jeta un œil dans le rétroviseur. La route n'était plus qu'un torrent de pluie et de boue. Le tonnerre grondait, la côte devenait plus raide.

Tournée vers l'arrière, Amara scrutait la route.

— Vous pensez que c'est l'homme au couteau ou que c'est Willy Sparks ?

— Je pencherais plutôt pour Willy.

— J'étais sûre que vous diriez ça.

Elle se tordit le cou pour mieux voir.

Il lui demanda :

— Quand avez-vous eu des nouvelles sur l'état du pont pour la dernière fois ?

— Quand Sadie et Molly vivaient au manoir, il était praticable. Mais cela fait des années maintenant que Sadie s'est mariée et vit à New York. Quant à Molly, elle est partie vivre avec Tyler.

La roue arrière gauche roula dans un nid-de-poule. McVey fit la grimace.

— La route est encore pire qu'à l'automne dernier. Pour ce qui est du pont, on verra quand on y sera.

S'ils y arrivaient !

Une succession de coups de tonnerre résonna contre les parois de la montagne, la voiture vibra de toutes ses tôles.

Leur seule consolation, songea McVey, était que leur poursuivant aurait à subir les mêmes difficultés qu'eux pour accéder au manoir : torrent de pluie et de boue, nids-de-poule, raidillon à pic…

A supposer que le but de cet individu soit d'arriver jusqu'au manoir et non de les pousser dans le ravin avant.

— Je trouve que vous regardez beaucoup dans votre rétroviseur, McVey. Vous avez peur qu'il vous percute ?

— Il y a des chances. Cette route est un piège mortel. Si on accélère à fond pour échapper à ce type et qu'on sort de la route, il n'y aura aucun moyen de prouver que c'était à cause de lui.

Il se tourna brièvement vers elle, un sourire aux lèvres en dépit de la situation.

— Vous regrettez de ne pas avoir dit non à votre oncle ?

De plus en plus de petits éclairs zébraient le ciel.

— Peut-être un peu. Mais vous savez, Hannah a dix ans de plus qu'oncle Lazarus ; elle est âgée. Quand elle était petite, elle baby-sittait pour lui.

— Parce qu'il a été un enfant, un jour ? J'ai du mal à l'imaginer jeune.

— J'admets que cela demande un gros effort d'imagination.

Elle ajouta dans la foulée :

— Jake m'a raconté qu'à Raven's Hollow comme à Raven's Cove tout le monde surnomme Hannah la Mère l'oie. Mais je ne fais que répéter : je ne la connais pas.

Comme il évitait une succession d'ornières, la voiture fit des embardées. Amara laissa échapper un cri et s'agrippa au tableau de bord.

Une fois le véhicule redressé, elle reprit :

— Peu importe le surnom qu'on lui donne. Ce que je sais, c'est qu'elle ne peut plus rester dans ce manoir isolé. Il faut qu'elle se rapproche de la civilisation, qu'elle trouve un chalet plus facilement accessible, quelque part dans le bois si elle veut. Mais plus bas.

Gêné par une lumière éclairant la lunette arrière, McVey jura. La pluie était devenue une cataracte qui empêchait toute visibilité. Où donc se trouvait ce fichu pont ?

— Encore cinq cents mètres, précisa Amara en souriant. A votre tête, chef, je pense que l'autre voiture ne nous rattrape pas.

— Non, en effet.

— Vous voyez !

Elle cessa de le regarder pour scruter la route.

— Mince ! Ces flaques ! On dirait des mares à canards !

— Accrochez-vous ! lança-t-il.

Après un quart d'heure d'efforts, douze nids-de-poule et trois virages en épingle à cheveux, le pont apparut enfin.

Amara se pencha vers le pare-brise et observa la structure.

— Si vous voulez mon avis, dit-elle, il va falloir traverser à pied. Le pont ne supportera pas la voiture.

McVey prit son arme sur le tableau de bord.

— A pied et, idéalement, nus. Les vêtements, ça pèse trop lourd, s'amusa-t-il. Voilà qui me donne des idées !

— Je suis flattée mais je préférerais que votre cerveau réfléchisse … au-dessus de la ceinture.

— Ce pont est une ruine, Chaperon rouge. Il va nous falloir des vêtements de pluie.

Il ouvrit la boîte à gants.

— Savez-vous tirer sur une cible qui bouge ?

— Nous risquons bien de ne jamais le savoir !

A cet instant, un nouveau flash éclaira la lunette arrière. Leur poursuivant se rapprochait. Il n'était plus qu'à cinq cents mètres derrière, estima McVey.

Il se tourna vers Amara. Son visage était sombre, ses yeux très noirs. Elle se pencha vers lui :

— Je voulais vous demander si…

Nouveau flash dans la lunette. Nouveau coup d'œil à Amara. Cette fois, elle souriait.

— A propos de ce que vous venez de dire, McVey, de cette image qui vous donne des idées…

Elle ne termina pas sa phrase. Il lui avait empoigné les cheveux et prenait sa bouche. Une drôle de pensée lui traversa la tête. Le danger se trouvait à bord du pick-up. Ce qui se passait dehors n'était rien à côté.

9

Emportée par un désir qu'elle ne contrôlait plus, Amara s'empara du visage de McVey et le caressa. Elle le désirait. Elle le voulait. Voulait l'embrasser. Le toucher. Avec sa bouche. Avec ses mains.

Il approfondit soudain son baiser, ce qui lui arracha une plainte et l'enhardit. Elle lâcha alors son visage et le saisit par la ceinture.

Il l'arrêta d'un geste.

— Non, Amara. Non. C'est de la folie.

— C'est vrai, convint-elle, dépitée. Ce serait de la folie. Un tueur nous poursuit et nous sommes là, dans la voiture, sur le point de faire des galipettes !

Il l'embrassa encore puis la regarda droit dans les yeux.

— Ecoute, voilà ce que nous allons faire. Tu vas sortir la première, en faisant attention. Si tu entends des coups de feu, tu te jettes à terre. Compris ?

— Des coups de feu, je me jette à terre, compris.

Démentiel, pensa-t-elle.

Ils passèrent des vêtements de pluie et prirent leurs sacs. Fallait-il qu'elle ait perdu la tête pour penser à faire l'amour alors qu'elle était poursuivie par un truand qui voulait sa mort !

Ils sortirent de la voiture, sous un ciel d'apocalypse.

Le pont de Bellam était une combinaison de vieilles planches pourries et de ferraille rouillée. Il semblait pouvoir s'écrouler au moindre passage, s'inquiéta Amara.

Elle s'y engagea donc avec la plus grande précaution. McVey

la suivait, d'assez près pour pouvoir la retenir si jamais elle tombait, mais pas trop non plus pour ne jamais marcher sur la même planche qu'elle.

Sous leurs pieds, les rochers pointus les promettaient à une mort certaine en cas de chute, tandis que les éclairs zébraient le ciel de toute leur puissance.

Un pas, deux pas, trois pas… Amara était si crispée que tout son corps était tétanisé. Quatre pas. Un craquement sec. Une peur terrible. Ce cauchemar allait-il cesser ? Quelle longueur pouvait bien faire ce pont idiot ?

Elle était à bout de nerfs quand la terre ferme apparut enfin. Elle y posa un pied tremblant. Pour un peu, elle se serait agenouillée et aurait embrassé le sol. Mais elle prit sur elle. McVey venait lui aussi de traverser le pont.

— Le manoir est à deux kilomètres par la route, lui lança-t-elle. Mais il y a un raccourci, très raide. Enfin, il y avait un raccourci…

— Prenons-le, répondit-il. Et regarde devant toi. J'ai vu des phares derrière mon pick-up, il y a un instant.

Amara retrouva sans difficulté le raidillon. Lui non plus n'avait pas été entretenu depuis belle lurette. Par endroits, il fallait enjamber des branches, à d'autres, se cramponner aux rochers et escalader pour passer. Parfois, McVey la prenait par la taille et la poussait.

Le tout ne prit certainement qu'une vingtaine de minutes, mais elle n'en pouvait plus. Un faisceau lumineux semblait les pourchasser. Son cœur battait à tout rompre. A bout de souffle, genoux et coudes égratignés et les mains en sang, elle finit par atteindre le bout du sentier.

Le manoir se dessina alors, énorme masse inquiétante dans le ciel d'orage. Les tours et les faîtes des toits, comme voilés par la pluie, dressaient des pointes menaçantes vers un ciel plombé. Bellam Manor, se rappela-t-elle, n'était pas connu pour son aspect accueillant.

— Le manoir est composé d'un corps central et de deux ailes, cria-t-elle à McVey qui arrivait à son tour. C'est tellement grand qu'on risque de chercher Hannah toute la nuit sans la trouver. Donc…

Elle posa son sac et l'ouvrit pour prendre son portable.

— Oncle Lazarus m'a donné son numéro de téléphone. Par miracle, il y a une couverture de réseau ici.

— C'est la magie Bellam qui opère, se moqua McVey. En plus d'une tour hertzienne quelque part sur la hauteur.

Il s'accroupit au bord du ravin.

— Si tu as Hannah en ligne, dis-lui de ne pas allumer dans la maison, surtout.

Un coup de tonnerre très violent fit vibrer le rocher sous les pieds d'Amara.

— Elle ne répond pas. Il va falloir la chercher.

Sur ce, Amara rangea son portable dans sa poche et jeta un œil derrière McVey.

— Nous sommes suivis ?

— Pas pour l'instant.

— Tant mieux !

— Pas sûr.

Elle considéra le manoir en soupirant.

— On commence par où ? Aile droite ou gauche ?

— Comme tu veux.

— Ce que je veux ? Si je m'écoutais, je partirais en courant.

Evidemment, elle ne bougea pas.

— Tu vois la partie centrale ? reprit-elle. Elle est en piteux état…

Ils s'avancèrent quand même.

La tête géante d'un corbeau, fixée sur la porte d'entrée, tenait lieu de heurtoir. Ils frappèrent. Attendirent. Il y eut comme un bruit à l'intérieur, mais en fait… non.

Amara réfléchit une seconde et se décida. Elle tourna l'anneau en bronze massif. Le battant droit de la double porte s'ouvrit, pivotant sur ses gonds sans faire le moindre bruit.

— Pourquoi une porte qui s'ouvre sans grincer fait-elle plus peur qu'une porte qui grince ? interrogea Amara.

Elle posa son sac sur le sol couvert de verre, de plâtre, de poussière et de bois.

— Hannah ?

McVey sortit deux lampes torches et éclaira vers le haut. Il y avait un escalier qui avait dû être magnifique et un lustre qui disparaissait sous les toiles d'araignées.

— Il a la forme d'une étoile à cinq branches, observa McVey.

Amara essaya de nouveau d'avoir Hannah au téléphone.

— Ça sonne ? s'enquit McVey. Tu entends quelque chose ?

— Tu plaisantes !

Ils patientèrent pendant quelques secondes, puis abandonnèrent.

— Elle n'est pas là, conclut Amara.

McVey se dirigea vers une fenêtre étroite.

— Choisis une aile.

Elle fit non de la tête.

— Je vais jouer les Sarah, je pense qu'elle n'est pas dans la maison. Je ne ressens rien. Aucune vibration.

McVey examina de nouveau le plafond.

— J'aime autant cela, dit-il. Même si c'est absurde… Elle doit être dans une des dépendances. Ou dans la grotte.

— Il y a une grotte ?

— Oui, dans le bois, derrière la maison.

Le front plissé, partagée entre agacement et doute, elle le fixa.

— Je te trouve bizarre, McVey. Qu'as-tu pris comme médicament ce matin ? Parce que… comment sais-tu qu'il y a…

Sans qu'elle l'ait vu venir, il lui plaqua la main sur la bouche et murmura à son oreille, son haleine chaude la troublant.

— C'est ton oncle qui me l'a dit. Maintenant, chuuut ! Il y a quelqu'un dehors. Il fait le tour du manoir.

Amara crut défaillir, la figure de Jimmy Sparks parasitant son esprit. Jimmy Sparks et son sourire carnassier, Jimmy devenu le tueur au couteau. Jimmy, pas Willy. Enfin… Si elle pouvait se fier à ce que disait McVey.

Il lui glissa son arme de secours dans la main.

Encore moins rassurée, elle se plaqua contre le mur pendant qu'il scrutait dehors.

— Je ne sais pas qui est cet individu, mais il se déplace vite et en silence.

— Comme la plupart des assassins, non ?

— Il part vers l'ouest.

McVey prit une cartouche supplémentaire et la lui mit dans sa main libre.

— Tire seulement si tu es sûre de ta cible.

— Non, McVey, attends, ne pars…

Sans attendre qu'elle ait fini, il sortit la laissant regretter de ne pas avoir hérité du pouvoir magique de Sarah. Elle aurait alors jeté un sort à McVey pour l'empêcher de partir.

Se mettant à genoux, elle posa les bras sur le rebord de la fenêtre et se concentra pour capter tous les bruits que la tempête ne couvrait pas.

Sur la droite, une lumière apparut, éclairant une silhouette dans un vêtement noir brillant. La personne marchait courbée et donnait l'impression de fuir le manoir.

Amara se releva et se pencha pour mieux voir, mais la lueur disparut tout comme la silhouette, ne laissant que le bruit du tonnerre et de la pluie qui tombait à seaux.

Deux secondes plus tard, un coup de feu explosa dehors.

La balle avait pour but de détourner l'attention, supposa McVey. Elle avait été tirée d'une arme de poing et non d'un fusil, l'arme de prédilection de Westor. Ce n'était donc probablement pas lui.

Des éclairs traversaient le ciel de droite à gauche, de haut en bas. Ils illuminaient la terre comme en plein jour. Pour ne pas se faire voir, McVey se déplaçait entre deux flashes, aux aguets, prêt à réagir si quelqu'un apparaissait.

Justement, à une quinzaine de mètres, une jambe se dessina furtivement, disparaissant vers l'ouest.

McVey s'élança à sa poursuite, tout en ayant soin de rester dans l'ombre.

A l'académie de police, on appelait cela « la poursuite à

pied ». Les mauvais garçons déguerpissaient, les policiers donnaient la chasse. Parfois les mauvais garçons se faisaient coincer, alors ils attaquaient, mais dans les espaces ouverts ils avaient tendance à rester prudemment dans l'ombre. Il n'était pas question pour eux de jouer les projectiles humains. Pas fous.

La masse humaine lui tomba dessus sans prévenir. McVey eut à peine le temps de se baisser pour éviter qu'elle ne l'écrase sur les rochers pointus.

Mais, conscient qu'il n'avait qu'à moitié touché sa cible, l'homme prit son élan et revint à la charge. McVey profita de cette seconde de répit pour empoigner son Glock. Il tira deux balles. Puissance d'un coup de tonnerre ou des coups de feu, le sol vibra. L'individu voulut attaquer de nouveau, mais McVey lui asséna un violent coup de crosse dans la mâchoire.

L'agresseur s'effondra comme un arbre qu'on abat.

Le souffle coupé et l'épaule blessée, McVey visa un visage barbu.

— Donne-moi un nom, mon gars, et tâche que ce soit celui que je veux entendre. Parce que, tel que tu me vois là, je suis tout près d'oublier que j'ai fait le serment de servir et protéger.

Un faisceau de lumière coupa les ténèbres. Au même moment, une voix cria au loin :

— Ne tire pas, McVey ! Ce n'est pas Willy Sparks. C'est Brigham Blume.

Amara s'époumonait :

— Il est dresseur de corbeaux !

McVey s'approcha d'Amara. Elle était en train d'injecter le contenu d'une seringue dans le bras musclé de Brigham Blume. Malgré sa corpulence, le dresseur de corbeaux lâcha un cri.

— Aïe, Amara !

Celle-ci n'en continua pas moins son travail.

— Les deux balles t'ont touché, Brigham. Quelques points de suture et ce sera bon.

— Façon de parler, intervint McVey.

Il prit du whisky dans un des placards de la cuisine et en versa dans trois verres. La pièce était tellement propre qu'elle avait dû servir récemment. En plus, il y avait de l'électricité dans la maison — elle s'éteignait, se rallumait, s'éteignait de nouveau — mais elle fonctionnait. Cela ne faisait donc aucun doute : ils étaient chez Hannah.

En revanche, pas de trace de la vieille dame. Ils avaient pourtant fouillé l'aile ouest du manoir de fond en comble.

Brigham s'empara d'un des verres, le but d'un trait et grommela.

— Pourquoi m'avoir tiré dessus ?

McVey reposa son whisky.

— Pourquoi m'avoir agressé ?

— J'ai cru que vous étiez quelqu'un d'autre. Quand je m'en suis rendu compte, j'ai vu que vous étiez armé et je me suis dit que si vous étiez aussi débile que votre crétin d'adjoint vous alliez me tirer dessus et vous vanter du résultat.

Je tiens là une info de premier ordre, songea McVey.

— Qui ça, quelqu'un d'autre ?

— Celui qui vous a suivis dans la montagne. J'ai compris qu'il vous suivait quand j'ai commencé à le suivre moi aussi.

— Où donc ? s'enquit Amara.

— Quand vous avez traversé le pont. On aurait dit deux équilibristes qui n'osaient pas poser les pieds sur les planches ! J'étais venu collecter des sons d'orage. Autour du pont, il y a beaucoup d'écho.

— C'est pour leurs corbeaux, expliqua Amara à McVey. Nana dit que les dresseurs de corbeaux font des démonstrations pendant tout le festival, bruitage à l'appui.

— Quelqu'un d'autre ? reprit McVey.

Brigham tendit son verre pour être resservi.

— C'est tout ce que j'ai, McVey. Le gars vous a suivis, je l'ai vu. Je marchais derrière lui, derrière vous. Arrivé en haut, je l'ai perdu de vue, mais j'ai décidé de rester planquer parce que, même si je ne devrais pas, j'aimais beaucoup Amara quand je l'ai connue, autrefois, et même si vous pensez que nous vivons comme nos ancêtres, là-haut dans le bois, vous vous trompez. Nous restons en contact avec nos parents de Raven's Cove. On sait qui est qui et qui fait quoi même si on ne veut pas toujours le reconnaître, mais on sait.

Il haussa l'épaule et gémit.

— Aïe, Amara ! Entre ce que je sais et ce que j'ai vu, j'en arrive à la conclusion que quelqu'un veut voir Amara rejoindre les autres témoins dans la tombe.

— Les autres témoins et le flic qui l'a aidée à fuir, ajouta McVey en faisant glisser la bouteille de whisky vers Brigham.

— C'est de la limonade, ce truc, maugréa-t-il. Ça ne fait aucun effet.

Il sursauta.

— Aïe, Amara, je t'ai déjà dit que ça fait mal.

— Je sais, je t'ai entendu.

Elle planta tout de même son aiguille dans la chair.

— Il faudrait inspecter le reste de la maison et les dépendances. J'ai beau ne rien ressentir, je ne suis pas infaillible.

— Je vais vous aider, proposa Brigham en se servant.

Deux secondes plus tard, il avait tout bu comme si c'était effectivement de la limonade.

— Hannah est une espèce de sœur. Etrange, mais une sœur quand même.

— Ça va être encore long, Amara ? demanda McVey.

— J'ai fini.

Elle tapa sur l'épaule de Brigham.

— Il n'y aura pas besoin de retirer les fils. Ils disparaîtront tout seuls. Je vais te donner quelque chose contre la douleur.

Brigham regarda méchamment McVey.

— J'ai ce qu'il faut à la maison… Enfin… si j'y retourne…

Comprenant le sous-entendu, McVey sourit.

— Allons chercher Hannah.

Amara s'approcha de l'évier pour se laver les mains.

— Je ne sais pas si Hannah est partie pour longtemps. En tout cas, elle a laissé de la vaisselle sale dans l'office.

McVey la rejoignit aussitôt et compta. Il y avait dix assiettes, six bols avec des restes de nourriture séchée et une seule tasse à café qui empestait le fuel.

Il revint faire sentir la tasse à Brigham qui enfilait sa veste.

— Un reste de ton whisky pourri ?

Brigham renifla la tasse.

— Punaise ! Et on vient de boire ça avec du *ginger ale* ! J'aurais dû vérifier les placards en entrant. Je ne devais pas avoir les idées en place à cause de ces deux balles que j'avais, plantées dans l'épaule.

— Tu veux peut-être porter plainte ? Je serais heureux de prendre ta déposition pendant que tu me fais faire le tour de ta propriété de dresseur de corbeaux.

Sur ce, McVey prit un verre avec un dépôt rouge au fond.

— Du sang de corbeaux, je présume ?

Amara s'empara du verre et sourit.

— Nana dit qu'on finit par y prendre goût.

Elle essuya une tache rose sur le bord.

— Si Hannah a bu du sang de corbeaux, et une rasade de whisky par-dessus pour faire passer le goût, il est possible qu'elle soit tombée raide morte entre ici et une des dépendances. « Mort » égale « pas de vibrations », c'est ce que dit la légende.

Une nouvelle rafale de vent accompagnée de pluie s'abattit sur la maison. McVey remonta la fermeture Eclair de sa veste.

— Débarrassons-nous de ça. Si Hannah est là, il faut qu'on la trouve.

Il se tourna vers Brigham qui restait planté dans le cellier.

— Sais-tu s'il y a de l'électricité dans l'autre aile ?

— J'ai des doutes.

Il regarda Amara en riant.

— Mais je parie que c'est infesté d'araignées.

Brigham avait raison, il n'y avait pas d'électricité dans l'aile est. Et il avait encore raison, c'était plein de toiles d'araignées. Amara en dénombra un grand nombre dès la première pièce.

— Comment peux-tu savoir, demanda-t-elle au dresseur de corbeaux, que j'ai la phobie des araignées ?

Ils avaient fini de visiter les pièces du bas et se trouvaient dans un long couloir au premier étage. Il faisait sombre et il régnait une vilaine odeur de poussière et de renfermé.

— C'est peut-être un petit corbeau qui me l'a dit.

Il dirigea le faisceau de sa lampe vers elle et éclata de rire.

— OK, c'est McVey qui m'en a parlé. Pendant que tu cherchais tes instruments pour me torturer, il m'a demandé d'aller voir sous la table. Il m'a demandé ça à moi, Amara, moi le type avec deux balles dans le bras !

— A ta disposition si tu veux porter plainte, lança McVey qui descendait du grenier. Alors ?

L'air dégoûté, Amara dégagea la toile d'araignée collée à sa main.

— Rien, et toi ?

— J'ai repéré des petites remises et un bâtiment plus grand qui devait être une grange ou une écurie, autrefois.

— Elle est peut-être chez des voisins ? suggéra Brigham. Comment allait sa jambe ?

— Enflée comme un ballon de rugby, d'après l'oncle Lazarus, précisa McVey.

Il tendit une casquette à Amara.

Elle se l'enfonça sur la tête et boutonna son manteau de pluie.

Puis McVey lui prit la main.

— Toi et moi, on va à gauche. Lui, à droite.

Il donna une lampe torche à Brigham.

— Et ne va pas te figurer que le bonhomme que tu as vu tout à l'heure est parti. Parce qu'il n'est sans doute pas aussi délicat que moi et ne se contentera pas de te tirer dans l'épaule.

Brigham hocha la tête et partit en traînant des pieds, ce qui fit presque sourire Amara.

— Je préfère Brigham, mais il me fait quand même penser à Jake, ce qui n'est pas étonnant compte tenu que ce sont tous les deux des Blume. D'ailleurs, il a l'air de se méfier du penchant de ton adjoint pour les armes à feu.

McVey abaissa la visière de sa casquette.

— Tu as vraiment une drôle de famille, Chaperon rouge !

Puis il changea de sujet :

— La grange se trouve à moins d'une centaine de mètres sur la gauche. Reste bien derrière moi.

Le vent avait forci et la pluie tombait à verse. Le sol boueux collait aux bottes d'Amara qui renonça à courir. Même s'ils trouvaient Hannah, comment, sous ce déluge, pourraient-ils la ramener jusqu'au pick-up de McVey ?

Et si eux ne pouvaient pas revenir, pensa-t-elle en approchant de la grange, leur poursuivant ne le pourrait pas non plus. Voilà qui n'avait rien de réjouissant !

La grange était en plus piteux état encore que le manoir. Un tiers du toit et le mur qui regardait l'océan avaient été arrachés. Il n'y avait aucun signe de Hannah, juste une dizaine de vieilles voitures à l'abandon. Des antiquités rouillées.

— Que fait-on maintenant ? demanda-t-elle en retrouvant Brigham dans la partie centrale.

McVey éclaira l'escalier avec sa lampe torche.

— Il n'y a qu'ici que nous n'avons pas regardé, dit-il.

— Avec une jambe comme un ballon de rugby, je doute qu'elle ait pu monter les marches, objecta Amara.

— On peut déjà regarder au rez-de-chaussée.

Brigham se chargea des pièces de devant tandis que McVey et Amara allaient faire le tour des pièces du fond.

— Voilà une cuisine qui doit dater de mes arrière-arrière-arrière-grands-parents ! s'exclama-t-elle.

Avançant prudemment, elle éclaira une cheminée dans laquelle on aurait pu faire rôtir un bœuf. Puis des placards, sans porte, et des appareils si vieux qu'ils auraient mérité une place dans un musée.

— Hannah ?

Son appel resta sans réponse mais résonna contre les murs.

— Brigham a peut-être raison, McVey. Elle est peut-être partie chez des voisins et elle…

Elle ne termina pas sa phrase. McVey lui avait empoigné le bras et l'obligeait à s'accroupir.

— Il y a quelqu'un sous les arbres.

A la lueur d'un éclair, Amara distingua vaguement une silhouette, mais s'agissait-il d'une forme humaine ou d'un animal ? Un daim, par exemple ? Elle n'aurait su le dire.

Toujours en tête, McVey passa de fenêtre en fenêtre jusqu'à la porte.

— C'est comme si on traversait Bellam Bridge et qu'on se retrouvait dans un film d'horreur, murmura-t-elle. Et si c'était encore un dresseur de corbeaux, McVey ?

— J'essaierai de ne pas viser un organe vital ! Reste ici, Amara. Ne bouge pas, mais tiens-toi prête. Si quelqu'un que tu ne reconnais pas approche, tire un coup de feu en l'air. S'il continue à avancer, tire-lui une balle dans les jambes.

Tout en parlant, il ouvrit doucement la porte.

Amara posa la main sur le plancher. Elle se serait relevée si elle n'avait compris ce que ses doigts touchaient.

— McVey ? Peux-tu éclairer de ce côté, s'il te plaît ?

— Pas maintenant, Chaperon rouge.

— Si, tout de suite.

Sa gorge se serra. Prenant son courage à deux mains, elle baissa les yeux.

McVey éclaira le sol puis le faisceau de la lampe fit briller deux yeux. Deux yeux verts. Sans vie.

Choquée, Amara porta la main à son cœur. Ces yeux verts, ces yeux morts étaient ceux de la cousine de son oncle. Hannah Blume.

10

Selon Amara, Hannah était morte depuis déjà deux jours. Apparemment, et si l'on pouvait encore accorder un quelconque crédit aux apparences, elle s'était fracassé la tête en tombant sur l'angle d'un comptoir. Cependant, que faisait-elle, avec sa jambe enflée, à cet endroit ?

— Elle avait peut-être un peu perdu la tête ? avança Brigham.

McVey commença à chercher des indices en prenant soin de ne toucher à rien.

— Elle sera venue ici sans trop savoir où elle allait, poursuivit Brigham. Elle se sera égarée.

— Possible, marmonna McVey sans prêter grande attention aux supputations du dresseur de corbeaux.

Il prit des photos de la scène, tandis que Brigham allait chercher un drap dans une chambre attenante.

De retour, il le donna à Amara. Elle le déplia sur la morte.

Tous trois posèrent un dernier regard sur la vieille dame puis ils quittèrent la partie centrale du manoir et rejoignirent par l'extérieur l'aile où vivait Hannah.

— Il y a une panne de courant, observa McVey. Tout était allumé tout à l'heure quand nous sommes sortis de cette aile.

— C'est fâcheux, intervint Brigham, parce que je n'ai pas vu de groupe électrogène dans les appentis.

— Il n'y en avait pas non plus dans la grange, renchérit Amara.

Dès l'entrée, McVey actionna le premier interrupteur à

portée de main. Comme il ne se passait rien, il releva le col de sa veste et ressortit.

— Avec l'homme mystère qui court toujours, je sens que la nuit va être longue.

— On sait peut-être des choses…, avança Brigham. Mais je veux d'abord des assurances, McVey.

— La seule assurance que je peux te donner, c'est que je ne suis pas Tyler.

Brigham cacha mal sa déception.

— Moi non plus. Allez, ça roule. Allons-y. C'est loin.

Ils avancèrent à la queue leu leu, Amara entre eux deux. Le tonnerre grondait toujours, les éclairs s'en donnaient à cœur joie et la pluie aussi. Marcher sans glisser relevait de l'exploit. Amara était hantée par le regard vitreux de Hannah et par la quantité de sang qui s'était échappé de sa blessure et avait séché.

Oncle Lazarus ne le montrerait sans doute pas, mais il allait être très choqué puisque, elle, Amara, qui ne connaissait pas Hannah, était bouleversée.

Le bois au nord de la propriété n'en finissait pas. Malgré les séances de fitness qu'elle suivait cinq fois par semaine, elle avait les jambes tétanisées à force de grimper, d'escalader, de descendre, de remonter, de sauter par-dessus fougères et racines aériennes. Un vrai parcours du combattant. S'ils continuaient longtemps, ils allaient finir par passer une frontière !

Peu à peu, des petits points lumineux se dessinèrent. Comme ils approchaient d'une espèce de clairière, des camping-cars de toutes tailles, de tous âges, neufs et vieux, apparurent à leur tour.

S'attendant au pire, Amara suivit Brigham vers une caravane un peu à l'écart.

— C'est la mienne, dit-il en ouvrant la porte. Entrez et installez-vous. Et ne bougez pas. Je viendrai vous chercher demain matin. Enfermez-vous. Vos téléphones portables doivent marcher. On a piraté trois satellites de télévision. Sur l'un d'eux, ils passent des vieux films vingt-quatre heures sur vingt-quatre. Il y a de quoi manger dans les placards. Je suis désolé pour Hannah, Amara. Dormez bien.

Brigham parti, Amara regarda autour d'elle. Un repaire de célibataire, songea-t-elle. D'homme célibataire. Rien n'était rangé, des vêtements et de la vaisselle traînaient, les meubles tenaient avec des bouts de ficelle, un seul objet était impeccable : le téléviseur. Il devait avoir quarante ans, mais il n'y avait pas un grain de poussière dessus. Juste devant trônait un fauteuil au dossier en forme d'aile de corbeau.

— Pas mal, fit McVey qui se tenait derrière elle. Au moins, c'est hors des sentiers battus.

— Oui. Pour un coin perdu, c'est un coin perdu !

Il passa devant elle.

— Peut-être, mais un coin perdu où je suis bien content de me trouver.

— Moi aussi ! reconnut-elle. A condition qu'on veuille bien nous laisser repartir… Je dois dire que la perspective de passer la nuit sans électricité, à quelques dizaines de mètres d'une morte, avec un tueur en liberté dans les parages ne me réjouissait pas. Ici, je suis nettement plus rassurée.

— Bravo, Chaperon rouge, c'est bien d'être positive.

Elle toucha une clochette faite de petits corbeaux, qui carillonna. Le son, joyeux, la fit sourire.

— Je suis apparentée à ces gens et, théoriquement, je ne risque rien. Evidemment, il y a tout ce que l'on raconte sur les dresseurs de corbeaux…

McVey posa leurs sacs sur un canapé quelque peu défoncé.

— J'espère que mon badge me permettra de sortir vivant de cette aventure.

Amara accrocha leurs vêtements de pluie sur un portemanteau et, ayant comme un creux à l'estomac, se dirigea vers la kitchenette.

— A ton avis, McVey, comment Hannah est-elle morte ?

— Très franchement, je ne pense pas que Willy Sparks soit dans le coup, si c'est ce que tu veux savoir. Malgré tout, il faudra mener une enquête.

— Sur le deuxième paquet de café aussi, ajouta-t-elle.

— J'ai demandé à Jake de faire parvenir au labo les deux

paquets de café ainsi que des échantillons du café qu'on a préparé.

Amara ouvrit un placard.

— De la soupe en conserve ! Ça alors !

— Qu'est-ce qui te surprend ?

— Voyons, McVey, regarde autour de toi. Il n'y a pas un magasin à l'horizon. Je m'attendais plutôt, de la part de gens qui vivent dans des coins aussi reculés, à ce qu'ils élèvent eux-mêmes leurs poulets, cultivent leurs légumes, leurs herbes aromatiques, bref, qu'ils fassent eux-mêmes leurs soupes, leurs sauces et je ne sais quoi encore.

— Ils sont peut-être trop pris par le dressage des corbeaux pour avoir le temps de préparer des soupes et le reste. De toute façon, peu importe, la nourriture en boîte, ça me va très bien.

— C'est triste.

Elle ouvrit le réfrigérateur.

— Ah, ça, ça me plaît davantage. Je vois de la confiture maison, de la bière maison en bouteille, des trucs qui ressemblent à des petits gâteaux… Mais je ne garantis pas la fraîcheur !

— Personnellement, je n'y goûterai pas.

Amara referma la porte en riant et s'y appuya.

— Quand j'étais petite, Nana et ma tante… la sœur d'oncle Lazarus, Maureen … faisaient tout pour développer mon côté Bellam. Je ne dis pas qu'elles m'encourageaient à prononcer des messes basses ou à préparer des potions magiques mais…

— Ton oncle Lazarus pourrait entamer une procédure contre toi pour lui avoir jeté un sort.

— Je ne pense pas qu'il m'ait prise pour une sorcière. Il a simplement trouvé la coïncidence amusante et il a fait semblant. En fait, c'est vrai que je perçois des choses. Je ne sais pas comment l'exprimer sans risquer de paraître folle, mais il m'est arrivé de sentir s'il y avait de la vie quelque part ou pas.

— Tu fais allusion à Bellam Manor et à Hannah, c'est ça ?

— Je sentais qu'il n'y avait pas de vie dans la maison, McVey. Nulle part. Ni dans les ailes, ni dans le cœur du manoir. Les araignées ne comptent pas. Je parle de vie humaine. C'était mort.

Il se pencha pour fouiller dans une boîte en fer.

— Tu n'as pas à me vendre tes histoires d'ancêtres, Chaperon rouge. Je suis ouvert à tout, à toutes les croyances. Normal, avec la vie que j'ai menée.

— Pourquoi ? Tu n'as pas toujours été dans la police ?

— Je te l'ai déjà dit. Et toi ? Tu as toujours été médecin ? répondit-il, sur un ton un peu agressif.

— Non, mais j'ai toujours su que c'était ce que je voulais faire.

— Pour embellir l'humanité ?

— Si l'on veut.

Mais certainement pas comme il l'imaginait.

— Raconte-moi comment tu as fait pour connaître l'homme au couteau avant d'être policier ?

— Je connaissais beaucoup de monde dans le temps.

Il sortit une bouteille de la boîte en fer et souffla sur la poussière.

— Du vin. Le fameux sang de corbeaux ?

— Je ne vois pas d'étiquette, mais sans doute. Comment l'as-tu connu, McVey ?

— Si je te dis que la vérité risque d'ébranler la confiance que tu as en moi, que feras-tu ?

Un sourire sur les lèvres, elle passa derrière lui et posa les mains sur ses épaules. Se penchant, elle lui chuchota à l'oreille :

— Je suis dans une roulotte qui appartient à un dresseur de corbeaux, McVey. On colporte des histoires effrayantes sur les dresseurs de corbeaux. Jimbo, le frère de Jake, se cachait sous un lit quand on lui en racontait. Ils ne sont pas pires que les fauconniers. Brigham est le seul dresseur que je connaisse. Il me semble fréquentable.

Elle s'approcha un peu plus de son oreille.

— Hannah est morte, l'orage est toujours là et on a tous vu quelqu'un rôder autour du manoir. Quelqu'un qui, comme nous, a peut-être traversé le pont et se trouve coincé de ce côté-ci. Il y a de fortes chances pour que cette personne soit Willy Sparks. Je crois que tu sauras négocier avec lui car négocier avec les malfrats, c'est ton métier. Donc, à part me dire que tu étais tueur en série, je ne vois pas ce que tu peux me raconter de ton passé qui ébranlerait ma confiance en toi.

Il tourna légèrement la tête mais pas suffisamment pour qu'elle puisse lire son expression.

— Je te l'ai déjà dit, je suis un enfant trouvé. Ce que je ne t'ai pas dit, en revanche, c'est que la famille qui m'a recueilli faisait partie d'un réseau de contrebandiers.

— Vraiment ? Non ! Tu plaisantes ?

— Pas du tout. Oh ! C'était du petit trafic. Ils passaient du matériel de récupération et des objets d'artisanat d'Amérique centrale. Pas d'armes, pas de drogue. Mon père était brocanteur, il avait une petite boutique d'antiquités. Ma mère tenait les comptes. Et moi, j'étais au milieu. Tout s'est très bien passé jusqu'au décès de ma mère. J'avais dix-sept ans. Deux ans plus tard, c'est mon père qui a eu une crise cardiaque. Il savait que je ne m'en sortirais pas, alors il m'a arraché une promesse. Il m'a demandé de le laisser mourir et de fermer le magasin car, sans lui, il péricliterait très vite. Je lui ai dit oui et j'ai tenu parole.

— Tu es donc devenu policier.

— Oui.

— Et ensuite ?

Un sourire triste passa sur ses lèvres.

— J'ai toujours mon badge, Chaperon rouge.

— Oui, mais c'est le badge de Raven's Cove.

— Pourquoi dis-tu ça ? Tu veux que je démissionne pour laisser la place à Jake ?

Elle préféra changer de sujet.

— Au risque de me répéter, je te repose la question : d'où sort l'homme au couteau ?

Des éclairs, suivis de coups de tonnerre, les firent sursauter.

— Il s'appelle Westor Hall. Quand ma mère est morte, mon père s'est laissé convaincre de développer l'affaire. C'est devenu compliqué, stressant. Beaucoup de personnes se sont retrouvées impliquées. Westor, sa sœur, son père et même deux de ses oncles. La sœur de Westor est morte il y a quelques mois et il est convaincu que c'est ma faute. Du coup, il veut se venger.

— Mais pourquoi est-ce moi qu'il a menacée avec son couteau ?

— Il nous a vus ensemble. Ça lui suffit. Mais il ne te fera pas de mal. Il aime faire peur — jouer à faire peur — mais ce n'est pas un tueur. Tout ce qu'il veut, c'est que tu saches tout de mon vilain passé.

— Ah ? C'est ce qu'il veut ?

— Oui, il fonctionne comme cela. Tu es une belle femme. Tu es avec moi. Tu dois m'aimer.

Elle laissa échapper un petit rire gêné.

— Quelle drôle de façon de raisonner.

Incapable de résister, elle se serra contre lui. Comment s'en empêcher quand la pluie qui tombait à seaux et crépitait sur le toit et les fenêtres du camping-car lui donnait envie de chaleur humaine ?

Cela faisait un moment qu'elle luttait contre les sentiments que McVey lui inspirait. Depuis l'instant où il l'avait touchée dans la cuisine de sa grand-mère Nana, elle n'avait plus pensé qu'à lui, ou presque. Et là, alors qu'ils étaient seuls au fond de ce bois plein de mystère, ce n'était plus une lutte qu'elle devait mener mais une vraie guerre.

Du revers de la main, elle lui caressa la joue.

— Dis-moi, McVey, sais-tu si Westor a deviné mes sentiments ?

Il empoigna ses bras et la regarda droit dans les yeux.

— Tu veux dire entre toi et moi ? Je ne suis pas sûr de bien comprendre… Serais-tu en train de me laisser entendre que je te plais ? Je suis flic. Dans mon métier, je suis très à l'aise mais, pour le reste, je suis nul.

Sa réponse la glaça, mais elle continua de sourire.

— Bien. Donc tu n'envisages pas de te marier. Parce que, en tête de liste de mes projets immédiats, j'avais : séduire le nouveau chef de la police de Raven's Cove. Donc, le séduire, faire l'amour avec lui, entretenir une relation durable et faire en sorte qu'il s'engage. Après tout, McVey, on se connaît depuis vingt-quatre longues heures maintenant.

— Amara…

— Tout va bien. Je ne suis pas en colère.

Peut-être, mais elle repoussa sa main.

— Je ne suis pas effondrée non plus, je ne me faisais pas d'illusions. Mais je suis vexée. Oui, je me sens offensée. Et je te promets que si, d'ici cinq secondes, tu ne m'as pas lâchée, tu vas recevoir une bonne claque sur la figure.

— Ecoute, tu es fatiguée. Tu en as vu beaucoup aujourd'hui et…

— Oui, beaucoup.

Il lâcha son bras.

— Et en bon flic, maugréa-t-elle, tu te figures que j'ai peur. Pire, tu penses que je vais me réfugier dans tes bras et, quand j'y serai, tu te sentiras obligé de me protéger parce que je ne suis qu'une faible femme.

Elle criait presque.

— Je ne suis pas Yolanda, McVey. D'accord, je sais que c'est vache. Et si je suis vache, c'est que je suis plus dépitée que je ne veux bien l'admettre. J'ai eu tort de m'aventurer sur ce terrain-là et, franchement, je ne pense pas que ce soit le moment de me toucher.

Il scruta son visage, l'air inquiet.

— Je te sens au bord de la crise de nerfs.

Elle ferma les yeux puis explosa de rire.

— J'aurais le droit d'être énervée, non ? Mais justement je ne le suis pas ! Je suis…

Elle releva la tête, cherchant ses mots.

— … je suis ? Je n'en sais rien. Si, irritée. Frustrée.

— Mentalement, sentimentalement ou sexuellement ?

De nouveau, elle éclata de rire.

— Parlons d'autre chose, tu veux bien ? Parce que cette conversation est trop tortueuse pour moi. Tu me dis que tu ne veux rien commencer avec moi et, maintenant, tu me demandes si je suis frustrée sexuellement. Si je dis oui, ou simplement peut-être, on revient à la case départ. J'en conclus qu'il vaut mieux que je réponde non… Mais… qu'est-ce que tu fais ?

— Une chose que je ne fais pas souvent, Chaperon rouge.

Plongeant ses yeux dans les siens, il passa la main dans son dos et l'attira à lui.

— J'ai changé d'avis.

La main plaquée sur sa chemise, elle le repoussa doucement.

— Pas moi, McVey. Alors, on en reste là. J'ai mes boulets, moi aussi. Un passé. Un échec sentimental. Un ex qui aurait voulu que je me conforme à ses désirs.

— Je ne te demande rien, Amara.

Il la serra plus intimement.

— Et j'aimerais que tu en fasses autant.

Comme sa bouche se trouvait à quelques petits centimètres de la sienne et que c'était, depuis le début, ce dont elle rêvait, elle se détendit. Ce n'était qu'un baiser après tout.

Il lâcha son dos pour prendre sa nuque et, du bout du pouce, caressa la peau très douce sous son oreille. Puis, brusquement, il lui empoigna les cheveux, la plaqua contre lui et happa sa bouche.

Etourdie, elle battit des paupières et, complètement retournée, ferma les yeux. Un mot alors se mit à flotter devant ses paupières closes. Un seul mot.

Problème. Problème. Problème.

Un seul mot qui revenait en boucle.

Et qui n'avait rien à voir avec Jimmy Sparks, le tueur.

McVey ne pouvait plus s'arrêter. Il avait envie d'elle, une envie rageuse, dévastatrice, incontrôlable.

La toucher, l'embrasser avait suffi à l'embraser. Il ne raisonnait plus. Ne s'appartenait plus. Il n'avait rien éprouvé de pareil depuis ses seize ans. Il en avait pourtant le double. Les années l'avaient endurci, ses expériences l'avaient rendu amer, cynique… et dur comme la pierre.

Et pourtant, en cet instant…

Il lâcha sa bouche et sa langue, se mit à faire courir ses lèvres partout sur son visage, à pétrir ses seins.

— McVey ?

— Non, marmonna-t-il.

— McVey, j'entends … de la musique.

Lui, non. Seulement le sang qui cognait dans ses tempes. Et la pluie, le tonnerre.

Et le sang cognait de plus en plus fort… Mais ? Etait-ce une voix qui appelait ?… Et, elle avait raison, il y avait de la musique.

Prenant les bras d'Amara, il s'écarta d'elle pour écouter et jura.

— C'est ton téléphone, non ?

— Je ne sais pas. Peut-être.

— Ne bouge pas, dit-il cherchant sa veste des yeux. Il y a quelqu'un à la porte.

De nouveau, il pesta.

Cette fois, les coups à la porte de la caravane furent très nets.

— McVey ! Amara ! Répondez ! Décrochez ! Faites quelque chose !

Amara sortit son téléphone de sa poche et regarda l'écran.

— Brigham ?

— Ouvrez, bon Dieu !

McVey déverrouilla la porte et donna des coups de pied dedans pour la débloquer.

— Qu'est-ce qui se passe ?

Brigham empoigna McVey par la chemise et le secoua.

— Une caravane est tombée des cales sur lesquelles elle était posée. Rune, le propriétaire, est sorti pour la remettre d'aplomb, mais la pluie et tout ça… le bord du ravin a cédé. La caravane a glissé dedans jusqu'à la moitié et Rune est coincé dessous. Je n'arrive pas à le sortir, je suis trop gros et trop lourd pour me faufiler avec une corde. Mais faut faire quelque chose et vite, sinon il est mort.

McVey prit la veste qu'Amara lui tendait et lança à Brigham :

— Montre-moi où c'est.

Et ils partirent tous les trois sur les lieux de l'accident.

Très vite, il apparut que seule Amara pouvait se glisser sous la caravane en équilibre instable. Une chaîne d'hommes et de femmes se forma pour tenir la corde qui retenait McVey pendant qu'Amara essayait d'atteindre le malheureux coincé sous sa « maison ». Après trois essais infructueux, elle réussit à passer la corde autour de la poitrine de Rune et à la nouer assez serrée pour qu'elle ne se défasse pas.

Arc-bouté contre le bord du ravin, McVey commença à tirer. Brigham le retenait par-derrière, lui-même retenu par les hommes venus à la rescousse.

La pluie les fit glisser plus d'une fois. Il fallut plus d'une heure pour que l'opération sauvetage réussisse.

Finalement, tous se congratulèrent et Rune remercia la foule. Mais il était blessé à la jambe. Tandis qu'Amara se proposait de le soigner, Brigham les conduisit jusqu'à la grange des dresseurs de corbeaux.

Des feux y ronflaient dans trois poêles à bois, des bâches fermaient toute la partie arrière et des transistors hurlaient à plein volume des airs d'un groupe de rock.

Marta, la maîtresse des lieux, les accueillit chaleureusement, et Amara s'installa sur le plancher de bois pour recoudre la jambe de Rune. McVey, lui, observait en silence.

Brigham s'absenta quelques instants et revint avec deux flacons de sang de corbeaux et plein de gobelets. Il posa son plateau de fortune sur une souche, déboucha les flacons avec les dents et servit tout le monde.

— Marta dit que tu es le bienvenu.

McVey, souriant, accepta le gobelet que Brigham lui tendait.

— La logique, si je suis le bienvenu, c'est que je ne cherche pas à savoir ce qui se passe derrière les bâches que je vois là. Si je ne me trompe pas, il doit y avoir cinq ou six alambics et une distillerie illégale. Marta est maligne.

Brigham goûta le vin.

— Elle n'aurait pas vécu si vieille si elle était idiote.

Il haussa le ton.

— Tu es la bienvenue toi aussi, Amara.

— Une Bellam bienvenue ? Ça, c'est une première.

— Ça ne se reproduira sans doute plus jamais, alors finis de recoudre la jambe de Rune et viens boire avec nous le sang de corbeaux des Blume.

Elle lança un regard en direction de McVey.

— Je vais être tellement pompette avec ça que si le tueur nous a suivis jusqu'ici et qu'il me tue je ne m'en rendrais même pas compte. Alors oui, buvons !

McVey goûta le vin, rouge comme du sang, et l'apprécia, ce qui le surprit.

— Très bon, fit-il. Quant à toi, Amara, sache que Willy Sparks ne fait pas exploser les têtes. Il te poussera dans le ravin ou essaiera. Mais avant cela il faudra qu'il me passe sur le corps et sur ceux de cinquante dresseurs de corbeaux.

Sur ces mots, il leva son gobelet et, espérant de toutes ses forces pouvoir tenir sa promesse, il rit.

— Au plaisir d'être les bienvenus !

— Foutu pont ! grommela Willy. Quel cauchemar !

Après une première tentative ratée, il finit par le franchir et les loupiotes de Raven's Hollow apparurent enfin.

— Je l'aurai, bougonna-t-il tout bas. Elle me paiera ça. Et le flic aussi. Ça lui apprendra à s'en mêler. A cause de lui, tout est dix fois plus difficile. Il est qui pour jouer les chevaliers blancs ? Plus personne aujourd'hui ne met ses jours en danger pour une parfaite inconnue. D'accord, Amara est minette, mais il est question de vie ou de mort !

Et, à propos de mort, il lui réglerait son compte une fois qu'il se serait occupé d'Amara.

Ce qui devrait attendre, puisqu'ils étaient d'un côté du pont, et lui, de l'autre.

Ne restait donc qu'à profiter de la nuit pour s'amuser et s'envoyer en l'air, décida-t-il. Les gens du coin lui avaient conseillé d'aller au Red Eye.

Ce soir, je prends mon pied, se promit-il. Et s'il parlait trop à cause de l'alcool, eh bien, pas de problème. Il n'y avait pas que les flics et les témoins qu'il pouvait éliminer. Que disait oncle Jimmy à ce propos ? « Pour que ce soit parfait dans ce business, faut s'exercer. »

Willy se mit à rire tout seul. Ouais, il allait commencer par le Red Eye. Y avait sûrement pas mieux pour une bonne soirée.

11

— Ce n'est pas ton combat, Annalee…

Les mots dansaient dans la tête d'Amara, se tordaient comme des fils d'argent qui peu à peu s'enroulaient pour former une boule noire. Il y avait aussi une marmite, un chaudron plutôt, et l'odeur d'un café que, pour rien au monde, elle n'aurait bu.

La scène s'effaça peu à peu laissant la place au vide. Où était-elle ?

Un corbeau au bec rose, assis sur une chaise, limait ses griffes.

— Tu es tellement naïve, Amara… Je t'ai dit que McVey est à moi. Pourquoi tu n'écoutes pas ? Tu n'écoutes jamais. Tu as la tête dure, oncle Lazarus a raison.

L'oiseau cessa de se limer les griffes et lui agrippa le poignet.

— Tu l'as beaucoup fait rire, c'est ça ?

Cette scène s'effaça à son tour et une autre suivit, avec une femme couverte de plumes noires. Elle avait le visage crayeux de Hannah et ses yeux verts sans vie. Seule sa bouche, aux lèvres minces, bougeait.

— Pourquoi suis-je dans cette partie du manoir ? Pourquoi ne suis-je pas morte dans mon lit ?

Comme un décor de théâtre qui disparaît dans les coulisses, cette scène aussi s'évapora. La marmite noire réapparut. Un liquide rouge, épais et bouillonnant déborda. Une main de femme plongea dans le magma et en sortit quelque chose qu'elle tint en l'air pour qu'on le voie bien.

Amara suffoqua. Son cœur cessa de battre une seconde.

C'était sa main. C'était aussi son visage qui la fixait, le regard horrifié par l'espèce de racine qu'elle brandissait.

Les lèvres étaient les siennes, enfin non, pas les siennes. Elles bougeaient. La voix qui en sortait n'était assurément pas la sienne.

— Tu ne te rappelleras rien de cette nuit, Annalee…

Amara se réveilla en sursaut, stressée, le corps tendu comme un arc. Qui était cette Annalee qu'elle ne connaissait pas mais dont le nom était si familier ?

Retombant sur le matelas défoncé de Brigham, elle fixa le toit de la caravane. Délirait-elle à cause du vin qu'elle avait bu ?

— Tu as crié ?

Surprise, elle se releva sur un coude.

C'était McVey, en jean et torse nu, qui se tenait dans l'embrasure de la porte.

— Je suis… heu…

Elle avait déjà vu des hommes torse nu, évidemment ! Mais jamais un spécimen pareil, beau, désirable, incroyablement sexy avec ses cheveux trop longs et ses yeux mi-clos qui lui donnaient l'air faussement endormi.

— Tu as vu quelque chose ? Quelqu'un ? Un éléphant rose ?

Elle tenta de se ressaisir, vérifia si elle était décente.

— Non. Tout va bien. J'ai simplement fait un rêve. Un rêve bizarre.

— Comme tous les gens qui boivent le sang du diable.

— Le sang de corbeaux, corrigea-t-elle.

— Le whisky du diable, alors.

Remontant le drap sur sa poitrine, elle détailla McVey, mi-surprise, mi-amusée.

— Tu as bu leur whisky, toi aussi. Et tu peux marcher ?

— Pas très droit pour l'instant.

Toujours adossé au chambranle de la porte, il leva les bras au-dessus de sa tête. Ses yeux, posés à hauteur de ses seins, brillaient trop.

— Je n'ai jamais eu pareille gueule de bois, reconnut-il. J'ai une armée de corbeaux qui volent dans ma tête. Des corbeaux bavards, en plus.

— C'est parce qu'on en a vu hier soir. Dans les attractions qu'ils nous ont présentées en avant-première. Mais je suis à peu près sûre que ce ne sont pas des vrais. Ils avaient les yeux rouges.

En soupirant, elle rejeta la tête en arrière.

— Ce vin monte à la tête. Il est vraiment costaud.

— C'est le moins qu'on puisse dire.

McVey se frotta les yeux.

— Si je n'ai pas les idées en place — ce qui est le cas en ce moment — rappelle-moi, quand nous serons de l'autre côté du pont, de prendre contact avec le capitaine du lieutenant Michaels et le labo. S'il y avait du poison dans le corps de Michaels ou dans le café, je tiens à en être informé.

— Charmant ! Maintenant, pour être moins sombre, Brigham dit que les dresseurs de corbeaux vont donner une parade dans Main Street, dimanche soir.

— Je sais, j'en ai été informé. Maintenant que je suis *bienvenu*, Marta me demande ma parole que je ne *verrai* pas ce qu'ils vendent à la fin de la parade.

— Les dresseurs de corbeaux vendront ce qu'ils vendront, McVey, que tu le veuilles ou non. Ils ne se sont jamais gênés avec Tyler. Et oui, je sais, tu n'es pas Tyler. Maintenant, s'il te plaît, peux-tu m'aider à me lever ?

— Si tu ne peux pas le faire toute seule, je vais t'aider. Avec plaisir !

Sa réponse la fit rougir. Ce n'était pourtant pas le moment de fantasmer. Il n'était pas question d'amour entre eux. Il le lui avait clairement dit.

D'un geste, elle lui fit signe de se retourner et s'entortilla dans le drap pour se lever.

— On dirait que ton jean sonne, dit-elle. Un, deux, trois… Un deux trois…

— Tu peux arrêter de compter, Chaperon rouge. C'est mon portable.

Il le sortit de sa poche et consulta l'écran.

— C'est Westor Hall.

— Pourquoi t'appelle-t-il ?

— Il veut me retrouver ce soir au Red Eye.

— Tu es sûr que ce n'est pas un tueur ?

— Jusqu'à présent, non.

Il haussa les épaules.

— Mais tout le monde a un prix.

Amara s'approcha de la fenêtre. La brume matinale se dissipait.

— Tu peux me dire pourquoi je me sens plus en sécurité de ce côté-ci du pont que de l'autre, hier soir ?

Il s'avança vers elle, prit son menton dans sa main et déposa un léger baiser sur ses lèvres.

— Méfie-toi quand même, Chaperon rouge. Compte tenu de ce que j'ai observé dans le manoir, le coup que Hannah Blume a reçu à la tête ne provient pas d'une chute, c'est quelqu'un qui l'a frappée.

C'était de plus en plus fou, s'inquiéta McVey. Qui pouvait en vouloir à cette femme solitaire et inoffensive au point de la tuer ?

— Je pense que c'est un Bellam qui a fait le coup.

Nerveux, Jake faisait les cent pas dans le poste de police de Raven's Hollow.

— Ils sont nombreux là-haut dans le bois et ils sont menaçants. Dites-moi que vous ne pensez pas comme moi, McVey.

— Je ne pense rien pour l'instant. Tout ce que je sais, c'est que Hannah ne s'est pas cogné la tête en tombant.

— Et comment le sais-tu ? intervint Amara.

Il leva les yeux de son ordinateur.

— Quand tu observes la scène, tu vois tout de suite que la position du corps n'est pas normale. Tu l'as dit toi-même, le choc l'a tuée sur le coup, ce qui veut dire qu'elle est tombée comme une pierre. Or, on l'a retrouvée loin du comptoir, dans une mare de sang.

Un muscle se contracta dans la joue de Jake.

— Ça craint, McVey.

Amara s'éloigna.

— Sois heureux, Jake, tu n'auras pas à le dire à oncle Lazarus. Et sois heureux aussi de ne pas avoir eu à traverser le pont de Bellam Manor, deux fois en dix-huit heures. Il y a sans doute un autre chemin pour y arriver.

Jake ricana :

— Pourquoi tu ne demandes pas à vos nouveaux copains, les dresseurs de corbeaux ? Ils doivent savoir, eux.

Amara s'arrêta de marcher, le front plissé.

— Je ne comprends pas ton agressivité. Ils sont de ta famille pour la plupart.

— Ils dressent des corbeaux. Ce n'est pas naturel. Ils sont bouilleurs de cru. C'est illégal.

Il posa les deux mains sur le bureau de McVey et se pencha vers lui.

— Ce que je veux savoir, c'est pourquoi on ne les interroge pas à propos de la mort de Hannah.

— Parce que…

McVey jeta un regard à Amara.

— … les analyses du café sont formelles, il n'était pas empoisonné, Chaperon rouge. Quant à Michaels, le médecin légiste n'a pas encore rendu ses conclusions. Il veut encore vérifier qu'il n'y a aucune trace de poison ni dans le sang, ni dans les urines, ni dans les tissus.

— Ce ne sera peut-être pas facile à trouver. Il faut que je parle à oncle Lazarus.

— Son neveu, celui qui vit avec lui, R.J. je crois, a dit qu'il se trouve à Bangor et qu'il ne répondrait pas au téléphone tant qu'il serait là-bas.

— Je n'avais pas l'intention de lui annoncer la mort de Hannah au téléphone, McVey. J'attendrai qu'il revienne.

— R.J. dit qu'il rentrera tard.

Elle haussa un sourcil.

— Tu veux que j'aille à la clinique en attendant, c'est ça ?

— Cela t'occupera, oui.

— Je vais passer le temps avec les malades.

— Avec les malades *et* mon adjoint.

Jake en sembla agacé.

— J'ai du travail à Raven's Cove, McVey.

Plus bas, il ajouta :

— Je ne veux pas être entouré d'une bande de malades.

— Parce que tu t'imagines que les malades vont découvrir, comme par magie, qu'il y a un médecin dans le bâtiment et s'agglutiner autour de toi ? répliqua McVey.

— Les nouvelles se propagent vite.

— Comme la rougeole, c'est contagieux !

Sur ce, McVey se retourna vers Amara.

— Depuis que son compteur électrique est tombé en panne, il y a six mois, Lazarus vit dans un vieux motel, le Nid du corbeau, un peu en retrait de l'ancienne voie express. Il n'y a rien d'autre après.

Amara parut réfléchir un instant.

— Il me semblait que la maison de sa sœur se trouvait dans le coin.

— Sa sœur est morte et sa maison est à l'abandon. Le dernier client du motel y a séjourné en mars et il a essayé de partir sans payer.

Jake éclata de rire.

— Je m'en souviens. Il y a eu une chasse à l'homme en voiture qui s'est terminée dans un arbre. Le type a été mis en cabane. Il était fou de rage et prétendait intenter un procès à l'arbre.

Il fit la grimace.

— Comme si sa vieille Pacer année 1972 avec ses pneus lisses et sa rouille partout valait quelque chose ! Même pas un cachou !

Amara se frotta les bras.

— Revenons à nos moutons. Tu penses, McVey, que je devrais rester en ville toute la journée ?

— J'ai rendez-vous avec le shérif du comté dans une heure et demie, répondit-il. Je pense que j'en ai pour deux heures. Lazarus ne sera peut-être pas rentré pour le dîner. Pour remercier Jake de son après-midi à la clinique, j'ai le plaisir de lui annoncer qu'il va passer une partie de la nuit au Red Eye.

L'adjoint ouvrit la bouche, comme pour protester, mais McVey ne lui en laissa pas le temps.

— Puisque tu vas passer l'après-midi avec des malades, je compense.

— Ah non ! Pas question que j'attrape la rougeole.

Amara pouffa.

— Je te vaccinerai, Jake. Ça tuera les germes. Sauf si ton système immunitaire est défaillant.

— Et s'il l'est ?

McVey fit le tour de son bureau.

— Il n'y a jamais rien de garanti dans la vie, Jake. Sauf ce qui va suivre. Si entre maintenant et la prochaine fois que je vois Amara il lui arrive quelque chose, je peux te garantir que tu seras couvert de plaques rouges. Et celles-là, crois-moi, ne seront pas dues à la rougeole.

La nouvelle de l'arrivée d'un médecin se propagea comme une traînée de poudre. Entre 14 heures et 19 heures, Amara ausculta vingt-cinq malades dont son cousin Two Toes Joe, propriétaire d'un bar à Raven's Cove et qui, comme son surnom le laissait entendre, n'avait que deux orteils au pied droit.

— Je me suis tiré une balle dans le pied, avoua-t-il en remuant les deux rescapés. Vaut mieux pas se viser le pied quand tu sépares des gars qui se battent à côté de toi. Un mauvais coup et *boum*, ça part !

Après ces propos dignes d'un grand sage, il abaissa son pantalon et lui montra sa hernie.

L'avantage d'être débordé, c'est que l'on ne voit pas le temps passer, se consola Amara.

Jake faisait la tête. Il rouspétait, évitant tous ceux qui toussotaient ou même éternuaient, mais il respecta l'ordre qu'il avait reçu de rester dans la salle d'attente jusqu'au départ du dernier patient.

— Tu diras à McVey qu'il peut me faire grâce du Red Eye, Amara. Toutes les bagarres qui éclateront à cause du festival, je les lui laisse.

— OK. Je lui transmettrai le message.

— De toute manière, ces bagarres, c'est des histoires à dormir debout. Nola Bellam aurait mieux fait de rester à Raven's Hollow. C'était sa place. Ce n'est pas la faute d'Ezéchias si elle a flirté avec Ezéchiel et lui a donné envie d'elle. Et c'est sûrement pas la faute d'Ezéchias s'il est devenu un peu fou après qu'Ezéchiel a violé Nola.

Il renifla.

— Pendant longtemps, tout le monde a cru à cette histoire, Amara. Jusqu'au jour où un Bellam est arrivé et l'a mise en doute.

— Si je me rappelle bien, confia Amara tout sourire, ton frère croit encore à cette histoire, Jake.

Elle remballa ses instruments, salua la sage-femme de service et quitta la clinique devant Jake.

— Je pense qu'on ne saura jamais où est la vérité, reprit-elle en marchant. Ni si Jimbo avait vraiment l'intention de me pousser dans le ravin.

Elle observa le ciel. Le brouillard s'épaississait d'heure en heure.

— Quelle purée de pois !

— On n'y verra plus rien avant que j'aie fini mon deuxième verre de whisky. Ce qui ne prendra pas longtemps vu que, le premier, je vais l'avaler d'un coup.

— Si c'est le whisky des dresseurs de corbeaux, tu n'auras pas le temps de boire le deuxième, Jake ! Sais-tu si McVey est revenu de chez le shérif ?

— Comment veux-tu que je le sache puisque j'étais avec toi ?

La mine fermée, il marchait à côté d'elle. Le Red Eye n'était plus très loin.

— Il a dit qu'on l'attende à l'intérieur… Oh ! Mince ! C'est pas Lazarus qui entre dans le bar ?

Amara ne put s'empêcher de rire.

— Allez, ça va, Jake. Tu connais oncle Lazarus. Il ne ferait pas deux fois la même bêtise.

A la faveur d'une trouée dans le brouillard, le profil de l'homme qui poussait la porte du Red Eye se précisa. C'était bien Lazarus Blume. Son profil était reconnaissable entre tous.

— Ça alors ! Je suis sidérée !

— Eh ben dis donc ! Ça s'annonce pas marrant !

Jake poussa la porte.

— McVey est là, il parle avec le barman. Je vais me trouver un petit coin sombre et me planquer avec une bouteille. Préviens-moi quand la vieille bique s'en ira.

Sur ces mots, il alla s'asseoir dans un recoin.

Il faisait chaud dans la salle, tellement bondée qu'il fallait jouer des coudes pour s'y frayer un chemin. Amara perdit son oncle de vue. Mais McVey venait vers elle.

— Où est Jake ? cria-t-il pour couvrir la musique tonitruante.

— Dans un coin là-bas, près des toilettes.

Il se tourna pour regarder.

— Il a passé l'après-midi avec moi à la clinique, McVey. Il a été patient, même quand une vieille femme lui a montré une collection de furoncles dégoûtants à l'intérieur de sa cuisse.

— Je ne le vois pas, dit McVey, visiblement contrarié.

— Si, près des toilettes.

— Mais ce n'est pas Jake que je cherche, c'est Westor. Il est capable de s'être déguisé.

Il ne manquait plus que ça.

— Il aime se déguiser en quoi ?

— En vieux monsieur distingué.

— Il essaie peut-être de se faire passer pour oncle Lazarus. Jake et moi avons cru le voir entrer, il y a un instant.

— Il est entré, en effet. Il est fou de rage contre Yolanda

parce que le coût des réparations, après la casse qu'il y a eu dans le bar, dépasse les prévisions. Elle a fichu le camp. Mais ça ne va sûrement pas se passer comme cela, il n'y a qu'à voir la tête de ton oncle.

— Tu m'étonnes, il ne change jamais d'expression.

Elle releva ses cheveux pour se rafraîchir le cou.

— Au fait, cela s'est bien passé avec le shérif ?

— Nous avons décidé d'aller demain à Bellam Manor avec les médecins légistes et les experts en criminalistique.

— Ah, c'est une bonne idée. Mais je me sens un peu exclue.

Il lui sourit.

— Pas du tout. Tu fais partie de l'équipe médicale.

— Mais, McVey… Je ne suis pas médecin légiste. Tu veux que je sois présente pour m'avoir en permanence sous les yeux, c'est ça ?

— Oui, pour te voir constamment, pour te sentir, te toucher, Chaperon rouge.

Il passa le bras autour de ses épaules et la serra contre lui tandis que le juke-box qui venait de changer de disque diffusait un air de Loading Data.

— Et si nous allions nous asseoir dans un box en attendant l'arrivée de Westor Hall ? Loin de la foule, nous pourrons…

— Oh ! McVey ! l'interrompit-elle, faussement choquée.

Ravie à la pensée de ce qu'il venait d'insinuer, elle cherchait un box des yeux quand un bruit de verre cassé, suivi d'un cri, la fit se retourner. Tout un côté du bar était en flammes.

L'expérience aidant, Willy avait appris à ne plus s'étonner de rien. Mais ça, c'était un choc. Ce qui se passait là n'avait apparemment pas de sens. La personne qui se trouvait sur le trottoir d'en face était-elle *chimiquement* folle ?

Willy se retourna. L'autre aussi.

Willy leva le bras, l'autre aussi.

Willy tira… L'autre aussi !

12

Les flammes montaient jusqu'au plafond. C'était la panique. L'alcool des boissons renversées alimentait le feu.

Amara savait par où les clients allaient se sauver. Mais l'entrée était déjà la proie des flammes, ce qui n'était pas normal. L'incendie n'aurait pas dû se propager à cette vitesse. Cela voulait dire que le feu n'avait pas pris par hasard.

Il y eut soudain un gros *bang* à droite et McVey projeta Amara à terre. Au bar, le garçon se sauva pour éviter les éclats de verre des bouteilles qui explosaient les unes après les autres.

Amara décrocha la main qui la retenait.

— Il y a une porte au bout du couloir, près des toilettes, et une autre dans la réserve derrière le bar.

La fumée commençant à envahir la salle, elle se pencha encore plus.

— Je crois que je vois oncle Lazarus. Je vais le faire sortir avec les autres.

— Si tu croises Jake, dis-lui qu'on peut sortir par la réserve, lui enjoignit McVey.

Il l'embrassa rapidement et se précipita vers un extincteur.

La fumée tue plus que le feu, Amara le savait. Le bras replié sur la bouche, elle se servit de sa manche pour filtrer l'air. Sans aide, son oncle n'allait pas s'en sortir.

Renversant chaises et tables sur son passage, elle se fraya un chemin jusqu'à lui en invitant les clients encore présents à sortir au plus vite. Certains avaient déjà tellement bu qu'ils semblaient ne pas vraiment comprendre ce qui se passait. D'autres, ceux qui jouaient au billard, se servaient de leurs queues pour s'ouvrir une voie vers la sortie.

— Oncle Lazarus, tu n'es pas blessé ?

Penché en avant, il serrait le dossier d'une chaise comme s'il tenait une bouée de sauvetage.

— Je manque d'air, dit-il entre ses dents.

Elle passa un bras autour de sa taille.

— Viens avec moi.

Puis elle éleva la voix.

— Ecoutez-moi tous. Il y a une porte de ce côté. On va sortir par là.

Freinée par le poids de son oncle, elle réussit tout de même à sortir, entraînant avec elle une vingtaine de personnes. Elle avait les jambes en coton. Lazarus Blume n'était pas une mauviette, mais la fumée qu'il avait inhalée l'avait manifestement intoxiqué et beaucoup affaibli.

Yolanda sortit comme une furie des toilettes.

— Que se passe-t-il ? C'est quoi ce boucan que j'entends ?

— Il y a le feu, expliqua Amara. Aide-moi à porter oncle Lazarus.

— Je peux me débrouiller seul, marmonna le vieil homme en essayant de se redresser.

Amara allait le lâcher quand les clients qui les avaient doublés un instant plus tôt rebroussèrent chemin, en panique.

— Il y a le feu à la porte, cria l'un des hommes.

— On est piégé, hurla son ami.

Vraiment ? se demanda Amara. Elle se tourna vers Yolanda et son oncle.

— Il y a des fenêtres dans les toilettes ?

— Non… ou plutôt, si. Mais il faut être mince.

— On fera ce qu'il faut. Par ici ! lança Amara avec autorité. Tenez, Benny, dit-elle au pharmacien. Occupez-vous de mon oncle.

— Faisons passer ceux qui sont minces en premier, déclara-t-il. Au cas où un gros resterait coincé !

— Je me suis tordu le genou, dit une femme en état d'ébriété qui se tenait appuyée au mur. Je ne peux pas grimper.

— Elle passera la dernière, décréta Yolanda.

— Non, c'est nous qui passerons en dernier, rectifia Amara. C'est le pub de ton oncle.

— Qu'est-ce qui a bien pu se passer ? Une fuite de gaz ?

— Non, c'est une espèce de bombe qui a été lancée contre la vitrine, je crois.

Amara éleva la voix.

— Benny, si la fenêtre est coincée, cassez le carreau.

Quelques secondes plus tard, la lunette des WC traversait la fenêtre, et les clients affolés se bousculaient pour passer les premiers. Si les circonstances avaient été différentes, Amara en aurait ri : ils escaladaient, se tortillaient, gigotaient pour sortir par l'ouverture étroite.

Une fois certaine que tout le monde était en sécurité dans la ruelle, elle retourna chercher McVey. Il était impensable qu'il mette ses jours en danger à cause d'elle.

Dans le couloir, elle surprit Jake, courbé en deux, qui tenait un paquet noir à la main. Dès qu'il l'aperçut, il se redressa, mais son buste disparut aussitôt dans l'épaisseur de la fumée.

Elle avançait vers lui quand, soudain, soulevée par un souffle, elle se retrouva quelque dix mètres plus loin sur un sol carrelé. A moitié assommée par le choc, elle ne comprit pas tout de suite ce qui se passait. Mais, quand les plafonds et les murs du couloir explosèrent, elle poussa un soupir effrayé. Elle l'avait échappé belle.

Après s'être assuré qu'Amara n'était pas blessée, McVey l'aida — malgré ses protestations — à passer par la petite fenêtre des toilettes. Il retourna alors dans le brasier pour vérifier que plus personne ne s'y trouvait et sortit à son tour.

Dehors, le brouillard formait un rideau gris. Ajoutés à

cela, des lambeaux de fumée noire, le spectacle autour du bar était sinistre.

Les pompiers bénévoles accourus dès les premières minutes tentaient de circonscrire le feu.

Pendant ce temps, McVey chargea les jumeaux Harden de transporter les blessés graves à la clinique. Les secours arrivés sur place aidèrent Amara à soigner les blessés plus légers. Certains étaient brûlés, mais la plupart souffraient de contusions provoquées par le souffle qui les avait projetés contre les cloisons.

Une fois la scène de l'attentat délimitée par un cordon, McVey y posta quatre gardes assermentés et, puisqu'il avait fait tout ce qui était en son pouvoir, alla rejoindre ceux que Jake appelait « les grosses légumes » au Nid du corbeau, là où Lazarus avait pris pension. Ils avaient décidé de s'y retrouver pour permettre au vieil homme de respecter son traitement pour le cœur.

Pour un motel, le Nid du corbeau était acceptable. McVey en avait vu de bien pires. Lors de sa dernière mission à New York, il s'était retrouvé à son réveil nez à nez avec un rat gros comme deux fois son poing, dans une chambre tellement infestée par les cafards qu'on les écrasait en marchant sur le plancher branlant.

Oui, avec ses murs bleu layette, sa moquette marron et sa kitchenette années 1970, ce motel était un cinq étoiles comparé à l'Hôtel aux Cafards.

Amara s'y tenait près de son oncle, lui parlant à voix basse. L'homme hochait lentement la tête.

— Je vais chercher ma trousse de médecin, annonça-t-elle.

Ce faisant, elle passa près de McVey.

— Ça va, ton oncle ? s'enquit-il.

— Oui, mais il est un peu choqué. A propos, je ne lui ai encore rien dit à propos de Hannah.

McVey remit en place la poche de glace qu'elle lui avait confectionnée — pour son genou —, plia le bras pour voir s'il fonctionnait toujours et lança à Jake un regard noir.

— Je t'ai dit de ne jamais toucher un objet suspect.

— Depuis quand un sac à dos est-il un objet suspect ?

— Celui-là était posé contre une porte avec un fil entre les bretelles et la poignée. Dans la police, cela s'appelle un paquet suspect.

Lazarus repoussa la main d'Amara qui était revenue et voulait déboutonner sa veste.

— Je vais bien, ma nièce. J'ai pris mes cachets pour le cœur. Il bat normalement.

Il regarda McVey, les yeux plissés, l'air perplexe.

— Vous voulez dire que quelqu'un aurait installé un engin explosif dans le couloir ?

— Oui, *des* explosifs : dans le couloir, derrière le bar, sous une des tables de billard, au-dessus de la porte d'entrée. Certains avaient des minuteurs, d'autres étaient prévus pour exploser si on y touchait.

— Autrement dit, on a affaire à un tueur en série. Non, plutôt à un terroriste.

— Ce terroriste a un nom, oncle Lazarus, intervint Yolanda. C'est Willy Sparks.

Assise par terre, jambes repliées, les bras autour des genoux, elle lança un regard mauvais à Amara.

— C'est ta faute. C'est toi qui as amené tout ça ici. Le danger. La mort. Les bombes. Et maintenant, à cause de toi, on est tous menacés et on a peur. Et tout le monde va vouloir quitter la ville.

— Elle veut dire qu'on est tous des cibles, maintenant, gronda Jake. Et elle a raison. Qui nous dit que ce Willy Sparks ne va pas venir faire exploser une voiture bélier chargée d'explosifs dans la vitrine du motel ?

— S'il fait ça, il meurt avec nous, objecta Lazarus en fouillant dans ses poches. J'ai besoin de ma pilule rose. R.J. sait où se trouvent mes médicaments. Où est-il ?

— Je lui ai demandé de monter sur le toit, précisa McVey. Il ne verra peut-être pas grand-chose à cause du brouillard. Mais il entendra.

— C'est un bon garçon.

Lazarus tâta l'intérieur de ses poches.

— Un ancien militaire. Tiens, où sont mes autres médicaments ? J'étais sûr de les avoir pris.

— Tu prends deux sortes de médicament pour le cœur, oncle Lazarus ? s'étonna Amara.

— Je prends des antiacides, les comprimés roses, quand je mange des coquillages au dîner.

Ses épaules s'affaissèrent.

— J'aimais beaucoup Hannah.

McVey lança un regard désemparé à Amara. Son oncle les avait entendus…

— Quand j'étais petit, enchaîna Lazarus, elle m'amusait avec ses histoires sur Ezéchias. Plus tard, j'étais nettement plus grand, elle m'a appris à jouer aux échecs sur l'échiquier que son grand-père avait fabriqué et qu'il lui avait donné.

Amara lui frotta les bras.

— Je vais voir dans l'armoire à pharmacie si je trouve tes antiacides.

McVey la suivit dans la salle de bains.

— Quelle idée d'habiter dans un motel !

Elle ouvrit la petite armoire tellement brutalement qu'elle faillit faire sauter la porte.

— Je sais à quoi tu penses, McVey. Mais son compteur électrique avait sauté chez lui.

Adossé au chambranle de la porte, il la fixa.

— Et les bons électriciens sont difficiles à trouver de nos jours, Chaperon rouge.

Intrigué par le flot d'émotions qui se lisaient sur son visage, il s'approcha d'elle et, ému par sa tristesse, lui releva la tête, l'obligeant à le regarder.

— Ce n'est pas ta faute, Amara.

— Je sais. N'empêche, je suis venue me cacher ici. Je pensais que je serais tranquille chez des gens que j'aime et je me suis trompée. C'est vrai qu'il n'y a pas besoin d'être très malin pour se douter que ce serait ici que je viendrais. Sparks l'a compris et a aussitôt envoyé un sbire à mes trousses.

— C'est Yolanda qui a parlé. Et Jake. Les nouvelles vont vite dans les petites villes.

Il prit son visage dans ses mains.

— Je me suis laissé dire qu'aucun des malades venus à la clinique aujourd'hui n'a eu peur de recevoir une balle à ta place. Et que tu as été débordée de travail.

— Les malades ont fait le calcul bénéfice/risque. Ils ont ignoré le danger et privilégié les soins.

Elle lui serra le poignet.

— Tu es sûr qu'il n'y a pas eu de victimes ?

— Les pompiers ont exploré le bâtiment de fond en comble. Ils n'ont trouvé aucun corps. Les secours et toi avez soigné onze personnes, soit pour des éclats de verre, soit pour des brûlures superficielles. Personne ne semble avoir été intoxiqué par la fumée. En fait, je vois des blessures bien plus graves dans les bars pendant les week-ends.

Elle ôta la main qu'il avait posée sur son visage et fouilla dans l'armoire à pharmacie. Les comprimés se trouvaient derrière deux flacons de sirop et un vieux blaireau.

— A ton avis, McVey, pourquoi Willy Sparks a-t-il fait sauter tout le bar ?

Elle caressa les poils du blaireau.

— Ça ne lui ressemble pas.

Elle soupira.

— Si tant est qu'il y ait de la logique dans ses actes. Quoi qu'il en soit, il faut qu'il arrête. Dis-moi, tu crois qu'il a fait ça parce qu'il a vu que le boulot n'avait pas été fait ?

— Peut-être. Mais tu oublies Hannah, Amara. Ce n'est pas Willy Sparks qui l'a tuée. Ce n'était ni l'heure à laquelle il agit en général, ni son mode opératoire.

Elle posa la tête sur son torse.

— Je n'ai pas les idées claires. C'est comme s'il y avait un bal dans ma tête. Mes pensées, mes idées, les faits, tout se télescope. Je ne peux pas gérer tout cela.

Il lui embrassa les cheveux.

— Je suis là pour ça, Chaperon rouge. Toi, tu soignes les blessures, les brûlures et tu fais en sorte que le monde soit un peu plus beau.

— C'est une vanne à propos de mon métier ?

— Non, une constatation.

Il lui releva la tête et l'embrassa. Longuement, trop longuement… Ce qu'il n'aurait pas dû faire car une terrible envie d'elle le gagna. Alors il recula et dit :

— Il est tard. J'ai des décombres à fouiller demain matin et une montagne à escalader demain après-midi.

Les yeux mi-clos, elle le regarda.

— Pourquoi tu ne me dis pas tout, McVey ?

— Je te répondrai quand je saurai ce que Westor ne m'a pas dit.

Un sourire forcé étira ses lèvres.

— Je parie que tu regrettes de ne pas être resté à New York.

— Crois-moi, Amara. Une ronde, sans arme, dans Central Park à minuit, c'est du gâteau comparé à ce qui se passe ici.

Il montra les flacons qu'il tenait à la main.

— Tiens, apporte cela à ton oncle. Il est temps de retourner chez ta grand-mère. Mon instinct me dit que la journée de demain pourrait être pire que tout ce qu'ont connu tes ancêtres depuis la nuit des temps. Or, je fais confiance à mon instinct, même si ce qu'il me suggère me fait rarement sourire.

Amara se réveilla le lendemain matin avec un nœud à l'estomac. Le programme n'avait rien de réjouissant : se rendre sur les restes calcinés du bar, puis monter à Bellam Manor pour ramener le corps de Hannah Blume à Raven's Cove… Il y avait plus gai.

Heureusement, la météo promettait du beau temps.

Mais par prudence Amara passa un jean et des chaussures de randonnée, un haut blanc et une veste rouge. La chasse aux oiseaux et aux daims étant ouverte, elle ne tenait pas à être prise pour du gibier.

McVey était prêt lui aussi, et ils quittèrent la maison de Nana dans un pesant silence. Jusqu'à ce qu'Amara lance :

— Tu penses comme moi, McVey. Que c'est la même personne qui a tué Hannah et mis le feu au Red Eye. Je me trompe ?

— Bravo ! Tu pourrais être flic !

— Pourquoi ?

— Parce que, comme tu l'as dit hier soir, semer la terreur dans une salle pleine d'innocents n'est pas le mode opératoire de Jimmy Sparks. Il est attaché à la famille. Il la place avant tout. En conséquence de quoi, quand il décide de tuer, il ne fait pas n'importe quoi. Il choisit sa cible et frappe. Il peut s'en écarter si c'est nécessaire, mais donner l'ordre à Willy de faire sauter un bar plein de gens qui pourraient être des proches ? Ça jamais. Pas son style.

— En plus, Willy ne pouvait pas être certain que je serais là. Or, les explosifs ont dû être posés avant ou juste à l'ouverture du Red Eye… Je suis complètement perdue.

— Tu n'es pas la s…

Il n'eut pas le temps de finir sa phrase. Un coup de fusil les fit sursauter tous les deux.

Sûrement un chasseur, se rassura Amara. Mais deux autres coups de feu retentirent, puis trois autres. Un frisson d'angoisse la parcourut.

McVey freina à hauteur du bois.

— Tu ne me laisses pas ici, gronda Amara. N'y pense même pas.

— Qui t'a dit que c'était mon intention ? Je pense que les coups de feu ont été tirés depuis les chênes.

Il lui montra la boîte à gants et descendit de voiture. Son Glock coincé dans sa ceinture, il alla au coffre et revint avec un fusil AK-47.

— Reste derrière moi. Si tu entends du bruit derrière toi, retourne-toi et tire. Tu pourras ?

— Cela va à l'encontre du serment d'Hippocrate mais tant pis, je le ferai.

— Tu es un vrai mec, Amara !

Il lui montra le chemin avec son fusil.

— Par ici.

Quittant très vite le sentier, ils s'enfoncèrent dans les arbres alors qu'on tirait toujours assez près d'eux. Les vieux chênes tordus apparurent. Il n'y avait personne dans la clairière, juste des rayons de lumière.

McVey s'agenouilla. Amara l'imita et tendit l'oreille.

— On n'entend que les oiseaux. Et les insectes et les animaux qui grattent le sol.

Elle ferma les yeux et inspira profondément. Un bruit à peine audible attira alors son attention. Aussitôt, elle rouvrit les yeux et tapa sur le bras de McVey.

— Tu entends ? Ça vient du deuxième chêne. Dans les buissons.

Sans poser de question, il dégaina et se releva. Le bruit sembla changer de place. Ça toussait, ou plutôt gargouillait.

Amara garda son arme pointée vers le ciel.

— Je ne pense pas qu'il soit à nos trousses, fit-elle remarquer. Il a du liquide dans les poumons.

McVey avança et, de la pointe de son fusil, écarta la broussaille. Un éclat de métal se mit à luire dans la lumière. McVey repoussa Amara derrière lui.

— Jette ton arme, Westor, ou tu es mort.

Adossé au pied d'un marronnier, Westor laissa échapper un rire jaune et baissa les bras.

— Si tu veux, vieux, gargouilla-t-il.

Du sang rouge vif brillait sur ses dents.

— De toute manière, je suis déjà mort.

13

— J'ai besoin de ma sacoche de médecin, dit Amara en se relevant.

— De toute manière, c'est trop tard.

— On peut sûrement faire quelque chose, insista-t-elle.

S'agenouillant, elle déchira la chemise de Westor et comprit. McVey avait raison. Une balle avait perforé la poitrine de Westor, deux centimètres sous le cœur, et du sang jaillissait en bouillonnant chaque fois qu'il toussait.

McVey releva la tête de l'homme.

— Parle, Westor.

Comme l'homme s'effondrait, il le secoua.

— Parle-moi, vieux. Dis-moi qui t'a fait ça, qu'il ne reste pas impuni.

Les yeux de Westor se révulsèrent.

— La ruelle… c'était… bon Dieu, j'ai mal, ça brûle.

Il agrippa le bras de McVey.

— Enterre-moi avec les miens, demanda-t-il clairement.

— Essayez de ne pas bouger, lui dit Amara.

Il redressa légèrement la tête, lui sourit et, la regardant de ses yeux à moitié fermés, murmura :

— Jamais être… témoin…

Sa tête retomba sur sa poitrine, son corps glissa contre le tronc de l'arbre et, un sourire toujours plaqué sur les lèvres, il bascula sur le côté.

— C'est trop triste, lâcha Amara. Je suis désolée.

— C'est surtout lui qui doit l'être, ricana McVey.

Agacée par sa remarque, elle haussa les épaules.

— Il a parlé d'une ruelle. S'il parlait de celle qui se trouve près du Red Eye, il a dû lui falloir des heures pour arriver ici. Or, il l'a fait, mais…

— Oui, *mais…*

McVey ferma les yeux de Westor.

— As-tu du réseau sur ton portable ?

Elle vérifia.

— Non.

— Il va falloir le laisser. J'appellerai le shérif depuis mon pick-up et lui dirai de faire monter des hommes. Les Harden sont de service à Raven's Hollow aujourd'hui. Dean, le plus jeune de mes adjoints, doit pouvoir gérer seul Raven's Cove.

Amara se leva.

— Tu penses que c'est l'œuvre de Willy Sparks ou de l'autre mystérieux tueur ?

— Je pencherais plutôt pour le mystérieux tueur.

— Tu sais qu'il commence à me faire encore plus peur que Willy.

Elle considéra Westor.

— Comment est-ce possible ?

McVey lui posa la main sur l'épaule et la serra.

— Tout s'explique toujours, Amara. Ce qu'il faut, c'est relier les points entre eux et voir ce que l'on obtient. Une grande image ou deux plus petites ?

Perdue dans ses pensées, elle ne dit rien, alors qu'un corbeau se posait sur une branche cassée.

A Raven's Cove, trois plumes de corbeau fixées sur une porte signifiaient que la personne qui vivait dans la maison allait mourir. Que voulait dire un corbeau qui vous fixait ? Elle l'ignorait. Mais c'était la deuxième fois qu'elle surprenait un corbeau en train de la dévisager.

En Blume qu'elle était, elle craignait de trop bien comprendre ce que laissait présager ce corbeau aux yeux perçants perché juste au-dessus d'un mort.

Moins d'une heure plus tard, McVey piétinait les restes calcinés de ce qui avait été le Red Eye. Tout avait brûlé excepté les murs que l'expert en assurance avait déclarés très instables et donc dangereux. Le site était formellement interdit. Les entreprises voisines avaient également souffert du sinistre. Fumée et eau, les dommages étaient importants. Il n'y aurait donc plus de barbier, ni de traiteur chinois pendant un certain temps.

Après une longue conversation avec l'expert, McVey posta deux gardes sur les lieux et partit chercher Amara à la clinique. Elle y était allée à la demande d'une femme enceinte de sept mois, Megan Bellam — très probablement une cousine — qui souhaitait des conseils qu'une simple sage-femme n'était pas en mesure de lui donner.

Amara se séchait les mains quand il entra.

— Si tu es de mauvaise humeur, McVey, écoute les battements du cœur d'un bébé à naître et tu verras, tout ira mieux. Megan attend une fille.

— Dans la lignée de Nola ou de Sarah ?

— De Nola. Elle s'appellera Léonore.

— Excellente nouvelle. Maintenant, désolé d'écourter ta séquence battements de cœur mais il est temps de filer.

Elle prit sa sacoche et passa la bandoulière sur son épaule.

— Allons-nous passer la nuit à Bellam Mountain ?

— Cela dépend du déroulement de l'enquête. Si l'on veut, on peut rester chez Hannah. Dans l'aile où elle vivait, il y a des pièces fraîches.

Ils sortirent sur le parking de la clinique.

— Il paraît que c'était une femme assez froide, déclara Amara. Une espèce de Katharine Hepburn à ses débuts.

— Plutôt Mère l'oie à la fin de sa vie. Tu le disais toi-même.

— Je pense que la comparaison avec la Mère l'oie vient de ce qu'elle a écrit des chansons pour enfants sur les légendes du pays. Je m'en rappelle une.

Red Eye, plumes d'oiseau.
Homme hier, aujourd'hui corbeau.
Le diable ne peut plus

Accabler les âmes perdues
et prendre son tribut
sur Ezéchias Blume.
Red Eye, noires plumes.
Ceux qui ont ton sang
Partageront ta chute...

— Tu dis que c'était des chansons pour enfants ?

— Oui. Pour les enfants de Raven's Hollow ou de Raven's Cove. Au fait, as-tu parlé au shérif à propos de Westor ?

McVey fit oui de la tête.

— Il envoie des hommes retirer le corps. Nous ne l'avons pas tué, Amara. Ce n'est pas nous. Celui qui l'a fait paiera.

Comme son portable sonnait, il le sortit de sa poche et activa le haut-parleur.

— Qu'y a-t-il, Jake ?

— C'est ces fichus pieds, voilà ce qu'il y a ! Je faisais circuler un curieux quand il s'est pris les pieds dans quelque chose — un sac-poubelle — et il a commencé à tourner de l'œil à cause de l'odeur. J'ai tout compris quand j'ai vu les pieds.

Sa voix s'étrangla.

— Ils ne bougeaient pas et ils avaient une sale couleur. Je crois qu'on a encore un cadavre sur les bras.

Il n'était que 10 heures du matin, et ils avaient un nouveau mort sur les bras, soupira intérieurement Amara.

Jake les attendait, elle et McVey, dans la ruelle, près d'une montagne de sacs-poubelle.

— Alors, Jake ? lança McVey.

L'adjoint souffla bruyamment.

— Elle est morte.

Amara fit le tour et avança pour mieux voir.

— Je la connais, reprit Jake, mais je n'arrive pas à mettre un nom dessus.

S'agenouillant près du corps, Amara la reconnut tout de suite.

— C'est Mina, cousin. Mina Shell. Elle était à la pharmacie

en même temps que moi quand Westor m'a attrapée. Il l'a attrapée elle aussi et…

Elle se pencha plus près.

— Qu'est-ce que c'est que ça ? Ce qu'elle a dans la main.

McVey écarta le plastique vert qui la recouvrait en partie et désigna une bouteille dans laquelle était enfoncé un bout de tissu.

— Un cocktail Molotov ! C'est celui qui a été lancé contre la fenêtre.

Essoufflé, le shérif, petit homme grassouillet, arriva sur les lieux.

— C'est donc elle qui l'a lancé ?

Amara prit la bouteille et porta le tissu à ses narines. L'odeur était caractéristique.

— C'est de l'essence.

Elle n'y comprenait rien.

— Mina a dit qu'elle venait à la Nuit du Corbeau pour faire la fête. En réalité, elle venait faire sauter le Red Eye. Pourquoi ? Je suis perdue…

— On répondra à ça plus tard, Chaperon rouge, proposa McVey. Pour l'instant…

Il écarta les sacs verts.

— Tiens, elle porte sa montre au poignet droit ! Et l'ongle de son pouce gauche est plus court que le droit, peut-être pour taper des textos ? Elle est peut-être gauchère ?

— Quelle différence ? intervint Jake.

Comme McVey ne répondait pas, il reposa sa question.

— Ça fait quoi comme différence ? Ça change quoi ?

Amara s'assit sur ses talons.

— Réfléchis, cousin. Elle tient la bouteille dans sa main droite. Si elle s'apprêtait à la lancer, elle devrait l'avoir dans la main gauche.

— Tu veux dire qu'on la lui a mise dans la main une fois morte ?

Il fronça les sourcils.

— Mais qui ?

— Celui qui a incendié le Red Eye, rétorqua McVey. Enfin, en principe.

Les yeux en l'air, Amara réfléchit. Elle avait vu Mina à la pharmacie… Avait-elle remarqué quelque chose de spécial ?

— Il me semble, mais je n'en suis pas sûre, que Mina a attrapé le rouge à lèvres de la main gauche. Ceci dit, elle pouvait très bien avoir la bouteille dans l'autre et changer de main au moment de lancer le cocktail Molotov.

McVey se pencha sur le cadavre.

— Je ne vois qu'un impact de balle. Juste au milieu du cou. Celui qui a visé sait tuer vite et à coup sûr.

— Comme Willy Sparks, décréta Amara en lissant ses bras qui se couvraient de chair de poule. Westor a dit « jamais être témoin ». Il a peut-être assisté ou vu quelque chose, hier soir, qu'il n'aurait pas dû voir.

Jake fit la moue.

— Je ne vous suis pas, là. Vous voulez dire qu'elle a *ou* qu'elle n'a pas lancé le cocktail Molotov contre la fenêtre ?

— Nous sommes en train de dire que nous ne savons pas qui a fait quoi à qui, ni quand, ni dans quel ordre. Pour l'instant, conclut McVey.

Il se tourna vers le shérif.

— A toi de décider, Walt. Tu préfères rester ici ou tu viens avec nous à Bellam Manor ?

— Je pense qu'il vaut mieux que je reste et que vous vous montiez avec les équipes. Je suis plus à l'aise à résoudre des meurtres qu'à traverser des ponts branlants.

Pendant qu'ils discutaient, Amara examina de nouveau le corps de Mina. Trois personnes étaient mortes et seule une de ces morts pouvait facilement s'expliquer.

Comme Hannah, Mina regardait en l'air, le vide. La bouche ouverte, elle avait du rouge à lèvres sur les dents de devant.

Westor et elle avaient-ils eu la malchance de se trouver au mauvais endroit au mauvais moment ? Se trouvaient-ils tous les deux au même endroit *par hasard* ou étaient-ils ensemble ?

Après tout, Westor était bel homme, séduisant même. Mina avait peut-être couché avec lui…

Où est-ce que je m'embarque ? se demanda Amara. Elle-même s'était interdit toute aventure avec un policier…

McVey, qui approchait justement, la ramena à la réalité.

— Il est temps de partir, Chaperon rouge. Le shérif reste ici. On va se partager les hommes. Cela fera peu de monde dans chaque équipe mais on se débrouillera. Hannah, Mina, on a deux enquêtes sur le dos.

— Et Westor.

— Exact. Et je ne tiens pas à ce que quelqu'un d'autre s'en mêle et aille fourrer son nez à la morgue.

Il la dévisageait avec une étonnante insistance. Elle opina tout de même.

L'image du corbeau perché sur une branche au-dessus du corps de Westor et les derniers mots que le mort avait prononcés lui trottaient dans la tête. C'était obsédant.

Jamais être témoin…

La montée à Bellam Manor fut une expédition, mais qui n'avait rien de comparable avec la traversée du Bellam Bridge, le pont branlant. McVey emmena les membres les moins chargés de l'équipe ; les autres, conduits par Amara, empruntèrent le sentier qui permettait aussi d'accéder au manoir mais en beaucoup plus de temps.

Il faisait une chaleur excessive pour la saison, accompagnée d'un fort taux d'humidité. A son arrivée, McVey trouva un mot de Brigham sur la porte :

« J'ai surveillé le manoir. Personne ne s'est approché, ou n'a essayé de modifier la scène de crime.

« L'arme du crime n'a pas été retrouvée. Reste à examiner les lieux. »

Vingt minutes plus tard, Amara arrivait. Casquette sur la tête et Pataugas aux pieds, immenses lunettes de soleil sur le nez et veste nouée autour de la taille, elle avait tout de la baroudeuse. Une baroudeuse qui avait pris soin de se parfumer avant de partir. Une essence qui monta à la tête de McVey dès qu'il s'approcha d'elle. Ce n'était pourtant ni le lieu, ni le moment de fantasmer. La peau douce, les cheveux soyeux et la bouche gourmande d'Amara, ce serait pour plus tard.

Son portable qui sonnait le sortit de sa rêverie.

— Oui, Jake, répondit-il. Quels problèmes ?

— On n'arrive pas à mettre la main sur son sac.

McVey dut passer du mode fantasmes au mode raisonnement. *Son* sac ? Il ne pouvait s'agir que de celui de Mina.

— Avez-vous regardé partout ?

— Oui, on a ratissé toute la ruelle. Le shérif m'a demandé d'appeler l'auberge Blume. Il n'y a rien de réservé à son nom.

— Elle campait peut-être ?

— Peut-être, mais pas dans le camp des dresseurs de corbeaux.

— Regarde si tu trouves son nom au service des immatriculations des véhicules. A-t-on enlevé le corps de Westor ?

— Oui, ils viennent juste de l'emmener. J'étais en train de me dire que je sais peut-être où il logeait. Il y a un appartement vide dans l'immeuble de Yolanda. Peut-être qu'elle n'abritait pas un fugitif après tout. La serrure de l'appartement en question a été forcée, et les Harden ont trouvé des trucs à l'intérieur, par terre. Des bouteilles de vin, des papiers gras, des sacs de couchage, un 30-30 rifle et deux cartouches de balles.

— Relève les empreintes et dis-moi ce que tu auras trouvé sur la femme.

Sur ce, il raccrocha.

Amara dessinait quelque chose dans l'air.

— Qu'est-ce que tu fais ? s'enquit-il.

— Je pense à un truc. Elle n'avait ni papier ni crayon. Je lui ai même donné une page de mon carnet. C'est à ce moment-là que Westor m'a attrapée… nous a attrapées.

— Ce qui veut dire ?

— Je te l'ai déjà dit, Mina a fini par trouver le rouge à lèvres rose qu'elle cherchait. Elle l'a pris de sa main gauche mais, beaucoup plus probant encore, elle a pris le crayon que je lui donnais avec la même main. Cela ne prouve toujours pas qu'elle ne tenait pas la bombe dans son autre main, je suis d'accord. Si ce n'est que…

Elle se tourna brusquement.

— La question n'est pas là. La question est la suivante : pourquoi Mina aurait-elle voulu mettre le feu au Red Eye ? Ce que je veux dire, c'est que quelqu'un a pu lui mettre le cocktail Molotov dans la main pour faire peser les soupçons sur elle.

— Première de la classe, Chaperon rouge.

— Pas comme toi !

Tout sourire, elle s'approcha de lui et se jeta à son cou. Dans son élan, elle happa ses lèvres, recula pour reprendre son souffle et recommença avec une ardeur décuplée. Jamais aucune femme ne l'avait embrassé avec autant de fougue.

Subjugué, il perdit pied. Ne pensa plus que parfum, peau, sexe et… oh oui… Malheureusement, elle recula.

— Retour à la réalité, dit-elle. Que se passe-t-il avec Hannah ?

L'image du corps de la vieille femme refroidit d'un coup l'ardeur de McVey.

— Disons qu'elle était en moins bonne forme que la dernière fois que tu l'as vue.

— Tu veux dire qu'elle était toute grise et qu'elle…

— Inutile d'insister.

Brigham apparut à cet instant précis.

— Nous partons pour Raven's Hollow.

Le gros homme leva le pouce.

— On part avec nos corbeaux et tout notre matériel. Vous comptez passer la nuit ici ?

McVey regarda sa montre.

— Il est presque 14 heures. Je pense que oui.

— Tout le monde ou seulement toi et Amara ?

— Seulement nous. Les équipes connaissent le chemin pour rentrer.

— Oncle Lazarus m'a demandé de prendre quelques petites choses appartenant à Hannah et de les lui rapporter, expliqua Amara. C'est petit, ce sera peut-être difficile à trouver.

— En effet. Bien. Je vous préviens, la pluie arrive.

Amara sourit à Brigham.

— Normal, se moqua-t-elle. Les légendes ont la vie longue et l'une d'elles l'affirme, il pleut toujours, la nuit, sur Bellam Mountain. A mon avis, c'est signé Sarah. Que peut faire d'autre une sorcière folle, enfermée dans un grenier, que jeter des mauvais sorts sur tout ce qu'elle peut imaginer.

Brigham la regarda avec insistance.

— En tant que descendante de cette sorcière, tu devrais essayer de faire cesser la pluie. Encore une coulée de boue et on n'a plus qu'à déménager notre camp.

Ce qu'ils faisaient sûrement tous les trois ou quatre ans, de toute manière, songea McVey. Pour l'heure, il avait des problèmes plus graves à régler. Trois meurtres. Aucune piste. Et des fantasmes plein la tête.

Ils y passèrent l'après-midi. En vain, pesta McVey. Pas un indice. Pas une pièce à conviction. Ils avaient pourtant regardé partout, dans et tout autour de la maison. Rien.

— Elle est morte là où on l'a trouvée.

Le chef d'équipe de la police judiciaire s'essuya le front d'un revers de manche.

— Même s'il n'y a pas d'arme, il y a tout le sang qu'elle a perdu qui le prouve. En revanche, quand on voit l'état de ses jambes, on se demande ce qu'elle faisait dans cette partie du manoir. J'ai beau me gratter la tête, McVey, je ne comprends pas. Mais c'est un fait.

McVey s'approcha de la fenêtre, perplexe. La prédiction de Brigham semblait devoir se réaliser. Les nuages noirs qui s'étaient amoncelés au-dessus de la mer avançaient vers les terres. Ils avaient quelque chose de terrifiant.

Une heure plus tard, le corps de Hannah fut attaché sur un brancard, et tout le matériel empaqueté était prêt pour la redescente.

Les équipes parties, McVey ferma la partie centrale du manoir et dirigea Amara vers l'aile ouest. Mais apparemment elle n'était pas satisfaite du travail accompli.

— Je suis sûre qu'il y a encore à faire ici, McVey.

Lui tenant la main, il observa de nouveau le ciel.

— Bien sûr qu'on peut faire plus, mais je ne vois pas comment. On est seuls et il fait sombre. Brigham nous a laissé du vin. Veux-tu chercher les affaires de Hannah que Lazarus t'a demandées ? Pendant ce temps, je vais prendre une douche. Avec tous ces nuages, j'ai peur que le courant saute. Je vais me dépêcher.

Comme elle ne bougeait pas, il s'impatienta.

— Pourquoi tu traînes les pieds ? Ça ne te plaît pas ?

— Je suis superstitieuse. Je n'aime pas ce que je vois sur le réverbère.

— Tu es à moitié Blume et tu n'aimes pas les corbeaux ?

— Un corbeau, je veux bien. Mais deux, c'est trop. Quant à trois, ça me paralyse. Tu peux me dire s'il me regarde ?

— S'il te regarde, c'est qu'il a bon goût ! lança-t-il. Maintenant, si tu veux que je lui donne un coup de douze, dis-le, mais, de grâce, viens. Rentrons dans la maison.

Elle gesticula pour qu'il lâche son bras.

— Pas de coup de douze, s'il te plaît, McVey. Cette bête a le droit de me regarder.

Elle poursuivit plus bas, comme pour elle-même.

— Je savais que cela arriverait. La légende me rattrape. C'est la malédiction d'être à la fois une Bellam et une Blume. On ne peut y échapper.

La prenant dans ses bras, il l'emmena sur la terrasse où il la déposa.

— Tu savais que quoi arriverait ?

— Tout ça !

— Ecoute, Chaperon rouge, tout va bien, tu es en vie.

— Oui. Bien vivante même !

— Bon, je vais aller me doucher. Pendant ce temps, prépare-toi. Ferme les volets et toutes les ouvertures.

Il la scruta, les yeux rieurs.

— Ne rigole pas, dit-elle. Brigham t'avait prévenu, je te le dis moi aussi, fais attention. Le tonnerre sera accompagné de vents violents.

Elle planta son index dans sa joue.

— J'ignore combien de tempêtes tu as connues depuis ton arrivée, McVey, mais celle-ci surpassera en intensité toutes les autres, crois-moi.

— Que veux-tu dire ? Tu cherches à me convaincre que tu es une sorcière ou à m'effrayer avec tes prédictions catastrophiques ?

Elle lui passa la main sous la ceinture et l'attira à elle.

— Je ne suis pas une sorcière, McVey, je suis une femme… Une femme bien vivante, même. Et pleine de désir.

Il y eut comme un coup de tonnerre et une rafale de vent, mais c'était dans sa tête, ses tempes, ses oreilles, réalisa McVey. Et surtout dans ses reins. Là, le feu grondait, un feu plus effrayant encore que celui qu'il avait affronté la veille.

14

Amara avait décidé de faire l'amour. Ce serait avec fougue et sans retenue, avec un policier passionné et sans frein. Peu importait où cela se passerait. Dehors ou dedans. Sur un lit ou par terre. Ou même sur une table. Elle voulait la bouche de McVey sur la sienne, son corps écrasant le sien, ses mains courant partout.

Quand il la prit par la taille et la plaqua contre lui, le désir déjà fou qui la submergeait décupla. Il la voulait, il en était dur. Elle le voulait. Sur elle, en elle. Elle voulait tout de lui, mais aussi tout lui donner. Ses cris, son plaisir, sa jouissance.

— Je ne pensais pas que nous commencerions comme ça, dit-elle en passant la main sous la ceinture de son jean.

— Effectivement, si tu espérais que les choses se fassent doucement, on a tout faux.

Elle rejeta la tête en arrière et, cambrée, offrit sa poitrine à ses baisers.

— J'ai envie de toi depuis le premier jour, confessa-t-il. Depuis que je me suis retrouvé à cheval sur toi pour te protéger. Tu te rappelles ?

Elle glissa la main dans son jean avec un sourire coquin.

— Bien sûr que je me rappelle.

Des ombres jouaient sur son visage, tantôt creusant ses traits, tantôt éclairant ses yeux. Il semblait extrêmement troublé.

— Approche-toi, chuchota-t-il.

Il avait passé les mains sous son haut et caressait sa peau nue de ses mains calleuses. Du bout du pouce, il titillait ses mamelons, enfermés dans un soutien-gorge de dentelle. Elle laissa échapper un soupir de pur plaisir et, lorsqu'il la prit par les hanches et la souleva, elle éclata d'un rire nerveux qui cachait mal son émoi.

— J'ai envie de toi, murmura-t-il.

Elle enroula les jambes autour de lui et serra. Jamais elle ne s'était sentie aussi excitée. Le sang qui battait très fort dans la petite veine à la base de son cou devait le prouver, car McVey se pencha et l'embrassa à cet endroit précis, dans le petit creux délicat. Mon Dieu, que c'était doux. Et tendre !

— On bouge ? demanda-t-elle brusquement. Ou est-ce moi qui ai la tête qui tourne ?

Elle avait du mal à garder les yeux ouverts.

— Mais… je parle ou je rêve ?

— Tu parles.

McVey happa sa bouche, la dévora.

— J'aime tes lèvres, j'aime ta bouche, dit-il. J'aime ta voix. Elle me hante. Je l'entends même dans mon sommeil.

— Tu l'entends…

Elle battit des paupières. Son cœur s'affola, sa respiration s'accéléra.

— Je ne suis pas elle, McVey. Je ne suis pas la femme de tes rêves.

— Tu veux dire de mes cauchemars, corrigea-t-il en reprenant sa bouche. C'est toi que j'entends, Amara. Je n'ai jamais désiré l'autre femme.

Préférant s'abandonner à son plaisir, elle ne discuta pas. Elle était serrée contre lui et seule comptait l'envie d'être prise. Elle le voulait en elle, là, tout de suite. Elle ne pouvait plus attendre.

— McVey…

Tout s'éteignit puis la lumière revint. Un vent violent souffla sur les nuages qui s'étaient amoncelés. Les escaliers grincèrent, le plancher se mit à craquer. Tout en embrassant McVey, Amara le touchait, le caressait.

— Déshabille-toi, Chaperon rouge. Vite.

Elle sourit et obéit. Il l'allongea sur quelque chose de doux.

Un courant d'air passa qui la fit frissonner, puis McVey la couvrait de son corps, pétrissant ses seins.

— Tu es belle.

Il se pencha et embrassa ses mamelons. Sous l'effet des baisers, elle se tendit, se cambra, gémit.

Elle empoigna les épaules de McVey, y enfonça les ongles puis descendit le long de ses bras en les griffant. Elle était perdue. Perdue pour longtemps, espéra-t-elle dans ce qu'il lui restait de raison. La torture des prémices était à la fois trop exquise pour qu'ils se précipitent et trop douloureuse pour durer.

Le sang cognait dans ses tempes. Le désir la submergeait. Le feu l'habitait, un feu plus destructeur encore que celui qui avait réduit le Red Eye en cendres.

La bouche de McVey courait sur elle, ses mains caracolaient. Quand elles glissèrent sur son ventre puis entre ses cuisses, elle poussa une plainte qu'il étouffa de ses lèvres.

D'un geste plus rapide que l'éclair, elle le prit dans sa main et l'emmena sur la rive du vertige. Il sursauta. Elle continua ses longues et rapides caresses.

— Tu ne joues pas le jeu, Chaperon.

— Ce n'est pas dans mes gènes, répliqua-t-elle le serrant plus fort dans ses doigts enroulés autour de lui.

Ses yeux noisette s'assombrissaient, se voilaient : elle n'en fut que plus fière. Puis elle le guida en elle.

— Oui, McVey, maintenant, le supplia-t-elle.

Elle ne gémissait plus, elle criait. Elle partait, vibrait, volait comme un éclair dans la nuit noire où grondaient les premiers coups de tonnerre. L'air était électrique, à l'image du ciel où se déchaînaient les éclairs.

Tonnerre, éclairs, McVey, son désir… Brusquement, à la fureur succéda l'accalmie. Ses muscles se détendirent, ses bras retombèrent, son corps, poupée de chiffon, s'affaissa. Elle se sentit légère, légère… comme une plume de corbeau emportée par la brise.

Les corbeaux n'annonçaient pas forcément la mort dans le

monde des Bellam. Pour cette branche de sa famille, les oiseaux étaient souvent porteurs d'espoir. Et, pourquoi pas, d'amour.

— Tu as dit quelque chose ?

Il avait la voix pâteuse de l'homme épuisé, anéanti, mais rassasié et ravi. Allongé à plat ventre sur le lit, le visage enfoui dans l'oreiller, il avait le bras en travers de sa poitrine et la tenait fermement comme s'il avait peur qu'elle s'échappe. Mais ses forces l'avaient abandonnée et elle était incapable de bouger une jambe.

— Je n'ai pas la force de parler, répondit-elle.

Les yeux fermés, elle allait s'assoupir quand son corps se mit à vibrer.

— Je rêve ou la maison tremble ?

McVey releva la tête et regarda par la fenêtre.

— Peut-être un peu des deux, dit-il en plaisantant. Je vois dehors, dans le ciel : c'est un feu d'artifice.

— Comme dans ma tête. Ça a été merveilleux, McVey. Je te jure que j'ai vu des étoiles.

— Moi, je crois que j'ai perdu connaissance.

Sa réponse la fit sortir de sa torpeur.

— Avant, pendant ou après ? demanda-t-elle.

— Comme tu voudras.

Il sourit et se pencha pour reprendre sa bouche.

Elle passa une jambe sur ses cuisses et ondula contre lui en mouvements suggestifs.

— Arrête, Amara. Laisse-moi d'abord me remettre.

— Que dirais-tu de faire l'amour tout doucement maintenant ? Ce n'est pas que je n'aime pas la fougue, mais juste pour reprendre haleine.

— Peut-être…

Il la prit par la taille et la fit rouler sur lui, une jambe de chaque côté de ses cuisses.

— Je veux te voir dans la lumière des éclairs, dit-il. Je veux voir la lumière embraser ton corps quand tu jouis.

Se penchant sur son visage, elle chuchota :

— En ce cas, McVey, accroche-toi, parce que la tempête qui fait rage dehors n'est rien comparée à l'orage qui gronde en moi.

Réveillé par une espèce de tremblement de terre, McVey ouvrit les yeux brusquement. Le sol, sous ses pieds, menaçait de se dérober et l'air était empli d'odeurs de fumée et d'orage.

Des flammes vertes s'élevaient très haut d'un foyer minuscule. Un petit chaudron était suspendu au-dessus du feu. Trois autres, d'où s'échappait de la vapeur, étaient posés sur une table de bois massif.

Une femme scandant une litanie monotone passait de chaudron en chaudron et y jetait une pincée de poudre qui en faisait déborder le contenu.

— Tu m'as trahie, tu paieras. Ce qui était de l'amour s'est mué en haine. Je dresse le frère contre le frère et les détruirai tous les deux. Avant la fin de la nuit, tout ce que le premier possède sera à moi et aux miens.

Elle se tourna et leva les mains, paumes en l'air. Dans le foyer, les flammes s'emballèrent. Sa voix ne fut plus qu'un murmure.

— N'oublie jamais, Ezéchias. C'est ton propre frère qui a tué ta femme — ta femme qui était ma sœur. Il l'a violée et ensuite il l'a tuée. Il nous a trahis tous les deux car je l'aimais et, bêtement, je croyais qu'il m'aimait.

Une ambiance haineuse flottait dans la pièce. Les éclairs qui zébraient le ciel éclairèrent son visage et ses yeux déformés par son désir de vengeance. Allongé par terre, immobile, les yeux à peine entrouverts, McVey se tenait coi.

— Tout sera à moi, promit la femme. Avant la fin de la nuit, il y aura des morts et l'auteur sera considéré comme le diable…

Les paroles résonnaient dans la tête de McVey. Elles résonnaient et enflaient.

La femme n'était pas seule. Il y avait aussi un homme. Et du sang. Et des corps allongés sur le sol. Et parmi eux, son frère. Mort.

Sa respiration devint haletante, un cri déchira l'air.

— Nola !

La fumée s'épaissit dans le grenier. L'orage redoubla de violence. Dans le brouillard de son esprit, McVey remarqua un corbeau qui chaloupait et se posta devant lui. L'oiseau déplia ses ailes noires et grandit, grandit, jusqu'à prendre taille humaine.

Quand le corbeau parla, il avait la voix douce d'une femme.

— Je ne peux pas faire grand-chose pour toi, mon amour, mais je ferai tout ce qui est en mon pouvoir pour sauver ce qu'il reste de ton âme.

L'image que McVey avait dans la tête se brisa. Il y eut du feu, du sang et une chose noire qui gouttait. Mais ce n'était plus que des lambeaux.

Il fallait qu'il sorte. Il fallait qu'il fasse quelque chose. Qu'il trouve quelqu'un. Non, qu'il protège quelqu'un. Qu'il mette Amara à l'abri, loin de la personne qui voulait sa mort.

Sans prévenir, les doigts puissants de la femme lui agrippèrent les poignets pour le relever.

— Je savais que tu étais réveillé. Je sais ce que tu as vu et entendu. Je sais ce que tu penses, Annalee.

McVey en doutait sérieusement. Comment une horrible sorcière complètement folle pouvait-elle connaître les pensées d'un homme prisonnier du corps de sa nièce ? La fille de sa sœur Nola.

— McVey, réveille-toi !

On le secouait, mais pas par les poignets. Par les épaules.

— McVey !

La voix devint plus claire. Une voix féminine.

La femme le secoua de nouveau et commit l'erreur de lui enserrer les poignets.

— Réveille-toi, lui chuchota la voix qu'il connaissait.

La réalité reprit ses droits, lentement d'abord puis brutalement, comme si on lui avait lancé un seau d'eau à la figure.

Revenant à lui, il empoigna son arme en jurant et se redressa.

Etonné de ne plus avoir de poids sur lui, il observa les lieux. Amara était par terre, à quatre pattes. Etait-ce lui qui l'avait bousculée ?

Un peu perdu, il s'inquiéta.

— Tu n'es pas blessée ? Que fais-tu comme ça ?

Il finit par se lever.

— Ce que je fais là ? répéta-t-elle en riant.

— Et où suis-je ? la pressa-t-il.

— Bonne question ! se moqua-t-elle en se relevant sur les genoux. Comment te sens-tu ?

Le rêve, le cauchemar plutôt, resurgit.

— Je ne sais plus qui je suis. Ni qui j'étais. C'est un grenier, ici ?

L'air perplexe, elle continua de le dévisager.

— Nous sommes dans le manoir. Dans sa partie centrale. Quand je me suis réveillée, tu t'étais levé et enfilais ton jean. Je n'y ai rien vu d'anormal et puis j'ai remarqué ton regard. Il était étrange. Tu avais l'air en transes. Je t'ai appelé mais tu n'as pas répondu. Et puis, je t'ai touché, et alors tu m'as jetée hors du lit.

— Je t'ai jet…

Il prit peur.

— Je ne t'ai pas fait mal au moins ?

— Non, ne t'inquiète pas. Ensuite, j'ai voulu te suivre mais tu marchais à toute allure. Quand j'ai compris que tu allais sortir, je suis retournée chercher mes boots.

Et mon T-shirt, remarqua-t-il.

— Tu as les cheveux mouillés, Amara.

— Oui, il pleut. Et il y a du vent. Qui souffle très fort. Je ne sais pas comment j'ai su où tu étais parti, mais je l'ai — comment dire — senti. Oui, c'est ça, bizarrement j'ai senti que tu étais venu ici. Je suis montée quatre à quatre et j'ai entendu la porte du grenier claquer.

— J'espère que c'est moi qui l'ai claquée. Pas un esprit.

Elle lui sourit.

— Je ne pense pas que la maison soit hantée, McVey. Ce

qui se dit, en revanche, c'est qu'on a enfermé Sarah Bellam dans ce grenier après l'avoir déclarée folle.

— Folle et enceinte.

Amara sourit jusqu'aux oreilles.

— Exact !

— Enceinte d'Ezéchiel Blume.

— Tout juste. D'où le peu de descendants dans cette branche de la famille.

McVey considéra ses bras.

— Elle m'a empoigné, m'a mis à genoux et m'a menacé. Je ne me rappelle pas bien mon premier rêve, mais celui de cette nuit était terrible.

— Tu respirais bizarrement quand je t'ai trouvé. J'ai voulu prendre ton pouls, mais tu m'as bousculée.

Il en était horrifié.

— Comment ?

— Peu importe. J'ai vu le coup venir, j'ai réussi à esquiver. Plus ou moins. En revanche, toi tu es tombé. C'est moi qui t'ai sauté dessus, McVey.

Perplexe, il réfléchit.

— Annalee, murmura-t-il. Dans mes rêves, je suis une petite fille. J'ai sept ou huit ans. Je suis caché dans le grenier. Sarah sort quelque chose de noir d'une marmite dans laquelle un liquide bout. Elle donne la chose dégoulinante à un homme.

— Qui a des cheveux longs, noirs, et un visage de demi-dieu ?

— Vu par une enfant, c'est simplement un homme enveloppé dans une grande cape.

— Il y a des personnes qui racontent que… Bon, allez, on s'en va ?

McVey se leva, fit des cercles d'avant en arrière avec son épaule gauche, douloureuse — il ne tenait pas à connaître l'origine de cette blessure — et tendit la main à Amara.

— Je ne dirais pas non à une bonne rasade de sang de corbeaux. Si tu as des idées à propos de mon cauchemar, et je suis certain que tu en as, on peut en discuter en bas.

Au lieu de manifester de l'impatience, elle caressa sa nuque, un sourire coquin aux lèvres.

— L'idée du vin est excellente et celle de discuter très bonne aussi, mais, entre les deux, je ne serais pas contre un épisode plus stimulant.

Joignant le geste à la parole, elle tira McVey par la ceinture, ouvrit son pantalon et sourit. Il la désirait.

— Après avoir été piégé dans le corps d'une femme, je ne suis pas mécontent de retrouver ma forme… masculine, dit-il en baissant les yeux. En fait…

Il la prit par la taille et la souleva. Aussitôt, elle serra les jambes autour de lui. Fiévreux, il happa alors sa bouche et avança jusqu'au mur. Là, la plaquant contre la cloison, il la pénétra avec la violence de la tempête qui faisait rage dehors.

— Si j'ai bien compris, dit Amara, dans ton rêve — ou plutôt ton cauchemar — tu es Annalee ?

Ils étaient tous les deux assis chez Hannah, dans son salon, devant un feu de bois, et Amara essayait de comprendre ce que McVey lui avait raconté.

— Et tu as vu Sarah donner à Ezéchias quelque chose de noir et de gluant. Une espèce de racine, si j'ai bien compris. Ensuite, Ezéchias est parti et tu as entendu Sarah proférer une menace. Le frère va détruire le frère, c'est-à-dire Ezéchias va détruire Ezéchiel pour avoir violé et assassiné sa femme, Nola. Tu veux dire que c'est Sarah qui a donné à Ezéchias le pouvoir de faire le mal ?

— Sarah savait qu'Ezéchiel avait trahi son amour. Elle savait qu'il désirait Nola.

— C'est ce que dit la première légende, celle qu'ont écrite les Blume. Mais, il y a quelques années, un Bellam a avancé ce que tu viens de me raconter. Que c'était Sarah, en fait, l'esprit malin. Que c'était à cause d'elle qu'Ezéchias était devenu un tueur. Sauf que Nola n'était pas morte mais réduite à l'état de zombie. Et que, lorsque la folie meurtrière d'Ezéchias a pris fin, c'est Nola qui est apparue comme le bon génie.

McVey but une gorgée de vin.

— Un bon génie sous forme de corbeau.

— Le corbeau Nola a dit à l'humain Ezéchias que ce qu'elle pouvait faire de mieux c'était de le métamorphoser en corbeau lui aussi. Etat dans lequel il resterait jusqu'à sa mort.

— Je t'ai dit que c'était un cauchemar, rappela McVey.

— Avec une petite différence, c'est que, ce soir, tu as été somnambule.

Il balaya le plafond des yeux.

— C'est peut-être l'environnement. La proximité avec l'endroit où j'ai fait ce cauchemar pour la première fois.

Elle lui servit un autre verre de vin.

— N'empêche, McVey, tout ce que tu as dit n'est pas complètement dénué de sens.

— Que veux-tu dire ? Que j'étais une fille dans une vie antérieure ?

— Que tu étais la fille de Nola. La nuit où nous sommes restés dans le campement des dresseurs de corbeaux, j'ai fait un rêve, moi aussi. Il y avait Annalee dans ce rêve. J'étais certaine d'avoir déjà entendu ce nom-là quelque part et c'était vrai. Annalee était la fille de Nola, elle est née avant que Nola ne connaisse Ezéchias. Tu étais Annalee.

— Si tu crois en la réincarnation, Chaperon rouge, moi non.

— Parce que tu ne veux pas y croire.

Elle enroula ses jambes sous elle puis se pencha pour lui murmurer à l'oreille :

— Cela fait de toi un Bellam, tu sais.

Cette fois, ce fut lui qui versa du vin dans le verre d'Amara.

— Donc, nous sommes cousins.

— Oui, mais cela remonte à plusieurs générations. Dis-moi plutôt, as-tu déjà été tenté de jeter un sort ?

— Et de chevaucher un balai ?

— Les Bellam hommes ne chevauchaient pas de balais, McVey. Je pense même qu'ils ignoraient ce qu'était un balai.

— Apparemment, je suis plus au courant. Enfant, je balayais le plancher de la boutique d'antiquités de mon père.

— J'adore les choses anciennes.

Un bruit, comme un coup contre le mur de la maison, la fit sursauter.

— Oh là là ! Si c'est le vent qui a projeté un objet contre le mur, le pont de Bellam doit être dans un drôle d'état. Qui sait, il ne sera peut-être même plus dans le Maine demain. Ce qui peut être bien ou mal selon l'endroit où se trouve Willy Sparks en ce moment.

Elle s'interrompit elle-même :

— Mais pourquoi suis-je en train de parler de lui ?

Il se serra contre elle, bien en face du feu, et lui ébouriffa les cheveux.

— Parle-moi encore de Sarah.

— Pardon ?

— C'est ton histoire, non ? Tu m'as dit que Sarah voulait tuer Ezéchias et Ezéchiel pour que son enfant à naître — celui d'Ezéchiel — puisse hériter des biens d'Ezéchias. Argent, terres, propriétés, etc.

Il sourit.

— C'était un projet ambitieux, accorde-lui cela.

— Oui, mais il fallait que deux Blume et un Bellam meurent pour qu'il aboutisse. Et j'oubliais, tous les habitants qui ont suivi Ezéchiel dans les bois et l'ont aidé à « assassiner » Nola.

— L'ambition n'est pas toujours noble, Chaperon rouge.

— Jimmy Sparks est ambitieux.

— Je l'ai été moi aussi, autrefois.

Il but un peu de vin.

— La vie peut te détruire. Le métier, le rang n'ont pas d'importance. Bon, mauvais, choisis, recule et observe.

Elle le dévisagea. Il avait un beau profil.

— J'appelle ça du langage codé. J'espère que tu vas développer, sous peine de me laisser tirer des conclusions qui ne seront pas forcément les bonnes.

Il prit sa main et la serra dans la sienne.

— Disons que ma dernière mission comme flic d'une grande ville m'a démontré qu'un jour ou l'autre un garçon bien sous tous rapports peut devenir un mauvais garçon. Malheureusement, selon les liens qu'il entretient avec sa hiérarchie, les vilaines affaires sur lesquelles il a travaillé seront étouffées.

— Ce qui a amené au moins un bon flic à aller voir si c'est mieux ailleurs. En l'occurrence, dans un petit bled éloigné de tout, au fin fond du Maine.

McVey prit la bouteille et l'examina.

— On lui a fait un sort, dit-il, et je ne me sens pas du tout pompette. Et toi ?

— Moi non plus. En revanche, je me suis cogné la tête contre le pommeau quand on a fait l'amour dans la douche et je tourne un peu.

— C'est moi qui me suis cogné, corrigea-t-il.

Alors qu'elle riait, il la prit sur ses genoux.

— Si tu as la tête qui tourne, je suggère que tu fasses un peu d'exercice.

— D'un point de vue strictement médical, je peux te dire que c'est un très mauvais conseil. Néanmoins…

Elle le prit par le cou et se blottit contre lui.

— Je me doute de ce que tu veux, minauda-t-elle en ondulant contre lui. Et je peux te dire que je…

Le reste de la phrase resta bloqué dans sa gorge. Un éclair illumina la pièce en même temps que ses yeux. L'espace d'une seconde, quelqu'un sembla les scruter derrière la fenêtre.

Une personne sanglée dans un imperméable et qui portait un fusil.

15

Amara en avait mal pour McVey !

Pensant que c'était Sparks ou le tueur de Hannah, il avait affronté dehors l'homme à l'imperméable. S'était ensuivie une violente bagarre qui l'avait blessé au genou jusqu'à ce qu'il réalise que l'individu n'était autre que… Brigham !

Amara leur tendit deux paquets de légumes surgelés : un pour le genou de McVey, un pour la tête de Brigham.

L'incident aurait pu être bien plus grave, se rassura-t-elle.

— Bon sang, McVey ! maugréa Brigham. Tu es arrivé sur moi comme un bélier !

— Comment j'aurais pu savoir ? protesta McVey.

— Vous avez aidé Rune. Alors j'ai décidé que j'allais vous aider.

— La prochaine fois, annonce-toi, grommela McVey. Je suis trop jeune pour songer déjà à une prothèse du genou.

Tout en fourrageant dans les placards de la cuisine, Amara hocha la tête.

— On n'est jamais trop jeune, McVey. J'ai reconstruit des pieds, des chevilles, des genoux, des hanches… bref, un peu tout, sur des gens bien plus jeunes que toi.

Elle repéra une bouteille d'un liquide brunâtre et la tendit à Brigham pour qu'il lui donne son avis.

— C'est le whisky des dresseurs de corbeaux ?

— Je ne sais pas. Ma tête me fait encore plus mal quand j'ouvre les yeux. S'il n'y a pas d'étiquette, c'est celui qu'on fabrique nous-mêmes, et sers-moi.

Elle posa la bouteille au milieu de la table à égale distance des deux hommes.

— Partagez-vous la bouteille ou attendez que je lave des verres. Hannah en a laissé dans l'évier. La vaisselle n'était pas son fort, apparemment.

Brigham foudroya McVey du regard.

— Ça ne me gêne pas de boire dans un verre sale.

— En tant que médecin, personnellement ça me dégoûte.

McVey esquissa un sourire.

— C'est le médecin qui parle ?

— Non, c'est la femme qui dit que c'est infect. Il y a des restes durcis au fond des tasses et je pense qu'il me faudrait une bonne semaine pour arriver à récurer les casseroles qui sont complètement calcinées. Quant aux verres, ils sont dans le même état. Pourquoi tu ne nous as pas dissuadés de venir ici, Brigham ?

L'homme haussa les épaules.

— Je ne le savais pas moi-même avant de venir. Et puis, je m'en suis souvenu. Il y a trop de gens qui meurent alors qu'ils ne devraient pas. Est-ce qu'un tueur à gages laisserait traîner des corps comme ça derrière lui ?

McVey empoigna la bouteille, but au goulot et la reposa où il l'avait prise.

— Ça dépend du tueur à gages. Dans le cas de Willy Sparks, je dirais que c'est peu probable.

Les lumières se mirent à vaciller alors qu'Amara emplissait l'évier d'eau chaude.

— Je ne comprends toujours pas que quelqu'un ait pu vouloir la mort de Hannah. On suppose que Westor a vu quelque chose dans la ruelle en face du Red Eye. Mina peut-être aussi, mais Hannah…

— Est-ce la touriste dont j'ai entendu parler ? demanda Brigham.

McVey plaqua le paquet de légumes surgelés sur l'autre face de son genou.

— Encore un morceau manquant de notre puzzle.

Amara se tourna vers lui alors que les lumières menaçaient de s'éteindre pour de bon.

— Il m'est venu une idée. Et si Mina et Westor avaient été… ensemble ?

McVey opina.

— Tu as peut-être raison. Jake a dit qu'il avait trouvé des sacs de couchage — plusieurs — dans un appartement vide de l'immeuble de Yolanda. J'irai voir quand nous rentrerons.

— Si on rentre…

A cette pensée, Amara frissonna.

La mort de Mina et de Westor la troublait alors que celle de Hannah la stupéfiait. Qui pouvait en vouloir à une vieille femme, certes excentrique, mais qui vivait en ermite avec une jambe malade et rien qu'un cambrioleur puisse vouloir dérober ?

L'état mental de la vieille dame s'était-il dégradé sans que personne ne s'en rende compte ? se demanda Amara. Après avoir trop bu, s'était-elle aventurée dans une partie du manoir où elle n'allait jamais et était-elle tombée sur un clochard qui l'avait tuée ?

— Oui, mais un clochard qui a emporté l'arme du crime en partant car on ne l'a pas retrouvée, marmonna-t-elle.

Stupide ! Impossible !

McVey et Brigham continuaient de se chipoter. Les lumières vacillaient de plus en plus. Elles finirent même par s'éteindre complètement avant de se rallumer quelques secondes plus tard.

Son paquet de légumes congelés toujours sur la tête, Brigham sortit son téléphone portable de sa poche.

— Je prends le premier quart, Amara. Tu peux monter avec McVey faire ce que vous voulez. Tu vois ce que je veux dire…

Elle le toisa, incrédule.

— Tu nous as espionnés, dis-le.

— Non, mais je peux imaginer… Je vais aller dans le salon.

Il s'éloigna en fredonnant un air de Johnny Cash tandis que McVey s'approchait de la fenêtre de la cuisine.

— Je vois mal Sparks braver une tempête comme celle-là, même pour te mettre la main dessus. Quant à l'autre, le personnage mystérieux, je ne peux pas me prononcer.

Amara ne renchérit pas. La journée avait été si forte en émotions : la peur, l'angoisse, le désir, la passion… Elle en avait eu plus que son compte.

— Tu as manqué un point, Chaperon rouge.

McVey, qui s'était approché sans faire de bruit, lui tira sur les cheveux, ce qui la fit sursauter.

— N'essaie pas de démêler l'écheveau, tu ne réussiras qu'à te faire peur.

Elle essuya le bord du verre.

— De toute façon, depuis l'instant où je suis allée sur le balcon de l'hôtel du Vieux Carré et que j'ai vu Jimmy Sparks viser une femme en plein cœur, je tremble.

— Jimmy Sparks est connu pour ses sautes d'humeur.

— Ses avocats prétendent qu'il s'agit d'un homicide commis sous l'emprise de médicaments. Il en prend de toutes sortes, tous très puissants mais, même combinés entre eux, ils ne peuvent pousser un homme normal à commettre un meurtre. La victime était une call-girl. Elle essayait de le dépouiller. Il n'a pas apprécié. Quand on sait que le bonhomme est capable d'entrer dans des rages effrayantes, on n'est pas étonné.

— Que faisais-tu sur le balcon du Vieux Carré ?

— Je rendais visite à une malade que j'avais opérée. Ce n'est pas vraiment une amie mais c'est quelqu'un que j'aime bien et je voulais m'assurer qu'elle était satisfaite des résultats.

— Une amie qui s'appelle Georgia Arnault, ancienne infirmière et mère de six enfants. Elle habite dans le bayou et sa cousine travaille dans le même hôpital que toi.

— Dis donc, tu as bien travaillé !

— Dois-je être flatté ? Tu sais, il y a des infos faciles à avoir quand on est flic. Dans cette affaire, plus j'ai creusé, plus j'ai appris de choses.

— Que tu n'as pas aimées.

— C'est difficile d'aimer un officier de police qui ne

respecte pas son devoir, comme cela a été le cas du petit ami de ta malade pendant dix ans.

— Douze. Dans la ville où ils vivaient, tous les policiers de son service savaient qu'il la battait. Soit cinq hommes qui ont refusé de voir ou d'agir. Georgia appelle cela la solidarité masculine. De bons garçons qui se serrent les coudes. Je dis que tous, et en particulier le soi-disant boy-friend, devraient être privés de certains attributs…

— Je ne commenterai pas, dit McVey en remettant une mèche de cheveux derrière l'oreille d'Amara. Tu as reconstruit le visage de Georgia, nez, pommettes, menton, et fait de ton mieux pour effacer les dégâts qu'il avait faits.

— Elle voit un psychologue à La Nouvelle-Orléans, c'est pour cela qu'elle était dans un hôtel la nuit du meurtre. En fait, nous étions toutes les deux sur le balcon du Vieux Carré, mais Georgia a peur des orages et, ce soir-là, la tempête soufflait fort… Alors, que fait-on ?

Il la prit dans ses bras. Elle en fut ravie, mais craignait pour lui.

— J'ai vu ton genou, McVey. Ne me porte pas jusqu'à l'étage, tu vas te faire mal.

Il la souleva encore plus haut et l'embrassa avec fougue.

— Ne t'inquiète pas pour moi. Je te jure que je n'aurai pas mal de toute la nuit…

Elle se tourna dans ses bras pour lui mordiller l'oreille et, devant son regard fiévreux, murmura d'un ton malicieux :

— Chiche ?

Le lendemain matin, Brigham leur indiqua une route qui leur évitait de passer par le pont de Bellam.

— Ne l'indiquez à personne, les prévint-il. Parce que vous ne serez plus persona grata chez nous et vous serez épiés par des corbeaux toutes les nuits.

Cramponnée à la base d'un arbrisseau, Amara, qui se préparait à sauter d'une hauteur de deux mètres dans une mare de boue, ne posa pas de question. Brigham était de leur côté et n'essayait pas d'aider Willy Sparks à perpétrer un crime.

Il leur fallut plus d'une heure pour rejoindre la route principale. Et encore vingt minutes pour revenir sur leurs pas et retrouver le pick-up de McVey. Serrés les uns contre les autres dans la cabine, ils roulèrent sur une route complètement défoncée.

S'éventant avec une feuille de papier, Amara poussa la jambe de Brigham.

— Je ne suis pas grosse, Brigham, mais quand même…

— Tu veux peut-être que je m'installe sur le plateau arrière, comme un chien ?

— Non, je veux que tu m'expliques le langage de ces fichus corbeaux.

Son ton agacé le fit grimacer.

— Ah, ça, c'est la légende 101, Amara. Des plumes qu'un corbeau dépose sur le seuil d'une porte signifient la mort. Les corbeaux qui se posent et observent sans bouger le font pour quelqu'un.

— Pour quelqu'un de gentil ou de méchant ?

Il lui adressa un sourire inquiétant qui découvrit toutes ses dents.

— A toi de deviner.

Elle fronça les sourcils.

— Chercherais-tu à me faire peur pour me punir de t'avoir marché sur le pied tout à l'heure quand j'ai sauté du rocher ?

McVey, qui n'avait encore rien dit, pouffa de rire.

— Je pense plutôt qu'il est à cran parce qu'il a la gueule de bois et que le café de chez Hannah était infect. Les corbeaux volent, se posent et à l'occasion observent, Amara. Les corneilles aussi et personne n'y fait attention.

— Tu sais comme moi qu'il y a un certain opprobre attaché à ces oiseaux. Quand Ezéchias était corbeau et qu'il déposait des plumes sur le seuil des maisons, il voulait annoncer la mort mais il ne la provoquait pas. C'était une sorte de messager.

— Un corbeau messager, se moqua McVey.

Amara lui donna un coup de coude dans les côtes. Au même moment, son portable sonna.

— On est en voiture, Jake, dit-elle. La route n'est pas bonne, il faut rester concentré. Je mets le haut-parleur.

— Il y a une bande d'illuminés qui déambule dans Raven's Hollow, commença l'adjoint d'un ton nerveux. Des dresseurs de corbeaux, McVey. Les gens leur font des bras d'honneur. Est-ce que je peux les arrêter au motif qu'ils vont soûler la moitié de la ville avec leur gnole illégale ?

— C'est pas de la gnole ! s'insurgea Brigham. C'est un bon Dieu de whisky qui te descend dans l'estomac comme du velours.

— Ça doit faire un bail que tu n'en as pas bu, déclara McVey en riant.

A l'autre bout de la ligne, Jake lança d'un ton sec,

— Ne me dites pas que vous ramenez un dresseur de corbeaux en ville, sous escorte, McVey. Une vieille bique a tenté de me faire croire que vous avez bu avec eux et que je devrais faire attention si je tiens à rester adjoint, mais je pense qu'elle devait avoir bu trop de sa mixture et qu'elle avait des hallucinations.

Un daim traversant la route, McVey pila.

— Laisse les dresseurs de corbeaux tranquilles, Jake. C'est quoi, le vrai problème ?

— Mina Shell. On a six femmes qui portent ce nom dans tout le pays. Au vu des photos, deux peuvent être la victime. Une de Caroline du Nord, mais elle est brune, pas blonde et je ne vois pas bien ses yeux sur la photo. D'après nos infos, elle est dentiste. L'autre Mina Shell vient du Tennessee. Elle a vingt-huit ans et travaille dans une banque de Nashville. Elle semble plus mince que la Mina qui est morte. Mais on peut changer de poids, et les clichés ne sont pas nets, comme je vous disais.

— As-tu relevé les empreintes de notre Mina ?

— Heu… Oui. Ça vient d'être fait.

McVey jura tout bas.

— Enregistre bien la scène, Jake. Dis-moi, le shérif est-il encore là ?

— Il est parti, il y a deux heures. A cause d'une prise d'otage à cinq rues de son bureau.

— Envoie les empreintes au labo avant mon arrivée. Tu as trente minutes devant toi…

Il fit une embardée pour éviter un nid-de-poule.

— A plus tard, Jake…

Et il raccrocha.

Amara ne put retenir un soupir :

— Dire que tout ça est ma faute !

— Arrête, Amara. Hannah n'est pas morte à cause de toi.

Coincée entre les deux hommes, elle gesticula pour croiser les bras.

— Non, mais Westor, oui. Et Mina aussi, sans doute.

— Westor est venu ici pour se venger de moi.

Brigham donna un coup dans la jambe d'Amara.

— Chez nous, dresseurs de corbeaux, on appelle cette mort-là la justice poétique.

— Et la mort de Mina ? Vous l'appelez comment ?

— Tu préférerais que les gens d'ici s'en fichent et disent à Willy Sparks où te trouver ? demanda Brigham.

Elle le foudroya du regard puis une idée germa dans son esprit.

— C'est peut-être ce qu'il faudrait faire.

L'air surpris, Brigham jeta un coup d'œil à McVey.

— C'était à craindre ! Entre Sarah Bellam et Ezéchiel Blume, elle ne peut être que folle.

Amara écrasa le pied de Brigham.

— Je parle de piéger Willy Sparks, pas de me promener en ville avec une cible peinte sur la poitrine. As-tu déjà fait ça, McVey ? Appâter un criminel pour le faire sortir du bois ?

— Oui, deux fois.

— Et ça a marché ?

— La première fois, nous avons utilisé un sosie. Il a reçu une balle dans l'épaule et une autre dans la jambe. La seconde fois, vu les circonstances, c'est la victime elle-même qui a servi d'appât. Il a survécu mais trois officiers de police ont été touchés par balle. L'un d'eux est mort.

Il haussa les sourcils.

— J'ai répondu à ta question ?

Hélas, oui. Mais cela ne voulait pas dire qu'elle repoussait cette possibilité. On était dans une petite ville du Maine, ni à Chicago, ni à New York. Dans un environnement aussi circonscrit, on devait réussir à minimiser les risques.

Ou alors, des innocents mourraient, alors que Willy Sparks passerait entre les mailles du filet.

Hantée par un sentiment de culpabilité, elle ne dit plus un mot de toute la route.

Ils s'arrêtèrent pour déposer Brigham à une station-service, à un kilomètre environ du motel de l'oncle d'Amara. Apparemment, les dresseurs de corbeaux devaient y descendre à l'occasion du festival. Ils s'installeraient, ils paieraient, songea Amara. En matière d'argent, Lazarus ne faisait pas de cadeau.

Tandis que Brigham parlait avec McVey à la vitre du pick-up, elle alla chercher des cafés puis repartit aux toilettes.

Une fois à l'intérieur, elle observa son reflet dans la glace.

Dans le fond, elle pouvait partir sans rien dire à personne, sauf à McVey. Ensuite, elle n'aurait qu'à emprunter le pick-up de son oncle pour disparaître. Et forcer Willy Sparks à lui courir après.

Lui donnant ainsi l'occasion de la tuer.

— Parce que, tu le sais bien, Chaperon rouge, dit-elle à son reflet dans le miroir. Il t'aura tuée avant la fin de la journée. Les morts sont morts mais, comme dit McVey, lui, il s'envolera vers une île tropicale en attendant un nouveau contrat.

Frustrée, elle soupira.

— Je déteste la logique des flics.

Alors qu'elle sortait des toilettes, McVey apparut.

— J'étais en train de me dire…

Il lui prit la main.

— Qu'y a-t-il ? demanda-t-elle.

— Jake a appelé…

Elle trottait à côté de lui pour rester à sa hauteur.

— Mauvaise nouvelle, apparemment.

Elle s'agrippa au bras de McVey.

— Pitié ! Ne me dis pas qu'il y a encore une morte.

— Non, Amara, personne d'autre n'est mort.

Il la prit par la taille et l'installa dans son pick-up.

— Que se passe-t-il ? insista-t-elle. Qu'est-ce que Jake a dit ?

Pour la première fois depuis leur rencontre, McVey alluma gyrophare et sirène.

— Il a voulu prendre les empreintes de Mina Shell. Et n'a pas pu.

Elle ouvrit la bouche pour poser une question mais finalement y renonça.

— C'est impossible. On a tous des empreintes. A moins que Mina…, commença-t-elle.

Il la regarda, l'air entendu.

— Oui.

Elle considéra ses doigts comme pour y lire ses empreintes.

— Tu veux dire qu'elle les aurait volontairement effacées ? C'est bien cela que tu me dis. Mais… Oh là là…

— Oui, oh là là. Si elle l'a fait, c'est qu'elle avait une bonne raison.

— Elle ne voulait pas qu'on puisse l'identifier.

— Exactement.

Un sourire triste s'afficha sur le visage de McVey.

— Il nous reste à comprendre pourquoi.

Amara n'aimait pas examiner les cadavres. Elle détestait les toucher. Pourtant, elle rejoignit Jake à la clinique et prit les doigts de Mina dans sa main, essayant de comprendre.

— Je ne suis pas un abruti total, marmonna Jake. Je sais relever des empreintes. Une heure de plus, et l'affaire nous échappait. Le transfert de Mina Shell et de Westor Hall à la morgue est prévu à 13 heures.

Amara avait du brouillard dans la tête.

— Tout cela me fait peur et je ne sais pas pourquoi, dit-elle tout haut.

— Moi non plus, déclara Jake. Mais perso je trouve ce qui tourne autour des dresseurs de corbeaux beaucoup plus effrayant.

— Parce qu'ils vous font peur, c'est tout.

— Tout le monde a peur d'eux, non ? Ils ne respectent aucune loi, vivent selon des rites mystérieux dans le fin fond des bois et ils vendent de la gnole, qu'ils fabriquent dans des alambics parfaitement illégaux et que les labos n'arrivent pas à analyser.

— C'est vrai ?

Elle reposa la main de Mina mais ne referma pas le sac dans lequel était enfermé le corps.

— Ils y incorporent peut-être des racines et des poudres magiques ?

Amara ouvrit un peu plus la fermeture Eclair du sac.

— Non. Je ne veux pas voir une morte nue, déclara Jake en reculant.

— Moi non plus, mais j'ai vu les photos que vous avez montrées à McVey. Elle a des tatouages.

— Une feuille, un cœur avec des initiales au milieu. Rien d'intéressant.

Amara observa le sein gauche de Mina.

— Si, Jake, c'est intéressant. W.S.

Elle leva les yeux.

— Willy Sparks, peut-être ?

— Vous parlez de l'homme qui est à votre poursuite ? Vous pensez que ce sont ses initiales qu'elle a, tatouées sur sa poitrine ? Vous pensez qu'elle était acoquinée avec un tueur ? Qu'elle est venue ici avec lui ?

La porte de la clinique s'ouvrit et se referma. Amara reconnut la démarche élastique de McVey.

Jake se tourna vers son chef :

— Amara pense que Mina Shell est venue ici avec le tueur que vous recherchez. C'est la Mina de Caroline du Nord ou la Mina du Tennessee ?

— Ni l'une, ni l'autre, répondit McVey.

Amara examina le tatouage que Mina avait sur la hanche.

— C'est une étincelle, non ?

— On dirait, répondit McVey.

— Et la feuille qu'elle a sur l'épaule ? On dirait une plante vénéneuse ?

— De la ciguë. Je t'expliquerai pourquoi plus tard.

— D'accord, je me tais.

Jake recula, les mains en l'air en signe d'incompréhension.

— Elle me fait aussi peur que les dresseurs de corbeaux.

— Mina…

Amara prononça ce nom avec une tristesse mêlée d'incrédulité.

— Je crains que tu n'aies compris, Chaperon rouge.

Son estomac se tordit. Un froid glacial la pétrifia.

— Excusez-moi, là, mais je ne pige pas, intervint Jake.

— W.S., murmura Amara. Je suis prête à parier que Mina est le diminutif de Wilhelmina. Ce qui voudrait dire que Mina Shell est bel et bien Willy Sparks.

16

— Qu'aurais-tu fait, McVey, si Mina Shell, alias Willy Sparks, n'avait pas eu son passeport sur elle avec son vrai nom ?

Amara faisait les cent pas dans la cuisine de sa grand-mère.

— Aurais-tu adressé une photo de son cadavre à Jimmy en demandant à ses gardiens de prison d'observer sa réaction ?

McVey s'empara d'une chaise et s'y assit à califourchon.

— Cela n'a pas été nécessaire. On a retrouvé son sac dans l'appartement qui servait de pied à terre à Westor... Tu avais raison à propos de Willy et de Westor.

— Ils devaient être ensemble dans la ruelle au pire des moments... enfin pour eux !

Elle pointa un doigt sur lui.

— Mais revenons-en à Willy. Sans son passeport, l'aurais-tu identifiée ?

— Le passeport et les tatouages mis à part, Willy Sparks avait une cicatrice sur le côté, résultat d'une appendicite.

— J'ai vu cela. Elle a au moins dix ans. Tiens... Cela me fait penser que les hôpitaux gardent tous les dossiers dans leurs ordinateurs.

— Et, curieusement, les criminels se font opérer sous leur véritable nom. En plus, à dix-huit ans, les filles ne savent pas qu'elles deviendront éventuellement des tueuses à gages pour leur oncle après la fac.

— Je n'en suis pas aussi sûre que toi. Moi, à dix-huit ans, je savais exactement ce que je voulais faire plus tard.

— L'appendicite de Willy a été opérée en urgence. Elle n'a pas eu le temps de se forger une fausse identité.

Amara sourit.

— J'aime un homme brillant.

— Peut-être, mais il est toujours bon de vérifier. C'est comme pour la photo, j'aurais pu l'envoyer à Jimmy Sparks… mais cela aurait été par pure méchanceté.

— C'est sans doute mieux ainsi. Le lieutenant Michaels disait que la santé de Jimmy se dégradait de plus en plus depuis son incarcération. Voir sa nièce à la morgue va le traumatiser.

Elle fronça les sourcils.

— Je ne serais pas en train de m'apitoyer sur le sort d'un truand qui a assassiné de sang-froid une call-girl et trois personnes que je connaissais ?

— Tu es médecin, c'est normal que tu éprouves une certaine compassion.

Un sourire aux lèvres, McVey marcha vers elle et prit sa main.

— Tu es une femme bien, tu sais.

Elle observa leurs mains jointes.

— Pourquoi ai-je encore peur ?

— Parce qu'il reste des questions sans réponse, Chaperon rouge.

— C'est vrai que l'on ne sait toujours pas qui a tué Willy Sparks et Westor Hall. A moins qu'ils ne se soient entretués.

Elle réfléchit deux secondes et poursuivit.

— Willy a peut-être vu Westor lancer un cocktail Molotov sur le Red Eye. Elle l'aura visé et ils auront appuyé sur la gâchette en même temps.

— Ta théorie tient la route si ce n'est que Westor ne se servait que de poignards et de fusils. Or, Willy a été tuée par un Luger.

— Et Westor ?

— Un Luger aussi.

Elle fit une grimace de dépit.

— Ah ! Si Willy n'est pas dans le coup, puis-je conclure

qu'oncle Jimmy ne me fera aucun mal ? Ou a-t-il un plan B et dois-je encore me méfier ?

— Je pense qu'il ne sait pas encore pour Willy, sauf s'ils étaient convenus d'un rendez-vous qu'elle a manqué.

— Ce qui veut dire que ma famille et moi ne craignons plus rien.

— De Jimmy Sparks ? Non, rien. Pour l'instant. Mais de l'autre tueur mystérieux ? Cela dépend de son mobile et, jusqu'à présent, nous l'ignorons.

Elle lâcha la main de McVey et se prit la tête à deux mains.

— Je suis perdue. Tu me dis que Willy et Westor ont tous les deux été tués par balle dans la ruelle en face du Red Eye, le soir où le bar a été incendié. Que faut-il en déduire ? Que c'est le personnage mystérieux qui a tué Hannah qui a aussi mis le feu au bar, ou quelqu'un d'autre ?

McVey reprit la main d'Amara.

— Personnellement je crois — mais cela ne repose sur rien — que l'assassin de Hannah et le pyromane sont une seule et même personne.

— Il y aurait donc deux tueurs. L'un d'eux est Willy Sparks, elle est morte… Je te jure que ma tête va exploser.

Il prit son menton dans le creux de sa main et lui releva la tête pour l'embrasser.

— Encore…, susurra-t-elle.

Elle agrippa la ceinture de son pantalon et le poussa vers l'escalier.

— Les dresseurs de corbeaux organisent une grande parade à Raven's Hollow au coucher du soleil. Je pense qu'il faudrait que tu sois sur place pour calmer les ardeurs policières de Jake. Il veut tous les mettre sous les verrous. Mais on a encore du temps. Le soleil n'est pas près de se coucher.

Elle monta une marche, l'attira à elle et lui mordilla les lèvres.

— J'ai très envie de faire l'amour, McVey. Ici, maintenant, tout de suite.

Elle l'embrassa fougueusement en ondulant contre lui.

Les yeux fiévreux, il répondit à ses baisers avec encore

plus d'ardeur, puis l'adossa au mur et la prit, là, dans l'escalier, exactement comme elle le désirait.

Faire l'amour à Amara fut le seul moment de bonheur de cette journée débordante de problèmes. A un degré infiniment moindre, il put savourer le plaisir de retrouver le sac de Willy avec quelque cinq cents dollars dans son portefeuille, une carte de crédit, son passeport, un poudrier, quatre tubes de rouge à lèvres rose bonbon et les clés d'une Jeep. Il envoya les jumeaux Harden enquêter sur ce point.

Amara était assise d'une seule fesse sur un coin de son bureau.

— Crois-tu que Westor et Willy se connaissaient déjà le jour où il m'a menacée dans la pharmacie ?

— A mon avis, cela ne faisait pas longtemps que Westor se trouvait à Raven's Hollow. Quant à Willy, on sait qu'elle était arrivée depuis peu. Je dirais donc non. Tu as dit qu'il l'avait attrapée par le cou ?

— Oui, il lui a passé le bras autour du cou.

— Il y a des gens que les rencontres sauvages stimulent sexuellement.

La remarque la fit rire.

— *No comment.*

Elle le regarda, sourire en coin.

— Westor pouvait-il savoir qu'il ferait l'amour avec un tueur ?

— Sûrement pas. Primo, Willy ne le lui aurait pas dit, secundo, s'il l'avait su, il serait parti en courant. On n'est pas fier quand on apprend ce genre de chose. Tu sais, tu meurs. Westor n'avait pas envie de mourir.

— N'empêche qu'il est mort.

— Pas par les mains de Willy Sparks.

— Et nous voilà revenus au point de départ. Ecoute, je vais aller passer quelques heures à la clinique, m'occuper des malades. Pendant ce temps-là, je penserai à autre chose.

— A ce propos, Jake s'est cassé une dent à midi. Je l'ai envoyé voir le dentiste à Bangor.

Il posa la main sur le bras d'Amara et le caressa.

— Je ne tiens pas à te savoir seule à la clinique.

Elle écarta son bras et partit vers la porte.

— Willy est morte, McVey. Et même si les morts pouvaient se réveiller, il faudrait qu'elle fasse du stop pour revenir ici me narguer. A ton avis, qu'avait-elle l'intention de me faire ?

Il se leva de son siège.

— On se fiche de ce qu'elle avait en tête. L'important c'est qu'elle n'ait pas réussi à exécuter son plan.

Amara poussa un profond soupir.

— Tout compte fait, je crois que j'aime assez la logique des policiers.

Elle se hissa sur la pointe des pieds et lui embrassa la joue.

— Je vais laisser Brigham jouer les chiens de garde. De toute manière, c'est ce qu'il fait depuis que nous sommes là.

— C'est l'avantage d'être accepté par les dresseurs de corbeaux.

Elle l'embrassa de nouveau.

— Je te retrouve avant la grande parade. J'ai un dossier concernant la grossesse de Megan et la sage-femme qui s'est occupée d'elle à examiner.

Quant à lui, il avait la responsabilité de maintenir l'ordre dans deux villes bondées de spectateurs. Et une affaire de meurtres sur les bras.

A l'institut médico-légal, on avait trouvé un taux d'alcool très élevé dans le sang de Hannah. Mais ni poison ni aspirine. Compte tenu de la position de son corps, il ne pouvait s'agir que d'un homicide.

Donc, était-ce le tueur au Luger qui l'avait abattue ou se trouvaient-ils face à deux meurtriers ?

Le chef du lieutenant Michaels l'avait appelé dans la matinée. Michaels avait été empoisonné par un dérivé de la ciguë, du nom savant de *conium*, une toxine habituellement injectée aux victimes sous forme liquide. Cela expliquait sans doute la feuille de ciguë tatouée sur le corps de Willy. Il avait suffi que Michaels absorbe une gorgée du liquide qu'elle avait empoisonné au préalable pour qu'il décède sur-le-champ. Westor et Willy, pour leur part, étaient morts de manière beaucoup plus évidente.

Le téléphone du poste sonna alors qu'il sortait les dossiers concernant Westor et les Sparks. Il jeta un coup d'œil au petit écran du combiné et ne put retenir un juron.

— Holà, beau gosse, dit une voix qu'il connaissait bien.

— Non, je ne peux pas t'accorder comme ça une licence pour vendre de l'alcool dans la rue, Yolanda.

— C'est pas sympa, McVey, gronda-t-elle. Tu sais bien que c'est l'occasion de l'année. Je disais, il y a un instant, à oncle Lazarus que ce serait très facile de monter une tente et d'installer des tables et des chaises à l'intérieur. Une espèce de fête de la bière. J'ai des réserves. La cave du Red Eye n'a pas brûlé.

Il faillit l'envoyer sur les roses mais se retint.

— D'accord, mais à une condition. Envoie-moi par e-mail un plan qui tienne debout. Je l'étudierai et te donnerai une licence pour demain.

— Ce sera trop tard, répliqua-t-elle d'un ton de plus en plus agressif. Les dresseurs de corbeaux auront déjà vendu leur bibine à plus de la moitié de la ville et les autres iront chez Two Toes Joe, à Raven's Cove. Je ne peux pas me permettre de perdre des clients.

McVey pianota sur son clavier d'ordinateur, ne releva rien d'intéressant et fit des ronds avec ses épaules pour se détendre car la tension montait en lui.

— Ecoute, je vais te donner un conseil, mais tu ne diras pas que ça vient de moi. Pourquoi tu ne demandes pas à Brigham de vendre le sang de corbeaux dans le Red Eye une fois qu'il sera reconstruit ? Mettez-vous d'accord, et les dresseurs de corbeaux te laisseront bien un ou deux tonneaux pour ton petit commerce temporaire. De cette façon, tes clients reviendront. Demain.

— Je n'aime pas les dresseurs de corbeaux, McVey. Mon frère dit qu'avec une seule bouteille de leur whisky on pourrait faire tomber tout un pan de la montagne de Bellam. Oui, il dit que ce serait même plus efficace que la nitroglycérine ! Il dit aussi que, si le malade qui a fait sauter mon bar avait été plus malin, il en aurait mis dans son cocktail Molotov. Pas besoin d'essence quand on a le whisky des dresseurs de corbeaux !

— Bon, envoie-moi ton plan.

— McVey…

Bon sang… Elle allait le lâcher, oui ou non ?

— Ecoute, Yolanda, je suis occupé. J'ai à faire.

— Tu sais qu'elle ne restera pas. De toute manière, tu ne serais pas heureux avec elle si elle restait. Je dis bien *si* parce qu'avec Jimmy Sparks à ses trousses… Tu sais qu'il veut la tuer…

Oh la langue de vipère ! se dit-il tout bas.

— Mon bar est parti en fumée à cause d'elle.

— Ton bar a brûlé parce que quelqu'un — qui n'est pas Amara — a disposé des explosifs à l'intérieur et lancé des bombes incendiaires dans les fenêtres. Parle avec Brigham pour le sang de corbeaux. Désolé, je dois te laisser, j'ai du travail.

Il lui coupa la parole alors qu'elle protestait, et se reprocha de ne pas être gentil avec elle, mais il n'avait pas le temps. Le dossier de la police sur Jimmy Sparks était plus important que son petit business de vin.

Il se plongea dans le travail jusqu'à ce que les jumeaux Harden passent leurs têtes par la porte.

— Un problème, chef.

— Blume, Bellam ou un dresseur de corbeaux ?

— Les dresseurs de corbeaux. Tous les six. Ils sont en train de devenir fous.

Et voilà, songea McVey. C'était pour cela qu'il était venu dans le Maine. Dans quel autre endroit du globe deux légendes, celle d'un humain mué en corbeau et celle d'une sorcière folle pouvaient-elles encore inciter des gens à en venir aux mains ? Nulle part ailleurs qu'entre ces deux villes, en ce lieu où ces légendes étaient nées.

Ce lieu où la personne qu'il avait été, un jour, était née elle aussi.

Amara travailla à la clinique jusqu'à ce que Brigham commence à ronchonner. Il avait faim.

— Il y a une roulotte, un camion et deux wagons aménagés sur Main Street et devant la place. Marta fait des saucisses, avec des pommes de terre et des épices qui barbotent dans le jus. Ça sent bon à mourir.

Ils sortirent donc en ville, où l'agitation battait son plein.

— Humm, ça sent vraiment bon. Je meurs de faim, dit-il en reniflant les relents de graisse. Ça m'étonne après avoir vu un homme avec de la mycose aux doigts de pied.

Elle rit.

— Sais-tu si McVey est là ?

— Non, il est parti en voiture à Raven's Cove jeter un coup d'œil. Il délaisse son bureau, ces jours-ci.

— Merci. Tu cherches à me culpabiliser un peu plus ?

Il lui donna un coup si violent dans l'épaule qu'elle heurta un des wagons.

— Les gens de Raven's Cove sont surtout des Blume. Ils sont habitués à ne pas avoir de chef de la police. Raven's Hollow est beaucoup plus agité. Evidemment, ce sont des Bellam là-bas.

— Au risque de paraître mesquine, vous, les dresseurs de corbeaux, vous vivez surtout dans la montagne et profitez du festival pour descendre vous remplir les poches.

— Tu sens ? demanda-t-il en s'arrêtant. Attends-moi là. Je vais m'acheter une part de ragoût de ma cousine Imogène. Reste dans la lumière.

Rester dans la lumière ? faillit-elle répéter. A Bangor peut-être. Mais là, que ce soit à Raven's Cove ou à Raven's Hollow, les réverbères diffusaient une lumière chiche.

Attirée par une odeur de gâteaux chauds, elle s'approcha d'une voiture rouge et noire surmontée d'une collection de corbeaux articulés devant lesquels elle s'extasia. Ces objets, de vraies curiosités, conjuguaient à la fois qualités artistiques et ingéniosité. Soudain, son téléphone sonna.

McVey, pensa-t-elle tout de suite. Malheureusement…

— Bonjour, oncle Lazarus. Désolée, je n'ai pas pu m'occuper des affaires de Hannah. Je les apporterai au motel dès que McVey reviendra de Raven's Cove.

Une sorte de râle sur la ligne l'inquiéta.

— Oncle Lazarus ?

— Amara… je… ça doit être mon cœur. J'ai… pris mon comprimé, mais…

McVey apparut alors. Il descendait de voiture et accourait déjà vers elle.

— Quand l'as-tu pris, oncle Lazarus ?

— Il y a cinq, dix minutes.

Il était essoufflé. Son cœur ?

— Respire aussi calmement que tu peux et essaie de ne pas bouger. Où est R.J. ?

— Il est allé à Raven's Cove… L'est toujours là-bas.

Amara fit signe à McVey de remonter dans son pick-up.

— Un problème ?

Elle posa la main sur l'appareil.

— C'est oncle Lazarus. J'ai peur qu'il ait une crise cardiaque.

— Motel ?

Elle fit oui de la tête et s'adressa de nouveau à son oncle.

— Tu restes en ligne. Ne bouge pas, détends-toi et respire doucement. Tu es assis ?

— Oui.

— Bien. Ne bouge surtout pas, et pas de gestes inconsidérés.

— Inconsi…

Il se tut.

McVey héla un des Harden. Le jeune adjoint opina et partit en courant. Amara monta dans la voiture et posa sa sacoche de médecin sur ses genoux.

— Oncle Lazarus, as-tu le numéro de portable de R.J. ?

— Je me… rappelle pas. Est enregistré dans mon téléphone.

— Bien. Je suis avec McVey. On arrive. Un quart d'heure et on est là.

— Un quart d'heure…

McVey brancha le gyrophare et la sirène. Amara appela police secours.

Le brouillard qui rasait le sol de Raven's Hollow quelques minutes plus tôt montait et les ralentissait. Des nuages bien noirs semblaient accrochés à la lune pour assombrir davantage encore la route. On était en mai, mais on se serait cru en octobre s'il n'y avait eu les feuilles vertes sur les arbres. Etonnée de penser temps et météo quand son oncle était sans doute victime d'un infarctus, elle hocha la tête.

— Il n'a pas dit qu'il avait mal. Mais il avait le souffle court. Cela arrive qu'on n'ait pas tous les symptômes à la fois. A ton avis, McVey, il faut combien de temps aux secours pour arriver ?

— Si on prend la vieille route, on peut gagner entre cinq et huit minutes.

— Ce serait bien.

Jamais de la vie elle n'aurait imaginé qu'un véhicule puisse naviguer au milieu de nids-de-poule assez profonds pour engloutir un homme tout entier. Et pourtant… Fallait-il que McVey soit un pilote émérite !

Quelques cahots et cinquante nids-de-poule plus loin, ils étaient presque arrivés au motel.

— Oncle Lazarus ? appela-t-elle dans son portable.

Pas de réponse.

Des picotements dans la nuque, elle observa les alentours.

— Quelque chose ne va pas, déclara McVey. Tu le sens ?

— Oui, mais ça n'a rien à voir avec mon oncle, enfin, pas totalement. C'est autre chose. J'examinais une patiente cet après-midi quand, brusquement, mon esprit s'est évadé. Cela ne m'arrive jamais. Je ne sais pas où il voulait aller, mais il n'est jamais arrivé. Je m'interroge : est-ce du stress ou la bizarrerie des lieux qui me rattrape ?

— C'est certain, tout est bizarre ici.

— Ce n'est pas exactement ce que… Oh !

Elle plaqua la main sur son cœur.

— Ça y est, nous y sommes.

Une lumière était allumée dans la chambre de son oncle. Prenant sa sacoche, elle descendit de voiture et courut à la porte. La main sur la poignée elle allait ouvrir quand, brusquement, le sol se déroba sous ses pieds. Manquant d'air, elle suffoqua et, sans comprendre comment, atterrit sur McVey dans la terre et les cailloux.

Incapable de parler, le souffle court, elle pouvait à peine respirer. De toute façon, McVey lui avait plaqué la main sur la bouche et roulait avec elle sur le côté.

— Il y a quelqu'un à l'intérieur.

Reprenant ses esprits, elle comprit la situation. Ils n'étaient pas seuls. Elle essaya de dégager son bras, mais McVey la tenait très serrée.

— Pas de bruit, chuchota-t-il, en la lâchant finalement.

Elle avala une bonne bouffée d'air. Il faisait frais et c'était bon. Elle avait les jambes en coton et le cœur battant à tout rompre, mais le sol ne se dérobait plus.

— As-tu vu oncle Lazarus ?

— Il est effondré sur la table.

Tout en parlant, McVey dégaina son Glock.

— J'ai une autre arme dans ma botte gauche. Prends-la et reste derrière moi, bien baissée.

Qui était à l'intérieur ? La question tournait dans la tête d'Amara. Sans doute était-ce la personne qui avait assassiné Hannah ?

Arrivé tout près de la fenêtre, McVey se releva légèrement et dirigea son arme vers le ciel.

Il y eut un craquement derrière le motel. Un craquement suivi d'un claquement et du ronflement d'un moteur qu'on lançait très fort.

Son Glock visant toujours le ciel, McVey cria.

— Entre. Portes fermées. Stores baissés. Lumière minimum.

Il lui lança ses clés.

— Prends ma voiture pour l'emmener si nécessaire.

— Oui… oui, d'accord. Fais attention à toi.

Elle donna un bon coup d'épaule dans la porte pour l'ouvrir.

— Oncle Lazarus ?

Elle mit le verrou, descendit les stores mais laissa la lumière dans la kitchenette. Il fallait qu'elle voie.

Elle posa l'arme de McVey et son portable, s'agenouilla auprès de son oncle et prit son pouls. Il était filant et trop rapide. Beaucoup trop rapide.

De sa main gauche, elle ouvrit sa sacoche et sortit son stéthoscope qu'elle posa sur la poitrine de son oncle.

Son cœur battait trop vite, mais il n'y avait pas d'autres signes inquiétants.

Elle lui souleva les paupières et réfléchit, assise sur ses talons.

Son oncle souffrait d'arythmie cardiaque et était soigné pour cela.

— Je veux voir tes médicaments, oncle Lazarus, marmonna-t-elle.

Elle éteignit dans la kitchenette et alluma en grand dans la salle de bains.

— Tu vis comme un ermite, mon cher oncle. Tu pourrais peut-être t'offrir une chambre moins spartiate.

Mais elle connaissait son oncle et savait ce qu'il aurait répondu, comment il aurait ri s'il l'avait entendue.

Son envie de sourire s'évanouit dès qu'elle ouvrit l'armoire à pharmacie. Elle poussa un cri en même temps que sa vue se brouillait.

17

Le moteur de la Dodge 1954 de Lazarus Blume continua à ronfler longtemps après avoir été arrêté. McVey, qui se tenait au volant, jeta un œil par la fenêtre arrière, vers le motel.

Il savait quand il y avait un piège. Il savait aussi distinguer quelque chose qui bougeait. Justement, quelque chose venait de se déplacer à l'angle du motel. Dans l'ombre. Cela n'aurait pas été ennuyeux s'il n'y avait eu une vingtaine de pick-up de dresseurs de corbeaux garés juste devant lui comme pour lui barrer la route.

Les gaz d'échappement noirs et nauséabonds du véhicule de Lazarus, ajoutés au brouillard qui flottait bas, empêchaient de voir ce qui se passait vraiment.

McVey sortit donc de la Dodge 1954 et se dissimula autant que possible. Au loin, quelqu'un longeait une roulotte. Apparemment, il cherchait quelque chose.

Ou quelqu'un, songea McVey.

L'arrêter ne présentait pas de difficultés.

Après s'être faufilé entre deux petits camions, il contourna un gros wagon et attendit. Comme il le pensait, l'individu déboucha devant la voiture. Sans hésiter, McVey lui sauta dessus et vissa son arme dans sa tempe.

— Alors, R.J., dit-il doucement. On joue les avions furtifs ?

Surpris, le neveu de Lazarus se pétrifia, mains en l'air.

— Ne tire pas, McVey. Je ne cherche pas la bagarre. Je suis venu ici, comme toi, c'est tout.

— Dans la voiture de ton oncle ?

— Non, avec la mienne. Elle est garée un peu plus loin, devant la porte 10. Je suis venu ici voir ce qui se passait quand j'ai entendu la Dodge de mon oncle démarrer. Il n'a pas le droit de conduire la nuit.

— Il n'est pas là, lui apprit McVey. Il n'y a personne dans la voiture. Le pick-up est là comme leurre. Idem pour les lumières allumées à l'intérieur et pour le moteur qui est en route. Lazarus chouchoute son auto. Il ne la prête jamais à personne. Comme je te l'ai dit, je trouve tout cela bizarre.

— Je peux baisser les mains maintenant ? s'enquit R.J.

— Vas-y.

McVey observa le wagon puis le pick-up et enfin la caravane.

— As-tu vu quelqu'un ces cinq dernières minutes ?

— Non, personne. Mais un camion ne démarre pas tout seul et tu ne rôderais pas comme tu le fais avec une arme s'il ne se passait pas quelque chose dans les parages. Alors ?

— Je te dirai quand je saurai.

Il comprit, mais une seconde trop tard, et ne put esquiver. Une couleur bleue passa devant ses yeux, lui arrachant un juron contre lui-même. Comment avait-il pu ne pas deviner la trahison ? Le whisky des dresseurs de corbeaux enivrait trop vite et pouvait faire beaucoup plus de mal que des trous à l'estomac. Foutument plus !

Alors qu'une douleur violente lui vrillait la tête, il pensa à Amara. Elle était à l'intérieur du motel, dans la chambre de son oncle. Elle ne risquait plus rien de Willy Sparks, mais elle risquait le pire d'un tueur bien plus proche. Un tueur dont les motivations et les méthodes imitaient celles d'une sorcière complètement folle, morte depuis la nuit des temps.

— Oncle Lazarus !

Désespérée, Amara le secoua violemment. Elle fit le tour de la pièce des yeux.

— Réveille-toi ! Il faut que tu te réveilles, que l'on puisse sortir.

Elle se releva, le regard fixé sur le sol.

— Oncle Lazar…

Elle ne put terminer le mot. Dans le cadre accroché au mur, un reflet attira son attention : on bougeait, dehors. A peine. Elle n'eut que le temps de se baisser, une balle venait de traverser la fenêtre et se fichait dans le mur près du cadre.

Par réflexe, elle se cacha sous le plaid râpé qui recouvrait le canapé. Une deuxième balle la frôla. Ce n'était pas son oncle qui était visé.

C'était elle.

Il fallait à tout prix qu'elle sorte de là. Il devait y avoir une autre issue que l'entrée principale.

On ne panique pas, se dit-elle. *On reste calme et on réfléchit.*

Elle tourna la tête à droite puis à gauche. Eurêka ! Là, dans la kitchenette, il y avait une fenêtre. Si elle réussissait à l'ouvrir, elle se glisserait à l'extérieur. Elle serait sauvée.

Essayant de ne pas se faire voir, elle avança jusqu'à la fenêtre qu'elle manœuvra pour la faire coulisser.

Coup d'œil dehors. Apparemment rien, hormis le brouillard et les dizaines de voitures des dresseurs de corbeaux. Deux balles traversèrent encore la chambre. Elle escalada la fenêtre et sauta de l'autre côté. Elle avait envie de hurler, de courir, mais il valait mieux qu'elle se cache jusqu'à ce que le danger s'éloigne.

Se ressaisissant, elle s'accroupit sans faire de bruit et, comme tout tournait autour d'elle, respira à fond. Elle avait des frissons dans le dos, la chair de poule sur les bras et des griffes lui enserraient la tête.

La peur n'arrête pas le danger, se répéta-t-elle tout bas. *Pense à McVey.*

Son pick-up n'était pas loin. Si elle parvenait à aller jusque-là, elle pourrait… elle pourrait quoi ? Partir. Non.

Pour une raison simple : il s'agissait d'une vengeance — cela ne pouvait être que ça. On se vengeait d'elle pour ce qu'elle avait fait étant enfant.

Depuis son retour, elle avait échangé des mots aigres avec Yolanda. Avec Jake aussi.

Des araignées, se rappela-t-elle. Cela faisait longtemps. Yolanda avait voulu la terroriser. Jake et Larry, le frère de Yolanda, avaient rempli un pot de créatures ignobles et l'avaient mis dans son lit. Jake, surtout lui, avait beaucoup ri de la mauvaise blague qu'ils lui avaient faite !

Jake et Yolanda étaient-ils amis dans leur enfance ? Et Jake et Larry ? Probablement pas. Mais, dans ce cas, pourquoi Jake avait-il participé de si bon cœur au plan de Yolanda ? A cause de son jeune frère Jimbo ?

Pour Jake, cela pouvait tenir lieu de motif.

Mais Jake avait-il une raison de vouloir la mort de Hannah ? Avait-il fait sauter le Red Eye ? Il avait pu quitter le bar sans que personne ne remarque son départ. Mais pourquoi détruire un lieu qu'il aimait tant ?

A moins que son objectif n'ait été de la tuer, elle, et de camoufler son meurtre en tuant plein d'innocents en même temps. Etait-il capable de pareille monstruosité ? Existait-il une personne capable d'un geste aussi abject ?

Il devait y avoir autre chose.

Le « quelque chose » qu'elle avait mentionné à McVey se précisa dans son esprit. Au fait, où était McVey ? Et les secours ? Cela faisait une demi-heure au moins qu'elle avait appelé. Ils auraient dû être là.

Pourquoi donc avait-elle laissé l'arme de secours de McVey et son portable dans la chambre de son oncle ?

Assez, se dit-elle. Ce n'était pas dramatique. Elle avait les clés de McVey dans sa poche et il y avait une radio reliée à la police dans son pick-up. Elle allait appeler les jumeaux Harden à l'aide.

Elle attendit que des nuages cachent la lune et, prenant son courage à deux mains, partit en courant. Sans incident, elle atteignit la voiture, l'ouvrit et grimpa sur le marchepied. Des douzaines et des douzaines d'araignées couraient sur le siège.

Elle fit un bond en arrière comme si elle avait reçu une décharge électrique.

Des araignées dans la voiture de McVey. Des araignées dans l'armoire à pharmacie de son oncle. Ça ne pouvait pas être Jake Il avait toujours été amer et méprisant à son égard, pour ne pas dire hostile, mais ce genre d'acte ne lui ressemblait pas. C'était une tête brûlée et les têtes brûlées, en général, étaient des réactifs primaires. Ces gens-là agissaient sous l'effet d'une pulsion et voulaient le résultat sur-le-champ.

Le « quelque chose » mal défini qu'elle avait cherché à identifier toute la journée lui sauta aux yeux alors qu'elle traversait le parking en sens inverse. Grâce à la barbe à papa rose dessinée sur l'une des baraques. Rose. Comme la marque d'un rouge à lèvres rose sur le verre dans la cuisine de Hannah. Un rose bonbon. Comme le rose du rouge à lèvres que portait Willy Sparks et…

— Encore un pas, Amara, et tu es morte.

La voix lui donna envie de réagir, mais Amara s'arrêta parce qu'elle savait. Ce n'était pas une menace en l'air. Pas quand trois personnes étaient mortes et qu'un bar avait été réduit en cendres.

Le gravier crissa sous des pas. Yolanda tenait un revolver, le visage bouffi de haine.

McVey luttait pour refaire surface. Hélas, pour reprendre pied, il fallait qu'il se débatte au milieu de marmites fumantes, de choses noires dégoulinantes et qu'il surmonte la terreur d'une petite fille qui, dégagée des bras d'une femme, s'enfuyait du grenier de Bellam Manor.

A travers les yeux de l'enfant, il monta des escaliers qui n'en finissaient pas tandis que le ciel était déchiré par des éclairs aveuglants.

Les falaises hautes lui faisaient signe d'approcher, mais il les fuyait, sautant par-dessus les rochers et les racines qui encombraient le sol pour gagner le pont.

Pourquoi avait-il choisi cette direction ? Il ne le savait pas mais, quand un corbeau se mit à voler au-dessus de lui, il comprit. L'oiseau le guidait. Vers la mort ou le contraire ? L'esprit trop embrouillé pour penser, il fit confiance au corbeau et le suivit avec l'espoir qu'il l'emmenait loin de la folle qui le poursuivait.

— Tu dois traverser le pont de Bellam, Annalee.

Le corbeau se tut. Mais depuis quand un corbeau parlait-il ? Ou bien, était-il devenu fou, lui, McVey ?

— Tu dois le traverser. Elle ne le peut pas.

Mais le pont avait été endommagé par les tempêtes successives et plus personne ne le traversait dorénavant, l'enfant qu'avait été McVey le savait.

— Cours, Annalee, insista le corbeau.

Il se posa sur un pieu vermoulu et battit des ailes.

— Tu dois le traverser. Tout de suite.

McVey se retourna : elle arrivait. Sarah, enragée, les bras tendus, les yeux fous.

— Vas-y, se décida-t-il.

Et il s'élança.

Le pont branlant tanguait, se balançait, craquait, faisait des bruits inquiétants qui dominaient le fracas du tonnerre, mais il ne céda pas, pas même quand McVey tomba lourdement sur les genoux et les mains.

— Cours, Annalee, répéta le corbeau. Je ne lui permettrai pas de quitter la montagne. Elle s'est construit une prison, elle y restera.

McVey trébucha une nouvelle fois mais se rattrapa à un pieu. Trop angoissé pour se retourner, il enjamba une planche cassée et atterrit les quatre fers en l'air, de l'autre côté.

Sarah hurla dans le vent.

— Il est à moi. Rien qu'à moi. De droit. Tu m'entends ? Il est à moi !

— Tu n'as plus rien à craindre, lui dit le corbeau calmement. Sois rassuré et sache que celle qui te voyait, qui nous voyait tous, restera à jamais cloîtrée dans son grenier. Elle ne verra plus rien d'autre que le monde qu'elle s'est créé.

McVey n'en menait pas large pour autant. Inquiet, il se retourna : Sarah enjambait la première planche du pont.

Trois planches plus loin, celui-ci s'écroulait. Sarah tomba, mais dans sa chute réussit à saisir une poutre. Hurlant, jurant, elle appela à l'aide. Ses cris conjugués avec les bourrasques et le grondement du tonnerre sortirent McVey de son cauchemar.

— Amara !

Son nom vibra, tel un coup de tonnerre dans sa tête. Il se leva, titubant comme un homme après trois jours passés à boire.

Il se trouvait dans le motel. Par terre, près de lui, R.J. se tordait en geignant. Il avait du sang à l'épaule. Mais McVey devait suivre le pick-up de Lazarus qui filait vers la vieille route.

— Vas-y, McVey !

Haletant, R.J. se releva sur un coude.

— Je vais me débrouiller. Trouve le salaud qui a fait le coup et mets-lui une balle dans la tête de ma part.

McVey essuya le sang de sa joue.

— Pas lui. *Elle.* Veille sur ton oncle si tu peux. Je vais essayer de trouver Amara.

Furieux contre lui-même, il pesta de ne pas avoir compris plus tôt.

— Et Yolanda.

18

Les collines et les bois disparaissaient dans le brouillard. Le paysage avait quelque chose d'irréel. Malgré sa peur — qui avait culminé quand Yolanda avait pointé son revolver sur elle — Amara savait où elles allaient. A Bellam Mountain.

Les mains ligotées dans le dos, les chevilles attachées par une corde qui lui entamait les chairs, elle ne pouvait pas bouger.

— Qu'as-tu fait à oncle Lazarus ? demanda-t-elle.

Yolanda lui fit une grimace.

— Je lui ai mis un truc dans son lait, évidemment. Après que R.J. fut parti pour aller au bar de Joe. Le traître, il aime bien se rendre là-bas.

— C'est R.J. que tu appelles le traître ?

— Je l'appelle comme je le vois.

Amara essaya de bouger, ce qui fit ricaner sa cousine.

— Essaie pas de te débattre, Amara. J'ai volé ces menottes à Jake et t'es pas près de t'en dépêtrer.

— Yolanda, tu es folle de faire ça. Et d'ailleurs, pourquoi ?

— La ferme ! aboya sa cousine.

Un sourire ravi lui illuminait le visage.

— J'adore donner des ordres et qu'on m'obéisse. Surtout à toi. Maintenant, réponds. Selon toi, qui de moi, de Jake ou de Larry a mis les araignées dans la salle de bains d'oncle Lazarus. Allez, réponds. C'est lequel ?

— Jake.

— Pourquoi Jake ?

— Pour se venger. J'ai fait peur à son frère Jimbo quand

il était petit. Toi, je ne te crois pas capable d'aller aussi loin et Larry a d'autres chats à fouetter avec ses tics et ses tocs.

— Tu dis ça parce que mon frère se promène nu la nuit. Ça prouve quoi ?

— Qu'il a des tics et des tocs. Il a beau être un Bellam, j'ai toujours su que Larry n'avait aucun pouvoir, quoi qu'il en pense.

— Et Jake ?

— Jake est trop macho. Il pense qu'aucune femme ne lui arrive à la cheville.

— Je te crois pas. Tu penses que c'est Jake qui a mis les araignées dans la salle de bains de l'oncle et pas moi parce que Jake est un garçon et moi seulement une fille.

Yolanda tapa sur le volant de la voiture qui fit une embardée.

— Tu peux me dire pourquoi les gens s'imaginent qu'il n'y a que les hommes qui tuent avec des armes à feu ? Les femmes empoisonnent, c'est ce qu'on dit. D'accord, je ne lui ai peut-être pas tiré dessus, mais je l'ai cognée avec la crosse de mon Luger. Un coup et *boum*, par terre. Pas besoin d'être musclée. Elle était complètement assommée quand je l'ai emmenée dans la partie centrale du manoir.

— Quoi ? Tu l'as fait marcher ? Avec sa jambe malade ?

— Elle ne marchait pas, elle boitait. Elle trébuchait. Elle riait comme une dingue. Si t'avais vu ça, Amara ! Mais t'inquiète ! On avait bu le whisky des dresseurs de corbeaux et, après quelques gorgeons de ce truc, tu ne sais même plus si t'as des jambes ou pas ! Ha ha !

— Si je comprends bien, tu l'as soûlée pour pouvoir la tuer tranquillement.

— C'était une vieille poivrote. Elle a mis trois doigts de whisky dans son café sans avoir besoin que je la pousse. Je lui aurais dit d'en mettre plus si besoin, mais il n'y a pas eu besoin de l'encourager. Une poivrote, je te dis.

Amara réussit à se pousser contre la portière pour observer sa cousine de profil.

— Ecoute, Yolanda, tu vas me trouver idiote, mais je ne comprends toujours pas.

— C'est que t'es idiote, alors !

Sa cousine lui lança un regard de côté.

— Ça oui, pour être idiote t'es idiote. A bouffer du foin ! Et c'est pour ça qu'il y a tous ces problèmes.

— Problèmes ? Tu parles des meurtres ?

Amara essaya de frotter ses menottes l'une contre l'autre, mais il ne se passa rien.

— Tu es folle, ma pauvre Yolanda ! Qu'est-ce qui t'est arrivé ?

— Et toi, t'es une saucisse ! Il y a des gens qui meurent tous les jours. Soit de mort naturelle, soit on les aide. Perso, je préfère la deuxième formule. Et concernant ce que je t'ai dit tout à l'heure sur les femmes et les armes à feu, Hannah n'est pas la seule que j'ai aidée à passer l'arme à gauche ! Je me suis aussi occupée du mignon au poignard qui faisait du gringue à la bimbo au lieu de s'intéresser à moi. Je reconnais que cette nuit-là est un peu floue dans ma tête, mais je crois que je l'ai tuée, elle, avant lui. Tu me croiras si tu veux, mais cette saloperie m'a visée en même temps que je la visais. Heureusement, j'ai tiré la première. J'ai eu chaud. N'empêche, quelles coïncidences bizarres !

Curieux, songea Amara. Yolanda semblait ignorer qui elle avait tué dans la ruelle.

Comme elle ne parvenait pas à se libérer de ses menottes, Amara décida de s'attaquer à la corde qui lui liait les chevilles.

Le paysage défilait, toujours dans le brouillard. Yolanda conduisait de plus en plus vite, ignorant nids-de-poule et grosses racines en travers de la route, indifférente aux dégâts qu'elle devait causer au bas de caisse de la voiture.

— Yolanda… Aïe, doucement !

— Ça va, la cousine. Tu te tais. Et dis-toi que tu seras bientôt morte.

— Ça, j'ai compris. Ce que je ne comprends pas, en revanche, c'est pourquoi ? Qu'est-ce que je t'ai fait pour que tu me détestes à ce point ?

— Je te déteste. Je te méprise. Je t'ai jeté des sorts, mais aucun n'a marché, malheureusement.

Yolanda haussa les épaules.

— Il n'y a rien à comprendre.

— Je suis d'accord, nous ne sommes pas amies. Je n'ai jamais aimé le frère de Jake, mais je pense que le tuer aurait été un peu excessif. Je suppose donc qu'il y a autre chose derrière ce que tu fais.

Yolanda passa sur une branche tombée à terre, ce qui secoua violemment le pick-up.

— L'argent, l'argent, l'argent. Je veux l'argent, ma belle. Quand le vieux crèvera.

D'abord stupéfaite, Amara attendit quelques secondes pour répondre.

— Tout ça pour ça ? De l'argent ?

— Oui, l'argent du vieux. Il est plein à craquer, celui-là. Il n'y a pas plus riche que lui à Raven's Hollow et Raven's Cove combinés.

Le dernier morceau du puzzle se mettait en place. Enfin. Se rappelant alors le contenu de l'armoire à pharmacie, Amara ne put se retenir.

— Du Sunitibit et de l'Evolimus. Le premier médicament se trouvait au fond de la petite armoire. Il était plus ancien. Oh !

— Tu dis *Oh* parce que tu te rends compte de ta nullité ? Eh bien, tu as raison ! Ce n'est pas moi qui dirai le contraire. Donc, notre cher oncle décline gentiment. Rapidement plutôt. Sa santé est comme une vieille horloge qui sonne les dernières minutes de l'heure terminale.

Amara se maudit. Elle avait eu les médicaments sous les yeux le soir où elle avait cherché un pansement gastrique. Elle avait remarqué mais n'avait pas compris.

— J'ai vu l'arbre, dit-elle en soupirant très fort. L'arbre qui cache la forêt.

Yolanda tapa une nouvelle fois sur son volant.

— Encore ton jargon de médecin, je suppose ? Tu veux dire que ton petit cerveau n'a pas vu ce qu'un étudiant en première année de médecine aurait constaté au premier coup d'œil.

— Ces médicaments sont prescrits dans les cancers du

rein. On prescrit le deuxième quand le premier n'agit plus. Sauf qu'ici le nouveau aussi était périmé, ou presque.

Elle se redressa contre la portière.

— Oncle Lazarus a un cancer du rein !

— Exact. Avec des métastases à la vésicule biliaire et, merci petit Jésus, au foie. Comment est-ce que je sais tout ça ? Tu dois te le demander compte tenu qu'il n'en a parlé à personne.

— Tu as fouillé dans son bureau ?

— Non. Un jour, R.J. est tombé malade et oncle Lazarus devait aller en consultation à Bangor. Je lui ai proposé de l'emmener. Je l'ai conduit là-bas, je suis sorti du cabinet du médecin par discrétion. Il faisait beau, je suis restée sous la fenêtre dans une petite impasse qui ressemblait comme une sœur à celle où j'ai descendu le nul et la bimbo, et j'ai écouté le médecin dire à l'oncle qu'il fallait faire des analyses. Evidemment, oncle Lazarus fait toujours ce qu'on lui dit, y compris aller dans un labo pour des prélèvements, s'il le faut. La suite, je l'ai inventée et je suis tombée juste.

— Il voulait voir les résultats de ses yeux, dit Amara. Alors le labo lui a adressé des photocopies dès qu'ils ont été prêts.

— Exactement. Les résultats sont arrivés. L'oncle a bu plus que de raison quand il les a vus et il a bourré le coursier de coups de poing quand il l'a revu chez Joe au Two Toes Bar.

Amara n'en croyait pas ses oreilles.

— Tu as vu les résultats ou les as-tu imaginés ?

— Pas besoin de les voir. La violence de l'oncle en disait assez. J'ai vite compris que ce que j'avais imaginé était vrai.

— Donc, toutes ces morts, tous ces meurtres pour de l'argent ?

— Des montagnes de blé, Amara. Est-ce que tu te rends compte ? Des pyramides !

— Est-ce toi aussi qui as tué la sœur de Lazarus ?

— Tu parles de tante Maureen ? J'ai pas eu besoin. C'est la cigarette qui l'a tuée. Merci, tante Mau. Mais, je l'avoue, c'est sa mort qui m'a donné l'idée pour la suite. Ça a germé dans ma tête. Je me suis dit : dis donc, Yolanda, le vieux, il doit avoir un testament. Alors j'ai rôdé autour de chez lui, je me suis cachée et puis je me suis dit « la barbe ! » Un après-midi où je savais que R.J. et lui étaient à Bangor, j'ai fait ce que tu viens de dire, j'ai fouillé son bureau. Et là, jackpot !

Elle évita de justesse un daim et continua en pestant contre l'animal.

Elle regardait souvent dans son rétroviseur, remarqua Amara. Il n'y avait pourtant pas de phares derrière elles. Yolanda avait-elle vu McVey dans la soirée ? Vu et… Non, non et non, elle refusait de penser à une chose pareille.

— Evidemment, il t'a couchée dans son testament, reprit Amara.

— J'arrive en quatrième position. Notre vieil oncle pense que je serai aux anges si j'hérite du Red Eye. L'idiot ! Toi, t'es la deuxième sur les rangs, tu devais au départ recevoir Bellam Manor et une grosse somme d'argent. Pour Hannah, je ne me rappelle pas — elle était numéro trois dans l'ordre de succession. Le gros lot, c'était pour tante Maureen. Je vais te dire maintenant pourquoi j'ai fait ça. Dans son testament, oncle Lazarus a écrit : « si un des héritiers vient à décéder avant les autres, quelle que soit sa part d'héritage, celui ou celle qui arrive après lui dans l'ordre de la succession recevra la part du défunt ». C'est pas cool, ça ?

— Très cool, en effet.

Partagée entre dégoût et incrédulité, Amara ferma les yeux.

— Ainsi donc, tante Maureen étant morte, je suis devenue numéro un sur la liste. Et si je mourais, tout allait à Hannah.

— Moi et Hannah mortes, tu gagnais le gros lot.

— Gros ? Enorme, Amara. Enorme ! Mais je partagerai avec mon frère, bien qu'il soit très heureux de sa vie, là-bas dans les Rocheuses. Ça lui plaît de déclencher des avalanches en hiver et de s'occuper de sa sœur au printemps et en été. C'est une Bellam et elle est un peu bizarre, elle aussi. Je ne suis pas sûre qu'elle raisonne juste.

— En tout cas, dans l'ordre des langues de vipère, tu arrives des kilomètres avant moi.

— Merci, ma cousine.

— Non, ce n'était pas un compliment.

— Ah ? J'ai cru. Tant pis pour toi, je vais te faire souffrir deux fois plus avant de te tuer. Ça t'apprendra.

Elle poussa un soupir.

— McVey n'aura plus qu'à partir une fois que je t'aurai fait la peau.

McVey était donc en vie, pensa Amara. McVey était vivant !

— Tu es une sorcière, Yolanda. Tu es pire que le diable.

— Peut-être, mais je suis un diable intelligent. Tu veux savoir comment j'ai mis McVey KO ?

Elle souffla sur ses ongles rose bonbon et les essuya sur le revers de sa veste.

— Je l'ai attaqué avec la canne que l'oncle garde dans son pick-up. Fallait que je m'occupe de R.J. d'abord, évidemment. Que je le matraque mais pas complètement, juste assez pour le mettre hors d'état de nuire. Je sais, je sais, j'aurais dû viser McVey dans la foulée, mais j'ai vraiment essayé de régler tout ça sans faire trop de dégâts. Je veux dire — ça me tue, ha ha ! — de penser à tout ce gâchis. Le type est canon. Je n'arrive pas à me faire à l'idée qu'il est flic, malheureusement. Et quel flic !

— Et toi, une tueuse. Mais, dans ton domaine, tu ne lui arrives pas à la cheville.

— Je m'améliore, mais je suis encore loin d'être une championne.

— Parce que c'est ton objectif, Yolanda ? Etre championne de tir ?

— Oui, pour le fric, cousine. Une fois que tu as tué, c'est terminé. Si J.R. ne me reconnaît pas, il vivra. Il est couché sur le testament, mais il est plus bas sur la liste.

Elle écarquilla curieusement les yeux.

— Je n'ai pas besoin de tout, de presque tout seulement.

Amara hocha la tête, mais elle ne pensait qu'à une chose : Yolanda n'avait pas tué McVey. Elle l'avait assommé, mais il était vivant.

Et ils approchaient du pont de Bellam.

Elle fit semblant de ne pas voir le regard mauvais que Yolanda lui lançait, mais elle mourait de peur. Sa cousine ne changerait rien à son plan et les menottes de Jake refusaient de lâcher.

— Je t'ai observée le lendemain du jour où tu es arrivée, déclara soudain Yolanda. J'avais des jumelles et le vieux pistolet de Larry et j'étais dans un arbre près de la maison de Nana. A un moment, j'ai eu envie de vous tuer tous — oncle Lazarus, McVey et toi — très exactement quand vous étiez dans la cuisine. Mais j'ai réfléchi : si je vous ratais, surtout McVey, j'étais fichue. Et puis, c'est quand même un superbeau mec, ce type. Et un superbon flic.

— Il faudra que je me souvienne de le remercier de m'avoir sauvé la vie.

— Tu ne diras merci à personne, Amara. Parce que tu n'as plus que quelques petits jours devant toi. C'est tout ce que je t'accorde, quelques petits jours pendant lesquels je vais te faire crever de peur.

Elle attendit un court instant et reprit d'un ton sarcastique.

— Dis-moi — pardon d'être aussi curieuse — le mignon qui tenait un couteau, c'était un gars de Jimmy Sparks ?

— Non, c'était un ancien ennemi des gars de McVey.

— Je te ferais bien dire à McVey que je l'accueillerais avec plaisir chez moi mais, malheureusement…

Sans crier gare, elle se dressa et, appuyant des deux pieds sur la pédale de frein, stoppa net la voiture. Amara sauta et faillit traverser le pare-brise.

En riant, elle relâcha la pédale.

— La route s'arrête ici, Amara. Maintenant, on va marcher un peu.

Elle planta le canon de son Luger dans la tempe d'Amara qui se força à sourire.

— Dans mon cas, je vais plutôt sautiller.

Yolanda sourit elle aussi.

— Quand tu verras où on va, tu sauteras en effet !

— On ne va pas à Bellam Manor ?

— Ce serait trop cliché, cousine. Non, je connais trop bien le mauvais état du pont. Quant à comprendre pourquoi tu as voulu le traverser — et réussi — personne n'a jamais compris, ni à Raven's Hollow, ni à Raven's Cove. Mais tu vas recommencer.

Les yeux brillants, fous, elle enchaîna :

— Et, cette fois, tu vas tomber et tu mourras. Une mort tragique, dira-t-on.

McVey ne demanda à Brigham ni pourquoi ni comment il était venu au motel. Pas le temps. Il n'avait qu'une chose en tête : ramener Amara avant que Yolanda ne lui fasse du mal.

D'un revers de main, le dresseur de corbeaux chassa les araignées qui couraient sur les sièges et s'installa à la place du passager.

— On y va, dit-il empoignant le volant d'une main. Par là.

McVey avait beau vouloir l'ignorer, l'homme dominait la situation.

— Elle est des nôtres, McVey. Et je connais cette montagne mieux que personne.

Agacé, McVey laissa échapper une bordée de jurons.

— Le salaud, je lui ferai la peau.

— Demi-tour toute ! lança Brigham.

Bizarre ! Ils partaient en sens inverse de Yolanda. Si le dresseur de corbeaux se trompait, ou les fourvoyait volontairement, McVey ne donnait pas cher de sa vie.

Yolanda n'obligea pas Amara à sauter. Elle défit la corde qui lui enserrait les chevilles mais la noua autour de ses poignets. Elle enroula ensuite l'autre extrémité autour de sa propre main. Comme un toutou en laisse, pensa Amara.

— Au cas où il te viendrait à l'idée de vouloir t'échapper, crut nécessaire d'expliquer sa cousine.

Amara, qui s'était promis de ne pas paniquer, ne broncha pas. Sa cousine était tout simplement folle. Mais elle avait trop confiance en elle-même. Et les deux conjugués risquaient de la conduire à la faute.

Ne restait qu'à l'espérer.

Alors qu'elles approchaient du pont, le vent forcit. Pas assez pour chasser le brouillard mais suffisamment pour le déchirer par endroits.

— A ta place, je n'essaierais pas de crier, déclara Yolanda. McVey doit encore être KO vu le coup de canne que je lui ai flanqué sur la tête !

Amara scruta le pont.

— Qui cherches-tu à convaincre, Yolanda ? Toi ou moi ?

— J'ai une arme. Je t'ai avec moi. Si jamais McVey se pointe, je me charge aussi de lui. Jake dirigera le poste jusqu'au retour de Tyler de voyage de noces. Et alors… Tant pis, je m'abaisserai à dire à Jake que j'en pince pour lui depuis des années. Qu'en penses-tu ?

— Je n'en sais rien, je ne me suis jamais trouvée dans cette situation.

— Mauvaise ! Tu n'es qu'une teigne !

Pour se venger, Yolanda tira violemment sur la corde qui scia les poignets d'Amara.

— Ah. Parfait ! Voilà le pont de Bellam. Quelle ruine !

Yolanda planta un doigt entre les omoplates d'Amara, comme pour la pousser.

— Je fais le pari qu'avant dix pas tu seras tombée, lança-t-elle.

Puis elle leva les yeux au ciel.

— Oh mince ! Il n'y a plus de lune. Pas grave, j'ai ma lampe de poche. Pas question que je rate le final. Encore que… le vrai bouquet final, ce sera McVey et, s'il le faut, R.J.

Amara était incapable de détacher les yeux des planches vermoulues du pont.

— Ta conscience est-elle morte le jour où tu as tué Hannah ? demanda-t-elle à sa cousine.

La question laissa d'abord Yolanda pantoise puis elle déclara :

— J'ai tué Hanna *la nuit*.

De nouveau, elle piqua un doigt dans le dos d'Amara.

— Allez, avance !

— Tu tiens à ce que je meure avec des menottes ? A mon

avis, ça fera louche, même pour un policier limité intellectuellement comme Jake.

— Tu sais que je vais prendre mon pied à te regarder tomber, ricana sa cousine. Ce sera Noël en mai.

De sa main gauche, elle planta son Luger dans le dos d'Amara et, de la droite, sortit d'une poche une petite clé et ouvrit les menottes.

Celles-ci tombèrent. Yolanda détacha la corde des poignets d'Amara et enfonça le canon de son arme plus profondément dans son dos.

— Bon voyage, cousine.

Elle poussa Amara tellement fort qu'elle tomba à genoux en se blessant.

Sans faire de bruit, un corbeau traversa alors le brouillard et, toutes griffes dehors, agrippa le sommet de la tête de Yolanda. Profitant de ce que sa cousine s'agitait en maudissant l'oiseau, Amara fit un roulé-boulé.

Le corbeau repassa au-dessus d'elles mais, cette fois, Yolanda le frappa avec son arme. L'oiseau lança un cri rauque, déploya ses ailes et, bec ouvert, piqua vers le sol.

Furieuse, Yolanda fit pivoter son arme dans sa main et balaya les arbres comme si elle avait tenu une torche. Prenant son élan, Amara se précipita sur sa cousine et l'attrapa aux genoux.

Si le pont avait été sensible aux vibrations, songea Amara, les hurlements de Yolanda l'auraient sûrement fait s'écrouler.

Couchée sur le côté, elle cisaillait l'air de coups de pied rageurs. Finalement, elle réussit à agripper Amara et lui asséna un coup avec le talon de sa botte.

Un voile de brouillard poussé par le vent vint les séparer brusquement. C'était le moment d'en profiter pour fuir. Hélas, pour ne pas être vue, Amara ne pouvait se sauver que dans une direction. Si elle voulait échapper à la folle, elle avait le pont de Bellam à traverser.

Yolanda, derrière elle, tira plusieurs coups de feu.

— Où es-tu ? appela-t-elle.

Elle tira encore une balle. Et encore une autre.

— J'ai des tonnes de munitions, cousine. Montre-toi ou je continue à tirer dans le brouillard.

Amara s'accroupit derrière un des piliers. Le pont n'était pas engageant. Allait-elle essayer de le franchir ou valait-il mieux prendre au large et essayer de le contourner ?

Une balle lui frôla l'oreille et alla se ficher dans le pilier déjà très déglingué. Le danger se précisant, Amara se décida pour le pont. Avec un peu de chance, le brouillard continuerait de la cacher.

A quatre pattes, elle commença la traversée. Elle avait peur. Elle tremblait.

Un cri rauque déchira l'air. Elle leva à peine les yeux : un corbeau descendait en piqué. Plusieurs mètres derrière elle, Yolanda poussa un hurlement. Profitant de l'incident, Amara poursuivit. Les planches étaient branlantes et faisaient des craquements sinistres.

Mais, pour l'instant, elles tenaient.

Elle claquait des dents, avait des éclats dans les doigts et des clous lui avaient arraché la peau d'un genou.

De nouveaux cris d'oiseaux lui vrillèrent les oreilles. Des croassements mais pas seulement. Soudain, il y eut un son sourd, comme le bruit d'une botte sur du bois.

Son cœur s'affola. Elle ferma les yeux. Yolanda marchait sur le pont.

Il fallait qu'elle se sauve. Qu'elle se dépêche. Qu'elle avance. Pas le temps de choisir les planches les moins vermoulues.

Les yeux plissés, à la faveur d'une trouée dans le brouillard, elle distingua une pile sur laquelle était posé un corbeau. A l'inverse des autres, il ne prit pas son envol pour descendre en piqué. Il était là, immobile, et surveillait.

Un gardien, pensa-t-elle.

Se rappelant alors le respect de Brigham pour les corbeaux, elle murmura :

— J'espère que tu veilles sur la bonne personne.

— Il s'est pris les griffes dans mes cheveux, hurla Yolanda.

Ils viennent d'où, ces imbéciles d'oiseaux ? Ils me tirent les cheveux.

Elle n'était pas loin, réalisa Amara.

A cet instant, une main lui saisit une cheville. Essayant de se dégager, Amara donna des coups de pied. Une des planches grinça, grinça, grinça et finalement se brisa. Yolanda poussa un cri, entre sanglot et hurlement, et tenta d'agripper la planche cassée. Telles des griffes, ses doigts s'enfoncèrent dans le bois, mais la planche était vermoulue et céda sous son poids. Les doigts glissèrent... disparurent... et il ne resta plus que des lambeaux de brouillard.

Pendant quelques secondes, Amara, hagarde, fixa l'espace laissé vide par la chute de sa cousine. Puis elle se tourna vers le corbeau, toujours campé sur ses deux pattes. Il poussa alors un croassement saisissant et s'envola.

Elle leva la tête pour le suivre des yeux, mais la planche gémit sous elle. Effrayée à la pensée de tomber à son tour, elle empoigna une poutrelle, mais le métal était rouillé et la barre trop peu solide pour s'y accrocher.

Au-dessus de sa tête, le corbeau, qui était revenu, croassa. Et crossa encore, de plus en plus fort, de plus en plus rauque. Quand il s'arrêta, une main lui saisit fermement le poignet.

— Je te tiens, Chaperon rouge.

C'était McVey, accroché à une poutrelle au-dessus d'elle.

— Tiens bon et ne regarde pas en bas.

Une foule de sentiments se bouscula dans sa tête, mais un surtout dominait. Yolanda n'avait pas menti, McVey était vivant.

La fin de la traversée sembla interminable. Quand ses genoux touchèrent enfin la terre ferme, elle se releva. McVey était là, descendu de sa poutrelle métallique, et il lui tendait les bras. Bouleversée, épuisée, elle se jeta à son cou.

— Tu es venu, dit-elle entre deux baisers. Comment as-tu su où j'étais ?

Prenant son visage dans ses mains, il plongea son regard dans le sien.

— Quand j'ai compris que le tueur ne pouvait être qu'elle,

j'ai tout de suite pensé au manoir. Nous avons pris un chemin détourné.

— Qui nous ?

— Brigham et moi. Il est venu avec ses corbeaux et…

Un cri perça le brouillard qui s'était reformé.

— Je viens d'apercevoir Yolanda ! s'exclama Brigham. Apparemment, la corde qu'elle tient s'est enroulée autour d'un pilier. Je remonte la sorcière ou on la laisse là nourrir les pissenlits par la racine ?

McVey se pencha vers Amara.

— A toi de décider. On peut lui régler son sort maintenant.

Amara ne réfléchit pas longtemps. Les cris de sa cousine, appels désespérés et invectives, parvenaient d'en bas.

— Remonte-la, Brigham, dit-elle. C'est une malade mentale. J'aurai peut-être pitié d'elle, un jour. Mais pour l'heure je ne ressens rien pour elle. C'est une sorcière, et les sorcières, on les brûle.

19

Pour McVey, c'était simple. Tout crime méritait châtiment. Les choses ne se déroulaient pas toujours de la sorte mais, lorsqu'elles se passaient ainsi, il en ressentait une immense satisfaction.

Cinq longues heures après avoir secouru Amara sur le pont de Bellam, il s'arrêta à la demande de celle-ci dans Main Street, à Raven's Hollow.

— Comment peux-tu être heureux de ce qui s'est passé ce soir, McVey ? Oncle Lazarus est hospitalisé à Bangor…

— Il y est bien, Chaperon rouge. Il se repose.

Il fit un signe au dresseur de corbeaux qui s'affairait derrière un bar installé, illégalement, sur un trottoir.

— Tu as parlé à son médecin. La santé de ton oncle, c'est au jour le jour. Cela dure depuis un certain temps.

— Apparemment, tu le savais et moi pas.

— C'est lui qui me l'a dit le jour où je l'ai arrêté pour avoir agressé le coursier. Il m'a demandé de n'en parler à personne.

— Je suis sa nièce, McVey. Et médecin. J'aurais pu…

— Quoi ? Oui, je sais, lui prescrire de la morphine ou je ne sais quoi. Il n'en voulait pas.

— Et puis zut ! Je lui en veux de ne m'avoir rien dit et à toi d'avoir respecté son souhait. Et à Yolanda d'être… comment dire… de vouloir tout pour elle.

McVey accepta de la main du dresseur deux verres de sang de corbeaux et en tendit un à Amara.

— Tu sais que son avocat va plaider l'irresponsabilité pour maladie mentale.

— Ça ne sera pas difficile parce que c'est la pure vérité. En plus, chez elle, ça se voit.

Des corbeaux articulés volaient puis descendaient en piqué sur les promeneurs.

— Finalement, je me demande si, petite, elle n'était pas déjà dérangée. Quant à Larry, son frère, je le trouve borderline.

— A mon avis, un homme qui manipule des explosifs comme lui est limite.

Il passa le bras autour de ses épaules et l'attira à lui.

— J'aimerais te poser quelques questions, McVey.

— Est-ce que nous pourrons faire l'amour quand je t'aurai répondu ?

Elle rit.

— Je me rends compte que j'avais raison, chef McVey. Vous êtes une bête. Je sens chez vous un instinct et un appétit de loup… Dans cette vie, en tout cas.

Elle passa la main dans ses cheveux et les ébouriffa.

— Je savais que cela arriverait, répliqua-t-il. Tu vas me rappeler que j'ai du sang Bellam dans les veines, c'est ça ?

— Tu le sais, non ? Je n'ai pas besoin de te le rappeler. Quand Nola Bellam a épousé Ezéchias Blume, elle avait déjà un enfant, une fille. Dans la légende Bellam, c'est la fille de Nola, Annalee, qui a fait enfermer Sarah dans le grenier de Bellam Manor. Dans ton rêve, Sarah est passée à travers une planche vermoulue et, comme Yolanda, elle n'est pas tombée au fond du gouffre.

— Annalee était une sorcière ?

— Personne ne sait. Aidée, peut-être par les corbeaux, elle a rayé Sarah du tableau.

Amara pencha la tête.

— Un peu ce que tu as fait avec Yolanda, ce soir. C'en est angoissant.

— Oui, mais je n'étais pas seul sur le pont. Il y avait Brigham.

— Mon idée, c'est qu'Annalee a plus d'un descendant. Et chaque dresseur de corbeaux a deux parents.

— Je ne suis pas sûr que Brigham apprécie ton idée.

— Il devrait, pourtant. Le mélange des sangs explique sans doute qu'il soit si doué. Un, pour dresser des corbeaux vivants. Deux, pour en créer des articulés. Ce qui m'amène à la question de fond…

— Comment t'avons-nous trouvée ? dit-il à sa place.

— Je sais. Tu as compris que Yolanda voudrait me tuer dans ou autour de Bellam Manor, et quelle meilleure façon d'y parvenir qu'en utilisant le pont comme arme du crime ? Non, ma grande question est la suivante : pourquoi le pont est-il subitement devenu traversable après que Yolanda et moi sommes passées à travers ?

— Yolanda et toi, vous ne saviez pas où marcher. Brigham, lui, savait. Les dresseurs de corbeaux n'aiment pas les intrus. Ils bricolent le pont pour empêcher les autres de passer. De cette façon, ils font tranquillement leurs petites affaires et, pour les autres, c'est quitte ou double.

— Ça ne semble pas très légal.

— Non, mais la terre des deux côtés du pont appartient à ton oncle Lazarus. Il est la seule personne qui peut, légalement, porter plainte contre eux.

— Ce qu'il ne fera pas, car il est ravi de savoir que la personne qui a tué Hannah a été attrapée par l'un d'eux.

McVey leva son verre.

— A notre santé ! Ta cousine était peut-être couchée sur le testament de ton oncle, mais elle n'a jamais été sa chouchoute. Il m'a raconté, ce soir, qu'il avait aimé sa mère et que, pour cette raison, il la supportait.

— La mère de Yolanda est morte dans un accident de voiture quand j'étais en sixième.

Elle s'arrêta face à un vol de corbeaux.

— Brigham nous a rendu un grand service avec ses corbeaux articulés. L'un d'eux s'est pris dans les cheveux de Yolanda. Elle a paniqué. Si j'avais eu moins peur, cela m'aurait amusée de la voir terrorisée. Elle a de la chance que Brigham ait pu la remonter.

— Elle a surtout eu de la chance que la corde qu'elle tenait se soit enroulée autour d'un des piliers.

Amara sourit.

— Je ne pense pas qu'elle voie cela de cet œil.

Elle s'arrêta puis reprit.

— C'est le rouge à lèvres rose qui m'a mise sur la piste. Quand j'en ai vu sur le bord du verre dans la cuisine de Hannah, j'ai compris qu'il y avait un bug. On a vérifié dans les affaires de Hannah, elle ne mettait pas de rouge à lèvres.

— Et Willy Sparks n'avait aucune raison de vouloir la tuer.

— Ça ne pouvait donc être que Yolanda. Et toi ? Qu'est-ce qui t'a mis sur la piste ?

— Son frère manie les explosifs. Elle devait donc savoir poser des charges. Quant au cocktail Molotov, n'importe qui peut en fabriquer.

Amara plissa le nez.

— Sait-on pourquoi elle a fait sauter le bar ? A part espérer me tuer, évidemment. Ce qui était sa raison numéro un. Mais détruire son outil de travail ? Bizarre, non ?

— Je pense qu'elle voulait faire passer un message.

— Oncle Lazarus lui laissait le Red Eye, je suppose qu'elle voulait faire comprendre que ça ne lui convenait pas.

— J'ai aussi vu le rouge à lèvres rose sur elle avant qu'elle ne m'assomme avec la canne de ton oncle.

— Quelle journée ! conclut Amara. Qui dira encore qu'il ne se passe rien à Raven's Hollow ?

— J'ai reçu un coup de fil du chef du lieutenant Michaels. Jimmy Sparks est mourant.

— Décidément ! On meurt beaucoup par ici.

— C'est sa sœur qui prend la relève. Il paraîtrait qu'elle est moins vindicative que son frère.

— J'espère que c'est vrai.

Amara leva son verre à l'intention d'un corbeau qui se posait sur une des baraques.

— Cet oiseau me suit partout depuis que nous sommes en ville. Je suis sûre que c'est toujours le même, je le reconnais à sa tache blanche sur la tête.

McVey sourit.

— Au risque de me répéter, les corbeaux mâles ont très bon goût dans la région !

— Je me demande si c'est celui que j'ai vu sur le pont.

— Tu as vu un corbeau sur le pont ?

— Oui, et toi aussi, d'ailleurs. Tu n'as pas pu ne pas le voir. Il était posé juste au-dessus de toi.

— C'était un vrai, tu en es sûre ?

— Sûre et certaine. Les dresseurs sont doués mais quand même ! Le corbeau me fixait, comme celui-ci. Si je me réfère à la légende, il est possible qu'il ait veillé sur moi à la demande de quelqu'un.

— Qui serait ?

— Pas le frère de Yolanda. Pas Jake. Je dirais oncle Lazarus, si ce n'est qu'il n'y croit pas.

— C'est ce que tu imagines.

Amara pouffa de rire.

— Mon oncle est un homme rationnel. Les gens rationnels ne croient pas aux légendes.

— Encore une fois, c'est ce que tu crois.

— Exact.

Elle se tourna vers McVey en riant et passa les bras autour de son cou.

— OK, oublions le corbeau, bien que ce soit difficile. Qu'est-ce que cela nous apporte ?

Il lui ébouriffa les cheveux.

— C'est à toi de répondre. Tu seras bientôt une femme riche. Tu pourras aller et venir selon ton bon plaisir. Ou ne pas bouger. A ta guise.

Elle battit des cils deux ou trois fois de suite.

— Je ne sais pas… Je suis tiraillée… Je crois tout de même que j'ai une préférence.

Le corbeau croassa plusieurs fois. On aurait dit qu'il était fâché.

— Arrête de me faire peur, corbeau, lui lança Amara. On dirait oncle Lazarus quand il n'est pas d'accord ! Ce qui me fait penser que je commence à croire ce que racontent nos légendes puisque… Que voulait Sarah Bellam finalement ?

— La fortune d'Ezéchias, répondit McVey sans hésiter.

— Exactement. Et comment a-t-elle résolu son problème quand elle a découvert qu'elle attendait un enfant d'Ezéchiel ? Elle a décidé d'éliminer tous ceux qui risquaient de réclamer cette fortune. Ajouté à cela le fait que c'était une sorcière méchante et que son amant désirait sa sœur plus qu'elle, tous les ingrédients sont réunis pour faire d'elle une meurtrière. Deux Blume et un Bellam dans le cas de Sarah.

— Yolanda avait l'intention de reproduire le même schéma, on dirait.

McVey caressa ses lèvres.

— Te tuer, cela faisait une Bellam. Tuer Hannah, cela faisait une Blume. Et attendre tranquillement que Lazarus, également un Blume, veuille bien s'éteindre.

— Deux Blume et un Bellam, conclut Amara. Et tu as contrarié ces plans dans tes deux vies. Joli score, Annalee.

Le corbeau battit des ailes et McVey sourit.

— *No comment.*

Amara finit son verre de vin.

— Un petit oiseau — pas celui-là — m'a dit que Tyler et Molly ont décidé de partir vivre en Floride. Il m'a aussi confié que, cet après-midi, on t'a proposé le poste de Tyler, ici, à Raven's Hollow. Un chef, deux villes et… peut-être… un prétexte pour être médecin à la clinique ? Est-ce que je pose la bonne question ?

— Si tu veux savoir quand on va faire l'amour, je peux te répondre.

Elle ondula contre lui.

— Réponds plutôt à cette question. Veux-tu que je reste ?

Il soutint son regard. Il semblait grave.

— Oui.

— Alors, je reste.

— Bonne réponse, Chaperon rouge.

Comme il baissait la tête vers elle, le corbeau déploya une nouvelle fois ses ailes. Il les fixa encore un moment, puis s'envola sans tapage.

CINDI MYERS

La marque du passé

Traduction française de
PIERRE VANDEPLANQUE

BLACK ROSE

HARLEQUIN

Titre original :
THE GUARDIAN

Ce roman a déjà été publié en 2016.

1

Abby ne s'était pas perdue. Peut-être s'était-elle un peu écartée de son itinéraire prévu, mais elle n'était pas perdue.

Outre un GPS et des cartes, elle possédait un excellent sens de l'orientation. Et puis, elle était une scientifique et un vétéran de guerre décoré. Elle ne pouvait donc pas s'égarer. Certes, se trouver au milieu de nulle part dans l'immensité sauvage du Colorado avait de quoi en désorienter plus d'un. Au bout d'un moment, les environs du Black Canyon, dans le Parc national du Gunnison, tendaient à se ressembler : des hectares et des hectares de paysage accidenté, sans routes, couverts de forêts de pins ou arides et broussailleux, avec en arrière-plan la ligne majestueuse des montagnes. Chaque année, des gens s'y perdaient. Abby, jamais.

Elle prit une profonde inspiration et consulta son GPS portable. Elle venait de passer cette ravine peu profonde, et à l'ouest se trouvaient les contreforts des monts Cimarron. Son actuelle position était exactement là. L'écran indiquait qu'elle avait marché quatre kilomètres quatre-vingt-deux depuis sa voiture. Il lui suffisait de mettre le cap au nord-est, et elle retrouverait l'endroit où elle s'était garée et la piste de latérite qu'elle avait empruntée pour venir.

Rassurée, elle rangea le GPS dans son sac à dos et étudia le paysage autour d'elle. Pour un néophyte, l'endroit offrait sans doute une image de désolation. Un haut plateau d'herbes sèches, de cactus et de genévriers rabougris. Mais pour Abby, qui s'apprêtait à passer son master en sciences de l'environnement, le Black Canyon du Gunnison était un véritable trésor de huit cents espèces de plantes, parmi lesquelles la petite vingtaine qui faisait l'objet de sa recherche.

Son regard se posa opportunément sur une touffe gris-vert dans l'ombre d'un pin noueux. Elle s'accroupit, l'examina un instant, et un sentiment de victoire l'envahit. Ouiii ! Un superbe groupe de *Lomatium concinnum* — persil du désert pour le commun des mortels. Numéro quatre de sa liste d'espèces à collecter dans le cadre de sa recherche.

Elle s'agenouilla, posa son sac et en sortit son appareil photo numérique, une petite truelle et un sachet à prélèvement.

Elle se concentra sur sa prise de vue, puis sur l'extraction de la plante avec autant de racine intacte que possible.

Elle avait presque fini lorsqu'une brindille craqua non loin d'elle. Elle sursauta, le cœur battant à grands coups, puis se ressaisit et fouilla des yeux les buissons. Il y avait comme un froissement de tissu contre des branches. Celui ou celle qui le produisait ne cherchait pas à être discret, mais que faisait-il là, à des kilomètres de toute civilisation ?

Depuis son enregistrement au poste de surveillance du parc, une semaine plus tôt, Abby n'avait pas vu plus d'une dizaine de personnes dans la zone, soit sur la route, soit au camping de caravanes où elle logeait. Mais là, dans cet arrière-pays, elle s'était crue absolument seule.

Avec précaution, elle sortit son Sig Sauer de son étui. Aux quelques amis qui l'avaient questionnée à ce sujet, elle avait expliqué qu'elle le portait pour se protéger des serpents et autres bestioles qu'elle pouvait rencontrer sur ce territoire. En vérité, après son expérience en Afghanistan, l'avoir sur elle lui procurait un sentiment de sécurité quand elle était seule.

Tandis qu'elle resserrait les doigts sur la crosse de l'arme, des souvenirs tragiques lui revinrent.

Kandahar, cinq ans plus tôt…

Elle pistait les insurgés qui venaient de descendre la moitié de son groupe de patrouille. En tant que femme, elle était souvent chargée de pénétrer dans les maisons pour interroger les villageoises. Chaque fois qu'elle mettait les pieds dans un de ces foyers, elle se demandait si elle allait en sortir vivante.

Ce qui se passait en cet instant lui donnait la même impression d'être coupée du monde, le même sens aigu d'un danger imminent.

Le cœur martelant ses côtes, elle lutta pour contrôler sa respiration et chasser ses souvenirs. Elle n'était pas en Afghanistan. Elle était au Colorado. Dans un parc national. Il n'y avait pas de danger. Il s'agissait sans doute d'un randonneur, d'un amoureux de la solitude et de la paix qu'offrait ce territoire vierge.

S'avançant sans bruit, elle écarta les branches duveteuses et parfumées d'un pin.

Penchée sur le sol, une petite femme à la peau cuivrée déterrait avec adresse des plantes qu'elle fourrait dans les poches de sa longue jupe. Des pissenlits, nota Abby. De la verdure sauvage mais comestible.

Elle rangea son arme et se leva.

— Bonjour, dit-elle.

La femme sursauta, laissa tomber une poignée de pissenlits et se retourna comme pour s'enfuir.

— Attendez ! s'écria Abby. Excusez-moi, je ne voulais pas vous faire peur.

Elle ramassa le bouquet et le lui tendit. La femme était jeune, à peine sortie de l'adolescence, et très jolie. Sa peau était d'une riche teinte caramel, sa bouche pareille à un bouton de rose, ses pommettes hautes et marquées, et ses grands yeux noirs bordés de longs cils. Elle portait une ample chemise bleu pâle, une jupe noire et des sandales de cuir. Un fichu rouge, bleu et vert lui couvrait le haut du corps.

D'un mouvement hésitant, elle s'avança et récupéra les pissenlits des mains d'Abby.

— *Gracias*, murmura-t-elle d'une voix ténue.

Une *Latina*, songea Abby. Dans la région vivait une importante communauté mexicaine.

Abby fouilla sa mémoire à la recherche de l'espagnol appris à l'école.

— *¿ Habla inglés ?*

La jeune femme secoua la tête et referma les bras sur ce que, dans un premier temps, Abby avait pris pour un sac où elle rangeait sa cueillette. En fait, il s'agissait d'un enfant maintenu sur sa poitrine à l'aide des pans noués de son fichu.

— Vous avez un bébé ! s'écria Abby en souriant. Un *niño.*

La femme serra l'enfant contre elle et arrondit les yeux, la mine apeurée.

Peut-être était-elle immigrée clandestine, et craignait-elle qu'Abby ne la signale aux autorités.

— Ne vous inquiétez pas, dit Abby, qui ne se rappelait pas les mots espagnols. Je cherche des plantes, comme vous.

Elle cassa un brin de persil du désert et le lui présenta.

— *¿ Donde esta este ?* demanda-t-elle. Où trouver ceci ?

La femme la considéra d'un air méfiant, mais s'avança pour l'étudier, avant de hocher la tête.

— *Si. Yo conozco.*

— Vous connaissez cette plante ? Vous savez où il y en a ? *¿ Donde esta ?*

La jeune mexicaine regarda autour d'elle, puis lui fit signe de la suivre. En proie à une sourde excitation, Abby ne se fit pas prier. Jusque-là, les échantillons de *Lomatium* avaient été rares. En avoir davantage à étudier serait un véritable cadeau du ciel.

La femme se déplaça avec agilité sur le terrain rugueux, malgré sa longue jupe et le bébé qu'elle portait. Ses cheveux noirs ondulaient par vagues dans son dos. Où vivait-elle ? se demanda Abby. Les plus proches habitations étaient à des kilomètres, et l'unique route dans cette partie du parc était la piste par laquelle Abby était arrivée. Cueillait-elle des pissenlits parce qu'elle s'intéressait aux plantes sauvages comestibles, ou parce qu'elle avait faim ? Elle s'arrêta soudain près d'un large rocher et baissa les yeux. Du persil du désert s'étendait sur une parcelle de plusieurs mètres carrés. Abby n'en avait jamais vu autant. Elle ne put cacher sa joie.

— C'est formidable ! Merci beaucoup. *Muchas gracias.*

Elle prit les mains de la Mexicaine dans les siennes et les secoua. La jeune femme lui offrit un sourire timide.

— *Mi nombre es* Abby.

— *Soy* Mariposa, répondit-elle.

Mariposa. Papillon. Son nom était papillon ?

— *¿ Y su niño ?* demanda Abby, désignant le bébé du menton.

Mariposa sourit et écarta le fichu, révélant un nourrisson de quelques mois aux fins cheveux noirs.

— *Es una niña*, répondit-elle. Angelique.

— Angelique. Petit ange…, dit Abby en soupirant, émue.

Mariposa se tourna vers elle et, du bout des doigts, lui toucha la joue.

Abby tressaillit. Pas parce que cela lui faisait mal, mais parce qu'elle n'aimait pas qu'on lui rappelle sa cicatrice. Si les multiples interventions chirurgicales et le temps avaient atténué la marque laissée par l'explosion de cette bombe sur le bord d'une route, la balafre blanchâtre qui courait du dessus de son oreille gauche jusqu'à la pommette ne disparaîtrait jamais tout à fait. Pour la dissimuler, elle portait les cheveux longs et tâchait de les coiffer vers l'avant. Mais, seule dans ce coin isolé et par cette chaleur, elle les avait attachés sur la nuque pour ne pas être gênée dans son travail. Elle n'avait aucune idée de ce que venait de dire Mariposa, mais c'était certainement de sa cicatrice qu'elle parlait.

Elle secoua la tête.

— *Es no importante*, répondit-elle, détournant le visage pour lui présenter son « bon » côté.

Ce faisant, Abby repéra une délicate fleur blanche, dont les trois pétales ronds se teintaient de rose violacé près du cœur. A proximité, une demi-douzaine d'autres surmontaient leur tige sans feuilles.

Abby s'agenouilla, fit glisser son sac au sol et sortit sa truelle. Avec délicatesse, elle déterra l'une d'elles, révélant un gros bulbe blanc. Une fois celui-ci nettoyé à l'aide d'une brosse, elle tendit la fleur à Mariposa.

— *Este es comer. Bueno.*

Frustrée par la pauvreté de son espagnol, elle le répéta en anglais comme si cela pouvait aider à la convaincre.

— C'est bon à manger.

Du bout du doigt, Mariposa caressa le pétale velouté de la fleur et hocha la tête.

— Ça s'appelle un lys mariposa, dit-elle. *Su nombre es Mariposa tambien.*

La jeune femme acquiesça, puis s'agenouilla à son tour pour en déterrer un autre. Afin de lui faire plaisir ? Ou parce qu'elle était vraiment en recherche de nourriture ? Abby pria pour que la première option soit la bonne. Parce que si ses études lui avaient appris certaines choses sur les plantes sauvages, elle aurait détesté devoir compter sur elles pour survivre.

Alors qu'elle puisait un sachet à prélèvement dans son sac, elle se rappela les trois barres énergétiques qu'elle avait emportées. Ce n'était pas grand-chose, mais elle les offrit à Mariposa. Au moins, cela la changerait des racines. Elle les plaça dans ses mains.

— *Por usted.*

— *Gracias.*

Tandis que Mariposa les glissait dans sa poche, Abby sortit son appareil photo pour effectuer des clichés du persil du désert. Sur une brusque impulsion, elle braqua l'objectif vers la jeune femme et pressa le déclencheur. Instantanément, son visage apparut sur l'écran de l'appareil, empreint de gravité mais toujours aussi beau.

— Ça ne vous ennuie pas, n'est-ce pas ?

Elle retourna le boîtier pour lui montrer l'image.

Mariposa l'étudia, les yeux plissés, mais ne dit rien.

Pendant un moment, les deux femmes s'activèrent côte à côte, Mariposa prélevant des lys, et Abby d'autres pieds de persil. Même si d'habitude elle préférait travailler seule, c'était agréable d'être avec Mariposa. Elle regrettait juste de ne pas mieux parler espagnol, et que celle-ci ne parle pas anglais, ce qui l'empêchait d'en savoir plus sur elle : d'où elle venait, et ce qu'elle faisait dans cet endroit perdu.

De par son expérience militaire, Abby était censée noter le moindre changement dans son environnement. Mais Mariposa fut la première à se raidir et à fouiller des yeux les buissons à leur droite.

Abby ne remarqua qu'alors les mouvements à distance. Depuis son retour à la vie civile, elle avait dû se rouiller un peu…

Un groupe d'hommes marchait dans leur direction, leurs voix claires dans l'air immobile. Abby allait demander à Mariposa si elle les connaissait lorsque celle-ci s'enfuit en courant.

Ce fut si soudain qu'Abby sursauta et la suivit des yeux, tentant de comprendre ce qui se passait.

La jupe relevée, la jeune mexicaine s'éloignait à toutes jambes dans la direction opposée à celle du groupe, comme si sa vie en dépendait, manquant de trébucher sur le terrain inégal.

Abby songea à la suivre mais se ravisa. Cela ne ferait sans doute que l'effrayer davantage. Elle observa sa silhouette jusqu'à ce qu'elle disparaisse derrière une côte, puis reporta son attention sur les voix. Celles-ci s'amplifiaient. Le groupe se rapprochait.

Abby renfila son sac à dos, ressortit son arme, se posta dans l'ombre d'un rocher et attendit.

Les accidents du terrain et la végétation basse l'empêchaient de voir les hommes, mais leurs voix étaient bien nettes. De toute évidence, ils ne cherchaient pas la discrétion. Ils parlaient fort et traversaient les buissons sans se soucier des craquements de branches et brindilles sous leurs pieds. Lorsqu'ils furent tout près, elle distingua de l'anglais et de l'espagnol. Ils semblaient chercher quelqu'un.

— Sors de là ! criaient-ils. Où est-il ?

Ou peut-être : *Où est-elle ?*

Etaient-ils à la recherche de Mariposa ? Et dans ce cas, pourquoi ?

Aux premiers coups de feu, l'adrénaline fusa dans le corps d'Abby. Elle crispa les doigts sur son arme et se colla contre le rocher. L'espace d'un instant, elle se revit en Afghanistan, clouée par les tirs ennemis, incapable de riposter.

Elle ferma les yeux et serra les dents, luttant pour garder son calme. Elle n'était plus là-bas. Elle était aux Etats-Unis. Personne ne lui tirait dessus. Elle ne risquait rien.

Une seconde salve craqua dans l'air.

Abby se mordit si fort les lèvres qu'un goût de sang emplit sa bouche. Puis ce fut terminé. Mais l'écho des tirs vibrait encore dans ses tympans.

Les hommes ne semblaient plus faire aucun bruit. A moins qu'elle ne soit momentanément sourde ?

Rouvrant les yeux, elle plongea la main dans la poche de son jean pour la refermer sur le lapin en céramique qu'elle y gardait. Cinq ans plus tôt, elle s'était réveillée dans l'hôpital de campagne avec la petite figurine dans la main, sans savoir qui l'y avait mise. Depuis, elle le conservait comme un porte-bonheur. Le contact familier de sa surface lisse et de ses longues oreilles la calmait. Elle n'avait rien à craindre. Tout allait bien.

Les voix résonnèrent de nouveau, mais moins excitées et plus distantes. Au bout de quelques instants, elles disparurent tout à fait, et le silence retomba sur le parc.

Abby attendit tout de même une dizaine de minutes derrière le rocher, le pistolet serré entre les mains, tous les muscles tendus, prête à se défendre. Puis elle se releva et scruta le paysage autour d'elle. Rien. Aucun homme. Pas de Mariposa non plus. Et pas de nuage de poussière indiquant le passage d'un véhicule. L'endroit était aussi figé qu'un tableau. Aucune brise n'agitait les feuilles des arbres.

Encore tremblante de l'afflux d'adrénaline, Abby rengaina son arme et resserra les sangles de son sac. Elle pouvait regagner sa voiture, mais ce serait augmenter le risque de tomber sur ces hommes. Peut-être valait-il mieux rester là encore un moment. Elle reprendrait sa collecte, afin de laisser la plus grande distance s'établir entre eux et elle.

Elle revint donc vers les pieds de persil du désert.

Les extraire du sol agissait comme un baume apaisant. Une fois déterrés, elle les glissait dans un sachet de prélèvement, inscrivait les références GPS et la date sur l'étiquette, puis les plaçait dans son sac.

Dès qu'elle jugea le nombre suffisant, elle se leva et s'étira. Ses muscles étaient douloureux, noués par la tension. Il était temps de rentrer à sa caravane. Elle se laverait, puis ferait halte au poste des rangers pour signaler l'incident qui venait de se produire. Mais elle ne parlerait pas de Mariposa. Elle n'avait aucune envie de trahir les secrets, quels qu'ils soient, de la jeune mexicaine.

Elle s'orienta à l'aide du GPS, puis se tourna vers le sud-ouest, en direction de sa voiture. Elle n'avait aucune piste à suivre. Seules quelques sentes d'animaux et la ligne rouge de son GPS indiquaient son itinéraire dans ce secteur. En patrouille à Kandahar, elle se servait d'appareils similaires, mais se fiait également à sa mémoire des repères physiques, et même à la position des étoiles. Là-bas, rien ne lui était familier, mais elle avait appris à s'en accommoder. Jusqu'au jour où cette bombe en bord de route avait tout balayé.

Elle traça d'un pas prudent son chemin dans ce milieu préservé, évita les cactus opuntia, les saules du désert, les bouquets de sauge, d'*ephedra* ou thé-des-mormons, et les dizaines d'autres plantes que ses études lui avaient appris à reconnaître. Elle garda son attention fixée sur le sol, espérant repérer l'une ou l'autre des précieuses espèces de sa liste. Toutes étaient considérées comme rares, et toutes recelaient la promesse de vertus curatives. Sa recherche actuelle pouvait un jour conduire à leur culture pour le traitement du cancer, de la maladie de Parkinson ou d'autres affections tout aussi graves.

Elle était si concentrée sur sa reconnaissance des plantes autour d'elle qu'elle faillit trébucher sur une branche tombée, qui dépassait d'un buisson de bigelovie aux fleurs jaunes. Maudissant sa maladresse, elle se redressa et y jeta un second coup d'œil. La branche était brune, de l'épaisseur d'un bras. A quelle sorte d'arbre appartenait-elle ? Cette couleur d'écorce était insolite, et les grands arbres peu fréquents dans cette région.

Elle se pencha pour l'examiner de plus près, et un frisson

glacé la parcourut. Ce n'était pas une branche, comprit-elle, horrifiée. Elle avait buté sur un homme. Etendu par terre, bras et jambes écartés. Il la fixait de ses yeux vides, des yeux qui ne voyaient plus rien.

2

Michael avait peu d'appétence pour les réunions. Certes, elles étaient nécessaires dans son métier de lieutenant, mais elles le barbaient. Il avait perdu trop d'heures assis dans cette salle de conférences, à écouter discourir sur des sujets qui n'avaient aucune importance. Il préférait être dehors, sur le terrain, à effectuer un *vrai* travail.

Mais celui qui avait convoqué cette réunion était son chef, le capitaine Graham Ellison. Même si Graham appartenait au FBI et lui-même à la Surveillance des Frontières, Michael avait la lourde tâche de diriger la force mixte chargée de maintenir la loi et l'ordre sur ce vaste territoire du sud-ouest du Colorado. Ils se connaissaient depuis peu, mais Michael avait développé un respect immédiat pour son supérieur.

— Les rangers du parc national ont trouvé un véhicule abandonné à l'aire d'observation du Point du Dragon, hier.

Malgré son corps massif, son cou épais, ses épaules de footballeur américain, ses cheveux très courts et sa posture rigide d'ancien militaire, le capitaine s'exprimait d'une voix douce, à l'instar de beaucoup de vrais costauds. Sa simple présence appelait l'attention, aussi n'avait-il pas besoin de hausser la voix.

— Le bureau du shérif du comté de Montrose l'a identifié comme appartenant à une certaine Lauren Starling, de Denver. Mme Starling ne s'est pas présentée à son travail ce matin, et on nous a demandé d'être attentifs. Voici sa photo.

Il fit circuler une épreuve sur papier brillant.

Michael étudia le cliché professionnel d'une jolie blonde d'une trentaine d'années, aux cheveux à longueur d'épaules, aux yeux indigo et au sourire éclatant. Elle regardait en face l'objectif, l'expression confiante.

— Ils pensent qu'elle était seule par ici ? demanda-t-il en passant le document à son voisin, Randall Knightbridge, du Bureau de l'administration des terres.

— Ils n'en savent rien, répondit Graham. Pour le moment, ils nous demandent juste d'ouvrir l'œil.

— Hé, je connais cette nana, dit Randall.

Tout le monde se tourna vers lui. Le ranger du B.A.T. était le plus jeune membre du groupe. A vingt-neuf ans, il était connu aussi bien pour sa vive intelligence que pour son excentricité. Il pouvait raconter l'intrigue d'une demi-douzaine de séries télés sur le paranormal, jouait à la crosse amérindienne dans ses moments perdus et baissait toute l'année les manches de ses chemises d'uniforme pour cacher les tatouages colorés qui ornaient ses deux bras. Comme il n'avait pas une réputation de don Juan, comment connaissait-il une fille aussi séduisante ?

— Enfin, pas personnellement, précisa-t-il comme s'il avait entendu Michael penser. Mais je l'ai vue à la télé. Elle est journaliste sur Channel 9, à Denver.

— Mais oui ! approuva Simon Woolridge, de la Police de l'Immigration et des Douanes.

Il saisit la photo et l'examina de nouveau.

— Je savais que son visage m'était familier.

— Comme celui de toutes tes ex-femmes, ironisa Lance Carpenter, shérif-adjoint au comté de Montrose.

— Lauren Starling présente en effet le journal du soir de Channel 9, confirma Graham.

— Quand a-t-elle été portée disparue ? demanda Marco Cruz, de la DEA — les Stupéfiants.

— La police de Denver ne la considère pas encore comme disparue, nuança Graham. La voiture était juste garée sur l'aire d'observation, et il n'y avait aucun signe de lutte. Elle a pris une semaine de vacances et n'a dit à personne où elle allait. Il ne semble rien manquer de particulier dans son appartement. Je n'ai pas d'autres infos pour le moment.

— Est-ce qu'ils ont envisagé un suicide ? demanda Carmen Redhorse, la seule femme de l'équipe.

Petite, de sang cheyenne, les cheveux noir de jais, Carmen était membre du CBI, le Colorado Bureau of Investigation.

Personne ne parut surpris par sa suggestion. Le Black Canyon, avec son extrême profondeur et ses flancs abrupts, était malheureusement un lieu prisé par les candidats au suicide. Quatre ou cinq cas étaient à déplorer chaque année.

— Il n'y a pas de lettre, indiqua Graham. La police de Denver est actuellement sur l'affaire. Ils nous ont simplement demandé d'être attentifs. Si vous voyez quoi que ce soit de suspect, nous en aviserons les autorités locales.

Il consulta sa fiche sur sa planchette à pince.

— Mais nous avons plus important, reprit-il. La police d'Etat a saisi un camion transportant une cinquantaine de kilos de têtes de cannabis à un relais routier de Gunnison, la nuit dernière. La marijuana était cachée dans des sacs de café, mais les chiens l'ont découverte immédiatement.

— Quand est-ce que ces idiots apprendront qu'on ne peut pas tromper un nez de chien ? demanda Randall.

Il se pencha pour flatter l'encolure de son berger malinois femelle, Lotte, qui s'étalait sous son siège. L'animal frappa deux fois le sol de sa queue, mais ne leva pas la tête.

— Le journal de bord du camion indique qu'il a traversé cette zone, poursuivit Graham. C'est le second chargement confisqué en deux mois. Autrement dit, la production de drogue est en pleine activité dans la région. Nous savons par expérience que ces territoires publics font l'objet d'une forte convoitise de la part des exploitants clandestins.

— Un espace libre, loin de toute zone habitée, une présence policière très réduite…

Carmen énuméra les raisons pour lesquelles ces terres sauvages étaient si tentantes pour les trafiquants.

— J'ai lu quelque part que les principaux parcs nationaux

avaient des problèmes avec les cartels. Aujourd'hui, c'est le cannabis et la méthamphétamine.

Graham se tourna vers la carte grand format qui couvrait presque toute une paroi de la caravane qui leur servait de quartier général.

— Nous multiplierons les repérages aériens cette semaine, en espérant parvenir à localiser les plantations. Nous nous concentrerons en premier sur la gorge du Gunnison, à la frontière ouest du parc. Les compteurs installés la semaine dernière montrent un accroissement notable du trafic routier dans ce secteur.

En plus de la surveillance des quinze mille hectares du parc national, le groupe était chargé de cerner l'activité criminelle dans les plus de trente mille hectares de la Zone nationale protégée de la gorge du Gunnison, et les vingt et un mille de la Zone de loisirs de Curecanti. Pour la petite unité qu'ils formaient, cela représentait un territoire gigantesque, sans routes ou presque, en grande partie inaccessible de par son relief et sa nature sauvage. Depuis quelques années, les cartels de la drogue profitaient de ce manque criant de personnel pour cultiver de vastes surfaces de terres publiques. Ils creusaient des canaux d'irrigation, installaient des clôtures et détruisaient un précieux artisanat ancien en toute impunité. L'ambition de la force mixte était de mettre fin à leurs activités.

Une ambition démesurée, songea Michael.

Il sortit un caramel du rouleau de Life Savers qu'il gardait au fond de sa poche, et le fourra dans sa bouche. Ils perdaient du temps, assis là à discutailler au lieu d'être dehors à agir.

— Si nous voulons trouver les cultures, cherchons ceux qui s'en occupent, déclara Simon.

— Tu veux dire, ceux qui les plantent ? demanda Randall.

— Je veux dire ceux qui sèment, arrosent, désherbent et chassent les prédateurs, animaux ou humains. Des clandestins, très certainement, recrutés pour ça. Dès que nous les aurons trouvés, nous leur mettrons la pression et nous saurons qui est derrière eux. Qui finance.

C'était un aspect du sujet que Michael connaissait bien.

— Le trafic humain a augmenté de vingt pour cent dans le Colorado cette année. Beaucoup des pauvres hères qui débarquent à Denver viennent de cette zone. Le réseau que nous recherchons convoie peut-être plus que de la drogue.

— Les gérants de ces exploitations offriraient donc un billet d'entrée dans le pays aux gens qui travaillent pour eux ? avança Lance.

— Plus vraisemblablement, ils travaillent sous la houlette des maquignons qui leur font payer le passage, dit Michael. Mais au lieu de les conduire chez leur cousin de Fort Collins ou leur tante de Laramie, ils en font des prisonniers au service des cartels. Et lorsqu'ils ont travaillé dans les champs un certain temps, ont appris à préparer de la met' ou toute autre drogue, les responsables emmènent les femmes et les jeunes hommes à Denver où ils les prostituent. C'est un esclavage à grande échelle, dont le grand public ne soupçonne même pas l'existence.

— Autrement dit, soupira Carmen, nous sommes en présence d'un trafic d'êtres humains.

— Nous n'en savons rien, répliqua Simon. Ce ne sont que des présomptions. Ce qui est clair, en revanche, c'est que ces ouvriers sont probablement des clandestins. Expulsons-les, et l'opération s'effondrera. Du moins pour un temps.

— Jusqu'à l'arrivée d'un nouveau contingent, rétorqua Michael en croisant son regard, à l'autre bout de la table. Expulser ces gens ne résoudra rien. Au contraire, cela annihilera toute chance de mettre un terme définitif à ce trafic.

— Empêchez la production, et l'importation de main-d'œuvre cessera d'elle-même, argua Simon.

— C'est juste, intervint Carmen. Seigneur, maintenant ils les envoient directement à Denver, où personne ne se doute de rien !

— Messieurs, revenons à nos moutons, les coupa Graham.

Il leur adressa à chacun un regard sévère.

— En tant que force de surveillance et d'intervention, notre rôle est de nous occuper de toute activité criminelle dans la région : trafic humain, drogue, blanchiment d'argent, assassinats… Je n'ai pas besoin de vous dire qu'en cette époque de coupes budgétaires, il faudra montrer aux politiciens que leur argent est bien investi. Une réussite de haut niveau aidera à les en persuader.

Pour les caisses de l'Etat, la drogue valait plus que les gens, se dit Michael avec aigreur. La loi permettait au FBI de saisir tout ce qui était lié aux trafics de drogue, de l'argent liquide aux véhicules, en passant par les propriétés et les maisons.

— Demain, nous entamerons une période de cinq jours de repérages aériens dans ces secteurs, reprit Graham en désignant plusieurs points sur la carte. Ces endroits sont relativement plats, disposent de cours d'eau et, bien qu'ils soient très isolés, sont accessibles en 4x4.

— Quid des propriétés privées ? demanda Michael.

Plusieurs points blancs sur la carte, certains enclavés dans le territoire fédéral, indiquaient des surfaces appartenant à des privés.

— Ces propriétés peuvent offrir un abri aux convoyeurs de drogue. Elles feront donc l'objet d'une attention particulière, annonça Graham. Mais la plus grande partie de ces terres est vide.

— Sauf pour la forteresse de Prentice, indiqua Simon.

Michael garda sa question pour lui. Il lui suffisait d'attendre, et quelqu'un fournirait les explications au dernier arrivé dans l'équipe. Sinon, il trouverait par lui-même.

— Richard Prentice en est propriétaire, expliqua Graham en pointant le doigt sur un carré blanc à la lisière du parc, presque sur le bord du canyon. Il s'y est construit une petite cité personnelle avec plusieurs résidences, des écuries, une entrée avec grille, et tout le reste.

— Certes, observa Carmen, mais avant cela, il a pratiquement fait chanter le gouvernement en lui proposant de l'acquérir à un prix exorbitant. Faute de quoi, il bâtissait un théâtre porno géant avec enseignes de néon et tutti quanti, à deux pas de l'entrée du parc.

Ses lèvres se retroussèrent en une moue de dégoût.

— Il a déjà eu du succès avec ce genre de stratégie, confirma Graham. Il a menacé de dynamiter une construction classée monument historique à proximité d'Ouray, jusqu'à ce qu'une association rassemble les fonds pour le lui racheter.

— A un prix vertigineux, précisa Carmen. C'est comme ça qu'il opère. S'il trouve un moyen lucratif d'exploiter une situation, aucune considération morale ne l'arrête.

— Le gouvernement n'a pas marché cette fois ? demanda Michael.

— Non, répondit Lance. Et le comté a riposté en interdisant toute activité commerciale liée au sexe sur son territoire. Au lieu de quoi, il a construit une luxueuse demeure, et passe son temps à déposer des plaintes chaque fois que nous roulons trop près de sa résidence ou que nous la survolons.

— Est-ce à dire que nous le considérons comme lié à la vague actuelle de criminalité ?

Chacun savait qu'en la matière, l'argent et le pouvoir étaient de puissantes motivations.

Graham secoua la tête.

— Prentice adore faire la nique au gouvernement, mais rien ne permet de le suspecter de quoi que ce soit.

— Ce qui ne fait pas de lui un agneau, observa Carmen. Simplement, nous ne pouvons rien prouver. Pas encore.

Michael étudia de nouveau la carte. Dès qu'il en aurait l'occasion, il irait voir ce Prentice.

— Le suivant sur la liste…

Graham consulta sa fiche, mais, avant qu'il ne puisse poursuivre, on frappa à la porte.

— Entrez ! lança-t-il.

Le battant s'ouvrit et une femme apparut, les yeux arrondis de surprise. Une cascade de cheveux blonds lui cachait en partie le visage, mais elle était certainement jeune. Et belle, avec ses iris sombres, son petit nez droit et son menton bien dessiné. Elle portait un pantalon cargo, des chaussures de randonnée et une chemise de toile à longues manches. Le col ouvert révélait un haut noir à bordure de dentelle et une peau bronzée. Le regard de Michael s'arrêta sur l'arme à sa hanche, un Sig Sauer .40. Il avait le même à sa ceinture. Appartenait-elle à une quelconque structure des forces de l'ordre ? Etait-elle membre de dernière minute de l'équipe ?

— Je, euh, je ne voulais pas déranger, commença-t-elle. Je cherchais les rangers du parc. Leur bureau est fermé, et j'ai vu les voitures…

— Les rangers du parc finissent leur journée à 16 heures, indiqua Graham. Pour un problème de permis de camper ou autre, ils sont là à partir de 9 heures.

Elle plissa les yeux sur le badge épinglé à sa chemise beige.

— Capitaine Ellison, êtes-vous membre des forces de l'ordre ?

— Oui. En quoi puis-je vous aider ?

Elle pinça un moment les lèvres, comme si elle réfléchissait à ce qu'elle devait faire.

— Je suis venue signaler un meurtre.

La température dans la caravane chuta de plusieurs degrés, Michael en fut certain. Tout le monde se pencha en avant, et tous les yeux — y compris ceux de la chienne — se concentrèrent sur la femme.

Graham lui fit signe d'entrer.

— Un meurtre, hein ? Venez donc nous expliquer cela.

Alors qu'elle passait près de Michael, il fut bercé par une odeur de feu de bois, de sueur, ainsi que de quelque chose de plus léger, plus féminin. Un parfum floral, ou un shampooing. Un pincement se fit dans son estomac, une impression de familiarité qui lui hérissa les cheveux sur la nuque. Où avait-il déjà vu cette femme ?

— Je suis biologiste, précisa-t-elle.

Elle s'adressa d'abord à Graham, puis jeta des regards nerveux aux autres.

— Plus exactement, je prépare un master en biologie. J'étudie pour mon mémoire certaines espèces de plantes qui poussent dans ce parc. Je cueillais des échantillons, ce matin, quand j'ai entendu des gens approcher. Ils criaient en espagnol et en anglais, ils cherchaient quelqu'un.

— Vous vous êtes approchée d'eux ? demanda Simon. Vous leur avez parlé ?

Elle secoua la tête. Dans le mouvement, ses cheveux s'écartèrent de son visage, révélant une cicatrice irrégulière en travers de sa joue. Cette marque paraissait étrange, déplacée, sur un si joli visage. Comme une fêlure sur une porcelaine de prix. Les tripes de Michael se nouèrent, et il eut les plus grandes difficultés à contrôler sa respiration. Il était sûr de la connaître, mais peut-être son imagination lui jouait-elle des tours. Ou était-ce une manifestation inattendue de son stress post-traumatique ?

— Ils étaient à une certaine distance, cent cinquante, deux cents mètres. Je me suis cachée derrière un gros rocher et j'ai attendu qu'ils s'en aillent.

— Pourquoi ? la pressa Simon.

— Parce qu'elle est intelligente, commenta Carmen. Une femme seule dans un endroit perdu aperçoit un groupe d'individus excités ? Bien sûr qu'elle se cache !

Simon rougit, tel un écolier réprimandé.

— Elle donne l'impression de savoir se défendre, déclara-t-il en hochant le menton en direction du Sig Sauer. Vous avez un permis pour cette arme ?

— Oui.

Elle se détourna de lui.

— Je ne pouvais pas voir ce qu'ils faisaient. Le terrain est accidenté, là-bas. Mais j'ai entendu des coups de feu. Ensuite, le calme est retombé et ils sont repartis.

— Vous êtes sûre qu'il s'agissait de coups de feu ? demanda Graham.

Elle opina du chef.

— J'ai été militaire, basée à Kandahar. Je sais les reconnaître. C'était le bruit d'un semi-automatique. Un fusil, pas un pistolet.

Michael crispa les doigts sur l'armature de la table, sous le plateau, jusqu'à ce qu'ils lui fassent mal. Il n'était pas le jouet d'une illusion de vétéran de l'armée. C'était *elle*. La femme qui hantait un coin de son esprit depuis cinq ans. Celle qu'il ne pourrait jamais oublier.

— Très bien, dit Graham, un coude appuyé avec nonchalance sur la table. Que s'est-il passé après ?

— J'ai attendu dix minutes pour être sûre qu'ils étaient partis. Puis j'ai repris ma collecte de plantes. Ensuite, je suis retournée vers l'endroit où j'avais laissé ma voiture. Je n'avais pas fait cinq cents mètres que mon pied a buté sur quelque chose.

Elle pâlit, déglutit et crispa les lèvres.

— C'était un corps, murmura-t-elle.

Elle toussota, avant d'ajouter :

— Un homme jeune. Latino. Il avait reçu une balle dans la poitrine.

— Il était mort ? s'enquit Randall.

— Oh oui. Mais depuis peu. Il était encore chaud.

— Donc, vous pensez que ces hommes que vous avez entendus l'ont tué.

Simon ne pouvait rester longtemps silencieux. A l'évidence, il aimait jouer le rôle d'interrogateur.

— C'est à vous d'en décider, pas à moi, répliqua-t-elle.

Un bon point pour elle, songea Michael. Remettre Simon à sa place.

— Pourriez-vous nous montrer où il se trouve ? demanda Graham.

Elle acquiesça.

— Je pense. Je ramassais des plantes pas loin de là, et j'ai noté les coordonnées GPS de ma position. J'aurais dû noter aussi celles du corps, mais j'étais tellement choquée…

Elle baissa les yeux. Ses cheveux lui retombèrent devant le visage, mais Michael n'avait plus besoin de confirmation visuelle. C'était bien elle. Lui qui croyait ne jamais la revoir…

Quelles étaient les probabilités pour qu'il tombe à nouveau sur elle, dans un lieu situé aux antipodes de celui où il l'avait vue la dernière fois ? Sa mère lui disait toujours que rien n'arrivait par hasard. Michael, lui, ne croyait pas aux interventions divines ou au destin. Mais il devait le reconnaître : les superstitions de sa mère avaient un peu déteint sur lui.

— Plus tard, nous aurons besoin d'une déposition complète, annonça Graham en passant à une nouvelle feuille sur sa planchette. En attendant, donnez-moi juste votre nom et l'endroit où vous campez.

— Abigail Stewart.

Comme tous les autres se tournaient vers lui, Michael prit conscience d'avoir parlé à voix haute. Abby le dévisagea, bouche bée, les joues piquées de rouge.

— Comment connaissez-vous mon nom ? s'étonna-t-elle.

Il se leva et se força à se détendre, ou tout au moins à ne pas laisser paraître le conflit d'émotions qui sévissait en lui.

— Bonjour Abby, dit-il doucement. Je suis Michael Dance.

— Je ne connais pas de Michael Dance.

— Non, vous ne vous souvenez sans doute pas de moi. Ça fait un bail. Cinq ans.

Elle fouilla son visage, une lueur de panique dans le regard. Il voulait la toucher, la rassurer, mais il demeura figé. Immobile.

— Vous m'avez connue en Afghanistan ? demanda-t-elle. Je ne me rappelle pas.

— C'est normal. La dernière fois que je vous ai vue, vous étiez inconsciente. D'un point de vue technique, vous étiez morte. Durant un certain temps, du moins.

C'était lui qui l'avait ranimée. Il avait effectué un massage cardiaque, insufflé de l'air dans sa bouche abîmée, jusqu'à ce que son cœur se remette à battre et qu'elle absorbe de nouveau l'oxygène par elle-même. Il lui avait sauvé la vie, et ce faisant avait créé entre eux un lien qu'il n'avait jamais été capable de couper tout à fait.

3

Qu'un parfait inconnu annonce à d'autres inconnus qu'elle était revenue d'entre les morts ne figurait pas en tête de liste des expériences qu'Abby souhaitait revivre. Dès qu'elle était entrée dans la caravane des forces de l'ordre, elle avait senti le regard du grand officier aux cheveux bruns rivé sur elle. Grossier ? Ou simplement un peu trop intense ? N'ayant guère fréquenté le milieu de la police auparavant, elle était incapable d'en décider.

Et puis, quelle importance, après tout ?

Quelle importance ? Tout de même… Cet homme, Michael Dance, savait sur elle des choses qu'elle ignorait ! Il savait ce qui s'était passé durant les heures et les journées que ses blessures avaient gommées de sa conscience. Il l'avait vue avec ses plaies béantes, ne tenant plus à la vie que par un fil ténu, personnel, intime. Cela lui déplaisait, mais elle voulait en savoir plus.

Quant à lui, il semblait tirer plaisir à la regarder, et lorsqu'elle avait accepté de guider le groupe jusqu'au cadavre, il s'était glissé auprès d'elle et avait insisté pour qu'elle fasse la route avec lui.

Carmen était alors intervenue :

— Si vous préférez, vous pouvez venir avec Graham et moi.

Seule femme dans la pièce, elle avait peut-être perçu son malaise.

— Non, c'est très bien, avait-elle répondu. Je peux monter dans la voiture du lieutenant Dance.

Une fois isolés dans un véhicule, peut-être pourrait-elle lui poser les questions qui la hantaient.

Mais, alors qu'ils roulaient le long du canyon, elle se sentait gauche, troublée, incapable de prononcer un mot.

Sortant un rouleau de Life Savers de sa poche de chemise, il le lui tendit.

— Vous en voulez un ?

— D'accord.

Elle prit l'un des caramels durs. Il l'imita, puis rangea le rouleau dans sa poche.

— Je suis accro, confia-t-il. J'ai cessé de fumer l'année dernière, et je compense avec ça.

— Vous avez bien fait d'arrêter. J'ai connu beaucoup de soldats fumeurs, mais moi, je n'ai jamais touché à la cigarette.

— Vous êtes une femme avisée.

Il se cala contre son dossier, les yeux fixés sur le ruban d'asphalte sinueux qui suivait la principale attraction du parc : l'étroit et vertigineux Black Canyon.

Abby essaya de se détendre, mais, tenaillée par la curiosité, elle délaissa sa réserve naturelle.

— Comment pouvez-vous vous souvenir de moi après tout ce temps ? Cela fait cinq ans, et vous devez ne m'avoir vue que quelques heures.

Qu'était-il à l'époque ? Infirmier dans cet hôpital de campagne ? Médecin ? Pilote ? Ou simple soldat affecté au transport des blessés ?

— J'étais PJ. *Para-jumper.* Au cours de nos sorties, nous avons vu beaucoup de blessés, mais vous étiez la seule femme. Et mon premier sauvetage. Ça laisse une impression…

Escadron de sauvetage de l'US Air Force, les PJ sautaient au cœur du danger depuis leurs hélicos, souvent sous le feu ennemi, pour arracher des soldats blessés à une mort quasi certaine. Ils appliquaient des procédures de survie dans les airs, bien avant que leurs patients n'atteignent les hôpitaux de campagne. Abby ne se rappelait rien de tout cela, mais elle avait vu des reportages à la télé. Avec une fascination morbide, elle s'était imaginée patiente, rafistolée tant bien que mal par des jeunes hommes qu'elle ne reverrait sans doute jamais.

— Je… je ne sais quoi dire…

Elle tira sur la sangle de sa ceinture, prisonnière autant de celle-ci que de ses émotions.

— « Merci » me semble un mot trop faible, ajouta-t-elle.

— Vous vous en êtes sortie, et j'en suis heureux. Nous avons perdu tant d'hommes, là-bas. Mais perdre une femme aurait été encore pire. Je sais que ça ne devrait pas être ainsi, mais… Je préfère dire la vérité.

Elle hocha la tête. Si les femmes n'étaient pas autorisées dans les unités de combat, l'armée avait eu besoin d'elles pour interroger les femmes locales et assurer un certain nombre de tâches qui allaient de l'approvisionnement à la réparation d'un matériel qui tombait tout le temps en panne. Elles montaient la garde, patrouillaient, étaient parfois prises dans des combats, au cours d'une guerre dont le front n'était jamais clairement défini, et où un paysan pouvait être aussi bien ami qu'ennemi. Malgré toutes ces responsabilités qui leur incombaient, les femmes ne représentaient que dix pour cent des forces terrestres en Afghanistan. En ce qui la concernait, Abby n'avait pas voulu sortir du rôle qui lui était dévolu, mais cela avait été plus fort qu'elle.

— Je ne peux pas croire que vous vous soyez souvenu de mon nom, reprit-elle.

Il réprima une grimace.

— J'y ai mis un point d'honneur. Plus tard, j'ai tenté de vous retrouver. Oh ! Juste pour savoir comment vous alliez. Je ne suis pas un maniaque ou quoi que ce soit. Je voulais savoir, simplement.

— Vous n'y êtes pas arrivé ?

— J'ai appris qu'on vous avait rapatriée, rien de plus.

Il ajusta sa prise sur le volant de son Cruiser. Celui de Graham et Carmen les suivait à faible distance. Une demi-douzaine d'autres complétaient le convoi, chargés de membres des forces de l'ordre.

— A présent, je sais. Vous avez bonne mine. Ça me fait plaisir.

Elle résista à l'envie de toucher sa cicatrice.

— Merci de ne pas entrer dans les détails.

Il fronça les sourcils.

— Pardon ?

— Merci de ne pas avoir précisé « compte tenu de ce qui vous est arrivé ».

— Les gens vous disent ça ?

— Quelquefois. Ou bien « cette cicatrice est à peine visible ». Ce qui est un grossier mensonge, car si c'était la vérité, pourquoi la mentionner ?

Seigneur, était-elle vraiment en train d'en parler à ce type dont elle ne savait pratiquement rien ? Elle n'abordait ce sujet avec personne, pas même la psychologue à qui l'armée l'avait envoyée. De l'argent jeté par la fenêtre, avait-elle pensé à l'époque…

— Donc, vous êtes étudiante en botanique ?

Il avait dû percevoir son malaise et préféré changer de sujet en douceur.

— En sciences de l'environnement. Et pour répondre à votre prochaine question, que je connais d'avance : avec un master en sciences de l'environnement, je me retrouverai sans doute à enseigner à des étudiants boutonneux qui se raseront à mes cours, ce qui me permettra, en parallèle, d'effectuer les recherches que je souhaite dans le développement de la médecine par les plantes.

— Vous voulez dire, l'herboristerie et tous ces trucs ?

— Je veux dire, les solutions de demain pour le traitement du cancer, du diabète ou de la maladie de Parkinson. Les plantes sont une ressource que nous avons à peine commencé à explorer.

— Il y aurait donc dans ce parc des plantes à même de guérir ces maladies ? s'étonna-t-il en désignant du doigt le paysage ingrat autour d'eux.

— A vos yeux, c'est peut-être un désert, mais toute cette

zone recèle des centaines d'espèces aux vertus thérapeutiques. C'est l'endroit idéal pour ma recherche.

— Ça change de la guerre, commenta-t-il.

— Tout change de la guerre. Vous avez éprouvé cela une fois revenu ? Cette impression de ne pas savoir quoi faire, ni où aller ? D'être déconnecté de la réalité ? Ou c'est seulement moi ?

— Ce n'est pas seulement vous. Chaque jour, là-bas, on a une mission, un objectif. Ici, la vie est différente.

Il contempla un long moment la route devant lui, puis ajouta :

— J'ai pensé reprendre des études à mon retour, mais être assis toute la journée dans une salle de cours, ce n'était pas pour moi.

Déjà plus détendue, Abby se tourna vers lui et ce fut elle, cette fois, qui étudia son visage. Il était beau, c'était indubitable, avec ses yeux noirs, son teint mat, son nez aquilin et son menton volontaire. Ses larges épaules emplissaient admirablement sa chemise sable à manches courtes, et son pantalon de treillis mettait en valeur ses cuisses musclées.

— Comment avez-vous atterri dans une patrouille frontalière ?

— Ce job était parfait pour un vétéran. Il combinait une activité en plein air et une grande indépendance. Que rêver de mieux ?

Elle acquiesça. Elle comprenait ce désir d'être dehors et seul, loin de ses semblables. Après le bruit, le chaos, les foules des zones de guerre, la nature sauvage guérissait l'âme.

— C'est génial que vous ayez déniché un travail aussi important, reprit-il. Je veux dire, ce que vous faites pourra un jour apporter un changement radical à la vie des gens.

— Je l'espère. Mais oui, je suis consciente de l'importance de mon travail. Le vôtre aussi est important, vous ne croyez pas ?

— Si, quelquefois. Mais d'autres fois je ne sais pas.

Il jeta un d'œil aux rétroviseurs et croqua son caramel.

— Vous disiez que ce type que vous avez trouvé était mexicain ?

Retour à la raison pour laquelle elle était là. Ils ne pouvaient éluder le sujet *ad æternam*.

— Eh bien, latino, en tout cas. Il avait des cheveux très noirs et la peau mate. Comme vous.

— Ma mère est mexicaine. Mon père de Denver.

— Vous parlez espagnol ?

— Oui. Ça aide, dans mon métier.

— Vous tombez sur beaucoup de Mexicains dans le parc ?

Elle songeait à Mariposa et Angelique.

— Quelques-uns.

Il ralentit tandis qu'ils arrivaient à la fin de la route asphaltée, qui se poursuivait par une piste de terre non aménagée.

— Quelle distance il nous reste ? s'enquit-il.

Elle consulta son GPS.

— Une quinzaine de kilomètres.

— Vous ne plaisantiez pas, c'est vraiment reculé.

— Les meilleurs échantillons, on les trouve là où ni l'homme ni l'animal ne sont passés.

— C'est juste. Vous n'avez rien vu de suspect en vous baladant là-bas cette semaine, n'est-ce pas ?

Elle se raidit, songeant de nouveau à la mexicaine et à son enfant.

— Qu'entendez-vous par suspect ?

— Des plants de marijuana, par exemple ? Ou un laboratoire de méthamphétamine ambulant ?

— Non. J'aurais dû ?

— Sans doute pas, si vous voulez éviter les problèmes.

— C'est pour ça que les gardes frontaliers, le FBI, le BAT et Dieu sait qui encore se rencontrent dans une caravane au QG du parc ? Pour lutter contre le trafic de drogue ?

Son siège craqua tandis qu'il changeait de position.

— Nous sommes une force mixte qui lutte contre la criminalité croissante dans le parc et les territoires environnants. Principalement liée à la drogue, en effet.

Il planta son regard dans le sien.

— Je vous recommande la plus grande prudence. Que vous ayez sur vous ce Sig Sauer est une bonne initiative.

— Lorsque j'ai fait ma demande pour obtenir le permis de circuler dans l'arrière-pays, les rangers m'ont dit de faire attention aux serpents. Aucun d'eux n'a parlé de dealers ni de tueurs.

— La plupart des touristes ne sauront jamais qu'ils sont là. Combien de visiteurs du parc s'éloignent des abords de la route principale ou des pistes habituelles ?

— Très peu, confirma-t-elle. Je ne croise pratiquement jamais personne quand je suis dans l'arrière-pays.

Ce qui rendait sa rencontre avec Mariposa encore plus étonnante.

— Si je vois quoi que ce soit de suspect, je me tiendrai à distance. Tout ce que je veux, c'est collecter des échantillons de ma liste de plantes et retourner à ma recherche.

Le 4x4 cahotait sur la piste creusée d'ornières, parfois boueuses. Même si c'était le début du mois de juin, un filet d'eau provenant de la fonte des neiges serpentait sur le lit d'arroyos généralement secs à cette époque, et l'herbe d'ordinaire desséchée et brunie était verte et déjà épaisse. Au loin, remarqua Abby, quelques hardes de daims broutaient paisiblement et, au passage du véhicule, un groupe d'antilopes s'égaya à grands bonds.

Finalement, son GPS indiqua qu'ils étaient près de la zone où elle avait découvert le corps.

— Arrêtez-vous n'importe où, dit-elle. A partir d'ici, il faut continuer à pied.

Michael gara le Cruiser sur le bord de la piste. Graham glissa le sien juste derrière. Avec Carmen, ils ouvrirent les portières arrière, sortirent sacs, cantines, et, dans le cas de Graham, un fusil semi-automatique. Ils étaient parés pour une chasse à l'ours, songea Abby. Sans doute dans l'éventualité où ils tomberaient sur les méchants.

D'un signe, Graham indiqua qu'elle devait prendre la tête. GPS à la main, elle se mit en marche. Les autres lui emboîtèrent le pas, en formation de patrouille classique. Son rythme cardiaque s'accéléra. Elle glissa la main dans la poche de son jean et la referma sur le lapin en céramique.

Il n'y a pas lieu de s'inquiéter, se répéta-t-elle. *Tu es au Colorado. Dans un parc national. Il n'y a pas de snipers ici.*

Mais le cadavre qu'elle avait trouvé plus tôt le lui rappelait : ce paysage paisible n'était pas aussi serein qu'il y paraissait.

Ils marchèrent environ une heure, puis arrivèrent à la parcelle de *Lomatium concinnum* où elle avait fait ses prélèvements. La terre retournée était encore visible.

— Voilà le rocher où je me suis cachée.

Elle désigna le bloc imposant, puis s'en approcha et chercha à se souvenir de tout ce qu'elle avait fait pendant le laps de temps qui l'avait séparée de sa découverte.

— Je suis allée de ce côté…

Elle ouvrit le chemin, les trois autres marchant en silence derrière elle.

Quelques minutes plus tard, elle repéra le foulard rose fuchsia qu'elle avait noué à la branche d'un pin.

— C'est là, indiqua-t-elle, le doigt pointé devant elle. Près de cet arbre.

Elle s'arrêta et laissa les trois officiers prendre le relais.

Elle les observa à distance tandis qu'ils examinaient le corps. Carmen prit un certain nombre de photos, puis ils se déployèrent pour étudier le terrain. A la recherche d'indices, supposa-t-elle. Elle demeura dans l'ombre du pin, regrettant de ne pas se trouver ailleurs. Si, en quittant l'Afghanistan, elle avait cru laisser derrière elle la souffrance et la mort, elle s'était bercée d'illusions. La nature était censée être un havre de paix, pas de violence.

Michael revint auprès d'elle.

— Ça va ?

Elle hocha la tête.

— Oui, ne vous en faites pas.

Il la dévisageait, mais n'insista pas, ce dont elle lui fut reconnaissante.

— De quelle direction venaient les hommes que vous avez vus ? demanda-t-il.

— De là-bas. Près de cet arroyo.

Du menton, elle désigna la dépression du terrain.

Graham les rejoignit.

— Nous allons boucler ce périmètre et dépêcher une équipe pour chercher d'éventuels indices.

— Il faut déterminer d'où ils venaient, décida Michael. Il peut y avoir un campement pas loin d'ici.

— Où logez-vous, mademoiselle Stewart ? demanda Graham.

— Dans une caravane, au camping du Bord Sud.

— Prévenez-nous si vous décidez d'aller en ville ou de repartir chez vous. Nous pourrions avoir des questions à vous poser.

— J'ai prévu de rester ici encore huit à dix jours. J'ai à peine commencé à ramasser les échantillons dont j'ai besoin.

— Je crains fort que cette partie du parc ne soit interdite au public pendant presque ce temps, confia-t-il. Jusqu'à ce que nous estimions qu'elle ne présente aucun danger.

Il allait fermer l'arrière-pays ?

— Non, ce n'est pas possible, protesta-t-elle. Je ne suis pas une touriste naïve qui cherche l'aventure. Je dois absolument compléter ma collection d'échantillons.

— Il faudra les trouver ailleurs. Cette partie du parc sera fermée jusqu'à ce que je décide qu'elle est parfaitement sûre.

Les trois officiers l'observèrent, le visage fermé, implacable. Elle se retourna, et son regard tomba sur le cadavre. Plus exactement sur ses pieds qui dépassaient. Ils avaient l'immobilité de ceux d'un mannequin de théâtre. Une pièce sinistre se jouait dans le désert.

Elle détestait voir son projet contrarié, mais Graham et les autres avaient raison. Jusqu'à ce qu'ils sachent qui avait tué cet homme et pourquoi, la prudence était de mise.

— Très bien. Je suppose qu'il y a d'autres endroits dans le parc où je peux trouver ces plantes.

— Faites-nous savoir…

Mais Graham n'acheva pas sa phrase. L'écorce de l'arbre à côté d'Abby explosa.

— Couchez-vous ! cria Michael.

Il la poussa sur le sol tandis que les balles sifflaient au-dessus de leurs têtes.

4

Dans le silence qui suivit les coups de feu, l'écho de ceux-ci résonna trop fort aux tympans de Michael. Il bloqua sa respiration et tendit l'oreille, tentant de localiser le tireur. Abby remua sous lui, le souffle saccadé. Elle tenta de le pousser. En fait, elle était écrasée sous son poids. Mieux valait cela qu'être morte, pensa-t-il. Il se souleva d'un rien pour lui faire un peu d'espace. Appuyé sur les mains et les genoux, il était à cheval sur elle.

Ils se trouvaient dans un creux du terrain, une cuvette peu profonde ponctuée de pierres, de broussaille et de quelques pins tordus. Michael releva très légèrement la tête : Graham et Carmen étaient à moins de deux pas. Il croisa les yeux de son supérieur, dans lesquels brillait une colère noire.

— Qui nous tire dessus ? murmura Abby.

— Un sniper, répondit Graham. Il est posté à environ trois cents mètres au sud, sur cette petite côte.

Michael porta son regard dans la direction indiquée, mais il n'y avait rien, en dehors de l'herbe, de la terre et d'un tronc de pin.

— Il doit porter une tenue de camouflage, commenta Carmen. Je ne le vois pas.

Michael se tourna avec précaution vers elle. Accroupie derrière un rocher, elle scrutait les lieux à l'aide d'une paire de jumelles.

— Pourquoi porter une tenue de camouflage ici ? s'étonna-t-elle.

Michael s'était fait la même réflexion. Dans l'une de ses périodes de formation, il avait vu des gars si bien déguisés, avec branchages et feuillages, que lorsqu'ils étaient immobiles ils se fondaient littéralement dans le paysage. Ce genre de tenue ne se trouvait pas chez l'épicier du coin.

— Elle doit provenir d'un magasin de l'armée, ou bien ils l'ont réalisée eux-mêmes, suggéra Graham. Les cartels ne reculent devant aucune dépense pour protéger leurs activités. Je parie que le fusil de ce sniper est aussi un modèle militaire.

Michael se tortilla pour saisir sa radio. Le mouvement fut suffisant pour déclencher de nouveaux tirs. Les balles firent sauter la terre devant eux. Abby tressaillit contre lui.

— Tout va bien ? s'inquiéta-t-il.

— Juste un caillou sur la joue. Ce n'est rien.

D'autres coups de feu retentirent. A leur droite, cette fois. De sa position derrière le rocher, Carmen avait riposté.

— Il est trop loin, lança-t-elle en baissant son arme.

— Ranger deux, ici ranger un. A vous.

Graham avait profité de la diversion pour décrocher sa propre radio de sa ceinture et l'allumer.

— Ici ranger deux, je vous reçois, crépita la voix de Simon.

— Nous avons localisé un sniper dans l'arrière-pays.

Graham lui communiqua les données GPS que lui avait fournies Abby.

— Sa planque se trouve à trois cents mètres environ au sud de notre position, sur une légère côte. Il est peut-être en tenue de camouflage.

— On s'en occupe, répondit Simon. Nous allons tenter de le prendre par-derrière.

— OK. Terminé.

Graham posa la radio à côté de sa tête, sur le sol.

— A présent, nous attendons.

Michael tenta d'ignorer les crampes dans ses bras. Se relâcher signifierait écraser de nouveau Abby, et au moindre mouvement il risquait d'essuyer les tirs du sniper.

— Désolé. Je sais que cette position n'est pas des plus confortables.

Elle ne répondit pas. Au lieu de cela, elle se mit à trembler, et les secousses qui lui traversèrent le corps se propagèrent à lui. Elle émit un son étouffé, qui ressemblait à… un sanglot ?

Le cœur de Michael se déchira. La réaction d'Abby l'ébranlait bien plus que la vue de l'homme mort ou les coups de feu quelques instants plus tôt.

— Hé…

Il posa une main sur son épaule, se tourna vers elle et, approchant sa bouche de son oreille, lui parla à voix basse pour ne pas être entendu des autres.

— Tout va bien. Notre équipe est bonne. Ils vont alpaguer ce type.

Elle se tendit, et ses doigts creusèrent la terre sous eux. Son souffle était haché, irrégulier. De toute évidence, la panique montait en elle. Etait-elle assaillie par des souvenirs de guerre ? Comment pouvait-il la réconforter ?

Quand il était PJ, on lui avait maintes fois tiré dessus, mais l'hélicoptère était systématiquement là pour l'arracher au danger. Et il avait toujours été trop concentré sur sa mission — sauver des vies — pour s'inquiéter de son propre sort. En revanche, les soldats au sol, comme Abby, avaient connu l'enfer.

Il tâcha de se hausser un peu plus pour la soulager.

— Abby, parlez-moi. C'est bientôt terminé.

Elle inspira à fond, son corps se soulevant et s'affaissant sous lui.

— Je déteste ça, maugréa-t-elle.

— Moi aussi.

Même à ses propres oreilles, sa réponse semblait plate, convenue, mais il aurait dit n'importe quoi pour qu'elle continue à parler.

— Tout ira bien. La cavalerie est en route.

Un muscle bougea dans sa joue. Souriait-elle ?

— C'est sans doute la dernière chose à laquelle vous vous attendiez en venant prélever vos plantes, n'est-ce pas ?

— Oui.

Ses tremblements avaient diminué, se réduisant à quelques légers spasmes çà et là. Ses mains avaient cessé de gratter la terre. Il se fit violence pour ne pas glisser les siennes sur son dos. Elle pourrait se méprendre sur le sens de son geste. A dire vrai, le contact de son corps sous le sien commençait à le troubler. L'extérieur de son sein était niché contre son bras, et les rondeurs de ses fesses contre son bassin.

— J'ai un peu trop connu ça, ajouta-t-elle.

Elle ne parlait pas de leur proximité physique, comprit-il.

— Vous avez déjà été clouée au sol par un sniper ?

— Oh que oui !

Il acquiesça. C'était le pire, là-bas. Le côté imprévisible des choses. Ne pas savoir quand une bombe exploserait, ou quand un sniper tirerait. Ne pas savoir en qui l'on pouvait avoir confiance.

« Vous pouvez me faire confiance », voulut-il lui dire. Mais il ne le fit pas. Sa confiance ne changerait rien au fait qu'un tireur invisible était décidé à les tuer s'ils levaient juste la tête. Comme protecteur, il se posait là. Le mieux était de lui faire penser à autre chose.

— Les plantes, c'est une passion ? Vous avez toujours voulu étudier la biologie ?

— Je devais être journaliste télé, répondit-elle. Ou mannequin. Ma cicatrice a tué ce projet dans l'œuf.

L'amertume dans sa voix était flagrante. Elle semblait assez belle pour être mannequin, mais elle n'avait sans doute pas non plus envie d'entendre cela. Il s'efforça de ramener leur conversation sur leur sujet initial.

— Ce que vous faites aujourd'hui, chercher des plantes qui guérissent le cancer, ça paraît beaucoup plus gratifiant, non ?

— C'est vrai.

Elle se tut de nouveau. D'accord. Elle ne voulait pas parler. Au moins ne tremblait-elle plus.

— Ce que j'aime surtout, dit-elle enfin, c'est la solitude. C'est si calme ici, d'habitude.

— Oui, d'habitude. Ce doit être votre jour de chance.

Elle laissa échapper un gloussement amusé. Il eut soudain l'impression d'être Superman, comme s'il avait accompli une action beaucoup plus héroïque que de sortir une boutade insipide.

— Pourquoi pensez-vous qu'il nous tire dessus ? demanda-t-elle. Parce que nous avons découvert cet homme mort ?

— Je ne crois pas. Il s'agit sans doute d'un immigrant clandestin. Il n'aura pas de papiers sur lui, ni rien qui le relie à quoi que ce soit. Non, il est plus probable que ce sniper protège quelque chose. Un laboratoire de méthamphétamine ou un truc de ce genre.

— Mais est-ce que le fait de nous tirer dessus n'attire pas l'attention, au contraire, sur ce qu'il veut protéger ?

— Si. Mais d'une part, ça nous empêche de trop nous en approcher, et d'autre part, ça leur donne du temps pour déménager leur activité. Quand nous serons en mesure d'enquêter, tout aura disparu depuis belle lurette.

— Et ensuite ?

— Nous disposerons d'un point de départ pour nos recherches. Nous les traquerons jusqu'à leur nouveau retranchement.

— Comme à la guerre, observa-t-elle.

— Exactement. Comme à la guerre.

— Moi qui viens ici pour être loin de tout ça, j'y retombe à pieds joints ! Comme si c'était une fatalité. Vous avez déjà eu ce sentiment ?

— Oui. Je croyais que l'essentiel de mon boulot serait d'inspecter des marchandises et de vérifier des passeports à la recherche de drogue ou de clandestins. Je savais que je porterais une arme, mais je ne m'attendais pas à devoir m'en servir. D'un autre côté, je pense que je suis exactement là où je dois être, que mon expérience de militaire peut m'aider à mettre un terme à cette violence, du moins en partie.

— Vous y croyez ? Que les choses n'arrivent pas sans raison ?

— Oui. Tenez, vous ne pensez pas qu'il y a plus qu'une coïncidence dans le fait que nous nous soyons revus après tout ce temps ?

Cinq ans, et il n'avait jamais pu l'oublier.

— Je veux dire, quelles étaient les probabilités ?

— C'est la raison pour laquelle on appelle ça une coïncidence, répliqua-t-elle. Le hasard… Comme moi tombant au beau milieu de votre petite guerre des stups. C'est la vie. Ça ne veut rien dire.

Abby retint un soupir. Elle n'avait pas voulu vexer Michael, mais elle ne croyait pas au destin. Non.

Son sort n'était pas d'être à plat ventre par terre, écrasée par un grand type habillé en Indiana Jones, tandis qu'un autre lui tirait dessus comme à la foire, pas plus qu'il n'était de décevoir sa famille en devenant une ermite qui sillonnait le désert en quête de plantes rares. La vie était ce qu'elle était, point final. Des choses se produisaient, et on essuyait des coups. Elle aimait chercher des plantes dans le désert et espérait que son travail aiderait un jour à soigner les gens. Mais cela ne voulait pas dire qu'elle était guidée par une force supérieure. Elle avait fait des choix, et en assumait les conséquences.

Elle ferma les yeux, profitant de ce que les coéquipiers de Michael s'activaient. Mais à peine ses paupières furent-elles closes qu'elle se retrouva à Kandahar, clouée au sol par un sniper, le visage dans la terre comme en cet instant. Sauf que ce jour-là, il n'y avait aucune cavalerie pour venir à son secours. Le reste de son unité avait été immobilisé par le feu ennemi ou déjà tué. Six heures durant, elle était restée dans cette position tandis que le type à côté d'elle se vidait en silence de son sang, et que celui de l'autre côté sanglotait comme un enfant, lui mettant les nerfs à vif. A la fin, le tireur avait dû décréter qu'ils étaient tous morts et s'en était allé. Sa propre compagnie avait dû penser la même chose. Elle s'était réveillée alors que deux hommes l'étendaient sur une civière, et qu'un autre criait :

« Hé, nous avons quelqu'un de vivant, ici. »

Elle rouvrit les yeux. Il était temps de penser à autre chose.

Mariposa. Mariposa et son bébé. Où était-elle en ce moment ? En sécurité quelque part ? A moins qu'elle ne soit impliquée dans ce que le sniper cherchait à protéger. Etait-elle l'épouse, la petite amie d'un de ces hommes, plongée jusqu'au cou dans leur activité criminelle ? Aussi surprise qu'Abby par la violence qui avait éclaté dans cet environnement d'ordinaire si paisible ?

— Lorsque vous étiez ici, en train de prélever vos échantillons, vous avez vu quelqu'un ? demanda soudain Michael, la tirant de ses réflexions. Je veux dire, quelqu'un d'autre que ceux qui poursuivaient cet homme ?

Avait-il la capacité de lire dans les pensées ?

— Non, mentit-elle. Je n'ai vu personne.

— Pas de randonneurs, ni de campeurs ?

— Il y a trois jours, j'ai croisé deux randonneurs. Des touristes australiens. J'ai également aperçu des gens sur la route, et quelques personnes au camp de caravanes.

— C'est tout ?

— Pourquoi ? Vous ne me croyez pas ?

— Dans les cours de techniques d'interrogatoire, on vous explique que si vous posez la même question de plusieurs manières différentes, vous pouvez obtenir plusieurs réponses différentes.

— Parce que vous m'interrogez, c'est ça ?

Comme elle regrettait de ne pouvoir le fixer droit dans les yeux ! Au lieu de cela, elle était obligée de s'adresser à la terre tandis qu'il était allongé sur elle. Cependant, elle appréciait ses efforts pour ne pas trop l'écraser, car il n'était pas un poids plume. Quatre-vingt-cinq kilos au bas mot.

— Je me renseigne, nuança-t-il. Vous savez, une grosse partie de notre travail consiste à poser les bonnes questions. Aux victimes, aux témoins ou aux suspects.

— Eh bien, n'attendez pas *plusieurs réponses différentes* de ma part.

Elle ne trahirait pas Mariposa.

— Euh, ça vous ennuierait de vous glisser de côté ?

— Je ne crois pas que ce soit une bonne idée, répondit-il. Le moindre mouvement semble appuyer sur l'interrupteur du tireur.

— Pourquoi vous êtes-vous jeté sur moi, d'abord ?

— Je suis entraîné à protéger des civils. Et je me fiche complètement du politiquement correct. Mon instinct me dicte de tenir les femmes et les enfants à l'écart du danger.

— Quelle grandeur d'âme ! persifla-t-elle.

Puis elle ajouta, un peu plus calme :

— Merci quand même.

La seule chose qui lui manquait de sa vie militaire, c'était qu'il y avait toujours quelqu'un pour protéger ses arrières.

— Je vous en prie, fit Michael. Dommage que nos retrouvailles n'aient pas eu lieu en de meilleures circonstances.

— Maintenant qu'il ne nous canarde plus et que nous sommes obligés d'attendre, c'est plutôt rasoir. Comme souvent à la guerre.

— Nos conversations doivent-elles toujours en revenir à ça ? souligna-t-il.

— Pourquoi ? Ça vous ennuie de parler de la guerre ?

— Non. Je pensais que c'était vous que ça ennuyait.

— Parfois, admit-elle.

Quand les gens lui demandaient d'évoquer son expérience en Afghanistan, elle détournait les questions ou changeait de sujet.

— Avec vous, c'est plus facile. Vous y étiez. Vous comprenez.

— Je crois que je comprends par où vous êtes passée. Au moins un petit peu.

Le crépitement de la radio les fit tous deux tressaillir. Abby tourna les yeux vers l'appareil. Michael activa le micro.

— Vous avez une piste ?

— Pas grand-chose, répondit son interlocuteur.

Ce devait être Simon, celui qui affichait toujours une expression amère.

— Pas de trace du tireur ? s'enquit Graham, non loin d'eux.

— Quelqu'un était ici, c'est clair, répondit Simon. Il y a des branches cassées, et nous avons trouvé des douilles. Du

300 Win Mag, semble-t-il. Mais le sol est trop dur pour que les traces soient exploitables.

— Mets Randall et Lotte dessus, intima Graham.

— C'est fait. Lotte a flairé quelque chose, mais ça s'est arrêté à la piste, où nous avons relevé les empreintes d'un gros véhicule. Quelqu'un devait attendre notre gars. En dehors de cela, *nada*. Ils ont dû filer dès les dernières balles tirées.

Jurant entre ses dents, Graham se dressa sur ses genoux. Aucun coup de feu ne retentit. Abby laissa échapper l'air qu'elle retenait dans ses poumons.

Enfin, Michael se dégagea d'elle, se mit debout, puis lui tendit la main pour l'aider à se relever. Ses membres étaient raides et douloureux d'être restés trop longtemps immobiles. Apparemment, elle n'était pas en aussi bonne forme qu'elle l'avait cru.

— Vous saignez, dit-il en lui touchant doucement la joue.

Elle tressaillit au contact avec la cicatrice. Du sang commençait à sécher et à lui coller à la peau, elle le sentait.

— C'est juste un caillou qui a ricoché sur le sol, expliqua-t-elle. Rien de grave.

— Tenez.

Il lui tendit un bandana noir, puis une bouteille d'eau.

— Il faut nettoyer ça.

Acceptant l'un et l'autre, elle mouilla le bandana. Le tissu était propre et repassé, comme la pochette d'un cadre d'entreprise. Elle tourna le dos aux autres et élimina le sang et la poussière de sa joue.

Michael la contourna pour se placer devant elle.

— Laissez-moi voir… Ça nécessitera peut-être deux ou trois points de suture.

— Ce n'est rien, répéta-t-elle.

Elle voulut de nouveau se retourner, mais il posa une main sur son épaule et de l'autre lui saisit le menton.

— Tout va bien, dit-il d'une voix douce. Je vous promets que je ne m'évanouis pas à la vue du sang.

Elle s'obligea à ne pas sourire. Si quelqu'un l'avait vue sous son pire aspect, c'était bien lui. Elle n'avait aucune idée de ce à quoi elle ressemblait quand le PJ qu'il était alors l'avait hissée dans cet hélicoptère, mais le médecin lui avait dit que l'éclat de bombe lui avait labouré la joue, manquant l'œil de peu. Si elle détestait sa cicatrice, elle s'estimait heureuse d'avoir échappé au pire ce jour-là. Aussi le laissa-t-elle lever son visage et examiner sa joue.

— C'est bon, dit-il. La plaie est superficielle. Une fois dans le Cruiser, je vous mettrai un pansement.

— Merci.

Elle se détourna et, par réflexe, se peigna les cheveux avec les doigts, de sorte à dissimuler ce côté-là de son visage.

— Demandez à Marco de vous aider pour la reconnaissance des lieux, continuait Graham dans la radio. J'avertirai les rangers du parc que l'arrière-pays est fermé pour une durée indéterminée. Plus aucun permis. Qu'ils rassemblent tous ceux qui en ont un. Terminé.

— Vous voulez parler de l'arrière-pays *dans* le parc, n'est-ce pas ? intervint Abby.

— Je veux parler de l'ensemble du parc, de la zone de loisirs et de la gorge du Gunnison. Si ces gens-là ont un sniper pour protéger leur business, cela veut dire qu'il y a de l'argent et du muscle derrière. Jusqu'à ce que nous ayons un schéma précis de leurs activités, nous ne mettrons pas en péril la sécurité du public.

— Mais vous ne pouvez pas espérer tenir les gens hors d'un territoire aussi vaste, objecta-t-elle.

— Certes, reconnut-il. Mais nous pouvons suspendre la délivrance de permis et bloquer toutes les routes qui y mènent. Je suis navré, mais ça signifie que vous ne pourrez pas poursuivre votre recherche dans ce secteur.

Son ton laissait peu de place pour la discussion. Il reporta les yeux sur Michael.

— Ramenez-la au QG, puis retrouvez Simon et les autres. Mademoiselle Stewart, nous aurons peut-être d'autres questions à vous poser plus tard.

Elle doutait d'avoir des réponses utiles. Acquiesçant néanmoins, elle tourna les talons pour suivre Michael. Lorsqu'ils eurent atteint le Cruiser, elle était fumasse.

— Désolé pour votre recherche, fit Michael en lançant le moteur. Peut-être que vous pourrez revenir l'été prochain pour la terminer. Avec un peu de chance, les choses se seront calmées ici.

— Je n'ai pas d'été prochain. Ma bourse n'est valable que cette année. L'été prochain, il faudra que je me trouve un job pour commencer à rembourser mes prêts étudiant.

— Vous ne pouvez pas mener cette recherche ailleurs ? Dans un autre parc, un autre secteur géographique ?

— Ma bourse ne vaut que pour ce parc. Si je change d'endroit, il faudra que j'établisse une nouvelle demande. Votre chef en fait trop. Il n'a pas besoin de fermer la totalité des cinquante-trois mille hectares de territoire public. C'est ridicule.

— Comment le lui reprocher ? Il est déjà dans la ligne de mire de politiciens qui estiment que cette force mixte gâche l'argent du contribuable. Vous imaginez ce qui se passerait si un touriste était tué par un tireur isolé ? Nous avons déjà un meurtre sur les bras. Vos plantes seront toujours là quand l'enquête sera terminée.

— Ne me parlez pas comme à une enfant.

— Ce n'est pas mon intention. Je dis juste ça pour que vous vous calmiez.

Mais ces mots ne firent qu'exacerber sa colère. Elle ne voulait pas se calmer ! On venait de lui tirer dessus, de l'obliger à rester à plat ventre sur le sol pendant plus d'une heure, elle avait subi l'humiliation de presque craquer devant des gens qu'elle ne connaissait ni d'Eve ni d'Adam… Si elle ne laissait pas libre cours à la tempête qui crépitait en elle, elle risquait d'exploser.

— Taisez-vous ! Je ne veux pas entendre ce que vous avez à dire.

Il la considéra un long moment, puis reporta son attention sur la route. Le 4x4 démarra en trombe, tressautant si fort sur la piste de latérite qu'Abby dut s'accrocher à la poignée au-dessus de sa portière. Une poussière rouge s'élevait derrière eux, et les cailloux frappaient le dessous de caisse comme des balles de fusil. Abby serra les dents pour ne pas hurler à Michael de ralentir, de ne pas conduire de façon aussi inconsciente. Clairement, il n'attendait que cela, et elle ne lui donnerait pas cette satisfaction.

Il l'avait déjà trop malmenée, au plan émotionnel. Son mélange d'arrogance et de considération, de force et de tendresse, avait touché des endroits sensibles qu'elle n'avait jamais exposés à personne. Elle, qui n'avait jamais parlé de la guerre à quiconque, s'était confiée à lui. Elle, qui n'exhibait jamais de bon gré ses cicatrices, lui avait présenté son visage presque sans hésiter. Elle n'aimait pas se sentir ainsi vulnérable et sans défense, n'aimait pas l'entendre faire référence au destin pour ce qui n'était, selon elle, que pure coïncidence.

Après quelques kilomètres, il ralentit assez pour qu'elle puisse se laisser aller contre son dossier. Les bras croisés sur sa poitrine, elle observa le paysage. La plupart des gens trouvaient cette terre rébarbative, avec sa végétation rabougrie, ses rochers pelés et sa poussière. Le vrai trésor se trouvait sous le niveau de l'œil, dans la profondeur incroyable du canyon, cette faille étroite aux bords en dents de scie qui traversait le haut plateau désertique, avec ses parois peintes d'ocre, de rouge, d'orange et de gris. Dans l'ancien temps, les hommes l'avaient appelée Black Canyon parce que le soleil n'en atteignait que rarement le fond, là où bouillonnait le ruban argenté du Gunnison. Celui-ci irriguait une nature luxuriante le long de ses berges rocheuses, créant un univers coloré et une humidité qui contrastaient avec la sécheresse de celui en surface, des centaines de mètres plus haut.

Mais pour Abby, ce désert d'aspect aride présentait autant d'intérêt que le canyon lui-même. Elle avait pris plaisir à découvrir les secrets des pins noueux, des fleurs miniatures, les habitudes des daims, des lièvres, des renards et de la faune discrète qui vivait là. Elle se voyait un peu comme eux, un être qui avait appris à survivre dans un environnement ingrat, à trouver de la beauté dans le dénuement.

Ils s'arrêtèrent devant la caravane qui abritait le quartier général. A cette heure, la voiture d'Abby était la seule sur le parking. Elle défit sa ceinture, et avait la main sur sa poignée quand Michael rompit le silence.

— Ecoutez, c'est dangereux pour vous de retourner seule dans l'arrière-pays. Mais si je venais avec vous ? Vous pourriez prélever vos plantes pendant que je patrouille. Je peux arranger ça avec Graham.

Elle imaginait parfaitement la réaction de celui-ci à une telle suggestion. Il ne semblait pas vraiment du genre à écorner les règles.

— Pourquoi vous feriez ça ?

Michael haussa les épaules.

— Je me sens un peu responsable de vous.

Mauvaise réponse. Elle ne voulait pas qu'on se sente responsable d'elle, lui moins qu'un autre ! Elle était assez grande pour être responsable d'elle-même, merci.

Une fois descendue du Cruiser, elle se tourna vers lui.

— Il semble que vous m'ayez sauvé la vie il y a cinq ans, et je vous en suis reconnaissante. Mais cela ne vous donne aucun droit sur moi, OK ?

Il leva les deux mains.

— Je n'ai absolument pas dit ça. Je veux juste vous aider.

— Eh bien, je n'ai pas besoin de votre aide. Merci quand même.

Elle tourna les talons et s'éloigna du 4x4. Mais il la suivit du regard. Elle le sentait presque douloureusement.

5

— Nous n'avons rien.

Simon plaqua un mince dossier sur la table de conférence et se laissa choir sur une chaise, la mine dépitée.

Assis en tête de table, Graham fronça les sourcils, puis se saisit du dossier.

— Comment ça, nous n'avons rien ? Nous avons un cadavre, des douilles de balles, des traces de pneus. Tout cela doit bien conduire à quelque chose.

Il posa un œil sévère sur chacun tour à tour.

Michael ôta le papier d'un autre caramel et le fourra dans sa bouche. Déjà, la réunion commençait mal. Vingt-quatre heures s'étaient écoulées, et ils n'étaient pas plus avancés que lorsque Abby était entrée dans la pièce, la veille.

— Ça ne conduit nulle part, insista Simon. L'homme qui est mort n'avait aucune pièce d'identité, et ses empreintes ne figurent dans aucune banque de données. Nous avons transmis son ADN, mais je doute qu'il en ressorte quelque chose. De toute évidence, c'est un clandestin. Nous ne connaissons même pas son origine. Mexique, Venezuela…

Il secoua la tête.

— Ce n'est pas le point le plus important, dit Graham en tapotant le dossier du doigt.

Il n'avait même pas pris la peine de l'ouvrir.

— Ce que je veux savoir, c'est pourquoi il a été descendu ainsi au milieu de nulle part, et qui l'a tué.

— Quelqu'un qui ne voulait pas qu'il parle.

Toutes les têtes se tournèrent vers Marco.

— Mais encore ? fit Graham.

— Selon moi, ce type voulait s'échapper et ils l'ont réduit au silence, expliqua l'inspecteur de la DEA.

— Pourquoi ne pas le ramener avec eux ? demanda Randall. Notre hypothèse est que ces clandestins sont amenés ici pour travailler à la production de drogue, n'est-ce pas ? Alors pourquoi perdre un bon ouvrier ?

— Un homme si résolu à s'enfuir qu'il est prêt à traverser à pied un territoire aussi sauvage n'est pas un bon ouvrier, répondit Marco.

— Avec ce niveau de sécurité, observa Simon, nous sommes à coup sûr en présence d'une opération liée aux stupéfiants. Alors pourquoi nous ne pouvons pas les localiser ?

Michael intervint :

— Si c'est un labo de fabrication de méthamphétamine, il peut se trouver dans une roulotte camouflée, à l'écart de tout. Et s'il s'agit de cannabis, des hectares de plants peuvent être dissimulés dans des canyons isolés.

— Nos patrouilles aériennes n'ont rien relevé de suspect, indiqua Graham en se calant contre son dossier. Est-ce que Lotte a flairé quelque chose ?

La chienne malinoise dressa la tête. Randall la lui caressa.

— Elle a travaillé deux bonnes heures, hier. Mais les quelques pistes qu'elle a trouvées n'ont mené nulle part.

— Et Abby Stewart ? demanda Graham, en se tournant vers Michael.

— Quoi, Abby Stewart ?

— C'est elle qui a trouvé le corps. Et elle était avec nous quand le sniper a tiré. Quel rôle joue-t-elle dans tout cela ?

— Elle était au mauvais endroit au mauvais moment, c'est tout. Elle ne joue aucun rôle.

— Que savons-nous d'elle ? lança Simon. Est-elle réellement qui elle prétend être ?

— Elle est qui *je* prétends qu'elle est, répliqua Michael, peinant à cacher son agacement. Je l'ai rencontrée en Afghanistan.

Gravement blessée, elle a été rapatriée pour être hospitalisée. Elle est aujourd'hui étudiante à l'Université du Colorado, où elle prépare un master en biologie.

— Son histoire tient debout, renchérit Carmen. Elle est arrivée au parc il y a cinq jours et a demandé un permis pour l'arrière-pays. Les rangers du parc m'ont dit qu'elle part tous les matins et revient le soir avec ses carnets, son sac et des échantillons de plantes.

— Peut-être qu'elle rencontre quelqu'un pendant ce temps, suggéra Simon.

— Pourquoi ? Tu tiens un dossier sur elle ?

Michael avait l'estomac crispé, comme s'il était lui-même l'objet de cet espionnage.

— Nous nous renseignons sur tout le monde, déclara Graham. Comment était-elle quand elle vous a quitté hier ?

Furieuse contre lui, songea Michael. Si les yeux pouvaient tuer, il serait déjà à la morgue.

— Elle était très contrariée de ne pas pouvoir poursuivre sa recherche, répondit-il plutôt. La bourse qui lui a été attribuée n'est valable que jusqu'à la fin de l'été.

— Quel est l'objet de cette recherche, au juste ?

— Eh bien, certaines plantes locales sont censées posséder des vertus curatives, expliqua Michael. D'après elle, ce qui pousse dans ce parc pourrait un jour soigner, voire guérir, le cancer ainsi que d'autres maladies.

— Une excuse commode pour passer du temps dans l'arrière-pays, persifla Simon. Peut-être que ces plantes qui l'intéressent tant sont en fait de la marijuana.

Carmen haussa les épaules.

— Il existe de nombreuses plantes guérisseuses. Mon peuple le sait depuis des siècles. Vous, les Visages pâles, vous semblez seulement le découvrir maintenant.

Ignorant la pique, Simon se pencha vers Michael par-dessus la table.

— Même si elle n'est pas de mèche avec les trafiquants, ce sniper l'a vue avec nous hier. Il a dû en référer à ses chefs.

— Et s'ils pensent qu'elle a vu quelque chose qu'elle ne devait pas voir, ils voudront également la réduire au silence, ajouta Marco.

Michael crut avaler de la glace.

— Elle serait donc en danger.

— C'est une possibilité, confirma Graham. Il faut que nous gardions un œil sur elle.

— Je lui ai proposé de l'emmener en patrouille avec moi, annonça Michael. Ainsi, elle pourra collecter ses plantes, et moi je veillerai à ce qu'elle ne mette pas les pieds dans quelque chose de dangereux.

— Ce n'est pas une mauvaise idée, concéda Graham. Qu'en pense-t-elle ?

— Elle était encore très énervée par l'épisode du sniper…

Inutile d'avouer qu'il n'avait rien arrangé en se comportant comme il l'avait fait.

— Elle a vécu des moments très durs en Afghanistan.

— Elle a failli mourir, disais-tu ? murmura Carmen.

— Elle *est* morte.

Il n'avait pas besoin de fermer les yeux pour la revoir sur cette civière, blanche comme un linge.

— Le cœur s'est arrêté de battre dans l'hélicoptère qui l'emmenait à l'hôpital. Nous l'avons ranimée, mais elle était totalement déboussolée.

— Elle a été touchée au visage ? s'enquit Carmen en caressant sa propre joue.

— Elle a été touchée partout. Mais la blessure à la tête était la pire.

— Et tu lui as sauvé la vie.

Il détourna le regard.

— J'ai fait mon boulot.

— Vous avez donc un lien personnel avec elle, qu'elle le veuille ou non, commenta Graham. Allez lui parler. Dites-lui que nous voulons lui fournir une protection en échange de son aide.

— De son aide ? s'étonna Michael.

— J'ai comme l'impression qu'elle sait quelque chose qu'elle ne nous dit pas, précisa Graham.

Il ouvrit enfin le dossier.

— A présent, voyons s'il y a là quelque chose que nous pouvons exploiter.

— Je me porte comme un charme, papa. Ma recherche avance bien.

La main crispée sur son téléphone, Abby arpentait l'espace réduit de sa caravane louée pour l'été. Quatre pas jusqu'à la chambre, demi-tour, puis quatre pas vers le coin repas, en passant devant la kitchenette. Sa recherche se déroulait au mieux, jusqu'à ce que Michael Dance et ses collègues viennent bouleverser son planning.

— Tu as toujours l'intention de revenir à la maison quand tu en auras terminé ?

La voix grave et mélodieuse de son père, si familière aux amateurs de sport et autres spectateurs de Channel 4 dans la ville de Milwaukee, semblait emplir la caravane.

— J'ai discuté avec plusieurs dirigeants de la boîte, continua-t-il. Le poste de présentatrice du journal du week-end se libère. Ils aimeraient beaucoup te donner ta chance.

Abby serra les paupières et réprima un grognement.

— Ce n'est pas une bonne idée, papa.

Toutes les chances qu'on lui offrirait viendraient de lui, Brian Stewart, *la voix des sports de Milwaukee*, et de son influence au sein de la chaîne. Ou pire, de son auréole, à elle, de vétéran blessé. Elle ne voulait pas entrer dans ce jeu-là.

— Sornettes ! Tu as toujours été à l'aise devant une caméra. Et si tu te fais du souci pour ta cicatrice, ce n'est vraiment pas un problème. Le maquillage de plateau fait des merveilles, tu le sais bien. Et puis, une nouvelle opération…

Combien de fois le lui avait-il seriné ?

— Plus de chirurgie esthétique, répliqua-t-elle. Et pas de maquillage. Je suis comme je suis.

— Au moins réfléchis-y. Tu sais l'importance que j'y attache, ma chérie.

Et, bien entendu, tout doit tourner autour de toi.

Elle ne prononça pas ces mots à voix haute. Elle n'avait pas cette cruauté. Depuis qu'elle était en âge de parler, son père avait bâti le rêve de la voir suivre ses traces. Tous les concours de beauté, les cours de diction, les stages de théâtre, participaient à son projet de faire d'elle une plus grande célébrité qu'il ne l'était.

— Tu es sûre que ça va ? Je te sens fatiguée.

Peut-être parce qu'elle avait très peu dormi la nuit précédente. Le souvenir des événements de la journée et celui des violences de la guerre avaient concouru à la maintenir éveillée, et dans les heures sombres précédant l'aube, elle avait eu du mal à différencier les deux. Mais elle se garda bien de lui en parler. Il dramatiserait, et cela ne ferait qu'appuyer ce qu'il affirmait depuis des mois, à savoir qu'elle était folle de gâcher sa vie pour des plantes quand elle avait autant de talent.

Mais en avait-elle vraiment ? Elle avait passé tant d'années à se reposer sur son physique ! Quand on a le privilège d'être belle, les gens ne regardent pas au-delà et n'attendent rien de plus. Leur impression de vous est à la surface. Au moins, désormais, quand elle faisait une découverte, c'était grâce à sa tête.

— Tout va bien, papa. Ça m'a fait plaisir de te parler. Il faut que j'y aille, à présent. Le travail m'attend.

— A bientôt, ma chérie. Je t'aime. Ta mère t'envoie également son amour.

— Je vous aime aussi. A très bientôt, papa.

Elle raccrocha, glissa le téléphone dans sa poche et contempla, au loin, les sommets des montagnes encore enneigés. Peut-être, lorsqu'elle obtiendrait le prix Nobel pour son travail sur les plantes médicinales, son père abandonnerait-il son rêve de faire d'elle une star. Mais elle en doutait.

Des coups frappés à sa porte la firent sursauter. Elle avisa son arme, rangée dans son étui sur le comptoir de la kitchenette, à portée de main si elle en avait besoin. Puis elle souleva un coin du store de la fenêtre.

Michael Dance se tenait au pied des marches, les yeux cachés par des lunettes de soleil. Il dressa la tête pour jeter un regard circulaire dans le camp, puis frappa de nouveau. Elle lui ouvrit.

— Bon après-midi.

— A vous aussi.

Son sourire était si éblouissant qu'il la déstabilisa un instant, et qu'une chaleur inattendue irradia dans sa poitrine.

— Entrez, dit-elle en s'effaçant pour le laisser passer.

Une fois dans l'unique pièce de la petite caravane, il observa les lieux. Le coin repas avec sa mini-table entourée de banquettes, qui faisait office de bureau, le frigo *table-top*, la cuisinière compacte, le micro-ondes, l'évier, la porte fermée de la salle de bains, le lit à deux places…

Il hocha la tête, l'air approbateur.

— Hmm, pas mal. C'est cosy.

— Fonctionnel, plutôt.

Elle passa à côté de lui. L'étroitesse de l'espace les obligea à se toucher, et ce bref contact déclencha en elle une nouvelle onde de chaleur. Elle s'assit sur une banquette, écarta son ordinateur et l'invita à prendre place face à elle.

— Installez-vous à votre aise.

Il glissa son grand corps sur la banquette.

— Je ne voulais pas vous déranger dans votre travail, dit-il en désignant l'ordinateur du menton.

— Je ne faisais que compiler mes notes et dresser un inventaire de mes échantillons, vu que je ne sais pas quand je pourrai en prélever d'autres.

— Ecoutez, à propos d'hier…

— Désolée de m'être emportée, s'excusa-t-elle aussitôt. J'étais encore ébranlée par les tirs du sniper, la découverte de ce corps et… le reste. Je n'aurais pas dû m'en prendre ainsi à vous.

Il parut soulagé, et elle en fut touchée.

— Je comprends, assura-t-il. C'était beaucoup à la fois. La plupart des gens seraient bouleversés.

— J'aurais dû me montrer plus forte.

Après tout, dans sa courte période militaire, elle avait été maintes fois confrontée à la mort et à la violence.

— L'offre de m'accompagner dans ma patrouille tient toujours, annonça-t-il.

Un immense soulagement la gagna. Pour poursuivre sa recherche, elle aurait mendié s'il le fallait.

— Génial.

Il se mit à pianoter sur la table et passa de nouveau en revue l'intérieur de la caravane, évitant son regard.

— Il y a autre chose ? demanda-t-elle.

Il reposa les yeux sur elle.

— Graham pense que vous ne nous avez pas tout dit. Sur hier, lorsque cet homme a été tué.

Au temps pour ses talents de comédienne ! Mais peut-être était-ce dû au fait qu'elle n'était plus aussi certaine de vouloir garder son secret. Et si Mariposa était mouillée dans ce qui se passait sur le territoire du parc ? En ne parlant pas d'elle, ne mettait-elle pas des vies en danger ?

— Avant que je vous dise quoi que ce soit, j'aimerais que vous répondiez d'abord à deux, trois questions, lança-t-elle.

Il se renversa contre son dossier et plaqua les mains devant lui sur la table.

— Très bien.

Incapable de soutenir davantage l'intensité de son regard, elle étudia ses mains. Il avait de longs doigts aux ongles bien taillés, et son annulaire droit s'ornait d'une bague en argent et onyx. C'étaient des mains masculines. Rassurantes, protectrices, adroites — elle se rappelait leur contact sur son dos, la veille.

— Vous travaillez pour le service de l'immigration, n'est-ce pas ?

— La Surveillance des Frontières.

— Donc, quand vous tombez sur une personne entrée illégalement dans le pays, votre job est de l'expulser.

— Ça, c'est plus le domaine de Simon. Il appartient à la Police de l'Immigration et des Douanes, qui est également une structure de la Sécurité du Territoire. Mon travail consiste à protéger nos frontières, même s'il nous arrive de collaborer ici et là. Pourquoi ?

Elle ajusta sa position sur la banquette. Comment lui avouer qu'elle avait menti ?

— J'ai vu quelqu'un d'autre, hier, avant que cet homme ne soit tué. Une femme. Elle collectait des plantes, elle aussi, mais des espèces différentes des miennes. Des comestibles. Elle ne parlait qu'espagnol et avait un bébé avec elle. Elle m'a dit s'appeler Mariposa. Elle était jeune, et très jolie. Dans un concours de beauté, je n'aurais aucune chance à côté d'elle. J'ai ici une photo d'elle.

Elle sortit de sa poche son appareil photo numérique, chercha le cliché et le lui montra.

— Elle paraît bien jeune, observa-t-il. Encore adolescente.

— C'est possible.

Il lui rendit l'appareil.

— Elle avait assez confiance en vous pour vous laisser la photographier ?

— En fait, je ne le lui ai pas demandé. Je l'ai prise par surprise entre deux clichés de plantes. Elle s'est un peu crispée, mais n'a pas objecté.

— Nous soumettrons cette photo aux autorités. Mais je doute qu'il en sortira quelque chose. Cela dit, on ne sait jamais. Vous a-t-elle précisé où elle vivait ? Ce qu'elle faisait là ?

— Non. Comme je vous ai dit, elle ne parlait pas anglais, et mon espagnol est très rudimentaire. Je lui ai donné trois barres énergétiques et elle a paru contente. Ensuite, quand elle a entendu s'approcher et crier les hommes qui ont commis ce meurtre, elle s'est enfuie comme si elle avait le diable à ses trousses.

— Elle devait donc savoir qui ils étaient.

— C'est aussi ce que je crois. Ou du moins connaître leurs intentions.

Elle toucha du doigt le dos de sa main.

— Vous pensez qu'elle a quelque chose à voir avec toute cette histoire ? Peut-être que ces gens la retiennent captive ou autre chose…

— C'est sans doute l'une des ouvrières. Ces organisations amènent ici des clandestins pour travailler dans leurs plantations ou fabriquer de la méthamphétamine. Ils sont traités comme des prisonniers, isolés du monde, surveillés.

— L'homme tué serait-il l'un d'eux, qui aurait tenté de s'échapper ?

— Nous n'en avons aucune certitude, mais c'est un scénario plausible.

— Pas étonnant qu'elle ait paniqué.

— A-t-elle dit autre chose ?

— Que son bébé était une fille, qu'elle s'appelait Angelique. Et elle m'a montré où trouver certaines des plantes que je cherchais. Elle semblait s'y connaître. J'ai eu l'impression qu'elle avait faim.

Les larmes lui montèrent aux yeux tandis qu'elle songeait à la jolie Mexicaine, seule avec son bébé et en danger. Elle cligna des paupières pour les refouler.

— Peut-être que nous pourrons la retrouver et l'aider, reprit Michael. Même si nous la renvoyons dans son pays, ce sera mieux que la vie qu'elle mène ici.

— Je suppose.

Mieux valait être chez soi, entouré des siens, que de vivre constamment sous la menace.

— Vous avez participé à des concours de beauté ?

Et voilà. Il n'allait pas laisser passer ça. Bon sang, pourquoi y avait-elle fait allusion ?

— N'ayez pas l'air si choqué. J'ai été Miss Milwaukee quand j'étais en première année de fac.

— Comment une reine de beauté a-t-elle pu atterrir en Afghanistan ?

— C'est une longue histoire.

— J'ai tout mon temps.

Elle soupira. Elle pouvait tenter de l'envoyer sur les roses, mais, s'agissant de poser des questions, il avait tout du pitbull. Cela étant, c'était sans doute grâce à cela qu'il excellait dans son métier.

— J'ai pensé que ce serait un bon moyen de financer mes études, répondit-elle. Pour mes parents, les poursuivre était une perte de temps et ils ne voulaient rien débourser. Mais, à la vérité, je n'attendais rien d'eux. J'étais décidée à ne compter que sur moi-même.

— Donc, la reine de beauté avait toujours voulu devenir biologiste.

— En fait, je n'étais pas vraiment fixée. J'avais même fait une prépa en communication. Mais j'éprouvais le besoin de quitter la maison. Mon père est une célébrité. Il présente les émissions sportives sur la plus importante chaîne de télé de la ville, et il prête sa voix pour des publicités, des reportages et toutes sortes de programmes. Tout le monde le connaît. Il voulait que je marche sur ses pas. Or, ce que je voulais, moi, c'était prouver que je pouvais accomplir quelque chose grâce à mes propres capacités. Je ne me doutais pas que les choses se termineraient ainsi.

— Nul ne sait de quoi demain sera fait, rappela Michael.

Abby acquiesça. Personne ne voudrait être soldat si la première perspective qui venait à l'esprit était de mourir ou d'être blessé.

— Mes parents étaient atterrés. D'abord par mon engagement dans l'armée, puis par mon départ pour une zone de guerre. Lorsque j'ai été blessée, ils ont craqué. La première fois qu'elle a vu ma plaie, ma mère a fondu en larmes. Elle a toujours du mal à me regarder en face.

Une boule se forma dans la gorge d'Abby. Elle déglutit pour la chasser.

— Mon père, lui, veut à tout prix me réparer. Il insiste pour que je subisse une nouvelle opération, que j'utilise un maquillage spécial. Il n'abandonne pas l'espoir que je travaille un jour à la télé. Tous les deux pensent que je gâche mon temps à vouloir devenir une scientifique.

— Et vous ?

— Pas du tout. Je suis plus heureuse à faire ça, quelque chose qui vient totalement de moi, qu'à être en compétition avec mon père. Car c'est ce qui serait arrivé, au moins de façon inconsciente. La chance s'offre à moi de me réaliser selon mes propres termes. Je crois que c'est ce que je cherchais en devenant militaire.

— C'est drôle, parfois, ce que la vie nous réserve.

— Si c'est au destin que vous faites allusion, je n'y crois toujours pas. Les choses arrivent par hasard.

— Hé, je n'ai rien dit ! protesta-t-il en souriant. Bon, demain est-ce assez tôt pour que nous sortions ?

— Que nous *sortions* ?

Elle rougit, et s'en voulut aussitôt.

— En patrouille. Vous m'avez dit que vous étiez d'accord, n'est-ce pas ?

En patrouille, bien sûr… Qu'était-elle ? Une gamine de seize ans qui espère que la coqueluche de la classe lui fixera un rendez-vous ?

— Oui, oui, c'est vrai. A quelle heure ?

— 8 heures. Je viendrai vous chercher.

Il se leva. Elle l'imita et l'accompagna jusqu'à la porte.

— Merci de m'avoir parlé de Mariposa, dit-il. Nous essaierons de la trouver et de l'aider.

— J'aurais dû vous faire confiance plus tôt, mais…

— Je sais. Accorder sa confiance est parfois difficile.

Elle descendit derrière lui les marches de la caravane, rechignant à le laisser partir. Puisque la confiance s'était instaurée entre eux, elle se sentait plus proche de lui. Comme si elle avait désormais un ami qui la comprenait.

— Qu'est-ce qu'il y a, là, sur votre voiture ?

Suivant son regard, elle découvrit le carton posé sur le capot de sa Toyota.

— Je n'en sais rien. Je n'ai jamais vu cette boîte.

Ils s'avancèrent vers le véhicule, et elle tendit la main en direction de l'objet, mais il l'arrêta net.

— Attendez. Examinons-le d'abord.

Suivant son exemple, elle se pencha dessus. Son nom, Abby Stewart, y était inscrit au feutre en lettres majuscules.

— Rien qui nous renseigne sur son expéditeur, fit-elle remarquer.

— Vous n'attendiez aucun colis ?

— Non.

Elle croisa les bras sur sa taille. Une soudaine nausée la gagnait à l'idée qu'un étranger était venu jusqu'à sa caravane pour lui laisser cela.

Michael empoigna sa radio.

— Je vais demander à Randall de venir avec Lotte.

— La chienne ? Vous pensez que c'est nécessaire ?

Elle considéra le carton. Il avait un aspect à la fois innocent et sinistre.

— Deux précautions valent mieux qu'une.

Il passa son appel, et Randall annonça arriver tout de suite. Ils se retranchèrent sous l'auvent de la caravane pour patienter. Nerveuse, elle se tritura les doigts, mais, adossé à la caravane, Michael semblait serein.

— Ce n'est sans doute rien, dit-elle. Ce ne serait pas plus simple de l'ouvrir ?

— Attendons.

Elle ne discuta pas.

Quelques minutes plus tard, Randall stoppait son Cruiser à côté de celui de Michael. Il en descendit, puis libéra Lotte. La chienne se dirigea vers la Toyota, l'œil brillant, agitant la queue. Randall lui montra la boîte.

— Lotte, cherche.

Posant les pattes sur le pare-chocs avant, elle avança le museau vers l'objet, les oreilles aplaties et la queue basse. Elle recula aussitôt, poussa un petit cri et fit le tour du véhicule, toute agitée. Puis elle se mit à marcher de droite à gauche, haletant, lâchant des gémissements, les yeux passant de Randall au carton.

— On dirait qu'elle n'aime pas ce qu'il y a dedans, commenta Michael.

— Ce n'est pas sa réaction habituelle devant des explosifs, indiqua Randall. Mais il est clair qu'elle sent quelque chose.

— Lotte, ici.

Tandis que l'animal venait se coucher à ses pieds, Michael sortit un couteau multilames.

— Voyons de quoi il s'agit.

Il saisit le carton et le soupesa.

— C'est assez lourd. Dans les deux kilos.

Il sortit l'une des lames, coupa la bande adhésive qui maintenait en place le couvercle, puis posa la boîte sur le sol.

— Mieux vaut être prudent, grogna-t-il, avant de ramasser un bâton près d'une table de pique-nique. Attention, écartez-vous.

Abby recula de plusieurs pas et se mordilla la lèvre. Ils faisaient sans doute toute cette mise en scène pour rien, mais le comportement de la chienne l'inquiétait. Ce qu'il y avait dans le carton l'avait manifestement excitée. Le front plissé, elle gardait les yeux rivés dessus.

Michael glissa l'extrémité du bâton sous le bord du couvercle, puis le fit sauter. La boîte pencha de côté, et son contenu se déversa d'un mouvement fluide et ondulé sur le sol. Lotte aboya. Abby, elle, hurla devant l'énorme crotale ramassé sur lui-même, et qui semblait prêt à frapper.

6

Michael sortit son arme et tira deux fois. Le serpent se contorsionna et battit l'air, puis s'immobilisa. Lotte, elle, aboya de nouveau, puis se mit à geindre.

Malgré la chaleur, Abby se sentait frigorifiée. Elle contempla d'un œil fixe le reptile, plus choquée par l'idée qu'on le lui avait envoyé à dessein que par la bête elle-même.

Une saute de vent agita les branches des pins qui entouraient le camp, faisant flotter l'auvent de la caravane. Randall ramassa le bâton dont s'était servi Michael pour ouvrir la boîte, et souleva le crotale.

— Il fait au moins un mètre cinquante.

— Soyez prudent, conseilla-t-elle. Même morts, ils ont encore du venin.

Randall hocha la tête et se tourna vers Michael.

— Tu crois que nous devrions l'emporter comme pièce à conviction ?

— Oui. On le photographie, on l'emballe et on l'étiquette. Le carton aussi. Il nous livrera peut-être quelques empreintes.

— J'en doute, rétorqua Randall.

Il laissa retomber le crotale. Celui-ci demeura inerte dans la poussière, toujours menaçant malgré son absence de vie.

— Quelqu'un s'est donné beaucoup de mal pour placer un serpent mortel dans une boîte et la déposer ici comme cadeau, argua-t-il. Il a dû avoir l'intelligence de porter des gants.

— Pourquoi a-t-on fait ça ? s'étonna Abby.

— C'est un message, expliqua Michael, la mine sombre. Pour vous avertir.

— M'avertir ? Mais de quoi ? Je n'ai rien fait.

— Vous avez trouvé cet homme mort et vous nous avez fait intervenir, développa Randall. Nous nous sommes trop approchés de quelque chose, raison pour laquelle ce sniper nous a tiré dessus. Ils veulent peut-être vous effrayer pour vous faire quitter la zone, de peur que vous ne découvriez autre chose.

Abby tressaillit.

— Eh bien, je le suis, effrayée. Ce serpent aurait pu me mordre.

Michael posa la main sur son épaule.

— Vous auriez sans doute eu la frayeur de votre vie et été bien malade un moment. Mais les hôpitaux de la région sont équipés de sérums anti-venin, et vous auriez probablement survécu. Mais ceux qui ont fait ça s'en fichent. Vous représentez une menace pour eux, et ils vous menacent à leur tour.

— Je n'ai rien fait à personne ! protesta-t-elle de nouveau.

— Vous avez été témoin d'une exécution.

Ce mot la fit frissonner. Mais c'était ce que le meurtre de cet homme avait été. Ils l'avaient traqué puis tué, comme l'auraient fait des prédateurs avec une proie.

— Je n'ai rien vu, souligna-t-elle. Je ne pourrais identifier aucun d'eux.

— Ça, ils ne le savent pas.

— Au fait… Comment connaissent-ils mon nom ?

Elle secoua la tête, peinant à accepter la réalité de ce qui s'était passé.

— Je ne connais pratiquement personne ici. Encore moins capable de faire une telle chose.

— Il est assez facile de savoir votre nom, indiqua Randall. Grâce à l'immatriculation de votre voiture ou votre permis de camper, au bureau des rangers. Son utilisation rend juste les choses plus personnelles, plus menaçantes.

Elle réprima un haut-le-cœur. Tout cela la rendait malade.

Michael lui serra l'épaule, puis laissa retomber sa main.

— Vous ne pouvez pas rester ici.

— Je suis d'accord…

Cette fois, ceux qui en avaient après elle avaient laissé un crotale. Que feraient-ils la prochaine fois ?

— Mais où aller ?

— Nous vous trouverons un hôtel en ville, proposa Randall. Vous vous y inscrirez sous un faux nom. L'un de nous pourra rester avec vous.

— L'un de vous ?

— Moi, proposa Michael.

— Ce ne sera pas nécessaire, répliqua-t-elle en carrant les épaules. J'ai une arme, et j'en sais assez à présent pour être prudente. Je peux veiller sur moi-même.

Elle s'était tant battue pour être indépendante. Elle ne laisserait pas ces étrangers sans visage lui enlever cela.

Les lèvres serrées, Michael arbora cette expression butée qu'elle commençait à connaître.

— Jusqu'à ce que nous ayons déterminé la gravité de la menace que représentent ces gens, je reste avec vous.

— Je n'ai pas besoin d'un baby-sitter, rétorqua-t-elle.

Et surtout pas de l'avoir tout le temps sur le dos. Qu'il ait sauvé sa vie une fois ne signifiait pas qu'il était responsable d'elle jusqu'à la fin de ses jours, nom d'un chien !

Le choc de l'événement commençait à s'estomper, et elle avait de nouveau l'esprit clair.

— Comme vous l'avez dit, c'était un avertissement. Si l'on avait vraiment voulu me faire mal, on ne se serait pas fatigué à confectionner un paquet-cadeau. On aurait simplement lâché le serpent dans ma voiture.

Elle trembla à cette idée.

— Je ne leur donnerai pas la chance de s'approcher de vous une seconde fois, déclara Michael.

Son regard croisa le sien. La chaleur qui s'y trouvait un peu plus tôt avait fait place à une froide détermination.

— Laissez tomber, dit Randall. Il est plus têtu qu'une mule.

— Très bien, fit-elle sans rompre le contact visuel. Mais il n'est pas question que je partage une chambre avec lui.

De se retrouver seule à seul avec Michael, dans un lieu aussi intime, ce serait… trop.

— Je prendrai la chambre voisine, concéda-t-il.

— Parfait, soupira-t-elle, résignée.

Il lui faudrait apprendre à vivre avec cela.

Sortant un appareil numérique, Randall commença à prendre des photos.

— Voyons ce carton de plus près, murmura-t-il. Lotte flairera peut-être une piste.

Mais la chienne ne trouva rien.

Abby rentra dans la caravane pour rassembler ses affaires, pendant que les deux officiers collectaient les pièces à conviction et se débarrassaient du serpent.

Elle ressortit avec une valise dans une main, sa sacoche d'ordinateur et son sac dans l'autre, un sac à dos accroché aux épaules.

— Voilà, je suis prête. Le programme n'a pas changé pour demain matin ? Je pars en patrouille avec vous ?

Michael la soulagea de sa valise.

— Si vous le voulez toujours.

— Je le veux toujours. Travailler, c'est mieux que de tourner en rond à ruminer le fait que de parfaits inconnus me haïssent assez pour m'attaquer avec un serpent venimeux. D'ailleurs, j'ai un vaste territoire à explorer et seulement quelques semaines pour le faire. Ce n'est pas la menace de ces gens qui m'en empêchera.

Tout en négociant les virages de la route sinueuse qui les éloignait du parc, Michael jeta quelques coups d'œil à Abby. Les rayons du soleil de l'après-midi lui éclairaient le visage comme un projecteur, faisant scintiller ses boucles d'oreilles en argent. Elle était magnifique. Une reine de beauté, une star de cinéma… Et pas seulement. Elle avait une sacrée force de caractère, un solide instinct de survie.

— Je peux vous poser une question personnelle ?

Elle se tourna vers lui, de l'inquiétude dans ses yeux outremer.

— Oui, mais je ne vous promets pas d'y répondre.

Il reporta son attention sur la route.

— Que s'est-il passé après votre retour aux Etats-Unis ? Après votre blessure ? Je veux dire, combien de temps avez-vous été hospitalisée ? Avez-vous suivi une rééducation, ou juste été renvoyée chez vous ?

— J'ai d'abord été admise dans un hôpital en Allemagne, où l'on m'a retiré les éclats d'obus. Puis les chirurgiens ont sauvé mon œil. Ensuite, il a fallu réparer l'os de la pommette et ma joue.

Elle toucha sa cicatrice.

— J'ai une plaque en titane qui maintient le tout.

— Ouch ! Vous avez dû souffrir.

— Oui et non. En fait, j'étais dans le cirage tout le temps. En partie à cause des médicaments, en partie à cause de la blessure elle-même.

— Je crois savoir que c'est un mécanisme de protection du cerveau, avança Michael. Il gomme, en quelque sorte, ce qui s'est passé.

Lors de sa formation de PJ, on lui avait appris que les grands blessés se souvenaient rarement de leur transfert en hélicoptère et des interventions à son bord.

— Je suppose. Mais parfois ça m'ennuie de ne pas pouvoir me rappeler. Après mon rapatriement, j'ai séjourné dans un hôpital de Milwaukee. Des gens m'ont rendu visite, mais je n'en ai aucun souvenir. Excepté des détails idiots.

— Comme quoi ?

— Comme d'avoir demandé à ma mère de m'apporter des vêtements normaux, afin de ne pas être tout le temps en blouse d'hôpital ou en pyjama. Elle m'a apporté ce chemisier jaune que je détestais. Je me suis fâchée et je lui ai crié dessus, jusqu'à la faire pleurer. Mon père m'a houspillée pour ma dureté, et c'est moi qui me suis mise à pleurer.

Elle secoua la tête.

— C'était tellement stupide. Quelle importance, la couleur de ce chemisier ?

— Je ne trouve pas ça si stupide. Il y a une logique. Dans votre vie, tant de choses échappaient à votre contrôle. Votre tenue vestimentaire était l'une des rares que vous pouviez maîtriser. Et avec les médicaments que vous preniez, sans parler de votre blessure à la tête, vos émotions n'avaient plus de garde-fou. Les médecins auraient dû le dire à vos parents.

— Ils l'ont probablement mentionné. Mais le seul moyen que mes parents ont trouvé pour supporter cette épreuve a été de faire comme si tout allait bien. Il y a eu des moments surréalistes. Maman qui me parlait de mes anciens petits amis, disant qu'ils seraient heureux de me revoir, ou papa qui me conseillait de trouver un job d'été avec la troupe de théâtre amateur. A la fin, j'ai craqué et sorti des choses horribles, du genre « Personne ne voudra d'un monstre sur scène. » Et maman se remettait à pleurer. C'était affreux.

Michael serra les mains sur le volant.

— Vous n'êtes pas un monstre, vous savez.

— Je sais. Mais je ne suis plus qui j'étais. Je ne m'y suis pas encore habituée. Je ne veux même plus de ma vie d'avant, si tant est que j'en ai jamais voulu. Mais je continue à réfléchir à ce que sera ma nouvelle vie.

Elle soupira et ajusta sa position sur son siège.

— Pour le moment, je réfléchis surtout à l'endroit où je passerai la nuit.

— Carmen nous a pris des chambres dans un motel de l'autre côté de la ville. Nous avons décidé que plus c'était loin du parc, mieux c'était.

Le motel, découvrit Abby, était l'un de ces établissements démodés, constitués de deux rangées de chambres s'alignant de part et d'autre d'un bureau à toit pentu.

— Elles sont réservées aux noms de Ricky et Lucy, annonça Michael à l'employé, un vieil homme ventripotent au teint cireux.

Après avoir remis sa carte de crédit contre les clés, Michael les conduisit jusqu'à la dernière chambre d'une des ailes et gara le Cruiser.

— Ricky et Lucy ? s'étonna Abby.

— Ricky et Lucy Ricardo, en référence au film *J'aime Lucy* précisa-t-il. J'adore ces vieilles productions. Quand j'ai cherché des noms d'emprunt, ils se sont tout de suite imposés à moi.

Cette réponse ébranla Abby. C'était son film fétiche. Comme si Michael avait *vraiment* la capacité de lire dans les esprits.

— Moi aussi, j'aime les films anciens. Quand j'étais à l'hôpital, j'en regardais beaucoup.

Lucille Ball avait été une reine de beauté qui n'avait pas eu peur de se ridiculiser pour faire rire. De voir ses films avait donné de l'espoir à Abby. Peut-être pouvait-elle être davantage qu'un joli visage, elle aussi. Mais… Comment Michael pouvait-il savoir cela ?

Ouvrant la porte de l'avant-dernière chambre, il effectua un rapide examen des lieux, jeta un coup d'œil à la salle de bains puis aux toilettes.

— Que cherchez-vous ? demanda-t-elle.

— Tout signe indiquant qu'on nous a précédés ici.

— Pourquoi donc ?

— Parce quelqu'un a pu être au courant de notre projet de nous installer dans ce motel. C'est peu probable, mais on ne sait jamais.

Sous son regard étonné, il déverrouilla la porte de communication avec la dernière chambre.

— Pour pouvoir nous rejoindre facilement en cas d'urgence, expliqua-t-il. Prenez cette chambre. Je prends l'autre.

Ils y pénétrèrent. Les deux étaient parfaitement identiques, jusqu'à la courtepointe bleu et vert, et la bouteille d'eau sur la coiffeuse.

— Et maintenant ? s'enquit-elle.

— On commande des pizzas ?

Elle faillit éclater de rire. Après les événements de la journée, déguster une pizza avait quelque chose de si ordinaire, si rassurant.

— Ma foi, ce n'est pas une mauvaise idée.

Il sortit son portable.

— Que préférez-vous ?

— Ce que vous voulez, mais sans anchois ni oignons.

Il fit une grimace comique.

— Bien, m'dame.

Elle regagna sa chambre, disposa ses effets personnels sur le lit et sur la table, se peigna les cheveux et s'aspergea le visage d'eau fraîche. Elle n'avait pas pris le temps de s'appliquer de l'écran solaire le matin, et cela se voyait. Ses cils et ses sourcils étaient pâles, décolorés. Elle songea à se maquiller un peu, mais elle ne voulait pas que Michael se fasse de fausses idées. Les circonstances les avaient réunis, mais il n'y avait rien de sentimental entre eux.

Si elle était prête à vivre une relation de couple, il ne serait pas son premier choix. Certes, elle était contente de l'avoir avec elle, que des hommes de sa trempe traquent ceux qui avaient tué ce malheureux dans le désert. Mais il y avait quelque chose de trop intense en lui, de trop protecteur. Et ses allusions au destin et au sens caché de choses uniquement dues au hasard la déstabilisaient quelque peu.

Elle alluma son ordinateur et tenta de se concentrer sur ses notes relatives au persil du désert et à son habitat. Mais cela ne faisait que lui rappeler Mariposa. Sortant son portable, elle étudia son beau visage hâlé. Où était-elle en cet instant ? A l'abri avec Angelique ? Ou menacées ?

Lorsque Michael frappa à la porte entre leurs chambres et annonça l'arrivée des pizzas, elle ferma avec gratitude son ordinateur et le rejoignit dans sa chambre. Le parfum d'épices, de *pepperoni*, de sauce aux herbes et de fromage lui donna un léger vertige. A dire vrai, elle mourait de faim.

— C'était une riche idée, commenta-t-elle en se servant une part.

— Je n'ai fait que suivre les conseils du médecin.

Il emplit sa propre assiette et s'assit en face d'elle, à la petite table devant la fenêtre. Il avait tiré le rideau sur le soleil couchant, et allumé la lampe à abat-jour derrière lui, créant une ambiance douce et confortable.

— Parlant de médecin, dit-elle, vous semblez en connaître un rayon dans ce domaine. Avez-vous déjà songé à en devenir un ?

— Au début, oui. C'est pour ça que j'ai voulu m'engager chez les PJ. J'avais en tête une carrière en médecine traumatique. Je m'en étais fait une image idéalisée. L'excitation, l'adrénaline, le sauvetage de vies humaines…

Il devint soudain silencieux et préleva une rondelle de *pepperoni* sur sa pizza.

— Qu'y a-t-il ? s'enquit Abby. Quelque chose ne va pas ?

— Ce qu'ils ne vous disent pas, c'est qu'on en perd plus qu'on en sauve, expliqua-t-il.

Ses yeux se rivèrent aux siens.

— Vous étiez mon premier sauvetage. C'est une autre raison pour laquelle je me souviens de vous.

Devant l'intensité de son regard, elle voulut détourner la tête. Mais elle n'y parvint pas. Comment aurait-elle pu ? Cet homme lui avait sauvé la vie.

— Je regrette que ce ne soit pas réciproque, dit-elle. Que je ne me rappelle pas de vous…

Sinon, aurait-elle ce sentiment qu'il existait un lien entre eux, qu'il semblait éprouver ?

Il haussa les épaules, comme pour chasser de mauvais souvenirs.

— Quoi qu'il en soit, à la fin de mon engagement, j'ai décidé que je n'étais pas taillé pour ce genre de travail. J'ai traîné à droite et à gauche pendant quelques mois, ne sachant trop ce que je voulais faire. Après le stress continu de la guerre, le retour à la vie civile n'était pas évident. Alors, quand mon oncle m'a parlé de patrouilles frontalières, je me suis dit « Pourquoi pas ? »

— Et ça vous plaît ?

— J'aime travailler dehors, avoir sans cesse des choses différentes à faire. Je ne suis pas un fan du travail dans un bureau. Parfois, je me demande si je sers vraiment à quelque chose.

— Vous m'avez sauvée de ce serpent, lui fit-elle remarquer avec un sourire taquin.

— Si ça n'avait pas été moi, Randall s'en serait chargé.

Il croqua un morceau de sa pizza, le mâcha un moment et l'avala.

— Ou vous l'auriez tué vous-même. Vous êtes forte.

Ces mots la firent se sentir plus légère. Et plus grande.

— Vous ne pouviez pas me faire meilleur compliment.

— Eh bien, il vous en faut peu !

Il se fendit d'un large sourire, le blanc de ses dents éclatant sur sa peau mate.

— J'essaierai peut-être le truc avec d'autres femmes. J'avais tout faux en leur disant qu'elles étaient belles. Non que vous ne le soyez pas… Belle, je veux dire.

Le sourire d'Abby se figea.

— Toute ma vie, j'ai entendu les gens dire que j'étais belle. Et du jour au lendemain, c'était fini. Au moins, la force, ce n'est pas une qualité qu'on peut vous enlever facilement.

— Vous parlez comme si vous étiez horriblement défigurée. Ce n'est qu'une cicatrice. Même pas visible lorsque vous laissez retomber vos cheveux.

— Peut-être, mais je sais qu'elle est là, et je ne peux pas ne pas y penser. Ne croyez pas que je me lamente sur mon sort. Simplement, c'est devenu ma réalité.

— Pour ma part, je vous trouve belle. Il faut que vous le sachiez.

— Ce n'est pas ce que vous dites à toutes les autres ?

Il allait lui répondre lorsque son téléphone sonna. Posant sa part de pizza dans son assiette, il consulta le petit écran.

— C'est Randall, indiqua-t-il.

Puis il décrocha et mit le haut-parleur.

— Dance.

— Ça y est ? Abby et toi, vous êtes installés ?

Randall parlait d'un ton cordial.

— Oui, tout va bien. Quoi de neuf ?

— J'ai apporté ce crotale au bureau des rangers. L'un

d'eux est biologiste, spécialiste de la faune sauvage. Il m'a dit quelque chose d'intéressant.

— Vas-y. Abby et moi, on t'écoute.

— La bête que tu as tuée est un crotale diamantin de l'Ouest. Une espèce commune de crotale du désert, responsable de la plupart des décès par morsure aux Etats-Unis et au Mexique.

Abby croisa le regard de Michael par-dessus la table. Elle serra les bras sur sa taille, son appétit envolé.

— En quoi est-ce si intéressant ? demanda Michael.

— Il n'y a pas de crotales diamantins à cette altitude, répondit Randall. En fait, il n'y en a à aucune altitude au Colorado. Ceux que l'on trouve ici sont les crotales des prairies, plus petits et moins venimeux. Celui qui a fourré ce spécimen dans la boîte l'a importé soit du Sud, soit de l'Ouest.

Michael fronça les sourcils.

— Est-ce qu'on peut en acheter dans des animaleries ? Tu sais, celles qui vendent des pythons, des tarentules et autres charmantes créatures.

— Non, la vente de serpents venimeux est interdite. Celui-ci a vraisemblablement été capturé dans la nature, et conservé dans des buts inavouables.

— Il faut être malade, murmura Abby.

— On m'a parlé d'un dealer de Tucson qui gardait sa came dans un aquarium avec un serpent venimeux, dit Randall. Ça dissuade les voleurs.

Michael se renversa contre son dossier et étendit ses longues jambes devant lui.

— Bon. Que nous raconte-t-il, ce crotale ?

— Il nous raconte certaines choses sur les gens que nous cherchons.

— Ouaip. Que ce sont des tordus.

— Tordus, et prêts à tout pour protéger ce qui est à eux. Ou à le faire comprendre.

— Je vois. Merci pour l'information. A plus tard.

— Je te tiendrai au courant s'il y a du nouveau, promit Randall.

— OK. Merci.

Michael coupa la communication, puis rangea l'appareil dans sa housse de ceinture, à côté de ses autres accessoires.

— Pourquoi s'en prennent-ils à moi ? demanda Abby.

— Vous avez dû vous approcher trop près de quelque chose qu'ils tiennent à tout prix à dissimuler. D'abord le sniper. Ensuite le serpent…

— Qu'allons-nous faire ?

Il n'était pas question qu'elle reste là à se tourner les pouces, attendant qu'on la prenne de nouveau pour cible.

— Demain, je veux retourner là où nous avons trouvé le corps de cet homme et fouiller encore le secteur, annonça Michael.

— Je viens avec vous, décida Abby.

Il secoua la tête.

— Je sais que je vous ai dit que vous pouviez m'accompagner. Mais avec ce qui s'est passé…

— Je me suis déjà trouvée en situation dangereuse auparavant, répliqua-t-elle. Je veux venir. Je veux voir si nous pouvons aider Mariposa et son enfant.

Il marqua une pause, l'air songeur.

— Vous m'avez dit que j'étais forte, reprit-elle. Je ne vous retarderai pas, je ne me mettrai pas dans vos jambes. Et si ces gens sont aussi dangereux qu'ils semblent l'être, il n'est pas bon pour vous d'être seul. Je peux protéger vos arrières.

— Très bien. De toute façon, si je vous disais non, vous me suivriez quand même, n'est-ce pas ?

— Probablement.

— Au moins, comme ça, je peux vous avoir près de moi, sous bonne escorte.

Elle n'avait pas besoin de sa protection et voulut le lui signifier, mais se ravisa. Jusque-là, elle avait eu besoin de lui. L'idée n'était plus aussi insupportable. S'appuyer sur quelqu'un n'était peut-être pas une si mauvaise chose, finalement.

Si c'était la bonne personne…

7

Dûment sanglée sur le siège passager du Cruiser, Abby se faisait l'impression de partir en mission, comme celles qu'elle avait effectuées en Afghanistan. La nuit dans cette partie du Colorado était la même que là-bas. Profonde, non polluée par les lumières des habitations. La ville la plus proche, Montrose, n'était qu'un faible scintillement à l'horizon.

Tirant sur sa ceinture, Abby se pencha en avant et fouilla l'obscurité des yeux. Son cœur battait fort, et ses nerfs vibraient de la même méfiance que celle qu'elle éprouvait durant la guerre, à chacun de ses déplacements hors de sa base. Ils partaient souvent très tôt le matin, afin de profiter du couvert de la nuit. Mais leurs ennemis les imitaient, ce qui faisait de leurs expéditions un péril de chaque instant.

Les feux du 4x4 projetaient d'étroits cônes de lumière dans le noir, assez pour éclairer les arbres torturés, les protubérances rocheuses et la steppe de l'arrière-pays. A un moment, des yeux argentés les regardèrent. En s'approchant, ils découvrirent un coyote hypnotisé par la lumière de leurs phares, dont la silhouette se détachait sur fond de roche rougeâtre.

Abby frissonna et serra davantage sa veste sur elle. Même en été, l'air était vif à cette altitude sans le soleil pour prodiguer sa chaleur.

— Ça va ? s'enquit Michael.

— Ça va.

Glissant sa main dans sa poche, elle caressa le petit lapin de céramique. Peut-être était-ce puéril pour une femme adulte de croire aux pouvoirs d'un porte-bonheur, mais ce lapin l'avait aidée à affronter les moments difficiles depuis sa blessure et son retour à la vie civile. Elle n'était pas prête à s'en séparer.

Se penchant vers le tableau de bord, Michael poussa le chauffage.

— Si vous m'en disiez plus sur vos recherches ? lança-t-il. Que se passe-t-il une fois que vous êtes repartie, munie de vos plantes ?

— Je les apporte au laboratoire. Là, je prélève certaines de leurs composantes, et, après distillation, j'étudie leurs effets sur les cellules. Par exemple, si l'une d'elles provoque une inhibition de leur mutation, je sais qu'elle peut aider à lutter contre le cancer. Si une autre stimule la régénération des cellules nerveuses, ou permet aux nerfs de se créer de nouveaux chemins, je sais qu'elle trouvera sa place dans le traitement de maladies comme celle de Parkinson. Pour le moment, je dois resserrer ma recherche sur une possibilité unique, mais les perspectives d'avenir sont infinies.

— C'est fascinant de savoir que vous pouvez améliorer la vie de tant de gens. J'aimerais faire quelque chose de ce genre.

La note de regret dans sa voix était nettement perceptible.

— Vous protégez celle de nombreuses personnes, lui fit-elle remarquer. Vous sécurisez le parc pour les visiteurs, vous luttez contre le crime et les agressions…

— En théorie, répliqua-t-il. Parce que, jusqu'à présent, rien de ce que j'ai fait n'a amélioré la vie de quiconque.

— Et moi ? Vous avez oublié ? Je ne serais pas là dans cette voiture, sans vous…

Avançant le bras par-dessus la console, il prit sa main et la serra.

— C'est vrai. Et j'en suis heureux.

Il la garda un moment dans la sienne. Sa chaleur et sa fermeté se diffusèrent en elle. Mais elle ne pouvait laisser ses émotions occulter son bon sens. Michael Dance était un homme bien… qu'elle ne connaissait qu'à peine. Il n'était pas un chevalier en armure de lumière, et elle était tout sauf une princesse qui avait besoin d'être sauvée.

Elle libéra brusquement sa main et contempla, à travers le pare-brise, la bande grisâtre dans le ciel, à l'est.

— Le soleil va bientôt se lever.

Si sa soudaine froideur le surprit, il n'en montra rien.

— Vérifiez sur le GPS, dit-il. Nous devrions bientôt y être.

Elle approcha les yeux du GPS intégré au tableau de bord.

— Il reste trois kilomètres six cents.

— Je vais éteindre nos feux, annonça-t-il. Juste au cas où quelqu'un nous observerait de loin.

Il coupa les phares, et ils se retrouvèrent plongés dans une opacité déstabilisante.

Abby battit des paupières, désorientée.

Puis Michael pressa un bouton, et une vague lumière éclaira quelques centimètres de piste devant le Cruiser.

— Des feux furtifs, expliqua-t-il. Ils sont fixés sous le pare-chocs.

Elle se fendit d'un petit rire nerveux.

— Le nom est bien choisi.

Le 4x4 rampait littéralement dans le paysage. Ils avaient quitté la piste et suivaient une sorte de sentier d'animaux tout juste visible, peut-être même celui qu'Abby avait emprunté lorsqu'elle cherchait ses plantes.

Soudain, Michael écrasa la pédale de frein et Abby fut propulsée en avant, uniquement retenue par la sangle de la ceinture.

— Qu'y a-t-il ? s'alarma-t-elle.

— J'ai vu quelque chose bouger.

Il attendit un moment. Elle plissa les yeux, cherchant à repérer ce qui l'avait fait freiner. Malgré les premières traînées de rose dans le ciel, il faisait encore trop sombre pour distinguer quoi que ce soit.

— Là !

Michael désigna un endroit sur la gauche, devant eux. Levant le pied de la pédale de frein, il tourna le véhicule dans cette direction et ralluma ses feux. Un animal fila à toute vitesse, suivi de plusieurs autres.

— Des coyotes, dit Abby, soupirant de soulagement.

Le visage de Michael s'assombrit.

— Ils étaient en train de dévorer quelque chose. Nous ferions mieux d'aller voir.

— Pourquoi ? Ce n'est qu'une poignée de coyotes.

— Ce sont des charognards. Ils mangent tout ce qu'ils trouvent. Pour qu'ils soient aussi nombreux, le repas doit être copieux.

Abby eut un haut-le-cœur et ravala un goût de bile dans sa gorge.

— Comme un corps humain ?

Michael arrêta de nouveau le Cruiser et se tourna vers elle.

— Je dois vérifier. Vous pouvez rester ici.

— Il s'agit d'un clandestin, d'après vous ? Comme celui d'avant-hier ?

— Ce n'est pas nécessairement un être humain, répondit-il.

Il se remit en route à vitesse réduite.

— Mais vous pensez que ça peut en être un.

— Oui, mais pas forcément un clandestin.

— Qui, alors ?

— Une femme a été portée disparue dans le parc, il y a quelques jours. Du moins, sa voiture a été retrouvée abandonnée sur l'une des aires d'observation, mais il n'y avait aucune trace d'elle. C'est la nouvelle présentatrice du journal d'une chaîne télé de Denver, Lauren Starling.

Abby réfléchit un instant. Ce nom lui disait quelque chose, mais elle était incapable de lui associer un visage.

— Que diable faisait-elle par ici ?

Elle reporta son regard sur l'endroit où se trouvait la charogne. L'un des coyotes montait la garde, les yeux scintillants dans les feux du Cruiser.

— Elle a pu tomber sur quelque chose qu'il ne fallait pas, suggéra Michael.

Tout comme elle-même avait failli le faire.

— J'espère que non, marmonna-t-elle.

— Comme il est possible qu'elle n'ait rien à voir avec l'affaire qui nous occupe, ajouta-t-il. Certains voient le Parc du Gunnison comme un endroit idéal pour mettre fin à leurs jours.

— Se suicider ? Mais pourquoi un parc ?

— Je ne sais pas. Peut-être qu'ils pensent ainsi épargner à leur famille la tâche déplaisante de nettoyer derrière eux.

Il freina. Le dernier coyote s'éloigna en trottinant. Dans la lumière du véhicule, une forme brune se dessina sur le sol. Il y avait donc bien quelque chose, conclut Abby. De nouveau, son estomac regimba et elle serra les dents pour réprimer une vague de nausée.

Michael mit le levier de changement de vitesse au point mort, puis défit sa ceinture.

— Restez là, dit-il.

Elle n'eut pas besoin de se le faire répéter. Dès qu'il ouvrit la portière, une odeur putride la prit aux narines. L'odeur de la mort. Elle détourna la tête et regarda de l'autre côté. Mais, comme attirés par un aimant, ses yeux revinrent se poser sur Michael tandis qu'il marchait vers le cadavre. Il s'en approcha d'un pas prudent, les épaules raides, une main sur la crosse de son arme.

Puis il s'arrêta et se détendit nettement. Il s'accroupit, étudia un moment ce qu'il avait sous les yeux, puis se releva et regagna à grands pas le 4x4.

— C'est un daim. Il n'en reste pas assez pour savoir de quoi il est mort. Une balle de braconnier, à moins que les coyotes n'aient réussi à l'isoler de sa harde.

Abby s'affaissa dans son fauteuil, soudain toute molle.

— Un daim…, répéta-t-elle. J'ai eu si peur…

— J'aurais dû me contenter de vérifier et ne rien dire qui puisse vous bouleverser, marmonna Michael.

Il redémarra le Cruiser.

— J'aurais encore plus mal réagi si vous vous étiez fermé comme une huître et si vous aviez refusé de me dire quoi que ce soit, protesta Abby.

— J'ai pensé que vous étiez assez solide pour garder la tête froide. Dans votre situation, vu tout ce qui s'est passé, beaucoup de civils auraient flanché.

Depuis son arrivée au parc, elle avait buté sur un cadavre, essuyé les tirs d'un sniper et échappé à la morsure mortelle d'un crotale.

— Je ne vous dirai pas que je dors comme un bébé, mais ça va. Peut-être est-ce la même chose qu'à la guerre. Sur le moment, on fait ce qu'on a à faire sans réfléchir. C'est après qu'on craque.

Il lui jeta un regard de biais.

— J'espère que vous n'allez pas craquer.

— Rien ne peut m'ébranler, ironisa-t-elle.

Malgré quelques flash-back çà et là, elle se sentait en effet plus forte. Peut-être l'homme à ses côtés y était-il pour quelque chose…

Il sortit un calepin de la poche de sa chemise.

— Quelles sont les coordonnées GPS de cet endroit ?

Elle consulta l'écran et les lui donna.

— Pourquoi ? demanda-t-elle.

Il haussa les épaules.

— On ne sait jamais. Quelqu'un peut avoir besoin de les connaître. Il peut y avoir un pic de braconnage ces temps-ci, et toute info peut s'avérer utile.

— Et moi qui voyais les parcs nationaux comme des endroits tranquilles et sans danger…

— Pour la plupart des gens, c'est ce qu'ils sont.

A travers le pare-brise, elle scruta l'horizon qui se teintait des premières nuances de l'aube. La lumière grise lui permettait de distinguer de nombreux détails du paysage, les silhouettes des arbres, et les montagnes au loin.

— Nous ne sommes plus qu'à un kilomètre et demi de l'endroit où le sniper nous a tiré dessus, indiqua-t-elle.

— Je vais rééteindre mes feux. Il fait maintenant assez clair pour conduire, et si quelqu'un surveille les lieux, il aura plus de mal à nous voir.

Elle garda l'œil sur le GPS tandis qu'ils progressaient vers leur but.

Après quelques minutes, elle leva la main.

— C'est ici que je me suis garée pour explorer la zone où nous avons trouvé le corps, et où j'ai vu Mariposa.

— Et c'est là que le tireur nous a canardés.

Il passa en quatre roues motrices, puis quitta le sentier imprécis qu'ils avaient suivi jusque-là.

— Nous allons nous enfoncer un peu dans l'arrière-pays, annonça-t-il. Puis nous nous arrêterons pour une première inspection des lieux.

Elle serra le col de sa veste sur son cou.

— Que cherchons-nous exactement ?

— Tout ce qui semble bizarre. Ils utilisent sans doute des moyens de camouflage divers, mais un bâtiment est difficile à cacher. On va s'intéresser aux groupes d'arbres ou de rochers qui paraissent déplacés dans le paysage. Ces individus peuvent aussi avoir établi un camp dans une cuvette ou un canyon. Auquel cas il sera très difficile de les dénicher.

Michael tapota du doigt la console entre eux.

— Il y a ici une carte topographique. J'y ai relevé plusieurs endroits où ils pourraient être tentés de dissimuler une activité illicite. Il y a aussi une minitorche.

Abby sortit les deux et, dès qu'il arrêta le véhicule, déploya la carte plastifiée entre eux. A l'aide d'un feutre jaune fluo, il avait entouré un canyon en impasse, un arroyo et une petite zone boisée. Elle étudia les courbes de niveaux.

— Cet arroyo est le plus proche, dit-elle en posant le doigt dessus. Un ruisseau saisonnier coule à proximité. A cette période de l'année, il doit encore y avoir de l'eau provenant de la fonte des neiges. Si je devais installer un campement, c'est cet endroit que je choisirais.

— Allons y jeter un œil !

Elle lut les coordonnées GPS, et il y dirigea le Cruiser.

— Que faisons-nous si nous trouvons quelque chose ?

— Nous appelons des renforts. Il serait stupide d'y aller

seuls quand nous ne savons pas à combien de personnes nous avons affaire. Ce matin, nous ne sommes là que pour admirer le paysage.

— Heureuse de l'entendre…

— Mais vous auriez été prête à y aller rien qu'avec moi ?

Il l'étudia un moment, mais dans l'habitacle sombre du 4x4 elle ne pouvait lire son expression.

— Je suppose que j'ai confiance en vous, répliqua-t-elle. A tort ?

Après tout, il n'avait rien d'une tête brûlée ni d'un inconscient. Et il lui avait un jour sauvé la vie. Elle ne l'imaginait pas jeter tout cela aux orties.

— Vous pouvez avoir confiance en moi, déclara-t-il. Comme j'ai confiance en vous.

— Que voulez-vous dire ?

— En cas de pépin, je sais que vous protégerez mes arrières.

— Bien entendu.

Elle avait dit cela d'un ton détaché, mais ce qu'elle ressentait dans sa poitrine pesait une tonne. Même les soldats de son unité, en Afghanistan, auraient été très réticents à compter sur l'aide d'une femme. La haute opinion qu'il avait d'elle signifiait beaucoup. Plus qu'elle n'aurait su le dire.

— Qu'est-ce que c'est que ça ?

Il écrasa la pédale de frein et tendit le cou, les mains crispées sur le volant.

— Ça quoi ?

Elle ne voyait rien dans le gris brumeux devant eux.

— J'ai cru apercevoir une lumière.

Il éteignit les feux furtifs et l'éclairage du tableau de bord.

Elle observa le paysage, ensemble de formes indistinctes éclairées en contre-jour par les premiers rayons du soleil, sur leur gauche. Mais elle ne repéra pas la lumière qui lui avait fait stopper le véhicule.

Il ouvrit sa portière.

— Il vaut mieux y aller à pied. Restez près de moi.

Elle chargea son sac à dos et posa la main sur la masse

rassurante du pistolet, au niveau de sa hanche. Elle était de nouveau en patrouille, mais sans le lourd équipement militaire. Même après tout ce temps, l'absence de celui-ci la faisait se sentir vulnérable. Exposée.

Elle referma sa portière en silence, mais il était impossible d'avancer sur ce terrain rugueux sans faire crisser un caillou ou écraser une brindille. Le moindre bruit semblait aussi fort qu'un claquement de porte. L'ouïe, la vue, l'odorat, tous ses sens étaient exacerbés, et le léger vent sur ses joues paraissait plus froid.

Elle huma l'air, et saisit le bras de Michael.

— Stop.

Il s'arrêta.

— Qu'y a-t-il ?

— Vous ne sentez pas ?

Il renifla.

— Du bois brûlé.

— Un feu de camp, précisa-t-elle. Je crois que nous sommes tout près.

— Ça vient de quel côté, d'après vous ?

Elle se concentra, puis pointa le doigt à 13 heures.

— Par là.

Ils s'y dirigèrent lentement, à pas de loup. Le ciel était passé du gris à un rose délavé, puis au bleu. L'odeur de feu de bois se faisait plus forte, et s'accompagnait de celle de cuisson de maïs, ou peut-être de pain. Au bout de quelques mètres, ils furent assez proches pour distinguer des bruits de voix et de vaisselle.

Michael se mit à plat ventre et fit signe à Abby de l'imiter. Ils s'avancèrent en rampant sur les coudes et les genoux. Un caillou acéré s'enfonça dans l'avant-bras d'Abby et elle retint un cri. Au moins, là, n'avaient-ils pas à redouter les mines. Enfin, probablement. Elle rejeta aussitôt cette pensée. Des gens qui payaient un sniper, disposaient de tenues de camouflage et d'un armement militaire pouvaient fort bien se servir aussi de mines antipersonnel.

Elle était sur le point de s'en ouvrir à Michael lorsqu'il lui fit contourner un groupe de buissons. Soudain, un campement apparut, niché dans un arroyo assez profond pour bénéficier de l'écran des pins qui poussaient tout autour. Complétant le dispositif, d'épais branchages avaient été disposés entre eux pour former des sortes de barrières. Des filets de camouflage avaient même été tendus au-dessus des éléments d'habitation, rendant difficile une détection aérienne.

Le campement lui-même n'avait rien de spectaculaire. Quatre vieilles caravanes positionnées en demi-cercle autour d'un foyer en pierres, et trois tables pliantes en bois. Tendue sur des poteaux, une bâche brune offrait un toit de fortune à la douzaine de personnes qui y étaient installées, hommes et femmes, et qui prenaient un petit déjeuner de *tortillas* et de haricots.

Devant le feu, une femme s'activait à cuire d'autres *tortillas* sur une plaque de métal au-dessus des braises. Lorsqu'elle se retourna pour donner les minces galettes à une autre femme, Abby pinça le bras de Michael.

— C'est Mariposa, chuchota-t-elle.

Elle portait le même fichu que deux jours plus tôt, avec son bébé toujours niché à l'intérieur.

Michael se redressa, s'assit sur ses talons et fit signe à Abby qu'ils devaient partir. Elle se retourna à contrecœur. Elle aurait aimé parler à Mariposa, s'assurer qu'elle allait bien. Cependant, il avait raison. Rester là n'était pas sûr.

Mais alors qu'ils s'apprêtaient à quitter leur cachette pour gagner un espace ouvert, les feux d'un véhicule trouèrent l'obscurité. Michael poussa Abby dans les buissons, et ils s'y accroupirent, haletants. Un camion faisait route dans leur direction.

C'était un modèle à plate-forme bâchée, semblable à ceux utilisés par l'armée pour les transports de troupes. Il pénétra lentement dans le campement et s'arrêta près des tables pliantes.

Sans quitter le couvert des buissons, Abby et Michael rampèrent de nouveau vers le bord et observèrent l'activité en contrebas. Deux hommes armés de fusils descendirent du camion et s'adressèrent en espagnol aux hommes et aux femmes attablés. Malheureusement, Abby et Michael étaient trop loin pour pouvoir comprendre ce qu'ils disaient.

Soudain, tout s'anima. Les deux hommes intimèrent aux autres de charger les tables à l'arrière du camion. Un second arriva, puis un troisième. Un individu qui semblait être le chef, vêtu d'une chemise blanche et coiffé d'un panama, blanc lui aussi, ramassa un seau métallique et le lança à Mariposa. Elle lui dit quelque chose, l'air agité, mais il lui colla le seau entre les mains et la chassa d'une poussée. Elle se retourna et se dirigea vers l'extrémité du campement.

— Il lui a ordonné d'aller chercher de l'eau pour éteindre le feu, chuchota Michael. Apparemment, ils chargent tout leur matériel pour pouvoir lever le camp.

— Je vais me faufiler jusqu'au ruisseau pour voir si je peux lui parler et en savoir plus, décida Abby.

Avant qu'il ne puisse l'arrêter, elle était sur ses pieds et se dirigeait vers le ruisseau qui bruissait à vingt ou trente mètres de là. Elle se déplaça avec prudence, veillant à maintenir l'écran des buissons entre elle et l'activité du campement. Lorsqu'elle arriva à destination, Mariposa était accroupie sur la rive et plongeait le seau dans l'eau.

— Mariposa ! appela-t-elle doucement.

La jeune femme leva la tête, surprise. Le seau lui tomba des mains et roula sous un buisson.

— Ne fuyez pas, c'est moi.

Abby s'approcha pour qu'elle puisse la reconnaître.

Mariposa afficha une expression alarmée. Elle se mit à parler à voix basse, mais à toute vitesse, en espagnol. Le seul mot qu'Abby comprit fut *peligroso* — dangereux.

— Je veux vous aider, chuchota-t-elle.

Pourquoi ne se souvenait-elle pas du mot espagnol pour « aider » ? Faisant glisser son sac sur le sol devant elle, elle y chercha son téléphone. Si elle pouvait capter un signal, elle essaierait de trouver un site de traduction.

Mais les cris provenant du campement s'intensifièrent. Mariposa regarda par-dessus son épaule puis se leva, abandonnant son seau. Oubliant la recherche de son portable, Abby se leva également.

— Venez avec moi, dit-elle, la main tendue. Je peux vous aider.

Mariposa secoua la tête et se mit à reculer.

— *No*, répondit-elle, l'air paniqué.

— *Por favor*, insista Abby. S'il vous plaît.

La jeune femme tourna les yeux vers le campement. Les cris s'approchaient. Elle serra son bébé contre elle. Abby s'attendit à ce qu'elle tourne les talons et parte en courant, mais, au lieu de cela, elle dénoua le fichu et le lui fourra entre les bras, avec Angelique dedans. Puis elle virevolta et fila sans attendre en direction du campement.

Abby considéra, interdite, la petite masse chaude qu'elle tenait contre elle. Le bébé remua et se mit à geindre. Quelque chose venu du fond des âges gagna aussitôt Abby, un désir farouche de protéger cette fragile petite vie. La calant avec précaution contre son sein, elle se retourna pour rejoindre Michael.

Et se cogna presque à lui. Il l'entoura de ses bras solides pour l'empêcher de tomber, et ils demeurèrent figés ainsi plusieurs secondes, le bébé entre eux. Abby lutta contre une immense envie de s'abandonner à son étreinte, de puiser en lui énergie et réconfort.

— Que s'est-il passé ? demanda-t-il.

— J'ai vu Mariposa. Je lui ai parlé. Mais nous n'avons pas réussi à nous comprendre. Elle ne parle pas anglais, et je ne connais pas assez l'espagnol. Je crois qu'elle m'a dit qu'il était dangereux pour moi d'être là.

— Elle a raison. Il faut filer d'ici. Un nouveau camion est arrivé, et ils démontent tout le campement. Dès que nous serons revenus au Cruiser, je demanderai de l'aide par radio.

Il baissa les yeux sur le ballot dans ses bras.

— Qu'est-ce que c'est que ça ?

— Le bébé de Mariposa. Angelique.

Elle écarta les pans du fichu. La fillette leva vers eux un regard grave.

— Mariposa me l'a donnée avant de partir en courant. Je crois qu'elle me l'a confiée pour qu'elle soit en sécurité.

Mais Michael ne s'attarda pas sur l'enfant.

— Allons, pressons. Il faut partir.

Il enlaça les épaules d'Abby et la poussa doucement vers leur véhicule.

Ils n'avaient pas fait dix mètres qu'une file d'hommes et de camions se profila un peu plus loin devant eux. Michael jura entre ses dents.

— Je vais prendre le risque d'appeler du renfort.

Planqué tant bien que mal dans la végétation, il sortit d'abord sa radio. Puis son portable. Puis proféra un nouveau juron.

— La radio ne fonctionne pas à cette distance, et je ne reçois pas de signal sur mon portable. Essayez le vôtre.

L'estomac d'Abby se crispa.

— Il est dans mon sac à dos. Près du ruisseau. J'étais si préoccupée par le bébé…

— Je vais le chercher.

Alors qu'il repartait en sens inverse, un homme apparut soudain devant lui et braqua un fusil sur sa poitrine. Il portait une chemise blanche, un panama blanc, et son expression était tout sauf cordiale.

— Vous êtes au mauvais endroit, *amigo.*

8

— Fuyez, Abby ! cria Michael.

L'abandonner à cet homme qui le menaçait d'une arme était la dernière chose qu'elle voulait, mais son instinct lui commandait de protéger l'enfant. Aiguillonnée par l'urgence dans la voix de Michael, elle se retourna et prit la fuite, courbée sur son tendre fardeau, courant en zigzag, attendant les coups de feu qui allaient suivre assurément. Elle ne savait pas où elle allait, mais elle devait mettre le plus de distance possible entre elle et le campement. Elle se cacherait dans la végétation jusqu'à ce qu'elle soit sûre que personne ne la suivait.

Tout en courant, elle pria pour Michael, qu'il parvienne à s'échapper. Si seulement elle pouvait trouver un moyen de retourner l'aider sans mettre le bébé en danger…

Alors qu'elle se frayait un chemin entre les pierres et la broussaille, pas une fois la fillette ne pleura. Etait-elle déjà si habituée à la peur et à la fuite ?

Abby courut, courut, jusqu'à se retrouver hors d'haleine, luttant contre la douleur aiguë d'un point de côté. Angelique était plus lourde qu'elle ne l'avait cru.

Au bout d'un moment, elle fit un faux pas et craignit de la laisser tomber. Il fallait qu'elle s'arrête pour se reposer un peu. Elle avait besoin de s'orienter et de réfléchir.

Réfugiée derrière une excroissance rocheuse, elle laissa sa respiration revenir à la normale et les battements frénétiques de son cœur se calmer. La pierre avait gardé la fraîcheur de la nuit. Abby appuya le dos contre un gros roc, laissant sa surface froide l'apaiser et sécher sa sueur, l'oreille aux aguets. Aucun coup de feu n'avait retenti du côté du campement. Mais dans sa panique, y aurait-elle prêté attention ?

Sortant la tête de son abri, Abby risqua un coup d'œil. Apparemment, personne ne l'avait suivie. Si elle ne voyait plus le campement, les camions se profilaient encore en bordure de l'arroyo, avec de l'agitation tout autour. Elle regretta de ne pas avoir une paire de jumelles…

Il fallait qu'elle regagne le Cruiser. Michael y gardait certainement du matériel et des outils, peut-être même une radio de secours. Si elle réussissait à le faire démarrer, elle pourrait rejoindre le QG du parc et demander de l'aide.

Elle tenta de s'orienter. Le soleil levant se trouvait à leur gauche lorsqu'ils s'étaient garés, et ils avaient marché plein sud. Elle plissa les yeux dans la direction où devait se trouver le 4x4. En vain. Michael, se rappela-t-elle, avait tenu à le dissimuler au milieu d'un bosquet. Il ne lui restait plus qu'à remonter vers le nord et compter sur ses sens.

Avec la plus grande prudence, elle quitta son abri. Le soleil montait dans le ciel, et elle se sentait vulnérable comme jamais. Mais elle n'avait noté aucun signe de poursuite. Ni de Michael. L'homme au panama blanc l'avait-il tué ? Avait-il laissé son corps près du ruisseau ?

Elle chassa aussitôt cette pensée de son esprit. Elle devait se concentrer sur Angelique. Ouvrant les pans du fichu, elle contempla l'enfant. Celle-ci posa sur elle un regard solennel. Du petit doigt, elle caressa sa joue duveteuse. La fillette s'en saisit et le serra dans sa menotte.

Une vague d'émotion monta du plus profond de son être, cocktail d'amour, d'envie et d'un féroce désir de protection.

Oui, ma jolie, je ferai tout ce qui est en mon pouvoir pour assurer ta sécurité.

Restant sous le couvert des rochers et des arbres, elle se mit en route et suivit une trajectoire qui, espérait-elle, la mènerait jusqu'au 4x4 mais loin des hommes du campement. Tous les cinq ou six mètres, elle jetait un coup d'œil par-dessus son épaule, mais aucune alarme ne se déclencha — cris, coups de feu — indiquant qu'on l'avait repérée.

Lorsqu'elle fut certaine d'être hors de portée de vue et d'ouïe, elle accéléra le pas et poursuivit sa route à petites foulées, cahin-caha. Le soleil était de plus en plus haut dans le ciel, et la température avait grimpé. Elle regretta de ne pouvoir retourner au ruisseau prendre de l'eau. Si elle ne retrouvait pas le 4x4, la situation allait être problématique pour Angelique et pour elle.

Elle marqua une pause afin de reprendre son souffle et regarder autour d'elle. Toujours aucun signe du Cruiser. Or, elle aurait dû l'avoir atteint. Le campement n'était pas plus visible, ce qui la rendit nerveuse. Certes, elle voulait en être éloignée, mais elle ne tenait pas à tomber dessus par accident. Elle avait lu que lorsqu'ils avaient perdu leur piste en terrain sauvage, les gens avaient tendance à tourner en rond. Sans carte ni boussole pour s'orienter, elle risquait de faire la même chose.

Un mouvement furtif à l'orée de son champ de vision la fit s'immobiliser. Puis elle tourna lentement la tête. Oui. Quelque chose bougeait dans les buissons. Et il y avait une ombre là où il ne devait pas y en avoir.

Sa main se referma sur la crosse de son Sig Sauer, et elle contrôla son souffle. Elle ne tirerait qu'en cas de force majeure. Mais si la personne qui était là s'approchait trop… Serrant le bébé contre elle, elle sortit l'arme de son étui.

— Abby ! Abby, c'est moi !

L'homme qui bondissait vers elle était Michael. Elle fit deux pas vers lui. A première vue, il ne présentait aucune marque de blessure. Seuls le bébé dans ses bras et l'arme dans sa main l'empêchèrent de l'accueillir avec l'enthousiasme qu'elle ressentait.

— Comment avez-vous fait pour vous en sortir ? lui demanda-t-elle.

Ses épaules s'affaissèrent. Un fusil semi-automatique entre les mains, il haletait, cherchait sa respiration. Plusieurs secondes s'écoulèrent avant qu'il ne puisse parler. Elle en profita pour mieux l'étudier, mais il paraissait indemne.

Enfin, il redressa le dos.

— Lorsque je vous ai crié de fuir, ça l'a distrait et j'ai pu faire sauter son fusil d'un coup de pied. Nous avons lutté un moment, mais je suis parvenu à m'échapper.

Elle pointa son menton vers l'arme.

— Avec le fusil.

Il le souleva.

— Il doit fulminer de rage, mais je ne lui ai pas laissé le choix.

Elle scruta le paysage désolé par-dessus son épaule.

— Ils sont à nos trousses ?

— Je ne pense pas. En tout cas, plus maintenant. Ils semblaient impatients de filer d'ici.

Michael baissa les yeux sur la forme rebondie sous le fichu.

— Comment va-t-elle ?

— Bien. Elle est très calme. Je ne sais pas si c'est une bonne chose ou non.

Elle tira sur les pans pour la protéger du soleil.

— Je cherchais à rejoindre le Cruiser, expliqua-t-elle.

— Bien pensé. Je vais jeter un coup d'œil à leurs camions avant qu'ils ne partent, ajouta Michael en pivotant vers le campement.

Elle lui agrippa le bras.

— Attendez ! Vous ne pouvez pas retourner là-bas.

— Je veux prendre des photos avant leur départ. Les gens, les véhicules…

Il sortit son portable de sa housse de ceinture.

— Je ne capte peut-être pas de signal, mais le reste fonctionne.

— C'est trop dangereux, protesta-t-elle.

— Ils ne s'attendront pas à ce que je revienne. Vous pouvez m'attendre ici avec le bébé.

— Non. Je vous accompagne.

Qu'ils y aillent ensemble, armés l'un et l'autre, semblait une meilleure idée que de se séparer et constituer ainsi deux cibles distinctes. D'accord, il pensait que personne ne les traquait, mais comment pouvait-il en être certain ?

Il n'émit aucune objection.

Ils franchirent le ruisseau au-delà de l'arroyo, puis descendirent le long de sa berge vers le campement. Quelques instants plus tard, des claquements de portières et un bourdonnement de voix en espagnol leur parvinrent aux oreilles. Michael fit halte à une centaine de mètres et s'accroupit. Abby se blottit derrière lui, observant par-dessus son épaule ce qui se passait.

Les hommes armés de fusils montaient la garde, tandis qu'un groupe de Mexicains — elle compta six femmes parmi eux — s'insérait dans une caravane plus petite encore que celle qu'elle avait louée pour l'été. Quand tout le monde fut à l'intérieur, un gardien verrouilla la porte et glissa la clé dans sa poche.

— Que font-ils ? chuchota-t-elle à l'oreille de Michael.

— Je crois que les camions vont tracter les caravanes jusqu'à un autre site.

Pendant qu'il lui répondait, l'un des camions avait en effet reculé vers la caravane et l'accrochait à son dispositif de remorquage. Michael prit une série de photos à l'aide de son portable. De son côté, Abby chercha des yeux Mariposa, mais sans résultat. Etait-elle déjà enfermée dans l'une des caravanes bondées ?

L'homme au panama et à la chemise blanche, qui avait surgi devant eux près du ruisseau, supervisait les opérations. Equipé d'un nouveau fusil, qu'il tenait en travers de son torse, il aboyait ses ordres aux autres.

Au bout d'un quart d'heure, tout le campement avait disparu. Et après une inspection des lieux, l'homme sembla satisfait. Il grimpa dans le véhicule de tête, et les camions — au nombre de quatre — s'éloignèrent de l'arroyo avec leurs remorques. Deux prirent la direction de la route asphaltée, tandis que les deux autres s'engageaient dans l'arrière-pays.

Quand les véhicules furent trop loin pour être encore visibles, Michael sortit en rampant de leur cachette et se releva pour avoir une meilleure vue.

— Où vont-ils ? demanda Abby.

— Il y a plein d'anciennes pistes de ranchs et de chemins

ruraux dans le parc. Ils vont sans doute rejoindre la nationale en suivant un itinéraire de contournement. D'après moi, ils la quitteront à un moment ou un autre. Ils ne prendront pas le risque d'être remarqués sur la route principale par les rangers ou un membre de notre équipe.

— Et maintenant, que faisons-nous ?

— J'aimerais appeler quelqu'un pour qu'il passe l'endroit au peigne fin.

— Vous pensez qu'ils ont pu laisser des indices ?

En dehors de l'espace ouvert où se trouvaient le foyer et les tables pliantes, rien n'indiquait qu'une heure plus tôt il y avait encore un campement. Même les pierres utilisées pour le feu avaient été nettoyées et dispersées, et les traces de pas balayées à l'aide de branchages.

— On ne sait jamais, répondit-il.

Il considéra son téléphone.

— Toujours pas de signal.

— J'aurai peut-être plus de chance avec le mien, dit-elle. Maintenant qu'ils sont partis, je peux récupérer mon sac.

— Bonne idée. Où est-il ?

— Par ici.

Elle le précéda le long du ruisseau jusqu'à l'endroit où elle avait parlé à Mariposa, et détailla la rive.

— Je ne le vois pas. J'aurais pourtant juré l'avoir laissé ici.

— Il était bleu, n'est-ce pas ? demanda Michael.

Elle hocha la tête.

— Oui. Bleu roi. Il ne devrait pas être difficile à repérer.

Elle arpenta lentement la rive, scrutant l'eau, furetant sous les taillis, quand bien même elle l'avait posé en évidence. Michael l'aida dans sa recherche.

— L'un d'eux doit l'avoir vu et emporté, conclut-il. Vous aviez quoi dedans, excepté votre téléphone et le GPS ?

— De l'eau, de la nourriture, une trousse de premiers soins… Une couverture de survie, des chaussettes de rechange, un sifflet, une boussole, des allume-feu. Je crois que c'est tout.

— Ils n'ont rien laissé derrière eux, déclara-t-il en jetant un regard circulaire sur les lieux.

— Sauf ceci…

Plongeant la main sous un buisson, elle saisit l'anse du seau métallique que Mariposa avait apporté du campement.

— Mais je ne vois pas en quoi il peut nous être utile.

Michael retint aussitôt sa main.

— Ne le touchez pas. Il porte peut-être des empreintes qui nous permettront d'identifier l'une de ces personnes.

Elle recula d'un pas.

— On en fait quoi alors ?

— On le laisse sur place. Nos hommes viendront pour un ratissage complet. Ils l'emporteront à ce moment-là.

— Eh bien, dit-elle en soupirant. Il ne nous reste plus qu'à retrouver la route du quartier général.

Michael se redressa et scruta les alentours, comme pour étudier la géographie du secteur, les collines basses à distance, et les montages au-delà.

— Le Black Canyon se trouve dans quelle direction ?

Lorsqu'ils l'auraient trouvé, ils trouveraient aussi la route qui menait au QG.

— Je n'en sais rien.

Elle pivota lentement sur elle-même, fouillant le paysage des yeux à son tour.

— C'est le problème avec cet endroit. On ne voit pas le canyon depuis le sol. Ce n'est que lorsqu'il est juste sous notre nez qu'on sait qu'il est là. Bon, on décide quoi ?

— On se met à la recherche du Cruiser.

Cela convenait parfaitement à Abby.

— Je sais de quel côté nous l'avons laissé ! Tout ce que nous avons à faire, c'est de marcher… par là.

Elle pointa l'index vers une coupure dans les arbres qui bordaient l'arroyo, puis s'y dirigea d'un pas ferme. Michael la suivit.

Après vingt minutes de recherche et de retour sur leurs pas, ils durent se rendre à l'évidence : le 4x4 n'était plus là. Mais ils repérèrent son empreinte là où il avait été garé, et les traces d'autres véhicules passés à proximité.

— Que lui est-il arrivé ? s'étonna Abby.

— Ils l'ont volé. Une voiture ne disparaît pas comme ça. L'un de ces types doit être en train de le conduire.

— S'ils ont trouvé le Cruiser, ils savent que nous sommes en rade par ici, conclut-elle.

Il hocha la tête, la mine sombre.

— Ils vont sans doute envoyer quelqu'un pour nous retrouver. Il faut filer au plus vite.

Il sortit son téléphone et l'essaya de nouveau, toujours sans succès.

— Ce qu'il nous faudrait, c'est un endroit plus élevé…

Examinant le paysage autour d'eux, il désigna une petite butte.

— Là ! fit-il en s'y dirigeant.

Après avoir assuré la position d'Angelique et resserré le fichu, Abby entama l'ascension de la butte, priant pour qu'aucun tireur n'ait réglé son viseur sur elle. Elle était beaucoup trop exposée. N'importe qui pouvait les remarquer dans un rayon d'un kilomètre. Elle accéléra le pas, impatiente de trouver un bosquet d'arbres ou autre chose pour se cacher.

Arrivée en haut, elle plongea sous un pin et lutta pour retrouver sa respiration. Michael, qui l'avait devancée, tenait son téléphone en l'air.

— Je crois que c'est bon, lança-t-il. J'ai un signal.

Il se mit à marcher à reculons, l'œil rivé sur l'écran du portable, la radio dans son autre main.

— Nous y sommes presque !

Puis il disparut derrière la crête dans un fracas de chute de pierres.

Seul l'écho de son cri témoigna qu'il avait été là.

9

Michael se démena pour trouver une prise sur l'argile friable qui continuait à se détacher sous ses pieds et à glisser sous ses mains. Il lâcha le téléphone et la radio. Cette dernière voltigea dans l'air et disparut à sa vue. Le portable, lui, ricocha telle une pierre avant d'être avalé à son tour par le ravin. Lançant les pieds à droite et à gauche, Michael ne rencontra que du vide, et une image de son corps brisé sur les rochers, en contrebas, lui traversa l'esprit.

Affolé, il se projeta vers un pin dépenaillé, tout tordu, accroché à la paroi en à-pic. Ses doigts se refermèrent sur des aiguilles, mais de son autre main il parvint à agripper une branche. L'arbre plia, craqua, mais tint bon.

Michael demeura suspendu là un long moment, le souffle rauque, luttant pour ralentir son rythme cardiaque. Son pied gauche trouva un point d'appui dans la roche, suffisant pour supporter partiellement son poids, tandis que l'autre se collait à la paroi instable, lui imposant une position des plus inconfortables.

Il avait chuté de trois bons mètres, même s'il avait cru plus. Son instinct lui enjoignait d'appeler à l'aide, mais il se retint. Les hommes du campement n'étaient peut-être pas tous montés dans les camions. Et il ignorait qui était là-haut, à sa recherche… Ou à celle d'Abby et du bébé. Pour leur salut, il devait éviter de se faire remarquer.

Le visage d'Abby apparut tout à coup au-dessus de lui. Agenouillée au bord de la faille dans laquelle il était tombé, elle baissait les yeux dans sa direction, le front plissé par l'inquiétude.

— Que s'est-il passé ?

Elle n'avait pas crié, mais dans l'air pur sa voix était parfaitement claire.

— J'ai dû glisser. Quel idiot !

Sur un terrain aussi imprévisible, il aurait dû se montrer beaucoup plus prudent. Mais il était trop tard pour se morigéner.

— Vous pouvez remonter ?

Il avisa la paroi quasi verticale au-dessus de lui, couverte d'argile friable et de boue. Çà et là poussaient des touffes de graminées ou de fleurs sauvages. Inutile pour un individu de quatre-vingt-cinq kilos d'espérer s'y accrocher.

— Je suppose que vous n'avez pas de corde.

— Désolée. Pas même un bout de ficelle.

— Mouais. Je m'en doutais.

Déjà, ses bras commençaient à fatiguer. Il ne pouvait rester suspendu ainsi plus longtemps.

— Comment ça se passe, là-haut ?

— Angelique s'agite un peu. Je crois qu'elle a faim. Elle est ici, à côté de moi.

— Pas de signe de ces types ?

— Aucun. Comment puis-je vous aider ?

— Peut-être en disant une prière ?

Il se concentra sur une grosse touffe d'herbe, à environ soixante centimètres au-dessus de sa tête.

— Vous connaissez bien les espèces d'herbes locales ?

— Très bien, oui. Que voulez-vous savoir ?

— Leurs racines sont profondes ?

— Ça dépend. Certaines oui, pour trouver de l'eau même en période de sécheresse.

Elles lui sauveraient peut-être la vie. Il inspira à fond, s'étira autant qu'il le put et accrocha la touffe. Son pied gauche perdit son appui. Il en chercha un autre, collé au flanc du canyon, les joues maculées de boue, une odeur de sauge et de terre humide dans les narines.

Il progressa ainsi telle une araignée sur la paroi du ravin, s'aidant des doigts, des genoux, des pieds, attrapant les touffes d'herbe qui se présentaient. Centimètre par centimètre, il se hissa vers le haut, les muscles brûlants, luttant pour ne pas paniquer. Chaque fois qu'il osait lever la tête, le visage d'Abby apparaissait, pâle sur le genévrier et le bleu dur du ciel. Un pouce fiché entre les dents, elle ne le quittait pas des yeux.

Elle lui donnait du courage. Un but à atteindre. Une raison encore plus grande de ne pas flancher. La petite et elle dépendaient de lui pour sortir de là, et retrouver la sécurité. Abandonner n'était pas une option.

Son ascension dura probablement une quinzaine de minutes, mais lui parut infiniment plus longue.

Lorsque enfin il eut franchi le sommet, il s'allongea à plat ventre sur le sol, à bout de forces, tout le corps douloureux.

Abby posa une main sur son dos, et la douceur de ce poids le rattacha aussi bien à la Terre qu'à elle.

— Est-ce que ça va ?

Il se redressa sur les coudes.

— Nous avons de l'eau ?

— Non, répondit-elle.

Bien sûr qu'ils n'en avaient pas. Ils n'avaient non plus ni portable, ni radio, ni GPS. Ils avaient deux pistolets, la barre énergétique qu'il gardait dans sa veste, ses éternels caramels, et ce qu'Abby pouvait avoir dans ses poches. Ils avaient aussi un bébé, qu'il allait falloir nourrir, et une idée très floue de l'endroit où ils se trouvaient.

Il se mit en position assise et, à l'aide de son bandana, élimina le plus de boue possible de son visage et de ses mains. Angelique se mit à pleurnicher. Abby la prit dans ses bras et la berça. Il l'étudia en catimini. Sa tête était penchée sur l'enfant, et ses cheveux blonds lui retombaient devant les yeux, lui cachant presque tout le visage. Elle faisait penser à une madone. La plus belle de toutes…

Le souvenir de sa main sur son dos continuait à flotter dans son esprit, mais il le chassa. Il devait se concentrer sur le moyen de retrouver le chemin du quartier général.

— Vous savez où nous sommes ? demanda-t-il.

Elle releva vivement la tête.

— Pourquoi ? Vous non ?

L'envie le saisit de faire le matamore et de lui mentir, mais il s'en abstint. En général, les mensonges n'apportaient que des problèmes. Il secoua la tête.

— Nous sommes arrivés de nuit, je ne pourrais donc pas me repérer à des détails du paysage. J'ai fait l'erreur de me reposer sur le GPS.

Il se releva et promena son regard autour d'eux, à la recherche d'un groupe de rochers, d'un bouquet d'arbres sortant du lot.

Abby s'approcha dans son dos et regarda par-dessus son épaule, son corps touchant le sien. Sa chaleur se propagea en lui.

— Alors, que fait-on ?

Son souffle lui chatouillait la nuque et soulevait ses cheveux. Une onde électrique le traversa de haut en bas.

— Toutes les suggestions sont les bienvenues.

Abby appuya le bébé contre son épaule et le berça.

— Il faut trouver de la nourriture pour la petite, dit-elle. Mais l'eau est une priorité.

— Le ruisseau ? suggéra-t-il. J'ignore à quel point son eau est potable, mais c'est un début.

L'intérieur de sa bouche lui semblait sec comme du carton. Il ne pouvait laisser la déshydratation lui obscurcir les idées.

— OK, fit-elle. Nous retournons au ruisseau chercher de l'eau. Et ensuite ?

— Ensuite, nous allons nous asseoir et attendre.

— Attendre quoi ?

— Que les rangers nous retrouvent. Ou que ceux qui dirigent le campement reviennent.

— Vous croyez vraiment qu'ils le feront ?

— Ils savent que nous sommes toujours ici. Sans véhicule, nous ne pouvons pas aller bien loin. S'ils sont au courant pour le bébé, ils devineront que cela nous ralentit, même si nous avons une destination précise. Alors oui, je pense qu'ils reviendront. Nous sommes un problème qu'ils n'auront de cesse d'éliminer. Le truc, c'est de nous occuper d'eux les premiers.

Il tendit le bras derrière lui et saisit la main d'Abby.

Les jambes lourdes, Abby suivit Michael vers le ruisseau et l'ancien campement. Elle n'avait pas bien dormi la nuit précédente. L'image du crotale vivant, prêt à frapper, s'imprimait à l'intérieur de ses paupières chaque fois qu'elle les fermait. Cela, jusqu'à 4 heures du matin. Puis la tension, l'afflux d'adrénaline dû aux événements de la journée, le terrain couvert pendant leurs pérégrinations, avaient prélevé leur tribut. Elle était épuisée, et le bébé dans ses bras pesait autant qu'une boule de bowling.

Mais elle n'avait d'autre choix que d'avancer. Rebrousser chemin pour risquer de tomber sur des gens qui voulaient leur mort était au mieux téméraire, au pire suicidaire. D'un autre côté, ce déplacement n'était pas idiot.

Tous les manuels de survie, se rappela-t-elle, mettent l'accent sur la nécessité de rester à un même endroit quand on est perdu. En plus de gaspiller une énergie précieuse, errer au hasard ne fait que compliquer les recherches.

En demeurant près du campement, au moins auraient-ils de l'eau, ce dont ils avaient un besoin urgent, surtout Angelique.

Michael la regarda par-dessus son épaule.

— Comment ça va ?

— Je m'accroche.

— Et la petite ?

— Elle semble aimer le mouvement.

Abby baissa les yeux et sourit. Le bébé s'était rendormi.

— Elle a dû souvent se déplacer avec sa mère.

Michael acquiesça.

— Apparemment, Mariposa était en charge de la cuisine aujourd'hui. Elle a dû passer beaucoup de temps debout, à aller chercher de l'eau, faire le ménage, préparer les plats.

— D'après vous, que faisaient les autres, ceux que nous avons vu manger ?

— Ils cultivaient de la marijuana ou fabriquaient de la méthamphétamine. Mais je n'ai remarqué aucune trace de cette activité près de la caravane, ni senti aucune odeur spécifique. Alors je pencherais pour la marijuana.

— Ils sont ici volontairement ?

— C'est peu probable. Je suppose qu'ils ont traversé la frontière pour trouver du travail, mais une fois sur le territoire américain, ils ont été faits prisonniers.

— C'est de l'esclavage !

— On peut dire ça comme ça.

— Seigneur. Au XXIe siècle ! De telles choses ne devraient pas exister aujourd'hui aux Etats-Unis.

— C'est plus fréquent que ce que croient les gens. Plus, même, que les estimations du ministère de la Justice, selon lesquelles dix-sept mille personnes sont amenées chaque année sur le territoire national par les cartels de la drogue. Elles sont forcées à travailler dans des laboratoires ou des fermes, ou aux tâches domestiques. Plus de quatre-vingts pour cent des victimes de ce trafic deviennent des esclaves sexuels. La majorité sont des immigrés, mais l'on trouve aussi de jeunes américains, des adolescents fugueurs, des sans domicile.

— C'est effroyable.

— En effet.

Il reporta son attention sur l'endroit où s'était trouvé le campement.

— Si ces gens sont mouillés dans ce genre de pratiques, je veux les arrêter.

— Moi aussi, déclara Abby. Mais nous devons d'abord emmener Angelique à l'abri. Il faudra bientôt qu'elle mange, et elle aura besoin d'être changée.

Ce qu'ils ne pouvaient lui offrir au milieu de nulle part, ajouta Abby pour elle-même. Son inquiétude était telle qu'elle lui brûlait l'estomac.

— D'après vous, combien de temps faudra-t-il pour que votre équipe se rende compte de notre disparition ?

Il leva les yeux vers le ciel, d'un magnifique turquoise.

— Je suis censé être de retour dans quelques heures.

Et il s'en écoulerait plusieurs autres avant qu'ils ne commencent vraiment à se faire du mouron pour eux, songea Abby. Après tout, leur projet avait été de passer la journée dans l'arrière-pays, où il n'était pas rare de se retrouver sans signal, tant radio que cellulaire.

Elle transféra le bébé à son autre épaule. Il ne leur restait plus qu'à trouver un endroit où se poser.

Il y avait une centaine de mètres de steppe à traverser pour atteindre la première zone d'arbres, qui courait le long de l'arroyo jusqu'au ruisseau. L'arroyo lui-même commençait comme une simple dépression, pour s'approfondir peu à peu et devenir la faille secondaire dite « de drainage », dans laquelle Michael était tombé. Ce minicanyon n'était profond que d'une quinzaine de mètres, une broutille à côté des huit cent vingt du Black Canyon en son point le plus bas.

Michael sortit son arme. Au moins ne l'avait-il pas perdue dans sa chute.

— Prête pour un petit sprint ? demanda-t-il. Juste pour le cas où nous serions attendus.

— Vous pensez vraiment qu'ils auraient laissé quelqu'un pour nous ?

— Je n'en sais rien. Mais mieux vaut ne prendre aucun risque.

Abby opina du chef.

— OK. Que voulez-vous que je fasse ?

— Courez aussi vite que vous le pouvez jusqu'à ce bosquet là-bas, près des rochers.

Il lui indiqua un groupe de chênes aux troncs sinueux.

— Je vous couvrirai. Ensuite, vous ferez de même pour moi.

Elle étudia l'espace découvert, avec sa maigre végétation et son sol rocailleux.

— Très bien.

Serrant l'enfant contre son sein, elle s'élança d'un seul coup.

Tandis qu'elle zigzaguait pour éviter d'éventuelles balles, ses pieds soulevaient de petits nuages de poussière. Quelques secondes plus tard, elle était à l'abri. Personne n'avait tiré.

Aussi, elle sortit son Sig Sauer et hocha la tête en direction de Michael pour lui donner le feu vert.

Il jaillit aussitôt à longues foulées sur le terrain à découvert, les jambes agissant comme des pistons, les bras en balancier, tel un athlète olympique. En un rien de temps, il couvrit la distance. A son arrivée, il se jeta au sol à côté d'elle, à bout de souffle, incapable de parler.

— Hey ! lâcha-t-elle, admirative. Vous avez fait de la compétition ?

Il hocha la tête.

— Au lycée…

Il s'essuya la bouche.

— Il y a longtemps.

— Moi, je n'ai jamais aimé courir, confia-t-elle. Ces exercices étaient pour moi la pire partie de l'entraînement de base.

— J'ai encore du mal à m'imaginer une reine de beauté crapahutant en treillis et rangers.

Elle grimaça.

— Je n'ai dit à personne que j'en étais une. En fait, j'ai essayé de me rendre aussi terne que possible. Pas de maquillage, et les cheveux tirés en queue-de-cheval.

— Sans succès, j'en suis sûr. Personne… Aucun homme doté d'une vue normale ne peut vous trouver un physique ordinaire.

Il se releva.

— Prête à continuer ? s'enquit-il en lui tendant sa main.

Elle la saisit, mais, une fois debout, la garda quelques instants dans la sienne. Leurs regards se croisèrent. Elle lui offrit un timide sourire, puis se retourna et se dirigea vers le ruisseau.

L'eau était très fraîche.

Michael s'accroupit pour se désaltérer, mouillant le bas de ses manches et le devant de sa chemise.

Abby en profita pour se promener sur la rive et examiner le sol autour d'elle.

Il redressa la tête et la regarda.

— Que cherchez-vous ?

— Ça.

Elle lui montra une boîte de conserve presque neuve dénichée sous un arbre. Elle l'avait remarquée plus tôt, mais l'avait classée dans la catégorie des déchets. D'après son étiquette, elle avait contenu du maïs.

— Nous pouvons faire du feu et bouillir de l'eau pour Angelique. Nos estomacs peuvent supporter les bactéries que ce ruisseau est susceptible de contenir, mais c'est plus risqué pour elle.

— Bonne idée.

Il se releva et désigna du doigt un endroit de la rive où affleurait un rocher de granit ocre rouge.

— Installons-nous là. Nous y serons relativement protégés du soleil et du vent, et si quelqu'un s'approche de l'ancien campement de ce côté-là, nous le verrons.

Il la précéda vers un pin isolé qui semblait avoir pris racine dans la roche. L'arbre penchait à quarante-cinq degrés, et ses branches se déployaient comme des bras, jetant leur ombre sur le rocher plat.

Michael ramassa des poignées d'aiguilles et des morceaux d'écorce en guise de petit bois.

— J'avais des allume-feu et des allumettes dans mon sac, pesta Abby.

— Voyez s'il n'y a pas un morceau de verre quelque part. Sinon, je peux faire un feu à partir de deux bouts de bois. Ça prend une éternité, mais ça marche.

Après avoir rincé la boîte dans le ruisseau, elle l'emplit d'eau. Tout en en buvant une longue rasade, elle étudia les plantes qui poussaient dans ou près de l'eau.

Dix minutes plus tard, elle revenait vers le campement avec un sentiment de victoire.

— Que signifie ce sourire ? demanda Michael.

— J'ai trouvé un beau morceau de verre, annonça-t-elle

en présentant ce qui ressemblait à un fond de bocal. Ainsi que ceci…

Elle ouvrit son foulard et étala sa récolte.

Il prit le tesson, puis étudia les plantes.

— Qu'est-ce que c'est que tout ça ?

— De la laitue, du cresson, de la moutarde, de l'oignon sauvages et quelques pignons de pin, répondit-elle en les désignant l'un après l'autre. De quoi nous faire une salade pour le déjeuner.

— Si vous le dites.

— Mais je m'occupe d'abord du bébé.

Se servant du morceau de verre comme d'une loupe, Michael fit rapidement rougeoyer son petit bois, puis les premières flammes surgirent. Il alimenta le feu avec des brindilles d'abord, et en dernier lieu avec du bois mort ramassé dans le campement.

Après avoir disposé trois pierres en triangle, Abby posa dessus la boîte remplie d'eau aux deux tiers. Lorsque celle-ci se mit à bouillir, elle ôta le récipient à l'aide de sa manche et le posa de côté.

— Vous avez toujours vos Life Savers ?

— Bien sûr, répondit-il.

Il puisa le paquet dans sa poche.

— Donnez-m'en deux.

Il lui remit les caramels, et elle les fit tomber dans l'eau brûlante.

— Cela fera une eau sucrée et aromatisée pour Angelique.

— Astucieux, commenta Michael.

— Le sucre lui donnera un peu d'énergie, ajouta-t-elle.

— Et le goût du caramel l'incitera à boire.

Pendant que la boisson du bébé refroidissait, Abby entreprit de détacher les feuilles de leurs tiges, puis de nettoyer avec soin les diverses racines.

Michael s'approcha.

— C'est vraiment comestible ?

— Absolument. Toute la verdure que nous consommons dans nos repas poussait à l'origine à l'état sauvage. Les gens pensent que cette région est un désert, mais on y trouve de nombreuses espèces végétales comestibles, si l'on sait quoi chercher.

— Que puis-je faire pour me rendre utile ?

Il lui avait déjà été d'un grand secours en l'aidant à rester calme et en faisant du feu. Par sa solidité et ses compétences, sa simple présence la rassurait.

— Tenez-moi compagnie pensant que je travaille. Dites-moi, vous avez été scout dans votre enfance ?

— Oui. Et nous campions beaucoup en famille. En été, presque chaque week-end, nous chargions une tente, des sacs de couchage et une glacière dans la voiture, et nous partions en forêt. Nous faisions de la randonnée, de la pêche, et nous dégustions des marshmallows grillés autour d'un feu de camp.

— Et vous aimiez ça…

— Et comment ! Pendant deux jours, ma sœur et moi, nous avions nos parents pour nous tout seuls. Nous courions partout, nous mangions des hot-dogs et tout le monde se fichait que l'on soit sales ! C'était génial.

Ses lèvres s'étirèrent en un sourire nostalgique.

— Ces sorties ont fait de moi un amoureux de la vie au grand air. C'est sans doute la raison pour laquelle j'aime ce travail.

— Vous n'avez pas eu peur d'atterrir dans un bureau à faire de la paperasserie ?

— De la paperasserie, il y en a dans tous les métiers. Mais, dès le début, j'ai demandé des postes qui me permettaient d'être le plus possible à l'extérieur. S'il n'y avait pas le crime organisé et les voyous, ce serait le job idéal. Et vous ? Vous avez été scout ?

Elle secoua la tête.

— Oh non ! Ma mère n'aurait jamais passé une nuit dehors, même avec un couteau sous la gorge. Mes week-ends se résumaient aux récitals de chant, aux salons de beauté et aux cours de mannequinat.

— L'entraînement militaire a dû être un sacré choc.

— Oui… et non.

De son petit doigt, elle vérifia la température de l'eau. Encore trop chaude.

— Au lycée, je me suis inscrite au club de randonnée. J'y ai rencontré une nouvelle sorte de jeunes. Ceux qui aimaient camper, découvrir la nature et passer du temps dehors.

— Ils vous ont acceptée facilement ?

— Au début, ils étaient méfiants. Mais quand ils ont commencé à me connaître, ils m'ont adoptée. J'ai découvert combien j'aimais les forêts et les bois. Deux de mes amis du club sont entrés à l'armée juste après le lycée. Plus tard, quand je cherchais quoi faire de ma vie, je me suis souvenue d'eux et je me suis dit : pourquoi pas moi ?

S'adossant au tronc du pin, elle dénoua son foulard et s'en servit pour emmailloter Angelique. Celle-ci s'agita et se mit à pleurer.

— Je sais, mon ange. Tu as faim, n'est-ce pas ?

Elle mouilla son doigt dans l'eau de la boîte et le porta aux lèvres de la fillette.

— Voyons si tu trouves ça à ton goût.

La petite bouche lui happa le doigt. Abby en eut un pincement immédiat dans les entrailles. Elle répéta le geste et lui en glissa de nouveau dans la bouche.

— On dirait que ça lui plaît.

Michael s'était encore rapproché et les observait toutes les deux de son regard intense.

— Au moins cela la maintiendra hydratée, commenta Abby. Cela dit, j'espère que quelqu'un viendra bientôt.

— Il nous faudra peut-être passer la nuit ici, annonça Michael. Mais je sais que demain ils nous trouveront.

L'idée de passer une nuit à la belle étoile, sans couverture ni lait pour bébé, ne faisait pas frémir Abby d'excitation. Mais se lamenter n'allait rien changer. Pour le moment, Angelique semblait contente, et c'était tout ce qui importait.

— A votre avis, pourquoi Mariposa vous l'a donnée ? reprit Michael.

Abby avait eu tout le temps d'y réfléchir.

— La seule raison que je vois pour qu'une mère abandonne son bébé à une étrangère, c'est parce qu'elle pense qu'il sera plus en sûreté avec elle.

Et Mariposa devait être vraiment désespérée pour lui avoir ainsi confié Angelique.

— Pourquoi elle ne vous l'a pas donnée le premier jour, quand vous vous êtes rencontrées ?

— Je suppose qu'entre-temps, elle aura appris quelque chose qui lui a fait craindre pour sa propre sécurité ou celle de son enfant. Mais ce n'est qu'une hypothèse.

— Le déménagement au pied levé de ces gens n'a peut-être rien à voir avec notre découverte du corps de cet homme, avança Michael. Il peut y avoir autre chose…

— Comme quoi ?

— Je l'ignore. Mais, de toute évidence, Mariposa a pensé que son bébé était en danger.

Que quelqu'un veuille s'en prendre à ce petit être innocent plongea Abby dans une sourde colère qui effaça un peu de son inquiétude.

— Je veux trouver qui est derrière tout ça et m'assurer qu'il soit puni, déclara-t-elle avec fermeté.

— Moi aussi, renchérit Michael. Moi aussi.

Sortant son portable, il afficha les photos qu'il avait prises plus tôt, au campement.

— Vous avez remarqué quelque chose d'utile ? questionna Abby.

Il plissa les yeux sur les clichés des camions alignés, prêts à partir.

— Je ne parviens pas à lire les plaques d'immatriculation. Ils ont dû les barbouiller de boue.

— Qui est cet homme avec qui vous vous êtes battu ? Vous avez une idée ?

Il secoua la tête.

— Mariposa l'a appelé *El Jefe*. Le Chef. Je suppose donc que c'est le patron. Du moins à ce niveau.

— Vous voulez dire qu'il y aurait quelqu'un au-dessus de lui ? Quelqu'un de plus puissant qui dirige tout ?

— Probablement. Et qui ne veut pas se salir les mains en traitant directement avec le personnel. Sachant que nous nous rapprochions, c'est sans doute lui qui a donné l'ordre de déménager le campement.

— Pourquoi ils ne sont pas partis hier, après que le sniper nous a tiré dessus ?

— Je n'en sais rien. Peut-être qu'ils attendaient la permission. Ou que les camions soient là.

— Ils ont quand même eu le temps de me faire cadeau de ce crotale !

— Rien ne prouve que les deux événements sont liés. Nous n'en savons rien.

Elle s'adossa de nouveau au tronc, le bébé niché contre son épaule.

— A part eux, je ne connais personne qui me haïsse assez pour m'envoyer un serpent mortel.

— Pas d'amant éconduit, d'ex-petit ami aigri ?

Il avait dit cela d'un ton ironique, mais une certaine tension se lisait sur son visage tandis qu'il attendait la réponse.

— Non. Depuis mon engagement dans l'armée, je n'ai eu aucun homme. Quant à mes relations avant, aucune n'était sérieuse. Et, s'il vous plaît, épargnez-moi les réflexions convenues du genre « une jolie femme comme vous » ou « vous avez tant à offrir ». J'en ai eu ma dose avec mes parents. J'étais trop prise, d'abord par ma rééducation, puis par mes études, pour me soucier d'avoir un petit ami.

— Je n'ai rien dit ! protesta-t-il.

Elle enchaîna.

— Et vous ? Avez-vous une femme qui vous attend à la maison ?

C'était son tour de retenir son souffle, d'être impatiente de connaître sa réponse.

— Non. Personne ne m'attend. En fait, je n'ai jamais été un séducteur, même si j'ai toujours eu des amies du sexe opposé.

Ma dernière relation sérieuse remonte à plusieurs années. C'est elle qui a rompu, sous prétexte que j'étais trop entier. Je n'ai pas bien compris ce qu'elle entendait par-là.

Oui, il pouvait se montrer entier, songea Abby. C'était un aspect de sa personnalité qui l'attirait et la rebutait à la fois.

— Je crois que vous êtes le genre d'homme qui n'est jamais dans la demi-mesure. Vous vous investissez totalement, qu'il s'agisse d'un job ou d'une relation féminine. Si l'autre n'est pas prêt à un tel engagement, ça peut en effet être difficile à vivre, voire faire peur.

— Vous avez peur de moi ?

Elle soutint son regard sans ciller. Il avait été honnête avec elle, c'était son tour de l'être.

— Non, je n'ai pas peur de vous, Michael. Mais la peur ne provient pas toujours, ni même généralement, des autres. La plupart du temps, ce qui nous fait peur est au fond de nous. Nos croyances, nos émotions…

— Je suis heureux que vous n'ayez pas peur de moi. Je surveille vos arrières, vous vous rappelez ?

Elle esquissa un sourire.

— Ouaip. Je me rappelle.

10

Michael plongea son regard dans celui d'Abby. Quelle était cette peur qu'elle venait d'évoquer ? Et comment pouvait-il l'aider à s'en libérer ?

Il aurait aimé le découvrir, mais Abby semblait menacer de se refermer totalement s'il franchissait une certaine barrière. De même qu'avec le voile de cheveux blonds dont elle se servait pour dissimuler sa cicatrice, elle plaçait un écran entre elle et les autres.

Angelique geignit, brisant la magie de l'instant.

Abby reporta son attention sur la fillette. Et Michael réprima un soupir de frustration.

— J'ai besoin de votre bandana, dit-elle. Mon foulard est trempé.

Il le lui donna. Elle le plia de sorte à le transformer en une couche de fortune, puis lui tendit celle qui était mouillée.

— Vous voulez bien laver ça dans le ruisseau ?

Il fit la grimace, mais se plia à ce qu'elle lui demandait. Laver des couches souillées ne figurait pas dans sa liste des contraintes professionnelles, mais les petites tâches domestiques avaient quelque chose de normal, d'apaisant. D'accord, il était perdu dans un territoire sauvage avec peut-être un tueur à leurs trousses, mais son devoir était clair : protéger la femme et l'enfant, et tout faire pour qu'elles soient de nouveau en sécurité.

El Jefe allait revenir. Tout, dans son attitude et ses gestes, indiquait qu'il n'était pas le genre à faire fi d'une menace. Depuis des semaines, il jouait à cache-cache avec les rangers. L'urgence du déménagement de son campement l'avait peut-être forcé à différer le moment de la traque. Mais il ne laisserait pas en vie deux témoins de ses activités. En volant le Cruiser, il les avait immobilisés et avait l'assurance qu'ils étaient toujours dans le secteur.

Mais tant qu'il le verrait le premier, se jura Michael, ils n'auraient rien à craindre, il y veillerait.

En dehors de cela, Abby était d'un grand secours. Grâce à elle, ils ne mourraient pas de faim. Les racines et les feuilles ne valaient pas un bon hamburger-frites, mais son estomac qui gargouillait se réjouirait de tout ce qu'elle lui donnerait. Par ailleurs, sa compagnie agissait sur lui comme un calmant et le confortait dans l'idée qu'ils allaient s'en sortir sans grand dommage. Elle était inquiète, certes, mais elle ne paniquait pas. Celui qui la prendrait pour une blonde sans cervelle ferait une grave erreur.

Lorsqu'il la rejoignit, elle se redressa brusquement et sa main se referma sur ses cuisses.

— Que cachez-vous ? demanda-t-il en désignant du menton son poing serré.

Elle rougit.

— Rien.

Il accrocha la « couche » à une branche pour la faire sécher.

— Je ne vous crois pas. Qu'est-ce que c'est ?

Elle détourna les yeux.

— J'ai bien ouvert l'œil, dit-elle, mais je n'ai remarqué aucun signe de véhicule venant dans cette direction.

OK. Message reçu. Elle ne voulait pas parler de ce qu'elle cachait dans sa main.

Il acquiesça.

— De toute façon, la poussière que soulèverait un 4x4 ou une voiture se verrait de loin.

— Nous sommes à combien de la route ? questionna-t-elle.

— Sept ou huit kilomètres, je dirais. Peut-être un peu plus.

— Tous ces gens, où les ont-ils emmenés d'après vous ?

— Vers un autre site dans le parc, ou alors carrément à Denver. Comment savoir ?

— Quelle vie misérable.

Angelique s'était endormie. Abby arrangea le fichu pour mieux protéger son visage du soleil.

— Qui est derrière tout ça ?

Il prit place à côté d'elle, les jambes repliées, les poignets reposant sur ses genoux.

— Nous ne le savons pas non plus. Les rumeurs parlent de cartels mexicains de la drogue, mais si c'est le cas, il leur faut un contact local. Un allié qui puisse leur déblayer la route.

— Qui ?

— C'est une des choses que nous essayons de découvrir. Quelqu'un de très riche, cela va de soi. Et de puissant. Une personne qui se croit au-dessus des lois.

— Vous avez une idée de son identité ?

— Oui. Mais nous ne pouvons rien prouver.

Même si l'intuition jouait en général un grand rôle dans l'avancement d'une enquête, il leur fallait des éléments concrets pour aller en justice.

— Dites-le-moi. Ce n'est pas comme si je pouvais le répéter à quelqu'un.

— Avez-vous entendu parler d'un certain Richard Prentice ?

— Non. Il faut dire que je suis tellement accaparée par mes cours que j'écoute peu les infos.

— C'est un milliardaire qui possède des terres à l'entrée du parc.

— La propriété avec de hauts piliers de pierre et une grille en fer forgé ?

— C'est bien cela. Il a gagné beaucoup d'argent en achetant des espaces sauvages historiques, d'une valeur inestimable, pour les revendre à l'Etat ou à des sociétés de préservation de la nature à des prix astronomiques. Mais le gouvernement fédéral n'a pas marché quand il a voulu vendre ses terres actuelles. Les autorités locales ont imposé une série de restrictions qui limitaient ses projets de développement. Il en a donc fait sa base d'opérations.

— Je suppose que l'emplacement est idéal pour superviser des activités de production de drogue à l'intérieur du parc. Mais pourquoi un homme aussi riche se mouillerait-il là-dedans ?

— Certaines personnes n'ont jamais assez d'argent. Mais peut-être qu'en ce qui le concerne, il ne s'agit pas d'une question d'argent. Peut-être que c'est une façon de faire la nique à un gouvernement qu'il déteste. Ou bien cela le fait jouir d'exercer un contrôle sur tant de vies humaines.

— Si tout cela est vrai, j'espère que vous pourrez le prouver et l'envoyer derrière les barreaux pour de longues années.

— Nous l'espérons aussi.

Elle se redressa et se mit à genoux.

— Vous voulez prendre le bébé un instant ? Je crois que notre repas est bientôt prêt.

Sans attendre de réponse, elle lui fourra la fillette dans les bras.

Celle-ci s'avéra plus lourde qu'il ne l'avait présumé. Son petit corps était chaud, et elle commençait à se tortiller. Alors qu'il cherchait la meilleure position pour elle, elle ouvrit les yeux et planta son regard dans le sien, comme pour le jauger.

— C'est moi, ma jolie, chuchota-t-il d'une voix douce. Et je suis bien en peine de te dire ce que je suis en train de faire.

Elle se lova contre lui et lâcha un petit soupir qui interrompit les battements de son cœur. Il la couva des yeux, saisi d'un instinct protecteur qu'il n'avait jamais connu de sa vie.

— Je ne les laisserai pas te faire du mal, petite fille.

Du bout du doigt, il lui caressa la joue. Sa peau était d'une douceur incroyable.

— Elle vous aime bien, dit Abby en revenant avec un morceau d'écorce de la taille d'une assiette. Elle vous a adopté sur-le-champ.

— Je n'ai guère d'expérience avec les bébés.

— Ce doit être inné chez vous.

Elle posa l'assiette sur le sol entre eux.

— Je peux la reprendre, si vous voulez.

— Non, ça va. Je ne veux pas la déranger.

L'enfant s'adaptait parfaitement au creux de son bras, ce qui laissait libre son autre main.

Se penchant en avant, il étudia les ingrédients présentés dans le morceau d'écorce.

— Quel est le menu ?

— Les végétaux dont je vous ai parlé tout à l'heure. Pas d'assaisonnement, désolée. Ces petites choses blanches sont des bulbes de lys mariposa, que j'ai grillés.

Il glissa l'un d'eux, de la taille d'une gousse d'ail, dans sa bouche et le mâcha.

— Hmmm…, murmura-t-il. Un vague goût de terre, mais un côté sucré pas désagréable du tout.

— Ce serait meilleur avec du sel et des condiments, mais ça nous maintiendra en forme jusqu'à demain.

— En tout cas, ce n'est pas mauvais, répéta-t-il avant de croquer un autre bulbe.

Ils terminèrent leur repas en silence. Avec l'apaisement de sa faim, la chaleur emmagasinée par le rocher sous le soleil et le silence qui tombait sur leur environnement, ses paupières commençaient à s'alourdir. Il se secoua et redressa le dos. Il devait rester éveillé et garder l'œil ouvert pour l'arrivée des secours — ou celle du *Jefe*.

— Je crois que ce réveil avant l'aube et toutes ces déambulations sont en train de réclamer leur dû, confia Abby.

— Vous pouvez dormir un peu. Je monte la garde.

— Je pense que j'en ai besoin, oui.

Elle regarda autour d'elle.

— Mais ce rocher ne va pas être un lit très confortable.

— Venez vous appuyer sur moi, offrit-il en tapotant le sol à côté de lui.

Elle hésita.

— Venez, je ne vous mordrai pas.

— Il vaudrait mieux, répliqua-t-elle. Car j'en ferais autant.

Elle s'installa néanmoins à côté de lui, et il glissa son bras autour de ses épaules.

— Voilà… Laissez-vous juste aller contre moi.

Elle hésita de nouveau. Mais, sur une douce pression de sa main, elle posa sa tête au creux de son cou. Avec un soupir, elle ajusta sa position, sa poitrine et son flanc collés contre lui, une main reposant sur sa cuisse. Le même instinct protecteur que pour la fillette un peu plus tôt le gagna, mais dessous vibrait une émotion plus primitive, celle d'avoir auprès de lui une femme belle, terriblement attirante, et qui rendait fou de désir l'homme qu'il était.

Ce désir n'était pas nouveau. Dès l'instant où elle était entrée au QG des rangers, il l'avait ressenti. Ce qui n'avait rien d'exceptionnel en soi. Chaque jour, des femmes l'attiraient, mais cette attirance était fugace, comme de saliver devant un gâteau à la vitrine d'une boulangerie.

Son désir d'Abby était plus profond. Elle était tout sauf une fascination passagère. Plus il la découvrait, avec sa complexité, ses talents, ses qualités de cœur, plus il avait envie de la connaître totalement. Et intimement.

Comme elle remuait la tête, il baissa les yeux. Son visage s'était tourné vers lui.

— Tout à l'heure, vous vouliez savoir ce que je cachais…

— Si vous ne voulez pas me le dire, pas de souci. Ça ne me regarde pas.

— Si, si… Je veux vous le dire.

Elle leva sa main et l'ouvrit. Il s'agissait d'une figurine en céramique d'environ sept centimètres de long, représentant un lapin bondissant.

— C'est une sorte de porte-bonheur. Je le garde toujours sur moi. Je sais que c'est stupide, mais il m'aide à me sentir en paix.

— Non, ce n'est pas stupide.

Au fond de lui, son cœur battait à mille pulsations à la minute, mais il ne voulait pas effrayer Abby en le lui montrant.

— Comment l'avez-vous eu, vous vous en souvenez ?

— Non. Je l'ignore.

Ils contemplèrent ensemble l'objet. Blanc avec des petites taches marron, le lapin avait les pattes étirées et les oreilles dressées.

— Lorsque je suis revenue à moi, à l'hôpital, il était dans ma main.

— Je... je me demandais... si vous vous rappeliez.

C'était à peine s'il pouvait parler, tant sa gorge était nouée par l'émotion. Il essaya de nouveau.

— Avant qu'ils ne vous descendent de l'hélicoptère, je l'y ai glissé. Vos doigts se sont immédiatement refermés dessus. C'était bon signe. Même inconsciente, vous vous battiez. Vous ne lâchiez pas prise, raconta-t-il.

Elle le contempla d'un œil fixe. Il recula un peu et essaya de lire ses émotions dans ses yeux. Elle paraissait choquée. Comme en colère.

— Pourquoi vous avez fait ça ? lança-t-elle.

— Ma cousine me l'avait donné avant mon départ en mission. Elle m'avait dit que si une patte de lapin portait bonheur, alors tout le lapin, ce devait être encore mieux. A ce moment-là, j'ai pensé que vous aviez beaucoup plus besoin de chance que moi.

Elle referma la main et remit la figurine dans sa poche, sans le regarder.

— Merci. Je me suis toujours demandé d'où il venait.

— Il vous a aidée ?

Elle hocha la tête.

— Oui. Chaque fois que quelque chose n'allait pas, que j'étais tendue ou inquiète, je le sortais et je le tenais dans ma main. Il me rappelait qu'un inconnu m'avait encouragée à mon insu, qu'il avait voulu que je m'en sorte.

Elle releva la tête. Ses yeux brillaient de larmes retenues.

— Maintenant je sais que cet inconnu, c'était vous.

Il fut incapable de répondre, craignant d'être maladroit, de briser cette connexion qui s'était établie entre eux.

Abby se redressa un peu, tout en restant appuyée à lui.

— J'ai beaucoup de mal à me sentir à l'aise avec les gens, confia-t-elle. Surtout depuis mon retour d'Afghanistan.

— Ce que vous avez vécu là-bas, vous ne pouvez le partager avec personne. C'est comme un mur invisible entre vous et ceux qui ignorent ce que c'est. Jamais ils ne pourront considérer les choses de votre point de vue.

— Vous, vous le pouvez.

— Pas entièrement. Mais j'en ai une meilleure idée que la plupart.

— Je le crois, répondit-elle en posant une main sur son torse.

— Vous pensez que c'est tout ce que nous avons en commun ? La guerre ?

Il plongea ses yeux dans les siens, appréhendant sa réponse. Il redoutait qu'elle ne voie en lui qu'un autre vétéran cabossé avec qui elle pouvait comparer ses notes.

— Non, ce n'est pas ça, s'empressa-t-elle d'affirmer. Je voulais juste dire que je me sens assez à l'aise avec vous pour baisser ma garde. Quand vous me regardez, j'ai l'impression que vous voyez tout en moi. Pas seulement la reine de beauté, pas seulement l'ancien soldat balafré, mais tout le lot.

De sa main libre, il lui toucha la joue.

— Un très joli lot, commenta-t-il en glissant le pouce sur la commissure de ses lèvres.

Un léger soupir s'en échappa, et elle se rapprocha de lui. C'était l'invite dont il avait besoin. Il pencha la tête et couvrit sa bouche de la sienne. Elle lui rendit son baiser, et, arc-boutée contre lui, glissa la main vers son épaule qu'elle empoigna. De son autre bras, il lui enlaça la taille et l'attira plus encore à lui. Ses formes féminines se pressèrent contre son torse. Il approfondit son baiser.

Abby écarta les lèvres, et sa langue chercha la sienne, accélérant les battements de son cœur. Il colla son corps au sien, avide, impérieux. Ce ne fut ni un baiser ludique, ni celui d'un flirt innocent, ni une exploration candide. Il exprimait une longue attente, l'exacerbation d'un manque qui allait au-delà des mots.

Angelique se tortilla et se mit à pleurnicher. A contrecœur, Michael rompit leur baiser et tenta de l'apaiser.

— Elle devait être écrasée, dit-il.

— Je la prends, déclara Abby.

Elle baissa la tête vers la fillette et tendit les mains. Ses cheveux lui retombaient devant le visage, masquant son expression.

Michael lui passa l'enfant, ne sachant trop que dire. L'embrasser était une chose… En parler, une autre. Pourtant, il ne pouvait faire comme s'il ne s'était rien passé. Il écarta doucement le voile de ses cheveux.

— Abby, est-ce que ça va ?

— Oui, oui, ça va.

Elle prit une profonde inspiration et croisa son regard.

— Je… je crois que nous n'aurions pas dû faire ça.

— Pourquoi ?

— Parce que…

Elle se mordit la lèvre inférieure et secoua la tête.

Il glissa sa main sur son cou, sous son oreille.

— Dites-le-moi. Je croyais que vous aviez aimé.

Elle rougit. Il n'avait pas besoin d'autre réponse. Il réprima néanmoins une grosse envie de sourire.

— Je ne veux pas que vous vous fassiez des idées, dit-elle. Je ne suis pas prête pour… davantage que des baisers, enfin, pour une relation.

La détresse qui émanait d'elle le toucha plus qu'il ne l'aurait cru possible.

— Je ne suis pas pressé. Pas de harcèlement, je vous le promets.

Il se cala de nouveau contre le tronc.

— Si tout va bien pour Angelique, vous pouvez faire ce petit somme. Je ne vous dérangerai pas.

Après quelques secondes d'hésitation, elle reprit sa place contre lui, le bébé confortablement blotti dans le fichu.

Reportant les yeux sur le paysage désert, il suivit sa respiration. Celle-ci se faisait plus lente et profonde à mesure qu'elle s'endormait. Au moins, avec cette proximité et la conscience aiguë de son corps contre le sien, il ne craignit pas trop de s'endormir aussi. Il garderait l'œil ouvert, ferait le guet, la protégerait au prix de sa vie s'il le fallait.

Michael se réveilla en sursaut et observa le soleil, qui entamait sa lente descente vers l'horizon. La chaleur intense de la journée cédait la place à la fraîcheur du crépuscule. Il ne devait pas avoir dormi longtemps. A côté de lui, Abby et la petite étaient toujours plongées dans les bras de Morphée. Mais quelque chose avait mis tous ses sens en alerte. Durant le court laps de temps où il avait perdu son combat contre le sommeil, leur environnement avait subtilement changé.

Tout autour d'eux était silencieux. Trop silencieux. Pas un chant d'oiseau. Pas un mouvement furtif de lézard sur la roche. Pas un bourdonnement de mouche. Les cheveux de sa nuque se hérissèrent.

Il se redressa et commença à tourner le cou.

Du métal dur se pressa contre son occiput.

— Ne bougez pas ou je vous fais sauter la cervelle, dit une voix d'homme avec un léger accent mexicain. Donnez-moi le bébé, et je verrai si je vous laisse en vie ou pas.

11

Abby ravala un cri et serra Angelique contre son épaule. La petite émit un miaulement et se pelotonna davantage.

Une main empoigna alors le bras d'Abby. Elle s'en libéra d'un geste sec et virevolta sur elle-même. Un homme de type latino, âgé d'une cinquantaine d'années, se tenait devant elle. L'arme dans sa main était collée sur la tête de Michael.

— Donnez-la-moi, ou je tue votre petit ami, menaça-t-il, la main tendue vers le bébé.

— Qui êtes-vous ? demanda Abby en pressant Angelique contre elle comme un objet précieux. Que voulez-vous faire de cet enfant ?

— Vous pouvez m'appeler *El Jefe.* A présent, donnez-la-moi ou votre ami mourra.

— Ne la lui donnez pas, dit Michael entre ses dents serrées.

Il tournait toujours le dos à l'homme, la tête coincée d'un côté sous la pression du canon de l'arme. Mais ses yeux demeuraient fixés sur elle. Calmes. Déterminés.

Se relevant avec maladresse, Abby fit un pas en arrière pour établir plus de distance entre elle et l'homme qui se faisait appeler *El Jefe.* Son regard passa de ce dernier à Michael. Il était pâle. Toutefois, son visage ne trahissait ni peur ni nervosité. Il s'était ramassé sur lui-même comme un fauve qui s'apprête à bondir.

— Ne la lui donnez pas, répéta-t-il.

— Donnez-la-moi ! gronda *El Jefe.*

Il lui enfonça l'arme dans la nuque. Michael grimaça.

— Que voulez-vous en faire ? répéta Abby en protégeant la fillette de ses bras. Ce n'est qu'un bébé. Elle pleure et mouille sa couche. Vous ne me semblez pas être un homme qui a le temps de changer des couches.

— Je vais la rendre à sa mère. Elle saura s'en occuper.

Abby le considéra fixement. Mariposa était certainement capable de s'occuper de son propre enfant, mais cet homme le lui remettrait-il vraiment ? Il était l'un de ses geôliers. C'était lui qui lui avait ordonné d'aller chercher de l'eau. Lui dont Mariposa avait voulu éloigner sa fille.

— Sa mère me l'a confiée, reprit Abby. Je ne peux pas la donner à un inconnu.

— Vous me la donnerez ! cria-t-il.

Alors qu'il voulait de nouveau enfoncer son arme dans la nuque de Michael, celui-ci écarta la tête et projeta de bas en haut son poing dans son nez. *El Jefe* poussa ce qui ressemblait à un hurlement de petite fille tandis que le sang coulait avec abondance de son appendice brisé. Michael le repoussa et tenta de lui subtiliser son arme.

S'ensuivit une lutte sans merci pour la possession du pistolet. La peur au ventre, Abby suivit du regard, impuissante, les deux hommes qui roulaient par terre. A tout instant, un coup de feu pouvait éclater. Elle hésita à sortir sa propre arme, craignant de toucher Michael. *El Jefe* jura et se démena comme un damné, mais son adversaire était plus fort et ne souffrait pas d'un nez fracturé. A la fin, le Mexicain cessa le combat. Il se couvrit le visage des deux mains et vociféra en espagnol.

Le souffle lourd, Michael se dressa de toute sa hauteur devant lui.

— Qui êtes-vous ?

L'homme ne leva pas la tête. Il avait cessé de crier et marmonnait dans un flot continu des choses inintelligibles.

— Taisez-vous et dites-moi qui vous êtes ! grogna Michael.

La petite se mit à geindre. Abby la berça dans ses bras pour la réconforter.

— Il y a un problème ? s'inquiéta-t-il.

— Non, répondit-elle. Elle a faim, simplement.

Et celle-ci ne ferait que s'accroître s'ils ne quittaient pas cet endroit au plus tôt.

Reportant les yeux sur *El Jefe*, Michael changea sa ligne d'interrogatoire.

— Comment êtes-vous arrivé ici ? Où est votre véhicule ?

Abby reprit confiance. Bien sûr. L'homme devait en avoir un quelque part. Un véhicule qui pouvait les ramener à l'abri du danger, à condition de trouver une route. Mais même les pistes rudimentaires qui sillonnaient le parc finissaient par mener quelque part

— Pourquoi je vous répondrais ?

— Parce que si vous ne le faites pas, je vous tue, déclara Michael d'une voix dure.

Abby frissonna. Elle le croyait.

— Tuez-moi, et vous vous retrouverez coincé ici sans moyen de partir, répliqua l'homme avec un rictus arrogant.

Son saignement avait diminué. Il toucha prudemment son nez et tressaillit.

Le salaud marquait un point, songea Abby. Elle scruta les alentours, espérant capter un reflet du soleil sur un capot ou un pare-brise, ou même repérer le véhicule lui-même. Peut-être était-ce trop espérer qu'il soit équipé d'un GPS et d'un téléphone… Une femme pouvait rêver, n'est-ce pas ?

Mais, au lieu d'un pick-up stationné là comme un cadeau de Noël, elle découvrit encore mieux.

— Michael, annonça-t-elle, je crois que vos camarades ont fini par nous trouver.

Tout en gardant le pistolet braqué sur son prisonnier, il avisa par-dessus son épaule le convoi de Cruiser qui serpentait dans le paysage désolé. Il leva son arme et tira trois fois en l'air. Angelique se mit à pleurer, le bruit résonna dans les oreilles d'Abby, mais le signal fut entendu. Le convoi accéléra et se dirigea droit sur eux.

— Maintenant, nous allons discuter de… Stop !

Abby se retourna.

El Jefe s'enfuyait en courant. Il se carapatait tel un lièvre sur le sol pierreux, et finit par disparaître. Michael s'était élancé derrière lui.

— Michael, non ! s'écria-t-elle. Il a trop d'avance. Vous discuterez avec lui plus tard.

— Nous n'aurons peut-être pas d'autre chance, répliqua-t-il.

Il fit néanmoins demi-tour et revint auprès d'elle. Les véhicules s'arrêtèrent à proximité du ruisseau. Abby et Michael se dirigèrent vers eux.

Graham les interpella tandis qu'ils traversaient le cours d'eau en marchant sur les pierres.

— Que faites-vous ici, tous les deux ?

— Nous verrons ça plus tard, dit Michael en passant devant lui pour rejoindre les 4x4. Il faut rattraper l'homme qui vient de nous échapper.

— Quel homme ?

— Il se fait appeler *El Jefe*. Aucun doute que c'est lui qui dirigeait le campement qui se trouvait ici, dans l'arroyo. Si nous pouvons le faire parler, notre enquête avancera vraiment.

Michael grimpa dans le véhicule du capitaine, laissant Abby avec Carmen et Marco.

Carmen écarquilla les yeux devant le ballot qu'elle tenait dans les bras.

— C'est un bébé ? s'étonna-t-elle.

— Elle s'appelle Angelique, répondit Abby en ajustant le fichu pour lui faire de l'ombre. Et il faut d'urgence lui trouver du lait maternisé. Elle a faim.

Carmen sourit et caressa l'une des mains minuscules.

— D'où sort-elle ?

— Sa mère est l'une des ouvrières du campement qui se trouvait ici. Comment vous nous avez retrouvés ?

— En suivant les traces des camions, expliqua Marco. Nous avons découvert le Cruiser de Michael accidenté et en feu, dans un arroyo à dix kilomètres d'ici. Depuis, nous vous cherchions.

— Ils s'étaient installés ici même, indiqua Abby. Quatre

caravanes, et deux douzaines de personnes environ. Des camions sont arrivés ce matin et ont tout embarqué, matériel et personnel.

— Ce doit être ceux dont nous avons suivi les traces. Ce sont elles qui nous ont conduits jusqu'ici.

— Est-ce qu'elles commençaient là où se trouvait le Cruiser ? s'enquit Abby.

— En fait, nous étions en train de nous demander comment il avait fait pour finir dans cet arroyo, quand nous avons remarqué les empreintes de pneus.

Carmen fronça les sourcils, la mine curieuse.

— Mais comment avez-vous fait pour parvenir jusqu'ici sans le Cruiser, et avec un bébé ?

— C'est une longue histoire, soupira Abby.

Elle avait chaud, faim et soif, et elle était morte de fatigue.

— Pour le moment, il faut emmener ce bébé à l'abri, indiqua-t-elle.

Elle les accompagna jusqu'au véhicule de Marco, puis s'installa sur le siège arrière. Angelique commençait à geindre et à se tortiller.

— Quelqu'un n'est pas content, fit observer Carmen.

— Elle a faim et a besoin d'être changée, dit Abby. Et puis, sa mère doit lui manquer.

Angelique devait aussi manquer à sa mère. Où Mariposa se trouvait-elle en cet instant ? Et pourquoi cet homme voulait-il prendre l'enfant ?

— Qui est ce type après qui sont partis Graham et Michael ? demanda Marco.

— C'est lui qui dirigeait les ouvriers du campement, et qui a supervisé le déménagement. De là où nous étions, nous avons vu ses hommes attacher les caravanes aux camions. Après quoi, tout le monde est parti. Ensuite, je me suis endormie... Quand je me suis réveillée, il était là et collait un pistolet sur la nuque de Michael. Il m'a demandé de lui donner le bébé. Comme j'ai refusé, il a menacé de tuer Michael, mais Michael lui a cassé le nez et a pris son arme. Votre arrivée a distrait notre attention, et il en a profité pour s'enfuir.

Lorsqu'ils eurent atteint la route et purent enfin accéder au réseau téléphonique cellulaire, Carmen appela le QG.

— Lance, il faut que tu ailles immédiatement en ville acheter deux boîtes de lait maternisé, des biberons, des tétines, des lingettes et un paquet de couches-culottes…

Elle consulta Abby par-dessus son épaule.

— Taille deux.

Elle sourit.

— Oui, c'est pour un bébé. Ecoute, ne discute pas, nous n'avons pas le temps. Il nous faut tout ça au plus vite.

Carmen raccrocha.

— Ça doit être la chose la plus bizarre qu'on lui ait jamais demandée, s'amusa-t-elle. Je voudrais voir sa tête lorsqu'il sera dans le magasin et découvrira la variété de couches qu'on y trouve. Espérons qu'il ne se trompera pas.

— On dirait que tu en connais un rayon, commenta Marco.

— J'ai six petits frères et sœurs, et une demi-douzaine de neveux et nièces, expliqua-t-elle. Alors changer les couches d'un bébé, je connais.

Abby gratifia Angelique d'un gros câlin.

— Nous allons très bientôt nous occuper de toi, ma chérie.

Elle pria pour retrouver rapidement Mariposa et réunir la mère et l'enfant avant qu'il ne soit trop tard.

Michael promena son regard sur la steppe déserte. Graham et lui n'avaient repéré aucune trace susceptible d'avoir été laissée par le véhicule de l'homme qui lui avait collé son arme sur le crâne.

— Il ne s'est quand même pas évaporé ! pesta-t-il.

— S'il a les ouvriers sous ses ordres, il connaît sans doute ce pays beaucoup mieux que nous, observa Graham en lui posant une main sur l'épaule. Allez, venez. Retournons au quartier général.

— Il faut d'abord faire un crochet par le site du campement. On y a laissé un seau qui porte peut-être les empreintes de ce type. Avec un peu de chance, nous pourrons l'identifier.

Ils regagnèrent le ruisseau, et Michael récupéra l'objet, dissimulé sous un buisson.

— Je vais envoyer des hommes fouiller l'endroit, annonça Graham.

— Il a été nettoyé, l'informa Michael. Toutefois, on ne sait jamais… Ils trouveront peut-être quelque chose.

Abandonner aussi vite la recherche d'*El Jefe* lui déplaisait. Mais passer davantage de temps sur les lieux ne les en rapprocherait probablement pas. Il suivit donc Graham jusqu'à son véhicule.

Le capitaine jeta alors un regard curieux à son visage.

— Que vous est-il arrivé ?

Michael porta la main à l'écorchure sur sa joue.

— Je suis tombé dans une faille de drainage. C'est là que j'ai perdu ma radio et mon portable.

— C'était avant ou après que ce bébé vous soit tombé dans les bras ?

— Après.

— D'où vient-il ?

— L'une des ouvrières l'a confié à Abby quand ils ont décidé de déménager le campement. Les trafiquants nous ont ensuite repérés, et nous avons dû filer.

— Mais leur chef vous a retrouvés.

Michael secoua la tête.

— Non. Ça, c'était plus tard. Sans GPS, ni carte, ni téléphone, nous étions perdus. Il nous fallait de l'eau. C'est pour ça que nous sommes restés près du ruisseau. Je savais que, si vous ne receviez aucun rapport de ma part, vous enverriez quelqu'un à notre recherche. En attendant, je me suis dit que le type pouvait très bien revenir. Il avait volé mon Cruiser, il savait donc que nous ne pouvions pas aller très loin. J'avais prévu de lui sauter dessus lorsqu'il reviendrait, mais les choses ont tourné autrement.

En son for intérieur, Michael se morigéna pour le cafouillage impardonnable qu'avait été cette journée. Son attirance pour Abby affectait-elle à ce point sa vigilance ?

— Nous le trouverons, assura Graham. Que voulait-il faire du bébé ?

— Aucune idée. Le rendre à sa mère, soi-disant. Mais d'après Abby, celle-ci pense que son enfant est plus en sécurité avec elle.

— Bon, vous nous fournirez les détails quand nous serons de retour au QG.

A leur arrivée, Carmen était en train de donner le biberon à Angelique.

De son côté, Abby dévorait l'un des sandwichs qui étaient posés au milieu de la table. Elle portait un T-shirt noir de la force mixte et un short de randonnée, sans doute emprunté à Carmen.

— Vous avez trouvé *El Jefe* ? s'enquit-elle.

Michael secoua la tête, se laissa choir sur le siège face au sien et tourna les yeux vers le bébé.

— Comment va Angelique ?

— Comme le signifie son prénom…, répondit Carmen. Un petit ange.

Calant la fillette contre son épaule, elle lui tapota le dos.

Abby renchérit :

— Elle est heureuse et détendue maintenant qu'elle a mangé et qu'on l'a changée. Je suppose que vous ne voulez pas récupérer votre bandana ?

— Euh, non. J'en ai d'autres en réserve, indiqua-t-il.

Il se servit un sandwich. Si les feuilles et racines qu'elle lui avait fait manger étaient loin d'être mauvaises, elles ne lui avaient pas vraiment calé l'estomac.

Graham tira à lui la chaise en bout de table.

— Parlez-moi de cet homme, demanda-t-il tout de go.

— Je suis à peu près sûr que c'est lui qui supervisait le

campement, répondit Michael. Je n'avais pas de jumelles, mais il était grand, mince, et c'était le seul à porter une chemise blanche.

— Et il n'a pas dit pourquoi il voulait le bébé ?

— Pour le rendre à sa mère, déclara Abby.

— Hé, peut-être qu'il en est le père, suggéra Carmen.

Tout le monde se tourna vers elle. Elle haussa les épaules.

— Les criminels aiment parfois leurs enfants. Et il aime peut-être aussi la mère de cet enfant. Celle-ci a pu changer d'avis et décider de ne plus se séparer de sa fille. Alors, elle l'aura envoyé la chercher.

Marco prit la parole à son tour :

— Peut-être aussi qu'il voit dans cet enfant un moyen de remonter jusqu'à lui et qu'il veut s'en débarrasser.

Abby parut horrifiée par cette idée.

— Quel mal un tout-petit pourrait-il lui faire ? Témoigner contre lui ? ironisa-t-elle.

— Par son ADN, il peut le lier à un crime dont personne ne sait encore rien, répondit Marco.

Abby reposa son sandwich. Cette discussion lui avait coupé l'appétit et elle tenta de chasser de son esprit la pensée que cet homme ait pu vouloir du mal à Angelique. Mais quelqu'un qui traitait les gens en esclaves était peut-être capable de tuer un bébé sans le moindre état d'âme.

Michael se tourna vers Marco :

— Tu as dit avoir suivi des traces. Où menaient-elles ?

— A la route asphaltée. C'est là que nous les avons perdus.

— Mais maintenant que nous savons ce que nous cherchons, ce sera plus difficile pour eux de dissimuler les caravanes, le personnel et tout le fourbi.

— Sauf s'ils séparent les différents éléments, avança Carmen. Ils peuvent expédier tout le monde à Denver ou dans une autre grosse ville. Votre *El Jefe* est peut-être parti depuis longtemps.

Michael secoua la tête.

— Je ne pense pas. Il voulait tellement récupérer Angelique qu'il est revenu lui-même la chercher.

— Il y a quelque chose qui cloche, commenta Marco. Il avait de l'aide pour procéder au déménagement du campement, n'est-ce pas ?

— J'ai vu au moins cinq types armés, confirma Michael.

— Alors pourquoi ne les a-t-il pas emmenés avec lui pour reprendre la gamine ? Même un seul aurait augmenté ses chances de succès.

— Peut-être qu'il ne voulait pas que quelqu'un connaisse l'existence du bébé, suggéra Abby.

— Mais ils la connaissaient déjà ! objecta Michael. Pour autant que j'aie pu en juger, Mariposa n'a pas cherché à la dissimuler aux autres.

Abby se leva et soulagea Carmen de l'enfant endormie. Celle-ci remua à peine tandis qu'elle la blottissait contre sa poitrine.

— Carmen a peut-être raison, dit-elle. S'il est revenu pour Angelique, c'est peut-être parce qu'elle est sa fille. Auquel cas il ne tenait probablement pas à ce que les autres l'apprennent, ou le suspectent d'avoir une faiblesse pour le bébé.

— Nous n'en savons rien, souligna Michael. Son intention était peut-être de le tuer.

Cette idée donnait la nausée à Abby, mais fermer les yeux sur les diverses éventualités ne leur ferait rien gagner.

— Ses motivations importent peu, déclara Carmen.

— Pourquoi donc ? demanda Michael.

— Parce que nous savons que ce bébé constitue pour lui une faiblesse, ou tout au moins un secret dont il ne veut pas qu'il soit divulgué, expliqua Graham. Quand on connaît la faiblesse ou le secret d'un individu, il est facile de l'exploiter.

Abby lui jeta un regard interrogateur.

— Mais s'il est déjà en route pour Denver…

— Je crois que l'intuition de Carmen est la bonne, insista le capitaine. Il ne partira pas sans le bébé. Nous pouvons nous en servir contre lui.

Abby baissa les yeux sur Angelique et sourit. Elle s'était

rendormie. Elle avait rarement vu petite fille plus jolie, avec ses longs cils noirs et sa bouche d'angelot innocent.

Soudain consciente du silence qui était tombé dans la pièce, elle releva la tête : tout le monde la regardait.

— Qu'y a-t-il ? s'étonna-t-elle. Qu'est-ce qui ne va pas ?

Graham toussota, l'air un peu gêné.

— Si nous répandons l'information que vous gardez le bébé avec vous et si nous nous arrangeons pour faire croire que vous êtes en situation de vulnérabilité, *El Jefe* pourrait décider de tenter sa chance à nouveau. Seulement, cette fois-ci, nous serons là pour le capturer.

— Vous voulez utiliser Angelique comme appât ?

Abby le dévisagea, certaine d'avoir mal entendu.

Graham hocha la tête.

— Angelique et vous, oui. Comme appâts pour capturer un très gros poisson.

12

— Non ! s'écria Abby en même temps que Michael.

De son côté, il repoussa sa chaise et se leva.

— Elle risquerait d'être blessée.

— Il a raison, renchérit Abby. Vous ne pouvez pas prendre de tels risques avec un bébé.

— Je ne parlais pas d'Angelique, précisa-t-il en contournant la table pour la rejoindre. C'est trop dangereux pour toutes les deux.

Leurs regards se croisèrent. Ce n'était pas le représentant des forces de l'ordre qui parlait, comprit alors Abby, mais un homme qui nourrissait des sentiments particuliers pour elle. Elle en fut tout émue, mais détourna les yeux. Le moment était mal choisi pour laisser son cœur lui fausser le jugement.

— Nous vous assignerions un membre de l'équipe vingt-quatre heures sur vingt-quatre, proposa Graham. Et d'autres seraient postés à proximité. Que notre homme montre juste le bout de son nez, et nous sauterons sur lui.

— C'est notre meilleure chance de l'agrafer, ajouta Marco. Si nous lui mettons la main au collet, cela nous rapprochera d'autant de la tête de l'organisation. Et l'empêchera de réduire en esclavage de nouveaux immigrants.

— Pouvez-vous venir en aide à Mariposa et aux autres ouvriers ? demanda Abby.

— Je le crois, répondit Graham.

Abby baissa les yeux sur la fillette endormie. Si elle s'y était beaucoup attachée, elle n'était pas en position de la prendre pour toujours avec elle. Angelique avait besoin de sa mère, tant que celle-ci était en mesure de s'occuper d'elle.

La main de Michael pesa soudain sur son épaule.

— Abby, ne faites pas ça, l'enjoignit-il. Ne prenez pas ce risque. Nous trouverons bien un autre moyen.

— Je ne supporterais pas qu'il arrive quoi que ce soit à Angelique, répondit-elle. Nous ignorons les intentions de cet homme en ce qui la concerne.

— Elle a raison, dit Carmen. Il faut que nous remplacions le bébé par un baigneur que l'on trouve dans le commerce. On placera Angelique en foyer d'accueil provisoire.

— D'accord, approuva Graham. Je ne veux pas qu'il soit fait du mal à la petite. Ni à vous, Abby. Nous vous protègerons, je vous le promets. Mais la décision finale vous revient.

La main de Michael se serra sur son épaule, mais il ne dit rien. Ce silence, sa foi en sa capacité à prendre la bonne décision l'émurent plus que ses mots n'auraient pu le faire.

— J'accepte, dit-elle. Tant qu'Angelique se trouve en lieu sûr.

— Abby…

Michael avait prononcé si doucement son nom qu'elle devait être la seule à l'avoir entendu.

Elle se tourna vers lui.

— Je veux arrêter ces gens, expliqua-t-elle. Je veux que Mariposa et Angelique aient une meilleure vie. Si je peux faire quelque chose pour les aider, alors c'est le moment.

— Je veux la même chose que vous, assura-t-il. Mais votre sécurité m'importe avant tout.

— Elle est entre de bonnes mains. Je sais que vous surveillerez mes arrières.

Délibérément, elle répétait presque mot pour mot ce qu'il lui avait dit plus tôt.

— Carmen, vous vous chargerez d'emmener Angelique dans ce foyer d'accueil, déclara Graham. Nous ferons en sorte de procéder à la substitution sans que personne ne devine ce qui se passe.

— On trouve aujourd'hui des baigneurs incroyables de

réalisme, renchérit Carmen. J'en achèterai un, ainsi que de la layette. Abby s'en occupera comme si c'était la véritable Angelique.

— Il vaut mieux que je retourne à ma caravane, dit alors Abby. Il sera plus facile à *El Jefe* de me trouver, et en même temps je ne serai pas loin de vous.

— Je vous accompagne, décida Michael.

Graham lui adressa un regard dur.

— Quelqu'un d'autre serait peut-être plus indiqué.

— Non, monsieur, répliqua-t-il. Je peux le faire.

L'expression de son supérieur demeura sévère, mais il acquiesça d'un hochement de tête.

— Très bien. Allez-y. Carmen et Marco vous y rejoindront plus tard pour procéder à l'échange de bébés, si je puis dire. Randall, Lance et vous, vous assurerez la garde à tour de rôle près de la caravane. Je ne pense pas qu'il tentera quelque chose aussi tôt, mais ouvrez l'œil quand même.

— Bien, monsieur.

Abby se chargea d'Angelique, tandis que Michael rassemblait les couches, le lait et le reste du matériel pour bébé, ainsi que quelques affaires à lui.

Cela fait, Carmen les accompagna jusqu'à son propre Cruiser, qu'elle prêtait à Michael pour l'occasion.

— J'apporterai un siège de voiture quand nous viendrons la chercher, indiqua-t-elle. Le camp de caravanes est à deux pas, vous n'avez pas loin à aller.

Une fois arrivés à la caravane d'Abby, Michael procéda à une inspection complète, intérieur et extérieur, pendant qu'elle patientait avec le bébé.

Manifestement, personne n'était passé pendant leur absence.

Aussi invita-t-il Abby à entrer. Angelique se mit alors à crier.

— Elle a besoin d'être changée, annonça Abby.

— Je vais chercher le matériel dans la voiture.

A son retour, Abby était plantée au milieu de la pièce, l'air désemparé, le bébé en pleurs dans les bras.

— Que se passe-t-il ? Il y a un problème ?

— Je ne sais pas où la mettre, répondit-elle. Je… je ne suis pas vraiment équipée pour la puériculture.

Michael promena son regard autour de lui, puis posa le carton contenant le matériel sur la table et entreprit de le vider.

— Nous la mettrons dedans, proposa-t-il. C'est à peu près la taille d'un berceau, et elle ne risquera pas de tomber.

Abby afficha un large sourire.

— Vous êtes un génie !

— J'ai parfois des illuminations, répondit-il, faussement modeste.

Attrapant une serviette sur le comptoir, il en garnit le berceau de fortune.

— Et voilà le travail.

— Bien. A présent, passez-moi une couche-culotte.

En attendant qu'elle ait changé le bébé, il rangea la boîte de lait, les lingettes et le reste, puis cala le carton contre la cuisinière, sur la banquette.

Une fois la fillette installée, il s'assit à côté d'Abby.

— Et maintenant ?

— Si vous preniez une douche ? suggéra-t-elle. Ensuite, ce sera mon tour.

Il prit un air offensé.

— Etes-vous en train d'insinuer que j'en ai besoin ?

— *No comment*, répondit-elle en se levant. Je vais faire du thé. La salle de bains est toute petite, mais vous y trouverez tout ce qu'il vous faut.

Abby versa de l'eau dans la bouilloire et sortit des mugs du placard. L'eau de la douche résonnait contre les parois de la cabine. Elle tâcha de ne pas songer au corps nu de Michael de l'autre côté de cette mince barrière. Malheureusement, l'image de ses épaules d'athlète, de ses bras et de ses abdos musclés, s'imprima malgré elle dans son esprit, et elle fut incapable de penser à autre chose. Son imagination remplit les blancs, jusqu'à ce que le désir l'envahisse de sa chaleur insidieuse.

Refoulant ce fantasme malvenu, elle savoura le souvenir du baiser qu'ils avaient échangé plus tôt. A ce moment-là, l'embrasser avait paru la chose la plus naturelle au monde, et elle l'avait voulu de tout son cœur. Elle avait déjà convoité des hommes dans le passé, mais jamais elle ne s'était sentie aussi proche de l'un d'eux. Depuis son engagement dans l'armée, elle n'avait eu aucune véritable relation. Une éternité, plutôt. Quand elle était une autre personne.

Etait-ce seulement à cause des circonstances dramatiques et du danger qui les avaient jetés ensemble qu'elle ressentait cela ? Si elle était aussi à l'aise avec lui, était-ce parce qu'ils étaient l'un et l'autre des vétérans ? Ou parce qu'il lui avait sauvé la vie en Afghanistan ? Avait-il raison ? Le destin y était-il pour quelque chose ?

Glissant la main dans sa poche, elle caressa le lapin en céramique. Toutes ces années, elle s'était accrochée à l'objet avec le sentiment flou qu'il était important. L'émotion qui s'attachait à ce cadeau s'était-elle muée ces dernières heures en quelque chose de plus fort ? Quelque chose qui pouvait être… de l'amour ?

La porte de la salle de bains s'ouvrit et Michael apparut, vêtu seulement d'un jean qui lui tombait sur les hanches. Tandis qu'il se séchait les cheveux à l'aide d'une serviette, Abby contempla les gouttes d'eau accrochées à la toison de son torse harmonieux, et sa bouche se dessécha. En uniforme, Michael Dance était déjà impressionnant. Mais à demi nu… Elle en aurait oublié son propre nom.

Il jeta la serviette de côté et lui sourit. Elle rougit. De toute évidence, il avait remarqué la façon lubrique dont elle le regardait.

— Je me sens presque de nouveau humain, dit-il.

Il marcha vers elle au moment où elle voulait quitter la cuisine. Ils entrèrent en collision, et la caravane parut soudain beaucoup trop petite pour les contenir tous les deux. Abby marmonna des excuses et tenta de se faufiler sur le côté. Il posa une main sur son bras pour l'aider. Elle se pétrifia.

La main descendit, déclenchant un frisson immédiat. Sa peau lui brûlait là où il la touchait. Elle réprima une immense envie de se laisser aller contre lui, de se perdre dans son corps touchant le sien.

Elle leva les yeux : il s'était rasé. Le parfum de sa crème de rasage la berçait jusqu'au vertige.

— Il y a juste la place, observa-t-il.

Pourquoi son esprit perfide transforma-t-il ces mots en une invitation à passer à l'acte ? Elle détourna la tête, considéra longuement le sol, le mur, tout sauf ses lèvres sensuelles qui l'attiraient tel un aimant. Si elle cédait à son envie de l'embrasser, elle oublierait tout, sa douche, le bébé, et laisserait le désir qui bourdonnait en elle prendre le pas sur sa volonté.

— Euh, à moi maintenant, annonça-t-elle, avant d'effectuer un passage en force vers la salle de bains.

— Vous ne devriez pas attendre que l'eau du cumulus soit de nouveau chaude ?

— Non, ça ira, répondit-elle.

En réalité, ce dont elle avait besoin était peut-être une douche froide.

Pour le reste, l'eau était encore assez chaude. Elle prit son temps, se lava avec soin les cheveux, se rasa les jambes.

Comme si je me préparais pour un grand rendez-vous.

Mais la circonstance était tout sauf anodine. Michael allait passer la nuit là, dans sa caravane. Vu l'électricité qu'un bref contact avait réussi à générer, il se passerait forcément quelque chose à un moment où à un autre. Quant à savoir quand — et ce qui se passerait ensuite —, elle donnait sa langue au chat.

Après avoir enfilé un pantalon de yoga et un T-shirt, elle se sécha la tête à l'aide du sèche-cheveux mais ne prit pas la peine de se maquiller. Elle ne voulait pas que son désir soit trop lisible, trop manifeste. Du reste, il l'avait vue moche, défigurée, et un peu de mascara ou de rouge à lèvres n'allait pas changer grand-chose à l'image qu'il avait d'elle.

Lorsqu'elle rouvrit la porte de la salle de bains, il fredonnait doucement. Elle s'immobilisa et capta quelques mots murmurés.

— Chut, mon bébé, ne pleure pas. Papa t'achètera un oiseau chanteur.

Avançant la tête, elle observa Michael. Debout près de la banquette, il berçait Angelique. Minuscule dans ses bras, la fillette souriait et gazouillait en l'écoutant. Plus émouvante encore était l'expression qu'il affichait. Un sourire d'une incroyable tendresse adoucissait ses traits fermes et virils. Devant ce spectacle, une boule se forma dans la gorge d'Abby.

Se rendant soudain compte qu'elle le regardait, il rougit jusqu'aux oreilles.

— Elle était grognon, dit-il en guise d'explication.

— De toute évidence, vous avez fait une conquête.

Elle le rejoignit devant la banquette. Il voulut lui donner l'enfant, mais elle refusa.

— Non, non. Elle semble très heureuse là où elle est.

Elle s'assit, et il prit place à ses côtés. Angelique paraissait aux anges.

— C'est la première fois que je passe autant de temps avec un bébé, confia-t-il.

— Vous devez avoir ça en vous. Vous feriez un bon père, vous savez.

Il garda le silence. Pendant un moment, ils se contentèrent de regarder Angelique, qui les observait avec gravité de ses yeux noirs.

— Vous y pensez souvent ? demanda-t-il. Je veux dire, avoir des enfants, fonder une famille ?

— Quelquefois, admit-elle. Plus, ces derniers temps, maintenant que ma vie a commencé à se stabiliser. Avant, j'étais militaire, et ensuite, avec ma blessure, cette possibilité m'a semblé si lointaine…

— Pour ma part, je n'ai pas eu le genre de vie qui permet de rencontrer une femme et de faire des enfants.

Abby acquiesça.

— Moi, je dois d'abord terminer mes études, trouver un emploi et décider de ce que je veux réellement faire de mon existence.

Elle se pencha sur l'enfant et caressa une joue ronde, aussi douce que du satin.

— Mais il m'arrive de me demander si, en réalité, tout cela n'est pas qu'une excuse pour éluder les questions personnelles, intimes, autrement plus difficiles à gérer.

— Je comprends ce que vous voulez dire. Dans mon métier, je peux affronter les pires situations. Mais dès qu'il s'agit des relations homme-femme… Eh bien, ça peut être effrayant.

Leurs regards se croisèrent. Le pouls d'Abby s'emballa, et son cœur flotta dans sa poitrine.

— Est-ce que je vous effraie ? demanda-t-elle d'un ton un peu taquin.

— Oh ! Oui…

Il posa sa main sur sa joue.

— Mais je crois qu'affronter ses peurs est d'une importance capitale.

Alors qu'il abaissait sa tête vers la sienne, un crissement de pneus sur du gravier le fit se redresser en un éclair.

— On a de la visite, dit-il en lui tendant le bébé.

Il se leva, s'approcha de la fenêtre et regarda entre les lames du store. Abby serra Angelique contre elle. Le véhicule s'était arrêté devant la caravane.

— Hé, ce n'est que nous ! lança une voix de femme. Nous sommes venus voir comment vous vous débrouillez avec le bébé.

Carmen.

Les épaules de Michael se détendirent. Il passa un T-shirt et alla ouvrir.

Carmen entra, suivie de Lance. Il portait un grand carton où était imprimé « Couches pour bébés ».

— Nous avons apporté de nouvelles couches-culottes et du lait maternisé, annonça-t-il d'une voix forte, dans le silence du soir.

Il déposa la boîte sur la table, s'assura que chaque store était tiré, puis ouvrit la boîte de couches, révélant un baigneur hyperréaliste, emmailloté dans une couverture identique à celle qui protégeait Angelique.

— Il s'appelle « Mon Vrai Bébé », indiqua Carmen. Incroyable, non ?

Elle le sortit de la boîte, le tenant comme s'il s'agissait d'un vrai nourrisson, et le tendit à Abby.

— A distance, personne ne pourra faire la différence, affirma-t-elle.

Abby s'en saisit, le plaça au creux de son bras et se retourna vers Angelique, couchée dans son carton sur la banquette.

— La vraie va me manquer, soupira-t-elle. Où l'emmenez-vous ?

— L'Etat m'a mise en contact avec une femme de Grand Canyon, qui s'est spécialisée dans l'accueil temporaire d'enfants en bas âge, répondit Carmen. Elle y sera en sécurité.

Plus qu'elle ne le serait en restant avec elle et Michael, Abby le savait. Ce n'en était pas moins un déchirement de la voir partir.

Carmen sortit Angelique de son « berceau » et lui fit quelques câlins puis la transféra dans la boîte de couches.

— Je suppose que vous n'avez pas de nouvelles du Mexicain, dit-elle en ajustant la couverture autour de l'enfant.

— Non, aucune, confirma Michael. Mais il ne sait peut-être pas encore qu'elle est ici.

— Nous avons lâché l'info en ville, indiqua Lance. Je me suis arrêté pour prendre du carburant, et j'ai parlé à la cantonade du bébé que nous avions trouvé.

— Pour les ragots, il est très fort, ironisa Carmen en lui donnant un petit coup de coude dans les côtes. Peut-être que certains échos arriveront aux oreilles de notre homme.

— Espérons-le, fit Abby.

— Appelez si vous avez besoin de quelque chose.

Lance referma la boîte et la souleva.

— Prenez bien soin d'elle, leur recommanda Abby, émue.

Luttant contre une irrépressible envie de reprendre la fillette, elle serra les poings sur ses hanches.

— N'ayez crainte, conclut Carmen. A demain.

Ils s'en allèrent. Michael referma la porte derrière eux et la verrouilla. S'asseyant sur la banquette, Abby tendit l'oreille : le bruit du véhicule diminua peu à peu, jusqu'à disparaître tout à fait. Les larmes lui montèrent aux yeux. Elle battit des paupières pour les refouler, mais elles rompirent leurs digues et dégoulinèrent sur ses joues.

Michael se précipita à ses côtés.

— Hé ! Qu'est-ce qui ne va pas ?

— Je ne lui ai même pas dit au revoir, expliqua-t-elle, étouffant un sanglot.

Il lui saisit la main et la tapota, mais cela ne fit que libérer davantage ses larmes. Il l'attira contre lui, et elle enfouit la tête au creux de son cou.

— Je sais que c'est stupide, bégaya-t-elle. Je la connais à peine, mais je… je me sens responsable d'elle.

— Chut, tout va bien.

Il lui caressa les cheveux, la berça contre lui.

— C'est tout à fait normal qu'elle vous manque. Ne pas savoir ce qu'elle va devenir est angoissant.

Abby releva la tête vers Michael.

— Vous comprenez.

— J'essaie.

Il lui embrassa la joue, mais elle tourna la tête et trouva ses lèvres. Elle l'embrassa avec fébrilité, désireuse de chasser sa tristesse, d'oublier au moins un instant le bébé, Mariposa, et un étranger qui voulait peut-être sa mort.

Il répondit à son baiser avec la même ferveur, referma ses bras sur elle et la serra fort contre lui. De la pointe de sa langue, elle lui ouvrit les lèvres et découvrit le goût du caramel qu'il affectionnait. Ils s'embrassèrent jusqu'à ce qu'elle se mette à trembler, prise d'un léger vertige. Son corps vibrait de leur étreinte, mais elle voulait plus…

Insinuant une main sous son T-shirt, elle la plaqua sur son ventre, sur la pilosité rêche et douce qui descendait sous sa ceinture. Il traça une ligne de baisers jusqu'à son oreille.

— Si vous continuez ainsi, dit-il d'une voix grave, voilée par le désir, je ne pourrai pas m'arrêter.

— Je ne veux pas que nous arrêtions. Je veux que nous fassions l'amour.

Joignant le geste à la parole, elle le repoussa contre la banquette et se pencha sur lui. Il leva une main et couvrit un sein à travers le fin coton de son T-shirt. Son téton se durcit aussitôt. Il le taquina de son pouce, déclenchant une onde de plaisir qui la traversa jusqu'aux orteils. Son souffle s'accéléra, et ses paupières se fermèrent tandis qu'elle s'abandonnait au délicieux flux de sensations.

Puis sa bouche vint sur elle. La combinaison de son haleine humide et du frottement du tissu sur sa poitrine la rendait folle. Elle poussa un petit gémissement et, les doigts nerveux, tâtonna pour ôter le vêtement. Il se redressa pour l'aider, puis se débarrassa de son propre T-shirt, de sorte qu'ils se retrouvèrent nus au-dessus de la taille.

— Tu es si belle, dit-il, passant au tutoiement sans même sembler s'en rendre compte. Si belle…

Il posa doucement les mains sur ses flancs comme s'il touchait un objet précieux.

Il aurait dit la même chose, elle en était convaincue, si son corps n'avait pas été abîmé comme l'était son visage. Ses mots n'auraient pas été mensongers. Lorsque Michael la regardait, il voyait plus que la surface, cela ne faisait aucun doute. C'était ainsi depuis le début. Peut-être était-elle tombée amoureuse de lui pour cette raison.

Elle se leva et lui tendit la main.

— Nous serons mieux dans mon lit.

Il la laissa l'aider à se lever, et l'emmener à l'autre extrémité de la caravane.

Une fois dans la chambre, elle commença à ouvrir les couvertures. Il avança la main pour l'aider, mais s'interrompit soudain.

— Qu'y a-t-il ?

— Juste une seconde.

Il se retourna et disparut dans la salle de bains.

Elle en profita pour enlever son pantalon de yoga, et lorsqu'il réapparut, elle était assise sur le lit en tenue d'Eve.

Il la contempla sans un mot, et ce qu'elle lut dans ses yeux la fit trembler d'anticipation.

— Tu en as mis du temps, dit-elle.

Il lui présenta un préservatif dans son emballage.

— Il fallait que je trouve ça dans mon sac.

Elle sourit.

— Tu penses à tout.

— J'ai été scout, je te le rappelle, déclara-t-il en s'avançant. Et la devise des scouts est « Toujours prêt ! »

— Quelque chose me dit que ce n'est pas à ce genre de situation qu'elle s'applique.

Elle lui fit de la place sur le lit. Il s'arrêta pour ôter son jean. Son cœur se mit à battre à grands coups tandis qu'elle contemplait — avec une décontraction feinte — son corps nu. Seigneur, il était aussi beau que dans ses fantasmes.

Ils s'allongèrent face à face dans le lit. Les petites lampes de lecture les éclairaient d'une lumière douce et intime. Il posa une main sur le creux de sa taille, puis l'aventura vers son fessier et l'amena à lui.

— J'ai l'impression d'avoir attendu ce moment depuis des siècles, confia-t-il. Ça paraît fou, non ?

— Pas du tout.

En fait, elle ressentait la même chose. Comme si ses réticences à sortir avec d'autres hommes venaient de ce qu'elle ne l'avait pas encore rencontré, *lui*. Etait-il possible que ces moments dramatiques dans l'hélicoptère, au-dessus de l'Afghanistan, aient forgé entre eux un lien qui défiait toute compréhension ? Dès qu'elle était avec lui, sa timidité, son besoin de réclusion et de solitude s'envolaient. Elle voulait s'ouvrir à lui, tout lui révéler d'elle, être près de lui comme jamais elle ne se l'était autorisé avec aucun homme auparavant.

— Fais-moi l'amour, murmura-t-elle, avant de poser un tendre baiser sur ses lèvres.

Il s'empara de sa bouche, et en un instant, ils furent étroitement enlacés, bras et jambes emmêlés, mains et lèvres caressant, explorant tout ce qui se trouvait à leur portée. Il s'écarta juste le temps d'enfiler le préservatif, puis se rapprocha et la pénétra. Elle referma les jambes sur ses reins, en proie à une folle envie de crier sa joie, mais il commença à bouger en elle et elle perdit toute capacité de parler, et même de penser. Il n'y avait plus que les merveilleuses sensations qui se succédaient dans ses entrailles.

Quand il se produisit, son orgasme fut une déferlante sauvage qui l'emplit de lumière et de vie, pour la laisser étourdie, suspendue entre ciel et terre. Il resserra son étreinte, et lorsqu'il trouva sa propre jouissance cria son nom.

Ils demeurèrent un long moment blottis l'un contre l'autre, La tête d'Abby reposant sur ses bras puissants, ses doigts caressant son torse.

— Je me demandais si j'allais revivre un jour des moments aussi merveilleux, murmura-t-elle contre son cou.

— Je suis heureux que tu ne veuilles plus rien me cacher de toi, répondit-il.

Du bout du doigt, il suivit le dessin de sa cicatrice sur sa joue. Non sans surprise, elle prit conscience de présenter le mauvais côté de son visage à la lumière. Ses cheveux étaient ramenés derrière son oreille. Même la nuit, elle dormait généralement la tête sur sa cicatrice. Mais si cette position nouvelle lui procurait une étrange impression de vulnérabilité, elle ne la dérangeait pas le moins du monde.

Elle se nicha plus près de lui.

— Tu m'as vue sous mon pire aspect, et tu ne t'es pas enfui. En fait, ajouta-t-elle, je crois maintenant que tu peux tout voir de moi.

— Je serai toujours là pour toi, Abby. Je ne laisserai jamais plus personne te faire du mal.

Michael se réveilla aux aurores, une vieille habitude qui lui permettait d'être d'attaque dès le lever du jour.

L'intérieur de la caravane baignait dans une lumière argentée, tandis qu'à l'extérieur un oiseau saluait cette journée nouvelle.

A côté de lui, recroquevillée sur le flanc, Abby lui tournait le dos, la tête à demi enfouie sous les couvertures. Il bascula sur lui-même, veillant à ne pas la déranger, et contempla sa forme endormie. Il faillit se pincer pour s'assurer qu'il ne rêvait pas. Il avait maintes fois fait ce songe au fil des ans, au point qu'il se demandait parfois ce qui clochait chez lui. Quel homme sain d'esprit laissait le souvenir d'une femme, à laquelle il n'avait jamais parlé, l'habiter de la sorte ?

Mais peu importait que son attirance pour Abby l'ait toujours taraudé : seul comptait qu'elle soit là, avec lui, en cet instant. Peu importait que ce soit le hasard ou le destin qui les ait réunis : il serait son gardien et son amant. Ni elle ni lui ne seraient plus jamais seuls.

Comme si elle sentait son regard sur elle, elle remua, roula sur le dos, ouvrit les yeux et lui sourit.

— Depuis combien de temps tu m'espionnes comme ça ?

— Quelques minutes seulement.

Il se rapprocha d'elle. Sa peau était toute chaude de sa nuit, si douce, si lisse…

— Hmm, je vois que tu es bien réveillé.

Avec un sourire coquin, elle descendit sa main et caressa sa virilité.

Il se fit violence pour ne pas la prendre sur-le-champ, et se contenta de lui embrasser l'épaule.

— Entre la sonnerie de mon réveil et toi, minauda-t-elle, mon choix est vite fait.

Elle lui tapota le bras.

— Donne-moi une minute, je reviens tout de suite.

Sur ce, elle sortit du lit, émouvante dans sa nudité. Il se laissa retomber sur le dos, le regard tourné vers le plafond de la caravane, trois coudées au-dessus de sa tête.

Il ne voulait pas laisser ses préoccupations extérieures parasiter ce moment, mais les occulter était impossible. Comment allait Angelique ? *El Jefe* se doutait-il qu'il se trouvait toujours avec Abby ?

Elle le retrouva dans le lit. Elle sentait le dentifrice à la menthe, ses cheveux étaient peignés, et elle s'était rafraîchi le visage.

— A mon tour, dit-il.

Dans la salle de bains, il s'empressa de purifier son haleine matinale, puis sortit un nouveau préservatif de son sac.

Lorsqu'il regagna leur couche, elle l'attendait les bras ouverts. Il l'attira à lui, savourant le contact de ses seins contre sa poitrine. Ses tétons étaient déjà érigés. Elle glissa une cuisse par-dessus la sienne et colla son bassin contre le sien.

— A quelle heure dois-tu te présenter au rapport ? s'enquit-elle.

— Dans une heure environ. Nous avons tout le temps.

— Le temps pour quoi ? le taquina-t-elle.

Il la serra davantage contre lui.

— Le temps pour moi de te montrer un peu plus de ce que tu as raté.

— Hmmm. Peut-être que c'est moi qui ai deux ou trois petites choses à te montrer.

Se dégageant de ses bras, elle redressa le buste, le repoussa contre les oreillers et le chevaucha.

Il posa les mains sur sa taille.

— Oh ! Tu crois ?

— Ce n'est pas pour rien que j'ai choisi la spécialité biologie. Donne-moi ce préservatif. Le cours a commencé.

Ils se réveillèrent avec le bourdonnement du portable de Michael sur la table de chevet. Il tendit le bras et l'attrapa. Abby se dressa sur les coudes pour l'observer. Elle avait le corps chaud, et se sentait détendue malgré d'agréables courbatures. Elle sourit au souvenir de ce qui les avait causées. Pour être en pleine forme, il lui fallait davantage de pratique avec Michael, c'était clair.

— Non, rien à signaler, dit-il. Tout s'est bien passé pour Angelique ?

Il ajouta, quelques secondes plus tard :

— Je le lui dirai… Non, je pense qu'elle a bien dormi… Comment le saurais-je ?

Un rougissement lui envahit les oreilles, nota Abby. Elle se couvrit la bouche pour étouffer un gloussement. Ce brin de fragilité chez lui la séduisait.

Il raccrocha et se laissa retomber sur l'oreiller.

— C'était Carmen. Angelique semble avoir accepté sans problème son nouvel environnement. La femme a une quarantaine d'années et deux enfants adolescents. Elle n'a pas d'autre bébé pour le moment. Le contact a d'emblée été positif.

— J'en suis très contente. Qu'a dit Carmen pour te faire rougir ainsi ?

Ses oreilles virèrent au cramoisi.

— Elle voulait savoir si je ne t'avais pas tenue éveillée trop tard. Et si ton lit était confortable.

— Donc, elle sait que tu es très attiré par moi.

— Je crois que toute l'équipe le sait. Je ne suis pas très doué pour cacher mes sentiments.

— On dirait que c'est moi qui ai mis le plus de temps à m'en apercevoir. Mais maintenant j'en suis convaincue ! J'adorerais rester au lit toute la journée avec toi, mais je suppose que ce sera pour une autre fois. Quel est le programme de la journée ?

— Te montrer avec le bébé. Je veux donner à *El Jefe* toutes les chances de te trouver et de tenter quelque chose.

— Ce ne sera pas la même chose que d'en avoir un vrai, répondit-elle. Mais je ferai de mon mieux.

Quinze minutes plus tard, ils étaient tous deux habillés, et du café passait dans la machine électrique.

— Je vais jeter un coup d'œil dehors, annonça Michael.

Il glissa son arme dans son étui de ceinture, à côté de ses divers accessoires.

— Je n'ai entendu aucun bruit suspect cette nuit, mais ça ne veut rien dire.

— Nous étions tous deux un peu… occupés.

Il afficha un demi-sourire.

— C'est vrai…

Michael ouvrit la porte et sortit dans la lumière brumeuse du petit matin. Il faisait encore un peu frisquet, et l'air était chargé d'une odeur de pins et de cèdres. Les emplacements de chaque côté de la caravane d'Abby étaient vides, et les arbres empêchaient de voir les autres. Sa voiture était garée près de la table de pique-nique et du foyer en pierres, le Cruiser de Carmen juste à côté. Tout semblait à sa place.

Il se retourna pour inspecter la caravane, et son cœur rata un battement. Flottant dans la brise, une feuille de papier plié était scotchée sur la porte.

Regagnant l'intérieur, il prit un couteau dans le tiroir de la cuisine.

— Que se passe-t-il ? demanda Abby en le suivant vers la porte. Il y a un problème ?

— Quelqu'un t'a laissé un message.

Il détacha l'adhésif à l'aide de la lame, saisit la feuille par un coin, la déplia et lut ce qui était écrit.

Hissée sur la pointe des pieds, Abby tenta de jeter un coup d'œil par-dessus son épaule.

— Laisse-moi voir.

Il lui montra le message.

— N'y touche pas. Lis, simplement.

Elle fronça les sourcils.

— Je ne comprends rien. C'est de l'espagnol.

— Excuse-moi, j'avais oublié. C'est de Mariposa. Elle veut te voir. Elle dit qu'elle est désormais en sécurité et qu'elle peut reprendre son bébé.

13

Abby considéra un moment le message, regrettant de ne pas lire l'espagnol.

— Est-ce que ça signifie que Mariposa est parvenue à se libérer des gens qui la gardaient prisonnière ? Comment savait-elle où me trouver ?

— Elle ne le savait pas. C'est un faux, grogna Michael en tapotant le papier du doigt. Un truc pour t'amener à un endroit où il sera plus facile d'enlever Angelique et de se débarrasser de toi.

L'excitation d'Abby retomba.

— Tu as raison, bien sûr. Mariposa ne pouvait pas savoir que j'étais ici.

— C'est évident. Car si elle l'avait su, pourquoi ne pas simplement frapper à la porte et demander à voir son bébé ?

— Ça, par contre, je peux le comprendre. Si elle se trouve illégalement sur le territoire américain, elle ne prendra pas le risque de tomber sur quelqu'un qui travaille à la protection des frontières. Je veux dire, le Cruiser est là, juste devant, avec le logo.

— Un point pour toi. Mais je ne crois toujours pas que le message vient d'elle.

— On a pu la forcer à l'écrire, suggéra Abby.

El Jefe l'avait-il convaincue qu'elle ne courait aucun risque en récupérant son enfant ?

— Bon sang, si seulement je savais pourquoi cet homme veut Angelique ! pesta Michael.

— Est-ce si important ? Même s'il s'avère qu'il en est le père et qu'il l'aime, quel genre de vie pourra-t-elle avoir avec une mère prisonnière ?

Abby serra les bras sur elle, soudain frigorifiée en dépit de la température qui grimpait déjà.

— Que fait-on ? demanda-t-elle.

— Je veux montrer cette feuille à Graham et aux autres, répondit-il. Couvrons le faux bébé et rendons-nous au QG.

Abby procéda aux gestes habituels pour placer le baigneur contre elle et ajuster le fichu.

— Ça me fait bizarre, dit-elle.

— Ça te fait peut-être bizarre, mais ça a l'air vrai, c'est tout ce qui compte. L'important, c'est que tu joues le jeu tant que nous sommes dehors, au cas où nous serions observés.

Elle se comporta donc comme s'il s'agissait d'Angelique, l'entourant d'attentions, la berçant, jusqu'à ce qu'ils aient atteint le Cruiser et qu'elle se soit installée sur le siège passager. Michael lança le moteur.

— Tu crois que quelqu'un nous épie ?

— Si je me fie à ce message, c'est probable.

S'aidant des rétroviseurs extérieurs, il quitta son emplacement en marche arrière.

— Alors ils savent que tu as passé la nuit dans ma caravane.

Il se tourna vers elle.

— Ça t'ennuie que d'autres personnes sachent que nous sommes ensemble ?

— Non. Mais est-ce qu'ils ne trouveront pas ça suspect ? La présence du Cruiser rend évident le fait que tu appartiens à la force mixte, même s'ils ne t'ont pas reconnu jusqu'ici.

— Que j'en sois membre ne signifie pas que j'étais en service cette nuit. Chacun de nous a droit à une vie privée. Mais pour que les choses soient bien claires pour la personne qui nous épierait…

Il mit le levier de vitesse au point mort, se pencha par-dessus la console et l'embrassa avec volupté.

Elle laissa échapper un petit cri de surprise, puis se laissa aller contre lui et plongea les doigts dans ses cheveux tandis qu'il approfondissait son baiser. La sensation grisante de ses lèvres sous les siennes, fermes et sensuelles, réveilla, une nouvelle fois, un désir qu'elle avait longtemps cru en léthargie. Quand il rompit enfin leur baiser, elle leva les yeux, le souffle court.

— Waouh, c'était très convaincant.

— Je ne faisais pas semblant, au cas où tu te poserais la question, lui confia-t-il.

De toute évidence, il n'avait pas non plus fait semblant durant la nuit. La connexion entre eux avait été bien réelle, et, pour tout dire, un peu perturbante. Elle n'était pas sûre de vouloir sauter à pieds joints dans une relation de couple, surtout avec un homme dont la vie était si compliquée. Les années qui avaient suivi son retour d'Afghanistan, elle les avait traversées en menant une existence simple, sans attache, sans engagement, sans obligation envers qui que ce soit sinon elle-même… Ce n'était pas une façon de vivre exaltante, mais elle présentait l'avantage d'être sûre. Michael l'attirait dans quelque chose de plus profond… et de plus effrayant.

Au quartier général, ils trouvèrent Simon penché sur son ordinateur. L'agent de l'Immigration et des Douanes fronça les sourcils en voyant Abby se défaire du fichu et de son contenu.

— Qu'est-ce que vous faites là ? s'étonna-t-il.

— Cette nuit, quelqu'un a laissé une lettre suspecte sur la porte de la caravane d'Abby, répondit Michael. Où est le capitaine ?

— Ici, dit Graham en émergeant de son bureau.

Il avait l'air fatigué, nota Abby, comme s'il n'avait pas bien dormi. Se faisait-il du souci pour elle, ou pour Angelique ? Ou était-il préoccupé par un événement de dernière minute ?

— Ceci était scotché sur sa porte, ce matin, indiqua Michael en lui tendant le papier.

Graham sortit une paire de lunettes de sa poche de poitrine, les chaussa, puis étudia le document.

— Savez-vous qui l'y a mis ? demanda-t-il en se tournant vers Abby. Avez-vous vu ou entendu quelqu'un ?

— Non, monsieur, répondit Michael avec une brusquerie toute militaire.

— Non, fit écho Abby.

Elle baissa aussitôt les yeux et se plongea dans l'ajustement du fichu autour du faux poupon, comme s'il s'agissait d'une tâche de la première urgence qui ne pouvait être différée. Tout en s'activant, elle s'émerveilla de l'aptitude de Michael à conserver une expression neutre, dépourvue d'émotion. Pendant la majeure partie de la nuit, ils avaient été si accaparés l'un par l'autre qu'il aurait pu y avoir une course de dragsters sur la route qu'elle ne s'en serait pas aperçue.

— Lance et Randall n'étaient pas censés surveiller les lieux ? reprit Michael.

— Si, répondit Graham. S'ils avaient remarqué quoi que ce soit, ils l'auraient signalé.

Il posa la feuille sur la table.

— Nous allons la passer à la poudre à empreintes, mais il n'en ressortira sans doute rien.

Simon intervint :

— A propos du seau, nous avons relevé deux jeux d'empreintes dessus : celui de la femme, plus un autre pour lequel nous avons une correspondance.

— Et ? s'enquit Michael.

— Ce sont les empreintes d'un certain Raul Meredes. Ça te dit quelque chose ?

— Non, répondit Michael en secouant la tête. Qui est-ce ?

— Un type qui a des accointances avec le cartel Milenio, de Guadalajara, expliqua Graham. Il est le principal suspect dans une affaire de meurtre de shérif-adjoint, à la frontière texane, mais les charges contre lui ont dû être abandonnées.

— Il opère de chaque côté de la frontière depuis des années, précisa Simon. Passage de drogue… et d'êtres humains.

— Je ne crois pas qu'il soit l'auteur du message, dit Carmen en examinant celui-ci par-dessus l'épaule de Graham. L'écriture est trop féminine.

— C'est exact, approuva Abby. Mais *El Jefe*… ou plutôt,

Meredes, peut avoir forcé Mariposa à le rédiger. A moins qu'une autre femme ne l'ait fait.

— Je présume que vous n'avez pas vu trace d'une Américaine blonde parmi les personnes qui se trouvaient près de ces caravanes ? demanda Graham.

Michael se tourna vers lui.

— Vous faites allusion à Lauren Starling ? Elle n'a pas encore été retrouvée ?

— La police de Denver se refuse toujours à parler de disparition. Il semble qu'à de nombreuses reprises elle se soit fait remarquer par un comportement singulier. Ce ne serait d'ailleurs pas la première fois qu'elle joue les filles de l'air. Mais la famille commence à faire du bruit et nous met la pression. Malheureusement, nous n'avons pas grand-chose sur quoi commencer. La voiture est propre. Pas de lettre, pas de carte routière, rien qui permette de connaître ses intentions.

— D'après moi, elle n'était pas au campement, déclara Abby. Tous les gens que j'ai vus étaient bruns et de type latino.

— Bah. Je voulais juste poser la question.

Graham reporta son attention sur la feuille.

— Que faisons-nous avec ça ? marmonna-t-il comme pour lui-même.

— C'est un faux, assura Michael. Quelqu'un cherche à attirer Abby et le bébé dans un piège.

— Angelique est en sécurité, leur rappela Carmen. Quoi que nous fassions, elle ne risque rien.

— Nous ne bougeons pas, décida Michael. C'est trop dangereux.

Abby, qui était occupée à ajuster une couverture autour du baigneur, se figea net. Les mots venaient de la bouche de Michael, mais ils auraient pu venir de celle de son père, lui disant qu'elle ne saurait s'engager dans l'armée ; d'hommes de son unité, expliquant qu'elle n'était pas capable de mener une patrouille ; de membres de sa famille, tentant de la dissuader d'aller à la fac, d'étudier la biologie comme elle le souhaitait, de faire des recherches dans des endroits perdus. Toute sa vie, les gens lui avaient dit « tu ne peux pas faire ceci » ou « tu n'es pas capable de cela ».

« Femme », « belle », « blessée » étaient les étiquettes dont ils s'étaient servis contre elle. Mais celles-ci n'avaient fait qu'affermir sa détermination à prouver qu'ils se trompaient.

— Il s'est produit un fait nouveau qui pourrait être lié, reprit Graham.

Abby laissa tomber la couverture et se tourna vers lui. Il n'avait pas donné son approbation à Michael. Il n'avait fait que changer de sujet.

— Quel fait nouveau ? s'enquit Michael, un sourcil levé.

Graham marqua une pause, avant d'annoncer :

— Richard Prentice a bloqué une route de service qui traverse sa propriété. C'est une voie publique antérieure à la création du parc. C'est la plus courte… la seule, à vrai dire, qui permette d'accéder à de rares gravures rupestres du canyon. Une équipe de chercheurs de l'Université de Denver les étudie depuis plus de deux ans. Ce matin, ils ont trouvé des barrières qui les ont empêchés de passer. Les avocats de Prentice ont requis hier une ordonnance du juge, et celui-ci a décrété la fermeture de la route dans l'attente d'une audience.

— Pourquoi la fermer maintenant, après tout ce temps ? s'étonna Michael.

— Parce qu'il le peut, répondit Simon.

— Ou parce qu'il veut que personne ne s'approche d'un truc qu'il est en train de faire.

La suggestion était de Lance.

— Quel genre de truc ? demanda Abby.

Graham fronça les sourcils. Parce qu'il se demandait s'il pouvait discuter d'une affaire concernant la force mixte en présence d'un civil ? Abby regretta de n'avoir pas su tenir sa langue. Il risquait de l'éjecter de la pièce.

— Abby est dans le coup maintenant, intervint Carmen. Et je lui fais totalement confiance pour garder le silence sur ce que nous disons.

— Bien entendu, confirma Abby avec un regard de gratitude à son adresse.

Graham hocha la tête.

— Les capteurs que nous avons placés sur cette route pour mesurer le trafic dans le parc indiquent un accroissement du nombre de véhicules bifurquant sur le ranch de Prentice. C'est-à-dire, plus que pour quelques étudiants qui s'intéresseraient aux gravures rupestres, ou que ses ouvriers et visiteurs.

— Selon vous, de qui s'agit-il ? demanda Michael.

— Nous avons circulé plusieurs fois à proximité sans voir grand-chose, répondit Randall.

— Prentice se plaint haut et fort dans les médias, auprès du gouvernement et de qui veut l'entendre, que nous le harcelons, ajouta Simon.

— Nous avons effectué un survol de sa propriété, précisa Graham, mais sans résultat. Nous n'avons rien noté de suspect. Du moins jusqu'ici.

— Vous croyez que ce qui se passe là-bas a quelque chose à voir avec Mariposa, Raul Meredes et les travailleurs clandestins qui logeaient dans les caravanes ? demanda Abby.

— Comment le savoir ?

— Mais ils devaient bien aller quelque part en quittant cet arroyo, souligna Simon. Le ranch de Prentice constitue un endroit idéal pour disparaître rapidement. Nous n'avons trouvé personne qui les ait vus après le déménagement du campement, ce matin. Et dès qu'ils ont atteint la route asphaltée, leurs traces ont disparu.

— Si j'accepte de rencontrer Mariposa, Meredes ou un émissaire, dit Abby, vous en aurez peut-être plus à vous mettre sous la dent. Quelque chose de vraiment utile qui permettra de débloquer l'affaire.

— Il n'en est pas question !

L'exclamation de Michael noya ce que Graham s'apprêtait à répondre. Même le regard noir que lui adressa ce dernier ne suffit pas à le calmer.

— Nous ne devons pas mettre en danger un civil !

— N'est-ce pas ce que nous voulions depuis le début ? objecta Abby. Le forcer à avancer à découvert pour que vous puissiez le capturer ?

— C'est trop risqué, grogna Michael. Le plan initial était de l'attirer ici, où nous pouvons mieux contrôler les choses. Si tu te rends sur son terrain, c'est lui qui aura le contrôle.

Personne ne sembla remarquer ce soudain tutoiement. Il devait sembler naturel aux yeux de tous. Cela étant, qu'est-ce qui importait le plus à Michael ? s'interrogea Abby. Avoir le contrôle sur l'opération, ou avoir le contrôle sur *elle* ? Il ne semblait pas être ainsi, mais ses dernières expériences en matière d'hommes la rendaient méfiante. Après tout, que savait-elle vraiment de lui ? Il avait commencé par revendiquer un droit sur elle parce qu'il l'avait sauvée. L'euphorie dorée qui avait suivi leurs étreintes l'avait-elle empêchée de voir chez lui une sorte de trouble compulsif, une obsession maladive ?

Elle le dévisagea et tenta de discerner, au fond de ses prunelles noires, ce qu'il ressentait vraiment, mais il ne s'y lisait que de l'obstination.

— Je ne suis pas une petite fille sans défense, reprit-elle. Je me suis déjà trouvée en situation dangereuse dans le passé. Bien plus dangereuse. J'ai été entraînée à veiller sur moi-même.

— Cette fois, tu n'as pas une armée derrière toi, objecta-t-il. Ne confonds pas stupidité et bravoure.

Ces mots lui firent l'effet d'une gifle.

— De quel droit tu me dis ce que je dois faire ? s'insurgea-t-elle.

— Abby a raison, intervint Graham en se plaçant entre les deux. C'est peut-être l'ouverture que nous cherchions depuis longtemps. Si nous avons la chance d'accéder à Meredes, il nous conduira peut-être à la personne qui est derrière tout ça.

— Et nous découvrirons peut-être un lien entre Prentice et lui, ajouta Simon.

— La vie de Mariposa et de nombreuses autres personnes est en jeu, rappela Abby. Comment pourrais-je refuser ?

— Nous fixerons le rendez-vous à un endroit neutre, décida

Graham. Et nous placerons un maximum d'hommes autour, pour le cas où Meredes tenterait un coup fourré.

— Si vous tentez de l'y faire venir en personne, il risque de prendre Abby comme otage, avertit Michael.

— Si cela doit la mettre en danger, répondit Graham, alors nous le suivrons dès qu'il sera reparti.

— Je veux le faire, insista Abby. Je veux aider ces gens.

— Je persiste à penser que…

Mais elle ne sut jamais ce que Michael persistait à penser : le téléphone de Graham sonna, un modèle désuet dont le carillon strident les réduisit tous au silence.

— Capitaine Ellison, dit-il en décrochant.

Il se raidit, ses épaules se crispèrent et il dressa la tête.

— Où ?

Il ajouta presque aussitôt :

— Combien ?

Puis :

— Nous arrivons tout de suite.

Il raccrocha.

— C'était Randall. Marco et lui croient avoir retrouvé les caravanes du campement. Ou du moins, quelques-unes d'entre elles.

— Où ? fit Simon.

— Est-ce qu'il y a des gens dedans ? s'enquit Abby.

Graham se tourna vers la carte murale derrière lui. Il l'étudia quelques instants, puis indiqua un point à l'extrême limite du territoire du parc.

— Vous voyez cet endroit ? Les caravanes sont là. C'est un arroyo assez encaissé.

Michael le rejoignit devant la carte.

— Il se situe à la lisière du ranch de Richard Prentice, fit-il remarquer, le doigt pointé sur une zone blanche marquée « Propriété privée ».

— Ils ont très certainement traversé ses terres par cette route pour arriver là, observa Simon.

— Comment Randall et Marco ont-ils fait pour y parvenir ? demanda Carmen.

— Grâce à un hélico du Bureau de l'Administration des Terres, répondit Graham. Un agent qui avait une dette envers Randall.

— La question, c'est comment nous y rendre ? souligna Michael. La route de Prentice est toujours bloquée.

— Eh bien, nous le persuaderons de l'ouvrir.

Graham puisa ses clés dans sa poche.

— Allons-y ! Michael, il vaut mieux que vous restiez ici avec Abby.

— Non, répliqua-t-elle. Je viens avec vous.

— Je ne peux pas vous laisser faire ça, tonna Graham.

— Vous avez besoin de Michael, argua-t-elle. Et vous ne pouvez pas me laisser ici sans protection tant que Meredes nous recherche, le bébé et moi. Plutôt que de vous priver d'un élément important de votre équipe, laissez-moi vous accompagner. Je vous promets de rester dans le véhicule, de ne vous entraver en aucune façon.

Elle hésita, avant d'ajouter :

— S'il vous plaît, j'ai besoin de savoir si Mariposa est là-bas, si elle est réellement en sécurité.

Graham se tourna vers Michael, puis reposa les yeux sur elle.

— OK. Vous pouvez venir. A condition de rester aussi éloignée que possible de l'action. Montez avec Simon.

— Merci.

— Elle peut monter avec moi, objecta Michael.

— Non. Je veux que vous soyez concentré sur votre travail, pas sur elle. Vous accompagnerez Carmen. A présent, mettons-nous en route.

Abby tâcha de placer le faux poupon en position confortable dans la couverture, tandis que les autres rassemblaient leurs affaires et se préparaient à sortir. Michael s'approcha d'elle. Elle lui jeta un regard inquiet.

— Il faut que je te parle une seconde, dit-il en l'emmenant dans un angle de la pièce, loin des autres.

— Je sais où je mets les pieds, murmura-t-elle. Je n'ai pas besoin d'un chevalier protecteur.

— D'accord, tu as les qualités qu'il faut. Tu es intelligente, pleine de capacités. Mais je viens juste de te trouver.

Son regard plongeait dans le sien, suppliant.

— Je ne veux pas te perdre.

— Ce n'est pas de toi qu'il s'agit ici. Ni de moi. Il s'agit de ce qui doit être fait.

Elle se dégagea de sa prise.

— Si le capitaine pense que je peux aider en acceptant une rencontre avec Meredes, alors je dois le faire.

Allait-il lui dire que cela ne lui plaisait pas mais qu'il comprenait ? Elle le souhaitait, mais il tourna les talons et battit en retraite de l'autre côté de la pièce, les bras croisés, la mine butée.

Abby lutta pour se ressaisir, pour présenter aux autres l'image d'une femme forte et déterminée, pour ne pas leur laisser voir son cœur brisé. Une nuit et quelques baisers n'octroyaient à Michael aucun droit sur elle, même si la lame de douleur qui lui traversait la poitrine valait avertissement : il avait peut-être déjà posé ses jalons sur un territoire qu'elle ne voulait pas céder.

14

— Si tu serres davantage ce volant, il va t'éclater entre les mains. Ça ne t'aidera pas beaucoup à tenir la route.

Carmen avait dit cela d'un ton léger, comme une plaisanterie, mais lorsque Michael se tourna vers son équipière dans le Cruiser, elle le toisa du regard.

— Il faut que tu lâches du lest, Michael. Une attitude dominatrice n'est certainement pas ce qu'il faut avec une femme comme Abby.

A ces mots, il jeta un coup d'œil dans le rétroviseur intérieur, en direction du véhicule qui les suivait. Abby et Simon étaient dedans, mais le reflet du soleil sur le pare-brise en verre teinté empêchait de voir l'intérieur.

— Fiche-lui la paix un moment, poursuivit Carmen. Donne-lui un peu d'air et elle reviendra vers toi.

— Que sais-tu de ce qui se passe entre nous ? répliqua-t-il, agacé. Tu nous as écoutés ?

— Pas besoin d'avoir des oreilles pour savoir qu'elle est à cran. Quand tu lui as ordonné de se tenir en retrait, son langage corporel était sans ambiguïté. Elle voulait que tu la soutiennes sur ce coup, et au lieu de ça, tu n'as cherché qu'à la mettre sur la touche.

Carmen secoua la tête.

— Mauvais mouvement.

— Ferme-la, tu veux ?

Il n'avait pas besoin qu'on lui dise où il s'était trompé avec Abby. Dès que les mots étaient sortis de sa bouche, il avait su qu'il commettait une erreur. Mais cela avait été plus fort que lui. Elle avait besoin que quelqu'un veille sur elle. Elle se battait toute seule depuis si longtemps qu'elle ignorait comment s'arrêter. Il avait tenté de lui expliquer qu'il était là pour elle, mais au lieu de gagner sa confiance et de la rassurer, il n'avait réussi qu'à s'imposer comme un gros macho. Et il n'avait pas le moindre début d'idée quant à la façon de rectifier cette image.

Résultat, il en était réduit au rôle d'observateur tandis qu'elle était décidée à mettre sa vie en danger pour traiter avec un homme dont il aurait dû s'occuper, *lui*. Son seul espoir était qu'il se produise entre-temps quelque chose qui rende inutile cette rencontre entre Abby et Meredes.

Graham, qui roulait en tête, ralentit pour bifurquer sur la propriété de Prentice. La grande grille de fer forgé était ouverte, ce qui leur permit de passer sous la massive arche de pierre.

— Souriez, vous êtes filmés, ironisa Michael.

Du menton, il salua l'œil de la caméra encastrée dans la pile latérale.

— Et voilà le comité d'accueil, maugréa Carmen, tandis qu'une jeep venait barrer la route devant eux.

Trois balaises en tenue de camouflage sable, et avec fusil semi-automatique, en descendirent.

Michael se rangea à côté du Cruiser de Graham et mit le levier de vitesse au point mort.

— Des gardes armés ? Mais pour qui il se prend ?

— Pour l'un des hommes les plus riches du pays, répondit Carmen. Qui doit penser qu'il a beaucoup à protéger.

— Ou à cacher, persifla Michael.

Il défit sa ceinture, descendit du 4x4 et rejoignit les autres, à l'exception d'Abby, restée dans celui de Simon comme convenu. Ils se groupèrent autour de Graham.

— Je dois vous demander de regagner vos véhicules, lança le plus grand des hommes, aux cheveux blonds taillés en brosse.

Personne ne bougea. Michael observa les deux autres gardes, qui prenaient position de chaque côté de la jeep. Leurs armes pointaient vers le sol mais leur posture n'en était pas moins menaçante.

— Monsieur, je vous prie de bien vouloir faire demi-tour, insista le blond. Vous êtes sur une propriété privée.

— Capitaine Graham Ellison, annonça Graham. Force mixte des territoires publics du Colorado.

Il exhiba sa plaque et sa carte.

— Je suis ici pour voir M. Prentice. Raison officielle.

— M. Prentice ne reçoit personne sans rendez-vous.

L'expression du garde demeura de marbre. Ses yeux étaient fixés sur Graham. Celui-ci aurait présenté sa carte de membre du Bowling Club que l'effet aurait été le même.

— Je suis sûr qu'il voudra nous voir, insista Graham. Nous avons découvert qu'il se passe sur sa propriété ce qui ressemble à des activités illicites, et nous voulons porter ce fait à son attention.

Aux mots « activités illicites », un pli se forma entre les sourcils de l'homme.

— Si vous appelez le secrétariat de M. Prentice, celui-ci se fera un plaisir de vous mettre en contact avec son pool d'avocats.

Son pool d'avocats. Apparemment, un seul ne suffisait pas pour monsieur, songea Michael.

— Ce n'est pas à ses avocats que nous voulons parler, mais à M. Prentice lui-même, rétorqua Graham d'un ton tranchant. Appelez-le et dites-lui que nous devons le voir maintenant, ou la prochaine fois nous viendrons avec un mandat d'arrêt.

Cette menace n'était qu'un bluff. Certes, ils pouvaient trouver un juge qui leur délivre un mandat. Mais ils pouvaient tout aussi bien tomber sur l'un de ceux avec qui Prentice entretenait des liens d'amitié. Mais Graham mit assez de conviction dans sa voix pour que ses propos sonnent comme une promesse. Le garde hésita.

— Appelez-le, répéta Graham.

L'homme tourna les talons et s'éloigna, tandis que ses collègues restaient en position près de la jeep. Michael tapa nerveusement le sol du pied. S'il ne tenait qu'à lui, il forcerait le barrage, obligeant les gardes à sauter de côté. Mais peut-être était-ce pour cela que le chef était Graham et non lui.

Son coup de fil terminé, le garde revint vers eux.

— M. Prentice vous accorde quelques minutes, annonça-t-il. Suivez-moi jusqu'à la maison.

Il pointa aussitôt le doigt sur Graham.

— Vous seul. Les autres restent ici.

Michael s'avança vers le véhicule de Graham. Le garde voulut s'y opposer, mais Graham ne lui en laissa pas le loisir.

— Je n'y vais pas seul, déclara-t-il. A ma place, vous ne le feriez pas non plus.

Le gorille blond fronça les sourcils, mais hocha la tête et regagna la jeep. Après environ trois cents mètres, une seconde jeep apparut derrière eux.

— Ces gens commencent vraiment à me taper sur les nerfs, grogna Michael.

— Je crois que c'est le but de la manœuvre, expliqua Graham. Nous déstabiliser.

— Je ne suis pas déstabilisé, répliqua Michael. Juste agacé.

Et devant le bâtiment qui s'élevait devant eux, il fronça un peu plus les sourcils. Le corps de ranch de Richard Prentice n'était ni plus ni moins qu'un château, avec murs en pierre de taille, créneaux et donjon. Conçu pour trois véhicules, le garage attenant était plus grand qu'une maison ordinaire.

Graham stoppa le Cruiser derrière une Escalade noire garée devant l'entrée. Ils en descendirent, puis suivirent les gardes jusqu'à un vestibule sombre. Après la vive lumière de l'extérieur, Michael dut plisser les yeux pour se faire une idée de la disposition des lieux. Un long couloir conduisait vers le fond de l'habitation, mais le garde blond les fit entrer dans une petite pièce contiguë au vestibule. Entièrement garnie de rayonnages, c'était a priori une bibliothèque, mais leur hôte n'avait probablement jamais ouvert un seul de ces livres à reliure de cuir qui s'alignaient sur les étagères.

Ils attendirent de longues minutes. Michael faisait les cent pas, tandis que Graham patientait dans un fauteuil. Ni l'un ni l'autre ne prononça un mot. La pièce était certainement sous écoute.

— Il ne nous recevra pas, lâcha tout à coup Michael. Nous devrions directement aller trouver le juge pour le mandat.

Trente secondes plus tard, la porte s'ouvrit, et un homme de taille modeste, vêtu d'un costume chic, pénétra dans la pièce.

— Richard Prentice, dit-il. Désolé de vous avoir fait attendre.

Au regard de sa réputation d'homme d'affaires retors et implacable, Michael fut surpris de découvrir un personnage aussi banal. La bague sur son doigt valait sans doute plus que son salaire annuel, mais Prentice faisait à peine un mètre soixante-dix, et son crâne commençait à se dégarnir.

Il serra la main de ses visiteurs.

— Alors, capitaine, on vient de m'apprendre que vous m'accusiez d'activités illégales ?

— Pas du tout, répondit Graham. Nous voulions juste vous alerter sur le fait qu'il se passe sur votre propriété certaines opérations qui tombent sous le coup de la loi. Je sais que je peux compter sur votre coopération pour expulser leurs auteurs et nous aider à les envoyer en prison.

— Asseyez-vous donc.

Prentice désigna deux fauteuils à oreilles disposés de chaque côté d'une petite table. Graham s'installa dans le premier, tandis que leur hôte se perchait sur l'accoudoir du sien, les mains croisées sur les genoux. Michael préféra rester debout.

— Voyez-vous, il me faudrait davantage de détails pour décider ou non de ma… coopération.

Il ne dessina pas de guillemets dans l'air, mais Michael n'eut pas besoin de transcripteur. Prentice n'était pas arrivé là où il était en coopérant avec qui que ce soit.

— Nous enquêtons sur un possible trafic d'êtres humains sur les terres fédérales limitrophes de votre ranch, expliqua Graham. Un certain Raul Meredes, lié à un cartel de la drogue mexicain, est peut-être à la tête du réseau.

Michael étudia la réaction de Prentice à la mention du

nom de Meredes. Imaginait-il le serrement de ses lèvres ? La crispation des muscles de sa mâchoire ?

— Jamais entendu parler, assura Prentice. En quoi tout cela me concerne-t-il ?

— Notre reconnaissance aérienne a révélé la possible existence d'un campement, où, selon nous, Meredes tient captifs un certain nombre d'immigrants clandestins. C'est à la lisière de votre propriété.

Prentice tiqua nettement aux mots « reconnaissance aérienne », mais laissa passer.

— Je veux être sûr de bien comprendre, capitaine. Ceci ne se passe pas sur ma propriété, n'est-ce pas ?

— Non, mais…

— Alors ce n'est pas mon problème.

Il se leva et s'écarta d'un pas.

— Vous pouvez partir, à présent.

Graham leva la main.

— Nous avons des raisons de croire que Meredes utilise ce secteur, y compris certaines parties de vos terres, pour la fabrication et le conditionnement de narcotiques, et comme station-relais pour un trafic d'êtres humains entre le Mexique, l'Amérique centrale, et Denver.

— Trafic de drogue, d'êtres humains… Ce sont des charges très graves. Je l'aurais remarqué si de telles activités avaient lieu sur mon ranch, et je peux vous assurer que ce n'est pas le cas.

— Votre ranch couvre une surface de plus de deux cent cinquante hectares, souligna Graham. Il doit être impossible de surveiller tout ce qui se passe sur un espace aussi vaste, « a fortiori » lorsqu'il est aussi sauvage et dépourvu de routes. En ce qui nous concerne, nous avons la conviction qu'une opération qui a commencé sur le territoire public a, disons, débordé sur votre propriété.

— Mais vous n'avez pas de preuves.

Prentice était aussi calme que s'il parlait de la météo.

— Si les caravanes que nous avons repérées du ciel sont celles du campement illégal, la seule route qui leur ait permis d'atteindre ce point est celle qui traverse vos terres, l'informa Graham.

— Tout cela n'est que pure spéculation, répliqua-t-il d'un air dédaigneux.

Il redressa le dos, la nuque raide. Traduction : il les renvoyait.

— Merci de m'avoir entretenu de cette question, messieurs. Je mettrai mes hommes dessus et vous tiendrai informés.

— Cette affaire n'est pas du ressort de civils, objecta Graham. C'est à nous qu'il incombe de mener l'enquête. Autrement dit, nous devons pouvoir traverser vos terres pour accéder au site.

L'expression de Prentice fut celle d'un homme qui vient de croquer une pomme pourrie.

— Je vois. Tout cela n'était qu'une ruse pour avoir libre accès à ma propriété, n'est-ce pas ?

— La vie de personnes innocentes est en jeu, monsieur Prentice.

— Si, comme vous le disiez, ils se trouvent illégalement dans le pays et trempent dans une affaire de production de drogue, ils sont tout sauf innocents.

Leur hôte s'entraînait-il à ce rictus hautain devant la glace, ou était-ce naturel ? se demanda Michael.

— Tout ce que nous demandons, c'est de pouvoir convoyer nos hommes et notre équipement à travers vos terres, dit Graham. Sur une route qui, jusqu'à la décision du juge, était une voie publique accessible à tous.

— Le tribunal m'a donné raison et reconnu que cette route était privée. Ma propriété l'est également. Je ne permettrai pas que vous vous en serviez pour poursuivre votre harcèlement à mon endroit.

— Monsieur Prentice, susurra Michael, il vous est peut-être difficile de l'admettre, mais le monde ne tourne pas autour de vous. Il est ici question de vies innocentes menacées. Si cela vous cause une petite gêne passagère, eh bien… tant pis.

Prentice le fusilla du regard.

— A présent, je vous demanderai de partir.

Il se tourna vers Graham.

— Si vous tentez quoi que ce soit, ma sécurité prendra les mesures nécessaires. Ah, et vous recevrez bientôt des nouvelles de mes avocats.

Graham s'avança d'un pas vers lui. Il dépassait l'homme d'une bonne demi-tête, et lui rendait au moins huit kilos. Il ne haussa pas la voix : il n'en avait pas besoin. Des années de commandement — d'abord chez les marines, puis dans les forces de l'ordre — l'avaient imprégné du sens de l'autorité.

— De deux choses l'une, monsieur Prentice. Soit vous coopérez et vous nous laissez accéder à ce canyon par cette route, soit je me fais fort d'obtenir un mandat pour fouiller votre propriété. Nous viendrons avec des chiens, des hélicos, des techniciens de scènes de crimes, et tout ce qui pourra nous être utile. Chaque centimètre carré de ce ranch sera examiné à la loupe. Et je veillerai à ce que les médias sachent pourquoi.

L'expression de Prentice ne changea pas, mais des perles de sueur apparurent sur sa lèvre supérieure.

— C'est une violation d'espace privé.

— Oui. Mais comme le dit l'adage, nécessité fait loi.

Cette fois, Prentice crispa les mâchoires. Graham l'avait acculé, et il le savait. Certes, il pouvait toujours gagner du temps, mais si le capitaine mettait sa menace à exécution, surtout s'il faisait intervenir les médias, Prentice ne trouverait plus la paix pendant des semaines, voire des mois.

— Vous ne me laissez vraiment pas le choix, n'est-ce pas ?

— Non. Pas vraiment.

Leur hôte recula.

— Très bien. Utilisez cette route. Mais mes hommes vous auront à l'œil, et si vous vous en écartez plus que nécessaire, alors vous aurez besoin de ce mandat.

Graham opina du chef.

— Merci. Nous apprécions votre esprit de coopération.

Sur ces mots, il passa devant l'homme d'affaires pour sortir. Michael lui emboîta le pas.

Ils étaient à la porte de la maison lorsque la voix de Prentice retentit derrière eux.

— Qu'allez-vous faire, pour Meredes ?

Graham le regarda par-dessus son épaule.

— L'arrêter et l'interroger. Nous ne pensons pas qu'il agisse seul. Nous croyons qu'il dispose d'un appui au Colorado, quelqu'un qui possède à la fois pouvoir et argent, et qui finance ses opérations. Peut-être bien un riche propriétaire terrien qui aurait une longue histoire conflictuelle avec le gouvernement.

Le visage de Prentice s'empourpra.

— Que me racontez-vous là ?

— Je ne raconte rien, monsieur Prentice. Je réponds juste à votre question.

Il le salua de la tête.

— Au revoir.

Michael attendit qu'ils soient dans le Cruiser avant de parler.

— Je n'ai pas confiance en lui. Il nous cache quelque chose.

— Il nous cache certainement beaucoup de choses, acquiesça Graham. Quant à savoir si elles peuvent nous intéresser, je n'en sais rien.

Juste. Ce que faisait Prentice n'était pas leurs oignons.

— Et maintenant, que fait-on ?

— Nous allons voir ce qu'ont découvert Randall et Marco.

Ils retrouvèrent le reste de l'équipe, rassemblée autour des véhicules. Abby était avec eux. Son regard, lorsque Michael le croisa, était chargé de questions. Il résista au désir d'aller vers elle. Ce n'était pas le moment.

— M. Prentice nous a donné la permission d'emprunter sa route, annonça Graham.

— Nous vous escortons, intervint le garde.

Graham haussa les épaules.

— Vous savez où nous allons ?

— Nous vous suivrons, répondit-il, avant de jeter aux autres un coup d'œil revêche.

— Ils ne resteront pas derrière vous, si c'est ce que vous vous apprêtez à suggérer, déclara Graham.

Chacun remonta dans son véhicule et le convoi se reforma, avec cette fois les deux jeeps en queue.

— Comment ça s'est passé ? demanda Carmen, tandis que Michael plaçait le Cruiser dans le sillage de celui de Graham.

— Sans surprise. Il s'est comporté comme s'il était totalement étranger à ce qui se passe, et que défendre ses droits de propriétaire était son unique préoccupation. Je n'ai aucune confiance en lui.

— Nous n'avons jamais eu confiance en lui. Pour autant, cela ne fait pas de lui un criminel. Peut-être qu'il a vraiment fermé la route après avoir constaté une augmentation du trafic. Il n'a peut-être aucun lien avec Meredes.

— Dans ce cas, pourquoi ne pas coopérer avec nous dans nos efforts pour l'arrêter ?

— Il a bâti sa réputation en ne coopérant jamais avec les autorités. Qu'aurait-il à gagner en le faisant maintenant ? Et puis, il a fini par coopérer, non ? Comment Graham a-t-il réussi ce tour de force ?

— Il lui a promis de revenir avec un mandat, une équipe d'enquêteurs, et de passer tout le ranch au peigne fin. Ça a suffi à le convaincre. Mais nous ne tarderons pas à avoir des nouvelles de ses avocats.

— Et sans doute aussi de quelques journalistes. J'ai remarqué qu'il aime se faire de la publicité dans la presse, et que celle-ci en fait ses choux gras.

Michael se fichait de la presse.

— J'aurais préféré qu'Abby reste au QG, soupira Carmen.

— Alors tu aurais dû y rester aussi, enchaîna Michael. Meredes a peut-être décidé que c'était le bon moment d'entrer dans la danse et de l'enlever avec le bébé.

— Pourquoi pas toi ?

Rester avec Abby n'était pas exactement une corvée, mais il avait un travail à faire. Etre exclu de l'action quand des gens avaient besoin d'aide lui répugnait.

— Hon-hon. Tu as signé pour le job de garde du corps, pas moi, souligna Carmen. Pourquoi je resterais sur le banc de touche ?

— Je parle espagnol. La plupart de ces immigrés ne parlent pas anglais.

— Moi aussi, je parle espagnol, amigo.

Ils s'arrêtèrent à proximité d'un arroyo assez profond. Graham descendit le premier de son véhicule. Les autres le rejoignirent.

— D'après Randall et Marco, les caravanes sont là.

— Au fond de l'arroyo ?

Simon semblait sceptique.

Graham s'approcha du bord et sortit une paire de jumelles.

— J'aperçois quelque chose.

Il les passa à Michael. La lumière du soleil se reflétait sur du métal, au fond.

L'un des gardes avait sorti ses propres jumelles.

— On dirait que l'éleveur qui possédait cet endroit s'en est servi comme décharge, dit-il. Les gens faisaient ça, à l'époque. Quand un fossé était rempli d'épaves de voitures et d'autres saletés, ils recouvraient le tout d'une couche de terre.

— Je ne vois pas de rouille, indiqua Michael. Ce qu'il y a là ne s'y trouve pas depuis des siècles.

Graham plongea la main dans son Cruiser et en sortit son sac de matériel.

— Nous ferions mieux d'y descendre.

— Dépêchons-nous ! intima Carmen, qui observait la scène avec ses jumelles personnelles. Quelqu'un nous fait des signes.

Elle régla la mise au point.

— C'est une femme. Elle agite quelque chose. Je crois qu'elle appelle à l'aide.

15

Abby se hissa sur la pointe des pieds pour voir quelque chose, mais de sa position près du Cruiser, elle était trop loin.

Apparemment, ils avaient trouvé des personnes vivantes, mais elle ignorait qui. Elle voulait se rendre utile au lieu d'être bloquée là avec ce baigneur qui l'encombrait. Elle fut tentée de le fourrer à l'arrière du Cruiser et de rejoindre les autres. Qui s'en apercevrait ? Les gardes de Prentice ne faisaient pas attention à elle, tout accaparés qu'ils étaient par ce qui se passait en contrebas.

Michael émergea justement du sentier qui y descendait. Elle s'avança vers lui, impatiente d'avoir des nouvelles. Malgré leur moment de tension un peu plus tôt, il l'informerait certainement.

— Envoyez toutes les ambulances disponibles. Faites vite.

Il parlait dans son téléphone tout en se hâtant dans sa direction.

— Que se passe-t-il ? demanda-t-elle lorsqu'il l'eut rejointe devant le 4x4.

Il lui empoigna le bras et la regarda dans les yeux.

— Ça va ?

— Très bien, répondit-elle. Mais que se passe-t-il en bas ? s'enquit-elle en désignant l'arroyo du menton. Qui est blessé ?

Lui lâchant le bras, il gagna l'arrière du Cruiser et commença à sortir l'équipement d'urgence : une trousse de premiers soins, des couvertures et de l'eau.

— C'est assez moche, dit-il en plaçant le tout dans un sac. Il y a une douzaine de blessés, et plusieurs morts.

— Que… Comment est-ce arrivé ?

Elle peinait à absorber l'information.

— On dirait que quelqu'un, sans doute Meredes et ses sbires, a tiré les caravanes jusqu'au bord de l'arroyo et les a précipitées au fond. Avec leurs occupants enfermés dedans.

Abby écarquilla les yeux. Avait-elle bien entendu ?

— Mariposa est là ? demanda-t-elle d'un ton anxieux.

— Je ne l'ai pas vue. Elle n'était peut-être pas dans les caravanes, ou elle se sera enfuie.

Abby resserra les bras sur le faux poupon, comme si celui-ci pouvait lui apporter du réconfort.

— Pourquoi faire une chose aussi horrible ?

— Ils ne lui étaient plus utiles, je suppose. Ils étaient devenus un poids mort. Il s'en est donc débarrassé.

Abby en eut la nausée. Le responsable de cette ignominie était celui qui voulait Angelique. Dieu merci, la petite était en lieu sûr !

— Qu'allez-vous faire ?

Michael accrocha le sac à son épaule.

— Le traquer. Nous allons le faire payer pour ses crimes.

— Je dois le rencontrer, lui rappela-t-elle. Si c'est le meilleur moyen de le faire sortir du bois, je dois le faire.

Il lui saisit la main et lui imprima une légère pression.

— Je sais. Ça ne me plaît pas, mais je comprends. Je suis désolé de m'être montré si dur avec toi. C'est juste que… Je ne veux pas qu'il t'arrive quoi que ce soit.

— Il ne m'arrivera rien, promit-elle avec un bref sourire. J'ai plein de raisons de vivre.

Il tourna la tête et regarda l'arroyo par-dessus son épaule.

— Il faut que je redescende.

— Que puis-je faire pour vous aider ?

— Rien pour le moment. Reste ici, hors du chemin.

Lorsqu'elle fut seule, son sentiment d'inutilité et son inquiétude s'accentuèrent. Le soleil était brûlant. Toujours lestée du faux bébé, elle se plaça à l'ombre d'un arbre. Les éclats de voix provenant d'en bas flottaient jusqu'à elle, tandis que l'équipe s'évertuait à sauver les blessés et les mourants. Elle se sentait engourdie, comme en Afghanistan après avoir fait face à la tragédie, à l'horreur d'événements insoutenables.

Adossée à l'arbre, elle ferma les yeux et s'ordonna de ne pas flancher. Cette fois, ce n'était pas d'elle qu'il était question. Les autres avaient assez de soucis comme cela sans avoir à veiller sur elle. Elle devait garder la tête froide.

Quelque chose tira sur son bras. Elle bondit de surprise, les yeux écarquillés, prête à hurler, mais une main se plaqua aussitôt sur sa bouche.

— Ne faites aucun bruit, *señorita*. Venez avec moi, pendant que vos amis sont occupés.

Les yeux plongés dans ceux de Raul Meredes, elle lutta contre la panique. Mais il pressa un chiffon sur son visage et le monde devint tout noir.

Lorsqu'elle reprit ses esprits, Abby était à l'arrière d'un véhicule, coincée entre la portière et un homme qui tenait un fusil sur ses genoux. Au passage d'une bosse, sa tête heurta le montant de la portière. Elle grogna, seul son qu'elle fut capable d'émettre sous le bâillon qui l'étouffait. L'homme à ses côtés se tourna vers elle, puis dit quelque chose en espagnol au chauffeur.

Les poignets entravés dans le dos, Abby avait mal aux bras et aux épaules, et le foulard dans sa bouche avait un goût de poussière. Ses ravisseurs n'avaient pas pris la peine de lui bander les yeux, mais tout ce qu'elle pouvait voir, c'était le dos du siège devant elle, et le profil de son voisin. Il portait un pantalon de treillis, des Pataugas crottés, et avait les mains sales, avec des ongles rongés.

Cet homme n'était pas Meredes. Etait-ce lui alors qui conduisait ? Y avait-il un autre gardien sur le siège passager ? Lors du déménagement du campement, Michael et elle avaient vu au moins trois hommes armés, mais, à sa connaissance, Meredes en avait une douzaine sous ses ordres.

Elle ne tenait plus le baigneur contre elle. Ils avaient dû très vite se rendre compte que ce n'était pas Angelique. Sans doute les avaient-ils épiés, et avaient-ils vu l'équipe s'affairer dans le canyon. A moins que Prentice n'ait appelé Meredes pour l'informer de la découverte de Graham. Et bien sûr, *El Jefe* n'avait pas voulu laisser passer une si belle occasion de récupérer le bébé.

Etait-il furieux de ce tour de passe-passe ? Allait-il se venger sur elle ? Un homme capable de jeter froidement dans un ravin des personnes enfermées ne devait pas avoir beaucoup de scrupules à violenter une femme qui avait eu l'impudence de le doubler.

Combien de temps faudrait-il à Michael et aux autres pour se rendre compte qu'elle n'était plus là ? Suivre la piste du véhicule dans cet environnement ne devait pas poser de gros problèmes, mais ensuite…

Si Meredes décidait de l'utiliser comme monnaie d'échange contre Angelique, elle avait peut-être une chance. Mais s'il choisissait de transmettre un autre type de message : la tuer et se débarrasser de son cadavre dans la nature ?

Elle frissonna et chassa cette pensée. De telles idées ne menaient nulle part. A l'armée, elle avait été entraînée à se concentrer sur deux buts : s'évader et survivre. Si l'on atteint le premier, le second est une formalité. Elle savait comment s'alimenter et s'abriter en milieu hostile. Tout ce qu'il lui fallait, c'était l'occasion de fausser compagnie à Meredes et à l'homme à côté d'elle.

Le véhicule s'arrêta soudain dans un crissement de pneus. Le gardien en descendit, le contourna et lui ouvrit sa portière. La saisissant par un bras, il la fit sortir. Un vent chaud lui souffla au visage tandis qu'elle se redressait. Elle plissa les yeux pour étudier le paysage autour d'eux. Ils s'étaient arrêtés près du canyon — le Black Canyon, celui qui avait donné son nom au parc. Mais cette partie de la gorge devait se situer en dehors de celui-ci, loin des touristes et des voitures.

Elle ne s'était pas trompée en supposant que le chauffeur était Meredes. Une fois descendu du véhicule, il vint se planter devant elle. C'était un homme grand et sec, mais sa démarche affichait une certaine prestance. Malgré ses longs favoris, il était rasé avec soin, la chemise blanche immaculée et le jean impeccable. Etrange de rencontrer un dandy au cœur de ce paysage sauvage et désolé…

Il dit quelque chose en espagnol, et le gardien sortit de sa ceinture un large couteau.

La terreur d'Abby dut se voir sur son visage, car l'homme éclata de rire. Il l'agita sous son nez, puis se pencha pour trancher les liens de ses chevilles.

La portière côté passager s'ouvrit alors et Mariposa en sortit. Abby eut un nouveau choc, tandis que la jeune mexicaine la regardait, les sourcils froncés. Que pensait-elle ? Etait-elle fâchée qu'Abby n'ait pas amené son bébé ? Avait-elle été au courant du projet de tuer les ouvriers en poussant les caravanes dans le ravin ? Ou n'était-elle qu'un simple pion sur l'échiquier ? Quelle était sa relation à Meredes ? Etait-il son amant ? Son ravisseur ? Les deux ?

Le gardien poussa Abby vers le bord du canyon. Son cœur martela ses côtes à grands coups, et elle planta les talons dans le sol. Avaient-ils l'intention de la jeter dans le précipice, comme ils l'avaient fait avec les occupants des caravanes ?

L'homme de main adressa quelques mots à Meredes.

Celui-ci indiqua un étroit chemin qui longeait le bord du canyon.

— Suivez-moi, ordonna-t-il à Abby.

Le canon du fusil était collé sur ses reins. Elle n'avait d'autre choix que d'obéir. Elle emboîta le pas de Mariposa, le gardien fermant la marche. Meredes les guida le long du chemin escarpé, qui descendait à l'intérieur du canyon par un sentier taillé dans la roche. Six mètres plus bas environ, quelqu'un avait construit une cabane sur une corniche naturelle. La structure de bois et de pierre s'accrochait à la paroi du canyon, se fondant dans le décor. Elle devait être invisible pour toute personne qui en ignorait l'existence.

L'intérieur était meublé de façon simple mais confortable, avec un lit double, un canapé, une table basse et quatre fauteuils, le tout disposé autour d'un poêle à bois. S'agenouillant devant celui-ci, le gardien entreprit d'y faire du feu. Si, en surface, l'air était chaud, il faisait frais dans l'ombre du canyon. Meredes poussa Abby dans la pièce. De son côté, Mariposa emplit une bouilloire de l'eau d'un tonneau placé près de la porte, et la posa sur le poêle.

Meredes ôta le bâillon d'Abby.

— Qu'avez-vous fait d'Angelique ?

— Elle est en sécurité, répondit-elle.

Les épaules de Mariposa s'affaissèrent de soulagement.

— Vous avez été stupide de penser pouvoir me berner, continua Meredes. Ne refaites plus cette erreur.

Elle ne dit rien, se contentant de le fixer du regard.

— Où est-elle ? insista-t-il.

— A l'abri quelque part. Dans un foyer accueillant.

Avec un peu de chance, Mariposa connaissait assez d'anglais pour comprendre.

— Sa place est ici !

— Pourquoi ? Pour en faire une esclave comme vous l'avait fait avec tous les autres ?

La gifle qu'il lui assena lui brûla la joue, projeta sa tête en arrière et fit tinter ses oreilles.

— Ce n'est pas votre problème, grogna-t-il en s'asseyant sur le canapé.

Mariposa lui apporta un mug, d'où émanait un parfum de café. Il sirota une gorgée, puis se renversa contre le dossier, en homme qui est chez lui et s'y sent bien.

— Pourquoi avez-vous tué ces gens ? demanda Abby.

Son expression ne varia pas d'un iota.

— De qui voulez-vous parler ?

— De ces ouvriers qui travaillaient pour vous. Ceux du

campement. Vous les avez enfermés dans leurs caravanes et vous avez précipité celles-ci dans le ravin.

De la vaisselle tinta. Ils regardèrent tous les deux Mariposa, qui détourna aussitôt la tête. Ignorait-elle le tragique destin de ses compatriotes immigrants ?

— Je ne sais pas de quoi vous voulez parler, assura Meredes.

Mais ses yeux disaient tout autre chose. La haine qui s'y lisait donna la chair de poule à Abby.

— Certains ont survécu, reprit-elle. Ils pourront vous identifier comme celui qui les tenait prisonniers, puis a tenté de les tuer.

— Comment le pourraient-ils ? Je n'étais pas là.

— Je ne vous crois pas.

— Peu m'importe ce que vous croyez ou non, répliqua-t-il. Dès que j'aurai le bébé, vous ne me serez plus d'aucune utilité.

— Vous croyez pouvoir m'échanger contre la petite ?

— Echanger ?

Il prit une nouvelle gorgée de son café.

— C'est ce que je ferai croire aux rangers. Mais je vous le promets, *señorita*, vous ne repartirez pas d'ici vivante.

Michael aida à charger la dernière civière dans l'ambulance qui attendait. L'homme qui y était attaché avait enduré avec un stoïcisme remarquable le transport depuis le fond du canyon. Seuls quelques grognements occasionnels avaient trahi la douleur causée par ses multiples fractures.

Michael lui posa une main sur l'épaule.

— Vous vous en sortirez, dit-il en espagnol.

L'homme lui rendit son regard, avec une question non formulée dans les yeux. *Pourquoi ?*

Michael s'était posé vingt fois cette question au cours des deux dernières heures. Pourquoi un homme avait-il pu infliger un tel sort aux personnes innocentes qui travaillaient pour lui ?

La porte arrière se referma. L'ambulance démarra, tandis que Michael et ses collègues repartaient vers les Cruiser.

— Si Meredes n'avait plus besoin d'eux, pourquoi ne pas simplement les relâcher dans la ville la plus proche, pour qu'ils regagnent la frontière et trouvent un travail ailleurs ? demanda Carmen. Pourquoi faire preuve d'autant de cruauté ?

— Peut-être qu'il voulait marquer le coup, intervint Simon. Montrer au monde ce qu'il advient à ceux qui l'entravent dans ses projets ou le trahissent. Pour ce genre d'homme, la peur est une arme.

— Peut-être que nous sommes en présence d'un psychopathe, d'un sadique, avança Randall.

Et c'était à un tel monstre qu'ils avaient décidé d'envoyer Abby ? Michael tressaillit et fouilla les lieux des yeux. Où était-elle ? La voir suffirait à le rassurer.

— Où est Abby ? lança-t-il.

Les autres regardèrent autour d'eux.

— Elle n'était pas avec toi, Simon ? demanda Carmen.

— Non, répondit celui-ci.

Le cœur battant la chamade, Michael courut vers le bouquet d'arbres où il l'avait vue pour la dernière fois. Il s'accroupit et contempla, interdit, les traces de lutte dans la terre, refusant de croire à ce qu'il avait sous les yeux.

— Elle n'est plus là ! Je crois qu'on l'a enlevée. Elle s'est débattue. Où est Lotte ? J'ai besoin d'elle.

Il lui fallut toute sa volonté pour garder une voix calme, détachée, alors qu'à l'intérieur il avait envie de hurler. Randall arriva avec la chienne.

— Nous n'avons pas besoin d'elle, dit Simon en désignant le désert de la main. Des traces de pneus sont faciles à repérer sur ce terrain.

Michael se leva et tapa sur l'épaule de Randall.

— Allons-y. Nous avons peut-être le temps de les rattraper.

— Attendez une minute.

A l'injonction de Graham, ils s'arrêtèrent. Le capitaine les rejoignit tout en étudiant les empreintes de roues s'éloignant vers le désert.

— Vous ne pouvez pas décoller comme ça sans avoir un plan.

— Meredes n'est sans doute pas seul, renchérit Carmen. Et si vous l'acculez, vous mettez la vie d'Abby en danger.

— Elle est déjà en danger, répliqua Michael. Cet homme est un assassin.

— Il l'a emmenée vivante, déclara Graham en désignant le sol du doigt. Il n'y a pas de sang. Son but est probablement de l'échanger contre le bébé.

— Que nous ne pouvons pas lui donner, marmonna Carmen.

Michael inspira à fond, luttant pour contrôler ses émotions.

— Donc, nous le suivons sans tenter quoi que ce soit, nous découvrons où il a emmené Abby et nous évaluons la situation. Ensuite, nous élaborons un plan pour la sauver.

— D'accord, approuva Graham. Carmen, vous les accompagnez. Tenez-moi informé de tout ce que vous pourrez trouver.

Michael sortit ses clés.

— En route !

Ils s'installèrent dans le Cruiser, Carmen à l'avant avec Michael, Randall à l'arrière avec Lotte. Carmen descendit sa vitre et sortit la tête.

— Ça ne devrait pas être très difficile de suivre leurs traces.

— Meredes doit avoir une planque quelque part, suggéra Randall. Soit ça, soit il connaît un raccourci pour rejoindre la route principale.

— Prends la carte dans la console et dis-moi si tu repères un endroit qui pourrait constituer une cachette, intima Michael.

Il tendit le cou, suivant les légères empreintes laissées par les roues sur la surface d'herbes sèches. Il voulait foncer dans l'espace désert, mais le sol pierreux et inégal l'obligeait à adopter une vitesse réduite.

Randall déplia la carte et l'étala sur ses cuisses.

— Il y a cinq ou six failles secondaires accessibles, qui rejoignent le canyon depuis ce secteur. Attention à ne pas plonger dans l'une d'elles.

— Tu vois un endroit qui lui fournirait une bonne planque ? demanda Michael.

— Il y en a des dizaines, répondit Randall. Tous les arroyos et ravines, les bâtiments datant de l'époque où ce secteur était un ranch, sans compter qu'il a pu laisser une caravane n'importe où. Cela dit, en l'absence de routes, il n'a pas dû se diriger vers la ville.

— Continuons de suivre les traces, conseilla Carmen.

Penchée en avant, elle scrutait le sol à travers le pare-brise.

— Ralentis, tu soulèves beaucoup de poussière. Il ne faut pas qu'il sache que nous sommes derrière lui.

— Il a trop d'avance pour voir notre poussière, répliqua Michael.

Ce qui ne l'empêcha pas de lever le pied de l'accélérateur.

Il engagea le Cruiser dans le lit d'une rivière à sec, puis contourna une excroissance rocheuse. Les restes d'un ancien corral apparurent sur leur gauche, les chicots gris de ses poteaux de clôture pointant du sol telles des dents cassées.

— D'après la carte, il y a les ruines d'un ranch par ici, indiqua Randall. Ouvrez l'œil. Des véhicules sont peut-être garés pas loin.

— Je vois quelque chose, annonça Carmen en agrippant le poignet de Michael.

Il s'arrêta. Elle désignait les vestiges d'une cabane en rondins.

— Regardez, là. Une voiture…

Il plissa les yeux : en effet, il y avait la calandre d'un véhicule avec ses phares.

— On dirait une vieille jeep, commenta Randall.

— Allons y jeter un coup d'œil, décida Michael.

Il fit marche arrière et se gara dans l'ombre des rochers qu'ils venaient de passer, hors de vue de la jeep. Par un mince espace entre les pierres, il avisa ce qui avait dû être un logement d'ouvriers, ou une cabane de délimitation de terrain. Le toit était affaissé, et par les fenêtres sans vitres apparaissaient de l'herbe et des pins qui avaient pris racine dans le sol de terre battue. Le véhicule, une ancienne jeep Cherokee, était placé contre le reste d'un mur de rondins, presque invisible.

Michael se posta derrière le premier rocher à sa droite et sortit ses jumelles de son sac.

— Tu vois quelque chose ? demanda Randall.

— Seulement la jeep. Elle ne se trouvait pas au campement que nous avons découvert, Abby et moi. Elle est peut-être là depuis longtemps. Les coyotes doivent être les seuls êtres vivants à être venus ici depuis des années.

— Sur la carte, l'endroit est désigné comme structure historique, signala Randall. Il fait partie du ranch qui existait ici avant le parc du Gunnison.

— Il n'aurait pas été créé dans les années trente ? demanda Carmen.

— Quelque chose comme ça. Etonnant comme les choses se conservent bien en climat sec.

Il donna un petit coup de laisse sur la croupe de Lotte.

— Elle nous dira si des gens sont venus ici récemment. Et de quel côté ils sont partis.

Avec des gestes rapides et silencieux, ils chargèrent leur sac de jour à l'épaule, et Michael prit le fusil d'assaut dont il s'était muni au quartier général le matin. Le souvenir d'Abby y pénétrant après sa découverte du cadavre, puis celui des tirs du sniper, étaient encore frais dans sa mémoire. Il se rappela le contact de son corps sous le sien et le féroce instinct protecteur qu'il avait éprouvé, même à ce moment-là. Cette angoisse était désormais multipliée par dix.

Ils s'approchèrent de la jeep en diagonale, puis se déployèrent derrière Lotte. La chienne était parfaitement détendue, la queue dressée, les oreilles droites, le nez fureteur.

— Elle nous dira s'il y a eu ici une présence humaine, indiqua Randall. En tout cas, le chauffeur de cette jeep est parti depuis longtemps.

Michael posa la main sur le capot du véhicule.

— Il est encore chaud…

Carmen s'accroupit devant les roues.

— Le dessin des pneus est le même que celui des traces que nous avons suivies.

Michael fouilla des yeux les alentours, à l'affût de tout signe indiquant une quelconque présence. Mais il ne semblait y avoir personne. Un vent chaud soufflait, apportant des senteurs de sauge et de résineux. Les seuls bruits étaient les crissements de leurs chaussures sur les cailloux, le couinement occasionnel d'une sangle ou le frottement du corps du fusil contre son sac. Celui qui avait conduit cette jeep avait manifestement disparu.

Puisant des gants de latex dans sa poche, il les enfila, puis ouvrit avec précaution la portière côté chauffeur. Le tissu marron des sièges était tout élimé, et à l'arrière une déchirure était sommairement réparée avec de l'adhésif. Le porte-gobelet était vide, de même que la console centrale et la boîte à gants. Il n'y avait pas une poussière sur le tableau de bord.

— On dirait qu'on a tout nettoyé avec soin. Nous ferons quand même venir quelqu'un pour les empreintes.

Il passa à la banquette arrière. Même chose. Il aurait tout aussi bien pu examiner une voiture dans un magasin de modèles d'occasion. Il refermait la portière lorsque quelque chose sur le plancher accrocha son regard. Il se pencha pour voir ce que c'était, et son cœur s'arrêta de battre. Avec précaution, il ramassa la figurine en céramique d'un lapin marron et blanc.

— Qu'est-ce que c'est ? demanda Carmen dans son dos.

— Quelque chose qui appartient à Abby, répondit-il en se redressant. Elle était ici.

Refermant les doigts sur le lapin, il explora des yeux la steppe déserte autour d'eux. A quelques centaines de mètres, le sol laissait place à ce qui semblait être un nouveau canyon.

Abby avait été là peu de temps auparavant.

Mais maintenant ?

16

— Installez-vous à votre aise, dit Meredes en désignant le fauteuil placé face au canapé, dans la petite cabane.

— Je ne peux pas être à mon aise avec les mains ligotées, répondit Abby.

Elle ne le serait jamais tant qu'il la retiendrait prisonnière, mais quel intérêt de le dire à un homme dont l'existence tournait autour de la réclusion de gens contre leur gré ?

En guise de réponse, il sortit de la poche de son jean un couteau à cran d'arrêt. Il pressa le bouton, et la lame se déplia dans un claquement. Abby se ratatina sur elle-même. Il éclata d'un rire malsain, puis la saisit par l'épaule et la fit se retourner.

La sensation d'avoir de nouveau les mains libres fut merveilleuse, puis douloureuse tandis que le sang affluait dans ses veines comme des milliers d'aiguilles. Tout en se massant les poignets et les avant-bras, elle observa Mariposa. Celle-ci avait suivi l'échange sans dire un mot. Elle leur tourna le dos, s'occupant de la bouilloire qui frémissait sur le poêle.

— Asseyez-vous ! ordonna Meredes.

Abby s'exécuta, se perchant sur le bord du siège comme pour pouvoir fuir à la première occasion. Mais où irait-elle ? La corniche était en à-pic sur le canyon, et des gardiens surveillaient la cabane.

Que comptait faire d'elle Meredes ? Elle faillit le lui demander, mais elle n'était pas sûre de vouloir connaître la réponse, et Meredes pouvait lui mentir.

Elle tourna de nouveau les yeux vers Mariposa. Avec le

poêle allumé, la température était excessive dans la pièce, même avec les fenêtres ouvertes. La jeune femme devait littéralement rôtir, mais elle ne montra aucun signe de malaise. Récupérant le mug de Meredes, elle y versa une nouvelle dose de café soluble, ajouta l'eau frémissante, sucra le tout et le lui apporta. Avec un sourire satisfait, il caressa sa hanche et lui pinça le derrière. Rien ne changea dans l'expression de Mariposa, mais, lorsqu'elle se retourna, du dégoût se lisait dans ses yeux, nota Abby.

Sur un signe de Meredes, elle prépara un second mug, pour elle.

— Merci, fit Abby.

Elle avala un peu du breuvage par politesse. Elle n'était déjà pas fan du café soluble, mais celui-ci était infect.

— Qu'est-il arrivé à votre joue ?

La question la fit presque sursauter. D'abord parce qu'elle ne s'attendait pas à ce qu'*El Jefe* lui reparle, et ensuite parce que la plupart des gens avaient assez de tact pour ne pas aborder ce sujet devant elle.

— Une blessure de guerre.

— Vous auriez dû faire appel à la chirurgie plastique, déclara-t-il. Sans cette balafre, vous seriez très belle.

Sa main se crispa sur l'anse de son mug. Elle avait envie de lui jeter le liquide brûlant au visage, mais elle avait encore plus envie de rester vivante et indemne.

— Certaines choses ne peuvent pas être réparées, répondit-elle, laconique.

— Voilà ce qui arrive quand les femmes se prennent pour des guerrières. Elles sont trop sentimentales pour ça, et amollissent les hommes autour d'elles.

Elle avait entendu les mêmes remarques de la part de quelques-uns des soldats avec qui elle avait servi. Mais la majorité d'entre eux avait fini par respecter ce qu'elle était, et reconnu ses compétences à leur juste valeur.

— Vous en avez d'autres ? De blessures, je veux dire.

Tous les combattants qu'elle avait connus en avaient plusieurs, même si elles n'étaient pas toujours visibles.

— Je ne vois pas en quoi ça vous intéresse, répliqua-t-elle.

— C'est juste pour faire la conversation, répondit-il, l'air faussement offensé. Pour passer le temps.

Elle se renversa contre son dossier, résolue à paraître détendue et maîtresse d'elle-même.

— Combien de temps avez-vous l'intention de rester ici ? demanda-t-elle.

— Ce qu'il faudra.

Ce n'était pas une réponse. Mais, puisqu'il ne faisait probablement cela que pour la contrarier, elle préféra garder le silence.

— Je proposerai un troc à vos amis, dit-il après un moment. Vous en échange d'Angelique.

— Si Mariposa veut récupérer son enfant, elle peut adresser une requête au tribunal.

Restait à savoir quelle considération accorderait un tribunal à une immigrée clandestine qui avait de son plein gré confié son bébé à une inconnue, fût-elle américaine.

— Et me faire perdre mon temps avec les juges et les procédures ? Ma solution est beaucoup plus rapide et efficace.

Il semblait si sûr de lui. Pour autant, les rangers, même Michael, ne lui livreraient certainement pas l'enfant contre elle.

— Pourquoi voulez-vous la petite ?

Meredes fronça les sourcils. A l'évidence, il n'aimait pas cette inversion du rapport de forces. Abby se prépara à essuyer une réplique agressive, mais au lieu de cela il sirota encore un peu de café, avant de lui répondre.

— Mariposa est triste sans elle. Et je n'aime pas la voir triste.

Penchée sur le petit évier, l'intéressée courba la tête.

Abby reporta les yeux sur lui.

— Vous êtes le père ?

Son visage tanné par le soleil se plissa étrangement, creusant un réseau de profondes rides.

— Ça vous étonne ? Vous croyez qu'un homme comme moi n'attache pas d'importance au fait d'avoir une fille ? L'un des facteurs qui donnent de la valeur à une chose, c'est la rareté. Avec ma femme de Tamaulipas, j'ai eu quatre fils. Mais je n'ai qu'une fille. Elle sera d'une grande beauté.

Bien sûr, songea Abby. Les belles filles sont celles qui comptent. Toute sa vie, elle avait entendu cela.

Elle se leva.

— Je vais aider Mariposa à la cuisine, proposa-t-elle.

El Jefe pensait à coup sûr que c'était la place qui convenait à une femme.

Il n'éleva aucune objection. Aussi se dirigea-t-elle vers l'évier et commença à essuyer la vaisselle lavée par Mariposa.

— *Gracias*, murmura celle-ci d'une voix ténue.

Abby avait tant de questions à lui poser. « Pourquoi êtes-vous avec cet homme ? » « Est-ce qu'il vous a brutalisée ? » « Pourquoi m'avez-vous donné votre bébé ? »

Mais la présence de Meredes dans leur dos, sans parler de l'obstacle de la langue, ne leur permettait de communiquer que par le regard.

Tout en rangeant verres et assiettes sur l'étagère au-dessus du comptoir, Abby chercha un couteau ou un ustensile pouvant servir d'arme. Mais, même si elle en trouvait un, qu'en ferait-elle ? Face à Meredes et ses gardiens, elle n'avait aucune chance.

Elle jeta un coup d'œil par la fenêtre : dehors, l'un des hommes marchait de long en large, le fusil en travers de la poitrine, une cigarette coincée entre les lèvres.

Michael et les autres devaient être à sa recherche. Les traces de la jeep ne devaient pas être trop difficiles à suivre dans la steppe, à condition qu'ils les aient découvertes et liées à sa disparition. Meredes n'avait pas cherché à les dissimuler, sans doute parce qu'il savait qu'une fois le canyon atteint, il fallait pratiquement avoir le nez dessus pour découvrir la cabane. Et que les gardiens repéreraient tout intrus bien avant que celui-ci ne se soit rendu compte de leur présence.

Si Meredes avait l'intention de l'échanger contre le bébé, il organiserait probablement une rencontre. Ce serait alors la meilleure occasion pour s'échapper. Jusque-là, elle demeurerait sur le qui-vive et prendrait son mal en patience.

La vaisselle terminée, Mariposa lui fit signe de se rasseoir. A contrecœur, Abby regagna son siège face à son geôlier. La jeune femme voulut s'asseoir près d'elle, mais *El Jefe* leva la main.

— *Sentarse conmigo*, dit-il en l'attirant sur ses genoux.

Abby détourna la tête tandis qu'il lui caressait la cuisse à travers sa jupe. Mariposa avait l'air misérable, mais elle se laissa faire. Peut-être avait-elle appris que tenter de s'opposer à lui était voué à l'échec. Et peut-être, songea Abby, que cet attouchement était destiné à la mettre mal à l'aise, *elle*.

Aussi, elle arbora une expression de totale indifférence, tout en cherchant un moyen de détourner l'attention de Meredes.

— C'est Richard Prentice qui vous a fourni cette cabane ?

Sa main s'immobilisa, et une lueur furtive traversa son regard. De la colère ? De la peur ?

— Je ne connais pas ce Richard Prentice.

— Vous ne connaissez pas le plus important propriétaire terrien du comté ?

— Peut-être que j'en ai entendu parler, mais je ne le connais pas.

— Vous êtes quasiment sur ses terres. Peut-être même que vous y êtes tout à fait.

Elle tâcha de se rappeler les grandes lignes de la carte que Michael lui avait montrée. La limite du parc devait se situer tout près.

— Je suis sur un territoire public. Il y en a beaucoup au Colorado, et chacun est libre d'y faire ce qu'il veut. D'énormes surfaces sont désertes et inhabitées. Personne ne les visite. Elles servent nos buts à merveille.

— Quel est le vôtre ici ? demanda-t-elle.

Il esquissa un sourire méprisant, mais ne répondit pas.

— Qu'est-il arrivé à tous ces gens que nous avons vus au campement ? Qui étaient-ils ? Que faisaient-ils ?

— Quels gens ? Quel campement ? Il n'y a jamais eu de campement.

— Mais je les ai vus ! Quatre caravanes, avec leurs occupants. Vous les avez déplacées à l'aide de camions.

Pour les précipiter ensuite au fond d'un ravin…

Elle déglutit avec peine. Devait-elle de nouveau lui jeter à la figure ce qu'elle savait qu'il avait fait ?

Leurs regards se croisèrent, et ce qui se lisait au fond du sien la glaça en dépit de la chaleur ambiante.

— *Señorita*, si vous savez où est votre intérêt, je vous conseille de mettre dans votre joli crâne que vous n'avez jamais vu ce dont vous me parlez.

— Lotte a flairé la piste d'Abby jusqu'au bord de ce canyon, expliqua Michael.

Il désigna l'endroit sur la carte murale du quartier général.

— Elle est passée là. J'en suis convaincu.

D'avoir été si près d'elle sans pouvoir l'atteindre lui rongeait les tripes de frustration.

— Meredes doit avoir une planque quelque part, commenta Randall. Mais elle est bien protégée.

Il se massa l'épaule, là où un éclat de roche l'avait touché lorsque les gardiens avaient commencé à tirer. Ils se tenaient au bord du canyon, penchés sur le précipice, quand les coups de feu avaient éclaté, les forçant à se replier vers le Cruiser.

— Nous sommes presque sur la propriété de Prentice, fit remarquer Graham en suivant du doigt la ligne bleue qui délimitait la surface du parc.

— « Presque » ne vaut que pour les fers à cheval et les grenades à main, lâcha Randall, pince-sans-rire.

— Je ne peux pas croire qu'un type en cheville avec un cartel de la drogue mexicain se cache aussi près sans que Prentice n'en sache rien, ajouta Michael.

— C'est ce qu'il affirmera, soupira Simon. Et nous ne pouvons pas prouver le contraire.

— Dans ce cas, trouvez-moi quelque chose qui le lie de

façon indubitable à Meredes, intima Graham. Que disent ces ouvriers que nous avons extraits du fond du ravin ?

Marco s'avança d'un pas.

— Simon et moi, nous avons interrogé deux des rescapés à l'hôpital, mais ils sont encore terrorisés. L'homme qu'ils connaissent sous le nom d'*El Jefe* leur avait promis un travail, avec une paye supérieure à ce qu'on leur a dit pouvoir gagner dans les fermes et les ranchs du pays. Dès qu'ils ont accepté, il les a amenés ici et les a faits prisonniers. Le jour, ils cultivaient la marijuana. Ils étaient conduits dans les champs et ramenés sous la surveillance de gardiens armés. Le soir, ils étaient enfermés dans les caravanes, gardés par d'autres hommes.

— Ils affirment être incapables de situer ces champs, ajouta Simon.

— Vous les croyez ? demanda Graham.

— Moi, oui, répondit Marco. Il est facile de désorienter quelqu'un dans cette région sauvage. Et les gardiens leur ont fait suivre des itinéraires non identifiables, changeant sans cesse de direction pour éviter d'être repérés.

— Et cette femme, Mariposa ? intervint Carmen. Où se place-t-elle dans le tableau ?

— Elle ne travaillait pas dans les champs avec les autres, expliqua Marco. Elle s'occupait de la cuisine et du ménage. Elle avait droit à un traitement spécial de la part d'*El Jefe*. Elle n'était pas à proprement parler sa petite amie, mais elle avait des privilèges.

— Il est donc possible qu'il soit le père de l'enfant, avança-t-elle.

— Nous n'avons pas posé la question, dit Simon. Nous nous sommes surtout concentrés sur l'organisation interne.

— Aucun des rescapés n'a vu d'homme correspondant à la description de Richard Prentice dans le campement, indiqua Marco. Mais, en dehors d'*El Jefe* et des gardiens, les visiteurs étaient quasi inexistants.

— Prentice ne se salirait pas les mains au contact des ouvriers, maugréa Michael.

Nerveux, il arpentait la salle de conférences, incapable de s'asseoir ni de s'arrêter. Abby s'était trouvée dans le canyon ou tout près, avec Meredes. Il en était certain. Et elle avait été dans cette jeep, son lapin porte-bonheur en attestait. L'avait-elle laissé tomber par mégarde, ou à dessein, pour qu'il le trouve ?

— Il faut retourner là-bas, mettre la main sur Meredes et sauver Abby, déclara-t-il. Avec tout ce dont nous disposons en hommes et en matériel.

— Nous ne ferons pas cela, dit Graham.

S'il partageait sa haine pour le Mexicain, songea Michael, il le dissimulait bien.

— Nous sommes dans une possible situation de prise d'otage. Nous devons procéder avec la plus grande prudence et minimiser les risques pour chacun.

— Mais ces gens sont des assassins ! protesta Michael.

De prononcer ce mot à voix haute le fit trembler.

— C'est justement pour cela que nous ne devons pas nous précipiter.

Le calme de Graham ne fit qu'augmenter l'agitation de Michael.

Ressaisis-toi, s'ordonna-t-il.

Et il s'éloigna, luttant pour recouvrer le contrôle de ses émotions. Ce que disait le capitaine était logique. Mais dès qu'il s'agissait d'Abby, ce qu'il ressentait se fichait de la logique.

Randall le rejoignit dans le coin de la pièce.

— Tu en as gros sur le cœur, hein ?

— Je tiens beaucoup à elle, reconnut-il.

— Ne laisse pas ça t'obscurcir l'esprit.

— Mon esprit est parfaitement clair.

Mais, tout en prononçant ces mots, il s'interrogea. En ne songeant qu'à Abby, ne perdait-il pas de vue l'enjeu essentiel ? La raison première pour laquelle il faisait ce job ? Il n'était pas là pour protéger seulement une femme, mais pour apporter la sécurité à de nombreuses autres personnes : les visiteurs du parc, les clandestins victimes des arnaques des trafiquants, les gens dont les vies risquaient d'être détruites par la drogue qu'ils importaient. Il y avait tellement plus en jeu que sa relation avec Abby.

Quand était-elle devenue aussi importante pour lui ? Il était incapable de dire à quel moment elle était passée de cette combattante qui l'impressionnait à la femme qu'il aimait. Lorsqu'elle était entrée dans sa vie, ce jour-là, au quartier général des rangers, il avait été fasciné par sa force et sa bravoure, touché par son esprit de compassion et, oui, physiquement attiré par elle. Durant les derniers jours, tout cela s'était fondu en une seule chose. Un déclic s'était produit, et dans sa caravane, la nuit précédente, elle avait assurément ressenti la même chose.

Et il avait tout fichu en l'air par son stupide complexe de mâle protecteur.

La sonnerie d'un téléphone brisa le silence de la pièce. Carmen décrocha.

— Force mixte des territoires publics du Colorado.

Son expression passa instantanément du calme à l'agitation.

— Un instant, dit-elle, avant de tendre l'appareil à Graham. C'est pour vous. Raul Meredes.

Graham s'en saisit et activa la fonction haut-parleur.

— J'ai quelque chose que vous voulez.

Dotée d'un léger accent, la voix de Meredes retentit avec clarté dans la pièce.

— Etant donné que vous avez aussi quelque chose que je veux, je crois que nous devrions faire un troc.

Graham ne dit rien, mais hocha la tête à l'adresse de Simon. Celui-ci regagna son ordinateur et tenta de localiser l'appel.

— Vous m'entendez, capitaine ?

— Oui, je vous entends.

— Vous apporterez le bébé au réservoir d'eau de l'ancien corral, à 20 heures ce soir. Nous vous y attendrons, les femmes et moi.

— C'est trop tôt, dit Graham. Le bébé se trouve loin d'ici, il faut aller le chercher. Reportons la rencontre à demain matin.

Michael fit un pas vers lui. Etait-il sérieux ? Il ne *pouvait pas* laisser Abby toute la nuit entre les mains d'un assassin. Randall lui saisit le bras. Michael le secoua pour se libérer, mais le jeune agent tint bon.

— Vous l'apporterez ce soir.

Les mots de Meredes claquèrent dans la pièce.

— C'est impossible, mentit Graham. La petite est à Denver. Même en louant un avion privé et en décollant maintenant, nous ne pourrions pas être de retour à 20 heures.

Le capitaine affronta le regard de Michael. Le sien disait : « Restez calme et faites-moi confiance. »

Michael demeura tendu, mais opina du chef. Message reçu.

— Alors demain matin, 6 heures, lâcha Meredes.

— Comment savoir si Abby va bien ? s'enquit Graham. Si vous l'avez touchée, le deal ne tient plus.

L'idée qu'Abby avait pu être blessée, voire pire, crispa le ventre de Michael. Il serra les poings et attendit la réponse de Meredes.

— Si vous voulez savoir si elle va bien, soyez là demain avec le bébé.

Avant que Graham ne puisse répondre, un hoquet de femme remplaça la voix sinistre du Mexicain.

— Capitaine, c'est vous ?

Le ton d'Abby était aigu, angoissé.

— Oui, c'est moi, Abby. Est-ce que ça va ?

— Faites ce qu'il dit, capitaine, supplia-t-elle, des larmes dans la voix. S'il vous plaît.

Un clic lointain signala la fin de l'entretien, et un silence de plomb tomba dans la pièce.

Randall gratifia Michael d'une tape amicale dans le dos.

— Nous nous occuperons de lui, je te le garantis, promit-il d'une voix douce mais ferme.

— Oh oui, nous nous en occuperons, acquiesça Michael.

Il cligna des yeux pour chasser le voile rouge sang de sa

colère. Puis, redressant le dos, il adressa à Randall un hochement du menton comme pour lui signifier qu'il s'était calmé. Ce n'était pas la rage qui allait lui ramener Abby.

Il se tourna vers Graham.

— Quel est le plan ?

17

Meredes ôta la lame du couteau de la gorge de Mariposa, et Abby poussa un soupir de soulagement. Alors que la seconde précédente il parlait au téléphone avec Graham, il avait brusquement attiré Mariposa à lui et posé le couteau sur son cou.

— Dites-leur de faire ce que je dis ou je l'égorge, avait-il menacé.

Les yeux écarquillés de terreur, Mariposa avait gémi tandis qu'un filet de sang glissait sur le tranchant de la lame. Meredes avait plaqué le téléphone dans la main tremblante d'Abby.

— Dites-leur ! avait-il ordonné.

Elle avait forcé les mots à franchir ses lèvres, effrayée à l'idée que Meredes tue la jeune femme sous ses yeux.

Auparavant, il les avait fait sortir de la cabane et remonter le sentier jusqu'à la surface, refusant de dire où ils allaient. Mais, lorsqu'il s'était arrêté au bord du canyon et avait sorti son téléphone, elle avait compris qu'à cet endroit le réseau cellulaire était accessible.

Rangeant le couteau dans son étui, il lui reprit l'appareil.

— Il dit que le bébé est à Denver. C'est vrai ?

Aux dernières nouvelles, Angelique était chez une femme de Grand Junction. Mais peut-être l'avaient-ils déplacée pour l'éloigner davantage du danger. Ou alors Graham avait menti pour gagner du temps. Avait-il un plan pour la sauver ?

— Je ne sais pas où ils l'ont emmenée, répondit-elle. Mais les bureaux du Service de protection de l'enfance sont à Denver. Il semble donc logique qu'elle soit là-bas.

Il afficha une mine contrariée, mais ne releva pas.

— Venez.

Il lui fit signe de passer devant lui, puis saisit le poignet de Mariposa et la tira derrière eux. Couvrant de son autre main la coupure sur son cou, la Mexicaine regardait le sol. Abby songea à ces chiens qui rampent sous les brutalités de leur maître, mais continuent de les suivre malgré tout. Mariposa éprouvait-elle quelque chose pour Meredes, ou pensait-elle simplement qu'elle n'avait d'autre choix que de tenter de rester dans ses bonnes grâces ?

De retour dans la cabane, Abby la suivit jusqu'à l'évier.

— Laissez-moi faire, dit-elle.

Elle prit un torchon propre, le passa sous le robinet, puis le pressa sur la coupure. Mariposa grimaça, puis ébaucha un timide sourire.

— *Gracias*, murmura-t-elle.

— Laissez-la ! ordonna Meredes.

Abby l'ignora. Il devait être à même de la présenter intacte aux rangers s'il voulait avoir une chance de récupérer le bébé. Tant qu'il gardait cela en tête, elle ne risquait rien.

— Vous voulez que je la coupe de nouveau ? grogna-t-il. Je vous ai demandé de la laisser.

Mariposa n'avait pas besoin de traduction. Le ton de Meredes était éloquent. Elle repoussa Abby, qui reprit place de mauvais gré dans le fauteuil, face à lui.

— En tant qu'ancien soldat, dit-il, vous devriez connaître l'importance d'obéir aux ordres.

— J'ai juré d'obéir à mes supérieurs dans l'armée, répliqua-t-elle. Mais je ne vous ai jamais fait ce genre de promesse.

— Je suis en position de force vis-à-vis de vous. C'est toute l'autorité dont j'ai besoin.

Certes, pour le moment il avait les cartes en main. Mais elle s'accrochait à l'espoir que la situation bascule. Michael et les autres allaient venir la sauver. D'ici là, elle devait se préparer à une longue nuit.

Il fit très vite sombre dans la cabane. Les parois du canyon bloquaient la lumière du soleil, créant une sorte de crépuscule alors que ce n'était que le début de l'après-midi. Les ombres s'allongèrent jusqu'à ce que l'obscurité envahisse l'endroit. Mariposa entra dans la cuisine et commença à sortir les ingrédients du repas.

— Je peux vous aider ? demanda Abby.

Mariposa la regarda, puis se tourna vers Meredes. Assis à proximité du poêle, celui-ci se curait les ongles à l'aide de son couteau. Abby quitta son siège et rejoignit la Mexicaine. Il leva les yeux, mais resta silencieux.

Mariposa lui tendit une boîte de haricots, un ouvre-boîte, puis lui indiqua par signes de verser le contenu dans la marmite posée sur le poêle.

Tout en s'activant, Abby jeta un coup d'œil à la fenêtre, par-dessus l'évier. Le seul paysage qui s'offrait à sa vue était l'intérieur du canyon. Si elle tentait une escalade, c'était la mort quasi assurée, des centaines de mètres plus bas. Les deux gardiens surveillaient la façade de la cabane. De temps en temps, ils parlaient en espagnol ou fumaient des cigarettes. L'arrière, lui, était collé à la roche. *El Jefe* avait bien choisi sa cachette. La position était imprenable.

Abby leva brièvement les yeux vers le plafond.

Plus tôt, elle avait entendu des coups de feu. Ce devait être les gardiens qui tiraient sur les rangers. Ceux-ci s'étaient repliés pour le moment, mais ils n'abandonneraient pas aussi facilement. Ils attendraient la nuit et reviendraient en nombre.

Avec des légumes en boîte et quelques épices, Mariposa avait fait une soupe plus délicieuse qu'Abby ne l'aurait cru possible. Son estomac était crispé par la tension nerveuse, mais elle se força à manger un peu. Elle devait prendre des forces pour ce qui allait inéluctablement arriver.

Lorsqu'elles eurent lavé et rangé la vaisselle, Mariposa s'allongea dans le lit placé dans le coin et leur tourna le dos.

Abby en fut aussitôt inquiète.

— Est-ce qu'elle va bien ? s'enquit-elle.

— Laissez-la, dit Meredes. Sa *niña* lui manque.

— Elle a dû se dire qu'elle serait plus en sécurité avec moi qu'ici avec vous.

— Pensez-vous. C'est Denver qui l'angoisse, pas moi. Elle a peur des grandes villes.

— Denver ?

— Je lui ai dit que je l'y emmènerais avec le bébé. Elle aurait dû être contente de quitter cet endroit perdu.

— Qu'aurait-elle fait là-bas ?

Il haussa les épaules.

— Rien de bien compliqué. Je l'aurais installée dans une maison. De temps en temps, elle aurait distrait certains de mes amis. Ce n'est pas le bout du monde.

Pendant qu'il parlait, Abby observa Mariposa du coin de l'œil. Son dos s'était raidi, et elle réprima un sanglot. La lumière se fit soudain dans l'esprit d'Abby, et une vague de nausée l'envahit tandis qu'elle se rappelait ce que lui avait dit Michael. Elle se força à affronter de nouveau Meredes.

— Vous vouliez en faire une prostituée !

— C'est un travail plus facile que celui qu'elle aurait trouvé en restant à Tampico. Et elle aurait pu garder Angelique avec elle.

Sauf que Mariposa voulait plus pour sa fille qu'une vie d'esclavage. Voilà pourquoi elle la lui avait donnée. En proie à un violent sentiment de dégoût, Abby déglutit pour chasser la boule qui s'était formée dans sa gorge.

— Maintenant, elle veut la reprendre, et je lui ai dit que je la récupérerais pour elle.

— Comme c'est gentil.

Le sarcasme dans sa voix ne pouvait lui échapper.

— Elle travaillera mieux si elle est heureuse, affirma-t-il.

Mais quel prisonnier pouvait être heureux ? Abby devait faire quelque chose pour aider Mariposa — et s'aider elle-même dans l'opération. Mais quoi ? Regagnant son fauteuil, elle tenta de réfléchir. Malheureusement, ses pensées tournaient en rond.

Au bout d'un moment, bercée par un silence cotonneux et fatiguée par le stress de la journée, elle se mit à somnoler.

— Le réservoir d'eau cité par Meredes est ici.

Graham indiqua sur la carte un point portant la mention « Structure historique ».

— La jeep était garée à peu près là, indiqua Randall en désignant un autre point, à plusieurs centaines de mètres du premier.

— Quant aux tirs que nous avons essuyés, ils venaient de là, ajouta Marco, pointant le doigt sur un endroit précis au bord du canyon. La planque doit être à côté. Moins Meredes aura de distance à parcourir pour accéder au lieu de l'échange, plus il nous sera difficile de l'intercepter, et pour Abby de lui fausser compagnie.

— Le fera-t-elle ? demanda Carmen. Je veux dire, tenter de s'échapper ?

La question s'adressait à Michael.

— Comment le saurais-je ? répondit-il.

Lui-même n'hésiterait pas, mais Abby était une femme, et il était tout sauf un spécialiste de la gent féminine.

— Comment ? répéta Carmen, étonnée. Tu as passé plus de temps avec elle que n'importe qui. Est-elle du genre à être paralysée par la trouille ou à tenter sa chance ?

Il repensa à son comportement le premier jour, quand ils avaient été piégés par ce sniper. Même sous l'assaut des souvenirs d'Afghanistan, elle n'avait pas craqué. Elle avait affronté sa peur. Et quand ils s'étaient retrouvés perdus dans l'arrière-pays, elle n'avait pas paniqué, ni passé ses nerfs sur lui, ni agi comme d'autres l'auraient fait à sa place en pareille circonstance. Elle avait veillé sur le bébé, leur avait trouvé de la nourriture et s'était installée pour attendre.

— Elle ne paniquera pas, reprit-il. Elle est du genre à analyser les problèmes et à chercher des solutions. Et puis, ses réflexes militaires lui sont revenus. A l'armée, on vous entraîne à vous focaliser sur un moyen d'évasion lorsque vous êtes capturé. Avec Meredes, elle sera donc à l'affût de la moindre occasion de lui filer entre les doigts. Et si sa vie est menacée, elle se battra par tous les moyens possibles.

— Bien, fit Graham. Nous pourrons donc compter sur son aide quand nous leur tomberons dessus.

— Mais comment la joindrons-nous ? demanda Randall. D'après les signaux de Lotte, elle est à l'intérieur du canyon.

— C'est pour ça que nous interviendrons à la nuit tombée, répondit l'officier. Je compte les prendre par surprise. Et je veux capturer Meredes vivant. Nous avons besoin qu'il nous dise tout ce qu'il sait des activités du réseau.

Les autres acquiescèrent.

Michael, lui, demeura muet. Meredes, il le comprenait, avait une importance capitale dans leur enquête. Mais dès lors qu'il était question du sort d'Abby, Dieu seul savait comment les choses tourneraient. Il ne l'avait pas arrachée une fois à la mort pour la perdre dans ce canyon.

Abby se réveilla en sursaut, ne sachant trop ce qui l'avait mise en alerte. Puis le bruit se répéta. Un coup sourd, comme celui de quelque chose — ou de quelqu'un — tombant sur le toit. Elle se leva, le cœur battant. Meredes posa sur ses genoux le livre qu'il lisait.

— Qu'y a-t-il ?

Etait-il possible qu'il n'ait rien entendu ? Elle plaqua les mains sur son ventre.

— Il faut que j'aille à la salle de bains, dit-elle. Quelque chose dans la soupe ne passe pas.

Plus tôt dans l'après-midi, elle avait fait une sortie jusqu'au cabinet de toilette, perché sur le bord du canyon. Un gardien avait attendu dehors, puis était revenu avec elle jusqu'à la cabane, devant laquelle l'attendait *El Jefe*.

Là, il la regardait en fronçant les sourcils. Elle se plia en deux et gémit assez fort pour couvrir ce qui était assurément un bruit de pas sur le toit.

Il alla jusqu'à la porte, l'ouvrit et appela quelqu'un en espagnol. Une soudaine fusillade interrompit ses paroles tandis que du plâtre tombait en pluie dans la cabane. Au moment où Abby levait les yeux, la tête d'une hache perça le plafond. L'acier frappa encore et encore, puis Michael tomba par le trou qui s'était formé et se reçut à deux pas d'elle sur le sol.

— Tu vas bien ? s'enquit-il.

— Très bien. Je savais que tu viendrais.

Le Mexicain tournoya sur lui-même, la main sur son revolver.

— Laissez tomber, Meredes ! ordonna Michael, son pistolet pointé vers lui. Vous êtes cerné. Nous avons déjà neutralisé vos gardiens.

— Vous ne m'aurez pas !

Sans que Michael n'ait le temps de réagir, il plongea sur Abby, l'attira brutalement contre lui et colla son arme sur sa tempe.

— Un seul geste, et je lui fais sauter la cervelle, gronda-t-il.

Il était aussi rigide qu'une statue. Sa main était une serre d'acier qui se plantait dans son bras. Il sentait la sueur, la peur et le désespoir, songea Abby avec effroi. Le canon du revolver se pressait sur son crâne comme s'il voulait y faire un trou. Elle serra les dents sous la douleur et, maîtrisant tant bien que mal sa panique, jeta un regard à Michael. Dans ses yeux brillait une flamme ardente, composée de colère, de détermination et d'amour.

— Lâchez-la, Meredes, ou vous ne vous en tirerez pas vivant.

— C'est elle qui mourra si vous vous approchez encore.

Il se dirigea vers la porte en l'emmenant.

— Appelez vos chefs. Dites-leur que je veux un hélicoptère ici dans une demi-heure.

— Il n'y a aucun moy…

— Dites-leur !

Sans la quitter du regard, Michael décrocha sa radio de sa ceinture.

— Il tient Abby, annonça-t-il. Il veut un hélico et la garantie de pouvoir partir d'ici sans problème, ou il la tuera.

Lorsqu'il aurait l'un et l'autre, pensa Abby, il la tuerait de toute façon. La pousserait-il de l'hélicoptère une fois dans le ciel ? Attendrait-il pour cela d'avoir franchi la frontière ? Elle devait tout faire pour ne pas monter dans l'appareil avec lui.

— Dites-leur de se tenir à distance et de me laisser le champ libre, ajouta Meredes.

Michael répéta ses instructions.

— Il sort, ajouta-t-il.

Auraient-ils le temps de poster un tireur dans les rochers le long du canyon ? se demanda Abby. Etaient-ils équipés de lunettes à vision nocturne ?

Meredes devait se poser les mêmes questions, car il la serra contre lui, un bras calé sous ses seins, la tête positionnée juste derrière la sienne. Dans ces conditions, même un expert aurait du mal à effectuer un tir propre.

Dehors, la lune était une lame d'argent sur fond d'étoiles scintillantes. Des silhouettes sombres se tenaient à distance. Celles d'autres agents de la force mixte.

La voix de Graham retentit dans la nuit.

— J'ai demandé un hélicoptère. Il sera là dans quarante-cinq minutes.

Trois quarts d'heure à endurer l'étreinte cruelle de cet homme, réalisa Abby. L'un ou l'autre flancherait-il à un moment donné ?

— N'allez pas plus loin, commanda *El Jefe* en s'éloignant des agents.

A quelle distance se trouvait le précipice ? Abby tenta de se le rappeler, mais l'obscurité rendait l'orientation difficile. En l'absence d'électricité dans la cabane, du halo lumineux d'une ville proche, sans parler de l'encaissement du canyon lui-même, la nuit était une chape presque organique, épaisse, enveloppante.

— Relâchez-la, dit Michael de quelque part à leur gauche. Prenez-moi à sa place.

Le rire de Meredes lui râpa les nerfs comme le crissement d'une craie sur un tableau noir.

— Comme c'est chevaleresque ! Mais vous n'avez aucune valeur pour moi.

Il fit un nouveau pas en arrière. Abby cria.

— Attention ! Nous devons être tout près du canyon.

Il se raidit et tâtonna du pied derrière lui. Abby pouvait-elle lui faucher les jambes et se jeter aussitôt à plat ventre sur le sol ? Non, il la tenait trop solidement. S'il basculait dans le vide, il l'entraînerait dans sa chute.

— Allons à la cabane, dit-il en désignant celle-ci du menton. Nous attendrons sur ces pierres.

Il la dirigea vers une pile de rochers à l'angle de la construction, puis s'y appuya tout en la gardant prisonnière entre ses jambes. Sa tête et son cœur battaient d'un même rythme lancinant, alimenté par la peur et l'adrénaline.

Une vive lumière blanche les aveugla soudain.

— Eteignez ça ! cria Meredes d'un ton rageur.

— Coupez-les, ordonna Graham.

Ils replongèrent aussitôt dans le noir. Mais Abby fut frappée de cécité passagère et des points lumineux dansèrent devant ses yeux.

— Il faudra les rallumer, annonça Graham. Ce sont les projecteurs de guidage pour l'hélicoptère.

— Dans ce cas, attendons qu'il arrive, grogna le Mexicain. Mon revolver est toujours posé sur sa tête, même si vous ne le voyez pas.

Comme pour mettre l'accent sur ce point, il imprima une brutale pression de l'arme sur sa tempe. Un filet de sang coula le long de sa joue, et elle tressaillit. De sa main libre, il couvrit son sein gauche, enfonçant ses doigts dans la chair.

— Juste pour mieux vous tenir, marmonna-t-il.

Elle se força à ne pas réagir, à rester rigide sous son emprise. Elle ne lui donnerait pas la satisfaction de savoir combien elle avait peur. Elle ne montrerait aucune faiblesse. Il était habitué à ce que les gens le craignent, à se servir de femmes plus faibles comme Mariposa. Elle ne serait pas une autre victime dont il pourrait s'enorgueillir.

Mariposa. Elle songea tout à coup à la jeune mexicaine. Etait-elle toujours endormie sur le lit dans la cabane ? Non, avec cette agitation et ce bruit, elle ne le pouvait pas. Peut-être était-elle sortie derrière eux pour se réfugier auprès des rangers, invisibles dans le noir. Abby l'espérait. Elle pria pour qu'elle puisse retrouver son enfant et retourner chez elle en toute sécurité, où que ce soit.

Quelque chose gratta la roche derrière eux, sur le côté de la cabane. *El Jefe* dressa le cou.

— Si quelqu'un tente quelque chose…, lança-t-il d'une voix forte.

La suite mourut dans sa gorge tandis que Mariposa tombait sur eux. Meredes s'affaissa sur les genoux. Le rouant de coups de talons, Abby parvint à se dégager au moment même où un coup de feu éclatait, assourdissant. Elle hurla et s'écarta en roulant sur elle-même. Dans la seconde qui suivit, Michael la soulevait dans ses bras. La lumière explosa soudain autour d'eux. Elle cligna des yeux, éblouie.

— Tu n'as rien ? demanda-t-il en écartant ses cheveux de son visage.

— Non, je vais bien.

Il la reposa au sol. Elle avait toujours des élancements dans la tête et aurait quelques hématomes le lendemain, mais elle était saine et sauve.

— Que s'est-il passé ?

— Mariposa s'est approchée de Meredes par-derrière et a tenté de le poignarder à l'aide d'un couteau de cuisine.

Elle se retourna.

— Est-il…

— Il est mort.

Michael serra Abby contre lui.

Juste à côté d'eux, Carmen aidait Mariposa à se relever et lui ôtait doucement le couteau de la main. La jeune Mexicaine sanglotait, les yeux fixés sur l'homme qui gisait par terre devant elle, dans une mare de sang.

— Ce n'est pas elle qui l'a tué.

Abby contempla le corps, hébétée.

— Je ne comprends pas.

— Un sniper l'a descendu, expliqua Randall en les rejoignant. Dès que vous vous êtes écartée de Meredes, il a fait feu. Il devait patienter, attendre le moment propice.

— Je me demandais justement si vous aviez posté un tireur.

— Ce n'était pas un des nôtres, précisa Randall.

Elle fronça les sourcils.

— Qui, alors ?

— D'autres personnes voulaient sa mort, déclara Michael. Avant que nous ne puissions l'interroger.

De nouveaux sanglots secouèrent la poitrine de Mariposa. Abby en était bouleversée.

— Que va-t-elle devenir ?

— Elle sera interrogée, répondit-il. Mais aucune charge ne sera retenue contre elle, à mon avis. Une fois qu'elle nous aura dit tout ce qu'elle sait sur l'activité de Meredes, nous tâcherons de joindre sa famille au Mexique et nous ferons le nécessaire pour qu'elle puisse y retourner avec son enfant.

— J'espère qu'elle trouvera un endroit où elles seront heureuses et en sécurité. N'est-ce pas ce qu'ils voulaient tous ?

Elle étudia de nouveau l'homme sur le sol. Dans la mort, il paraissait si frêle, si inoffensif. Et pourtant, il avait détruit tant de vies. Elle-même lui avait échappé de justesse.

— Je ne regrette pas sa mort, maugréa Michael. Ce que je regrette, c'est de n'avoir pas pu le questionner.

— Tu veux savoir de qui il tenait ses ordres, n'est-ce pas ?

— Meredes n'était qu'un petit élément des opérations qui se déroulent dans le secteur. Selon nous, il était chargé de la main-d'œuvre. D'autres personnes doivent superviser la production et la distribution de la drogue.

— Et les ouvriers rescapés que vous avez remontés du ravin aujourd'hui ?

Il couvrit son épaule d'une main douce.

— Trois sont morts. Pour les autres, quelques-uns souffrent de graves blessures, mais ils devraient s'en sortir. Nous les interrogerons, bien sûr, mais nous n'en attendons pas grand-chose. Ils n'ont probablement jamais vu personne en dehors d'*El*

Jefe et des gardiens. Ils seront hospitalisés à Grand Junction, puis, dès qu'ils seront rétablis, renvoyés chez eux.

Elle jeta un dernier coup d'œil à Meredes.

— Il s'en est tiré trop facilement.

Michael la détourna gentiment du cadavre.

— Oublie-le. Au fait, j'ai quelque chose qui t'appartient.

Il ouvrit sa main, et elle découvrit le lapin en céramique. De retrouver cet objet qu'elle chérissait, elle crut revoir un vieil ami. Elle poussa un soupir de soulagement.

— Merci de me l'avoir sauvé. Je ne crois pas vraiment à la chance, mais j'aime l'avoir sur moi.

— J'ai pensé que tu l'avais peut-être laissé exprès pour que je le trouve.

— Ça ne m'est pas venu à l'idée, lui confia-t-elle.

Elle releva les yeux. Il émanait de Michael un mélange d'amour et d'anxiété, deux émotions qu'elle avait passé beaucoup de temps à rejeter, comme si, d'une certaine manière, le souci que les gens se faisaient pour elle l'affaiblissait. Michael l'avait aidée à voir les choses autrement. La compassion des autres pouvait, au contraire, lui donner de la force.

— Et puis, je savais que tu viendrais me chercher.

— Vraiment ?

— Tu ne m'as encore jamais laissée tomber.

Il lui enlaça les épaules.

— Viens. Je veux qu'un infirmier examine cette coupure à la tête.

— Oh ! Ce n'est rien.

Elle tâta l'endroit. Ses cheveux étaient poisseux de sang.

— Fais-moi plaisir, insista Michael.

— Très bien. Je laisserai quelqu'un nettoyer la plaie et y coller un pansement. Et ensuite ?

— Ensuite ? Eh bien, nous pourrions faire un saut à ta caravane pour que tu puisses y prendre quelques affaires.

— Pourquoi donc ?

Il la fit pivoter, la regarda dans les yeux et glissa une main sur sa joue.

— Parce que je veux que tu t'installes chez moi.

— Tu crois que je suis toujours sous la menace d'un danger ?

— Non. Je veux juste que nous soyons ensemble.

Le cœur d'Abby se remit à faire des cabrioles. Au temps pour se la jouer détachée et ne pas lui montrer l'effet que ces mots produisaient en elle !

— Combien de temps ?

— Comme tu voudras. Toujours ne serait pas pour me déplaire.

Elle couvrit sa main de la sienne et fit un pas en arrière pour mieux le détailler — admirer tout de lui, et pas seulement l'intensité de son regard rivé au sien.

— Je n'ai pas compris.

Il déglutit.

— Tu veux que je te le dise plus clairement, c'est ça ?

— Oui.

— Très bien. Je t'aime. Je veux vivre avec toi. Jusqu'à la fin de mes jours. Je veux t'épouser, mais si tu trouves que c'est trop tôt, je veux bien attendre.

— Il me semble que tu as déjà beaucoup attendu.

— Oui. Cinq ans. Mais la plupart du temps je ne savais pas ce que j'attendais.

— Moi non plus. Je…

Elle se glissa entre ses bras et leva la tête pour l'embrasser. C'était sans conteste l'endroit le plus sécurisant qu'elle aurait pu trouver de sa vie. Tant que rien ne venait le lui enlever, elle était capable de tout.

— Je ne veux pas attendre plus longtemps. Je ne veux pas perdre une minute de plus.

— Je ne comprends pas, la taquina-t-il.

— Tu veux que je te le dise plus clairement, c'est ça ?

— Oui.

Un large sourire illumina son visage.

— OK. Je veux t'épouser, dit-elle. Je t'aime et je veux être avec toi à jamais.

Cet homme qui la tenait enlacée, cet homme contre qui

elle se sentait si merveilleusement bien, elle savait pouvoir compter sur son amour, un amour qui ne concernait pas son aspect physique, mais tout son être.

Quand une femme trouve ce genre de cadeau sur son chemin, songea-t-elle, elle doit avoir l'intelligence de le saisir et de ne jamais le perdre.

Retrouvez prochainement,
dans votre collection

BLACK ROSE

Le message de l'ombre, de Maggie Wells - N°712

DÉFENSEURS DE LA JUSTICE – 1/3

Tu as de belles jambes, tu devrais en montrer plus... Harcèlement, vengeance, menace déguisée ? Troublé par Marlee Masters, la belle héritière qui, d'une main tremblante, lui montre le SMS qu'elle a reçu, Ben Kinsella s'interroge : ces messages sont-ils liés à la mort suspecte du frère de Marlee ? Et comment va-t-il s'y prendre pour enquêter dans cette petite ville pleine de secrets où il vient juste d'être nommé shérif...

Retour à Big Bend, de Lara Lacombe

Alors qu'elle examine plusieurs vaches qui ont été empoisonnées sur son ranch, Isabel entend une voix derrière elle : « Tu es revenue... » Se retournant, elle sent les battements de son cœur s'accélérer. Car l'homme qui a parlé n'est autre que Wyatt Spalding. Wyatt avec qui elle a passé une nuit de passion, dix ans plus tôt, avant de quitter la région. Wyatt qui l'enveloppe à présent de ce regard troublant qu'elle n'a jamais pu oublier...

La menace du silence, de Tyler Anne Snell - N°713

De retour à Kelby Creek, la ville de son enfance, frappée par un scandale de corruption, Foster Lovett rejoint la police locale. Mais bientôt il comprend que la quiétude retrouvée de la petite communauté n'est qu'une illusion. En effet, peu de temps après son arrivée, il recueille les confidences de Millie, sa jolie voisine. Elle lui révèle que son frère a disparu, qu'elle l'a signalé en vain à la police et qu'elle se sent elle-même menacée...

Retrouvailles en eaux troubles, de K.D. Richards

Alors qu'elle vient de découvrir un nouveau traitement contre le cancer, My Rochon est victime d'une série d'attaques ciblées. Vol de documents, incendie, tentative d'assassinat... La menace se précise. Soupçonnée par la police d'avoir mis elle-même le feu à son laboratoire pour camoufler l'échec de ses recherches, elle demande son aide au seul homme en qui elle a confiance : Gideon Wright, son ex-mari...

Retrouvez prochainement,
dans votre collection

BLACK ROSE

Dangereux serment, de R. Barri Flowers - N°714

Fixant son smartphone, Naomi relit le message signé « la Violette bleue ». En frissonnant, elle se demande comment elle va réussir à coincer le tueur en série qui a choisi un nom de fleur pour pseudonyme et qui vient d'assassiner son oncle. Car il ne lui échappera pas, elle se l'est juré, et tant pis si pour cela elle doit faire équipe avec Dylan Hester, le détective avec qui elle a rompu deux ans plus tôt…

Une disparition troublante, de Cindi Myers

Pour Lauren Baker, la disparition de Courtney, sa belle-sœur, et Ashlyn, sa fille âgée de deux ans, ne fait aucun doute : elles ont été enlevées. Déterminée à tout faire pour les retrouver – car elle a promis à son frère de veiller sur elles avant qu'il ne soit tué en Afghanistan –, elle se rend au bureau du shérif d'Eagle Mountain. Là, elle supplie Shane Ellis, le séduisant adjoint, de l'aider dans ses recherches…

Pour l'amour d'Emma, de Julie Miller - N°715

Pas de promesses. Pas de sentiments… C'est la devise de Jake depuis qu'il a perdu la mémoire. Mais, un jour, il sauve la vie de Robin, une jeune femme qui vient d'être attaquée. Cette fois, c'en est fini de sa chère tranquillité. Car non seulement il n'a jamais croisé un regard aussi beau que celui de Robin, mais il va découvrir bientôt qu'elle est la mère d'Emma, un bébé qui le fait fondre malgré lui…

Un précieux sauveur, d'Elle James

Au loin, Jacie aperçoit une maison. Épuisée, elle descend de cheval et frappe à la porte. Elle sait qu'elle ne doit pas flancher car les criminels qui lui ont tiré dessus et ont enlevé sa sœur sont extrêmement dangereux… Par chance, un homme séduisant, visiblement surpris de la trouver là, lui ouvre et la retient avant qu'elle ne s'écroule, évanouie, dans ses bras…

Retrouvez prochainement,
dans votre collection

BLACK ROSE

À la recherche de Noah, de Barb Han - N°716

En découvrant Katherine Harper, blessée, sur les terres de son ranch, Caleb sent sa fibre protectrice se réveiller malgré lui. Car non seulement Katherine est la femme la plus séduisante qu'il ait jamais rencontrée, mais ce qu'elle lui révèle le persuade aussitôt de l'aider : Noah, le petit garçon âgé de quatre ans que sa sœur lui a confié avant de mourir, a disparu...

Séduction risquée, de Mallory Kane

Désespérée, Faith éclate en sanglots. Comment a-t-elle pu se laisser séduire par un homme qui, sous prétexte qu'il est le père de son bébé, veut lui faire vendre son restaurant pour payer ses dettes de jeu ? Mais, alors qu'elle tente de se calmer, elle sent une main rassurante sur son épaule et, se retournant, reconnaît Matt Soarez, un nouveau venu en ville, qui est loin de la laisser indifférente…